10/18

12, AVENUE D'ITALIE. PARIS XIIIᵉ

Sur l'auteur

Né en 1966 dans le Hampshire, David Nicholls a étudié les lettres et le théâtre à l'université de Bristol. Multipliant les petits boulots pendant quelques années – libraire à Notting Hill, puis lecteur de scripts pour les maisons de production londoniennes –, il finit par trouver sa voie dans l'écriture. Son premier roman, *Les Amours contrariées du jeune Brian Jackson* (Belfond, mai 2012) a été choisi par le célèbre Richard & Judy Show, mais c'est *Un jour* qui lui vaudra une reconnaissance critique, commerciale et internationale. David Nicholls vit à Londres.

Vous pouvez consulter le site de l'auteur à l'adresse suivante :
www.davidnichollswriter.com

DAVID NICHOLLS

UN JOUR

Traduit de l'anglais
par Karine REIGNIER

10/18

ÉDITIONS BELFOND

Tous les personnages de ce roman sont fictifs et toute ressemblance avec des personnes réelles, vivantes ou mortes, serait pure coïncidence.

FOCUS FEATURES ET RANDOM HOUSE FILMS PRÉSENTENT EN ASSOCIATION AVEC FILM4 UNE PRODUCTION COLOR FORCE UN FILM DE LONE SCHERFIG ANNE HATHAWAY JIM STURGESS "UN JOUR" PATRICIA CLARKSON KEN STOTT ROMOLA GARAI DIRECTION DE CASTING LUCY BEVAN SUPERVISION DE LA MUSIQUE KAREN ELLIOTT MUSIQUE DE RACHEL PORTMAN CHEF COSTUMIÈRE ODILE DICKS-MIREAUX MONTAGE BARNEY PILLING CHEF DÉCORATEUR MARK TILDESLEY DIRECTEUR DE LA PHOTOGRAPHIE BENOÎT DELHOMME, AFC PRODUCTEUR EXÉCUTIF JANE FRAZER PRODUCTEUR DÉLÉGUÉ TESSA ROSS PRODUIT PAR NINA JACOBSON D'APRÈS LE LIVRE DE DAVID NICHOLLS SCÉNARIO DE DAVID NICHOLLS RÉALISÉ PAR LONE SCHERFIG FILM4

Titre original :
One day

publié par Hodder & Stoughton, Londres

© David Nicholls, 2009. Tous droits réservés.
© Éditions Belfond, un département de Place des éditeurs, 2011,
pour la traduction française.
ISBN 978-2-264-05575-0

*Pour Max et Romy
– quand ils seront en âge de me lire.
Et pour Hannah, comme toujours.*

À quoi servent les journées ?
À être le séjour de notre vie.
Elles viennent, elles nous réveillent
Tant et tant de fois.
Il faudra que du bonheur s'y loge.
Où vivre, sinon dans les journées ?

Régler la question fera
Surgir prêtre et docteur
Dans leurs longs manteaux courant
Par-dessus les champs.

Philip LARKIN[1]

---

1. Poème traduit par Jacques Nassif dans *Où vivre, sinon ?* de Philip Larkin, Orphée / La Différence, Paris, 1994. *(Toutes les notes sont de la traductrice.)*

PREMIÈRE PARTIE

1988-1992

Vingt ans et des poussières

> *Ce fut pour moi une mémorable journée, car elle opéra en moi de grands changements. Mais il en est de même pour n'importe quelle vie. Imaginez qu'on en fasse disparaître une seule journée choisie avec soin, et voyez comme le déroulement en eût été différent. Arrêtez-vous un instant, lecteur de cette page, et songez à la longue chaîne de fer ou d'or, d'épines ou de fleurs, qui ne vous aurait jamais enserré si le premier maillon ne s'en était trouvé forgé au cours de quelque mémorable journée.*
>
> Charles DICKENS, *Les Grandes Espérances*[1]

---

1. Traduit par Sylvère Monod, Gallimard, coll. « Folio Classique », Paris, 1999 ; 1re édition : 1959.

1

L'avenir

VENDREDI 15 JUILLET 1988

Rankeillor Street, Édimbourg

« Je crois que... ce qui compte, c'est de faire bouger les choses, dit-elle. D'arriver à les changer.
— Comment ça ? Changer le monde, tu veux dire ?
— Pas le monde tout entier, mais celui qui t'entoure... Si tu pouvais y changer quelque chose, ce serait déjà pas mal, non ? »
Le jour allait bientôt se lever. Allongés l'un contre l'autre dans le petit lit, ils marquèrent un silence, puis se mirent à rire d'une voix rauque, cassée par leur longue nuit blanche.
« J'y crois pas, gémit-elle. Comment j'ai pu dire un truc pareil ? C'est ringard, non ?
— Un peu.
— J'élève le débat, au moins ! J'essaie d'élargir ton horizon, de préparer ton âme infâme à la grande

aventure qui l'attend. Quoique... » Elle se tourna vers lui. « Tu n'as pas besoin de conseils, j'imagine. Ton avenir est sûrement tout tracé... Je parie que t'as même l'organigramme qui va avec !

— Pas vraiment, non.

— Qu'est-ce que tu vas faire, alors ? C'est quoi, ton plan ?

— Mes parents vont venir chercher mes affaires. On va rentrer à Londres et je passerai quelques jours chez eux. J'en profiterai pour voir des potes, puis j'irai faire un tour en France...

— Pas mal pour...

— Ensuite, j'irai peut-être en Chine, histoire de voir à quoi ça ressemble, puis en Inde. Je voyagerai là-bas un moment et...

— Ah, les *voyages* ! soupira-t-elle. Ce que tu peux être prévisible !

— Je ne vois pas ce qu'il y a de mal à voyager !

— Dis plutôt que tu cherches à éviter la réalité.

— La réalité ? Personnellement, je trouve ça très surfait », répliqua-t-il en espérant passer pour un type mystérieux et torturé.

Elle haussa les épaules.

« Si tu peux te le permettre... Mais pourquoi ne pas avouer que tu t'offres deux ans de vacances ? Ça revient exactement au même !

— Parce que les voyages ouvrent l'esprit. » Il se dressa sur un coude pour l'embrasser.

« Pff. Tu es déjà bien assez large d'esprit comme ça ! » railla-t-elle en se dérobant – pour l'instant, du moins. Ils retombèrent sur l'oreiller. « De toute façon, je ne parlais pas du mois prochain, mais de ton avenir avec un grand A. Disons, quand tu auras... » Elle marqua une pause avant de reprendre avec emphase, comme si elle évoquait la cinquième dimension : « *Quarante* ans, par exemple. Tu t'imagines comment, à quarante ans ?

— À *quarante* ans ? » Cette perspective lui paraissait manifestement inconcevable, à lui aussi. « Aucune idée. Riche, ça te va ?

— Bof. Affreusement superficiel.

— Bon... Disons "Célèbre", alors. » Il enfouit son visage dans son cou. « C'est un peu morbide comme question, non ?

— Non. C'est... exaltant.

— "Exaltant" ! » répéta-t-il en singeant son accent du Yorkshire.

Ce genre de mecs – des fils à papa issus d'un milieu bourgeois – lui faisaient souvent le coup. Ils s'amusaient à l'imiter, comme si son accent était un phénomène insolite. Elle constata de nouveau, avec un certain soulagement, qu'il avait *aussi* la capacité de l'agacer. Et s'écarta, suffisamment pour sentir la surface fraîche du mur dans son dos.

« Oui, exaltant, persista-t-elle. On est censés être exaltés, non ? Maintenant, *tout* est possible ! Rappelle-toi, le président de la fac nous l'a dit hier soir : "Les portes du succès vous sont grandes ouvertes..."

— "Vos noms seront dans les journaux..."

— Ça, ça m'étonnerait.

— Franchement, tu trouves ça exaltant, toi ?

— Moi ? Pas du tout. J'en fais dans mon froc.

— Moi aussi. Putain... » Il tendit brusquement la main vers son paquet de cigarettes posé au pied du lit, comme s'il avait besoin d'en griller une pour se calmer. « Quarante ans. Qua-rante-ans. Tu te rends compte ? »

Son anxiété la fit sourire. « Alors, insista-t-elle pour l'attiser, qu'est-ce que tu feras, quand t'auras quarante ans ? »

Il alluma pensivement sa cigarette. « Eh bien, ma chère Em...
— *Em* ? De qui tu parles ?
— De toi. C'est comme ça qu'on t'appelle, non ?
— C'est comme ça que mes amis m'appellent.
— Je peux le faire aussi, alors ?
— OK, *Dex*. Continue.
— Eh bien, j'ai longuement réfléchi au problème du temps qui passe. Et j'en ai conclu qu'en vieillissant j'aimerais rester exactement tel que je suis aujourd'hui. »

Dexter Mayhew ! Abritée sous sa frange, elle coula un regard vers lui. Même sans lunettes, elle comprenait aisément pourquoi il espérait rester le même. Ce type avait le don de se mettre en scène, comme s'il posait perpétuellement sous l'objectif d'un photographe. Et ce matin, la photo était particulièrement réussie : adossé à la tête de lit – pourtant recouverte d'un tissu en polyester capitonné du plus mauvais effet –, une cigarette nonchalamment collée à sa lèvre inférieure, les yeux clos, il offrait son visage aux premières lueurs de l'aube qui filtraient à travers les rideaux rouges. Emma Morley s'était toujours moquée de l'expression « bel homme », qu'elle jugeait démodée, tout droit sortie d'un roman du XIXe siècle. C'était pourtant la seule qui lui venait à l'esprit. À moins de s'en tenir à l'adjectif « attirant », elle ne voyait pas d'autres mots pour le décrire. Il appartenait à cette catégorie d'hommes si séduisants qu'on remarque la forme des os qui courent sous leur peau, comme si même leur crâne était charmant. Ce matin, son nez fin était légèrement luisant. De grands cernes presque noirs ombraient ses yeux, vibrant hommage au tabac et aux nuits blanches passées à perdre délibérément au *strip poker* avec des filles de Bedales, le pensionnat le plus progressiste du pays. Il y avait quelque chose de [illisible] dans la ligne gracile de ses sourcils, dans sa mo[illisible] un peu trop calculée. Ses lèvres pleines, un tantinet trop sombres, étaient sèches, gercées et rougies de vin bulgare. Les cheveux étaient son seul défaut – il fallait bien qu'il y en eût un ! songea-t-elle avec satisfaction. Coupés court sur la nuque et les côtés, ils formaient une sorte de houppette sur son front. Le gel qui la plaquait en arrière ayant disparu au cours de la nuit, elle avait pris ses aises et rebiquait sur sa tête comme un petit chapeau ridicule.

Les yeux toujours clos, il exhala la fumée de sa cigarette par le nez. Manifestement conscient d'être observé, il glissa une main sous son bras, ce qui fit avantageusement ressortir ses pectoraux et ses biceps. D'où venaient ces muscles ? Certainement pas d'une pratique sportive : à part le billard et la baignade (sans maillot, bien sûr), elle ne lui connaissait aucune activité physique. Il avait sans doute reçu sa belle santé en héritage, en même temps qu'un paquet d'actions, d'obligations et de meubles anciens. Par un heureux concours de circonstances, ce bel homme – superbe, même, dans son caleçon à motifs cachemire porté bas sur les hanches – était maintenant couché dans le lit à une place de sa chambre d'étudiante, au terme de leurs quatre années d'études à l'université d'Édimbourg. Ce bel homme ! songea-t-elle en retenant un petit rire. Tu te prends pour Jane Eyre, ou quoi ? Du calme. T'as plus quinze ans, maintenant. T'emballe pas.

Elle s'empara de sa cigarette pour en tirer une bouffée. « Moi, je t'imagine très bien à quarante ans, dit-elle avec une pointe de malice. Je t'y vois déjà... Tu veux savoir à quoi tu ressembles ? »

Il sourit sans ouvrir les yeux. « Vas-y. Je t'écoute.

— Bon, alors… Tu es dans une voiture de sport, commença-t-elle en tirant sur la couette pour la coincer sous ses aisselles. Tu as baissé le toit ouvrant, bien sûr. T'es dans un quartier chic, genre Kensington ou Chelsea, et le truc dingue, c'est que ta voiture ne fait aucun bruit, puisque toutes les voitures seront silencieuses en… 2006, c'est ça ? »

Il plissa les yeux en faisant le calcul.

« 2004, rectifia-t-il.

— Tu descends King's Road à toute allure – la voiture plane à quinze centimètres au-dessus du sol –, ton petit ventre bien calé sous le volant en cuir. Tu portes des gants de conduite, tu commences à te dégarnir et t'as plus de menton. En fait, tu ressembles à ces gros types trop bronzés engoncés dans des petites voitures…

— Ça t'ennuierait de changer de sujet ?

— Il y a une femme à côté de toi, poursuivit-elle. Elle a des lunettes de soleil. C'est ta troisième – non, quatrième épouse. Elle est mannequin, ou plutôt *ex*-mannequin, elle a vingt-trois ans ; tu l'as rencontrée dans un salon automobile, à Nice, je crois. Elle était allongée sur le capot d'une voiture. Elle est absolument magnifique, totalement idiote, et…

— Pas mal. J'ai des enfants ?

— Non, juste trois ex-femmes. C'est un vendredi de juillet, vous partez à la campagne, tu as mis tes raquettes de tennis et ton jeu de croquet dans le coffre, avec un panier à pique-nique plein de bons vins, de raisin sud-africain, d'asperges et de pauvres petites cailles. Le vent plaque tes cheveux en arrière, tu es très, très content de toi, et ta femme numéro trois – non, quatre – te sourit de ses belles dents bien blanches, et tu lui rends son sourire en essayant d'oublier que vous n'avez rien, strictement rien à vous dire. »

Elle s'interrompit brusquement. *Stop. Tu as l'air d'une folle. Essaie de ne pas avoir l'air d'une folle.* « Bien sûr, tu peux toujours te consoler en pensant que la guerre atomique nous aura tous tués d'ici là ! » conclut-elle d'un ton enjoué. Qui ne servit à rien : il la toisait en fronçant les sourcils, l'air courroucé.

« Je devrais peut-être y aller. Si je suis aussi superficiel et dépravé que...

— Non, reste ! protesta-t-elle un peu trop vivement. Il est 4 heures du matin. »

Il se redressa. Son visage vint frôler le sien. « Je ne sais pas d'où tu sors tout ça. Tu me connais à peine.

— J'les connais, les mecs dans ton genre...

— Quel genre ?

— Le genre à traîner près des amphis de lettres modernes, à braire sur tes amis et à les recevoir en tenue de soirée...

— Je n'ai même pas de cravate. Et je peux t'assurer que je ne brais pas...

— À faire le tour de la Méditerranée en yacht pendant les grandes vacances, hip hip hip...

— Attends un peu, reprit-il en posant une main sur la hanche d'Emma. Si je suis aussi antipathique que tu le prétends...

— Tu l'es.

— ... peux-tu m'expliquer pourquoi tu couches avec moi ? »

La main s'aventura vers la peau douce et chaude de sa cuisse.

« Eh bien, justement, je n'ai pas couché avec toi.

— Ça dépend... » Il l'embrassa sur la bouche. « ... de ce que tu entends par là. » Il frôla son dos du bout des doigts et glissa une jambe entre les siennes.

« Au fait..., marmonna-t-elle contre ses lèvres.

— Quoi ? » Elle avait enroulé sa jambe sur la sienne pour resserrer leur étreinte.

« Tu ferais mieux d'aller te laver les dents.

— Moi ?

— Oui, toi. C'est vraiment atroce ! Tu sens le vin et la clope.

— Et alors ? Toi aussi. »

Elle s'écarta vivement, rompant leur baiser. « Ah bon ?

— T'en fais pas. J'aime ça, le vin et les clopes.

— Je reviens tout de suite. » Elle repoussa la couette et le chevaucha pour descendre du lit.

« Où tu vas ? s'enquit-il en posant une main au creux de son dos.

— Aux chiottes », répondit-elle en récupérant ses lunettes, posées sur une pile de bouquins. Il reconnut la monture épaisse, en plastique noir, remboursée par la Sécurité sociale.

« "Aux chiottes" ? répéta-t-il d'un air faussement pincé. Désolé, ce genre d'expression ne m'est pas familier... »

Elle se redressa en plaquant un bras sur sa poitrine. « Bouge pas », ordonna-t-elle. Elle traversa la pièce en tirant sur l'élastique de sa culotte pour la remettre en place. « Et n'en profite pas pour t'amuser sans moi ! » ajouta-t-elle avant de s'éclipser.

Adossé à la tête de lit, il observa les lieux – cette pièce miteuse, sans doute louée à petit prix, qu'il avait déjà l'impression de connaître par cœur. Elle contenait forcément (il en aurait mis sa main à couper) une photo de Nelson Mandela en *boyfriend* idéal, parmi les reproductions d'œuvres d'art et les affiches de théâtre contestataire épinglées aux murs. Au cours des quatre années écoulées, il avait vu quantité de chambres identiques à celle-ci, disséminées en ville comme autant de preuves de ses forfaits, des chambres où il était certain de trouver un album de Nina Simone sur l'étagère. Bien qu'il soit rarement revenu à la même adresse, il avait toujours l'impression d'être un vieil habitué. Ici, par exemple, tout lui semblait familier : les bougies chauffe-plat à moitié consumées et disséminées un peu partout, les plantes assoiffées, l'odeur de lessive qui se dégageait des draps bon marché, trop étroits pour le matelas. Les photomontages ne l'étonnaient pas non plus : Emma en était fan, apparemment – comme toutes les filles un peu bohèmes qu'il connaissait. Il promena un regard distrait sur les visages de ses amis et de ses parents : immortalisés au flash, punaisés sur une reproduction de Chagall, les pieds dans un Vermeer ou un Kandinsky, ils se retrouvaient nez à nez avec un Woody Allen, un Che Guevara ou un Samuel Beckett. Il n'y avait rien de neutre dans cette pièce : tout servait à prêter allégeance ou à afficher une opinion. Un vrai manifeste. Dexter soupira. Nul doute qu'Emma considérait, elle aussi, le mot « bourgeois » comme une insulte. Que le terme « fasciste » soit employé de manière péjorative ne l'étonnait pas, mais pourquoi s'en prendre aux « bourgeois » ? Il aimait ce mot, lui ! Et tout ce qu'il impliquait. Disposer d'un peu d'argent, voyager, bien manger, savoir se tenir en société, avoir de l'ambition... en quoi était-ce un crime ?

Il observa les volutes de fumée qui montaient de sa cigarette, puis chercha un cendrier. En tâtonnant près du lit, il trouva un roman, *L'Insoutenable Légèreté de l'être*, corné aux passages les plus « érotiques ». Le problème avec ces filles archi-individualistes, c'est qu'elles se ressemblaient toutes. Le bouquin suivant le confirma dans son opinion. *L'homme qui prenait sa femme pour un chapeau.* Pauvre type, songea-t-il, certain de ne jamais commettre une telle erreur.

À vingt-trois ans, comme Emma Morley, Dexter n'avait pas une vision très claire de son avenir. Il souhaitait réussir, faire la fierté de ses parents et coucher avec plusieurs femmes à la fois. Mais comment réaliser des projets aussi disparates ? Il espérait aussi que la presse lui consacrerait de longs articles et que son œuvre ferait un jour l'objet d'une rétrospective. De quelle œuvre s'agirait-il ? Il ne le savait pas davantage. Il voulait vivre intensément, mais sans heurts ni complications. Vivre de telle sorte que la photo, si on en prenait une au hasard, soit toujours bonne. Être constamment photogénique, en somme. Et s'amuser, bien sûr. Oui, il faudrait que ce soit drôle... Drôle et léger, sans tristesse superflue.

Ce n'était pas vraiment un plan, et il l'avait déjà mis à mal. Cette nuit, par exemple, entraînerait forcément des complications : larmes, accusations, coups de téléphone désagréables étaient à prévoir. Ne ferait-il pas mieux de partir pendant qu'il en était encore temps ? Il chercha ses vêtements des yeux... Trop tard : un bruit de chasse d'eau retentissant s'échappa de la salle de bains. En remettant précipitamment le livre à sa place, il trouva une boîte de moutarde Colman's sous le lit. Un regard à l'intérieur lui confirma qu'elle contenait des préservatifs... et les restes grisâtres d'un joint. Pas plus gros qu'une crotte de souris, mais c'était déjà ça. Sexe *et* drogue dans une petite boîte jaune. De nouveau plein d'espoir, il se cala contre l'oreiller. Et décida de rester un peu plus longtemps.

Dans la salle de bains, Emma essuyait le dentifrice à la commissure de ses lèvres en tentant de répondre à la question suivante : était-elle, oui ou non, en train de faire une bêtise ? Après quatre ans de désert affectif, elle avait enfin réussi à se mettre au lit avec un type qui lui plaisait vraiment, qui lui plaisait depuis qu'elle l'avait aperçu à une soirée, en 1984... et là, alors que tout se passait bien, le type en question lui annonçait qu'il partait en voyage ! À peine entré dans sa vie, Dexter Mayhew allait donc la quitter. Pour toujours, sans doute. Car il y avait peu de chances qu'il lui propose d'aller en Chine avec lui... De toute façon, elle boycottait la Chine. Et pourtant... il était vraiment pas mal, non ? Peut-être moins malin qu'il en avait l'air, c'est vrai. Et un peu trop content de lui. Mais drôle, populaire, et – à quoi bon le nier ? – franchement beau. Pourquoi ne pas en profiter ? Elle n'arriverait à rien en se montrant si revêche, si sarcastique... alors qu'il suffisait d'être drôle, pleine d'assurance, comme les filles impeccables et bondissantes qu'il fréquentait d'habitude. Ouais. Plus facile à dire qu'à faire. De la sobriété. Voilà ce qu'il lui fallait. Elle se gratta les cheveux, fit une grimace à son reflet, tira d'un coup sec sur la chaîne rouillée des toilettes et regagna la chambre.

Toujours allongé, Dexter la vit apparaître vêtue de la robe et de la toque qu'elle avait louées pour la cérémonie de la veille. Mi-moqueuse, mi-lascive, son diplôme roulé dans une main, elle passa sa jambe nue autour du cadre de la porte. Et lui décocha une œillade langoureuse par-dessus ses lunettes, tout en faisant basculer la toque sur son front.

« Comment tu me trouves ? minauda-t-elle.

— Pas mal. Surtout avec la toque de travers... Maintenant, enlève tout et viens te coucher.

— Pas question. Ça me coûte trente livres, ce truc ! J'en veux pour mon argent ! » Elle fit tournoyer la robe autour d'elle comme une cape de vampire. Dexter parvint à s'emparer d'un coin de tissu, mais elle lui asséna un coup de diplôme sur les doigts, avant de s'asseoir sur le lit. Puis elle ôta ses lunettes et se dévêtit – si rapidement qu'il eut à peine le temps d'entrevoir son dos nu et la courbe d'un sein avant qu'elle ne les fasse disparaître sous un grand tee-shirt noir barré d'un « Non au nucléaire ! ». Et merde, songea-t-il. Quoi de moins sexy qu'un tee-shirt informe, noir et politique ? Ça et l'album de Tracy Chapman, c'était la débandade assurée.

Dépité, il ramassa le diplôme d'Emma et fit glisser l'élastique le long du tube. « "Licence d'anglais et d'histoire, double cursus, mention très bien !" déclama-t-il.

— Ça t'épate, hein ? Tu as décroché quoi, toi ? Un petit assez bien ? » Elle lui prit le rouleau des mains. « Eh ! Fais gaffe ! Tu vas l'abîmer !

— T'as l'intention de le faire encadrer ?

— Mieux que ça. Mes parents veulent en faire du papier peint. » Elle le roula avec soin, puis tapota les extrémités du tube. « Et des sets de table plastifiés. Ma mère envisage même de se le faire tatouer dans le dos.

— Où sont tes parents, au fait ?

— Là, derrière la porte. »

Il tressaillit. « Ah bon ?

— Mais non ! rectifia-t-elle en riant. Ils sont rentrés à Leeds hier soir. Papa ne va jamais à l'hôtel. Il pense que c'est un truc de bourges. » Elle fourra son diplôme sous le lit. « Maintenant, pousse-toi un peu », ordonna-t-elle en lui donnant un coup de coude. Il se cala contre le mur, sur la partie encore froide du matelas, tandis qu'elle s'allongeait près de lui. Un peu gêné, il glissa un bras sous ses épaules et l'embrassa dans le cou, histoire d'entamer les préliminaires. Elle se tourna vers lui, sur la défensive.

« Dex ?

— Hmm.

— Prends-moi juste dans tes bras, d'accord ? J'ai envie d'un câlin.

— Comme tu veux », dit-il galamment, bien qu'il n'ait jamais compris l'intérêt d'une telle pratique. À quoi bon se câliner ? C'était bon pour les nounours et les vieilles dames, non ? Il avait des crampes rien que d'y penser. Quel fiasco ! Il aurait volontiers admis sa défaite, histoire de décamper au plus vite, mais elle prit possession de son épaule : la joue bien calée sur son omoplate, elle mit fin à ses projets d'évasion. Ils demeurèrent ainsi quelques instants, aussi raides et embarrassés l'un que l'autre, puis elle reprit la parole :

« Je peux retirer ce que je viens de dire ? Cette histoire de câlins... Désolée. C'était vraiment nase. »

Il sourit. « T'en fais pas. Ç'aurait pu être pire. Si tu m'avais demandé un palot, par exemple...

— Un *palot* ? J'aurais jamais employé un mot pareil ! C'est franchement laid.

— Ou un *bécot*.

— Encore pire. Promets-moi de ne jamais, jamais me bécoter ! » s'exclama-t-elle – en le regrettant aussitôt. Tels qu'ils étaient partis, ils ne se *bécoteraient* sans doute jamais. Ils retombèrent dans le silence. Après s'être parlé et embrassés pendant huit heures, ils étaient maintenant en proie à cette fatigue intense, inexorable, qui s'abat sur les corps après une nuit blanche. Un chant d'oiseau s'éleva dans le jardin mal entretenu qui s'étendait à l'arrière de la maison.

« Tu entends ? murmura-t-il. J'adore ça. Le chant des merles au lever du jour.

— Pas moi. Quand je les entends, j'ai toujours l'impression d'avoir fait quelque chose que je vais regretter.

— C'est pour ça que je les aime, justement », rétorqua-t-il afin de cultiver son image de type mystérieux et torturé. Il marqua une courte pause, avant d'ajouter : « Pourquoi, c'est le cas ?

— Quoi ?

— Tu as fait quelque chose que tu regrettes ?

— *Ça*, tu veux dire ? » Elle serra sa main dans la sienne. « Sans doute – mais je n'en suis pas encore sûre. Repose-moi la question tout à l'heure. Et toi ? Tu le regrettes ?

— Bien sûr que non », affirma-t-il en posant un baiser sur le dessus de sa tête. Plus jamais ça, se promit-il intérieurement. C'est la dernière fois que je me fais avoir.

Satisfaite de sa réponse, elle se blottit plus étroitement contre lui. « On devrait dormir un peu.

— Pourquoi ? On n'a rien de prévu demain. Pas d'examens, pas de devoirs à rendre...

— Rien que les portes du succès dressées devant nous... », marmonna-t-elle d'une voix ensommeillée en s'immergeant avec délices dans l'odeur âcre et chaude de son corps d'homme. Elle aurait voulu s'endormir, mais une légère anxiété, suscitée par les propos qu'elle venait de tenir, l'en empêcha. Une nouvelle vie allait commencer. Une vie d'adulte, libre et indépendante. Or elle n'avait pas l'impression d'être adulte. Elle ne se sentait pas prête. Comme si l'alarme incendie s'était déclenchée dans son immeuble en pleine nuit et qu'elle se retrouvait en bas de chez elle, ses vêtements roulés en boule sous le bras. Que ferait-elle de son temps, maintenant qu'elle n'avait plus à étudier ? De quoi seraient faites ses journées ? Elle n'en avait pas la moindre idée.

L'important, c'est d'avoir du courage, du culot et d'arriver à changer les choses. Pas le monde entier, bien sûr, mais celui qui m'entoure... Faut que je me jette dedans avec ma mention très bien, mon double cursus, mon enthousiasme, ma nouvelle machine à écrire Smith Corona, et que je travaille comme une dingue pour... pour faire un truc qui change la vie des gens, peut-être ? Oui. Écrire, par exemple. Écrire des choses magnifiques. Chérir mes amis, rester fidèle à mes principes, vivre passionnément, totalement. Sans trop de difficultés. Essayer plein de nouveaux trucs. Aimer et être aimée – si possible. Manger correctement. Ce genre de choses, quoi.

Ces quelques principes ne suffisaient pas à définir une philosophie de la vie, et elle aurait été bien en peine de les partager avec quiconque, a fortiori avec le garçon qui était dans son lit, mais elle y croyait. Et jusqu'à présent, tout s'était plutôt bien passé, non ? Les premières heures de sa vie d'adulte n'avaient pas été trop désagréables. Plus tard dans la matinée, lorsqu'elle aurait pris un thé et de l'aspirine, elle trouverait sans doute le courage de le ramener dans son lit. Ils auraient dessaoulé, ce qui ne leur faciliterait pas forcément la tâche, mais elle parviendrait peut-être à y prendre du plaisir. Les rares fois où elle s'était mise au lit avec un homme, elle avait été partagée entre le rire et les larmes. Avec Dex, elle atteindrait peut-être un juste milieu. La boîte à moutarde ! songea-t-elle brusquement. Y avait-il encore des préservatifs à l'intérieur ? Sûrement, puisqu'il y en avait la dernière fois qu'elle avait soulevé le couvercle. C'était en février 1987. Avec Vince, un ingénieur chimiste au dos velu qui s'était mouché dans son oreiller. Souvenirs, souvenirs…

Il faisait plus clair, à présent. La lumière rosée se glissait sous les lourds rideaux d'hiver. Doucement, pour ne pas la réveiller, Dexter tendit le bras, lâcha son mégot dans la tasse de vin posée près du lit, puis leva les yeux au plafond. Il s'absorba un moment dans la contemplation des motifs dessinés dans le crépi gris. Pas moyen de dormir, de toute façon. Elle, en revanche… Dans une minute ou deux, elle serait profondément assoupie. Il pourrait se lever et quitter les lieux sans qu'elle s'aperçoive de rien.

La perspective le tentait, bien sûr. Mais s'il partait maintenant, il ne pourrait ni la rappeler ni la revoir. En serait-elle peinée ? Certainement. Elles l'étaient toutes, non ? Et lui, est-ce qu'il aurait de la peine ? Pas sûr. Il s'était très bien passé d'elle jusqu'à présent. Avant cette nuit, il s'imaginait qu'elle s'appelait Anna et n'avait jamais cherché à l'aborder. C'était à la fête, après la remise des diplômes, que tout avait changé. Il n'arrivait plus à la quitter des yeux. Pourquoi ? Pourquoi ne l'avait-il pas remarquée avant ?

Il l'observa dans son sommeil. Elle était jolie, mais semblait gênée, presque agacée par son physique. Ses cheveux teints en roux étaient atrocement mal coupés. À croire qu'elle l'avait fait exprès – armée d'une paire de ciseaux, seule devant son miroir ou en compagnie de Tilly, la grosse fille trop bavarde qui lui servait de colocataire. Tilly comment, déjà ? Aucune importance. Penché sur Emma, il poursuivit son examen. Elle avait le teint blême et les paupières gonflées de celles qui passent trop de temps au pub ou à la bibliothèque. Ses lunettes, qui lui donnaient l'air grave, presque guindé, ne l'avantageaient pas. Et son menton rond était un peu potelé

– mais était-ce vraiment un défaut ? Les filles n'aimaient pas ce genre d'adjectifs, en tout cas. Impossible de les qualifier de « potelées » sans se faire engueuler. C'était pareil avec leurs seins : on ne pouvait pas leur faire de compliments, même sincères, à leur propos, sans risquer de les offenser.

Vaste sujet... mais revenons à Emma. Le bout de son joli nez était légèrement brillant et quelques petits boutons d'acné parsemaient son front. Ces défauts mineurs n'entamaient en rien la beauté de son visage. Une beauté indéniable. Ses yeux, surtout, étaient merveilleux. De quelle couleur étaient-ils ? Impossible de se le rappeler avec exactitude, maintenant qu'elle les avait fermés, mais ils étaient... grands, clairs et pleins d'humour. Comme ses fossettes, petites parenthèses qui se creusaient aux coins de sa bouche lorsqu'elle souriait – ce qui semblait lui arriver souvent. Ses joues roses et veloutées évoquaient de petits oreillers, sans doute chauds au toucher. Elle ne maquillait pas ses lèvres tendres, couleur framboise, qu'elle gardait closes quand elle souriait, comme si elle craignait de montrer ses dents (un peu grandes pour sa bouche et dont l'une des incisives était légèrement ébréchée), ce qui donnait l'impression qu'elle retenait quelque chose – un éclat de rire, une remarque astucieuse ou un secret formidable et désopilant.

S'il partait maintenant, il ne la reverrait probablement pas. Il ne contemplerait plus jamais ce visage – sauf s'il acceptait de se rendre, dans une dizaine d'années, à une réunion d'anciens copains de fac où une Emma obèse, aigrie et furieuse se jetterait sur lui pour lui reprocher d'avoir filé sans prévenir. L'horreur. S'il partait, et il était décidé à partir, il éviterait à tout prix ce genre de réunion. Ça vaudrait mieux pour tout le monde. *Allez, mon vieux. Passe à autre chose. Regarde droit devant. Les visages, c'est pas ça qui manque !*

Il s'apprêtait à mettre son projet à exécution quand les lèvres d'Emma s'étirèrent en un large sourire.

« Alors, Dex, énonça-t-elle sans ouvrir les yeux. Quel est ton avis sur la question ?

— Quelle question, Em ?

— Toi et moi. C'est de l'amour, d'après toi ? »

Un long rire s'échappa de ses jolies lèvres serrées.

« Tu ferais mieux de te rendormir, bougonna-t-il.

— Seulement si t'arrêtes de me regarder. » Elle ouvrit les yeux – vert et bleu, clairs et malicieux –, avant de reprendre : « On sera quel jour, demain ?

— Aujourd'hui, tu veux dire ?

— Oui. La grande journée qui nous attend, c'est un quoi ?

— Un vendredi. Un grand beau vendredi. C'est la Saint-Swithin, en plus.

— La Saint quoi ?

— Saint-Swithin. D'après le dicton, s'il pleut à la Saint-Swithin, il pleuvra tout l'été... ou pendant quarante jours. Je ne m'en souviens plus très bien. »

Elle fronça les sourcils. « C'est débile !

— Évidemment. Tous les dictons le sont, non ?

— Il pleuvra où ? Il pleut toujours quelque part !

— Sur la tombe de saint Swithin. Il est enterré à Winchester, dans le cimetière de la cathédrale.

— Comment tu sais tout ça ?

— Je suis allé au lycée là-bas.

— Fichtre ! siffla-t-elle, la joue contre l'oreiller.

— "Pluie à la Saint-Swithin, temps chagrin !" énonça-t-il.

— Magnifique !

— Je paraphrase, bien sûr. »

Elle rit de nouveau, puis se redressa d'un air ensommeillé. « Au fait, Dex ?
— Oui, Em ?
— S'il ne pleut pas aujourd'hui...
— Hmm.
— ... tu as quelque chose de prévu ? »
Dis-lui que tu n'es pas libre.
« Pas vraiment, répondit-il.
— On pourrait faire un truc ensemble, alors ? »
Attends qu'elle s'endorme et tire-toi d'ici.
« Ouais. D'accord. On fera un truc ensemble. »
Elle laissa retomber sa tête sur l'oreiller. « Une nouvelle journée commence.
— Une belle grande journée. »

2

Retour à la normale

SAMEDI 15 JUILLET 1989

Wolverhampton et Rome

> *Vestiaire des filles*
> *Lycée de Stoke Park*
> *Wolverhampton*
> *15 juillet 1989*

Ciao, Bello !

Comment vas-tu ? Et comment va Rome ? La Ville éternelle est sans doute superbe, mais Wolverhampton, où je suis depuis deux jours, n'a rien à lui envier, crois-moi : j'ai l'impression d'y être depuis une éternité (ce qui me permet de te révéler que le Pizza Hut local est tout simplement divin) !

Voici les nouvelles : j'ai finalement décidé d'accepter le job dont je t'ai parlé la dernière fois que nous nous sommes vus – pour la Coopérative Théâtrale du Marteau Piqueur, tu te rappelles ? –

et je viens de passer quatre mois à écrire, à répéter et à jouer avec la troupe un spectacle intitulé Cruelle cargaison *qui retrace l'histoire de l'esclavage au moyen du jeu, du mime (trèèès expressif, évidemment) et de la musique folk. Un simple coup d'œil à la brochure (atrocement mal photocopiée) que je joins à cette lettre te permettra de comprendre à quel point l'ensemble est réussi. La classe, non ?*

Cruelle cargaison *est une pièce de TE (Théâtre éducatif, pour les non-initiés comme toi) subventionnée par le Conseil des arts et destinée aux adolescents de onze à treize ans. Ouvertement provocatrice, elle aborde la question de l'esclavage sous un angle inédit en prouvant qu'il s'agissait d'une Très Mauvaise Chose. Dingue, non ? Je joue Lydia, le rôle (attention, assieds-toi) PRINCIPAL (si, si !) de la pièce. Fille unique, capricieuse et gâtée de sir Obadiah Sinister (dois-je préciser qu'il n'est pas très sympathique ?), je prends brusquement conscience, lors d'une scène poignante (le clou du spectacle, à vrai dire), que tout ce que je possède, toutes mes belles robes (je montre les robes au public) et mes bijoux (idem) ont été achetés avec le sang de mes frères et sœurs humains (longs sanglots). Horrifiée, je me sens souillée (je regarde mes mains comme si je VOYAIS LE SANG), souillée jusqu'au tréfonds de mon ÂÂÂÂÂME. C'est bouleversant, je t'assure (dommage que les gamins d'hier aient tout gâché en me jetant des Smarties au nez).*

Ne t'en fais pas : ce n'est pas si mauvais que ça, en réalité ! Sur scène, le résultat est même plutôt bon, compte tenu des circonstances. Le cynisme est une de mes mauvaises habitudes – pur réflexe défensif, sans doute. Nos jeunes specta-

teurs sont très réceptifs (hormis ceux qui passent leur temps à nous lancer des trucs à la figure) et les ateliers que nous organisons dans les collèges me plaisent énormément. Tu n'imagines pas à quel point certains gamins sont déconnectés de leur héritage culturel : même ceux qui viennent des Antilles ou des Caraïbes ignorent presque tout de leur pays d'origine. C'est dingue, non ? J'ai beaucoup aimé le travail d'écriture, aussi. Ça m'a donné plein d'autres idées de spectacles. Bref, contrairement à ce que tu penses, mon cher Dexter, je ne perds pas mon temps ici. Ce boulot m'intéresse. Et puis je suis vraiment, vraiment persuadée que nous pouvons changer les choses. Regarde ce qui s'est passé en Allemagne dans les années 1930, quand on ne jouait que de l'avant-garde. La face du monde en a été changée, non ? (Ha ! Ha !) Nous allons éradiquer le racisme des Midlands, crois-moi. Quitte à rééduquer les gamins un par un.

Sur scène, nous sommes quatre. Kwami joue le Noble Esclave attaché au service de Lydia – ce qui n'entame pas nos relations hors plateau, heureusement (sauf l'autre jour, quand je lui ai demandé d'aller me chercher un paquet de chips au bar et qu'il m'a regardée comme si je symbolisais toute l'OPPRESSION du monde). En fait, on s'entend plutôt bien. Il est sympathique et prend son travail au sérieux. À tel point qu'il a passé les trois quarts des répétitions à pleurer, ce qui m'a semblé exagéré. Il est un peu trop « sentimental », si tu vois ce que je veux dire. Nos personnages sont censés éprouver une violente attirance physique l'un pour l'autre – mais, là comme ailleurs, la vie n'est qu'une pâle imitation de l'art.

Venons-en à Sid, qui joue mon père, le cruel Obadiah. Je sais que tu as passé toute ton enfance à jouer au croquet sur une putain de pelouse couverte de fleurs de camomille, te privant ainsi de l'occupation hautement vulgaire qui consiste à regarder la télé. Tu n'as donc jamais entendu parler de la fameuse série policière City Beat, *dans laquelle Sid avait le rôle principal. Eh oui ! Il a connu son heure de gloire, notre Sid. Et le dégoût qu'il éprouve à devoir travailler avec nous se lit sur son visage. Il refuse de mimer quoi que ce soit, comme s'il trouvait humiliant de jouer avec un objet qui n'est pas vraiment là. Il commence une phrase sur deux par « Quand je passais à la télé » – sa manière à lui de dire « Quand j'étais heureux ». Kwami et moi sommes convaincus qu'il est secrètement raciste. Il pisse dans les lavabos, porte des pantalons en polyester qui se nettoient d'un coup de brosse (je frémis rien que d'y penser) et se nourrit exclusivement de friands à la viande vendus dans les stations-service. À part ça, c'est un type adorable. Si, je t'assure.*

Passons à Candy. Ah, Candy ! Je suis sûre qu'elle te plairait – un vrai petit sucre, comme son prénom. Elle joue la Malicieuse Femme de Chambre, le Riche Planteur et sir William Wilberforce. Elle est splendide, spirituelle et, même si je n'approuve pas l'expression, franchement salope. Quelle garce ! Elle passe son temps à me demander si j'ai vraiment l'âge que j'ai, à faire des commentaires sur ma « petite mine » et à me dire que je pourrais être « assez jolie » si je portais des lentilles de contact – ce qui M'ENCHANTE, évidemment. Elle répète à qui veut l'entendre qu'elle ne travaille avec nous que pour renouveler son adhésion au syndicat des acteurs et s'occuper un peu en attendant d'être enfin remarquée par un producteur américain (comme chacun sait, ces types ont l'habitude d'errer sous la pluie dans Dudley le mardi après-midi pour y recruter la crème du TE britannique). Quelle plaie, ces acteurs ! Quand nous avons créé la CTMP, nous espérions fonder une compagnie d'un nouveau genre, un collectif soudé autour d'un projet commun où l'ego, la notoriété des uns et des autres, la gloriole télévisuelle et toutes ces conneries ne joueraient aucun rôle. On voulait juste faire du bon boulot, du théâtre politique, original et créatif. Ça peut te sembler bête, mais on y croyait vraiment. Le problème avec ces collectifs démocratiques, c'est qu'il faut se taper des emmerdeurs comme Sid et Candy. J'en prendrais mon parti si elle avait du talent... mais elle joue comme un pied, avec un accent de Newcastle à couper au couteau. Chaque fois qu'elle ouvre la bouche, j'ai l'impression qu'elle vient d'avoir une crise cardiaque. Et quand elle ne joue pas, elle se prépare à jouer en faisant du yoga en lingerie fine. Ah ! Tu me lis avec attention maintenant, pas vrai ? Grâce à Candy, c'est la première fois que je vois quelqu'un faire la salutation au soleil en guêpière et bas résille. Elle débloque, non ? D'ailleurs, le pauvre Sid en oublie de manger son friand. Ou s'étouffe en la dévorant des yeux. Quand vient enfin le moment d'entrer en scène, chacune de ses apparitions (pourtant dûment costumées) déclenche des sifflets admiratifs dans le public, ce qui lui permet de se lancer dans un grand numéro féministe à peine installée dans le minibus. « Je ne supporte pas d'être jugée sur mon physique ! Toute ma vie j'ai été jugée sur mon visage et mon corps parfaits », gémit-elle en rajustant sa jarretière, comme si c'était un drame POLITIQUE et que nous devions faire de l'agit-prop pour dénoncer la détresse des femmes affligées d'une belle paire de seins. Bon, j'arrête. Elle te plaît, avoue-le ! Je te la présenterai peut-être quand tu reviendras. Tu lui sortiras ton regard extra en carrant la mâchoire, et tu lui demanderas où en est sa carrièèèèère. Hmm. Je ne te la présenterai peut-être pas, en fait...

Emma Morley retourna vivement sa lettre en voyant entrer Gary Nutkin. Plus maigre et anxieux que jamais, le directeur et cofondateur de la CTMP venait leur délivrer son traditionnel laïus d'encouragement avant le lever de rideau. Le vestiaire des filles, transformé en loges pour l'occasion, n'échappait pas à sa vocation première : il y régnait, même le week-end, une odeur qu'Emma aurait reconnue entre toutes, savant mélange d'hormones féminines, de gel douche rose bonbon et de serviettes de toilette humides. Sitôt entrée, elle s'était crue revenue des années en arrière, dans un lycée semblable à celui-ci, au cœur des quartiers difficiles d'une grosse ville de province.

Gary s'éclaircit la gorge. Pâle, la peau encore rouge d'un rasage trop méticuleux, vêtu d'une chemise noire boutonnée jusqu'au cou, il évoquait une sorte de George Orwell des Temps modernes – il en avait adopté le style, en tout cas. « Gros succès, ce soir ! aboya-t-il. Gros succès ! La salle est à moitié pleine ! Ce n'est pas si mal, vu le contexte ! » Peut-être leur aurait-il détaillé le contexte en question s'il n'avait pas été distrait par Candy, qui exécutait une série d'étirements pelviens, allongée au sol en combishort à pois. « Allez-y ! reprit Gary. Faut frapper un grand coup, ce soir. Mettez-les K-O !

— Volontiers, grommela Sid entre deux miettes de friand, les yeux rivés sur Candy. Donne-moi une batte de cricket et j'te jure que j'les mets K-O, ces petits crétins !

— Reste zen, Sid, je t'en prie ! implora Candy en vidant lentement ses poumons.

— De la fraîcheur, surtout, de la fraîcheur ! poursuivit Gary. Concentrez-vous, jouez collectif, dites votre texte comme si c'était la première fois ! Quoi qu'il arrive, ne vous laissez pas intimider par le public. Restez calmes. Oui à l'interaction, non à la provocation ! Ne perdez pas votre sang-froid. Ils n'attendent que ça, et vous le savez. C'est d'accord ? Merci. Lever de rideau dans quinze minutes ! » Il pivota sur lui-même et sortit en refermant la porte derrière lui. Comme un geôlier, songea Emma.

Sid se lança dans son échauffement habituel, une litanie de « je-hais-ce-boulot-je-hais-ce-boulot » murmurés entre ses dents. Derrière lui, Kwami, assis torse nu, l'air désespéré, vêtu d'un vieux pantalon déchiré, les mains glissées sous ses aisselles, penchait la tête en arrière comme s'il méditait – ou se retenait de pleurer. À gauche d'Emma, Candy chantait les grands moments des *Misérables* (la comédie musicale, pas le roman de Victor Hugo) d'une voix douce et atone tout en tripotant ses cals plantaires, hérités de dix-huit ans de danse classique. Emma se tourna de nouveau vers le miroir émaillé, fit bouffer les manches ballon de sa robe à taille Empire, ôta ses lunettes et laissa échapper un soupir à la Jane Austen.

L'année qui venait de s'écouler n'avait été qu'une longue suite de choix malencontreux, de mauvaises décisions et de projets avortés. Emma avait d'abord joué de la basse dans un groupe de rock alternatif, exclusivement composé de filles, qui s'était révélé incapable de se choisir un nom et une direction musicale cohérente. Elle avait participé au lancement d'un nouveau type de soirées dans un club d'Édimbourg où personne n'était venu ; commencé, puis abandonné un premier roman ; ébauché un deuxième roman qui avait vite connu le même sort, tout en enchaînant les petits boulots d'été, aussi merdiques les uns que les autres, dans les boutiques à touristes du centre-ville. Dans un moment d'intense dépression, elle s'était même inscrite à un cours de cirque, persuadée d'y trouver la vocation qu'elle cherchait. En vain. Le trapèze n'était pas la solution.

L'été 1988, pourtant surnommé le « Second Été de l'Amour » par des médias racoleurs, s'était traduit pour elle par une sensation de vide, une mélancolie que même Édimbourg, sa ville chérie, n'avait pas réussi à dissiper. Tout l'ennuyait – la déprimait même. Habiter là où elle avait fait ses études lui donnait l'impression d'errer dans une boîte vide au petit matin, après le départ des derniers fêtards. De guerre lasse, elle avait fini par déserter les lieux, elle aussi : en octobre, elle avait quitté son appartement de Rankeillor Street et s'était réinstallée chez ses parents. Grossière erreur. Dans cette maison devenue brusquement exiguë, l'hiver lui avait semblé interminable – long cortège de tensions, d'averses, de récriminations, de portes claquées et d'après-midi entiers passés devant la télé familiale. « Et ta mention ? Tu as quand même une mention très bien, non ? » geignait sa mère, comme si le diplôme d'Emma était un superpouvoir dont elle refusait obstinément de se servir. Certains soirs, Marianne, sa sœur cadette, infirmière heureuse en ménage et comblée par sa récente maternité, venait dîner avec eux pour le seul plaisir d'observer sa chute. Et de triompher enfin sur l'enfant chérie de Papa et Maman.

Et Dexter, dans tout ça ? Il surgissait de temps à autre – sans jamais s'attarder. Quelques semaines après la remise des diplômes, il l'avait invitée à passer deux jours dans la splendide propriété de ses parents, près d'Oxford. L'été touchait à sa fin. La « maison » dont il lui avait parlé s'était révélée encore plus grande qu'elle ne l'imaginait. Un vrai petit château, bâti dans les années 1920, rempli de vieux tapis et de toiles abstraites, où toutes les boissons étaient servies avec des glaçons. Ils avaient lézardé au soleil, dans le grand jardin planté d'herbes aromatiques, passant nonchalamment de la piscine au terrain de tennis (c'était la première fois qu'elle en voyait un qui ne soit pas municipal). En fin d'après-midi, un verre de gin tonic à la main, confortablement installée dans un fauteuil en osier devant un panorama splendide, elle s'était crue dans *Gatsby le Magnifique*. Puis elle avait tout gâché. Un peu intimidée, elle avait trop bu au dîner et fini par s'en prendre à M. Mayhew – un homme pourtant humble, doux et parfaitement raisonnable : elle l'avait harangué sur le Nicaragua, tandis que Dexter la couvait du regard affectueux et vaguement déçu dont on gratifie les chiots qui viennent de salir un tapis. S'était-elle vraiment assise à leur table, avait-elle vraiment partagé leur repas tout en traitant son hôte de raciste ? Impardonnable. Cette nuit-là, encore ahurie et pleine de remords, consciente d'avoir sacrifié ses espoirs romantiques sur l'autel des sandinistes, elle avait vainement attendu que Dexter vienne frapper à la porte de sa chambre. Et le pire, c'est que les sandinistes ne lui en seraient même pas reconnaissants.

Ils s'étaient revus à Londres en avril pour fêter les vingt-trois ans de Callum, leur ami commun. Le lendemain, allongés sur les pelouses des jardins de

Kensington, ils avaient parlé de tout et de rien en buvant du vin à même la bouteille. Elle était donc pardonnée. Mais à quel prix ? Leur relation s'était muée en une amitié aussi franche qu'exaspérante – du moins pour Emma, qui avait patiemment supporté le récit des aventures de Dexter avec une certaine Lola, rencontrée sur une piste de ski dans les Pyrénées. L'entendre chanter les louanges de cette Espagnole alors qu'ils étaient couchés dans l'herbe fraîche, si près l'un de l'autre que leurs mains se frôlaient, avait mis ses nerfs à rude épreuve.

Puis il était reparti en voyage, l'esprit déjà tendu vers d'autres horizons. La Chine s'étant révélée trop étrange et dogmatique, il s'était lancé à la découverte de ce que les guides touristiques surnomment « les villes les plus fêtardes d'Europe », qu'il écumait depuis près d'un an. Ils entretenaient donc des relations épistolaires, à présent. Emma lui envoyait de longues lettres, enthousiastes, bourrées d'apartés et de points d'exclamation, de plaisanteries un peu forcées et de nostalgie mal dissimulée. De vrais actes d'amour en deux mille mots sur papier avion. Les lettres, comme les compilations de chansons qu'on enregistre sur cassettes audio, ne sont-elles pas le meilleur moyen d'exprimer l'inexprimable ? Emma le pressentait. Elle savait qu'elle perdait trop de temps, trop d'énergie à les écrire. Dexter, lui, se contentait de quelques mots jetés sur des cartes postales insuffisamment affranchies : « Semaine de FOLIE à Amsterdam », « Vie de DINGUE à Barcelone », « Ça PULSE à Dublin. Malade comme un CHIEN ce matin ! » Il n'avait rien d'un Bruce Chatwin : ses récits de voyage ne valaient pas un clou, mais elle glissait tout de même les cartes postales dans les poches de son gros manteau d'hiver quand, submergée de mélancolie, elle allait arpenter la lande d'Ilkley en espérant trouver un sens caché à « VENISE EST SOUS LES EAUX !!! ».

« Qui c'est, ce Dexter ? lui demandait régulièrement sa mère, les yeux rivés sur la signature griffonnée au dos des cartes postales. C'est ton petit ami, ou quoi ? reprenait-elle, avant d'ajouter d'un air soucieux : Et la compagnie du gaz, ma chérie ? Pourquoi tu ne leur enverrais pas un CV ? » Emma haussait les épaules, puis partait prendre son service au pub du village, où elle avait accepté un job de serveuse. Le temps passait. Elle remplissait des pintes de bière. Et sentait son cerveau se ramollir comme un fruit oublié au fond du frigo.

C'est alors que Gary Nutkin avait resurgi dans sa vie. Ce trotskiste émacié, qui l'avait dirigée en 1986 dans une mise en scène âpre et intransigeante de *Grand-peur et misère du IIIe Reich* de Brecht, l'avait embrassée de manière tout aussi âpre et intransigeante au cours de la soirée qui avait suivi la dernière représentation. Il l'avait emmenée peu après voir une rétrospective des films de Peter Greenaway, attendant quatre bonnes heures de projection avant de poser distraitement la main sur son sein gauche, comme s'il cherchait à ajuster l'intensité lumineuse d'un variateur d'ambiance. Cette nuit-là, ils avaient fait l'amour chez lui, sous un poster de *La Bataille d'Alger*, dans un lit étroit aux draps usés, où Gary avait scrupuleusement veillé à ne pas la traiter en femme-objet. Puis plus rien, pas un mot jusqu'à ce coup de fil tardif, un soir de mai, et ces mots hésitants, énoncés d'une voix très douce : « Ça te dirait de bosser dans ma coopérative théâtrale ? »

Emma n'avait pas pour ambition de brûler les planches. Le théâtre n'était pour elle qu'un moyen de véhiculer des mots et des idées. Or la Coopérative Théâtrale du Marteau Piqueur, telle que Gary la décrivait, serait un outil idéal pour révolutionner le genre : Nutkin cherchait à faire du théâtre jeune public de manière progressiste, avec un collectif de gens soudés par une éthique commune, des motivations sans faille et le désir de changer la vie des adolescents par la seule grâce d'une œuvre d'art. L'aventure semblait prometteuse. L'amour (ou, à défaut, le sexe) serait peut-être même au rendez-vous, songea-t-elle avant d'accepter. Elle remplit son sac à dos, fit ses adieux à des parents sceptiques et grimpa dans le minibus de la CTMP avec l'impression d'embrasser une grande cause. Une sorte de guerre civile espagnole subventionnée par le Conseil des arts pour défendre le théâtre public.

Trois mois plus tard, il ne restait rien, ou presque, de l'atmosphère chaleureuse, de la camaraderie, de la franche gaieté, du sens des valeurs sociales et des beaux idéaux qui les avaient réunis. Ils étaient pourtant censés former une coopérative, non ? C'est ce qui était écrit sur les flancs de leur bus. Emma n'était pas près de l'oublier : elle avait peint elle-même les mots au pochoir sur la carrosserie.

« Je-hais-ce-boulot-je-hais-ce-boulot », murmura Sid en passant près d'elle. Les mains plaquées sur ses oreilles, Emma se posa quelques questions existentielles :

Qu'est-ce que je fous ici ?
Est-ce que ça sert vraiment à quelque chose ?
Pourquoi fait-elle du yoga à moitié nue ?
Qu'est-ce que c'est que cette odeur ?
Si je pouvais être ailleurs, ce serait où ?

La réponse était simple. Elle voulait être à Rome. Au lit avec Dexter Mayhew.

« Shaf-tes-bu-ry Avenue.
— Non, Shafts-bu-ry. En trois syllabes.

— Ly-ches-ter Square.

— Non. Leicester se prononce "Lester", en deux syllabes.

— Pourquoi ?

— Aucune idée.

— Tu es mon professeur... Tu dois savoir !

— Désolé, fit Dexter.

— Eh bien, moi, je trouve que c'est une langue stupide ! répliqua Tove Angstrom en lui donnant un léger coup de poing.

— Une langue stupide. Je suis parfaitement d'accord avec toi. Inutile de me frapper.

— Excuse-moi », dit Tove en embrassant son épaule, puis sa nuque et sa bouche avec tant de sincérité que Dexter dut une fois de plus se rendre à l'évidence : dans certaines circonstances, l'enseignement pouvait se révéler très gratifiant.

Ils étaient couchés sur de gros coussins posés à même le carrelage de sa petite chambre, le lit une place s'étant révélé trop étroit pour leurs activités. La brochure de la Percy Shelley International School of English décrivait, dans un anglais très rudimentaire, les logements réservés aux professeurs comme « assez confortables avec beaucoup d'aspects atténuants », ce qui résumait parfaitement la situation. La chambre terne, typique de ce genre d'institutions, qu'il occupait dans le *Centro storico* n'avait qu'un seul attrait : son minuscule balcon surplombait une des plus jolies places de la capitale – qui faisait office, comme souvent à Rome, de parking. Il se réveillait chaque matin au son des manœuvres énergiques qu'effectuaient une escouade d'employés de bureau pressés de quitter leur stationnement.

Mais aujourd'hui, dans la moiteur de cet après-midi de juillet, seuls quelques touristes munis de valises à roulettes venaient troubler le silence qui régnait sur la place. Allongés sous les fenêtres grandes ouvertes, ils s'embrassaient paresseusement, mêlant leurs bouches et leurs cheveux – ceux de Tove, sombres et épais, sentaient le shampooing danois, mélange de tabac et de pin artificiel. Elle tendit la main vers le paquet posé au sol, alluma deux cigarettes et lui en donna une. Il se redressa sur les oreillers en laissant pendre sa clope sur sa lèvre inférieure comme Belmondo ou les héros de Fellini. Il n'avait vu aucun de leurs films, mais les cartes postales qu'on en tirait lui plaisaient : photographiés en noir et blanc, les types y avaient de la classe. Dexter ne se voyait pas comme quelqu'un de superficiel, mais il se surprenait parfois à souhaiter qu'un objectif soit braqué sur lui.

Il se pencha vers Tove en se demandant confusément si leurs ébats étaient contraires au code moral ou éthique de sa nouvelle profession. Il était un peu tard, bien sûr, pour s'interroger sur le pour et le contre de sa relation avec une étudiante. La question aurait dû lui traverser l'esprit la veille, lorsqu'ils étaient rentrés ensemble de la soirée organisée à l'école, et que Tove s'était perchée en chancelant sur le bord du lit pour ôter ses belles bottes de cuir. Mais bizarrement, c'était à Emma Morley qu'il avait songé à cet instant précis : malgré le vin et le désir qui lui brouillaient l'esprit, il s'était demandé ce qu'Emma aurait pensé de la situation. Et lorsque son élève avait commencé à lui lécher l'oreille, il avait mentalement préparé sa défense : *Cette fille a dix-neuf ans, elle est majeure, et je ne suis pas vraiment prof, en fait.* Emma était loin, non ? Et très occupée à changer le monde dans un minibus qui tournait peut-être en ce moment même sur le périph d'une ville de province. Elle n'avait rien à voir là-dedans, de toute façon. Du coin de l'œil, il aperçut les bottes de Tove. Échouées au fond de la pièce, elles signaient sa présence – alors qu'il était strictement interdit de recevoir des visiteurs nocturnes dans la résidence.

Il s'allongea sur une partie encore fraîche du carrelage et tenta d'estimer l'heure qu'il était d'après le petit coin de ciel bleu qu'il apercevait par la fenêtre. Tove semblait sur le point de s'endormir, mais il ne pouvait pas rester près d'elle. On l'attendait. Il laissa tomber son mégot dans un verre à vin et tendit la main vers sa montre, posée sur un exemplaire encore neuf de *Si c'est un homme*, de Primo Levi.

« Tove... Il faut que je parte. »

Elle émit un grognement de protestation.

« J'ai rendez-vous avec mes parents. Je dois vraiment y aller.

— Je peux venir avec toi ? »

Il rit. « Je ne pense pas, non. De toute façon, tu as un examen de grammaire lundi. Tu ferais mieux de rentrer réviser.

— Interroge-moi. Interroge-moi maintenant.

— OK. On commence par le présent. À toutes les personnes, s'il te plaît. »

Elle glissa une jambe entre les siennes et se hissa sur lui. « J'embrasse, tu embrasses, il embrasse, elle embrasse... »

Il tenta de se redresser sur un coude. « Sérieusement, Tove...

— Encore dix minutes », murmura-t-elle au creux de son oreille. Vaincu, il se laissa retomber au sol. Pourquoi pas ? songea-t-il. Il était à Rome, après tout ! Il faisait un temps splendide, il avait vingt-quatre ans, aucun souci d'argent ni de santé. Il avait mal au crâne, il n'aurait pas dû faire ce qu'il était en train de faire, et il avait beaucoup, beaucoup de chance.

L'attrait d'une vie entièrement centrée sur lui-même et sur le plaisir qu'il tirait de ses sens finirait probablement par s'atténuer, mais pour l'heure il était encore loin d'en avoir usé tous les charmes.

Et toi, comment trouves-tu Rome ? La dolce vita a du bon, non ? (cherche l'expression dans ton dico d'italien). Je t'imagine à une terrasse de café, en train de siroter un de ces « cappuccinos » dont on nous rebat les oreilles, tout en sifflant la moindre créature qui traverse ton champ de vision. Un vrai Rital, quoi ! Tu as probablement mis tes lunettes de soleil pour lire cette lettre. Eh bien, enlève-les : tu as l'air ridicule. As-tu reçu les bouquins que je t'ai envoyés ? Primo Levi est un des meilleurs écrivains italiens. Un petit coup d'œil à son récit te rappellera que l'existence n'est pas qu'espadrilles et crèmes glacées. Eh oui, mon cher ! La vie ne ressemble pas toujours à la première scène de 37°2 *le matin. Comment se passent tes cours ? Jure-moi que tu ne couches pas avec une de tes étudiantes. Ce serait tellement... décevant !*

Je dois te laisser, maintenant. J'arrive en bas de la page et notre cher public s'impatiente dans la pièce voisine (je les entends se jeter des chaises à la figure). Plus que deux semaines à tirer et j'aurai fini ce boulot, DIEU MERCI. Gary Nutkin, le metteur en scène, m'a déjà demandé d'écrire le projet suivant – un spectacle de MARIONNETTES sur l'apartheid. Tu y crois, toi ? On jouerait ça dans les petites classes. Six mois dans une camionnette avec une marionnette de Desmond Tutu sur les genoux. Je pense que je vais passer mon tour, cette fois. D'autant que j'ai écrit une pièce sur Virginia Woolf et Emily Dickinson. Ça s'appelle « Deux vies » (ou « Deux lesbiennes déprimées », j'hésite encore). J'aimerais bien la monter dans un café-théâtre. Ce serait pas mal, non ? J'ai déjà la distribution : j'en ai parlé à Candy. Elle veut vraiment, vraiment jouer Virginia (surtout depuis que je lui ai expliqué qui c'est), à condition de pouvoir enlever le haut. J'ai dit oui. Moi, je jouerai Emily Dickinson et je garderai le haut. Je te mettrai des places de côté.

D'ici là, je dois décider si je m'inscris au chômage à Leeds ou à Londres. Cruel dilemme. J'essaie de lutter contre l'envie d'aller m'installer à Londres – c'est tellement PRÉVISIBLE –, mais Tilly Killick, mon ancienne coloc (tu te souviens d'elle ? Grosses lunettes rouges, opinions tranchées, rouflaquettes), m'a proposé d'emménager avec elle à Clapton. Elle a une chambre vide, apparemment. Ou plutôt un « débarras », comme elle dit, ce qui ne semble pas très bon signe. C'est comment, Clapton ? Et toi, quand rentres-tu à Londres ? On pourrait envisager de prendre un appart ensemble, non ?

« Un appart ensemble ? » Emma s'interrompit, secoua la tête en grommelant, et s'empressa d'ajouter : « Je plaisante !!!! » Ce qui la fit grommeler de plus belle. « Je plaisante » était l'expression consacrée de ceux qui ne plaisantaient pas du tout. Impossible de raturer la phrase, à présent. Tant pis. Comment conclure ? « Amicalement » était trop formel. « *Tout mon amour*[1] » ? Trop affecté. « Mille baisers » ? Trop niais...

---

1. Les mots et expressions en italique suivis d'un astérisque sont en français dans le texte.

Gary Nutkin était de retour. « C'est l'heure, annonça-t-il d'un ton lugubre. En place, s'il vous plaît ! » Les yeux baissés, il tenait la porte ouverte comme s'il était chargé de les conduire au peloton d'exécution. Vite, avant de pouvoir changer d'avis, Emma ajouta quelques mots à sa lettre :

Ce que tu peux me manquer, Dex !

Puis elle la signa et gribouilla un cœur au bas du papier bleu spécial avion.

La mère de Dexter était installée à une terrasse de café sur la piazza della Rotonda. Un livre ouvert à la main, les yeux clos, la tête légèrement inclinée en arrière comme un petit oiseau, elle savourait les derniers rayons de soleil de cet après-midi de juillet. Dexter, qui l'avait aperçue, ne la rejoignit pas tout de suite : il s'assit parmi les touristes qui encombraient les marches du Panthéon, et l'observa de loin tandis qu'un serveur s'approchait d'elle. Le jeune homme prit son cendrier pour le vider, ce qui la fit sursauter. Ils éclatèrent de rire, et Dexter devina, aux mouvements exagérés de ses lèvres et de ses bras, qu'elle s'était lancée dans une grande phrase en italien, qu'elle baragouinait fort mal. Il la vit tapoter affectueusement le bras du serveur, qui hocha la tête et lui sourit, déjà sous le charme, alors qu'il n'avait manifestement pas compris un mot de ce qu'elle venait de lui dire. Il s'éloigna et reprit son service – non sans jeter un regard intrigué sur la splendide Anglaise qui lui avait touché le bras en lui tenant des propos incompréhensibles.

Dexter souriait, lui aussi. La vieille théorie freudienne, celle qu'on se murmurait dans les couloirs des internats, qui stipule qu'un garçon est forcément amoureux de sa mère et hostile à son père lui avait toujours semblé parfaitement plausible. Tous ceux qui rencontraient Alison Mayhew en tombaient amoureux. Rien d'étonnant, donc, à ce qu'il fasse partie du lot. Mais le mieux, dans cette histoire, c'est qu'il avait aussi beaucoup d'affection pour son père. Dans ce domaine comme dans bien d'autres, il avait une veine incroyable.

Souvent, au cours des repas familiaux, dans le grand parc de leur maison près d'Oxford, ou quand Alison dormait au soleil pendant leurs vacances en France, il surprenait le regard de son père posé sur elle, ses yeux d'épagneul remplis d'une adoration muette. De quinze ans son aîné, grand, l'air triste et introverti, Stephen Mayhew semblait incapable de croire à sa bonne fortune. Que cette femme extraordinaire l'ait choisi dépassait son entendement. Quand Dexter était petit et que sa mère invitait des amis à dîner, ce qui arrivait souvent, il se mettait dans un coin – en veillant à ne pas faire de bruit pour ne pas être envoyé au lit –, et regardait leurs hôtes former autour d'elle un cercle de disciples obéissants et dévoués : tous ces types intelligents et accomplis, ces médecins, ces avocats, ces hommes qui parlaient à la radio se muaient en sa présence en adolescents énamourés. Combien de fois Dexter l'avait-il regardée danser sur les premiers albums de Roxy Music, un verre de cocktail à la main ? Un peu éméchée, l'air ailleurs, elle bougeait avec une telle aisance que les autres femmes, cette brochette d'épouses qui scrutaient chacun de ses mouvements, semblaient atrocement petites, grosses et stupides en comparaison. Ses camarades d'école subissaient le même sort : dès qu'Alison faisait son apparition, ils se transformaient tous, même les plus calmes ou compliqués d'entre eux, en personnages de dessins animés : ils flirtaient avec elle, rougissaient lorsqu'elle faisait de même, se lançaient avec elle dans des batailles d'eau délirantes, et la complimentaient sur ses talents culinaires alors qu'elle massacrait les œufs brouillés et laissait tomber dans les plats sa cendre de cigarette.

Elle avait fait des études de stylisme à Londres, puis elle s'était reconvertie avec succès dans la vente d'antiquités : installée dans un petit village proche de leur maison, sa boutique remplie de vieux lustres et de tapis hors de prix attirait toute la bourgeoisie d'Oxford. Avoir été « quelqu'un dans les années 1960 » lui conférait une aura particulière – Dexter avait vu les photos, les articles découpés dans des magazines aux couleurs fanées –, bien qu'elle ait renoncé à sa carrière sans tristesse ni regret apparents. Comme toujours, elle avait su quitter la fête au bon moment, délaissant le *Swinging London* pour une vie de famille résolument respectable, sûre et confortable. Dexter la soupçonnait d'avoir cédé, et de céder encore, aux avances des médecins, des avocats et des types qui parlaient à la radio, mais il ne parvenait pas à lui en vouloir. D'autant que, tout le monde le disait, il « tenait d'elle ». En quoi exactement ? Personne ne le précisait, comme si c'était une évidence : il possédait le charme de sa mère, bien sûr, son énergie et sa bonne santé, mais aussi son assurance un peu nonchalante, sa certitude d'être au centre de tout, de faire partie des gagnants.

Et le charme continuait d'opérer. Même ici, à Rome, alors qu'elle plongeait distraitement la main dans son immense besace pour chercher des allumettes, l'activité de la piazza semblait tourner autour d'elle. Vêtue d'une robe d'été d'un bleu délavé ouverte un bouton trop bas, ses yeux noisette éclairant malicieusement son visage en forme de cœur, elle secoua sa masse de cheveux noirs artistiquement décoiffés, ajoutant au désordre parfaitement maîtrisé de son allure. Il se leva pour la rejoindre. Elle l'aperçut, et son visage se fendit d'un large sourire.

« Tu as quarante-cinq minutes de retard, jeune homme. Où étais-tu passé ?

— J'étais là-bas, sur les marches. Je te regardais draguer les serveurs.

— Pas un mot à ton père ! » Elle se cogna contre la table en se levant pour l'embrasser. « Sérieusement, pourquoi es-tu si en retard ?

— Je préparais mes cours. » Parti aussitôt après sa douche avec Tove Angstrom, il avait encore les cheveux mouillés. Lorsque sa mère leva tendrement la main vers lui pour écarter une mèche de son front, il comprit qu'elle était déjà un peu pompette.

« Tu es tout ébouriffé... Qui t'a ébouriffé comme ça ? Raconte-moi tout. Qu'as-tu encore fait comme bêtise ?

— Je viens de te le dire. Je préparais mes cours. »

Elle eut une moue dubitative. « Et hier soir, pourquoi n'es-tu pas venu ? Nous t'avons attendu au restaurant.

— Désolé. J'ai été retenu à l'école. Il y avait une soirée disco.

— Une soirée disco ? Je croyais que ça n'existait plus depuis 1977. Ça ressemblait à quoi ?

— Deux cents étudiantes scandinaves complètement saoules en train de *voguer*.

— *Vo-guer*. Je suis ravie de te dire que je n'ai pas la moindre idée de ce que c'est. Une sorte de danse, j'imagine... C'était bien, au moins ?

— Infernal. »

Elle lui tapota le genou. « Pauvre, pauvre chéri.

— Où est papa ?

— Il a préféré rentrer à l'hôtel. Il avait trop chaud, et ses sandales lui faisaient mal aux pieds. Tu le connais... Il est tellement *gallois* par moments !

— Vous avez fait quoi, ce matin ?

— On est allés au Forum. J'ai trouvé ça magnifique, mais Stephen s'est mortellement ennuyé. Toutes ces colonnes, tous ces débris enchevêtrés... C'est bien trop chaotique pour lui. Tel que je le connais, il pense sûrement que les Italiens devraient tout raser et construire un joli parc à la place. Avec un jardin d'hiver, bien sûr.

— Vous devriez aller au Palatin. C'est au sommet d'une colline et...

— Je sais où se trouve le Palatin, Dexter. J'ai visité Rome bien avant ta naissance, figure-toi.

— Ah oui ? Et qui était empereur, à l'époque ?

— Très drôle. Tiens... Prends un peu de vin. Ne me laisse pas finir la bouteille toute seule. »

Elle l'avait déjà bien entamée, en effet. Dexter vida ce qu'il en restait dans un verre à eau, puis il tendit la main vers son paquet de cigarettes. « Tss-tss ! fit-elle d'un air réprobateur. Quand je te vois fumer, je me dis que nous avons été un peu trop laxistes avec toi, mon chéri.

— Tout à fait d'accord. Vos méthodes d'éducation ont causé ma perte. Passe-moi les allumettes.

— C'est pas très malin, tu sais. Tu crois te donner des allures de star avec ça, mais tu te trompes. C'est très laid, au contraire.

— Et toi, pourquoi tu fumes, alors ?

— Ça me donne une classe folle. » Elle glissa une cigarette entre ses lèvres et se pencha vers Dexter, qui l'alluma. « J'ai décidé d'arrêter, de toute façon. C'est ma dernière. Et maintenant, puisque ton père n'est pas là... » Elle rapprocha sa chaise de la sienne d'un air de conspiratrice. « ... profitons-en. Parle-moi de tes amours.

— Non !

— S'il te plaît, Dex ! Tu sais bien que je vis par procuration, maintenant. Comme toutes les mères ! Mais ta sœur est une telle sainte-nitouche que...

— Auriez-vous forcé sur le vin, ma chère ?

— ... je ne comprendrai jamais comment elle a réussi à faire deux enfants !

— Tu as vraiment forcé sur le vin.

— Je n'en abuse jamais, voyons. »

Un soir, quand Dexter avait douze ans, elle l'avait solennellement emmené dans la cuisine pour lui apprendre à préparer un martini dry. Les instructions avaient été données à voix basse, comme s'il s'agissait d'un rite ancestral et secret.

« Allez, déballe ton sac. Je veux tout savoir !

— Je n'ai rien à te raconter.

— Pas la moindre petite amourette romaine ? Aucun coup de cœur pour une gentille catholique ?

— Non. Rien de rien.

— Tu ne t'en prends pas à tes étudiantes, j'espère ?

— Bien sûr que non.

— Et en Angleterre ? De qui sont ces longues lettres baignées de larmes que nous réexpédions pour toi, mois après mois ?

— Ça ne te regarde pas.

— Réponds-moi, ou je serai encore obligée de les ouvrir au-dessus d'une casserole d'eau chaude !

— Je n'ai rien à répondre. »

Elle s'appuya contre le dossier de sa chaise. « Tu me déçois, Dex. Et ton amie, au fait ? Comment va-t-elle ?

— Quelle amie ?

— Celle que tu as invitée une fois à la maison... Une fille du Nord, jolie, franche, très sympathique. Le vin lui a tourné la tête, et elle s'est mise à crier sur ton père pendant le dîner... À propos des sandinistes, je crois.

— C'était Emma Morley.

— Oui, c'est ça. Emma Morley. Elle m'a plu, cette fille. À ton père aussi, d'ailleurs – elle l'a pourtant traité de bourgeois fasciste, si je me souviens bien ! » Dexter ne put retenir une grimace à l'évocation de cette soirée. « Je ne lui en veux pas, reprit Alison. Elle avait du caractère, au moins. Et des opinions. Rien à voir avec les ravissantes potiches que tu exhibes d'habitude au petit-déjeuner ! "Oui, madame Mayhew. Non, madame Mayhew." Elles ne savent rien dire d'autre, celles-là ! Si tu crois que je ne t'entends pas quand tu vas les rejoindre sur la pointe des pieds au milieu de la nuit...

— Tu as vraiment trop bu, non ?

— Revenons-en à Emma. Comment ça va, entre vous ?

— C'est juste une amie, rien de plus.

— Vraiment ? Je n'en suis pas si sûre. Je crois même qu'elle a un faible pour toi.

— Tout le monde a un faible pour moi. C'est une vraie malédiction. »

Contrairement à ce qu'il espérait, sa remarque, censée être canaille et pleine d'autodérision, tomba à plat. Sa mère garda le silence et il se sentit aussi bête qu'autrefois, lorsqu'elle l'autorisait à rester avec les adultes et qu'il gâchait tout en voulant faire l'intéressant. Elle lui sourit avec indulgence et posa brièvement sa main sur la sienne.

« Tu seras gentil, n'est-ce pas ?

— Je suis gentil. Je le suis toujours.

— Pas trop, tout de même ! Je veux dire... c'est bien d'être gentil, mais n'en fais pas une religion, d'accord ?

— D'accord. » Mal à l'aise, il feignit de s'absorber dans la contemplation des passants.

Elle lui donna un petit coup de coude. « Et si nous rentrions à l'hôtel pour prendre des nouvelles des cors de ton père ? À moins que tu ne préfères commander une autre bouteille de vin ? »

Ils s'engagèrent dans le dédale des petites rues adjacentes à la via del Corso pour rejoindre la piazza del Popolo, plus au nord. Dexter guida sa mère d'un carrefour à l'autre, n'hésitant pas à modifier l'itinéraire pour le rendre plus pittoresque, si bien qu'il retrouva le sourire, tout au plaisir que procure la bonne connaissance d'une ville étrangère. Encore un peu éméchée, Alison lui avait pris le bras et poursuivait son interrogatoire.

« Combien de temps penses-tu rester ici ?

— Je ne sais pas. Jusqu'en octobre, peut-être.

— Ensuite, tu reviendras t'installer en Angleterre, n'est-ce pas ?

— Évidemment.

— Je ne te demande pas de venir vivre avec nous, bien sûr. Je ne t'imposerais jamais une chose pareille ! Tu sais que nous sommes prêts à t'aider, si tu souhaites acheter un appartement.

— Je le sais, mais... rien ne presse, non ?

— Tu es parti depuis plus d'un an, Dexter. Crois-tu vraiment que tu aies encore besoin de vacances ? D'autant que tu ne t'es pas tué à la tâche à l'université, que...

— Je ne suis pas en vacances : je travaille !

— Et le journalisme ? Je croyais que tu t'intéressais au journalisme ? »

Il avait mentionné cette profession, en effet, mais il s'agissait plus à ses yeux d'un alibi ou d'une distraction que d'une véritable passion. Plus il progressait vers l'âge adulte, plus l'éventail des possibles semblait se réduire : les jobs qui en jettent, ceux dont il rêvait à quinze ans – architecte ou chirurgien cardiaque –, étaient maintenant hors de sa portée. Et, selon toute vraisemblance, le journalisme ne tarderait pas à suivre le même chemin. Il écrivait plutôt mal, s'y connaissait peu en politique, parvenait tout juste à aligner trois mots de français, et manquait de toutes les compétences et qualifications nécessaires au métier de reporter. Ses arguments en la matière se limitaient à un passeport et à une agréable vision de lui-même étendu sur le lit d'une chambre d'hôtel dans un quelconque pays tropical, cigarette au bec, les yeux rivés sur le ventilateur accroché au plafond, un vieux Nikon et une bouteille de whisky à ses pieds.

Non, ce qui le tentait vraiment, c'était de devenir photographe. À seize ans, il avait réalisé un portfolio baptisé *Texture*, rempli de gros plans en noir et blanc de coquillages et d'écorces d'arbre, dont la beauté avait littéralement « coupé le souffle » de sa professeur d'arts plastiques. Depuis cette date, rien ne lui avait procuré autant de satisfaction que *Texture* et ses tirages très contrastés. Il était particulièrement fier de la manière dont il avait immortalisé le gravier de l'allée et les détails d'une fleur de givre sur les carreaux. Le journalisme l'obligerait à batailler avec des concepts compliqués, des mots, des idées. La photographie lui semblait plus évidente, une pente presque naturelle chez lui, ne serait-ce que parce qu'il avait toujours eu un certain sens de l'esthétique : un simple regard lui permettait de juger d'une allure, d'une tenue. Ou de la beauté d'une image.

N'était-ce pas ce qu'il fallait pour devenir un bon photographe ? De toute façon, il était arrivé à un âge où son principal critère pour juger de la pertinence d'une carrière était la manière dont elle serait perçue lorsqu'il la crierait à l'oreille d'une jolie fille dans un bar bondé. « Je suis photographe professionnel » lui permettrait indéniablement de marquer des points. Au moins autant que « Je suis correspondant de guerre » ou « Je réalise des documentaires ».

« C'est une possibilité, répondit-il à la question de sa mère sur le journalisme.

— Et les affaires ? Je croyais que Callum et toi aviez décidé de créer une entreprise ?

— C'est vrai. On y pense toujours.

— Ça me semble un peu vague, cette histoire.

— Pas du tout. On y pense, je te dis. » En fait, Callum, son ancien colocataire, ne l'avait pas attendu pour créer sa boîte, qui s'occupait de rénover des parcs informatiques – une activité que Dexter n'avait pas l'énergie de chercher à comprendre. D'après Callum, qui espérait toujours le convaincre de s'associer avec lui, le secteur était tellement porteur qu'ils seraient millionnaires à vingt-cinq ans. Peut-être, mais de quoi auraient-ils l'air dans un bar ? « En fait, je rénove des parcs informatiques. » C'était nul, non ? Décidément, la photographie était le meilleur choix possible. Il se risqua à l'énoncer à voix haute.

« En fait, je pense me lancer dans la photo.

— La photo ? » Sa mère partit d'un rire hystérique.

« Quoi ? Je suis plutôt doué, non ?

— Oui... quand tu ne laisses pas ton doigt sur l'objectif ! » Elle riait toujours.

« Je croyais que tu étais censée m'encourager !

— Tu comptes te spécialiser dans quoi ? La photo glamour ? Ou reprendre ton travail sur *Texture* ? »

Elle riait tant qu'ils durent s'arrêter au milieu du trottoir. Pliée en deux, elle s'agrippait à son bras pour ne pas tomber. « Toutes ces photos de... gravier ! railla-t-elle encore, hilare, avant de se redresser et de reprendre son sérieux. Dexter, pardonne-moi... Je suis navrée.

— J'ai fait des progrès, figure-toi.

— Je sais. Je n'aurais pas dû me moquer de toi. Je te présente mes excuses. » Ils se remirent en marche. « Il faut que tu le fasses, Dexter, si c'est ce que tu veux. » Elle lui donna un petit coup de coude affectueux, mais il continua de bouder. « Nous t'avons toujours affirmé que tu as les moyens de faire tout ce que tu veux, à condition que tu t'y consacres sérieusement.

— C'était juste une idée, grommela-t-il. J'évalue mes perspectives, c'est tout.

— J'espère bien, parce que tu n'as pas vraiment la vocation de l'enseignement, n'est-ce pas ? C'est un beau métier, mais je doute que tu passes ta vie à enseigner les chansons des Beatles à des Scandinaves énamourées !

— Ce n'est pas aussi facile que tu le penses, maman. Et puis, je pourrai toujours me rabattre là-dessus en cas de coup dur.

— Justement. Je me demande parfois si tu n'as pas un peu trop de choses sur quoi te rabattre. » Elle s'était exprimée en baissant les yeux, et sa remarque sembla rebondir sur les pavés. Il laissa passer un silence avant de reprendre :

« Qu'est-ce que tu insinues ?

— Oh, je veux simplement dire que... » Elle soupira et posa la tête sur son épaule. « Il faudra bien que tu prennes le temps de réfléchir, un jour ou l'autre. Tu es jeune, en bonne santé, plutôt joli garçon – surtout si l'éclairage est favorable –, tu suscites la sympathie, tu es intelligent, ou assez intelligent... Disons que tu n'es peut-être pas un intellectuel, mais que tu as de la jugeote. Et, surtout, tu as la chance de ton côté. Tu as eu, et tu as encore tellement de chance, Dexter ! Nous t'avons protégé de tout : tu n'as jamais eu de difficultés, de responsabilités ni de problèmes d'argent. Mais tu es grand, maintenant, et les choses ne seront peut-être pas toujours aussi... » Elle promena un regard explicite sur la ravissante petite rue qu'ils étaient en train de descendre. « ... aussi sereines qu'aujourd'hui. Ce serait bien que tu t'y prépares. Que tu sois mieux équipé pour affronter l'avenir. »

Il fronça les sourcils. « Tu parles de mon avenir professionnel ?

— En partie, oui.

— On dirait papa.

— Seigneur ! Qu'est-ce qui te fait penser ça ?

— Un vrai métier, quelque chose sur quoi te rabattre, une bonne raison de te lever le matin...

— Je ne te parle pas seulement de trouver un métier, mais de choisir une direction. Un but à ta vie. De trouver quelque chose qui te motive, qui te donne de l'ambition ! Quand j'avais ton âge, je voulais changer le monde.

— D'où le magasin d'antiquités, répliqua-t-il du tac au tac, ce qui lui valut un autre coup de coude.

— Ne mélange pas tout. Et ne joue pas au plus malin avec moi. » Elle glissa son bras sous le sien et ils repartirent lentement vers l'hôtel. « J'aimerais pouvoir être fière de toi, c'est tout. Je le suis déjà, bien sûr – et de ta sœur aussi –, mais... tu comprends, n'est-ce pas ? Pardonne-moi : j'ai un peu trop bu. Changeons de sujet, tu veux bien ? J'ai autre chose à te dire.

— Ah bon ? Quoi ?

— Oh, je... Trop tard. » L'hôtel n'était plus qu'à quelques mètres, à présent. Un trois-étoiles, chic sans être ostentatoire. Dexter aperçut son père à travers les vitres fumées du hall : assis dans un fauteuil, une chaussette à la main, son pied nu en équilibre sur son genou, il examinait sa voûte plantaire avec attention.

« Ciel ! Il se cure les pieds dans le hall de l'hôtel. Un peu de Swansea sur la via del Corso... C'est charmant, vraiment. » Alison s'écarta d'un pas et prit la main de son fils dans la sienne. « Et si on déjeunait ensemble, demain ? Juste toi et moi, en plein soleil sur une petite place, pendant que ton père soignera ses cors dans la chambre d'hôtel, les rideaux fermés ? Allons dans un endroit chic, avec des nappes blanches. Je paierai la note. Tu pourras même me montrer tes photos de galets, si tu veux.

— D'accord », acquiesça-t-il, encore boudeur. Sa mère lui sourit, mais elle fronçait les sourcils et serrait un peu trop fort sa main dans la sienne. Une légère anxiété lui noua brusquement l'estomac. « Pourquoi tu veux déjeuner avec moi ?

— Parce que j'ai quelque chose à annoncer à mon grand garçon et que je suis un peu trop pompette pour le faire tout de suite.

— Qu'est-ce que c'est ? Dis-le-moi !

— Non. Demain.

— Tu vas demander le divorce, c'est ça ? »

Elle rit doucement. « Bien sûr que non ! Ne sois pas ridicule... » Stephen, qui les avait vus, s'escrimait maintenant à tirer la porte qu'il fallait pousser pour sortir. « Comment pourrais-je quitter un homme qui rentre sa chemise dans son caleçon ? ajouta-t-elle.

— Qu'est-ce que c'est, alors ? Dis-le-moi tout de suite.

— Ce n'est rien, je t'assure. Rien de grave. » Elle le consola d'un sourire et, glissant une main sur sa nuque, elle l'attira vers elle de manière à poser son front contre le sien. « Ne t'inquiète de rien, mon chéri. Demain. Je te raconterai tout demain. »

3

Le Taj Mahal

DIMANCHE 15 JUILLET 1990

Bombay et Camden Town

« Votre attention, s'il vous plaît ! Puis-je avoir votre attention ? Quelques minutes d'attention ? Écoutez-moi, je vous prie ! Là… On se calme, d'accord ? Et on m'écoute ! VOTRE ATTENTION, S'IL VOUS PLAÎT ? Merci. »

Juché sur un tabouret de bar, Scott McKenzie promenait un regard attentif sur les huit membres de son équipe : tous âgés de moins de vingt-cinq ans, tous en jean blanc et casquette de base-ball aux couleurs du restaurant, et tous possédés par une furieuse envie d'être ailleurs – n'importe où sauf au boulot, le dimanche midi, au Loco Caliente, un restaurant tex-mex de Kentish Town Road où la cuisine et l'atmosphère étaient chaudes chaudes chaudes.

« Avant d'ouvrir les portes et d'accueillir nos chers clients pour le brunch, j'aimerais vous briefer rapidement sur les spécialités du jour. La soupe est une multirécidiviste bien connue de vos services : j'ai nommé le corn chowder, notre fabuleuse soupe crémeuse au maïs frais! Quant au plat du jour, c'est un merveilleux burrito au poisson ! »

Scott exhala lentement l'air de ses poumons et attendit patiemment que le silence retombe sur la petite assemblée après le concert de récriminations et de mimiques de dégoût qui avait succédé à son discours. C'était un homme de taille modeste, au teint pâle et aux yeux rouges. Diplômé de l'université de Loughborough en gestion commerciale, il avait rêvé de devenir capitaine d'industrie. Il s'imaginait jouant au golf dans les conférences internationales ou s'engouffrant dans un jet privé. Pourtant, ce matin, dès son arrivée au restaurant, il avait été obligé de retirer l'énorme bloc de graisse de porc qui bouchait les canalisations de la cuisine. À mains nues. Ses doigts étaient encore visqueux. Il avait déjà trente-neuf ans, et rien ne se passait comme prévu.

« En gros, c'est la même chose qu'un burrito au bœuf, au poulet ou au porc, sauf que celui-ci renferme, je cite : "de délicieux morceaux de cabillaud et de saumon cuisinés à la perfection". Les plus chanceux auront peut-être une crevette ou deux, qui sait ?

— C'est carrément... atroce ! » s'esclaffa Paddy. Assis derrière le bar, il découpait des quartiers de citron vert pour les insérer dans le goulot des bouteilles de bière.

« Un peu d'Atlantique Nord dans la gastronomie latino-américaine », commenta Emma Morley en nouant son tablier. Un grand costaud se tenait derrière Scott. Massif, les cheveux bouclés et très blonds sur une tête en cylindre. Le nouveau serveur, sans doute. L'équipe le jaugeait d'un regard méfiant, comme le font les prisonniers qui voient arriver un nouveau détenu.

« Pour terminer sur une note plus gaie, je vous demande d'accueillir chaleureusement Ian Whitehead, qui rejoint aujourd'hui notre formidable équipe d'employés hautement qualifiés ! » Ian fit basculer la casquette réglementaire très en arrière sur sa tête et, levant le bras, fit mine de taper dans une paume imaginaire. « *Yo, my people!* s'exclama-t-il en imitant (plutôt mal) l'accent des rappeurs américains.

— "*Yo my people*" ? Mais où Scott va-t-il les chercher ? » ricana Paddy – assez fort pour être entendu de la nouvelle recrue.

Scott gratifia Ian d'une grande claque dans le dos, le faisant sursauter. « Je vais laisser à la doyenne de l'équipe le soin de s'occuper de toi. Emma ? »

L'intéressée grimaça à l'énoncé de son titre de gloire, avant d'esquisser un sourire navré à l'adresse du nouveau serveur. Qui le lui rendit en serrant les lèvres, comme Stan Laurel.

« Elle t'expliquera l'essentiel, ajouta Scott. Bon, c'est tout pour aujourd'hui. Et n'oubliez pas le plat du jour : les burritos au poisson ! Maintenant, musique, s'il vous plaît ! »

Paddy mit en marche le lecteur de cassettes graisseux qui se trouvait derrière le bar. Et la « musique » commença : quarante-cinq minutes de tubes mexicains remixés au synthétiseur (ça commençait évidemment par *La Cucaracha* – Le Cafard) qui repassaient en boucle pendant tout le service, de sorte qu'Emma les entendait douze fois de suite en huit heures de travail. Douze *Cucaracha* par jour, vingt-quatre jours par mois, depuis sept mois. Elle baissa les yeux sur la casquette qu'elle avait dans la main. Sous un grand sombrero, l'âne qui servait de logo au restaurant la regardait avec des yeux ronds. Comme un ivrogne. Ou un fou, peut-être. Elle vissa le couvre-chef sur sa tête et descendit du tabouret de bar comme si elle se laissait glisser dans une piscine d'eau glacée. Le nouveau serveur l'attendait, sourire aux lèvres, les doigts engoncés dans les poches de son jean trop blanc – et, pour la énième fois, elle se demanda ce qu'elle faisait de sa vie.

Emma, Emma, Emma. Comment vas-tu, Emma ? Et qu'est-ce que tu fais, là, maintenant ? À Bombay, j'ai six heures d'avance sur toi, donc... vu qu'on est dimanche, tu es peut-être encore au lit, assommée par une sacrée gueule de bois. Auquel cas RÉVEILLE-TOI ! C'EST DEXTER !

Je t'écris depuis mon « hôtel » de Bombay, une sorte d'auberge de jeunesse remplie de matelas suspects et de routards australiens qui déboulent à jet continu dans les couloirs. Comme le dit mon guide de voyage, les chambres sont pleines de caractère – c'est-à-dire de rongeurs –, mais j'ai aussi une petite table en plastique près de la fenêtre et il PLEUT DES TROMBES en ce moment. Un truc de dingue, pire qu'à Édimbourg. C'est simple : il pleut si fort que j'entends à peine la compil que tu m'as offerte. Je l'aime beaucoup, au fait, sauf le morceau de rock indé un peu strident, vu que je suis PAS UNE NANA, BORDEL. J'essaie aussi de lire les bouquins que tu m'as donnés à Pâques, mais je dois t'avouer que Howards End, *le roman de Forster, me tombe des mains. J'ai l'impression qu'ils boivent la même tasse de thé depuis deux cents pages. J'attends toujours que quelqu'un se décide à sortir un flingue de sa poche ou que les Martiens débarquent, mais ça risque pas d'arriver, hein ? Ah, Emma ! Quand renonceras-tu à faire mon éducation ? Jamais, j'espère.*

À propos, au cas où tu ne l'aurais pas deviné à la lecture de ma prose exquise et CRIARDE, je t'écris en état d'ivresse : trop de bière à midi ! Comme tu peux le constater, l'écriture n'est pas mon fort, contrairement à toi (ta dernière lettre était franchement drôle), mais je tiens quand même à te dire que l'Inde est un pays stupéfiant. En fin de compte, je suis ravi qu'on m'ait interdit de continuer à enseigner l'anglais à des étrangers. C'était la meilleure chose qui pouvait m'arriver (même si je continue de penser que la sanction était disproportionnée. Moi, « moralement inapte » ? Tove avait vingt et un ans !). Rassure-toi : je t'épargnerai les hindouisteries habituelles (beauté des levers de soleil sur les temples, etc.), mais sache que tout ce qu'on raconte sur ce pays est vrai (misère, tourista et tutti quanti). Non seulement c'est une civilisation millénaire d'une richesse inouïe, mais tu n'en REVIENDRAIS PAS de ce qu'on peut acheter sans ordonnance dans les pharmacies indiennes.

Autant dire que j'ai vu pas mal de trucs dingues depuis mon arrivée ici. C'est pas toujours drôle, mais c'est une sacrée expérience et j'ai pris des milliers de photos... que je te montrerai trèèèèèès lentement quand je reviendrai. Promets-moi que tu feras semblant de t'y intéresser ! C'est ce que j'ai fait quand tu m'as pris la tête avec les manifs contre la Poll Tax, non ? En tout cas, j'ai déjà montré un paquet de photos à la productrice d'émissions télé que j'ai rencontrée dans le train l'autre jour (je t'arrête tout de suite : il ne s'est rien passé entre nous – elle a au moins trente-cinq balais), et elle m'a affirmé que je pouvais en faire mon métier. Elle produit une sorte d'émission de voyage pour les jeunes – c'est pour ça qu'elle était en Inde. Elle m'a filé sa carte en me proposant de l'appeler en août, quand elle reviendra ici avec son équipe : d'après elle, je pourrai peut-être les aider à rassembler de la doc ou même à tourner quelques séquences. C'est génial, non ?

Et toi, quoi de neuf côté boulot ? As-tu monté une autre pièce ? J'ai vraiment, vraiment aimé ton spectacle sur Virginia Woolf et Emily Machin-chose. Comme je te l'ai dit à Londres ce soir-là, j'ai trouvé ça très prometteur, et c'était pas juste histoire de te faire plaisir : je le pensais vraiment. Mais je suis d'accord avec toi : t'as raison de vouloir arrêter de jouer, pas parce que tu n'es pas douée, mais parce que tu n'aimes vraiment pas ça. J'ai trouvé Candy sympa – bien plus que je m'y attendais. Salue-la pour moi, d'accord ? Alors, as-tu monté une autre pièce ? Est-ce que tu vis toujours dans ton cagibi à Clapton ? L'appart sent toujours autant le graillon ? Tilly Killick fait toujours tremper ses énormes soutifs grisâtres dans l'évier ? Et au Mucho Loco, t'y bosses encore ? Sérieusement, Em, même si ta dernière lettre m'a fait hurler de rire, je crois que tu devrais leur filer ta dém : OK, ce boulot te permet de faire de bonnes blagues, mais il te fait aussi beaucoup de mal. Et tu ne vas quand même pas gâcher des années de ta vie sous prétexte de raconter des bonnes blagues, non ?

Ce qui m'amène à la raison pour laquelle je t'écris aujourd'hui. Assieds-toi, ça vaudra peut-être mieux...

« Et maintenant, Ian… Bienvenue au cimetière des Ambitions ! »

Emma entra dans le local réservé aux employés – et faillit trébucher sur une pinte oubliée derrière la porte. Son contenu (les mégots de la veille en suspension dans une gorgée de bière tiède) se renversa sur le sol. La petite pièce froide et humide donnait sur Kentish Town Road. Comme tous les dimanches, l'avenue était déjà noire d'étudiants et de touristes en route pour le marché aux puces de Camden dont ils reviendraient en fin d'après-midi, les bras chargés de tee-shirts frappés d'un *smiley* et de grands hauts-de-forme en peluche multicolores.

« En espagnol, reprit-elle, Loco Caliente veut dire "chaud" et "fou". "Chaud", parce que l'air conditionné ne marche pas ; "fou", parce que c'est ce qu'il faut être pour manger ici. Ou travailler ici, d'ailleurs. Il faut vraiment être *mucho mucho loco*, crois-moi ! Viens. Je vais te montrer où ranger tes affaires. »

Ils durent piétiner les journaux de la semaine précédente, éparpillés au milieu de la pièce, pour accéder au petit placard qui faisait office d'armoire à vêtements. « Voilà ton casier. Il ne ferme pas. Évite d'y laisser ton uniforme : tu risquerais de te le faire piquer – va savoir pourquoi ! Ce qui est sûr, c'est que la direction pète les plombs dès qu'une casquette disparaît. Annonce-leur que tu as perdu la tienne, et tu finiras noyé dans une cuve de sauce barbecue… »

Ian partit d'un rire jovial, quoique un peu forcé. Emma se tourna en soupirant vers la table, encore couverte des restes du dîner de la veille. « On a vingt minutes pour manger avant le début du service. Tu peux choisir ce que tu veux dans le menu, sauf les gambas – ce qui vaut mieux pour toi, crois-moi. Si tu tiens à la vie, touche pas aux gambas ! C'est comme la roulette russe : une sur six t'expédiera ad patres, conclut-elle en commençant à débarrasser la table.

— Attends ! dit Ian. Laisse-moi t'aider. » Il saisit avec précaution une assiette barbouillée de sauce à la viande. Encore impressionnable. Comme toutes les nouvelles recrues, songea Emma en l'observant. De petites boucles blondes encadraient son visage rond et avenant, ses joues lisses et roses perchées au-dessus d'une bouche souvent entrouverte. Un type solide, quoi. Pas vraiment beau, mais robuste. Pour des raisons qui n'étaient pas toutes amicales, elle pensa à un tracteur.

Le regard de Ian vint brusquement croiser le sien. Un peu gênée, elle s'exclama : « Alors, quel bon vent t'amène sur la route du Mexique ?

— Oh, tu sais… Faut bien payer le loyer !

— Pourquoi tu fais pas de l'intérim, alors ? Et tes parents, ils ne peuvent pas te loger ?

— Non. J'ai besoin d'être à Londres et il me faut un job à horaires flexibles…

— Pourquoi ? C'est quoi ton tiret ?

— Mon quoi ?

— Ton tiret. Tous ceux qui bossent ici en ont un. Il y a ceux qui sont serveurs-tiret-artistes, celles qui sont serveuses-tiret-actrices… Paddy, le barman, prétend qu'il est mannequin, mais franchement, j'en doute.

— Ah, j'voué c'que tu veux dirrrh, répliqua-t-il dans ce qui se voulait une imitation de l'accent du Nord. Dans ce cas, j'dois t'avouer que j' suis blagueur professionnel ! » Un large sourire aux lèvres, il plaqua ses pouces sur ses tempes en agitant les doigts, comme un clown chargé de faire rire la salle. « Comique, quoi !

— Ah, d'accord. On aime tous rire, c'est vrai. Et tu fais quoi, au juste ? Des sketches ? Du stand-up ?
— Oui. Surtout du stand-up. Et toi ?
— Moi ?
— C'est quoi, ton tiret ? À part bosser ici, qu'est-ce que tu fais ? »
Elle faillit répondre : « J'écris des pièces de théâtre » mais, trois mois après la dernière, l'humiliation qu'elle avait éprouvée à incarner Emily Dickinson devant une salle vide était encore brûlante. Alors, « dramaturge » ? Certainement pas. Autant répondre « astronaute ».
« Oh, je fais ce... » Elle arracha un reste de burrito racorni à sa carapace de fromage desséché. «... ce boulot. Voilà ce que je fais.
— Et ça te plaît ?
— Si ça me plaît ? J'adore ça, tu veux dire ! Regarde... » Elle essuya une tache de ketchup à l'aide d'une serviette froissée, avant de reprendre d'un ton sarcastique : « Comment veux-tu que je n'adore pas ce boulot ? Viens. Je vais te montrer où sont les toilettes. Retiens ton souffle... »

Depuis que j'ai commencé cette lettre, j'ai bu (bi ? bo ?) deux bières de plus. Je suis prêt à cracher le morceau, maintenant. Alors, voilà. Toi et moi, on se connaît depuis cinq ou six ans, et ça fait deux ans qu'on est amis (vraiment amis, je veux dire). C'est pas très long, c'est vrai, mais je commence quand même à bien te connaître. Et je crois savoir quel est ton problème. N'oublie pas que j'ai décroché une mention assez bien en anthropologie, ce qui me confère une petite autorité en la matière. De toute façon, si ma théorie ne t'intéresse pas, tu peux t'arrêter là.

Tu veux continuer ? Parfait. Écoute-moi bien. Je crois que tu as peur d'être heureuse. Je crois que tu trouves normal d'avoir une vie triste, morne et maussade. Tu penses qu'il est naturel de haïr ton boulot, de haïr l'endroit où tu vis, de ne pas avoir de succès, d'argent et (Dieu t'en garde !) de mec – à ce propos, permets-moi une petite discersion : je commence à en avoir marre de t'entendre répéter que tu n'es pas séduisante, Emma. Cesse de te dénigrer comme ça, c'est vraiment lassant. J'irai même jusqu'à dire que tu prends plaisir à être déçue et à te décevoir toi-même parce que c'est plus facile, pas vrai ? L'échec et l'insatisfaction sont plus faciles que la réussite, parce que tu peux les tourner en dérision. Je t'agace ? J'espère bien. Je ne fais que commencer, en plus.

Sincèrement, Em, je ne supporte pas de t'imaginer dans cet horrible appart, avec toutes ces odeurs, ces bruits bizarres et cette ampoule qui se balance au-dessus de ta tête, ou dans cette laverie en bas de chez toi – je ne comprends même pas pourquoi tu t'obstines à aller à la laverie, d'ailleurs. C'est complètement absurde ! On vit au XXe siècle, oui ou non ? Si tu crois que c'est branché ou idéologiquement correct de faire ta lessive dans une laverie automatique, tu te trompes. C'est déprimant, un point c'est tout. Comment dire, Emma ? Tu es jeune, tu es quasiment un génie, et pourtant le seul truc auquel tu penses quand tu veux te faire plaisir, c'est à t'offrir une virée chez le teinturier. Tu mérites mieux, crois-moi. Non seulement tu es drôle, maligne et gentille (trop gentille, si tu veux mon avis), mais tu es de loin la personne la plus intelligente que je connaisse. Et (là, grande gorgée de bière, grande *respiration) tu es aussi une Très Jolie Femme. Et (encore un peu de bière), par « jolie », je veux aussi dire « sexy », même si ça me gêne d'écrire un truc pareil. Mais je ne vais pas rayer ma phrase sous prétexte que c'est politiquement incorrect de qualifier quelqu'un de sexy, vu que dans ton cas c'est aussi et surtout VRAI. Tu es sublime, espèce de vieille bique, et si je n'avais qu'un seul cadeau à te faire pour le reste de ta vie, ce serait ça. Une bonne dose de confiance en soi. Voilà ce que je t'offrirais. Ça, ou une bougie parfumée – j'hésite encore.*

Je sais d'après tes lettres et ce que tu m'as raconté à Londres après ton spectacle que tu es un peu perdue en ce moment, que tu ne sais pas trop quoi faire de ta vie, que tu as l'impression de naviguer à vue sans rames, sans gouvernail et sans cartes, mais ça c'est pas grave, puisque c'est exactement ce qui est censé nous arriver quand on a vingt-quatre ans. C'est ce qui arrive à toute notre génération, en fait. J'ai lu un article là-dessus. Si on est comme ça, c'est parce qu'on n'a pas connu la guerre ou qu'on a trop regardé la télé, apparemment. De toute façon, ceux qui ont trouvé un gouvernail, des rames et des cartes sont des raseurs, des ringards ou des carriéristes à la Tilly Killick ou à la Callum O'Neill avec son putain de recyclage informatique. Contrairement à eux, je n'ai aucun plan de carrière, je sais que tu es persuadée que j'ai tout organisé mais pas du tout, je me fais du souci moi aussi, sauf que moi je me fous complètement des chiffres du chômage, des allocations logement et de l'avenir du Parti travailliste et que je me demande pas où je serai dans vingt ans ni comment Nelson Mandela se réadapte à la vie civile.

Allez, je m'octroie une petite pause avant d'attaquer le paragraphe suivant. C'est que le début, tu sais. Cette lettre te réserve de sacrées surprises. Je crois même qu'elle pourrait te changer la vie. À condition que tu le veuilles, bien sûr.

Ce fut entre les toilettes des employés et les cuisines du restaurant que Ian Whitehead se lança dans son grand numéro comique.

« Imagine-toi au supermarché dans la queue réservée à ceux qui ont moins de cinq articles, et là tu t'aperçois que la vieille dame devant toi en a plein son panier, et tu commences à les compter, elle en a six, et tu sens la moutarde qui te monte au nez et...

— Ay, caramba ! » murmura Emma avant d'ouvrir d'un coup de pied les portes battantes de la cuisine. Ils furent accueillis par un mur d'air chaud, âcre et piquant, savant mélange de piments jalapeños et d'eau de Javel bouillante. Noyés sous le flot d'*acid house* que crachait le vieux radiocassette, les trois cuistots – un Somalien, un Algérien et un Brésilien – ouvraient de grands bacs alimentaires en plastique blanc.

« Salut, Kémal. Bonjour, Benoît. Eh, Jésus, ça va comme tu veux ? » lança Emma d'un ton jovial, ce qui lui valut trois sourires tout aussi joviaux. Ian sur ses talons, elle traversa la pièce jusqu'au panneau d'affichage. Là, elle insista d'abord sur la pancarte plastifiée qui indiquait les mesures à prendre au cas où quelqu'un s'étoufferait en mangeant – « ce qui n'aurait rien d'étonnant », commenta-t-elle. Un grand document était punaisé juste à côté. Déchiré sur les bords, il évoquait une vieille carte de la frontière qui sépare le Texas du Mexique.

« Tu vois ce truc ? reprit-elle en posant le doigt dessus. Ça ressemble à une carte au trésor, non ?

Eh bien, ne te fais pas d'illusions : c'est le menu. Y a pas un gramme d'or là-dedans, *compadre*, juste quarante-huit plats différents obtenus en combinant les cinq ingrédients majeurs de la cuisine tex-mex : le bœuf haché, les haricots, le fromage, le poulet et le guacamole. » Elle fit glisser son index sur la carte. « Si on se déplace d'est en ouest, on obtient d'abord du poulet sur des haricots sous du fromage, puis du fromage sur du poulet sous du guacamole, puis du guacamole sur du bœuf haché posé sur du poulet sous du fromage...

— Ah, d'accord...

— De temps en temps, on jette un peu de riz ou un oignon cru dedans histoire de rigoler, mais là où ça devient vraiment intéressant, c'est quand il faut emballer tout ça. En gros, tu as le choix entre du blé ou du maïs.

— OK. Blé ou maïs...

— Les tacos sont au maïs, les burritos sont au blé. Pour faire simple, disons que si ça casse et que ça te brûle les doigts, c'est un taco ; si ça se répand dans l'assiette et que t'as le bras couvert de graisse rouge, c'est un burrito. Tiens, regarde... » Elle sortit une galette de blé d'un paquet, et la lui agita sous le nez comme un gant de toilette humide. « Ça, c'est un burrito. Si tu le remplis et que tu le fais frire avec du fromage dessus, tu auras une enchilada. Une tortilla déjà garnie est un taco, mais un burrito que tu garnis toi-même est une fajita.

— C'est quoi une tostada, alors ?

— Patience. N'essaie pas de courir avant de savoir marcher. Les fajitas sont servies sur ces plaques en fonte. » Elle souleva une sorte de poêle graisseuse, visiblement très lourde. « Méfie-toi : elles sont brûlantes quand on les apporte en salle. Tu n'imagines pas combien de fois nous avons dû détacher un client de ce truc. Après, ils partent sans laisser de pourboire. » Ian la fixait sans ciller, un sourire idiot scotché aux lèvres. Elle attira son attention sur le seau qui se trouvait à leurs pieds. « Ce machin blanc, c'est de la crème fraîche. Sauf qu'elle n'est pas fraîche et que c'est pas de la crème. C'est une sorte d'huile hydrogénée, je crois. En gros, c'est ce qui reste quand on fait de l'essence. Très pratique si ton talon se décolle de ta chaussure, mais à part ça...

— J'aimerais te poser une question.
— Je t'écoute.
— Qu'est-ce que tu fais ce soir après le boulot ? »

Benoît, Jésus et Kémal s'interrompirent pour regarder Emma, qui dissimula sa surprise sous un grand éclat de rire.

« C'est ce qui s'appelle aller droit au but, dis-moi ! »

Ian avait enlevé sa casquette, qu'il faisait tourner entre ses doigts, comme un soupirant sur une scène de théâtre. « C'est pas pour t'inviter à dîner – tu as sûrement un petit ami, de toute façon ! » Guettant sa réponse, il laissa passer un silence, mais elle demeura impassible. « Je me disais juste que tu aurais peut-être envie de découvrir mon... » Il énonça la suite d'une voix nasillarde : « ... style comique résolument unique, c'est tout ! Or, il se trouve que je fais un... » Il dessina des guillemets dans l'air. « ..."one-man-show" ce soir, au Frog and Parrot à Cockfosters.

— Où ça ?
— À Cockfosters. C'est en zone 5. Je sais, on est dimanche soir, autant t'envoyer sur Mars... mais même si je suis nul, il y aura d'autres comiques à l'affiche. Des gars vraiment bons, comme Ronny Butcher, Steve Sheldon, les Kamikaze Twins... » Emma commençait à discerner une pointe d'accent

campagnard dans sa voix, un léger grasseyement que la vie citadine n'avait pas encore effacé. C'était assez plaisant, du reste. L'image d'un tracteur lui revint à l'esprit. « Je vais tester un nouveau sketch ce soir, poursuivit-il, un truc sur la différence entre les hommes et les femmes... »

Ça ne faisait plus de doute, à présent : il voulait sortir avec elle. Devait-elle accepter ? On ne lui faisait pas souvent ce genre de proposition, après tout. Et elle ne risquait pas grand-chose : au pire, elle passerait une mauvaise soirée. Au mieux, elle...

« C'est un bon pub, affirma-t-il. Et on y mange plutôt bien. Rien d'extraordinaire : hamburgers, rouleaux de printemps, frites en tire-bouchon...

— Ça me paraît génial, Ian, les frites et tout le reste, mais je ne peux pas ce soir – désolée.

— Vraiment ?

— Je ne manque jamais l'office du soir, à 19 heures.

— Sérieusement, tu peux pas venir ?

— Ça me ferait plaisir, mais je suis lessivée quand je sors d'ici. J'ai qu'une envie : rentrer chez moi, manger des coquillettes au beurre et pleurer un bon coup. Je ne serai pas d'humeur à sortir, je t'assure !

— Une autre fois, peut-être ? Je joue la Banane busquée au Cheshire Cat, à Balham, vendredi prochain... »

Les trois cuisiniers les observaient avec attention. Du coin de l'œil, Emma vit Benoît porter sa main à sa bouche pour étouffer un fou rire.

« Oui. Une autre fois, peut-être », dit-elle, gentiment mais fermement. Pressée de changer de sujet, elle pointa le pied vers un grand seau rempli de liquide rouge. « Ça, c'est de la salsa. Évite de t'en mettre sur la peau. Ça brûle. »

Alors, voilà. Tout à l'heure, en marchant sous la pluie pour rentrer à l'hôtel (la pluie est tiède ici, parfois même carrément chaude – rien à voir avec celle de Londres), j'étais, comme tu le sais, déjà bien pinté et je pensais à toi en me disant, quel dommage qu'Em ne soit pas là pour voir ça, pour partager tout ça avec moi, et c'est là que j'ai eu cette idée géniale. Tu es prête ? La voici :

Tu devrais être ici avec moi. En Inde.

C'est ça ma grande idée. Et tant pis si ça te paraît complètement dingue. Je vais poster cette lettre avant de changer d'avis, de toute façon. Quant à toi, je te prie de suivre les instructions suivantes :

1. Laisse tomber ce boulot de merde. Ils n'ont qu'à trouver quelqu'un d'autre pour faire fondre du fromage sur des tortillas à 2,20£ de l'heure. Glisse une bouteille de tequila dans ton sac et barre-toi. Imagine l'effet que ça te fera... Allez, traverse la pièce, ouvre la porte et barre-toi. C'est aussi simple que ça.

2. Je pense que tu devrais aussi laisser tomber cet appart. Tilly t'arnaque complètement. Elle te fait payer beaucoup trop cher pour ce que c'est : une chambre sans fenêtre. C'est pas un débarras, c'est un placard. Tire-toi de là vite fait, Em. Tilly n'aura qu'à trouver quelqu'un d'autre pour essorer ses énormes soutifs grisâtres. Quand je reviendrai dans la « vraie » vie, je m'achèterai un appart comme le monstrueux capitaliste ultra-privilégié que je suis et tu seras toujours la bienvenue chez moi. Tu pourras rester aussi longtemps que tu veux, parce que je suis sûr qu'on s'entendra bien, toi et moi. On pourrait même être COLOCS ! À condition que tu arrives à maîtriser ton attirance sexuelle pour moi, ha, ha, ha.

Au pire, je t'enfermerai à clé pendant la nuit. Mais venons-en à l'essentiel :

3. Aussitôt après avoir lu cette lettre, rends-toi dans l'agence de voyages pour étudiants de Tottenham Court Road et achète-leur un aller/retour pour Delhi. Ne précise pas la date de retour, mais arrange-toi pour arriver dans deux semaines, aux alentours du 1er août – jour de mon anniversaire, au cas où tu l'aurais oublié. La veille du 1er, prends un train pour Agra et passe la nuit dans un petit motel. Le lendemain matin, lève-toi tôt et fais-toi conduire au Taj Mahal. Tu en as peut-être entendu parler : c'est le grand bâtiment blanc qui tire son nom du resto indien de Lothian Road. Commence par visiter les lieux, puis dirige-toi vers l'intérieur du palais, de manière à te trouver À MIDI PILE sous le dôme, une rose rouge à la main, un exemplaire de Nicholas Nickleby *dans l'autre. Je serai là, moi aussi. Je viendrai te chercher. J'apporterai une rose blanche et* Howards End *et, dès que je te verrai, je te le lancerai à la figure.*

N'est-ce pas l'idée la plus géniale que tu aies jamais lue ?

Ah, sacré Dexter ! te dis-tu. N'est-il pas en train d'oublier un petit détail ? L'argent, bien sûr ! Les billets d'avion ne poussent pas dans les arbres, et puis on ne démissionne pas comme ça, il faut penser à la Sécu, à l'éthique professionnelle, etc. Je t'arrête tout de suite : tu n'as aucune inquiétude à te faire. Parce que je vais tout payer. Oui, tout. Je vais t'envoyer l'argent nécessaire à l'achat du billet d'avion (j'ai toujours rêvé de transférer de l'argent) et je paierai toutes tes dépenses quand tu seras ici. Ça semble arrogant de ma part, mais ça ne l'est pas, vu que la vie ne

COÛTE RIEN ici. *Rends-toi compte, Em ! On pourrait voyager des mois entiers, aller au Kerala ou en Thaïlande. T'as entendu parler des Full Moon Parties ? Imagine ce que ce serait de rester debout toute la nuit, pas parce que tu te fais du souci pour ton avenir, mais parce que tu t'éclates. (Au fait, tu te souviens de la nuit blanche qu'on a passée ensemble après la remise des diplômes ? Pourquoi ? Pour rien. Allez, passons à la suite.)*

Je récapitule. En acceptant les trois cents livres que je te propose, tu pourrais changer ta vie. Et je t'assure que ce n'est pas un problème parce que franchement j'ai de l'argent que je n'ai pas gagné, alors que toi, tu travailles comme une brute et que tu n'as pas un sou – donc, c'est du socialisme en acte, non ? Si tu y tiens vraiment, tu pourras me rembourser quand tu seras une dramaturge adulée des foules ou que tes poèmes te rapporteront une fortune. De toute façon, ce ne serait que pour trois mois : je dois rentrer à l'automne. Ma mère n'est pas en forme, tu sais. Elle n'arrête pas de me dire que l'opération s'est bien passée. C'est peut-être vrai, mais je crois surtout qu'elle ne veut pas m'inquiéter. Dans un cas comme dans l'autre, il faudra bien que je rentre à la maison (en parlant de ma mère, tu sais qu'elle a une théorie sur toi et moi ? Si tu viens me rejoindre au Taj Mahal, je t'en parlerai – mais seulement si tu viens).

Il y a une énorme mante religieuse sur le mur en face de moi. Elle me regarde d'un air mauvais, comme si elle voulait que je me taise, alors je vais m'arrêter là. Il ne pleut plus et j'ai rendez-vous avec des amies – trois étudiantes en médecine récemment arrivées d'Amsterdam. Elles m'ont donné rendez-vous dans un bar, mais stop ! tu n'en sauras pas plus. Ce qui est sûr, c'est que je vais mettre ma lettre dans une boîte avant de changer d'avis. Pas parce que ton arrivée serait une mauvaise idée – c'est une excellente idée, au contraire, et tu dois absolument venir –, mais parce que j'ai peur d'en avoir trop dit. Désolé si je t'ai agacée. Je pense beaucoup à toi, c'est tout. Em et Dex, Dex et Em. Traite-moi de sentimental si tu veux, mais j'ai vraiment, vraiment envie de te voir attraper la dysenterie.

Retrouve-moi au Taj Mahal le 1er août, à midi.
Je viendrai te chercher !
Je t'embrasse,

D.

Il s'étira, se gratta la tête et vida son verre de bière, puis il prit les feuillets épars, les rassembla et les reposa solennellement devant lui. Il secoua la main pour chasser la crampe qui raidissait ses doigts. Onze pages, écrites d'une traite : il n'avait pas fait mieux depuis ses examens de fin d'année à l'université. Un sourire satisfait aux lèvres, il tendit les bras au-dessus de sa tête en pensant : Ce n'est pas une lettre, c'est un cadeau.

Il glissa ses pieds nus dans ses sandales, se redressa en chancelant et s'arma de courage – il en fallait pour affronter les douches communes de l'hôtel. Il avait mené à bien son grand projet, formulé deux ans plus tôt : acquérir un bronzage intense et uniforme. Sa peau ressemblait à une palissade enduite de créosote : le hâle s'y était insinué si profondément que Dexter semblait être né avec. Plus mince, le crâne rasé de près par un barbier ambulant, il était secrètement fier de son nouveau look : il avait l'air décharné d'un héros tout juste revenu de la jungle. Pour parfaire son allure, il s'était fait tatouer les symboles du yin et du yang sur la cheville. Un tatouage prudent et inoffensif qu'il regretterait sûrement en arrivant à Londres. Aucune importance. Là-bas, on portait des chaussettes.

Dégrisé par sa douche froide, il regagna sa petite chambre et plongea la main dans son sac à dos pour en exhumer de quoi séduire les étudiantes hollandaises. Il renifla soigneusement chaque vêtement tiré du sac avant de l'ajouter à la pile de linge sale qui s'amoncelait sur le vieux tapis en raphia. Ce tri effectué, il opta pour la tenue la moins défraîchie du lot : une chemise américaine à manches courtes (archiclassique) et un jean coupé aux mollets qu'il enfila sans caleçon pour se sentir plus intrépide. Un vrai aventurier, quoi. Un pionnier des Temps modernes.

C'est alors qu'il vit la lettre. Six feuillets bleus écrits recto verso. Il les fixa comme s'ils avaient été laissés là par un intrus, et fut brusquement saisi d'un doute – il était presque sobre, à présent. Il saisit prudemment le paquet de feuilles, risqua un regard vers l'une d'elles... et détourna aussitôt les yeux, ulcéré par sa prose. Tous ces mots en lettres capitales, ces points d'exclamation, ces blagues médiocres ! Sans parler de cette « discersion » qui n'existait dans aucun dictionnaire ! Et cette manière de la qualifier de « sexy »... Effroyable. Il écrivait comme un lycéen rimailleur et fleur bleue, pas comme un aventurier au crâne rasé, tatoué et nu sous son jean. « Je viendrai te chercher », « Je pense à toi », « Em et Dex, Dex et Em » – où avait-il la tête ? Ce qui lui semblait essentiel et émouvant une heure plus tôt lui paraissait maintenant mièvre, maladroit et parfois carrément mensonger : il n'y avait aucune mante religieuse dans la pièce, et il n'avait pas écrit à

Emma en écoutant la compilation qu'elle lui avait offerte puisqu'il avait perdu son radiocassette à Goa. Cette lettre allait tout changer, c'était évident. Mais était-ce nécessaire ? Pourquoi l'inviter en Inde ? À peine arrivée, elle se moquerait de son tatouage et l'inonderait de remarques spirituelles... En avait-il réellement envie ? Faudrait-il qu'il l'embrasse à l'aéroport ? Devraient-ils dormir dans le même lit ? Voulait-il vraiment la faire venir ?

Oui, songea-t-il. Il le voulait vraiment. Sa lettre était mièvre et stupide, certes, mais elle était sincère et pleine d'affection. Elle débordait d'amitié (d'amour, peut-être ?), et pour cette raison, il la posterait dès ce soir. Si Emma le prenait mal, il n'aurait qu'à dire qu'il était saoul. Parce que ça, au moins, c'était vrai.

Sans plus hésiter, il inséra la lettre dans une enveloppe par avion qu'il glissa dans son exemplaire de *Howards End*, contre la dédicace qu'Emma avait rédigée en haut de la page de garde. Puis il sortit et se dirigea vers le bar où l'attendaient ses nouvelles amies hollandaises.

Peu après 21 heures ce soir-là, Dexter quitta le bar en compagnie de Renée van Houten, une apprentie pharmacienne originaire de Rotterdam. Les paumes brunies de henné décoloré, un flacon de témazépam dans la poche, elle arborait un tatouage plutôt raté de Woody Woodpecker au creux des reins. Dexter crut voir l'oiseau lui jeter un regard lubrique lorsqu'il chancela sur le seuil de l'établissement, avant de rejoindre sa nouvelle conquête sur le trottoir.

Ils étaient si pressés qu'ils bousculèrent malencontreusement Heidi Schindler, une étudiante allemande en génie chimique qui s'apprêtait à entrer dans le bar bondé. Furieuse, elle lança un juron bien senti à l'adresse de Dexter – mais elle le fit en allemand, et trop bas pour qu'il puisse l'entendre. Puis elle se fraya un chemin dans la pièce, posa son énorme sac à dos par terre et chercha un endroit où s'asseoir. À vingt-trois ans, Heidi avait le visage rond et rouge. Ses lunettes, rondes également, embuées par la chaleur humide qui régnait à l'intérieur, accentuaient encore cette impression. Irritable, ballonnée par les comprimés d'Imodium qu'elle avalait depuis trois jours, fâchée contre ses amis qui étaient encore partis sans l'attendre, elle se laissa choir sur une vieille banquette en rotin en mesurant l'étendue de son désespoir. Elle enleva ses lunettes, les essuya dans son tee-shirt et les reposa sur son nez. Puis elle s'appuya contre le dossier de la banquette – et sentit un objet lui rentrer dans les côtes. Un autre juron lui échappa, guère plus audible que le précédent.

Un exemplaire de *Howards End* était coincé entre les coussins déchirés de la banquette. Elle s'en empara et remarqua aussitôt l'enveloppe glissée à l'intérieur. Bien qu'elle ne lui soit pas destinée, elle fut saisie d'excitation à la vue de sa bordure blanche et rouge, et du papier spécial avion qu'elle contenait. Elle sortit la lettre, la lut de bout en bout, et la lut une seconde fois.

Elle n'était pas spécialement douée en anglais et certains mots lui parurent obscurs (*discersion*, par exemple), mais elle en connaissait assez pour comprendre qu'il s'agissait d'une lettre importante. Le genre de lettre qu'elle espérait recevoir un jour. Pas tout à fait une lettre d'amour, mais presque. Elle imagina sa destinataire, la mystérieuse « Em », en train de la lire, puis de la relire avec un mélange de plaisir et d'agacement ; elle imagina ce qu'Emma ferait ensuite – comment elle quitterait son appart de merde, plaquerait son boulot pourri et changerait le cours de sa vie. Elle l'imagina aussi (sous des traits peu différents des siens) assise sous le dôme du Taj Mahal tandis qu'un bel homme blond s'avançait à sa rencontre. Elle imagina le baiser qu'ils échangeraient, et elle commença à se sentir mieux. Elle se promit de faire tout ce qui était en son pouvoir pour qu'Emma Morley reçoive cette lettre.

Mais il n'y avait pas d'adresse sur l'enveloppe, ni au recto ni au verso. Heidi relut rapidement la missive dans l'espoir d'y trouver un indice (le nom du restaurant où Emma travaillait, par exemple) – en vain. Elle décida d'interroger le réceptionniste de l'auberge de jeunesse située en face du bar. Il connaîtrait peut-être ce Dexter, qui sait ?

Heidi Schindler s'appelle Heidi Klauss, à présent. Âgée de quarante et un ans, elle vit dans la banlieue de Francfort avec son mari et leurs quatre enfants. Elle est raisonnablement heureuse, en tout cas plus heureuse qu'elle ne s'attendait à l'être quand elle avait vingt-trois ans. L'édition de poche de *Howards End*, qu'elle n'a jamais lu, prend la poussière sur l'étagère de la chambre d'amis. La lettre est toujours glissée à l'intérieur, près des quelques lignes que voici, rédigées d'une écriture appliquée sur la page de garde :

À mon cher Dexter. Un grand roman pour ton grand voyage. Amuse-toi bien. Reviens sans encombre et <u>sans tatouages</u>. Ne fais pas de bêtises, ou aussi peu que possible. Tu vas me manquer, bordel !
Mille baisers de ta chère amie Emma Morley, Clapton, Londres, avril 1990

4

Perspectives

LUNDI 15 JUILLET 1991

Camden Town et Primrose Hill

« Votre attention, s'il vous plaît ! Puis-je avoir votre attention ? Quelques minutes d'attention ? Écoutez-moi, je vous prie ! On se tait, on se tait, on se tait. Là… C'est bien. Merci. J'aimerais vous briefer rapidement sur le menu d'aujourd'hui, OK ? On commence par les spécialités du jour : soupe de maïs et chimichanga de dinde.

— De la dinde ? En juillet ? » s'exclama Ian Whitehead. Assis derrière le bar, il découpait des quartiers de citron vert pour les insérer dans le goulot des bouteilles de bière.

« On est lundi, reprit Scott. Ça devrait être assez tranquille… J'aimerais en profiter pour accueillir nos clients dans un restaurant impeccable. Je viens de regarder le planning. Ian, c'est à toi de briquer les toilettes.

— Oh non ! Pourquoi ça tombe toujours sur moi ? gémit l'intéressé, ce qui suscita l'hilarité du reste de l'équipe.

— Parce que tu le fais tellement bien », ironisa Emma Morley, sa collègue préférée. Ian en profita pour passer un bras autour de ses épaules. Puis, brandissant un couteau imaginaire, il fit mine de la poignarder à plusieurs reprises.

« Quand vous aurez fini tous les deux, dit Scott, tu pourras venir dans mon bureau, Emma, s'il te plaît ? »

Sa requête souleva quelques ricanements lourds de sous-entendus, puis Rashid, le barman, mit en marche le lecteur de cassettes graisseux qui se trouvait derrière le bar. Et *La Cucaracha*, Le Cafard – la blague ne faisait plus rire personne – repartit jusqu'à la fin des temps.

« J'irai droit au but, déclara Scott en allumant une cigarette. Assieds-toi. »

Emma se jucha sur le tabouret de bar qui se dressait face au grand bureau en désordre. Une pile de cartons remplis de vodka, de tequila et de cigarettes – considérées comme les marchandises les plus « piquables » de l'établissement – obstruaient la fenêtre, interdisant au soleil de juillet d'éclairer la petite pièce sombre, qui suintait la déception et le tabac froid.

Scott posa ses pieds sur la table. « Je vais partir, Emma.

— Ah bon ?

— La direction générale m'a proposé de m'occuper de l'Ave César qui vient d'ouvrir à Ealing.

— Ave César ? C'est quoi ?

— Une nouvelle chaîne de restaurants italiens axée sur la cuisine contemporaine.

— Baptisée "Ave César" ?

— Tout à fait.

— Pourquoi pas "Ave Maria", pendant qu'ils y étaient ?

— Ils vont faire à la cuisine italienne ce qu'ils ont fait à la mexicaine.

— La foutre en l'air, tu veux dire ? »

Scott parut vexé. « Arrête un peu, Emma, tu veux ?

— Pardonne-moi. Je suis désolée. Bon... Félicitations. C'est génial ! Et... » Elle s'interrompit en comprenant brusquement ce qui allait suivre.

« Le fait est que... » Saisi par l'ivresse euphorique que lui procurait son petit pouvoir momentané, Scott croisa les doigts et se pencha sur le bureau comme le font les hommes d'affaires dans les séries télévisées. « Ils m'ont demandé de recruter mon remplaçant au poste de manager de Loco Caliente. C'est pour ça que je voulais te parler. Je veux quelqu'un de stable, en qui je peux avoir confiance. Quelqu'un qui n'ira nulle part – pas un manager qui va se barrer en Inde sur un coup de tête ou qui nous plantera du jour au lendemain pour un boulot plus excitant. Je veux recruter quelqu'un dont je suis sûr qu'il va rester ici pendant deux ou trois ans et se consacrer vraiment à... Emma ? Qu'est-ce que... ? Mais... tu pleures ? »

Elle se cacha les yeux dans ses mains. « Désolée, Scott. Je... Je suis pas très en forme, c'est tout. »

Il fronça les sourcils, oscillant entre compassion et irritation. « Tiens... » Il sortit précipitamment un rouleau d'essuie-tout bleu d'un carton de matériel d'entretien. « Prends ça... » Il lança le rouleau de l'autre coté de la table – si fort qu'il rebondit sur la poitrine d'Emma. « J'ai dit quelque chose de mal ?

— Non, non. Pas du tout. Ça n'a rien à voir avec toi... Ça me prend de temps en temps. Je suis... vraiment désolée. C'est très gênant. » Elle s'essuya les yeux avec le papier bleu froissé, si rêche qu'il lui brûla la peau. « De quoi tu parlais, déjà ?

— J'ai perdu le fil.

— Je crois que... t'étais en train de m'expliquer que ma vie ne va nulle part ! », lança-t-elle entre le rire et les larmes. Elle déchira une troisième feuille de papier et la plaqua sur sa bouche.

Scott attendit quelques minutes – le temps que les épaules d'Emma aient cessé de se soulever – avant de reprendre : « Alors, est-ce que le poste t'intéresse, oui ou non ?

— Tu veux dire que... » Elle posa la main sur un seau de vingt litres de sauce cocktail. « ... tout ça pourrait être à moi ?

— Si ça ne t'intéresse pas, inutile de tourner autour du pot, mais j'occupe ce poste depuis quatre ans et...

— Tu t'en es vraiment bien sorti, Scott...

— Le salaire est correct, tu n'aurais plus à laver les toilettes et...

— Je suis touchée que tu aies pensé à moi.

— Pourquoi tu t'es mise à chialer, alors ?

— Oh... Je suis un peu déprimée en ce moment.

— Déprimée ? » Il fronça les sourcils comme s'il entendait ce mot pour la première fois.

« J'ai pas trop le moral, quoi.

— Ah. Je vois. » Il fut tenté de la réconforter en posant un bras sur ses épaules, comme l'aurait fait un père avec sa fille. Mais pour cela, il aurait fallu qu'il enjambe un bidon de quarante-cinq litres de mayonnaise. Aussi se contenta-t-il de se pencher de nouveau vers elle. « Tu as des problèmes de cœur, c'est ça ? »

Elle eut un rire bref. « Absolument pas. Écoute, Scott… T'en fais pas pour moi. Je traverse une mauvaise passe, c'est tout. » Elle secoua vigoureusement la tête. « Là, tu vois ? C'est fini. Alors, où en étions-nous ?

— On parlait du poste de manager. Ça te tente ou pas ?

— Est-ce que je peux y réfléchir ? Je te donne ma réponse demain, d'accord ? »

Scott la gratifia d'un sourire bienveillant. « Parfait ! En attendant, repose-toi un peu, et… » Tendant le bras vers la porte, il ajouta avec une compassion infinie : « … va te chercher des nachos. »

Emma était seule. Assise dans le local réservé au personnel, elle observait son assiette de fromage fondu et de chips au maïs comme s'il s'agissait d'un ennemi à abattre.

Se levant d'un bond, elle s'élança vers le casier de Ian et plongea la main dans les poches bien remplies de son jean pour en extirper une cigarette. Elle en trouva une, l'alluma, puis elle souleva ses lunettes et se pencha vers le miroir ébréché pour inspecter son visage. Elle estompa du bout de son doigt mouillé le mascara qui avait coulé sous ses yeux – trop révélateur. Ses cheveux étaient longs, à présent, mais ils manquaient de style et de tonus. Gris souris, songeait-elle souvent en les regardant. Elle tira une mèche brune de la grosse pince qui les rassemblait derrière sa tête, et la lissa entre le pouce et l'index. Des cheveux de citadine. Elle savait que la mousse du shampooing serait couleur de cendre quand elle les laverait. Épuisée par ses horaires tardifs, elle avait le teint pâle, les yeux cernés. Elle était plus potelée, aussi : depuis quelques mois, elle enfilait ses jupes comme ses tee-shirts, en les passant au-dessus de sa tête. Elle mettait ces kilos supplémentaires sur le compte des frijoles refritos, ces haricots rouges rissolés deux fois qu'elle mangeait trop souvent. Espèce de boudin, songea-t-elle. « Espèce de boudin stupide » était une des expressions qui lui venaient le plus souvent à l'esprit des temps-ci, avec « Un tiers de ta vie est déjà derrière toi » et « Ça n'a aucune importance, de toute façon ».

Les vingt-cinq ans d'Emma l'avaient plongée dans une seconde adolescence encore plus égocentrique et pessimiste que la première. « Et si tu revenais à la maison, ma chérie ? lui avait suggéré sa mère lorsqu'elle l'avait appelée la veille au soir, de sa voix la plus tremblante et la plus inquiète, comme si Emma venait d'être kidnappée. Tu as toujours ta chambre ici... Et ils recrutent des vendeuses chez Debenham ! » avait-elle ajouté. Pour la première fois, Emma avait été tentée d'accepter.

Elle qui avait rêvé de conquérir Londres ! Elle s'imaginait virevoltant de salon en salon, de soirée en soirée, emportée dans un tourbillon de discussions littéraires, d'engagements politiques, d'étreintes douces-amères sur les berges de la Tamise. Elle voulait faire partie d'un groupe de rock, réaliser des courts-métrages, écrire des romans. Mais deux ans s'étaient écoulés, et son recueil de poèmes était toujours aussi mince. Au fond, rien d'excitant ne lui était arrivé depuis qu'elle avait été molestée par la police antiémeute au cours des manifestations contre la Poll Tax.

Conformément à ce qu'on lui avait prédit, la capitale l'avait vaincue. Comme dans une soirée bondée, personne n'avait remarqué son arrivée. Et si elle partait, personne ne remarquerait son départ.

Elle avait pourtant fait des efforts. Encouragée par une de ses amies, elle avait d'abord rêvé d'une carrière dans l'édition. Stephanie Shaw, la copine en question, avait trouvé un job dans le secteur dès la fin de ses études universitaires – et elle en avait été transformée. Finis, les jeans noirs et les pintes de bière : Stephanie ne buvait plus que du vin blanc, s'habillait de tailleurs chics et grignotait des chips à l'ancienne dans les dîners en ville. Sur ses conseils, Emma avait envoyé une ribambelle de lettres à des éditeurs, des agents littéraires, des libraires – en pure perte. Les embauches étaient rares : le pays traversait une récession économique et chacun s'accrochait férocement à son boulot en attendant le retour de la croissance. Emma avait alors envisagé de trouver refuge dans l'enseignement, mais les frais de scolarité étaient considérables et le gouvernement n'attribuait plus de bourses d'études. Elle aurait pu se lancer dans le volontariat (pour Amnesty International, par exemple), mais elle engloutissait son salaire dans le loyer et les transports, dépensait toute son énergie à Loco Caliente, et y passait tout son temps. Elle avait caressé le projet de lire des romans aux aveugles – mais était-ce un vrai boulot ou juste une idée pêchée dans un film ? Elle n'avait jamais vraiment cherché à le savoir. Un jour, peut-être... mais pour le moment, elle était là, assise devant une assiette de nachos qu'elle aurait volontiers pulvérisés du regard.

Le fromage industriel s'était solidifié en refroidissant. On aurait dit du plastique. Prise de nausée, Emma repoussa brusquement l'assiette. Elle sortit son calepin de son sac. Tout neuf sous sa luxueuse reliure de cuir, rempli de feuilles d'un blanc crémeux, il était muni d'un petit stylo à plume, accroché sur la couverture. Elle l'ouvrit, trouva une page vierge et écrivit rapidement le texte suivant :

Nachos

La faute aux nachos.
Ce tas fumant et bigarré
Comme sa vie
Résume tout ce qui ne va pas
Dans
Sa
Vie.
« Changeons tout ! » s'écrie l'homme de la rue
Des rires s'élèvent sur Kentish Town Road
Mais ici, sous les toits,
Dans cette pièce enfumée,
Elle est seule
Avec les Nachos.
Le fromage, comme la vie,
Ressemble à du plastique
Dur et froid
Et personne ne rit ici,
Sous les toits.

Elle s'arrêta, leva les yeux au plafond comme pour laisser à quelqu'un le temps de se cacher, puis elle reporta son attention sur le calepin en espérant être surprise par la fulgurance de ce qu'elle venait d'écrire.

Un long frémissement la parcourut. Elle rit et biffa méthodiquement chaque ligne du texte en secouant la tête, couvrant les mots de petites croix jusqu'à ce qu'ils deviennent illisibles. Il y eut bientôt tellement d'encre sur le papier qu'elle imbiba la page suivante – et le poème qui y figurait. Tournant le feuillet, elle y jeta rapidement un œil.

Édimbourg, 4 heures du matin

Couchés dans le petit lit, nous parlons de
L'Avenir, nous perdant en conjectures.
Je le regarde et je pense
Quel bel homme
Je me reprends – l'expression est ridicule,
Mais je pense aussi
Et si c'était ça ? Cette chose insaisissable ?

Un merle chante dans le jardin et le
Soleil réchauffe les rideaux...

Elle frémit de nouveau, comme lorsqu'on regarde une plaie sous un pansement, et referma le calepin d'un coup sec. « Cette chose insaisissable »... Comment avait-elle pu écrire un truc pareil ? Elle eut le sentiment d'arriver à un tournant : à partir de maintenant, elle saurait qu'il ne suffisait pas de griffonner un poème dans un carnet pour améliorer les choses.

Elle remit le calepin dans son sac et s'empara du *Sunday Mirror*, qu'elle lut en rattrapant ses nachos... ses insaisissables nachos. Et, pour la énième fois, elle constata à quel point la mauvaise bouffe peut être réconfortante.

Ian apparut sur le seuil. « Emma ? Ton pote est revenu.

— Quel pote ?

— Tu sais bien... Le beau gosse. Il est avec une fille. »

Il n'eut pas besoin d'en dire davantage. Elle avait déjà compris à qui il faisait allusion.

Elle les observa de la cuisine, le nez collé au hublot graisseux de la porte. Affalés sur une banquette, ils sirotaient des cocktails aux couleurs électriques en se moquant du menu. La fille était mince et élancée, tout en jambes. Et tout en noir : le teint pâle, les yeux maquillés de noir, elle portait un long caleçon noir et des bottines noires lacées aux chevilles. Ses cheveux teints en noir corbeau étaient coupés court, de manière asymétrique – fantaisie qu'elle avait sans doute payée cher. Un peu ivres, ils déployaient tous deux l'audace ostentatoire de ceux qui se savent observés : ils semblaient jouer dans un clip vidéo pour un groupe de musique pop. Emma imagina le plaisir qu'elle aurait à les assommer à coups de burritos bien garnis.

Deux grandes mains s'abattirent sur ses épaules. « Jolie pépée ! commenta Ian en posant son menton sur sa tête. Tu la connais ?

— Non. » Emma essuya la marque que son nez avait laissée sur la vitre. « J'ai perdu le compte.

— C'est sûrement la dernière en date.

— Dexter a une capacité d'attention très limitée. Un peu comme un bébé. Ou un singe. Il faut sans cesse agiter quelque chose de brillant sous ses yeux. » Voilà ce que cette fille est pour lui, songea-t-elle : quelque chose de brillant.

« Alors c'est vrai, ce qu'on raconte ? Les femmes aiment les salauds ?

— Dex n'est pas un salaud. C'est un idiot – nuance.

— Les filles aiment les idiots, alors ? »

Dexter venait de coincer derrière son oreille la petite ombrelle en papier qui décorait son cocktail. Visiblement enchantée par ce trait de génie, sa copine se tordait de rire.

« J'en ai l'impression », murmura Emma. Pourquoi venait-il exhiber ici ses nouveaux atours de citadin branché ? Quel besoin avait-il de se pavaner devant elle ? Dès l'instant où elle l'avait vu surgir du terminal des arrivées à Heathrow, lorsqu'il était rentré de Thaïlande, elle avait compris qu'il ne se passerait rien de plus entre eux. Bronzé, le crâne rasé, la démarche féline, il revenait changé, alors qu'elle était restée la même. Il en avait tant vu, et elle si peu ! Il lui avait quand même présenté chacune de ses conquêtes (celle d'aujourd'hui était la troisième en neuf mois) avec la satisfaction d'un chien qui rapporte un gros gibier à son maître. Cherchait-il à lui faire payer quelque chose – ses meilleurs résultats à la fac, par exemple ? C'est vrai qu'elle avait obtenu un meilleur diplôme que lui, mais… tout de même ! N'avait-il pas la moindre idée du mal qu'il lui faisait en se vautrant sur la banquette de la table numéro 9, serré contre sa copine comme une pièce de puzzle ?

« Pourquoi t'y vas pas, Ian ? C'est ta section.

— Il veut que ce soit toi. »

Elle soupira, s'essuya les mains sur son tablier, ôta sa casquette de base-ball pour être moins ridicule et franchit les portes battantes.

« Alors, vous voulez vraiment savoir ce qu'on a comme plats du jour ? »

Dexter se redressa vivement, s'arrachant aux longs bras de la fille pour se jeter dans ceux de sa bonne vieille copine. « Eh, Em ! Comment ça va ? Laisse-moi t'embrasser ! » Il était très enclin aux embrassades depuis qu'il bossait à la télé. Les petites manies des présentateurs-vedettes avaient déteint sur lui. Par moments, il lui parlait moins comme à une amie que comme à une invitée spéciale tout juste arrivée sur le plateau.

« Ma chère Emma…, commença-t-il en posant une main sur l'épaule osseuse et dénudée de sa copine, ce qui forma une chaîne entre eux. Je te présente Naomi. Ça se prononce comme "momie", mais avec un "N".

— Bonjour, *No-Mie* », dit Emma en souriant. Naomi lui rendit son sourire, la paille coincée entre ses belles dents blanches.

« Viens boire une margarita avec nous ! reprit-il en la tirant par la main avec le sentimentalisme de ceux qui ont trop bu.

— J'peux pas, Dex. Je travaille.

— Allez... Juste cinq minutes ! Je veux t'offrir à noir – à *boire*, je veux dire ! »

Ian les rejoignit, calepin en main. « Alors, les amis, vous avez fait votre choix dans le menu ? s'enquit-il d'un ton jovial.

— Je ne crois pas, non, répliqua la fille en plissant le nez.

— Dexter, tu connais Ian ? demanda vivement Emma.

— Non », répondit-il à l'instant où Ian assurait : « Oui, on s'est déjà vus plusieurs fois. »

Un silence gêné s'abattit sur le petit groupe, clients d'un côté, serveurs de l'autre.

« Bon, Ian ! s'exclama Dexter. Ce sera deux – non, trois margaritas. Deux ou trois ? Em, t'en prendras une avec nous ?

— Je t'ai déjà dit non, Dex. Je travaille.

— OK. Dans ce cas, vous savez quoi ? On va s'arrêter là. Euh... Tu peux nous apporter l'addition, s'il te plaît ? » Dexter attendit que Ian ait tourné les talons, puis il se pencha vers Emma. « Est-ce que je peux... Tu sais...

— Quoi ?

— Te donner l'argent des margaritas. »

Elle le dévisagea fixement. « Je ne comprends pas.

— Eh bien, je voulais savoir si ce serait possible de... te laisser un pourboire.

— Un pourboire ?

— Exactement.
— Pourquoi ?
— J'sais pas, Em. J'ai juste très, très envie de te laisser un pourboire », répliqua-t-il, et elle eut l'impression de perdre une autre petite part de son âme.

Allongé dans l'herbe sèche au sommet de Primrose Hill, la chemise ouverte sur son torse nu, les mains croisées derrière la tête, Dexter somnolait au soleil. L'après-midi tirait à sa fin. À peine remis de sa cuite de la veille, il s'immergeait dans la suivante : une demi-bouteille de vin blanc, achetée dans une petite épicerie, tiédissait à son côté. Le parc était rempli de jeunes employés de bureau venus se détendre après leur journée de travail. Leurs propos et leurs rires se mêlaient à la musique diffusée par trois appareils stéréo posés dans l'herbe comme des frères ennemis. Étendu au centre de cette petite assemblée, Dexter se rêvait en vedette de télévision.

Il avait renoncé sans trop de difficultés à ses ambitions de photographe. Il savait qu'il était plutôt doué en la matière et le serait sans doute jusqu'à la fin de sa vie, mais pour passer du statut de bon amateur à celui d'excellent professionnel, pour devenir un Capa, un Cartier-Bresson ou un Bill Brandt, il aurait fallu qu'il travaille dur, qu'il lutte et qu'il accepte d'être incompris – ce qu'il n'était pas certain de pouvoir supporter. Alors que la télévision... La télévision le réclamait. Elle le voulait maintenant, sans attendre. Pourquoi n'y avait-il pas songé plus tôt ? Chez ses parents, le poste était rarement allumé, comme s'il était malsain, voire nocif, de le regarder. Il avait donc grandi sans vraiment y prêter attention. Pourtant, depuis neuf mois, la télévision dominait son existence. Fraîchement converti, il défendait sa nouvelle Église avec passion, comme s'il avait enfin trouvé en elle le refuge spirituel qu'il cherchait depuis longtemps.

Naturellement, ceux qui bossent à la télé ne sont pas auréolés du statut d'artistes, comme les photographes ; ils n'ont pas non plus la crédibilité des correspondants de guerre – et alors ? Dans le monde d'aujourd'hui, la télé compte énormément. Elle compterait de plus en plus à l'avenir. La télé, s'enflammait Dexter, c'est la démocratie en action ! Elle s'immisce au cœur de la vie des gens, elle façonne l'opinion publique ; elle vous provoque, vous distrait et vous absorbe bien plus efficacement que tous ces bouquins que personne ne lit ou ces pièces de théâtre que personne ne va voir. Emma pouvait dire ce qu'elle voulait des tories (Dexter n'en était pas fan, lui non plus, pour des raisons de style plus que de principe), il fallait admettre qu'ils avaient sacrément secoué les médias. Jusqu'à une date récente, la télévision passait pour un truc vieux jeu, ennuyeux et pétri de bonnes intentions ; une institution lourdement syndiquée, terne et bureaucratique, remplie de fonctionnaires barbus, d'âmes charitables et de vieilles dames qui vous servaient le thé à 17 heures. C'était la branche show-biz de la fonction publique, en somme. Puis des boîtes privées dirigées par des trentenaires énergiques étaient arrivées sur le marché – Redlight Production, qui employait Dexter, en faisait partie. Elles grignotaient de jour en jour le monopole des dinosaures de la BBC. Il y avait de l'argent, beaucoup d'argent à gagner dans les médias, comme en attestaient les locaux de ces maisons de production : bureaux paysagers badigeonnés de couleurs vives, matériel informatique dernier cri et frigos bien remplis mis à la disposition du personnel.

Sitôt initié à ce nouvel univers, Dexter y avait connu une ascension fulgurante. La femme qu'il avait rencontrée dans un train en Inde (petites lunettes, cheveux noirs et brillants coupés au carré) l'avait d'abord recruté comme coursier, puis elle l'avait promu documentaliste et enfin producteur assistant sur « À fond la caisse », une émission diffusée le week-end à l'intention d'un public jeune et branché. Savant cocktail de musique live, de sketches ouvertement provocateurs et de reportages, elle abordait les sujets qui « concernent vraiment les jeunes d'aujourd'hui » : les MST, la drogue, la dance music, la drogue, les violences policières, la drogue. Dexter produisait des petits clips survoltés montrant des barres de HLM filmées au grand-angle et en contre-plongée, la caméra braquée sur les nuages qui défilaient en accéléré sur fond d'*acid house*. On commençait à parler de lui pour animer la prochaine série d'émissions. Il était brillant, il était excellent, et il avait toutes les raisons de penser qu'il ferait bientôt la fierté de ses parents.

« Je bosse à la télé » – le seul fait de le dire l'emplissait de satisfaction. Il aimait descendre Berwick Street pour se rendre au studio de montage, une enveloppe matelassée pleine de cassettes vidéo sous le bras, et saluer ses confrères d'un hochement de tête. Il aimait les plateaux de sushis et les soirées de lancement ; il aimait envoyer des colis urgents, se servir des distributeurs d'eau fraîche installés dans les bureaux et prononcer des phrases comme « On a six secondes de trop ». Il se réjouissait secrètement d'appartenir à l'un des secteurs économiques les plus glamour du moment. Un secteur qui valorisait la jeunesse : aucun risque, dans le merveilleux petit monde de la télé, de tomber sur une salle de réunion remplie de vieux schnocks de plus de soixante ans.

Que devenaient les producteurs, les réalisateurs, les animateurs quand ils atteignaient un certain âge ? La question avait traversé son esprit une fois ou deux, mais la réponse l'intéressait peu. Cet état de fait lui plaisait – tout comme le nombre important de jolies jeunes femmes qui peuplaient les bureaux. Des filles du genre Naomi : dures, ambitieuses, citadines jusqu'au bout des ongles. Autrefois, dans ses rares moments de doute, il lui était arrivé de se demander si ses capacités intellectuelles (somme toute assez moyennes) ne risquaient pas de constituer un obstacle à son succès professionnel. Or, pour réussir dans son nouveau boulot, il devait avoir confiance en lui, être énergique et peut-être même un peu arrogant – qualités qu'il possédait depuis toujours. Il fallait être intelligent, bien sûr. Mais pas aussi intelligent qu'Emma. Une bonne dose d'ambition, de perspicacité et de sens politique suffisait amplement.

Il adorait son nouvel appartement, tout en bois sombre et métal brossé, situé près de Primrose Hill, dans le quartier de Belsize Park ; il adorait Londres, qui s'étendait à ses pieds sous la brume de chaleur comme une vaste fourmilière ; et il adorait ce 15 juillet, jour de la Saint-Swithin. Il voulait partager tout cela avec Emma, lui faire découvrir de nouveaux horizons, de nouvelles expériences, de nouveaux cercles sociaux, pour que sa vie ressemble plus à la sienne. Qui sait ? Emma et Naomi finiraient peut-être par devenir amies ?

Bercé par ces pensées réconfortantes, il allait s'endormir quand il sentit une ombre passer sur son visage. Il ouvrit un œil, sa main en visière sur son front.

« Coucou, ma belle. »

Emma lui asséna un violent coup de pied dans les côtes.

« Aïe ! Qu'est-ce qui te prend ?
— Ne me fais plus jamais ça !
— Quoi ?
— Tu sais très bien de quoi je parle ! Tu viens me mater au boulot comme si j'étais au zoo, tu te fous de ma gueule...
— Moi ?
— Oui, toi ! Je t'ai vu quand tu chevauchais ta petite copine sur la banquette. Vous étiez morts de rire, tous les deux !
— C'est pas ma petite copine, et on se moquait du menu, c'est tout.
— Non. Tu te moquais de l'endroit où je travaille.
— Et alors ? Toi aussi !
— Je le fais parce que j'y travaille, justement. C'est ma manière à moi de rire de l'adversité. Alors que toi, tu ris de moi !
— Je ne ferais jamais, jamais une...
— C'est comme ça que je l'ai ressenti.
— Je suis désolé. Toutes mes excuses.
— Très bien. » Elle s'assit près de lui, les jambes repliées sous elle. « Maintenant, reboutonne ta chemise et passe-moi la bouteille.
— C'est pas vraiment ma petite copine », répéta-t-il. Il ferma les trois derniers boutons de sa chemise en attendant qu'elle morde à l'hameçon. Comme elle ne réagissait pas, il fit une nouvelle tentative : « On couche ensemble de temps en temps, c'est tout. »

À mesure que s'éloignait la possibilité d'une histoire d'amour entre eux, Emma s'évertuait à s'endurcir pour mieux supporter l'indifférence de Dexter à son égard. Ses efforts portaient leurs fruits. Quelques mois plus tôt, la remarque qu'il venait de faire l'aurait anéantie. À présent, elle ne lui causait guère plus de douleur qu'une balle de tennis qui l'aurait frappée à l'arrière du crâne. Oui, à présent, elle pouvait l'encaisser sans broncher. « J'en suis ravie pour toi. Et pour Naomi. » Elle remplit de vin un gobelet en plastique. « Si c'est pas ta petite copine, comment dois-je l'appeler ?

— Mon "amante" ?

— Ça implique une certaine affection, non ?

— Bon... "Conquête", alors ? » Il sourit. « Puis-je dire d'une fille qu'elle est ma conquête ? Tu crois que c'est permis de nos jours ?

— Je préférerais "victime". » Elle s'allongea brusquement et glissa la main dans la poche de son jean. « Tiens. Reprends ça ! » Elle jeta un billet de dix livres sur son torse. Plié en huit, il était à peine plus gros qu'une pièce de monnaie.

« Certainement pas.

— Certainement que si.

— C'est à toi maintenant !

— Dexter, écoute-moi bien : on ne donne pas de pourboires à ses amis, d'accord ?

— C'est pas un pourboire. C'est un cadeau.

— L'argent n'est pas un cadeau. Si tu veux m'offrir quelque chose, c'est très gentil – mais ne me donne pas d'argent. C'est gênant. »

Il remit le billet dans sa poche en soupirant. « Toutes mes excuses. Pardon.

— C'est bon. » Elle s'allongea près de lui. « Allez, raconte-moi tout. Comment tu l'as rencontrée ? »

Le sourire aux lèvres, il se dressa sur un coude. « On s'est retrouvés à une fête de fin de tournage et... »

Une fête de fin de tournage, pensa-t-elle. Il était devenu quelqu'un qui allait à des fêtes de fin de tournage.

« ... comme je l'avais déjà croisée dans les bureaux, je suis allé la voir pour me présenter. J'ai fait ça très bien, la main tendue, genre " Salut, bienvenue dans l'équipe ! " et elle, tu sais ce qu'elle a fait ? Elle m'a décoché un clin d'œil, puis elle a posé sa main derrière ma tête, elle m'a attiré vers elle et elle… » Il baissa la voix pour conclure avec excitation : « … elle m'a embrassé, quoi !

— Elle t'a embrassé, quoi », répéta calmement Emma tandis qu'une autre balle de tennis atteignait son but. Au beau milieu de son crâne.

« … elle a glissé un truc dans ma bouche avec sa langue. Quand je lui ai demandé ce que c'était, elle m'a fait un clin d'œil en disant : "Devine !" »

Emma laissa passer un silence, avant de reprendre : « C'était quoi ? Une cacahuète ?

— Non.

— Une petite cacahuète bien grillée…

— Non, c'était une pilule de…

— Un truc à la menthe pour te rafraîchir l'haleine ?

— J'ai pas mauvaise ha…

— Tu m'as déjà raconté cette histoire, non ?

— Pas du tout. Tu confonds avec une autre fille. »

Les balles de tennis arrivaient de plus en plus nombreuses, à présent. Et une balle de cricket s'était immiscée parmi elles. Emma s'étira, se força à contempler le ciel. « Tu ne devrais pas laisser des inconnues te mettre des drogues dans la bouche, Dexter. C'est pas propre. Et c'est dangereux. Un jour, ce sera une capsule de cyanure. »

Il rit. « Tu veux quand même savoir ce qui s'est passé après ? »

Elle posa un doigt sur son menton. « Est-ce que je le veux ? Non, je ne crois pas. »

Il lui raconta pourtant toute l'histoire. Comme à chaque fois, elle eut droit à l'épisode de la discothèque (avec son arrière-salle invariablement sombre), à la description des coups de fil reçus en pleine nuit et des taxis pris à l'aube pour filer d'un bout à l'autre de la ville. La vie sexuelle de Dexter ressemblait à un buffet à volonté : interminable et nauséeux. Pour ne plus l'écouter, Emma décida de se concentrer sur sa bouche. C'était une jolie bouche – et, d'après ses souvenirs, agréable à embrasser. Si elle était aussi intrépide, audacieuse et asymétrique que cette Naomi, elle se pencherait sur lui. Et s'emparerait de ses lèvres. Ce qu'elle n'avait jamais fait avec personne. Elle n'avait jamais *initié* un baiser. Elle avait été embrassée, bien sûr, trop fort, trop brusquement, à la fin de soirées trop arrosées. Des baisers qui surgissaient de nulle part et s'abattaient sur elle comme des coups. Ian s'y était mis, lui aussi : trois semaines plus tôt, alors qu'elle nettoyait l'armoire réfrigérée où les cuistots entreposaient la viande, il s'était jeté sur elle si violemment qu'il avait failli l'assommer. Dexter l'avait embrassée, lui aussi – il y avait longtemps. Très longtemps. Serait-ce bizarre de recommencer ? Que se passerait-il si elle essayait... là, maintenant ? *Prends l'initiative. Enlève tes lunettes, entoure sa tête de tes mains pendant qu'il est en train de parler et embrasse-le, embrasse-le, embrasse-...*

— Donc, Naomi m'appelle à trois heures du mat et elle me dit : "Monte dans un taxi. Tout. De. Suite." »

Emma se souvenait parfaitement de la manière dont il s'était essuyé les lèvres du plat de la main : il embrassait comme on mange une tarte à la crème. Elle tourna la tête pour observer ceux qui s'étaient assis, comme eux, au sommet de la colline. Le soir tombait, à présent. Deux cents jeunes gens séduisants et gâtés par la vie jouaient au frisbee, allumaient des barbecues jetables, faisaient des projets pour la soirée. Emma se sentait profondément étrangère à leurs préoccupations. Avec leurs fabuleuses carrières, leurs lecteurs de CD et leurs VTT, ils semblaient sortir d'une pub – pour de la vodka ou une petite voiture de sport, par exemple. « Et si tu revenais à la maison, ma chérie ? lui avait suggéré sa mère au téléphone. Tu as toujours ta chambre ici... »

Elle jeta un regard à Dexter, qui continuait à dévider l'écheveau de ses prouesses amoureuses, puis elle observa le jeune couple installé derrière lui. Assise à califourchon sur son petit ami étendu au sol, la fille l'embrassait goulûment. Les bras posés dans l'herbe, le type se laissait faire avec un plaisir évident. Leurs doigts se nouèrent – et Emma reporta son attention sur Dexter.

« ... en gros, on est restés trois jours sans sortir de la chambre d'hôtel. C'est dingue, non ?

— Désolée. Je ne t'écoutais plus.

— Je parlais de...

— Qu'est-ce qu'elle te trouve, à ton avis ? »

Il haussa les épaules, comme s'il ne comprenait pas le sens de sa question. « Elle dit que je suis compliqué.

— Compliqué ? Tu me fais penser à un puzzle pour enfants... » Elle s'assit et essuya l'herbe qui s'était collée à ses mollets. « ... en deux gros morceaux ! conclut-elle, puis elle remonta son jean un peu plus haut. Regarde-moi ces jambes. » Elle prit un petit poil fin entre son pouce et son index. « Je ressemble à la présidente de l'association des randonneuses écossaises.

— Et alors ? Épile-toi, sainte Velue !

— Dex !

— Tes jambes sont superbes, de toute façon. » Il se redressa pour lui pincer le mollet. « Tu es magnifique. »

Elle tapa dans son coude, et il retomba dans l'herbe. « Sainte Velue... J'arrive pas à croire que tu m'aies appelée comme ça ! » Derrière eux, le couple continuait de s'embrasser. « Regarde ces deux-là... Discrètement, Dex ! » Il avait tourné la tête pour les observer par-dessus son épaule. « Je les entends d'ici, tu te rends compte ? Comme s'ils débouchaient un évier... Ne les fixe pas comme ça !

— Pourquoi ? C'est un jardin public.

— Justement... Tu te comporterais comme ça, toi, dans un jardin public ? J'ai l'impression de regarder un documentaire animalier.

— Ils sont peut-être amoureux.

— Ça ressemble à ça, l'amour ? Jupe froissée et bruits de bouche ?

— Parfois, oui.

— On dirait qu'elle essaie de mettre la tête entière du type dans son gosier. Elle va se déboîter la mâchoire si elle continue.

— Elle est plutôt bien roulée, non ?

— Dexter !

— Quoi ? J'ai pas le droit de faire la remarque ?

— Si, mais... C'est un peu bizarre, cette obsession, chez toi. Tu te comportes comme si tu ne pensais qu'à t'envoyer en l'air... Ça peut être rebutant, tu sais. On risque de te trouver un peu triste ou pathétique...

— Ah bon ? Je me sens pas triste, pourtant. Ni pathétique. »

Emma, qui se sentait triste et pathétique, garda le silence. Allongé près d'elle, Dexter lui donna un petit coup de coude. « Tu sais ce qu'on devrait faire, tous les deux ?

— Quoi ? »

Il sourit. « Prendre de l'ecsta ensemble.

— De l'ecsta ? Qu'est-ce que c'est ? fit-elle, pince-sans-rire. Ah oui... J'ai lu un article là-dessus. Je crois que je suis pas faite pour ce genre de truc. C'est trop chimique pour moi. Une fois, j'ai reniflé mon flacon de Tipp-ex, et j'ai cru que mes pompes me grignotaient les pieds. » Il éclata de rire. Ravie, elle cacha son propre sourire dans son gobelet en plastique. « De toute façon, je préfère m'adonner à l'ivresse pure et naturelle de l'alcool.

— C'est très désinhibant, l'ecsta, tu sais.

— C'est pour ça que tu passes ton temps à embrasser tout le monde ?

— Je pensais que ça t'amuserait, c'est tout.

— Je m'amuse, Dex ! Tu ne peux pas savoir comme je m'amuse. » Elle sentit son regard peser sur elle.

« Si on parlait un peu de toi ? suggéra-t-il d'une voix grave – celle qu'elle appelait sa voix de psychiatre. Y a du nouveau ? Côté cœur, je veux dire.

— Oh, tu me connais ! Je suis incapable de la moindre émotion. Un vrai robot. Une bonne sœur. Un robot déguisé en bonne sœur.

— Arrête. T'es pas comme ça. Tu fais seulement semblant.

— Ça m'est égal, de toute façon. J'aime bien l'idée de vieillir seule et de...

— Vieillir ? T'as vingt-cinq ans, Emma !

— ... me transformer en bas-bleu. »

Un « bas-bleu » ? Dexter n'était pas sûr de savoir ce que c'était exactement, mais le mot « bas » déclencha chez lui une érection toute pavlovienne. Il commença par imaginer Emma avec des bas bleus, puis il décida que les bas bleus ne lui iraient pas, qu'ils n'iraient à personne, d'ailleurs, et que seuls les bas noirs ou rouges (comme ceux que Naomi avait revêtus une fois) méritaient d'être portés.

Ce qui le ramena aux bas-bleus – et au fait qu'il ne comprenait toujours pas ce qu'Emma avait voulu dire. Ce type de rêverie érotique occupait une grande part de son espace mental. Il se demanda brusquement s'il n'était pas, comme Emma le prétendait, obnubilé par l'aspect sexuel des choses. Il lui suffisait d'apercevoir une fille dénudée sur une affiche ou une couverture de magazine pour perdre le fil de ses pensées. Quelques centimètres de dentelle écarlate sur l'épaule d'une passante le mettaient en transe. En été, quand les femmes étaient en robes légères, il perdait carrément les pédales... C'était exagéré, non ? Il n'était sûrement pas normal de réagir *en permanence* comme un détenu tout juste sorti de prison ! Concentre-toi, s'exhorta-t-il. Une de ses amies les plus chères était en pleine déprime. C'est sur elle qu'il devait se concentrer – et non sur les trois filles qui jouaient à se lancer de l'eau quelques mètres plus loin...

Concentre-toi ! Concentre-toi. Il se força à s'arracher à ses considérations érotiques pour revenir à Emma. Son esprit pivota lentement, avec l'agilité d'un porte-avions.

« Et avec ce mec, il se passe rien ? s'enquit-il.
— Quel mec ?
— Le serveur qui bosse avec toi au resto. Celui qui ressemble au président d'un club informatique.
— Ian ?
— Oui. Pourquoi tu sors pas avec lui ?
— Tu délires, Dex. C'est un pote, rien de plus. Passe-moi la bouteille, tu veux ? »

Il la regarda s'asseoir et boire une gorgée de vin tiède et sirupeux. Sans être sentimental, Dexter avait parfois la conviction, lorsqu'il était en compagnie d'Emma et qu'il la voyait rire ou l'entendait raconter une histoire, qu'elle était la personne la plus intelligente et la plus drôle qu'il connaissait. Il avait souvent failli énoncer cette certitude à voix haute – quitte à interrompre le récit d'Emma pour lui dire enfin tout le bien qu'il pensait d'elle. Ce n'était pas le cas aujourd'hui. Il la trouvait fatiguée, pâle et triste. Un peu replète, aussi : lorsqu'elle baissait les yeux, un petit bourrelet apparaissait sous son menton. Pourquoi gardait-elle ses horribles lunettes ? Elle avait quitté la fac depuis des années, maintenant. Il était temps qu'elle s'achète des lentilles ! Et ce chouchou en velours dans les cheveux... ça n'allait pas non plus. Ce qu'il lui fallait, songea-t-il avec compassion, c'était un pygmalion. Quelqu'un qui la prendrait en main et qui l'aiderait à exprimer son potentiel. Lui, par exemple. Il se représentait très bien la scène : il l'emmènerait dans les boutiques et la regarderait essayer toutes sortes de tenues qu'il commenterait gentiment, avec une dignité patricienne... Oui, il fallait vraiment qu'il lui accorde plus d'attention. Et il allait le faire... dès qu'il serait moins occupé.

En attendant, comment l'aider à se sentir mieux, à reprendre confiance en elle, à retrouver le moral ? Une idée se forma dans son esprit. Prenant la main d'Emma dans la sienne, il annonça d'un air solennel :

« Tu sais quoi, Em ? Si t'es toujours célibataire à quarante ans, je t'épouserai. »

Ses yeux s'emplirent de dégoût. « C'est une demande en mariage, Dex ?

— Je ne dis pas que nous devons nous marier maintenant, je te parle de plus tard... si nous sommes seuls et désespérés. »

Elle eut un rire amer. « Qu'est-ce qui te fait croire que j'aurai envie de me marier avec toi ?

— Je prenais ça pour un fait acquis. »

Elle secoua lentement la tête. « Tu vas devoir faire la queue, mon cher. Ian m'a proposé exactement la même chose l'autre jour, quand on était en train de désinfecter l'armoire à viande. Sauf qu'il m'a donné jusqu'à trente-cinq ans, lui.

— Sans vouloir l'offenser, je crois que tu devrais attendre cinq ans de plus. Mon offre vaut mieux que la sienne, non ?

— Je ne vous attendrai ni l'un ni l'autre ! Je ne me marierai pas, de toute façon.

— Comment peux-tu en être sûre ? »

Elle haussa les épaules. « C'est une vieille gitane qui me l'a prédit.

— T'es contre le mariage pour des raisons politiques, j'imagine ?

— Non. C'est pas pour moi, c'est tout.

— Je t'y vois très bien, pourtant ! Avec tout le tralala : grande robe blanche, demoiselles d'honneur, petits garçons en costume, jarretière bleue… » *Jarretière*. Son esprit s'accrocha à ce mot comme un poisson à l'hameçon.

« Il n'y a pas que l'amour dans la vie, figure-toi. Certaines choses me paraissent bien plus importantes.

— Ah bon ? Ta carrière, par exemple ? » Elle lui jeta un regard noir. « Désolé », dit-il.

Ils s'étendirent de nouveau dans l'herbe, les yeux tournés vers le ciel qui s'assombrissait. « Ma carrière a fait un sacré bond aujourd'hui, justement, annonça-t-elle au bout d'un moment.

— Ils t'ont virée ?

— Non, promue. » Elle se mit à rire. « On m'a proposé le poste de manager. »

Dexter se redressa vivement. « Dans ce resto ? Faut que tu refuses !

— Pourquoi ? Y a rien de mal à bosser dans la restauration !

— Em, tu pourrais extraire de l'uranium avec les dents, ça ne me dérangerait pas si t'étais heureuse. Mais tu hais ce boulot ! Tu ne l'as jamais aimé et tu ne l'aimeras jamais.

— Et alors ? La plupart des gens haïssent leur boulot.

— Pas moi.

— Ah ! si on bossait tous dans les médias, le monde irait *tellement* mieux ! » Elle détesta le ton de sa voix, amer et sarcastique. Pire, elle sentit un flot de larmes brûlantes, totalement irrationnelles, lui piquer les paupières.

« Eh ! Je pourrais peut-être te faire embaucher ! » Elle rit. « Où ça ?

— Avec moi, à Redlight Productions ! s'exclama-t-il avec enthousiasme. Comme documentaliste. Il faudrait que tu commences comme coursier, ce qui est super mal payé, mais tout le monde te trouverait géniale et...

— C'est très gentil, Dex, mais je veux pas bosser dans les médias. Je sais que tout le monde meurt d'envie de travailler dans les *médias* en ce moment comme si c'était le meilleur boulot du monde, mais... » Tais-toi. On dirait une folle, songea-t-elle. Jalouse et hystérique. « D'ailleurs, je sais même pas vraiment ce que c'est, les *médias*... » *Stop. Calme-toi.* « C'est vrai ! Vous faites quoi, exactement – à part siroter de l'eau en bouteille, vous camer et vous amuser à photocopier vos miches ?

— Eh ! C'est pas facile, tu...

— Si les gens traitaient les infirmières, les profs ou les assistantes sociales avec le respect qu'ils ont pour ceux qui bossent dans ces putains de médias...

— T'as qu'à être prof, alors ! Tu serais géniale comme prof...

— Tu me copieras cent fois : "Je ne donnerai pas de conseils professionnels à mon amie !" » Elle se tut, consciente d'avoir parlé trop fort – d'avoir crié, même. Pourquoi se comportait-elle ainsi ? Qu'est-ce qui lui prenait ? Dexter essayait de l'aider, c'est tout. Quel bénéfice tirait-il de leur amitié, dans ces conditions ? Il ferait mieux de s'en aller. Oui, de la planter là et de s'en aller.

Ils se tournèrent l'un vers l'autre au même instant.

« Désolé.

— Non, c'est moi qui suis désolée.

— De quoi ?

— D'avoir beuglé comme une vieille vache. Pardonne-moi. Je suis fatiguée, j'ai eu une mauvaise journée... Je suis désolée d'être si... barbante.

— T'es pas si barbante que ça.

— Mais si, Dex. Je me barbe moi-même, je t'assure.

— Peut-être, mais moi, tu ne me barbes pas. » Il prit sa main dans la sienne. « Tu ne me barberas jamais. Des filles comme toi, y en a une sur un million.

— Pff. Une sur trois, tu veux dire ! »

Il lui donna un petit coup de pied. « Em ?

— Quoi ?

— Crois-moi, d'accord ? Tais-toi et fais-moi confiance. Parce que j'ai raison. »

Ils s'observèrent un moment, puis il se laissa retomber dans l'herbe. Elle l'imita, et tressaillit lorsqu'il glissa un bras sous ses épaules. Gênés, ils se figèrent dans cette posture inconfortable jusqu'à ce qu'Emma se tourne sur le côté pour se lover contre lui. Resserrant l'étreinte de son bras autour de sa taille, il reprit doucement la parole.

« Tu sais ce que j'arrive pas à comprendre ? Y a un tas de gens qui se tuent à t'expliquer que t'es géniale, intelligente, drôle, pleine de talent et tout – moi, par exemple, je te le répète depuis des années, non ? Et tu veux toujours pas l'admettre ! Pourquoi on te le répète, à ton avis ? Tu crois peut-être que t'es victime d'une sorte de conspiration, et que les gens ont secrètement décidé d'être sympa avec toi ? »

Elle allait fondre en larmes, s'il continuait. Elle pressa la tête contre son épaule pour le faire taire. « C'est gentil, Dex. Je ferais mieux de rentrer, maintenant.

— Non, reste encore un peu. On ira acheter une autre bouteille.

— T'es sûr que Naomi t'attend pas quelque part ? La bouche remplie de pilules d'ecstasy comme un pauvre petit hamster solitaire ? » Elle gonfla les joues. Dexter se mit à rire et elle se sentit tout de suite mieux.

Ils restèrent encore un peu dans l'herbe, puis firent une virée à l'épicerie. Ils regagnèrent Primrose Hill à temps pour le coucher de soleil, qu'ils contemplèrent en buvant du vin et en grignotant des chips payées à prix d'or. Les animaux du zoo de Regent's Park peuplèrent un moment la nuit de cris étranges, puis le silence se fit. Et ils s'aperçurent qu'ils étaient seuls sur la colline.

« Il faut que je rentre, dit-elle en se redressant péniblement.

— Tu peux venir dormir chez moi, si tu veux. »

Elle pensa au trajet qui l'attendait : la dizaine de stations de métro, le bus 38 (où elle serait invariablement coincée au deuxième étage), puis la traversée peu rassurante du quartier désert jusqu'à son appartement, qui sentait inexplicablement les oignons frits. Quand elle pousserait la porte, le chauffage serait sans doute allumé et Tilly Killick, sa robe de chambre bâillant sur son opulente poitrine, serait agrippée au radiateur du salon comme un lézard à son mur. Cuillère en main, elle serait en train de manger du pesto à même le pot, il y aurait des empreintes de dents dans le cheddar irlandais, la dernière saison de *Nos plus belles années* passerait à la télé et... Emma n'avait vraiment pas envie d'y aller.

« Je te prêterai une brosse à dents, continua Dexter comme s'il avait lu dans ses pensées. T'auras qu'à dormir sur le canapé ! »

Elle se vit allongée, la tête lourde d'alcool et de confusion, sur le canapé en cuir noir de Dexter qui crisserait à chacun de ses mouvements – et décida que sa vie était déjà assez compliquée comme ça. Pas question d'aller dormir chez Dexter. Ni chez personne d'autre, d'ailleurs. À partir de ce soir, décida-t-elle fermement, elle ne découcherait plus, n'écrirait plus de poèmes et ne perdrait plus son temps. C'était sa énième résolution de la semaine, mais celle-là, elle s'y tiendrait. Elle allait reprendre sa vie en main. Et repartir de zéro.

5

La Charte de Bonne Conduite

MERCREDI 15 JUILLET 1992

Îles du Dodécanèse, Grèce

Il y a des jours où tout semble parfait.
La Saint-Swithin les trouva cette année-là sous un immense ciel bleu que ne menaçait pas la moindre averse. Installés en tenue d'été sur le pont supérieur d'un ferry qui traversait lentement la mer Égée, ils cuvaient côte à côte l'alcool de la veille, englouti dans les tavernes de Rhodes, en savourant le soleil matinal, retranchés derrière les verres fumés de leurs lunettes neuves. Au deuxième jour d'un périple qui en compterait dix dans les îles du Dodécanèse, les règles de la Charte de Bonne Conduite étaient encore scrupuleusement respectées.

Conçue comme une sorte de Convention de Genève des relations platoniques, la Charte regroupait une série de règles simples, établies avant leur départ pour s'assurer que le voyage n'engendrerait aucune « complication ». Emma était de nouveau célibataire : sa relation avec Spike, un réparateur de bicyclettes dont les doigts sentaient perpétuellement le dégrippant, s'était achevée sans le moindre heurt. Bien que brève et banale, cette liaison l'avait aidée à retrouver confiance en elle. Et son vélo n'avait jamais été aussi rutilant.

Quant à Dexter, il avait rompu avec Naomi sous prétexte que leur relation devenait « trop intense » – expression qu'Emma n'avait pas cherché à éclaircir. Depuis, il avait testé une Avril, une Mary, une Sara et une Sarah, une Sandra et une Yolande, avant de fixer son choix sur Ingrid, un ex-mannequin reconvertie dans le stylisme. Férocement ambitieuse, ladite Ingrid avait été contrainte de renoncer à sa carrière de top model parce que ses seins, avait-elle expliqué à Emma avec le plus grand sérieux, « étaient trop gros pour les défilés ». Dexter, qui les écoutait, s'était illuminé comme s'il allait exploser de fierté.

Ingrid était une fille à la sexualité triomphante, capable de porter son soutien-gorge sur sa chemise sans rougir. Bien qu'elle ne se sente nullement menacée par Emma (ni par personne d'autre sur cette planète, d'ailleurs), les deux vacanciers avaient décidé qu'il serait plus sage de définir un certain nombre de principes avant d'enfiler leur maillot de bain et de boire leurs premiers cocktails. Il était pourtant clair qu'il ne se passerait rien entre Dexter et Emma : cette petite fenêtre s'était refermée plusieurs années auparavant. Ils étaient maintenant immunisés l'un contre l'autre, protégés par les hautes barrières de leur amitié. Mais on n'est jamais trop prudent, n'est-ce pas ? Ils s'étaient donc fixé rendez-vous avant le départ pour rédiger la Charte. La scène s'était déroulée un vendredi soir de juin à Hampstead Heath, à la terrasse d'un pub.

La Règle numéro 1 instituait l'obligation de faire chambre à part. Quoi qu'il arrive, ils ne partageraient pas le même lit, qu'il soit simple ou double. Et même après avoir trop bu, il n'y aurait ni câlins ni étreintes prolongées – c'était bon pour les étudiants, plus pour eux. « De toute façon, je n'ai jamais compris l'intérêt des câlins, avait déclaré Dexter. Ça me file des crampes. » Emma avait acquiescé, avant d'ajouter :

« Règle numéro 2 : interdiction de flirter.

— Je ne flirte jamais, avait-il répliqué en lui faisant du pied sous la table.

— Sois sérieux, Dex ! Je ne veux pas que les choses dérapent après quelques verres, c'est tout.

— Que les choses dérapent ?

— Tu sais très bien ce que je veux dire. Pas de bêtises.

— Avec toi ?

— Ni avec moi ni avec personne. Ce qui m'amène à la Règle numéro 3 : pas question de tenir la chandelle pendant que tu masseras le dos d'une Allemande de Stuttgart.

— Ça risque pas d'arriver !

— Effectivement. Puisque c'est écrit dans la Charte. »

Elle insista également pour définir la Règle numéro 4, qui établissait une clause de non-nudité. L'exhibitionnisme serait strictement prohibé, tout comme les baignades à poil. Chacun d'eux veillerait à respecter l'intimité et la pudeur de l'autre. Elle n'avait aucune envie de voir Dexter en slip, de le trouver nu sous sa douche ou, pire, assis sur le siège des toilettes.

En guise de représailles, Dexter avait proposé la Règle numéro 5 : pas de Scrabble. Bien que parfaitement ringard, le jeu était soudain redevenu à la mode, et un nombre croissant de ses amis s'y adonnaient pendant des soirées entières. Certains d'entre eux, affectant d'en rire, étaient même devenus des champions du mot-qui-compte-triple, ce qui plongeait Dexter dans l'embarras. Il avait parfois l'impression que le jeu avait été spécialement conçu pour l'ennuyer et lui faire prendre conscience de sa propre médiocrité.

La Charte était entrée en vigueur dès leur arrivée à Rhodes, quarante-huit heures plus tôt. Elle régissait leurs faits et gestes en cette matinée du deuxième jour, alors qu'ils prenaient le soleil sur le pont du vieux ferry rouillé qui desservait péniblement les îles du Dodécanèse. La veille, ils avaient passé la soirée à arpenter la ville, à boire des cocktails trop sucrés servis dans des ananas évidés et à se sourire jusqu'aux oreilles, ravis de ce qui leur arrivait. Le ferry avait appareillé juste avant le lever du jour. Il était 9 heures, à présent. Allongés sur le pont, ils cuvaient leurs cocktails (les pulsations du moteur se répercutaient sur leurs estomacs remplis de liquide) et mangeaient des oranges, un livre à la main, en s'offrant aux morsures du soleil. Engoncés dans un silence confortable, ils n'avaient pas pipé mot depuis une bonne vingtaine de minutes.

Dexter craqua le premier. Il poussa un long soupir et posa *Lolita*, de Nabokov, à cheval sur son torse. Emma, qui s'était chargée de choisir leurs lectures de vacances, le lui avait offert avant de partir. Le reste de la sélection se dressait à leurs pieds : empilés dans la valise de la jeune femme, les livres formaient un fantastique pare-vent sur le pont du ferry. Et prenaient tant de place qu'elle n'avait quasiment rien emporté d'autre.

Une minute s'écoula. Il soupira de nouveau. Un grand soupir théâtral pour attirer l'attention.

« Qu'est-ce qui ne va pas ? demanda-t-elle, le nez plongé dans *L'Idiot*, de Dostoïevski.

— J'arrive pas à rentrer dedans.

— Dex ! C'est un chef-d'œuvre !

— Ça me donne mal à la tête.

— J'aurais mieux fait de t'offrir un livre d'images.

— Écoute, ça me plaît, mais…

— *Les Aventures de Maya l'abeille* ou…

— Je trouve ça un peu dense, c'est tout. J'arrive pas à m'intéresser à l'histoire… Cinquante pages pour m'expliquer que le héros bande toute la journée, c'est un peu trop, non ?

— Je croyais que ça te rappellerait quelqu'un. » Elle remonta ses lunettes sur son front. « C'est un bouquin très érotique, tu sais.

— Seulement pour ceux qui aiment les petites filles.

— Aurais-tu l'obligeance de me rappeler pourquoi tu as été renvoyé de ton école de langues à Rome ?

— Arrête avec ça ! Elle avait vingt-trois ans !

— T'as qu'à piquer un petit somme, alors. » Elle retourna à son roman russe. « Espèce de béotien. »

La tête bien calée sur son sac à dos, il s'apprêtait à fermer les yeux quand il vit un couple s'approcher. La fille, plutôt jolie, l'observait avec nervosité. Le type, un peu fort, était si pâle qu'il semblait éclairé au flash.

« 'scusez-moi », dit la fille avec un fort accent des Midlands.

Dexter mit sa main en visière sur son front. « Oui ? répondit-il en souriant.

— Vous seriez pas le gars de la télé ?

— Ça se pourrait », acquiesça-t-il en se redressant. Il ôta ses lunettes de soleil d'un geste souple, avec une désinvolture si calculée qu'Emma grommela entre ses dents.

« Comment ça s'appelle, déjà ? reprit la jeune Anglaise. "trop top" ! » Les producteurs avaient insisté pour que le titre de l'émission soit toujours écrit en lettres minuscules (ces dernières étant récemment devenues plus branchées que les majuscules).

Dexter leva la main comme les témoins appelés à la barre. « Je plaide coupable ! »

Emma se mit à pouffer. Il lui jeta un regard intrigué. « Ça devient drôle, expliqua-t-elle en désignant le roman de Dostoïevski.

— Je savais que je vous avais vu à la télé ! » La fille donna un coup de coude à son copain. « Je te l'avais dit, pas vrai ? »

Le jeune homme marmonna quelques mots inaudibles, puis il retomba dans le silence. Dexter entendit plus distinctement le vrombissement des moteurs. Et s'aperçut que *Lolita* était toujours à cheval sur son torse. Il remit discrètement le roman dans son sac avant de relancer la conversation. « Vous êtes en vacances ? » La question était superflue, mais elle lui permit de revêtir son costume d'animateur TV – un type vraiment sympa avec lequel on peut boire une bière au bar.

« Ouais, on est en vacances », maugréa le gars à la peau très blanche.

Nouveau silence. « Je vous présente mon amie Emma. »

L'intéressée leur jeta un regard aimable sous ses lunettes de soleil. « Salut ! »

La fille plissa les yeux. « Vous êtes de la télé, vous aussi ?

— Moi ? Pas du tout. » Elle haussa les sourcils. « Mais j'en rêve !

— Emma travaille pour Amnesty International, annonça fièrement Dexter en posant une main sur son épaule.

— Quelques heures par semaine. Le reste du temps, je bosse dans un restaurant.

— Comme manager. Mais elle va tout plaquer en septembre pour commencer une formation. Elle va devenir prof – n'est-ce pas, Em ? »

Elle le regarda dans les yeux. « Pourquoi tu parles comme ça ?

— Comme quoi ? » Il eut un petit rire de défi, mais le jeune couple ne l'écoutait plus. La fille se dandinait d'un pied sur l'autre tandis que son copain, les yeux tournés vers le large, semblait prêt à sauter par-dessus bord. Dexter jugea préférable de mettre fin à l'entretien. « On se verra sûrement sur la plage... On ira boire une bière ensemble, OK ? » suggéra-t-il. Apparemment satisfaits, les deux vacanciers lui sourirent avant de regagner leurs places sur le pont.

Dexter n'avait jamais vraiment cherché à être célèbre, mais il avait toujours souhaité réussir – or, à quoi bon réussir si personne n'en savait rien ? D'après lui, le succès ne devait pas rester secret. Depuis qu'il se montrait à la télé, il trouvait presque normal d'être célèbre, comme si sa renommée n'était que la suite logique de la popularité dont il avait joui pendant toute sa scolarité. Il n'avait pas non plus cherché à devenir présentateur – ce n'était un rêve d'enfant pour personne, après tout –, mais il était ravi de s'entendre dire qu'il était « né pour ça ». Passer devant la caméra ne lui posait aucune difficulté. Il arrivait sur le plateau avec le naturel d'un type qui s'assied au piano pour la première fois et se découvre virtuose. L'émission abordait moins de questions d'actualité que les programmes sur lesquels il avait travaillé précédemment. Succession de clips vidéo inédits, d'extraits de concerts live et d'interviews de célébrités, elle n'exigeait aucun effort particulier de sa part. Il lui suffisait de regarder la caméra au bon moment en criant : « Balancez le son, les gars ! » Mais il le faisait si bien, avec tant de charme et d'assurance, que le succès avait été immédiat.

Sa réputation demeurait cependant limitée, et il n'avait pas encore l'habitude d'être reconnu dans la rue. L'expérience l'avait d'abord dérouté. Il était assez lucide pour savoir qu'il avait une certaine propension à « faire le couillon », comme aurait dit Emma. Avec la tête qu'il avait, le risque était grand de passer pour un snob, un prétentieux ou un imposteur. Aussi avait-il longuement répété certaines mimiques, certaines expressions destinées à lui donner l'allure d'un mec sympa et accessible. Un type qui ne se la joue pas, même s'il bosse à la télé. C'est cette expression qu'il avait arborée pendant sa conversation avec le couple des Midlands. Et qu'il arborait encore en remettant ses lunettes sur son nez pour reprendre sa lecture. Un type vraiment cool, quoi.

Emma l'observait avec amusement. Tout y était : le petit sourire, la fausse nonchalance, le léger frémissement des narines. Elle releva ses lunettes sur son front.

« Ça ne va pas te changer, quand même ?
— Quoi ?
— Le fait d'être très légèrement célèbre.
— "Célèbre"... Je déteste ce mot !
— Tu préfères quoi ? "Connu" ?
— "Illustre" me semblerait plus approprié. » Il sourit.
« Et "déplaisant" ? Pourquoi pas "déplaisant" ?
— Laisse béton, OK ?
— Tu veux bien arrêter ça, s'il te plaît ?

— Quoi ?

— Cet accent des faubourgs... Tes parents t'ont envoyé à Winchester College, bordel !

— Je ne prends pas l'accent des faubourgs.

— Si, quand tu t'adresses à la caméra. Tu essaies de te faire passer pour un petit cockney...

— Tu peux parler, toi, avec ton accent du Yorkshire !

— Je suis *née* dans le Yorkshire, Dex ! »

Il haussa les épaules. « Je suis obligé de parler comme ça. Sinon, je risque de perdre la sympathie du public.

— Tu risques surtout de perdre la mienne !

— C'est vrai... mais tu ne fais pas partie des deux millions de spectateurs qui regardent mon émission.

— C'est *ton* émission, maintenant ?

— L'émission de télévision que je présente, si tu préfères. »

Elle rit, puis reporta son attention sur son roman. Dexter reprit la parole une minute plus tard.

« Ça t'arrive jamais, alors ?

— Quoi ?

— De me regarder ? Dans "trop top" ?

— Ça m'est arrivé de tomber dessus une fois ou deux. Quand je faisais mes comptes à la table du salon et que la télé était allumée.

— Et tu en as pensé quoi ? »

Elle soupira, les yeux rivés sur son livre. « C'est pas mon truc, Dex.

— Donne-moi quand même ton avis.

— J'y connais rien à la télé...

— Dis-moi ce que t'en penses, c'est tout.

— OK. Puisque tu insistes... C'est le genre de programme qui m'épuise. J'ai l'impression de voir un type complètement bourré s'agiter sous des

123

lumières stroboscopiques en me gueulant dessus pendant une heure ; mais encore une fois, je...

— Ça va, j'ai compris. » Il jeta un bref regard à son livre, puis se tourna de nouveau vers elle. « Et moi, je suis comment ?

— C'est-à-dire ?

— Est-ce que je suis bon ? Comme présentateur ? »

Elle ôta ses lunettes de soleil. « Dexter, tu es sans doute le meilleur présentateur de programmes pour la jeunesse que ce pays ait jamais connu – et je ne dis pas ce genre de chose à la légère. »

Il se dressa fièrement sur un coude. « En fait, je me considère plus comme un journaliste que comme un présentateur. »

Elle sourit. « Je n'en doute pas.

— Parce que *c'est* du journalisme. Je dois faire des recherches, préparer l'interview, poser les bonnes questions... »

Elle hocha la tête en se prenant le menton entre le pouce et l'index. « C'est vrai. J'ai vu ton interview de MC Hammer l'autre jour... C'était d'un provocateur ! J'étais scotchée. Très percutant, vraiment.

— Te fous pas de ma gueule !

— Non, sérieusement, c'était hyper-intense ! Tu as abordé toutes les grandes questions : ses influences musicales, ses fringues... C'était... impeccable.

— Tais-toi ! fit-il en lui donnant un coup sur l'épaule. Retourne à ton Dostoïevski, ça me fera des vacances ! »

Il s'allongea et ferma les yeux. Emma jeta un regard vers lui pour s'assurer qu'il souriait, et sourit à son tour.

Dexter s'endormit quelques minutes plus tard. Il était 10 heures passées et leur destination venait d'apparaître à l'horizon : une masse de granite gris-bleu flottant sur des eaux absolument cristallines. Emma avait toujours pensé que le bleu de la Méditerranée était une invention marketing, un mensonge fomenté par les voyagistes, et que les photographes ajoutaient des filtres à leurs appareils pour rendre leurs clichés plus paradisiaques... mais non. La Grande Bleue était aussi bleue et étincelante que sur les brochures. L'île semblait presque déserte, à l'exception d'une poignée de maisons disséminées autour du port. Elles avaient la couleur d'un sorbet à la noix de coco... Le seul fait de les regarder lui donnait envie de rire. Elle avait si peu voyagé jusqu'à présent ! Et ses rares déplacements, toujours crispants, l'avaient plongée dans l'inconfort. Son enfance avait été marquée par les deux semaines de vacances annuelles qu'elle passait avec sa famille à Filey, sur la côte est de l'Angleterre, dans une caravane trop petite où elle se battait avec sa sœur pendant que leurs parents buvaient en regardant tomber la pluie. S'estimant assez informée sur la promiscuité et ses inconvénients, elle avait mis fin à l'expérience l'année de ses seize ans. Pendant ses études, elle était partie camper dans les Cairngorms, au nord-est de l'Écosse, avec Tilly Killick : six jours dans une tente qui sentait la soupe en sachet. D'abord censées être « tellement ratées qu'elles en étaient drôles », les vacances avaient vite tourné au fiasco complet. Sans faire rire personne.

Maintenant, accoudée au bastingage du ferry, les yeux tournés vers le petit port dont les contours se précisaient à chaque instant, elle commençait à mieux comprendre à quoi servent les voyages. Elle ne s'était jamais sentie aussi loin de la laverie automatique, de l'impériale du bus 38 et du cagibi qu'elle occupait chez Tilly. Même l'air qu'elle respirait lui paraissait différent. Son odeur n'était pas la même, bien sûr. Mais il y avait autre chose… À Londres, l'air semblait toujours un peu sale ou vitreux, comme la paroi d'un aquarium mal entretenu. Ici, tout était clair, limpide, net et précis.

Elle entendit le déclic d'un obturateur et se retourna juste à temps pour voir Dexter la prendre en photo, la énième depuis leur départ. « Je suis affreuse ! » protesta-t-elle sans réfléchir. Quoique… Elle n'était peut-être pas si affreuse que ça, en fait. Debout derrière elle, il l'encercla de ses bras en attrapant le bastingage.

« C'est magnifique, non ?

— Pas mal », répondit-elle, certaine de n'avoir jamais été aussi heureuse.

Ils débarquèrent – au sens premier du terme, ce qu'elle n'avait jamais fait de sa vie – et furent aussitôt pris dans la petite foule de voyageurs et de routards en quête d'un logement pour la nuit.

« Qu'est-ce qu'on fait, maintenant ? dit-elle.

— Je vais chercher une chambre. Attends-moi dans ce café. Je reviens dès que j'ai trouvé !

— Prends-en une avec un balcon…

— Oui, m'dame.

— Et une vue sur la mer. Et… une petite table !

— Je vais voir ce que je peux faire », lui assura-t-il.

Il se dirigeait vers la foule massée au bout du quai quand elle ajouta :

« Et n'oublie pas l'essentiel ! »

Il se retourna vers elle. Debout sur la digue du port, elle tenait son chapeau à large bord d'une main pour l'empêcher de s'envoler sous la brise légère qui plaquait sur elle sa robe de coton bleu. Elle ne portait plus de lunettes et sa gorge nue était parsemée de taches de rousseur qu'il n'avait jamais vues auparavant – juste au-dessus de l'encolure, là où sa peau commençait à brunir.

« La Charte, reprit-elle.
— Oui ?
— Il nous faut *deux* chambres. N'est-ce pas ?
— Tout à fait. Deux chambres. »

Il s'éloigna en souriant. Emma traîna leurs sacs sur le quai pour s'installer dans un petit café battu par les vents. Elle s'assit à la terrasse puis sortit son stylo et son nouveau carnet – un gros cahier hors de prix, recouvert de toile, qu'elle avait choisi pour écrire son journal de voyage.

Elle l'ouvrit à la première page et réfléchit un moment. Qu'écrire d'autre, sinon que tout allait merveilleusement bien ? Oui, tout allait bien. Elle avait la sensation, aussi rare que nouvelle, d'être exactement là où elle voulait être.

Dexter et la logeuse se tenaient au milieu d'une pièce aux murs peints à la chaux. Hormis un immense lit double en fer forgé, une petite table, une chaise et un pot de fleurs séchées, rien n'encombrait le sol dallé. Dex poussa les portes à claire-voie pour accéder au balcon : de taille respectable, peint de la même couleur que le ciel, il dominait la baie comme une gigantesque scène de théâtre.

« Vous êtes combien ? » demanda la logeuse. Âgée d'une bonne trentaine d'années, plutôt jolie, elle s'exprimait dans un anglais chantant, mâtiné d'inflexions grecques.

« Deux.
— Pour combien de temps ?
— Je ne sais pas encore... Cinq nuits – peut-être plus ?
— Alors... C'est parfait ici, non ? »

Dexter s'assit sur le lit pour évaluer la fermeté du matelas. « Mon amie et moi, on est seulement... amis, en fait. On aimerait deux chambres. C'est possible ?

— Oh. D'accord. »

Emma a des taches de rousseur que je n'avais jamais vues, juste au-dessus de l'encolure de sa robe.

« Vous avez deux chambres, alors ?
— Oui, bien sûr. J'ai deux chambres. »

« J'ai une bonne et une mauvaise nouvelle.
— Je t'écoute, dit Emma en refermant son cahier.
— J'ai trouvé un endroit génial avec vue sur la mer, un peu plus haut dans le village. C'est une grande chambre avec un balcon, très calme – l'idéal si tu veux écrire ! Il y a même un petit bureau ! C'est libre pour les cinq jours à venir, et même après, si on veut rester plus longtemps.
— Parfait. Et la mauvaise nouvelle ?
— Il n'y a qu'un lit.
— Ah.
— Désolé.
— T'es sûr ? insista-t-elle d'un air soupçonneux. Il ne reste plus qu'une seule chambre dans toute l'île ?
— On est en plein mois de juillet, Em ! J'ai tout essayé, je t'assure ! » *Reste calme. Ne crie pas. Joue plutôt la carte de la culpabilité.* « Mais si tu veux que je continue à chercher... » Il se leva lourdement de sa chaise et fit mine de partir.

Elle posa une main sur son bras. « C'est un petit lit ou un grand lit ? »

Elle avait mordu à l'hameçon. Il se rassit. « C'est un *grand* lit double.

— Il vaudrait mieux qu'il soit carrément extra-large, non ? Pour être conforme aux règles de la Charte.

— Dans ce cas précis, je les considère comme de simples directives. »

Emma fronça les sourcils.

« Ce que je veux dire, Em, c'est que ça m'est égal si ça t'est égal.

— Je sais bien que ça t'est égal...

— Mais si tu crois vraiment que tu ne pourras pas t'empêcher de me toucher...

— Oh, j'y arriverai très bien ! C'est pour toi que je m'inquiète...

— Autant te prévenir tout de suite : si tu oses poser le petit doigt sur moi... »

Emma fut conquise : la chambre lui plut dès le premier regard. Et le balcon la transporta d'enthousiasme. On entendait chanter les cigales – un bruit qu'elle n'avait entendu qu'au cinéma et dont l'existence réelle, en ce qui la concernait, restait à prouver. Elle fut ravie, aussi, d'apercevoir des citrons dans les arbres du jardin, de *vrais* citrons dans de *vrais* arbres. On aurait dit qu'ils étaient collés aux branches ! Elle préféra cependant garder ses commentaires pour elle (pas question de passer pour une plouc) et se contenta d'un : « C'est parfait. Nous la prenons. » Puis elle laissa Dexter régler avec la logeuse les détails de leur séjour et se glissa dans la salle de bains afin de déclencher une nouvelle offensive contre ses lentilles de contact.

Lorsqu'elle était étudiante, Emma était absolument convaincue de la futilité des lentilles, qu'elle accusait de véhiculer une conception conventionnelle de la beauté féminine. En portant les lunettes solides, honnêtes et fonctionnelles que remboursait la Sécurité sociale, elle prouvait qu'elle n'avait pas une minute à consacrer à son apparence, son esprit étant occupé à de plus nobles tâches. Puis, l'âge venant, ces arguments lui avaient semblé chaque année plus spécieux. Si bien qu'elle avait fini par se rendre à ceux de Dexter : remisant ses lunettes au fond d'un tiroir, elle avait fait l'acquisition des satanés petits morceaux de plastique. Et compris un peu tard que ce qu'elle repoussait depuis des années n'était pas tant sa propre aliénation que l'instant magique, si souvent vu au cinéma, où la bibliothécaire ôte ses lunettes et dénoue lascivement ses cheveux, provoquant la stupeur de son entourage et du héros interloqué. « Mais, mademoiselle Morley... vous êtes splendide ! » s'écrie-t-il.

Le changement était donc positif. Pourtant, lorsqu'elle s'observait dans la glace, son visage lui semblait étrangement nu, presque indécent, comme si elle venait de retirer ses lunettes – alors qu'elle portait des lentilles depuis neuf mois. Elle était encore sujette à des grimaces alarmantes et à des clignements intempestifs. Les lentilles refusaient parfois de quitter ses doigts, collaient à son visage comme des écailles de poisson ou, comme c'était le cas maintenant, s'insinuaient sous ses paupières pour aller se nicher Dieu sait où, à l'arrière de son crâne. Penchée sur le miroir de la salle de bains, elle parvint une fois de plus à récupérer la coupable au prix de terribles contorsions faciales et d'un intermède quasi chirurgical qui la laissa pantelante, l'œil rouge et douloureux.

« Em ? Tu pleures ? » s'exclama Dexter lorsqu'elle regagna la chambre. Assis sur le lit, il déboutonnait sa chemise.

« Non. J'ai pas assez dormi, c'est tout. »

Ils ressortirent quelques minutes plus tard sous la chaleur accablante de la mi-journée pour se rendre à la plage. Ils n'eurent aucun mal à la trouver : le long croissant de sable blanc s'étirait sur près de deux kilomètres à la sortie du village. Vint alors le moment de se mettre en maillot de bain. Emma avait longuement (trop longuement ?) réfléchi, avant d'opter pour un une-pièce noir de chez John Lewis, si peu décolleté qu'il semblait dater de l'époque edwardienne. En passant sa robe au-dessus de sa tête, elle se demanda ce que Dexter penserait de son choix. La considérerait-il comme une dégonflée sous prétexte qu'elle n'avait pas opté pour un bikini ? Rangeait-il les maillots une-pièce dans la catégorie des articles trop prudes, trop sages, pas assez féminins, au même titre que les lunettes, les chaussures en daim à lacets et les casques de vélo ? Non que son avis ait la moindre importance, bien sûr... D'ailleurs, avait-il seulement jeté un regard dans sa direction ? Elle se surprit à l'espérer. À s'en convaincre, même. Et fut soulagée de constater qu'il avait, de son côté, choisi un boxer-short. Une semaine allongée sur le sable près de Dexter en slip de bain aurait achevé de la rendre folle.

« Excusez-moi, dit-il, vous seriez pas la fille d'Ipanema ?

— Non. Je suis sa tante. » Elle s'assit et tenta d'enduire ses jambes de crème solaire sans faire trembler ses cuisses.

« C'est quoi, ce truc ? demanda-t-il.

— De l'écran total.

— Pourquoi tu te mets pas sous une couverture, pendant que tu y es ? Ça reviendrait au même !

— Je veux pas trop m'exposer aujourd'hui. On vient juste d'arriver.

— On dirait de la peinture pour sols.

— Écoute... J'ai pas l'habitude du soleil, moi ! T'en veux un peu ?

— Non. Je suis contre la crème solaire.

— Oh, Dex ! minauda-t-elle en feignant l'admiration. Ce que tu peux être dur avec toi-même ! »

Sourire aux lèvres, il continua de l'observer sous les verres fumés de ses lunettes, notant avec intérêt la manière dont son bras tendu soulevait sa poitrine sous le tissu noir de son costume de bain. Ses yeux se portèrent ensuite sur la chair pâle et veloutée qui marquait le départ de ses seins, près de l'encolure élastiquée du maillot ; il suivit le déroulé de son bras, le mouvement de tête qu'elle donna pour écarter ses cheveux de ses épaules avant d'appliquer un peu de crème dans son cou. Il reconnut alors le léger vertige qui accompagne l'émergence du désir. *Et merde. Encore huit jours comme ça.* Le maillot d'Emma était assez échancré dans le dos pour qu'elle décide d'y étaler de la crème. Sans grand succès, bien sûr.

« Tu veux que je t'aide ? » demanda-t-il. Il s'en voulut presque de lui faire le coup de la crème solaire. C'était une tactique tellement éculée – presque indigne de lui – qu'il jugea préférable de faire passer sa suggestion pour une préoccupation d'ordre médical.

« Ce serait dommage que tu attrapes un coup de soleil !

— T'as raison. Vas-y. » Emma s'assit devant lui et arrondit le dos en posant la tête sur ses genoux. Penché vers elle (si près qu'elle sentit son souffle effleurer son cou), il entreprit d'appliquer l'écran total sur sa peau (dont il sentit la chaleur sous ses doigts). Ils gardèrent le silence, chacun d'eux s'efforçant de se convaincre qu'il s'agissait d'un comportement tout à fait normal. Et qu'ils ne dérogeaient en aucun cas aux Règles numéro 2 et 4 de la Charte, qui prohibaient le flirt et l'impudeur.

« Ton maillot est plutôt échancré, non ? fit-il remarquer en s'aventurant au creux de ses reins.

— Heureusement que je l'ai pas mis à l'envers ! »

Nouveau silence. Oh non ! Mon Dieu, mon Dieu, mon Dieu, songèrent-ils, chacun de son côté.

Cherchant à faire diversion, elle agrippa la cheville de Dexter et la tira vers elle. « C'est quoi ?

— Un tatouage. Je l'ai fait faire en Inde. » Elle le frotta pour vérifier qu'il ne s'effaçait pas. « Il est un peu délavé, maintenant, reprit-il. C'est les symboles du yin et du yang.

— On dirait un panneau de signalisation.

— Ça représente l'union des contraires.

— Pas du tout. Ça sert à marquer la fin d'une limitation de vitesse. Et à te rappeler que tu dois mettre des chaussettes. »

Il éclata de rire. Puis reposa les mains sur son dos, près des omoplates. Un court silence s'ensuivit. « Et voilà ! s'exclama-t-il brusquement. Ta sous-couche est prête. Bon. On va se baigner ? »

La journée s'étira lentement sous un ciel sans nuages. Ils se baignèrent, ils lurent et ils dormirent tout l'après-midi. Lorsque la chaleur se fit moins forte et que la plage commença à se remplir de vacanciers, ce qui n'était qu'un phénomène isolé devint nettement plus massif. Dexter fut le premier à s'en apercevoir.

« Em ? Dis-moi que j'ai la berlue...

— De quoi tu parles ?

— Je me trompe, ou tout le monde est à poil sur cette plage ? »

Elle leva les yeux de son livre. « Ah. Effectivement... Arrête de les mater, Dexter. Ça se fait pas.

— Je ne mate pas, j'observe. Je te rappelle que je suis diplômé en anthropologie.

— Mention passable, c'est ça ?

— Assez bien, ma chère. Oh, regarde ! Nos amis sont là.

— Quels amis ?

— Ceux du ferry. Là-bas... Tu les vois ? En train de se préparer un barbecue. » Vingt mètres plus loin, le type très pâle, complètement dévêtu, était accroupi devant la fumée qui émanait d'un barbecue jetable comme s'il cherchait à se réchauffer ; dressée sur la pointe des pieds, sa compagne (deux triangles blancs, un triangle noir) leur faisait de grands signes. Dexter agita joyeusement le bras dans sa direction. « Ohé ! Vous êtes toute nuuuuuue ! »

Emma détourna les yeux. « Tu vois... Ça, j'en serais incapable.

— Quoi ?

— Allumer un barbecue les fesses à l'air.

— Ce que tu peux être conventionnelle !

— Les conventions n'ont rien à voir là-dedans. C'est une question de santé et de sécurité publiques. Sans parler d'hygiène alimentaire !

— Ah bon ? J'y vois aucun inconvénient, moi.

— C'est toute la différence entre nous, Dex. Tu es d'une telle complexité, parfois !

— On devrait peut-être aller les saluer ?

— Pas question !

— Et si j'ai envie de leur parler ? Juste cinq minutes, Em !

— Pour regarder ce mec tenir une aile de poulet dans une main et sa bite dans l'autre ? Non, merci. De toute façon, je crois que c'est contraire à l'étiquette naturiste.

— Qu'est-ce qui est contraire à l'étiquette ?

— Parler à quelqu'un qui est nu quand on ne l'est pas.

— T'es sûre ?

— Concentre-toi plutôt sur ton bouquin, d'accord ? » Elle se tourna vers les arbres qui bordaient la plage, en se préparant déjà à la prochaine intervention de Dexter : elle le connaissait si bien qu'elle pouvait presque *entendre* les pensées qui se formaient dans son esprit. Et effectivement, trente secondes plus tard :

« Alors ? s'enquit-il.

— Quoi ?

— On le fait ou pas ?

— Quoi ?

— Enlever nos maillots.

— Non.

— Tout le monde le fait, pourtant !

— C'est pas une raison ! C'est contraire à la Règle numéro 4, en plus.

— C'est pas une règle : c'est une directive.

— Non. C'est une règle.

— Et alors ? On peut l'assouplir.

— Si on l'assouplit, ce n'est plus une règle. »

Il se laissa retomber sur sa serviette, l'air maussade. « Ça me semble un peu grossier, c'est tout.

— Eh bien, déshabille-toi, si tu veux ! Je ferai de mon mieux pour ne pas regarder dans ta direction.

— Ça sert à rien que je le fasse tout seul », marmonna-t-il.

Elle s'allongea de nouveau sur le dos. « Dexter... Pourquoi tiens-tu tant à ce que j'enlève mon maillot ?

— On serait plus à l'aise sans vêtements, c'est tout.

— Incroyable. Tu es...

— Tu ne crois pas que tu serais plus à l'aise ?

— NON !
— Pourquoi ?
— On s'en fiche de savoir pourquoi ! Ta petite amie n'approuverait pas, en plus.
— Ingrid ? Elle s'en formaliserait pas, je t'assure. Elle est très large d'esprit... Elle n'a aucun complexe. Je suis sûr qu'elle enlèverait son tee-shirt au beau milieu de l'aéroport d'Heathrow, s'il le fallait !
— Je suis navrée de te décevoir, mais...
— Tu ne me déçois pas...
— Il y a une différence entre...
— Quelle différence ?
— Je te rappelle qu'Ingrid a été mannequin !
— Et alors ? Toi aussi, tu pourrais être mannequin. »

Emma éclata de rire. « Tu le penses vraiment ?
— Pour les catalogues de vente par correspondance, par exemple. Tu as une très jolie silhouette.
— "Une très jolie silhouette". Bon sang ! Qu'est-ce qu'il faut pas entendre !
— Je dis seulement que tu es une fille très séduisante...
— Qui n'a pas l'intention d'enlever son maillot ! Mais si tu tiens vraiment à te bronzer les miches, te gêne pas pour moi ! Bon. On peut changer de sujet, maintenant ? »

Il s'allongea près d'elle, à plat ventre, la tête nichée au creux de ses bras. Une fois de plus, elle crut entendre ses pensées se former dans son esprit. Un instant plus tard, il lui donna un coup de coude en marmonnant : « C'est pas comme si on ne s'était jamais vus, quand même ! »

Elle referma lentement son livre, releva ses lunettes sur son front et s'allongea en posant la joue sur son bras, comme lui.

« Je te demande pardon ?

— Je dis juste que nous n'avons rien de nouveau à nous montrer. » Elle haussa les sourcils. « Tu te souviens de la nuit que nous avons passée ensemble ? Après la soirée de remise des diplômes... Notre unique nuit d'amour ?

— Je ne l'appellerais pas comme ça, mais je m'en souviens. Et alors ?

— Depuis cette nuit-là, nous n'avons plus rien à découvrir l'un de l'autre, il me semble. Génitalement parlant.

— Arrête. Je crois que je vais être malade...

— Tu sais très bien de quoi je parle...

— Ça fait des années, Dex !

— Pas tant que ça. J'ai qu'à fermer les yeux pour revoir la scène.

— Ne fais pas ça !

— Si. Ça y est, je te revois comme si c'était hier...

— Il faisait sombre.

— Pas si sombre.

— J'avais trop bu et...

— C'est ce qu'elles disent toutes.

— *Toutes ?* Qui ça, toutes ?

— Et tu n'avais pas bu tant que ça...

— Assez pour être moins exigeante que d'habitude. De toute façon, il ne s'est rien passé, si mes souvenirs sont exacts.

— J'appellerais pas ça "rien", moi – pas de là où j'étais étendu, en tout cas. Étendu... ou tendu ? »

Elle leva les yeux au ciel.

« Étendu, Dex. J'étais jeune. Et sans expérience. D'ailleurs, j'ai tout oublié, comme après un accident de voiture.

— Pas moi. Les images sont restées gravées dans ma mémoire. Tu étais éclairée à contre-jour par les premiers rayons du soleil... Je revois ta salopette en jean lascivement abandonnée sur ton faux kilim du Kilimandjaro... »

Elle lui flanqua un coup de livre sur le nez.

« Aïe !

— J'enlèverai pas mon maillot de bain, OK ? Et je ne portais pas de salopette cette nuit-là. J'en ai jamais porté de ma vie. » Elle venait de reposer le roman sur sa serviette quand un petit rire se forma dans sa gorge.

« Qu'est-ce qu'il y a de drôle ? demanda Dexter.

— "Ton faux kilim du Kilimandjaro". » Elle le couva d'un regard affectueux. « Tu me fais rire parfois.

— C'est vrai ?

— Oui. Tu devrais bosser à la télé. »

Ravi, il sourit et ferma les yeux. Il avait réellement gardé un souvenir très net de la nuit blanche qu'ils avaient passée ensemble à Édimbourg, et de la manière dont Emma s'était offerte à ses baisers, étendue sur le petit lit de sa chambre, les bras levés au-dessus de sa tête, une minijupe pour tout vêtement. Il tourna un moment l'image dans son esprit, puis finit par s'endormir.

Ils regagnèrent leur chambre en fin d'après-midi, fourbus, la peau collante et rouge de soleil – et se heurtèrent à l'éternel problème : le lit. Il trônait toujours au milieu de la pièce. Ils le contournèrent avec soin et s'avancèrent sur le balcon qui surplombait la mer, brumeuse maintenant que le ciel virait au rose.

« Bon. Qui prend sa douche en premier ?

— Commence. Je vais rester là et lire un peu. »

Elle s'installa sur le transat délavé et s'efforça de déchiffrer son roman russe à la lumière déclinante du crépuscule. En vain : les caractères semblaient plus petits à chaque page. Et, dans la pièce voisine, l'eau continuait de couler... Elle se leva d'un bond et traversa la chambre jusqu'au réfrigérateur qu'ils avaient rempli d'eau et de bière. Elle prit une cannette, se redressa – et remarqua que la porte de la salle de bains s'était ouverte.

Il n'y avait pas de rideau de douche. Dexter se tenait de biais sous le jet d'eau froide, les paupières fermées, la tête renversée en arrière, les bras levés. Elle posa les yeux sur ses omoplates, glissa le long de son dos bronzé, s'arrêta au creux de ses reins, juste au-dessus de ses fesses blanches et fermes... *Oh non !* Il se tourna vers elle – et la cannette de bière lui échappa des mains. Écumante et bondissante, elle explosa comme une grenade miniature, zigzaguant avec fracas sur le sol dallé. Paniquée, Emma lança une serviette dessus comme s'il s'agissait d'un rongeur. Lorsqu'elle se redressa, Dexter se tenait devant elle. Entièrement nu, son amoureux platonique tenait ses vêtements roulés en boule sur son ventre. « Ça m'a glissé des mains ! » expliqua-t-elle en piétinant la serviette pour éponger les coulées de mousse. *Huit jours et huit nuits comme ça... J'y arriverai jamais ! Je vais entrer en combustion.*

Ensuite, ce fut à elle de se doucher. Elle ferma la porte et rinça ses mains pleines de bière avant de se contorsionner pour ôter sa robe dans la minuscule salle de bains gorgée d'humidité où flottait encore le parfum de son après-rasage.

La Règle numéro 4 contraignait Dexter à patienter sur le balcon pendant qu'Emma se séchait et s'habillait. Il se plia à cette obligation, bien sûr – mais découvrit assez vite qu'en gardant ses lunettes de soleil et en tournant très légèrement la tête il pouvait voir Emma se refléter dans la porte vitrée. C'est ainsi qu'il la vit se tortiller pour enduire son dos de lait hydratant, rouler des hanches pour enfiler sa culotte, arquer le dos pour attacher son soutien-gorge et lever les bras pour enfiler sa robe, qui s'abattit sur son corps comme un rideau sur une scène de théâtre.

Elle le rejoignit sur le balcon.

« On ferait peut-être mieux de rester là, dit-il. Au lieu d'aller d'île en île… On passe la semaine ici, puis on retourne à Rhodes et on reprend l'avion. »

Elle sourit. « Bonne idée.

— Tu ne crains pas de t'ennuyer ?

— Pas vraiment.

— Tu es contente, alors ?

— J'ai l'impression d'avoir des tomates grillées à la place des joues, mais à part ça…

— Montre. »

Elle ferma les yeux et se tourna vers lui en levant le menton. Ses cheveux mouillés étaient peignés en arrière, dégageant l'ovale de son visage. Sa peau nette, presque brillante, semblait gorgée de lumière. C'était Emma, bien sûr – mais toute neuve. Une *nouvelle* Emma. Resplendissante. L'expression « dorée au soleil » lui vint à l'esprit. Adore-la, pensa-t-il brusquement. Prends-la dans tes bras et adore-la.

Elle ouvrit les yeux. « Qu'est-ce qu'on fait, maintenant ?

— Ce que tu veux.

— Une partie de Scrabble ?

— N'exagérons pas.

— Si on allait dîner, alors ? T'as déjà essayé la salade grecque ? Il paraît que c'est leur spécialité. »

Les restaurants de la petite ville étaient résolument interchangeables. Ça sentait l'agneau brûlé à tous les coins de rue. Ils s'installèrent dans un établissement presque désert situé au bout du port, et se firent apporter du vin. Qui puait le sapin.

« Joyeux Noël ! s'exclama Dexter.

— On dirait du désinfectant », répliqua Emma.

Les haut-parleurs dissimulés sous la vigne en plastique diffusaient un tube de Madonna exécuté à la cithare. Ils se gavèrent de pain rassis et d'agneau calciné, avant d'aborder une salade aspergée d'acide acétique qui leur sembla aussi convenable que le reste. Ils finirent même par apprécier le résiné – comme on apprécie un bain de bouche d'un nouveau genre. Emma, qui en avait bu presque autant que Dexter, se sentit bientôt prête à enfreindre la Règle numéro 2 – Pas de flirt.

Elle n'avait rien d'une allumeuse. Ses tentatives très spasmodiques en la matière s'étaient révélées aussi gauches qu'ineptes : on avait l'impression qu'elle essayait de mener une conversation normale sur des patins à roulettes. Mais ce soir, sous les effets conjugués du soleil et du résiné, Emma se sentait frivole et sentimentale. Elle décida de chausser ses patins à roulettes.

« J'ai une idée, annonça-t-elle.

— Je t'écoute.

— On risque d'être à court de sujets de conversation si on reste ici pendant huit jours, non ?

— Pas forcément.

— Quand même, au cas où ça arriverait... » Elle se pencha et posa la main sur son poignet. « ... je pense qu'on devrait se faire des révélations.

— Comment ça ? Se confier des secrets ?

— Exactement. On devrait essayer de se dire un secret par soir jusqu'à la fin du séjour. Mais attention : faut que ce soit un truc surprenant ! Quelque chose qu'on ne s'est jamais raconté ou que l'autre ne peut pas savoir.

— Un peu comme Action ou Vérité, en fait. » Un sourire étira ses lèvres. Il excellait à ce jeu. Il se considérait même comme un des meilleurs spécialistes en la matière. « D'accord, dit-il. Tu commences.

— Non, toi !

— Pourquoi moi ?

— Parce que t'as plus de trucs à raconter. »

Elle avait tout à fait raison : en matière de secrets, Dexter n'avait que l'embarras du choix. Il pouvait lui révéler qu'il l'avait vue s'habiller tout à l'heure, ou qu'il avait fait exprès de laisser la porte de la salle de bains ouverte avant de prendre sa douche ; lui confier qu'il avait fumé de l'héroïne avec Naomi, ou qu'il avait couché avec Tilly Killick quelques jours avant Noël, pendant qu'Emma achetait des guirlandes électriques chez Woolworth – un coup rapide après un massage des pieds qui avait mal tourné... Mais ne risquait-il pas d'avoir l'air futile, faux jeton et vaniteux s'il lui racontait ce genre de truc ? Hmm. Pas question de passer pour un nase.

Il s'accorda un moment de réflexion.

« J'ai trouvé. » Il s'éclaircit la gorge. « J'ai fait une sacrée touche dans une boîte l'autre jour. Avec un mec. On s'est roulé une pelle, tous les deux. »

Elle écarquilla les yeux. « Un mec ? » Elle éclata de rire. « Chapeau, Dex ! Je m'attendais pas à un truc pareil...

— Oh, c'était juste une pelle ! Et j'étais complètement bourré...

— C'est ce qu'ils disent tous. Allez, raconte ! Comment ça s'est passé ?

— J'ai pas eu le temps de réagir, tu sais... C'était à la soirée *Sexface* du Strip, un club gay de Vauxhall, et...

— La "soirée *Sexface* du Strip" ? De mon temps, les boîtes s'appelaient le Manhattan ou le Roxy !

— C'est pas une boîte. C'est un club gay.

— Qu'est-ce que tu faisais dans un club gay, justement ?

— Rien de spécial... On y va souvent, c'est tout. La musique est meilleure dans ce genre de club. Ils passent des trucs plus *hardcore* – rien à voir avec cette *house* de merde qu'on entend partout...

— Ce que tu peux être intello ! railla-t-elle.

— Bref, j'étais là-bas avec Ingrid et sa bande de potes quand un mec s'est pointé devant moi sur la piste de danse. Il s'est mis à m'embrasser... Du coup, j'ai fait pareil.

— Et tu as...

— Quoi ?

— ... trouvé ça bien ?

— Ouais. C'était juste un baiser, tu sais ! Une bouche est une bouche, non ? »

Emma s'esclaffa bruyamment. « T'as vraiment l'âme d'un poète, Dex. "Une bouche est une bouche"... C'est splendide ! Ça me rappelle la chanson que Bergman chantait dans *Casablanca* : "*A kiss is still a kiss, a sigh is just a sigh*[1]..."

— Arrête ! Tu vois très bien ce que je veux dire.

— "Une bouche est une bouche"... On devrait graver ça sur ta tombe ! Et Ingrid, qu'est-ce qu'elle en a pensé ?

— Ça l'a fait marrer. Elle est pas du genre à s'inquiéter pour ça... » Il haussa nonchalamment les épaules. « Elle est bisexuelle, de toute façon...

— Vraiment ? s'écria Emma. C'est *génial* ! » Sourd à son ironie, Dexter sourit comme s'il avait lui-même soufflé à Ingrid l'idée d'être bisexuelle.

« C'est pas la peine d'en faire tout un plat... À l'âge qu'on a, c'est normal de faire des expériences, non ?

---

1. « Un baiser est toujours un baiser, un soupir reste un soupir. »

— Ah bon ? Personne m'explique rien, à moi !

— Faut que tu te mettes à la page, Em.

— Tu crois ? J'ai laissé la lumière allumée une fois... Je suis pas près de recommencer !

— Sérieusement, essaie de faire des efforts. Débarrasse-toi de tes inhibitions.

— Quel *sexpert*... ! Dis-moi, qu'est-ce qu'il portait, ton petit copain du Strip-Tease ?

— C'est pas le Strip-Tease : c'est le Strip, rectifia-t-il. Et c'est pas mon petit copain... Il s'appelle Stewart. Il bosse comme ingénieur chez British Telecom. Il avait un harnais et des jambières de cuir.

— Tu penses le revoir ?

— Seulement si mon téléphone tombe en panne. C'était pas mon genre de mec.

— Ah bon ? J'avais l'impression que tes critères étaient plutôt larges, au contraire.

— Écoute, j'ai juste fait ça pour le fun et... Pourquoi tu ris ?

— T'as l'air tellement content de toi...

— Pas du tout. Homophobe, va ! s'écria-t-il, avant de jeter un regard par-dessus son épaule.

— Eh ! Tu dragues le serveur ?

— J'essaie de commander une autre bouteille. À toi, maintenant. Ton secret.

— Je renonce. Comment veux-tu que je rivalise avec un truc pareil ?

— T'as jamais brouté le gazon ? »

Elle poussa un soupir. « Le jour où une lesbienne t'entendra parler comme ça, tu passeras un sale quart d'heure.

— T'as jamais été attirée par une...

— T'es lamentable, Dex. Bon... Tu veux que je te dise un secret, oui ou non ? »

Le serveur leur apporta deux petits verres d'eau-de-vie grecque – « cadeau de la maison », précisa-t-il en souriant. C'était effectivement le genre de boisson qui ne pouvait être proposée qu'à titre gracieux. Emma en but une gorgée en grimaçant, puis elle posa la joue au creux de sa paume, de manière à instaurer une atmosphère propice aux confidences de fin de repas. « Alors... Laisse-moi réfléchir. » Elle se tapota le menton du bout des doigts. Elle pouvait lui révéler qu'elle l'avait aperçu sous la douche tout à l'heure, ou qu'elle savait tout de sa mésaventure avec Tilly à Noël – le coup rapide après le massage des pieds qui avait mal tourné. Elle pouvait lui confier qu'elle avait embrassé Polly Dawson dans sa chambre en 1983, mais il en ferait des gorges chaudes. De toute façon, elle savait déjà ce qu'elle voulait lui raconter. Le joueur de cithare dissimulé sous la vigne en plastique venait d'entonner *Like a Prayer*. Elle s'humecta les lèvres, se fit un regard de braise et procéda à d'autres menus ajustements, nécessaires à la composition de ce qu'elle estimait être son visage le plus séduisant – celui qu'elle utilisait pour les photos.

« Eh bien, commença-t-elle, quand on s'est connus, à la fac, avant qu'on devienne amis, j'avais un faible pour toi. Enfin... pas un faible : un vrai béguin, en fait ! Ça a duré des mois. J'écrivais des poèmes complètement débiles...

— Des poèmes ? s'écria-t-il. C'est vrai ?

— J'en suis pas fière.

— Hmm. Je vois. » Il croisa les bras, les posa au bord de la table et baissa les yeux. « Ça compte pas, Em. Je suis désolé.

— Pourquoi ça compte pas ?

— Parce que tu dois me révéler un secret que je ne sais pas déjà », expliqua-t-il en souriant. Elle se raidit. Et mesura une fois de plus à quel point il était capable de la décevoir.

« Ce que tu peux être chiant ! » Furieuse, elle le frappa du dos de la main sur la partie la plus rouge de son coup de soleil.

« Aïe !

— Avoue. Qui te l'a dit ?

— Tilly.

— Sympa.

— Qu'est-ce qui s'est passé, au fait ? Ce petit béguin... Ça s'est arrêté tout seul ? »

Elle scruta le fond de son verre vide. « Oh, c'est le genre de truc dont on finit par se remettre. Un peu comme un zona.

— Non, sincèrement... qu'est-ce qui s'est passé ?

— J'ai fait ta connaissance. Tu m'as guéri de toi-même.

— J'aimerais bien les lire, ces poèmes ! Qu'est-ce qui rime avec "Dexter" ?

— "Connard". C'est une rime pauvre.

— Allez... Qu'est-ce que t'en as fait ?

— Je m'en suis débarrassée. Je les ai jetés au feu il y a des années. » Elle porta son verre vide à ses lèvres. Elle se sentait bête et terriblement dépitée. « J'ai trop bu. On devrait y aller. » Elle chercha le serveur des yeux, et Dexter commença à se sentir bête, lui aussi. Pour une fois qu'ils se livraient à des confidences... pourquoi s'être montré si suffisant, si désinvolte ? Il aurait dû l'écouter, au contraire. Et prendre ses révélations au sérieux ! Désireux de se faire pardonner, il effleura la main d'Emma. « Si on allait marcher un peu ? »

Elle hésita. « D'accord. »

Ils longèrent les bungalows en construction qui s'étiraient le long de la côte. Tout en déplorant dûment, comme Dexter, la prolifération de ce genre de complexes touristiques, Emma se promit d'être plus sage dans les jours à venir. L'imprudence et la spontanéité n'étaient pas son fort. Elle n'arrivait pas à s'en tirer et les résultats n'étaient jamais à la hauteur de ses espérances. L'aveu qu'elle avait fait à Dexter lui avait donné l'impression de lancer une balle de toutes ses forces, de la voir disparaître au loin... et d'entendre un bris de verre quelques secondes plus tard. Elle résolut de rester sobre jusqu'à la fin des vacances ; de réfléchir à trois fois avant de parler ; et de ne plus déroger à la Charte. À partir de maintenant, elle ferait de son mieux pour ne plus « oublier » l'existence d'Ingrid, la très belle et très bisexuelle Ingrid qui attendait Dexter à Londres. Et pour éviter toute révélation inconsidérée. Quant à la stupide conversation de ce soir, il faudrait bien faire avec. Elle allait devoir la traîner partout avec elle comme un morceau de papier-toilette resté collé à son talon.

Le port était loin derrière eux, à présent. Dexter lui prit la main pour l'aider à franchir les dunes encore chaudes, puis ils s'approchèrent du rivage. En foulant le sable ferme et humide, elle s'aperçut qu'il n'avait pas lâché ses doigts.

« Où on va, au fait ? demanda-t-elle d'une voix qui lui sembla traînante.

— Dans l'eau. Je vais me baigner. Tu viens ?

— T'es dingue !

— Allez, viens !

— Je vais couler à pic.

— Mais non ! Regarde : c'est magnifique ! » Calme, parfaitement limpide, la mer ressemblait à un grand aquarium de jade phosphorescent. On avait envie d'en emplir ses mains pour la voir briller entre ses doigts. Dexter était déjà en train d'enlever sa chemise. « Viens, répéta-t-il. Ça nous dessaoulera.

— J'ai pas mon maillot de... » Elle s'interrompit. « Ah, je comprends !

— Quoi ?
— J'ai marché à fond, pas vrai ?
— De quoi tu parles ?
— Le bon vieux truc du bain de minuit. Tu fais boire une fille, puis tu te mets en quête d'une grande étendue d'eau...
— Ce que tu peux être coincée, Em ! Pourquoi t'es si coincée ?
— Vas-y, toi. Je t'attends ici.
— Bon, d'accord. Mais je te préviens : tu vas le regretter ! » Le dos tourné, il enleva son pantalon, puis son caleçon.

« Eh ! cria-t-elle en regardant son long dos brun et ses fesses blanches se fondre dans l'obscurité. On n'est pas au Strip, ici ! » Elle le vit plonger la tête la première dans l'eau, et demeura seule sur la plage, un peu chancelante. Brusquement consciente de l'absurdité de la situation. N'était-ce pas le genre d'expérience qu'elle rêvait de tenter ? Pourquoi ne parvenait-elle pas à être plus spontanée, plus aventureuse ? Si le seul fait de nager sans maillot la terrifiait, comment s'y prendrait-elle pour planter un baiser sur la bouche d'un homme le jour où la situation l'exigerait ? Sans plus réfléchir, elle attrapa le bas de sa robe, la souleva et l'ôta d'un geste vif. Puis elle dégrafa son soutien-gorge et se débarrassa de sa petite culotte, qu'elle envoya valser d'un coup de pied, avant de courir vers le rivage en riant et en s'invectivant à voix basse.

Dexter nagea aussi loin que son audace le lui permettait, après quoi il se redressa sur la pointe des pieds, s'essuya les yeux et regarda vers le large en se demandant ce qui allait advenir. Des scrupules. Il commençait à avoir des scrupules. La situation menaçait de se muer en Problème. Or, ne s'était-il pas promis d'éviter les Problèmes, justement ? D'être moins spontané, moins aventureux ? Il ne s'agissait pas de n'importe qui, cette fois – mais d'Emma Morley. Une fille infiniment précieuse. Sa meilleure amie, sans doute. Et qu'en penserait Ingrid, secrètement surnommée Ingrid la Terrible ? Un cri d'exaltation résonna derrière lui. Une sorte d'exclamation étouffée... Il se retourna vivement, pas assez vite, cependant, pour voir Emma courir nue vers le rivage. Et se jeter dans l'eau comme si on l'y avait poussée. Elle se dirigeait vers lui, à présent. De la franchise. Voilà ce qu'il lui fallait. À partir de maintenant, résolut-il tandis qu'elle fendait maladroitement l'eau claire pour le rejoindre, il se montrerait franc et honnête. Quelles qu'en soient les conséquences.

Emma arriva en haletant. Soudain consciente de sa nudité, très visible dans l'eau claire, elle s'efforçait de nager sur place en plaquant un bras sur sa poitrine. « Alors, c'est ça !
— Quoi ?
— Le crawl sans maillot !
— Oui, c'est ça. Qu'est-ce que t'en penses ?
— C'est pas mal. Plutôt marrant, en fait. Et maintenant, qu'est-ce que je suis censée faire ? Faut que je t'éclabousse ? » demanda-t-elle en lui jetant un peu d'eau à la figure. Il s'apprêtait à riposter quand le courant la poussa vers lui. Leurs jambes s'entremêlèrent brièvement, leurs corps se touchèrent, puis s'écartèrent l'un de l'autre comme s'ils dansaient sous l'eau.

« T'as l'air très concentré, dit-elle pour rompre le silence. Eh ! T'es pas en train de faire pipi dans l'eau, j'espère ?
— Non.
— Qu'est-ce qui t'arrive, alors ?
— J'étais en train de penser que... j'suis désolé, Em. Pour tout à l'heure...
— Quand ?

— Au restaurant. J'ai été un peu désinvolte. J'ai pris ton histoire à la légère...

— C'est pas grave. J'ai l'habitude.

— Quand même... J'aurais dû t'avouer que je ressentais la même chose que toi. Je veux dire que... j'avais des sentiments "romantiques" pour toi, moi aussi. À l'époque. J'écrivais pas de poèmes, bien sûr, mais... je pensais à toi. Comme maintenant, en fait. Je pense souvent à toi. Tu me plais tellement !

— Ah bon ? Je... Vraiment ? C'est... C'est super, Dex. » *Ça y est. J'y croyais plus, mais ça y est. Ça va se passer maintenant. Là, tout de suite, dans la mer Égée.*

« Le problème, c'est que... » Il soupira, puis esquissa un demi-sourire. « ... tout le monde me plaît, en fait !

— Je vois, fut tout ce qu'elle parvint à répondre.

— Je flashe sur tout ce qui passe, je t'assure ! Il suffit que je descende dans la rue... C'est infernal !

— Mon pauvre.

— Ce que je veux dire, c'est que... je suis pas prêt à m'engager dans une vraie relation. Je crois qu'on ne serait pas sur la même longueur d'onde, toi et moi.

— Parce que... tu préfères les garçons ?

— Je suis sérieux, Emma !

— Ah bon ? Désolée. Je m'en étais pas rendu compte.

— T'es fâchée ?

— Non ! Ça m'est égal ! Je te l'ai déjà dit : c'était il y a longtemps. Et je m'en suis complètement remise.

— Dans ce cas... » Tendant la main sous l'eau, il l'attrapa par la taille. « ... On pourrait s'amuser, tous les deux.

— S'amuser ?

— Enfreindre les règles.

— Jouer au Scrabble ?

— Non. Tu sais très bien de quoi je parle... On pourrait s'offrir une petite aventure. Pendant qu'on est ici... Un pur moment de plaisir, sans contraintes, sans obligations. Ingrid n'en saurait rien. Ce serait notre petit secret. Moi, je suis partant, en tout cas ! »

Emma sentit un bruit s'étrangler dans sa gorge – entre le rire et le grognement. « Je suis partant... » Sourire aux lèvres, il attendait sa réponse comme un commercial qui vient de faire une offre sensationnelle à son client. « Ce serait notre petit secret. » Un de plus, sans doute. L'expression qu'il avait employée un moment plus tôt lui revint en mémoire : « Une bouche n'est qu'une bouche. » La sienne ne ferait pas exception, manifestement. Il ne restait plus qu'une chose à faire. Sans plus se soucier de sa nudité, elle bondit, plaqua ses deux mains sur la tête de Dexter et l'enfonça sous l'eau. Puis elle l'y maintint fermement. En comptant les secondes qui s'égrenaient. Une, deux, trois...

Connard, va ! Sale prétentieux !

Quatre, cinq, six...

Et toi, bécasse ! Comment as-tu pu être assez tarte pour l'aimer et croire qu'il t'aimait ?

Sept, huit, neuf...

Il se débat, maintenant. Je ferais mieux de le laisser remonter en prétendant que c'était une blague...

Dix ! Elle leva les mains. Il rejaillit aussitôt. Riant aux éclats, les cheveux et le visage dégoulinant d'eau de mer. Elle rit aussi, un « Ha ! ha ! ha ! » rigide et sans joie.

« J'imagine que c'est non, alors ! s'exclama-t-il quelques secondes plus tard, en soufflant par le nez pour déboucher ses sinus.

— C'est non, confirma-t-elle. On a laissé passer le coche il y a longtemps.

— Ah. Tu crois ? Je pense qu'on se sentirait mieux si on réglait la question une fois pour toutes, au contraire.

— Si on "réglait la question" ?

— Oui. On serait plus proches l'un de l'autre. En tant qu'amis, je veux dire.

— Attends... Tu crains que le fait de *ne pas* coucher ensemble gâche notre amitié ?

— Non. Je me suis mal exprimé...

— Oh, je te comprends très bien, au contraire. C'est ça, le problème !

— C'est à cause d'Ingrid, alors ?

— Non, Dex, ce n'est pas à cause d'Ingrid. Je ne coucherai pas avec toi pour qu'on puisse se vanter de l'avoir fait, c'est tout. Et je ne le ferai pas non plus si c'est pour t'entendre dire "N'en parle à personne" ou "Faisons comme si rien ne s'était passé". Si tu tiens tant à ce que ça reste un secret, c'est bien parce qu'on ne devrait pas le faire, non ? »

Il ne l'écoutait plus : les yeux plissés, il regardait par-dessus son épaule. Elle se tourna vers la plage. Et vit quelqu'un s'enfuir en agitant triomphalement son butin au-dessus de sa tête, comme un drapeau ravi à l'ennemi.

« Eh ! » cria Dexter. Il fonça vers le rivage en hurlant, la bouche pleine d'eau de mer, puis s'élança en trébuchant vers les dunes pour rattraper le voleur qui venait d'emporter tous ses vêtements.

Quand il regagna la plage quelques minutes plus tard, Emma était assise, rhabillée de pied en cap et parfaitement dégrisée.

« Tu l'as retrouvé ? demanda-t-elle en levant les yeux vers lui.

— Tu parles ! » Il haletait, ivre de rage. « Il a disparu, ce salaud ! » Un souffle de vent lui rappela qu'il était nu. Il plaqua de mauvaise grâce les mains sur son bas-ventre.

« Il a pris ton portefeuille ? s'enquit-elle avec un sérieux de circonstance.

— Non, mais je devais avoir dix ou quinze livres de cash dans les poches. Il s'est pas privé de les emporter, crois-moi !

— C'est un risque à prendre quand on se baigne à poil, j'imagine ! » Elle dut se mordre les joues pour ne pas éclater de rire.

« Si seulement il m'avait laissé mon futal ! C'est un Helmut Lang, putain ! Et mon caleçon Prada... Il m'a coûté trente livres, ce caleçon ! Quoi ? Qu'est-ce que t'as à te marrer comme ça ? » Pliée en deux, elle fut incapable de répondre. « C'est pas drôle, Em ! On m'a piqué mes affaires !

— Je... Je sais. Je... suis désolée...

— Ce p'tit con m'a piqué mon Helmut Lang !

— Je sais que je... devrais pas rire, mais... tu fais une de ces têtes ! » Agenouillée dans le sable, elle se tenait les côtes. Et finit par rouler sur elle-même, agitée de soubresauts.

« Arrête, Em. C'est pas drôle. Emma ? Emma ! Ça suffit maintenant ! »

Quand elle parvint à se relever, Dexter l'entraîna vers les dunes dans l'espoir de retrouver certains des vêtements volés. Il avait froid et semblait brusquement gêné par sa nudité. Consciente de son embarras, elle prit la tête de leur petit cortège, les yeux chastement baissés, en s'efforçant de contenir son hilarité. « Quand je pense qu'il m'a même piqué mon slip ! grommela-t-il entre ses dents. Faut vraiment être con, non ? Tu sais comment je vais le retrouver, ce petit merdeux ? Je vais chercher le seul mec bien habillé de toute cette putain d'île ! » Il s'exprimait d'un ton si tragique qu'elle fut reprise d'un rire inextinguible et se laissa tomber dans le sable, la tête entre les genoux.

Leur quête s'avérant vaine, ils parcoururent de nouveau la plage dans l'espoir d'y trouver de quoi vêtir Dexter. Elle dénicha un grand sac-poubelle bleu, qu'il enroula autour de sa taille comme une minijupe, sourd aux conseils d'Emma qui lui conseillait d'en faire une robe chasuble – « Deux trous pour les bras, un pour la tête... T'es sûr que tu veux pas essayer ? » insista-t-elle avant de repartir de son grand rire sonore.

Ils durent longer le port pour regagner leur chambre, située sur les hauteurs du village. « Il y a plus de monde que je ne pensais », déclara Emma. Dexter opta pour l'autodérision : un sourire sarcastique aux lèvres, les yeux rivés droit devant lui, il affronta bravement les clients installés aux terrasses des tavernes, qui saluèrent son passage de quelques sifflets moqueurs. Puis ils s'engagèrent dans les ruelles qui sillonnaient la colline et se trouvèrent soudain nez à nez avec le couple des Midlands. Bras dessus, bras dessous, les joues rouges de soleil et d'alcool, ils descendaient en chancelant les marches qui menaient au port. Et se figèrent, déconcertés par l'apparition de Dexter en minijupe bleu électrique.

« Je me suis fait piquer mes fringues », expliqua-t-il sèchement.

Ils hochèrent la tête avec sollicitude, poursuivirent leur chemin, puis s'arrêtèrent de nouveau.

« Joli sac ! cria la fille en riant.

— C'est un Helmut Lang, répliqua Emma.

— Traîtresse ! » chuchota Dex en plissant les yeux.

Il ne prononça plus un mot jusqu'à ce qu'ils arrivent dans leur chambre, où le grand lit double ne parvint pas à les troubler, cette fois. Emma s'enferma dans la salle de bains pour se déshabiller.

Lorsqu'elle sortit, vêtue d'un vieux tee-shirt gris, la minijupe en plastique bleu gisait au pied du lit.

« Tu devrais l'accrocher, suggéra-t-elle en la soulevant du bout du pied. Elle va se froisser !

— Ha-ha-ha. »

Il boudait, allongé en caleçon sur le lit.

« C'en est un, celui-là ?

— Un quoi ?

— Un caleçon à trente livres. Ils sont doublés en hermine, pour ce prix-là ?

— Viens te coucher au lieu de dire des conneries ! De quel côté tu veux dormir ?

— De ce côté-là. »

Ils s'étendirent sous le drap de coton blanc, qui se posa comme une main douce et fraîche sur les épaules rougies d'Emma.

« On a vraiment passé une bonne journée ! dit-elle en se tournant vers lui.

— Hmm. La soirée était nettement moins bonne, en revanche. »

Il fixait le plafond avec irritation. « Eh ! fit-elle en effleurant son pied sous les draps. C'est que des fringues, non ? Je t'achèterai d'autres caleçons, si tu veux. Ceux qui se vendent par paquets de trois... Ça te dirait ? » Elle l'entendit soupirer – un long soupir éploré. Elle prit sa main et la serra dans la sienne jusqu'à ce qu'il se tourne vers elle. « Sérieusement, Dex... Je suis très heureuse d'être ici, tu sais. » Elle sourit. « Je passe d'excellentes vacances.

— Ouais. Moi aussi, admit-il dans un murmure.

— Encore huit jours.

— Oui. Encore huit jours !

— Tu tiendras le coup ?

— Espérons-le. » Il lui sourit affectueusement, et tout redevint comme avant. « Alors, combien de règles avons-nous enfreintes aujourd'hui ? »

Elle réfléchit un instant. « La 1, la 2 et la 4.

— Heureusement qu'on n'a pas joué au Scrabble.

— On pourra toujours s'y mettre demain. » Elle leva le bras pour éteindre la lumière, puis s'allongea sur le côté en lui tournant le dos. Oui, tout était redevenu comme avant – mais était-ce une bonne chose ? Elle craignit d'abord que les événements de la journée ne l'empêchent de trouver le sommeil, mais elle s'aperçut avec soulagement qu'il n'en serait rien : la fatigue se diffusait dans ses veines comme un puissant anesthésiant.

Dexter demeura étendu sur le dos, les yeux fixés au plafond, nimbé dans la lumière bleutée qui entrait par la fenêtre ouverte. Il avait le sentiment de ne pas avoir donné le meilleur de lui-même ce soir. Être avec Emma exigeait certains efforts de sa part, et il n'était pas toujours à la hauteur. Il jeta un regard à ses cheveux étalés sur l'oreiller. Sa peau déjà hâlée semblait très sombre sur les draps blancs. Devait-il lui présenter ses excuses ? Il s'apprêtait à lui effleurer l'épaule quand sa voix ensommeillée s'éleva dans le silence :

« Bonne nuit, Dex.

— Bonne nuit, Em », répondit-il. Trop tard : elle dormait déjà.

Encore huit jours, songea-t-il. En huit jours, presque tout pouvait arriver, non ?

DEUXIÈME PARTIE

1993-1995

Bientôt trente ans

Nous dépensions le plus possible d'argent et recevions en échange aussi peu de choses que les gens pouvaient se résoudre à nous en donner. Nous étions toujours plus ou moins malheureux et la plupart de nos connaissances étaient dans le même état. Une joyeuse affectation d'amusement continuel régnait parmi nous, mais le fond de la vérité secrète c'est que nous ne nous amusions jamais. Je crois fermement qu'à ce dernier égard notre cas n'avait rien d'exceptionnel.

Charles DICKENS, *Les Grandes Espérances*[1]

---

1. Traduit par Sylvère Monod, *op. cit.*

6

Chimique

JEUDI 15 JUILLET 1993
1re partie : la journée de Dexter

Brixton, Earls Court et Oxfordshire

Depuis quelque temps, la nuit a tendance à déteindre sur le jour. Certaines notions traditionnelles n'ont plus cours : à quoi bon distinguer la matinée de l'après-midi, par exemple ? Dexter a pris de nouvelles habitudes. Et notamment celle de voir le soleil se lever sur la ville.

Le 15 juillet 1993, les premières lueurs apparaissent à 5 h 1. Dexter les aperçoit depuis la banquette arrière du minicab défraîchi qui le ramène chez lui après la nuit qu'il vient de passer chez un inconnu, à Brixton. L'inconnu, ou plutôt le tout nouvel ami de Dexter (qui s'en fait beaucoup, ces temps-ci), est un graphiste prénommé Gibbs ou Gibbsy (à moins qu'il ne s'agisse de Biggsy ?), lui-même ami d'une certaine Tara, un petit bout de femme à tête de moineau, aux paupières lourdes et à la grande bouche écarlate – une fille complètement folle, mais adorable, qui parle peu, laissant à ses massages le soin de transmettre ses pensées.

C'est elle qu'il rencontre en premier, vers 2 heures du matin, dans la boîte installée sous le viaduc du chemin de fer. Il l'a repérée depuis longtemps. Elle opère toujours de la même façon : un large sourire aux lèvres, elle surgit derrière les danseurs et se met à leur masser les épaules ou les reins. Quand vient enfin le tour de Dexter, il sourit et hoche la tête sans rien dire, en attendant la séance de reconnaissance. L'attente n'est pas longue : la fille fronce les sourcils, pose son index sur le bout de son nez et dit ce qu'ils disent tous désormais :

« Mais... je t'ai déjà vu quelque part... !

— Et toi, comment tu t'appelles ? crie-t-il pour couvrir le bruit de la musique, en prenant ses mains dans les siennes comme s'il venait de retrouver une très vieille amie.

— Tara !

— Tara ? Tara ! Salut, Tara !

— T'es connu, non ? Pourquoi t'es connu ?

— J'anime "trop top" à la télé. J'interviewe des chanteurs et des groupes de rock.

— Je le savais ! T'es *vraiment* connu, alors ! » s'écrie-t-elle, ravie. Dressée sur la pointe des pieds, elle dépose un baiser sur sa joue, si gentiment qu'il réplique aussitôt : « T'es supermignonne, Tara !

— C'est vrai, ça ! hurle-t-elle. Mais je suis pas connue, moi !

— Tu devrais l'être ! claironne-t-il en posant les mains sur sa taille fine. Tout le monde devrait être connu ! »

Sa remarque n'a aucun sens, mais elle semble émouvoir Tara, qui fait un grand « Aaaaaaah » d'approbation et tend le cou pour poser sa jolie tête de lutin sur l'épaule de Dexter. « Je te trouve super-mimi ! » braille-t-elle dans son oreille. Il ne dément pas. « Toi aussi, t'es mimi ! » répond-il, et ils s'embarquent dans une série de « T'es mimi ! » qui dure un bon moment. Une éternité, sans doute. Puis ils se mettent à danser en creusant les joues et en échangeant des sourires. Une fois de plus, Dexter est frappé par l'aisance avec laquelle les conversations se nouent quand personne n'est dans son état normal. Jadis, quand les gens ne pouvaient compter que sur l'alcool, draguer une fille nécessitait de multiples échanges de regards, la commande de plusieurs cocktails et des heures de discussions guindées sur la littérature, le cinéma ou la famille. Aujourd'hui, on peut passer sans transition de « Comment tu t'appelles ? » à « Montre-moi ton tatouage » ou même à « De quelle couleur est ton soutien-gorge ? », ce qui constitue un progrès indéniable.

« Ce que t'es mimi ! crie-t-il tandis qu'elle frotte ses fesses sur sa cuisse. T'es toute petite. On dirait un oiseau !

— Oui, mais je suis forte comme un bœuf ! » glapit-elle par-dessus son épaule en pliant le bras pour faire apparaître un biceps de la taille d'une mandarine. Il est tellement mimi, ce biceps, que Dexter ne peut s'empêcher de l'embrasser. « T'es gentil, dit-elle. T'es vraiiiiiiiiment supergentil !

— Toi aussi ! » répond-il, enchanté par la rapidité, la fluidité de leurs échanges. Oui, vraiment, tout se passe à merveille. Tara est si fluette qu'elle lui fait penser à un roitelet. Le mot exact ne lui revient pas à l'esprit, alors il lui prend les mains, l'attire vers lui et se penche vers son oreille. « C'est quoi, le nom de l'oiseau qui tient dans une boîte d'allumettes ?

— Quoi ?

— UN OISEAU QU'ON PEUT METTRE DANS UNE BOÎTE D'ALLUMETTES UN TOUT PETIT OISEAU TU LUI RESSEMBLES JE ME SOUVIENS PLUS DE SON NOM ! » Il écarte son pouce et son index de quelques centimètres. « PETIT COMME ÇA UN PETIT OISEAU MINUSCULE COMME TOI. »

Elle acquiesce – à ses propos ou à la musique ? Il n'en sait rien. Ses lourdes paupières chavirent, ses pupilles se dilatent, elle roule des yeux comme les poupées avec lesquelles jouait la sœur de Dexter quand elle était petite. Du coup, il oublie brusquement ce qu'il était en train de dire. Plus rien n'a de sens, à présent. Alors, quand Tara lui prend les mains, les serre dans les siennes en lui répétant qu'il est très mimi et qu'il doit absolument venir rencontrer ses amis parce qu'ils sont très mimi, eux aussi, il ne s'y oppose pas.

Il cherche Callum O'Neill du regard, et l'aperçoit en train d'enfiler son manteau. Son vieux copain de fac, celui qui fut le gars le plus feignant d'Édimbourg, avec lequel il a partagé son appart d'étudiant, s'est mué en brillant homme d'affaires – un type imposant en costume chic. Il a fait fortune dans la rénovation des parcs informatiques. Et sa réussite se traduit par une certaine modération : pas de came, et pas trop d'alcool les soirs de semaine. Il n'a pas l'air à son aise ici, dans cette boîte branchée. Trop carré, peut-être ? Dexter le rejoint et prend ses mains dans les siennes.

« Où tu vas, mec ?

— Chez moi ! Il est 2 heures du mat. Et je bosse demain.

— Viens avec moi. Je veux te présenter Tara !

— J'ai pas envie, Dex. Faut que j'y aille.

— Tu sais quoi ? T'es qu'un petit joueur !

— Et toi, t'es complètement défoncé. Mais vas-y. Fais ce que t'as à faire. Je t'appelle demain. »

Dexter le prend dans ses bras. « T'es génial, mec. T'es vraiment génial ! » s'écrie-t-il avec émotion, mais Tara le tire par la main. Avec insistance, cette fois. Alors, il se retourne et se laisse entraîner vers les grands canapés installés *backstage*, dans un coin plus calme de la boîte.

C'est un établissement haut de gamme, plutôt select. Dexter n'a rien payé, comme d'habitude. C'est vrai que ça manque un peu d'ambiance pour un soir de semaine, mais ce qui compte, c'est que le DJ ne passe pas cette atroce techno trop cadencée qu'on entend partout. On ne risque pas non plus de se trouver nez à nez avec ces atroces gamins au crâne rasé qui enlèvent leur tee-shirt sur la piste en vous jetant des regards mauvais. Rien de tout ça ici : la boîte est pleine de gens sympathiques et séduisants, des gens de son âge et de sa classe sociale avec lesquels il se sent bien. Des gens comme les amis de Tara, qui se prélassent sur les canapés en fumant, en discutant et en mâchant du chewing-gum. Elle lui présente Gibbsy (ou Biggsy ?), la Belle Tash et Stewart la Tarte, son petit copain ; le Bigleux (qui porte des lunettes) et Mark, son mec (lui, c'est juste Mark, dommage), et tous lui proposent des chewing-gums, de l'eau et des Marlboro light. L'amitié, on en fait souvent tout un plat, mais ici, ça semble infiniment simple. Quelques minutes après avoir fait la connaissance de ses nouveaux amis, Dexter imagine déjà les soirées qu'ils passeront ensemble dans les mois à venir ; il se voit avec eux dans un camping-car ou devant un barbecue sur une plage au coucher du soleil, et ce qui est génial, c'est qu'ils ont l'air de l'apprécier, eux aussi. Ils lui demandent ce que ça fait de passer à la télé, ils veulent savoir s'il connaît des célébrités. Il leur raconte quelques ragots croustillants. Pendant ce temps-là, Tara se tient derrière lui. Elle lui masse la nuque et les épaules, et ses doigts noueux lui procurent de petits frissons d'exaltation, et tout va merveilleusement bien jusqu'à ce que la conversation s'interrompe. Le silence est bref, guère plus de cinq secondes, mais assez long pour qu'un éclair de lucidité l'assaille et qu'il se souvienne de ce qui l'attend demain – non, pas demain : aujourd'hui même. Dans quelques heures à peine. Il suffoque, pris de panique. Première angoisse de la nuit.

Mais c'est fini, tout va bien, parce que Tara leur propose d'aller danser avant que la boîte se vide. Ils se dirigent vers la piste. Et se déhanchent face au DJ, sous le viaduc et les spots de lumière, les jambes noyées sous les fumigènes, en souriant, en dodelinant de la tête et en échangeant des mimiques de circonstance. Mais, peu à peu, leurs sourires et leurs mouvements de tête deviennent moins exaltés. Ils s'agitent par automatisme, pour se rassurer, se prouver qu'ils s'amusent et s'amuseront encore longtemps. Dexter envisage d'enlever sa chemise – ça aide, parfois. Trop tard : il a laissé passer l'occasion. « Ça bouge ! » crie quelqu'un sans grand enthousiasme. Personne n'est convaincu : ça ne bouge plus beaucoup. La conscience de soi, leur ennemie jurée, les rattrape inexorablement. Gibbsy (ou Biggsy ?) craque le premier. « Quelle musique de merde ! » décrète-t-il, et ils cessent tous immédiatement de danser, comme si le charme était rompu.

Dexter pense au trajet qui l'attend pour rentrer chez lui, aux taxis illicites qui rôderont devant le club, à sa peur irrationnelle d'être assassiné, à l'appartement désert de Belsize Park et aux heures d'insomnie qui l'attendent, heures qu'il passera à faire la vaisselle et à reclasser sa collection de vinyles jusqu'à ce que le vacarme s'apaise dans sa tête et qu'il puisse aller se coucher pour affronter la journée à venir. Il est saisi d'une nouvelle vague d'angoisse. De la compagnie – il lui faut de la compagnie ! Il cherche une cabine téléphonique du regard. Callum est peut-être encore debout ? Hmm. Dans son état, ce n'est pas un ami qu'il lui faut : c'est une copine. Il pourrait appeler Naomi, mais elle est sûrement avec son mec. Yolande ? Elle tourne à Barcelone. Quant à Ingrid la Terrible, elle a promis de l'étriper la prochaine fois qu'elle le verrait. Emma, alors ? Oui, Emma. Non, non, pas Emma, pas dans l'état où il est, elle ne comprendrait pas, elle lui ferait la leçon. Et pourtant, c'est bien Emma qu'il a le plus envie de voir. Pourquoi n'est-elle pas avec lui ? Il aurait tellement de questions à lui poser ! Pourquoi ne sont-ils jamais sortis ensemble, par exemple ? Ils seraient géniaux ensemble ! Ils formeraient une super équipe, tous les deux. Em et Dex, Dex et Em – tout le monde le dit. Surpris par cette brusque bouffée d'amour, il décide de prendre un taxi pour Earls Court. Il faut qu'il dise à Emma tout le bien qu'il pense d'elle. Il faut qu'il lui dise qu'il l'aime ! Qu'il l'aime vraiment. Elle est tellement sexy – elle doit le savoir ! Oui, elle doit admettre qu'elle est sexy. Et qu'ils devraient coucher ensemble, bon sang ! Pourquoi ne pas le faire là, tout de suite, juste pour voir ? Voilà ce qu'il va lui dire en arrivant chez elle. Et si rien de tout ça ne suffit à la convaincre et qu'ils se contentent de discuter jusqu'au petit matin, ce sera toujours mieux que de passer la nuit seul. Quoi qu'il arrive, il ne doit pas rester seul...

Il vient de s'emparer du téléphone quand, Dieu merci, Biggsy (ou Gibbsy ?) invite la petite bande à le suivre chez lui. « C'est pas loin d'ici ! » assure-t-il, alors ils sortent tous du club et se dirigent sans encombre vers Coldharbour Lane.

Son nouvel ami habite un grand loft aménagé au-dessus d'un pub. La cuisine, le salon, la chambre et la salle de bains ne forment qu'une seule et même pièce, la seule concession à la pudeur étant le rideau de douche translucide qui entoure les toilettes. Pendant que Biggsy branche ses platines, tout le monde s'affale sur le gigantesque lit à baldaquin recouvert de peaux de bêtes en acrylique et de draps en polyester noir. L'ironie du décor est renforcée par un miroir fixé au plafond, auquel ils jettent des regards émus sous leurs paupières lourdes, contemplant avec ravissement leurs corps enchevêtrés, têtes qui se posent sur les genoux, mains qui se cherchent, oreilles gavées de musique, tous jeunes et intelligents, beaux et séduisants, au courant de tout et complètement à côté de leurs pompes. Ils s'admirent, ils se trouvent superbes, et ils sont convaincus de former une merveilleuse bande d'amis. Il y en aura, des pique-niques à Hampstead ! Et de longs dimanches au pub ! Dexter est de nouveau parfaitement heureux. « T'es vraiment extra », dit l'un d'eux à quelqu'un d'autre, peu importe à qui, parce qu'ils sont tous extra, en fait. Les gens sont extra.

Le temps file. Ils parlent de sexe, à présent. C'est à celui qui fera le plus de révélations. Qu'ils regretteront au petit jour, bien sûr. Ils échangent des baisers. Tara lui tripote toujours la nuque, elle enfonce ses petits doigts durs dans ses omoplates, mais la drogue ne fait plus d'effet, maintenant. Ce qu'il prenait pour un massage relaxant n'est qu'une succession de claques et de pincements, et quand il lève les yeux vers Tara, son joli visage de lutin lui semble menaçant, elle a les traits tirés, la bouche trop large, les yeux trop ronds – on dirait un petit mammifère dépourvu de poil. Il s'aperçoit aussi qu'elle est plus vieille qu'il le pensait – elle a au moins *trente-huit ans*, bon sang ! – et qu'il y a du ciment entre ses petites dents, une sorte de coulis blanc qui leur sert de jointure. La panique le reprend. Voilà qu'elle remonte le long de sa colonne vertébrale. Il ne peut rien faire, cette fois, contre la terreur qui l'étreint. La honte. Et l'angoisse de la journée à venir. Toutes trois liguées contre lui l'inondent de sueur. Une sueur collante et chimique. Il s'assied, pris de frissons. Et passe lentement ses mains sur son visage comme s'il cherchait à effacer quelque chose.

Il fera bientôt jour. Dehors, quelques merles se mettent à chanter, et il a la sensation, si intense qu'elle ressemble à une hallucination, d'être totalement creux, aussi vide qu'un œuf de Pâques. Tara, sa masseuse attitrée, a créé un gros nœud de tensions entre ses épaules, la musique s'est arrêtée et quelqu'un réclame du thé. « Oui ! Du thé ! » Tout le monde en veut, maintenant. Dexter s'extirpe de la mêlée et se dirige vers l'immense réfrigérateur. C'est le même que le sien, un truc sinistre et industriel. Un frigo de laboratoire. Il ouvre la porte et fixe l'intérieur d'un œil hagard. Une salade pourrit dans son sachet – le plastique gonflé semble sur le point d'éclater. Ses yeux roulent dans leurs orbites et sa vision se trouble une fois encore. Lorsqu'il parvient de nouveau à y voir clair, il avise une bouteille de vodka, couchée sur l'étagère du bas. Dissimulé derrière la porte du frigo, il en boit cinq bons centimètres, suivis d'une lampée de jus de pomme amer, qui pétille désagréablement sur sa langue. Il l'avale en grimaçant, entraînant son chewing-gum avec. Dans son dos, quelqu'un redemande du thé. Il trouve une bouteille de lait, la soupèse et prend une décision.

« Y a plus de lait ! crie-t-il.

— T'es sûr ? réplique Gibbsy ou Biggsy.

— Ouais. La bouteille est vide. Je vais en chercher. » Il remet la bouteille pleine dans le frigo. « Je reviens tout de suite. Vous voulez autre chose ? Des clopes ? Du chewing-gum ? » Ses nouveaux amis ne se donnent pas la peine de répondre. Il quitte discrètement l'appartement, dévale l'escalier et se rue vers la porte de l'immeuble comme s'il remontait à la surface après une plongée en apnée. Il l'ouvre à la volée, s'élance sur le trottoir. Et court de toutes ses forces, le plus loin possible de cette bande de gens extra.

Il trouve une agence de minicabs sur Electric Avenue. Le 15 juillet 1993, le jour se lève à 5 h 1. Et pour Dexter Mayhew, l'enfer a déjà commencé.

Depuis quelque temps, Emma Morley mange correctement et boit avec modération. Elle dort huit heures par nuit et se réveille d'elle-même quelques minutes avant 6 h 30. Elle commence par avaler un grand verre d'eau (les vingt-cinq premiers centilitres de son litre et demi quotidien), tiré de la toute nouvelle carafe (vendue avec un verre assorti) qui se dresse, dans un rayon de lumière matinale, près de son grand lit double aux draps bien propres. Une carafe. Elle possède une carafe. Elle doit presque se pincer pour le croire.

Elle possède des meubles aussi. À vingt-sept ans, elle a tiré un trait sur ses années d'université en s'achetant un lit, un grand lit double en osier et fer forgé déniché en solde sur Tottenham Court Road dans un magasin de meubles de style colonial. Baptisé « Tahiti », il trône au milieu de sa petite chambre dans son deux pièces d'Earls Court Road. La couette est en plumes d'oie et les draps sont en coton d'Égypte (le meilleur coton du monde, d'après la vendeuse). À eux tous, ils marquent le début d'une ère nouvelle, celle de la maturité, de l'ordre et de l'indépendance. Le dimanche matin, elle se prélasse sur le Tahiti comme sur un radeau, elle écoute *Porgy and Bess* et Mazzy Star, les vieux albums de Tom Waits ou un vinyle des *Suites pour violoncelle* de Bach qui grésille joliment sur sa platine. Ensuite, elle boit des litres de café et note ses idées, ses observations ou même ses projets de romans à l'aide de son meilleur stylo à plume sur le papier toilé, blanc cassé, de ses plus luxueux cahiers. Parfois, quand elle n'arrive à rien, elle se demande si son amour de l'écriture n'est pas l'expression d'un culte fétichiste pour la papeterie. Le véritable écrivain, l'auteur-né, griffonne sur tout ce qu'il trouve – un morceau de papier gras, l'envers d'un ticket de bus ou les murs de sa cellule. Emma, elle, n'arrive à rien en dessous de cent vingt grammes au mètre carré.

À d'autres moments, elle écrit avec bonheur pendant des heures, comme si les mots n'attendaient que son appel pour venir noircir le papier. Satisfaite de son sort, elle ne souffre pas de la solitude – pas très souvent, en tout cas. Elle sort quatre soirs par semaine, et pourrait sortir davantage si elle le souhaitait. Elle a gardé contact avec ses amis de jeunesse et s'en est fait de nouveaux à l'Institut universitaire de formation des enseignants du secondaire. Le week-end, elle compulse les magazines qui recensent les innombrables activités programmées dans la capitale. Crayon en main, elle lit tout, absolument tout, *sauf* les pages consacrées aux boîtes de nuit : les descriptions de clubbers à demi nus dansant jusqu'au petit matin lui semblent aussi énigmatiques que si elles étaient rédigées en chinois. Elle pressent qu'elle ne se trémoussera jamais en soutien-gorge dans une pièce pleine de mousse, et ça ne la dérange pas le moins du monde. Elle préfère hanter les petits cinémas de quartier et les galeries d'art avec ses amis, ou, mieux encore, louer un cottage avec eux le temps d'un week-end pour faire de grandes balades dans la campagne en prétendant vivre sur place. On lui dit souvent qu'elle semble mieux dans sa peau. Elle a renoncé aux chouchous en velours, au tabac et aux plats à emporter. Elle s'est acheté une cafetière italienne et, pour la première fois de sa vie, elle pense investir dans un pot-pourri.

Le radio-réveil se déclenche à 6 h 30, mais elle s'autorise à rester au lit quelques instants de plus pour écouter les informations. John Smith, le nouveau chef du Parti travailliste, se heurte aux syndicats. En toute logique, elle devrait le vouer aux gémonies, mais elle n'arrive pas à lui en vouloir. Elle se sent tiraillée – Smith lui semble si honnête ! Il a l'air d'un bon proviseur, solide et raisonnable. Même son nom joue en sa faveur. John Smith. Un nom d'homme du peuple, simple et droit. Et si j'adhérais au Parti travailliste ? se dit-elle pour la énième fois. Ce serait un bon moyen d'apaiser sa conscience, mise à mal par l'expiration de son adhésion à la campagne pour le désarmement nucléaire. Elle continue de soutenir leur cause, mais il lui paraît presque naïf, à présent, de militer pour la destruction totale de l'arsenal nucléaire mondial. C'est presque aussi angélique que de réclamer la gentillesse universelle, non ?

À vingt-sept ans, Emma se demande si elle n'est pas en train de vieillir trop vite. Elle qui se targuait de ne jamais envisager plusieurs points de vue se surprend désormais à accepter que les choses soient plus ambiguës et plus complexes qu'elle ne le croyait. Elle ne comprend rien, par exemple, aux deux autres dossiers du jour : le traité de Maastricht et la guerre en Yougoslavie. Ne devrait-elle pas avoir une opinion, choisir son camp, participer à un boycott ? Au moins, avec l'apartheid, on savait à quoi s'en tenir. Maintenant, une guerre fait rage au beau milieu de l'Europe, et elle n'a strictement rien fait pour l'arrêter... vu qu'elle était occupée à s'acheter des meubles. Troublée, elle repousse sa nouvelle couette et se faufile entre le lit et le mur – l'espace est si étroit qu'elle doit marcher de profil – pour rejoindre la minuscule salle de bains située de l'autre côté du couloir. La voie est libre, bien sûr : maintenant qu'elle vit seule, elle n'a plus à attendre son tour. Elle laisse tomber son tee-shirt sale dans le panier en osier (sa vie est pleine d'osier depuis la fameuse virée sur Tottenham Court Road). Puis elle chausse ses vieilles lunettes, rejette les épaules en arrière et s'observe un instant dans le miroir. *Ça pourrait être pire.* Et elle entre dans la cabine de douche.

Elle prend son petit-déjeuner en regardant par la fenêtre. L'appartement est au sixième étage d'un immeuble en briques rouges bâti face à un autre immeuble en briques rouges. Elle n'aime pas spécialement Earls Court – ce quartier miteux et temporaire vous donne l'impression de vivre dans le débarras de la capitale. Et le loyer est exorbitant, surtout pour une personne seule. Elle devra sans doute déménager quand elle commencera à enseigner, mais pour le moment elle se plaît ici, loin du Loco Caliente et de l'hyperréalisme social de son ancien cagibi de Clapton. Enfin séparée de Tilly Killick après six années de colocation, elle se réjouit de ne plus trouver de soutien-gorge grisâtre dans l'évier ni d'empreintes de dents dans le cheddar.

Puisqu'elle n'a plus honte de l'endroit où elle vit, elle a même autorisé ses parents à lui rendre visite. Jim et Sue ont occupé le Tahiti tandis qu'elle dormait sur le canapé. Durant trois longues journées, ils ont dégoisé sur la capitale, sa mixité ethnique et le coût du thé dans le moindre petit bar de quartier. Ce fut pénible, mais pas inutile : bien que sa mère se soit gardée d'approuver explicitement son nouveau mode de vie, elle ne lui propose plus de revenir à Leeds ni de travailler pour la compagnie du gaz. « Félicitations, Emmy ! » lui a glissé son père avant de monter dans le train qui les ramenait chez eux – mais félicitations pour quoi ? Pour être enfin devenue adulte, peut-être.

Bien sûr, il n'y a toujours pas d'homme dans sa vie, mais elle n'en souffre pas. Il lui arrive parfois, très rarement (disons le dimanche après-midi, après une longue matinée pluvieuse), d'être prise de panique. De suffoquer de solitude. Ou de porter le combiné du téléphone à son oreille pour s'assurer qu'il fonctionne. Bien sûr, elle aimerait être réveillée au milieu de la nuit par un appel urgent… « Monte dans un taxi » ou « Il faut qu'on parle », lui dirait une voix à l'autre bout de la ligne. Mais la plupart du temps, elle se sent comme une héroïne de Muriel Spark : indépendante, spirituelle, férue de littérature et secrètement romantique. À vingt-sept ans, Emma Morley a une double licence d'anglais et d'histoire (mention très bien), un nouveau lit, un deux pièces à Earls Court, d'excellents amis (tous formidables) et un diplôme de troisième cycle en sciences de l'éducation. Si elle se montre convaincante à l'entretien de recrutement cet après-midi, elle aura bientôt un poste de professeur d'anglais et d'art dramatique, deux matières qu'elle aime et qu'elle connaît bien. Elle est à la veille d'une toute nouvelle carrière dans l'enseignement, elle se voit déjà en prof brillante et enthousiaste, et enfin, *enfin*, sa vie semble aller quelque part.

Ah ! Emma a aussi un rendez-vous galant – un vrai.

Elle va dîner au restaurant avec un homme. Elle va le regarder manger et l'écouter parler. Il souhaite monter à bord du Tahiti. Va-t-elle l'y autoriser ? La décision lui revient, et elle la prendra ce soir. Debout devant le grille-pain, elle coupe une banane (le premier fruit de sa ration journalière de fruits et de légumes qui en comprend sept) en regardant le calendrier posé sur le comptoir de la cuisine. Le 15 juillet 1993 est marqué d'un point d'interrogation et d'un point d'exclamation. Le rendez-vous est imminent.

Le lit de Dexter est un modèle italien : noir, placé à ras du sol au beau milieu de la vaste chambre à coucher, il évoque une scène de théâtre ou un ring de boxe – deux offices qu'il remplit de temps à autre. Dex est couché. Il est 9 h 30, et il ne dort toujours pas. Terrassé par l'angoisse et la frustration sexuelle, il s'abîme dans un profond dégoût de lui-même. Il a les nerfs à vif et un sale goût dans la bouche, comme si sa langue avait été badigeonnée de spray à cheveux. Il se lève d'un bond et rejoint sa cuisine de style suédois en glissant à pas feutrés sur les lattes du parquet laqué noir. Le congélateur de son énorme frigo industriel contient une bouteille de vodka. Il en verse deux centimètres et demi au fond de son verre et ajoute la même quantité de jus d'orange. Il se rassure en songeant que ce n'est pas le premier verre de la journée, mais plutôt le dernier de la nuit puisqu'il n'a pas encore fermé l'œil. De toute façon, il n'y a rien de mal à boire dans la journée – ça se fait outre-Manche, non ? Le truc, c'est de mettre à profit l'euphorie que procure l'alcool pour contrebalancer la descente consécutive à la prise de drogue. En somme, il se saoule pour rester sobre. C'est parfaitement cohérent, quand on y pense. Rasséréné, il rajoute une bonne dose de vodka dans son verre, met la bande originale de *Reservoir Dogs* dans son lecteur de CD, l'allume, et titube jusqu'à la salle de bains.

Il y est encore une demi-heure plus tard. Inondé de transpiration, il se demande comment rester sec. Il a déjà changé deux fois de chemise et pris une douche froide – en vain. Son front et son dos se couvrent en permanence d'une sueur grasse et visqueuse. On dirait de la vodka. C'en est peut-être, d'ailleurs. Un regard à sa montre lui confirme qu'il est déjà en retard. Tant pis. Il roulera la fenêtre ouverte.

Il a posé le paquet dans l'entrée pour être sûr de ne pas l'oublier. Rectangulaire, de la taille d'une grosse brique, il est emballé avec soin dans plusieurs papiers de soie aux couleurs vives. Il s'en empare, sort de l'appartement, verrouille la porte derrière lui, et s'avance sous les arbres qui bordent l'avenue où l'attend sa voiture, une Mazda MR2 décapotable. Vert foncé, dénuée de banquette arrière, privée de galerie à cause du toit ouvrant et dotée d'un coffre si petit qu'il peut à peine contenir un pneu de rechange (et encore moins une poussette), elle respire la jeunesse, la réussite et le célibat. Le lecteur de CD, petit miracle futuriste constitué de ressorts enchâssés dans du plastique noir, est habilement dissimulé dans le coffre. Dexter insère un à un ses disques dans le lecteur comme s'il remplissait le chargeur d'un revolver. Il y a belle lurette qu'il ne paie plus ses CD : ils lui sont gracieusement offerts par les maisons de disques. C'est un des petits plaisirs du métier.

Il écoute les Cranberries en sillonnant les rues résidentielles de Saint John's Wood, le quartier chic du nord-ouest de Londres. Il n'est pas fan du groupe, mais c'est important d'écouter ce qui se fait quand on forge les goûts musicaux du public. Il quitte aisément la capitale tout juste délivrée de ses embouteillages matinaux, et fait route vers l'ouest sur la M40. Il traverse d'abord les zones industrielles et les banlieues de la ville dans laquelle il mène une existence brillante et branchée, puis de grandes plantations de conifères aux faux airs de campagne. Les Cranberries ont laissé place à Jamiroquai, et il se sent beaucoup, beaucoup mieux. Un mauvais garçon dans une belle voiture de sport. Dommage qu'il ait encore un peu mal au cœur... Il monte le volume. Il a rencontré le chanteur du groupe, il l'a interviewé à plusieurs reprises, et il connaît bien le percussionniste qui joue des congas avec lui – même s'il n'irait pas jusqu'à dire qu'ils sont amis. Du coup, il se sent concerné par leur chanson sur la nécessité de sauver la planète. C'est une version longue, spécialement remixée pour l'album, tellement longue que le temps et l'espace semblent s'étirer à l'infini. Lancé sur l'autoroute, Dexter a l'impression de rouler depuis des heures quand, soudain, sa vision se brouille. Ce qui reste de drogue dans son sang fait une dernière fois rouler ses yeux dans leurs orbites. Rappelé à l'ordre par un hurlement de klaxon, il s'aperçoit qu'il roule à cent quatre-vingts kilomètres-heure, à cheval entre deux files.

Il ralentit et s'efforce de regagner la voie du milieu, mais il ne parvient pas à tourner le volant : comme enserrés par une main invisible, ses bras sont verrouillés au-dessus des coudes. À force d'appuyer tour à tour sur le frein et l'accélérateur, il réduit brusquement sa vitesse à quatre-vingt-treize kilomètres-heure. Un camion gros comme une maison surgit dans son rétroviseur. Et un nouveau coup de klaxon lui déchire les tympans. Un autre coup d'œil au rétro lui permet d'apercevoir le visage tordu du chauffeur – un gros type barbu muni de lunettes de soleil réfléchissantes, la gueule ouverte pour hurler sa fureur. On dirait une tête de mort, avec ses trois trous noirs à la place des yeux et de la bouche. Dexter donne encore un grand coup de volant sans même vérifier si la file de gauche est libre. Il va mourir, de toute façon. C'est sûr. Il va mourir ici et maintenant, sur la M40, dans un fracas de métal en fusion au son d'un remix de Jamiroquai... Mais non : il ne meurt pas, finalement. La voie de gauche est libre, Dieu merci. Il respire un grand coup – une fois, deux fois, trois fois, comme les boxeurs. Puis il éteint la musique et roule gentiment à cent dix kilomètres-heure jusqu'à la sortie de l'autoroute.

Il prend la direction d'Oxford et s'arrête sur une aire de stationnement. Il est exténué, à présent. Il incline son siège et ferme les yeux dans l'espoir de trouver le sommeil, mais aussitôt le visage hurlant du chauffeur de camion vient danser sous ses paupières. Trois trous noirs à la place des yeux et de la bouche. Il se redresse, horrifié. La lumière est trop vive, la circulation trop dense. Et puis, n'est-ce pas un peu minable, voire franchement malsain, de s'endormir, à son âge et dans une voiture pareille, au bord de la route, à 11 h 45, en plein été ? Il lâche un juron, rallume le contact et poursuit son chemin jusqu'au White Swan, un des pubs qu'il fréquentait lorsqu'il était adolescent. Situé près de la nationale, l'établissement opère sous la bannière d'une chaîne de restaurants. On y sert un bon *English breakfast* toute la journée. Et le steak-frites est si peu cher que c'en est ridicule. Dexter se gare, prend le paquet-cadeau posé sur le siège passager et pénètre dans la grande salle familière qui sent l'encaustique et le tabac froid.

Il s'accoude nonchalamment au bar et commande un demi, ainsi qu'une double vodka tonic. Le barman n'a pas changé depuis le début des années 1980, quand Dex hantait les lieux avec ses potes. « Je venais souvent ici avant », lance-t-il d'un ton jovial. « Ah bon ? » réplique le type d'un air maussade. Nul sourire sur son visage émacié. S'il l'a reconnu, il se garde bien de le dire. Dex prend un verre dans chaque main et s'installe à une table. Il boit en silence en observant le paquet posé face à lui. Une petite touche de gaieté dans une grande pièce morne. Puis il jette un regard sur les lieux en songeant au chemin parcouru depuis dix ans. Un sacré chemin, tout de même. Présentateur-vedette à vingt-huit ans. C'est pas rien, non ?

Il lui arrive parfois de penser que les pouvoirs thérapeutiques de l'alcool relèvent du miracle. C'est le cas aujourd'hui, puisqu'il rejoint sa voiture d'un pas vif quelques minutes plus tard et repart aussitôt – au son des Beloved, cette fois. Ils pépient gaiement dans les enceintes, rythmant le court trajet qu'il lui reste à parcourir. Il roule vite et bien, et s'engage dix minutes plus tard dans l'allée de gravier qui mène chez ses parents. Construite dans les années 1920, la vaste demeure familiale est située à l'écart de la route. Des colombages ont été rajoutés sur la façade pour la faire paraître moins moderne, carrée et solide qu'elle ne l'est en réalité. C'est une belle maison de campagne, confortable et accueillante. Pourtant, Dexter l'observe avec angoisse.

Son père l'attend sur le seuil, une tasse de thé à la main. On dirait qu'il est là depuis des années. Il est trop chaudement vêtu pour la saison et sa chemise dépasse de son pull. Lui que Dexter considérait autrefois comme un géant n'est plus qu'une petite chose voûtée et fatiguée. Le visage pâle, les traits tirés, il semble porter sur ses épaules tout le poids des six derniers mois, au cours desquels la santé de sa femme s'est détériorée. Il le salue en levant sa tasse vers lui. L'espace d'un instant, Dexter se voit à travers ses yeux. Il se voit comme son père le voit. Rien ne lui échappe : sa chemise trop voyante, la manière désinvolte dont il conduit son petit bolide, le crissement des pneus sur le gravier, la musique cool et branchée qui s'échappe du lecteur de CD le font grimacer de honte.

Désinvolte.
Imbécile.
Shooté à l'ecstasy.
Bouffon.
T'es mal parti, espèce de clown ridicule.

Il éteint l'autoradio, détache machinalement la façade de l'appareil – et baisse les yeux, conscient de l'absurdité de son geste. *Calme-toi. C'est pas le Bronx, ici. Ton père va pas te piquer l'autoradio !* Il soupire, prend le paquet posé sur le siège passager, fait un effort pour se concentrer et descend de voiture.

« Quel engin ridicule ! s'exclame Stephen.

— Personne te demande de la conduire ! réplique-t-il du tac au tac, soulagé de pouvoir se glisser dans leur vieille routine – un père austère et vieux jeu contre un fils irresponsable et insolent.

— Je suis trop grand, de toute façon. C'est un jouet de petit garçon. Ça fait des heures qu'on t'attend, tu sais.

— Comment tu vas ? » s'enquiert Dexter. Pris de tendresse, il enroule un bras autour des épaules de son vieux papa chéri, lui tape dans le dos et, sans réfléchir, pose un baiser sur sa joue.

Ils se figent.

Dexter l'a embrassé de manière automatique, comme il le fait avec tout le monde, depuis quelque temps. C'est devenu un réflexe. Il a même accompagné son baiser d'un « mmmmoins ! » de rigueur, glissé dans l'oreille duveteuse de son père. Il s'est cru revenu sous le viaduc du chemin de fer avec Gibbsy, Tara et le Bigleux. Ses lèvres mouillées de salive ont humecté la joue paternelle. La sentence est immédiate : Stephen Mayhew le toise avec consternation – on dirait une scène de l'Ancien Testament. Un tabou vient d'être brisé : le Fils a embrassé le Père. Les masques sont tombés avant même que Dexter ait franchi le seuil de la maison. Stephen plisse le nez. De dégoût, ou parce qu'il renifle l'haleine chargée d'alcool de son fils ? Deux éventualités aussi terribles l'une que l'autre.

« Ta mère est dans le jardin. Elle t'attend depuis ce matin.

— Comment va-t-elle ? » demande-t-il. Son père répondra peut-être : « Beaucoup mieux. »

« Va voir. Je mets l'eau à chauffer. »

Le couloir lui semble obscur et glacé après la chaleur du dehors. Cassie, sa sœur aînée, arrive du jardin au moment où il franchit la porte. Un plateau dans les mains, le visage rayonnant de compétence, de bon sens et de piété, elle joue les infirmières en chef à la perfection. À trente-quatre ans, elle en paraît dix de plus. Un sourire courroucé aux lèvres, elle se penche vers lui et frôle brièvement sa joue. « Le fils prodigue est de retour ! »

Dexter a beau être dans les vapes, il sait reconnaître une pique quand on lui en lance une. Il fait mine de ne pas avoir entendu et jette un œil au plateau où se dresse un bol de porridge grisâtre – intact.

« Comment va-t-elle ? » demande-t-il. Cassie répliquera peut-être : « Franchement mieux. »

« Va voir », dit-elle. Il s'avance dans le couloir avec résignation. En se demandant pourquoi nul ne consent à répondre à ses questions.

Il reste un instant sur le seuil pour observer sa mère de loin. Assise dans une vieille bergère à oreilles qu'on a sortie du salon, elle contemple les prés et les bois qui s'étendent jusqu'à Oxford, dont on aperçoit au loin les contours noyés dans la brume. De là où il se trouve, Dex ne voit pas son visage, dissimulé sous un grand chapeau et des lunettes de soleil – la lumière lui brûle les yeux depuis quelque temps –, mais il devine, à la maigreur de ses bras et à la langueur de sa main posée sur l'accoudoir capitonné du fauteuil, qu'elle a beaucoup changé depuis sa dernière visite, trois semaines plus tôt. Il a brusquement envie de pleurer. Il voudrait se blottir sur ses genoux comme un petit enfant. Ou s'enfuir à toutes jambes. Or il ne peut s'autoriser ni l'un ni l'autre. Il dévale donc les marches du perron avec l'entrain factice de l'animateur de télévision déboulant tout sourires sous les projecteurs.

« Coucouuuu ! »

Elle étire péniblement les lèvres comme si le seul fait de sourire lui demandait un effort. Il se plie en deux pour l'embrasser sans faire basculer son chapeau. Elle porte un foulard afin de dissimuler son crâne nu. Sa peau brillante et tendue lui semble d'une froideur déconcertante. Il laisse volontairement glisser son regard sur son visage et s'installe sur une chaise de jardin rouillée qu'il tire bruyamment près d'elle, de manière à contempler la vue, lui aussi. Mais c'est lui qu'elle regarde, à présent.

« Tu transpires vraiment beaucoup, dit-elle.
— Il fait chaud, non ? » Elle semble dubitative. *Sois plus persuasif. Concentre-toi. N'oublie pas à qui tu parles.*

« Tu es complètement trempé !
— C'est à cause de ma chemise. Elle est en fibres synthétiques. »

Elle frôle le tissu du plat de la main. Et plisse le nez de dégoût. « D'où vient-elle ?
— Prada.
— Chic et cher.
— Je n'achète que le meilleur... Tiens. J'ai un cadeau pour toi ! reprend-il vivement en lui tendant le paquet.
— C'est gentil.
— De la part d'Emma.
— Ça se voit. » Elle dénoue le ruban avec un soin infini. « Les tiens sont emballés dans des sacs-poubelle...
— Tu exagères, dit-il en souriant, d'un ton délibérément enjoué.
— ... quand tu m'en offres, bien sûr ! »

Cette fois, son sourire se fige. Par chance, elle ne remarque rien : ses yeux sont rivés sur le paquet qu'elle vient de déballer, révélant une pile de livres de poche : un Edith Wharton, quelques Raymond Chandler, un Scott Fitzgerald. « Quelle bonne idée ! Tu la remercieras pour moi ? Un vrai petit ange, cette Emma. » Elle s'empare du roman de Fitzgerald. « *Les Heureux et les Damnés*. Comme toi et moi.
— Qui est qui ? » réplique-t-il sans réfléchir. Par chance, elle ne l'écoute pas : la carte d'Emma accapare toute son attention. C'est un photomontage en noir et blanc daté de 1982 et réclamant le départ de Thatcher. Alison la retourne, déchiffre les quelques

lignes griffonnées à son intention et se met à rire. « Ce qu'elle est gentille ! Et tellement drôle. » Elle soupèse le lourd roman d'un air sceptique. « C'est un peu optimiste, tout de même. Tu devrais l'inciter à m'offrir des nouvelles, la prochaine fois. »

Dexter esquisse un sourire, malgré son aversion pour l'humour noir. Loin de lui sembler courageuses ou de lui remonter le moral, ce type de remarques l'agace. Il les juge stupides. Et préférerait que l'indicible ne soit pas formulé.

« Comment va-t-elle, au fait ? demande sa mère.

— Emma ? Très bien, je crois. Elle a toutes les qualifications requises pour enseigner, maintenant. Elle doit passer un entretien de recrutement aujourd'hui.

— Enseignante... Ça, c'est un vrai métier. » Sa mère tourne la tête vers lui. « Je croyais que tu devais enseigner, toi aussi. Que s'est-il passé, déjà ? »

Il encaisse le coup sans broncher. « Ça ne me correspondait pas.

— C'est vrai », dit-elle simplement. Un silence passe, puis revient. Dexter se raidit. De nouveau, la situation échappe à son contrôle. Influencé par certaines séries télé, il était convaincu que la maladie rapproche les gens. Que c'est même son unique avantage. Il espérait donc que l'état de santé d'Alison les conduirait à s'épancher, à se confier aisément l'un à l'autre. Mais ils ont toujours été proches. Ils se sont toujours tout confié. Leur connivence, loin de s'intensifier, a laissé place à l'amertume, au ressentiment, à la rage qui les animent tous deux face au mal qui la dévore. Leurs entrevues, qui devraient être tendres et réconfortantes, se muent en disputes et en récriminations Il y a huit heures à peine, il racontait ses secrets à des inconnus. Maintenant, il parvient tout juste à échanger quelques banalités avec sa mère. Quelque chose ne tourne pas rond.

« J'ai vu "trop top" la semaine dernière, reprend-elle brusquement.

— C'est vrai ? »

Elle demeure silencieuse, le forçant à ajouter : « Alors, qu'en as-tu pensé ?

— Je t'ai trouvé parfait. Très naturel. Tu passes vraiment bien à l'écran. Pour ce qui est du reste, je te l'ai déjà dit : je n'aime pas beaucoup l'émission.

— C'est un peu normal... Elle n'est pas vraiment faite pour les gens comme toi, tu sais ! »

Elle se redresse, l'air offusqué. « Les "gens comme moi" ? Ça veut dire quoi ?

— Écoute, c'est juste un programme de fin de soirée. Un truc débile et sans prétention qu'on regarde en sortant du pub...

— Je n'étais pas assez saoule pour l'apprécier, c'est ça ?

— Non, mais...

— Je ne suis pas prude non plus. Et la vulgarité ne me dérange pas. Mais je ne comprends pas pourquoi il faut à tout prix humilier les gens...

— Personne n'est humilié. Pas vraiment, en tout cas. On se marre, c'est tout.

— Tu organises un concours pour désigner la fille la plus laide du pays et tu ne trouves pas ça humiliant ?

— Non, je...

— Tu demandes aux téléspectateurs d'envoyer des photos des filles les plus moches qu'ils ont fréquentées ou qu'ils fréquentent encore, et...

— C'est marrant, non ? Ce qui compte, c'est que les types les aiment, ces filles ! Même si elles ne sont pas... séduisantes au sens conventionnel du terme. C'est ça, le truc. C'est marrant, rien de plus.

— Ça fait trois fois que tu le répètes. Est-ce moi ou toi que tu cherches à convaincre ?
— Parlons d'autre chose, tu veux bien ?
— Et les filles, tu crois qu'elles trouvent ça *marrant* d'être traitées de "boudins" devant tout le monde ?
— Écoute... Moi, je suis là pour présenter les musiciens. Je balance deux, trois bêtises, comme cette histoire de concours, et j'interviewe les stars de la pop. Je leur pose des questions sur leur nouveau clip ou sur la sortie de leur prochain album... C'est ça, mon boulot. La fin justifie les moyens, non ?
— *Quelle* fin, Dexter ? Nous t'avons toujours dit que tu pourrais faire ce que tu voudrais dans la vie... mais je n'imaginais pas que tu déciderais de faire *ça*.
— Tu voudrais que je fasse quoi, exactement ?
— Je ne sais pas... Quelque chose de bien. » Elle porte la main à son cœur et se laisse aller contre le dossier du fauteuil.
« C'est un *bon* boulot, dit-il après un silence. Il faut le replacer dans son contexte, c'est tout. » Elle hausse les épaules. « L'émission n'a pas grand intérêt, je te l'accorde. C'est un pur divertissement. Je n'adhère pas à tout ce qu'elle contient, mais c'est une bonne expérience. Une passerelle vers autre chose. Alors, ça vaut ce que ça vaut, mais... je crois que je suis vraiment doué pour ce genre de trucs. Et ça m'amuse, en plus ! »
Elle réfléchit un moment avant de répondre. « Dans ce cas, tu dois continuer. L'important, c'est que ça te plaise. Que ça t'amuse, comme tu dis. Et je sais que tu feras d'autres choses par la suite. C'est juste que... » Elle laisse sa phrase en suspens et prend sa main dans la sienne. Puis elle éclate de rire. « Je ne comprends toujours pas pourquoi tu fais semblant d'avoir l'accent cockney !

— C'est ma voix d'homme du peuple », réplique-t-il. Elle sourit – un sourire à peine esquissé auquel il se raccroche, malgré tout.

« On ne devrait pas se disputer, dit-elle.

— On ne se dispute pas : on discute », rectifie-t-il tout en sachant pertinemment qu'ils viennent de se disputer.

Elle porte la main à son front. « Je prends de la morphine. Je ne sais plus ce que je raconte, parfois.

— Tu n'as rien dit de mal. Je suis un peu fatigué, moi aussi. » Le soleil rebondit sur les pavés. Le mord au visage et aux bras. Sa peau rougit et se craquelle comme celle d'un vampire brusquement exposé à la lumière du jour. Une nouvelle vague de sueur l'inonde. La nausée le guette. Calme-toi, s'enjoint-il. C'est purement chimique.

« Tu t'es couché tard ?

— Assez tard.

— Une soirée "trop top", c'est ça ?

— Assez top, oui. » Il se masse les tempes pour lui montrer qu'il a mal au crâne. Et ajoute sans réfléchir : « Tu n'aurais pas un peu de morphine en trop, par hasard ? »

Elle ne se donne même pas la peine de tourner la tête vers lui. Une minute s'écoule, puis une autre. Il se sent gagné par une sorte d'abrutissement depuis quelque temps. Une bêtise rampante. Ses bonnes résolutions – garder la tête froide et les pieds sur terre – semblent vouées à l'échec. Il se juge chaque jour plus indélicat, plus égoïste. Et se découvre une étonnante capacité à accumuler les remarques les plus stupides. Il a d'abord tenté d'y remédier, mais la situation lui échappe – un peu comme s'il était atteint de calvitie précoce. À quoi bon lutter ? Autant assumer sa bêtise. Et cesser d'y prêter attention. De longues minutes passent. Ses yeux se posent sur le terrain de tennis. Il est moins bien tenu, ces temps-ci. Les mauvaises herbes ont fait leur apparition. La maison n'est déjà plus ce qu'elle était.

Sa mère reprend la parole.

« Je t'avertis tout de suite : ton père se charge du déjeuner. Ragoût en boîte pour tout le monde ! Heureusement, Cassie reviendra sans doute préparer le dîner. Tu restes dormir ici, j'imagine ? »

Il pourrait rester, en effet. Ce serait l'occasion de se racheter. « En fait, non », répond-il.

Elle incline légèrement la tête vers lui.

« J'ai des places pour la première de *Jurassic Park* ce soir. Lady Di y sera ! Pas avec moi, je tiens à le préciser, s'entend-il énoncer d'un ton badin – le ton d'un homme qu'il méprise. Je ne peux pas louper ça ! C'est important pour mon boulot. Ça fait des semaines que j'ai dit oui. » Sa mère plisse les yeux. Il s'empresse d'ajouter un mensonge pour atténuer son propos. « J'emmène Emma, en plus. Moi, ça me serait égal d'annuler, mais elle serait vraiment déçue !

— Bon. Je vois. » Silence. « Tu mènes une drôle de vie », dit-elle d'un ton égal.

Nouveau silence.

« Cette matinée m'a vidée. Je suis désolée, Dexter... Je vais aller dormir un peu.

— D'accord.

— Tu vas devoir m'aider. »

Il cherche sa sœur ou son père du regard, comme s'ils possédaient précisément les compétences qui lui font défaut, mais ils ne sont nulle part en vue. Et sa mère, les mains crispées sur les accoudoirs, tente déjà de se lever. En vain, hélas. Il n'a pas le choix : il va devoir s'en occuper. Il glisse sans conviction un bras sous le sien. « Veux-tu que je... ?

— Non, dit-elle en s'appuyant sur lui pour se redresser. Je peux marcher jusqu'à la maison. C'est pour monter l'escalier que j'ai besoin d'aide. »

Ils traversent la cour à petits pas. Dexter frôle du bout des doigts le tissu de sa robe d'été bleu pâle, qui flotte autour d'elle comme une blouse d'hôpital. Sa lenteur le rend fou. Il la perçoit comme un affront. « Comment va Cassie ? demande-t-il pour briser le silence.

— Bien. J'ai parfois l'impression qu'elle prend plaisir à me donner des ordres, mais elle est très prévenante. "Mange", "bois ton médicament", "va te coucher"... Elle veille à tout. Stricte, mais juste. Au fond, elle me fait payer le tort que je lui ai causé en refusant de lui acheter ce fameux poney ! »

Si Cassie est tellement douée pour ça, où est-elle passée, bon sang ? Ils sont au pied de l'escalier, maintenant. Et il y a plus de marches qu'il ne le pensait.

« Comment veux-tu que... ?

— Porte-moi jusqu'en haut. Je ne suis pas bien lourde, en ce moment. »

Je peux pas faire ça. J'en suis incapable. Je croyais que j'y arriverais, mais non. Il doit me manquer quelque chose... J'y arriverai pas.

« Est-ce que tu as mal quelque part ? Y a-t-il des précautions à...

— Ne t'en fais pas pour ça. »

Elle ôte son chapeau et remet son foulard en place. Il pose fermement la main sous son omoplate, cale ses doigts entre ses côtes, puis il se penche et encercle ses jambes de son bras libre – sa peau est lisse et fraîche sous le tissu de sa robe. Il s'assure qu'elle est prête, puis il la soulève d'un geste vif. Elle se relâche contre lui, et son souffle brûlant lui chatouille la joue. Est-elle plus lourde qu'il ne l'imaginait ? Ou est-ce lui qui n'a pas assez de force ? Toujours est-il qu'il s'y prend mal : elle se cogne l'épaule à la rampe. Il rectifie sa position et gravit l'escalier de biais, marche après marche. Elle pose la tête au creux de son cou. Il a l'impression de parodier une scène du répertoire – celle où le mari soulève sa femme dans ses bras pour franchir le seuil de leur nouvelle demeure, bien sûr. Plusieurs remarques ironiques lui traversent l'esprit, mais aucune d'elles ne rendrait les choses plus faciles. Lorsqu'ils arrivent sur le palier, elle joue son obligée. « Mon héros ! » minaude-t-elle en levant les yeux vers lui. Ils échangent un sourire.

Il pousse la porte d'un coup de pied et pose doucement sa mère sur le lit.

« Veux-tu que je t'apporte quelque chose ?
— Non, merci.
— Est-ce que tu dois prendre un médicament ou...
— Non.
— Un martini, alors ?
— Volontiers.
— Tu te mets sous les draps ?
— Non. Cette couverture me suffit. Merci.
— Je ferme les rideaux ?
— Oui, s'il te plaît. Mais laisse la fenêtre ouverte.
— Alors, à tout à l'heure.
— À plus tard, mon chéri.
— Dors bien. »

Il sourit, mais elle lui tourne déjà le dos, les yeux clos. Il quitte la pièce en tirant doucement la porte derrière lui. Un jour prochain, probablement dans le courant de l'année, il sortira d'une chambre (celle-ci ou une autre) après l'avoir vue pour la dernière fois. Cette perspective lui semble si inconcevable qu'il la repousse violemment, préférant se concentrer sur sa petite personne : sa gueule de bois, son extrême fatigue, la douleur qui lui martèle les tempes quand il redescend l'escalier.

Par chance, la grande cuisine est vide. Mal rangée, aussi, constate-t-il en se dirigeant vers le frigo – tout aussi vide. Un céleri-rave flétri, une carcasse de poulet, plusieurs boîtes de conserve ouvertes et un paquet de jambon premier prix lui prouvent que son père a pris la maisonnée en charge. Une bouteille de vin entamée attire son attention. Il la porte à ses lèvres, avale trois... quatre... cinq gorgées de liquide, puis se fige en entendant les pas de Stephen résonner dans le hall. Il a juste le temps de remettre la bouteille dans le frigo et de s'essuyer les lèvres avant que son père ne fasse irruption dans la cuisine, deux gros sacs plastique à la main.

« J'étais au supermarché. Où est ta mère ?

— Je l'ai portée dans son lit. Elle voulait faire une sieste. » Il aimerait que son père salue son courage et sa maturité, mais il ne fait aucun commentaire.

« Vous avez discuté, tous les deux ?

— Un peu. De choses et d'autres. » Sa voix lui semble étrange. Pétulante et traînante. Il est saoul, en fait. Stephen s'en apercevra-t-il ? « On reprendra notre conversation quand elle se réveillera. » Il ouvre le frigo et fait mine de voir la bouteille pour la première fois. « Je peux ? » Il vide son contenu dans un verre et se dirige vers la porte. « Je monte dans ma chambre. »

Son père fronce les sourcils. « Pour quoi faire ?

— Chercher un truc. Des vieux bouquins.

— Tu ne veux pas déjeuner ? Un petit quelque chose avec ton vin, peut-être ? »

Dexter jette un œil aux sacs posés aux pieds de son père : gorgés de boîtes de conserve, ils sont sur le point d'éclater. « Pas tout de suite », répond-il en s'engageant dans l'escalier.

Sur le palier, il remarque que la porte de la chambre de ses parents s'est ouverte. Il entre de nouveau dans la pièce. Les rideaux ondulent sous la brise, faisant danser le soleil sur le corps endormi de sa mère. Ses pieds sales aux orteils crispés dépassent de la vieille couverture. Les odeurs de son enfance, ces fragrances mystérieuses, sensuelles et poudrées qui baignaient les lieux, ont été remplacées par des relents de légumes dont il préfère ignorer la cause. Ça sent l'hôpital, dans la maison familiale. Il referme la porte et se dirige vers la salle de bains.

Il profite de son passage aux toilettes pour inspecter le contenu de l'armoire à pharmacie : plusieurs boîtes de somnifères témoignent des terreurs nocturnes de son père ; le Valium de sa mère, détrôné par des substances plus puissantes, prend la poussière dans un coin. Le flacon est daté de mars 1989, mais qu'importe ! Dexter glisse deux comprimés dans son portefeuille. Il fait de même avec les somnifères, puis subtilise un troisième Valium, qu'il avale aussitôt avec une gorgée d'eau. Histoire de se détendre un peu.

Son ancienne chambre fait maintenant office de débarras : il doit se glisser entre un vieux chesterfield, une petite caisse en bois et une pile de cartons pour atteindre le lit. Aux murs, quelques photos de famille cornées voisinent avec ses propres tirages montrant des feuilles ou des coquillages photographiés en noir et blanc. Maladroitement fixés dans la salle de bains familiale lorsqu'il était adolescent, les clichés n'ont pas résisté à l'épreuve du temps. Il se laisse choir sur le vieux lit double, puis s'allonge comme un enfant renvoyé dans sa chambre : les mains croisées derrière la tête, les yeux rivés au plafond. Il s'était toujours dit qu'une sorte de kit psychologique lui serait miraculeusement livré lorsqu'il atteindrait la cinquantaine et qu'il devrait affronter la mort de ses parents. S'il avait ce fameux kit, les choses seraient nettement plus simples. Il ferait preuve de grandeur d'âme ; il déploierait la sagesse et l'altruisme requis. Peut-être serait-il père lui-même ? Il aurait alors, en plus des forces morales qui lui font cruellement défaut à l'heure actuelle, la maturité nécessaire pour envisager la vie comme un processus de renouvellement permanent.

Le problème, c'est qu'il a vingt-huit ans, pas quarante-cinq. Sa mère a quarante-neuf ans. Ils sont victimes d'une terrible erreur de timing. Il n'est pas assez mûr pour voir dépérir sa mère – cette force de la nature, cette femme extraordinaire. Comment peut-on lui infliger pareil spectacle ? C'est injuste ! Il ne devrait pas avoir à endurer une telle épreuve, pas à son âge, en tout cas. Il est jeune, surbooké, en pleine ascension professionnelle. Pour être franc, il a mieux à faire. Et voilà. Il a de nouveau envie de pleurer, alors qu'il n'a pas versé une larme en quinze ans. Il tente de se rassurer en mettant son chagrin sur le compte des substances chimiques qu'il absorbe depuis vingt-quatre heures et décide de dormir un peu. Il pose son verre en équilibre sur une caisse d'emballage et se couche sur le côté. Il faut de l'énergie pour être un bon être humain. Il va faire un petit somme, ensuite il présentera ses excuses à Alison et lui montrera qu'il l'aime plus que tout.

Il se réveille en sursaut, jette un regard à sa montre – puis un autre. 18 h 26 ? Comment est-ce possible ? Incrédule, il tend la main vers les rideaux. Le soleil est déjà bas dans le ciel. Il a donc bel et bien dormi cinq d'heures d'affilée. Il a encore mal à la tête, ses paupières refusent de se décoller, sa bouche lui paraît pleine de métal, il a la gorge sèche et son estomac crie famine. Il tend la main, s'empare du verre de vin tiédi, en boit la moitié – et manque de s'étrangler en sentant une grosse mouche bleue lui chatouiller les lèvres. Le verre lui échappe, le vin se répand sur sa chemise et inonde le lit. Hagard, il se redresse en chancelant.

Dans la salle de bains, il s'asperge le visage d'eau froide. La sueur qui mouillait sa chemise ce matin s'est évaporée en laissant derrière elle une odeur âcre, puissamment alcoolisée. Il se badigeonne les aisselles avec le déodorant de son père en réprimant une légère nausée. Du rez-de-chaussée lui parviennent des sons familiers : bourdonnement de la radio, bruits de casseroles. *Vif et gai. Sois vif, gai et poli. Puis casse-toi.*

En passant devant la chambre de sa mère, il l'aperçoit, assise au bord du lit. Les yeux rivés à la fenêtre, elle semble attendre quelqu'un. Son fils, sans doute. Elle tourne lentement la tête vers lui, mais il demeure sur le seuil, comme un enfant qui n'ose pas entrer.

« La journée est finie, dit-elle calmement.
— Désolé. Je viens juste de me réveiller.
— Tu te sens mieux ?
— Non.
— Bon... Je t'avertis : ton père est un peu fâché contre toi.
— Ça ne change pas. » Elle lui offre un sourire indulgent. Rassuré, il ajoute : « Tout le monde est fâché contre moi en ce moment.
— Pauvre petit Dexter ! » réplique-t-elle. Est-ce un sarcasme ? Il n'en est pas sûr. « Viens t'asseoir. » Elle sourit de nouveau. « Près de moi », ajoute-t-elle en posant une main sur le lit. Il entre et s'assoit à la place indiquée – si près d'elle que leurs hanches se

touchent. Elle incline la tête vers son épaule. « On n'est pas dans notre assiette, hein ? En tout cas, moi, je ne suis plus moi-même. Ça fait un petit moment, déjà... et j'ai l'impression que c'est pareil pour toi. Tu n'as pas l'air d'être toi-même.

— Dans quel sens ?

— Eh bien... Je peux te parler franchement ?

— Est-ce vraiment nécessaire ?

— Je crois que oui. C'est une de mes prérogatives.

— Bon. Vas-y, alors.

— Il me semble... » Elle se redresse lentement. « Il me semble que tu as toutes les qualités requises pour être un beau jeune homme. Un jeune homme exceptionnel, même. Je l'ai toujours pensé. C'est le rôle d'une mère, non ? Mais je pense aussi que tu n'es pas encore ce beau jeune homme. Il te reste un peu de chemin à faire. C'est tout.

— Je vois.

— Ne le prends pas mal, mais... » Elle glisse une main dans la sienne et frotte son pouce contre sa paume. « Parfois, je ne te trouve pas très sympathique. Et ça m'inquiète. »

Il laisse passer un long silence. « Je ne sais pas quoi dire, énonce-t-il enfin.

— Ce n'est pas grave. Tu n'as rien à répondre.

— Tu m'en veux ?

— Un peu. Mais j'en veux à tout le monde, en ce moment. À tous ceux qui ne sont pas malades.

— Je suis désolé, maman. Je suis vraiment désolé. »

Elle presse son pouce contre sa paume. « Je sais.

— Je vais rester ici ce soir.

— Non, pas ce soir. Tu n'es pas libre. Reviens une autre fois. Ça se passera mieux. »

Il se lève, étreint brièvement ses épaules et appuie sa joue contre la sienne – son souffle, son souffle doux et brûlant, résonne dans son oreille. Puis il se dirige vers la porte.

« Remercie Emma pour moi, dit-elle. Pour les livres.

— D'accord.

— Et embrasse-la de ma part. Ce soir, quand tu la verras.

— Ce soir ?

— Oui. À la première. »

Son mensonge lui revient à l'esprit. « Ah, oui. Bien sûr. Je n'y manquerai pas. Et… je suis désolé de ne pas avoir été très présent aujourd'hui.

— Oh… Tu feras mieux la prochaine fois, je suppose », réplique-t-elle, un léger sourire aux lèvres.

Il dévale l'escalier d'un pas vif en espérant que ce déploiement d'énergie lui remettra les idées en place. Mais son père se trouve au pied des marches, enfoncé dans un des fauteuils du hall. Le journal local ouvert sur les genoux, il lit, ou fait semblant de lire, les nouvelles du jour. Il l'attendait, manifestement. Comme une sentinelle en faction. Ou un officier chargé de l'arrêter.

« Je me suis endormi ! lance-t-il.

— Je sais, rétorque son père sans se retourner.

— Pourquoi tu ne m'as pas réveillé ?

— Je n'en voyais pas l'intérêt. Et je n'avais pas à le faire, de toute façon. » Il tourne les pages du journal. « Tu n'as plus dix ans, Dexter.

— Mais j'ai dormi tout l'après-midi… et je dois partir, maintenant !

— Eh bien, si tu dois partir… » Il laisse sa phrase en suspens. Dexter aperçoit Cassie dans le salon. Le visage rouge de réprobation, certaine d'avoir raison, elle fait mine de lire, elle aussi. *Casse-toi. Casse-toi maintenant, avant que tout explose.* Il tend la main vers le guéridon de l'entrée pour prendre ses clés – mais elles n'y sont plus.

« Mes clés ! Tu sais où sont mes clés de voiture ?

— Je les ai cachées », répond tranquillement son père, le nez dans le journal.

Dexter éclate de rire. « C'est ridicule. Tu ne peux pas cacher mes clés, voyons !

— Rien ne m'en empêche, au contraire. Tu veux t'amuser à les chercher ?

— Pourquoi les as-tu cachées ? »

Stephen plisse le nez comme s'il venait de renifler une mauvaise odeur. « Parce que tu es saoul. »

Cassie se lève, s'approche de la porte qui sépare le salon du hall, et la ferme d'un coup sec.

Dexter rit sans conviction. « Moi ? Pas du tout ! »

Son père lui jette un regard glacial. « Je suis parfaitement capable de deviner si quelqu'un est saoul ou non. Toi, en particulier. Ça fait douze ans que je te vois dans cet état, je te signale !

— Je ne suis pas saoul. J'ai la gueule de bois, c'est tout.

— Dans un cas comme dans l'autre, tu ne prendras pas le volant ce soir. »

Dexter émet un petit rire, plus sarcastique, et lève les yeux au plafond en signe d'indignation, mais aucune réplique ne lui vient à l'esprit, hormis un pathétique : « Mais, papa, j'ai vingt-huit ans ! » aux accents trop aigus.

« On ne dirait pas », réplique Stephen du tac au tac, puis il plonge la main dans sa poche, en sort ses propres clés de voiture, les lance en l'air et les rattrape avec une gaieté factice. « Viens. Je t'emmène à la gare. »

Dexter part sans dire au revoir à sa sœur.

« *Parfois, je ne te trouve pas très sympathique.* » Assis dans la vieille Jaguar, Dexter baigne dans sa honte. Son père n'a pas décroché un mot depuis qu'ils ont quitté la maison. Le silence devenant insoutenable, Stephen consent enfin à prendre la parole, d'un ton égal, les yeux fixés sur la route. « Tu pourras venir récupérer ta voiture samedi. Si tu es sobre.

— Je suis *déjà* sobre », réplique-t-il d'une voix plaintive et maussade. La voix de ses seize ans. « C'est dingue, bon sang ! ajoute-t-il de manière superflue.

— Je ne me disputerai pas avec toi, Dexter. »

Vexé, il se laisse glisser dans son siège en bougonnant, le front plaqué contre la vitre. Ils franchissent des routes de campagne, voient défiler des gentilhommières nichées au milieu des arbres. Son père, qui déteste toute forme de confrontation, est manifestement au comble du malaise. Il allume la radio pour meubler le silence. L'appareil est réglé sur une station de musique classique, bien sûr. Une marche, banale et grandiloquente, emplit l'habitacle. Enfin, ils arrivent à destination. Stephen se gare sur le parking désert : les voyageurs qui font l'aller et retour à Londres ou à Oxford dans la journée sont rentrés chez eux, à présent. Dexter ouvre la portière et pose un pied sur le gravier. Son père ne fait pas un geste vers lui. Il se contente d'attendre en laissant tourner le moteur, comme un chauffeur. Impassible, les yeux fixés sur le pare-brise, il tapote le volant du bout des doigts au rythme de plus en plus cadencé de cette marche de cinglés.

Dexter le sait : il devrait accepter sans broncher le châtiment paternel, mais son orgueil l'en empêche. Il veut avoir le dernier mot. « Bon…, marmonne-t-il. J'y vais maintenant, mais quand même, je trouve que tu réagis de manière complètement disproportionnée... »

Stephen lui coupe la parole. Son visage se mue en un bloc de rage. Il s'exprime entre ses dents, d'une voix entrecoupée : « Comment *oses-tu* insulter mon intelligence et celle de ta mère ? Tu es un adulte, à présent. Plus un enfant ! » Son cri résonne un instant sur le parking, puis il porte la main à son front, et sa colère le quitte aussi vite qu'elle est venue. Sa lèvre inférieure se met à trembler, ses doigts se crispent sur le volant, il drape sa main libre sur ses yeux comme un bandeau. C'est sûr : il va se mettre à pleurer. Horrifié, Dex sort précipitamment de voiture. Il s'apprête à claquer la portière, quand Stephen éteint l'autoradio et le retient d'un geste. « Attends ! » ordonne-t-il.

Alors, Dex se penche et jette un regard par la vitre ouverte. Les yeux de son père sont brillants de larmes, mais c'est d'une voix ferme qu'il énonce : « Ta mère t'aime énormément, tu sais. Moi aussi. Nous t'avons toujours aimé et nous t'aimerons toujours. Je pense que tu en es conscient. Mais si, dans les mois qui lui restent à vivre... » Il s'interrompt, baisse la tête comme s'il cherchait ses mots sur le plancher de la voiture, puis se redresse. « Si tu reviens voir ta mère dans cet état, je te jure que je ne te laisserai pas entrer. Tu ne franchiras pas le seuil de la maison, tu entends ? Je te fermerai la porte au nez. C'est compris ? »

Dex ouvre la bouche, mais ne trouve rien à répondre.

« Bien, dit son père. Rentre chez toi, maintenant. »

Interdit, il claque la portière à l'instant où Stephen, aussi nerveux que lui, enclenche la marche avant. La Jaguar bondit, puis recule et quitte le parking dans un crissement de pneus.

Dexter la regarde s'éloigner avant de se diriger vers la voie de chemin de fer. La petite gare de campagne est vide. Il s'approche du téléphone public qui lui a si souvent servi à s'évader de la demeure familiale lorsqu'il était adolescent. Il est 18 h 59. Le prochain train pour Londres entrera en gare dans six minutes. Il a tout juste le temps de passer son coup de fil.

Il est 19 heures. Emma jette un dernier regard au miroir de l'entrée. L'essentiel est de ne pas avoir l'air trop apprêté. Le grand miroir, posé en équilibre contre le mur, a un effet déformant, comme ceux des fêtes foraines. Elle le sait, bien sûr. Mais elle ne peut retenir un claquement de langue réprobateur à la vue de ses hanches et de ses jambes, trop courtes sous sa jupe en jean. Il fait trop chaud pour porter des collants, mais elle en porte quand même – histoire de cacher ses genoux roses et éraflés. Fraîchement lavés avec un shampooing aux fruits de la forêt, puis séchés mèche par mèche, ses cheveux sont lisses et parfumés. Elle glisse ses doigts sous leur masse brillante pour les décoiffer un peu, puis elle retouche son rouge à lèvres. Sa bouche lui semble écarlate, à présent. N'en fait-elle pas un peu trop ? Il ne se passera sans doute rien de spécial, après tout… Elle sera sûrement de retour vers 22 h 30. Elle termine son grand verre de vodka tonic, grimace en sentant l'alcool se mélanger à son haleine mentholée (elle vient de se laver les dents), met ses clés dans son plus beau sac à main et referme la porte de l'appartement derrière elle.

Le téléphone se met à sonner.

Elle s'arrête au milieu du couloir. Doit-elle aller répondre ? Elle est déjà en retard à son rendez-vous. Et à cette heure-ci, ce ne peut être que sa mère ou sa sœur, impatientes de savoir comment s'est passé son entretien d'embauche. Elle entend l'ascenseur s'ouvrir au bout du couloir. Elle court pour l'attraper et s'engouffre dans la cabine à l'instant où les portes se referment. Dans son petit appartement, son répondeur vient de prendre l'appel.

« ... laissez un message après le signal sonore. Je vous rappellerai dès mon retour ! »
« Salut, Emma, c'est Dexter. Euh... Qu'est-ce que je voulais dire, au fait ? Ah oui. Je voulais te dire que je suis à la gare près de la maison, je viens de voir maman et... je me demandais ce que tu faisais ce soir. J'ai des billets pour la première de *Jurassic Park* ! Le film va commencer sans nous, maintenant, mais on pourrait aller à la soirée de lancement, après la projection. Qu'est-ce que t'en penses ? Allez, laisse-moi t'inviter ! Y aura la princesse Diana, en plus ! Désolé de bavasser comme ça, mais je reste en ligne au cas où tu viendrais de rentrer chez toi. Décroche, Emma. Décroche décroche décroche ! Non ? T'es vraiment pas là ? Ah, merde. Je viens juste de me rappeler un truc... C'est ce soir que tu vas à ton superrendez-vous, non ? Ouais, c'est ce soir. Bon, amuse-toi bien, alors. Rappelle-moi quand tu rentres – *si* tu rentres dormir chez toi. Tu me raconteras comment ça s'est passé. Tu promets, hein ? Rappelle-moi dès que tu rentres. Je... Je... »
Il bredouille, reprend son souffle et continue :
« J'ai vraiment passé une sale journée, Em. J'ai fait une grosse connerie. » Il ne se résout pas à raccrocher. Il devrait le faire, pourtant. Mais il veut voir Emma ce soir. Il veut la voir et lui confesser ses

péchés. Pourquoi faut-il qu'elle soit partie à ce rendez-vous ? Il se force à sourire avant de conclure : « Je t'appelle demain, de toute façon. Je veux tout savoir ! Bourreau des cœurs, va ! » Il raccroche. Bourreau des cœurs, va.

Le train arrive. Il entend le grondement sur les rails – mais il ne peut pas partir maintenant. Pas dans cet état. Il prendra le suivant. La locomotive entre en gare, les wagons s'immobilisent. Le conducteur laisse poliment tourner le moteur comme s'il attendait que Dexter se décide à monter. Recroquevillé derrière la carapace en plastique de la cabine téléphonique, il sent son visage se plisser, sa respiration s'accélérer. Incapable de retenir ses larmes, il les laisse rouler sur ses joues. C'est purement chimique, de toute façon.

7

Drôle, si poss.

JEUDI 15 JUILLET 1993
2ᵉ partie : la soirée d'Emma

Covent Garden et King's Cross

Assis seul à une table pour deux dans un restaurant italien de Covent Garden, Ian Whitehead jeta un œil à sa montre : quinze minutes de retard. Ça fait certainement partie du jeu, décida-t-il. Séduire, c'est jouer au chat et à la souris, non ? Eh bien, que la partie commence ! Il trempa son pain *ciabatta* dans la petite soucoupe remplie d'huile d'olive comme s'il plongeait un pinceau dans un pot de peinture, ouvrit le menu et réfléchit à ce qu'il pouvait commander sans risquer de se ruiner.

Sa carrière de comique ne lui avait pas apporté la fortune et la gloire escomptées. Il n'était toujours pas passé à la télé et peinait encore à boucler ses fins de mois. Les journaux proclamaient à longueur d'année dans leurs suppléments du dimanche que le stand-up était le nouveau rock and roll. Dans ce cas, pourquoi jouait-il les Monsieur Loyal dans des cabarets de seconde zone ? Comment expliquer qu'il en soit encore réduit à écumer les scènes ouvertes des pubs de banlieue le mardi soir ? Il s'était pourtant adapté aux nouvelles tendances, délaissant les imitations et les sketches politiques pour se recentrer sur le comique de caractère, le surréalisme, les chansons potaches et les saynètes improvisées. Bref, il se démenait, mais personne ne riait. Son incursion au royaume de la provocation lui avait valu quelques coups de poing, et son passage dans l'équipe d'improvisateurs d'un café-théâtre ouvert aux jeunes talents le dimanche soir lui avait prouvé qu'il pouvait être sinistre avec une parfaite spontanéité. Malgré tout, il persévérait. Et continuait vaillamment d'arpenter Londres et sa très grande banlieue à la recherche du fou rire qui ferait décoller sa carrière.

Il se demandait parfois si son nom ne constituait pas un obstacle. Ian Whitehead – Jean Têteblanche. Ça manquait de panache. Il avait envisagé de prendre un pseudo, un prénom simple, viril et facile à retenir, comme Matt, Ben ou Jack, mais il hésitait à sauter le pas. Au fond, il n'avait pas encore trouvé son style, sa marque de fabrique. En attendant, il bossait chez Sonicotronics, une boutique d'électronique où des jeunes hommes maladifs, perpétuellement en tee-shirt, vendaient des barrettes de mémoire et des cartes graphiques à des jeunes hommes maladifs, également en tee-shirt. Son salaire n'était pas mirobolant, mais il finissait tôt, ce qui lui permettait de profiter des scènes ouvertes. Et il testait fréquemment ses nouveaux sketches sur ses collègues.

Sonicotronics avait un autre avantage – prodigieux, celui-là : la boutique était située sur Tottenham Court Road. Là où Emma Morley était venue faire des achats le mois précédent. Ian était sorti déjeuner à l'heure habituelle. Il s'était arrêté devant les bureaux de l'Église de scientologie et s'interrogeait sur l'opportunité de se soumettre à leur test de personnalité quand il l'avait aperçue : elle descendait l'avenue, dissimulée derrière un énorme panier en osier. Il avait couru vers elle. Quand il l'avait enlacée, Tottenham Court Road s'était illuminée, basculant dans un monde merveilleux.

Ce soir, à l'occasion de leur deuxième sortie ensemble, il l'attendait donc au Forelli, un resto italien chic et branché de Covent Garden. Il aurait préféré manger un curry – il aimait les nourritures salées, épicées et croustillantes –, mais il en savait assez sur les femmes et leurs caprices pour veiller à lui offrir les légumes qu'elle ne manquerait pas de réclamer. Il regarda de nouveau sa montre : vingt minutes de retard. Son estomac se noua sous l'effet conjugué de la faim et du désir. Cela faisait plusieurs années maintenant que son ventre et son cœur se nouaient d'amour pour Emma Morley. Un amour sentimental, certes. Mais aussi très charnel. Il n'avait pas oublié, il n'oublierait jamais le spectacle qu'elle lui avait involontairement offert dans la salle du personnel du Loco Caliente, où il était entré sans frapper : debout sous un rayon de lumière, vêtue d'une culotte et d'un soutien-gorge mal assortis, elle lui avait crié de « déguerpir en fermant cette putain de porte ! ». Il était sorti sur la pointe des pieds, comme on sort d'une cathédrale.

Sans savoir qu'il pensait à ses sous-vêtements, Emma observait Ian depuis l'entrée du restaurant. Il avait changé depuis l'époque du Loco Caliente, et le changement était positif. Sa couronne de petites boucles blondes avait disparu : coupés court et coiffés en arrière avec un peu de gel, ses cheveux encadraient un visage qui n'avait plus rien de naïf. Il avait troqué son air d'enfant-perdu-dans-la-grande-ville contre une expression plus... décidée. Il était presque devenu séduisant. À condition de fermer les yeux sur ses choix vestimentaires déplorables et de ne pas s'offusquer de lui voir constamment la bouche entrouverte.

Bien que novice en la matière, elle savait reconnaître un dîner galant, et celui-ci respectait toutes les règles du genre : l'établissement, qui faisait partie d'une chaîne de restos italiens, était chic sans être prétentieux, cher sans être exorbitant – le genre d'endroit où les pizzas sont parsemées de roquette. Il n'y avait ni currys ni burritos à la carte, Dieu merci. Le décor romantique frisait le ridicule sans y sombrer : il y avait des palmiers dans les coins et des bougies sur les tables. Dans la pièce voisine, un homme d'un certain âge jouait des standards de Gershwin sur un piano à queue. Il venait d'entamer *Someone to Watch Over Me* – « Quelqu'un pour veiller sur moi » – quand le maître d'hôtel s'approcha d'Emma.

« Vous cherchez quelqu'un, madame?

— J'ai rendez-vous avec le monsieur qui est là-bas. »

Lors de leur première sortie ensemble, Ian l'avait emmenée voir *Evil Dead III : l'Armée des ténèbres*, à l'Odéon, sur Holloway Road. Emma, qui n'était ni snob ni impressionnable, n'avait rien contre les films d'horreur. Elle n'en fut pas moins déconcertée par le choix de Ian. Un choix étrangement assuré, comme s'il ne craignait pas de lui déplaire. *Trois couleurs : Bleu* se jouait au cinéma d'à côté, mais non : il avait opté pour *Evil Dead* – l'histoire d'un type doté d'une tronçonneuse à la place du bras. Emma avait trouvé l'expérience agréable. Très rafraîchissante, en tout cas. Elle s'attendait à ce qu'il l'emmène dîner après le film, mais il l'avait étonnée, là encore, en se restaurant *pendant* la séance : manifestement convaincu qu'un film se regarde en mangeant, il avait englouti des nachos en entrée, un hot dog en guise de plat principal et des Maltesers en dessert, le tout arrosé d'un seau de limonade à l'ananas. Ce qui l'avait amené à ponctuer les rares scènes méditatives d'*Evil Dead III* de quelques rots tièdes et tropicaux, étouffés dans son poignet.

Malgré l'accumulation de détails navrants (la passion de Ian pour l'ultraviolence et les aliments trop salés, la moutarde qui couronnait son menton), Emma avait passé une bonne soirée. Bien meilleure qu'elle ne l'aurait cru. Lorsqu'ils s'étaient dirigés vers le pub, Ian avait insisté pour marcher au bord du trottoir afin qu'elle ne risque pas d'être « renversée par un chauffeur de bus pressé de rentrer au dépôt » – précaution démodée que personne n'avait jamais prise avec elle. En chemin, ils avaient commenté les effets spéciaux, analysant avec le plus grand sérieux la qualité des éviscérations et des décapitations. Enchanté par le film, Ian avait déclaré que c'était le meilleur de la série. Les trilogies et les coffrets, les films d'horreur et les comédies occupaient une place prépondérante dans sa vie culturelle. Leur discussion s'était poursuivie au pub, où ils avaient comparé les mérites respectifs du roman et de la bande dessinée, Ian allant jusqu'à affirmer qu'un roman graphique peut avoir autant de sens et d'impact qu'un grand classique de la littérature anglaise – *Middlemarch* de George Eliot, par exemple. Attentif et protecteur, expert dans les domaines les plus pointus, il était comme le grand frère qu'elle n'avait pas... à cette différence près qu'il souhaitait manifestement coucher avec elle. Il l'observait avec une telle intensité qu'elle porta plusieurs fois la main à son visage pour vérifier que tout était bien en place.

Il l'accueillit avec la même ferveur au Forelli's : un sourire extatique aux lèvres, il se leva avec tant d'enthousiasme qu'il se cogna contre la table et renversa son verre d'eau sur les olives.

« Veux-tu que j'aille demander une éponge ? dit-elle.

— Non, ça va. C'est que de l'eau... Je vais l'essuyer avec ma veste.

— Pas avec ta veste ! Tiens... Prends ma serviette.

— Merci. Bon... J'ai niqué les olives, façon de parler, bien sûr !

— Ah. Oui, bien sûr.

— Je blague ! » brailla-t-il comme s'il criait « Au feu ! ». Il avait un trac fou – autant que le soir de sa participation calamiteuse à une nuit de l'impro. Il s'exhorta au calme et risqua un regard vers Emma à l'instant où elle ôtait sa veste. Elle rejeta les épaules en arrière et projeta le buste en avant comme le font souvent les femmes sans savoir l'effet qu'elles produisent sur les hommes. Pour la deuxième fois de la soirée, Ian sentit son estomac se nouer de désir et d'amour. « Tu es superbe, bredouilla-t-il, incapable de contenir son admiration.

— Merci. Toi aussi ! » Il arborait la tenue réglementaire des comédiens de stand-up : veste de lin froissée sur tee-shirt noir. Et ce tee-shirt, en l'honneur d'Emma, était uni. Dépourvu de message ou de logo. Suprême élégance, donc. « Très jolie », ajouta-t-elle en désignant sa veste. Ian frotta le revers du vêtement entre son pouce et son index, l'air de dire : « Quoi ? Ce vieux truc ? »

« Puis-je prendre votre veste, Madame ? s'enquit le serveur – un beau mec tiré à quatre épingles.

— Volontiers », dit Emma. Le type s'en empara, et Ian songea qu'il devrait probablement lui donner un pourboire en partant. Aucune importance. Elle le valait amplement.

« Désirez-vous boire un apéritif ?

— Hmm... Je boirais bien une vodka tonic, répondit-elle.

— Double ? » demanda le serveur en souriant, l'incitant à la dépense.

Elle jeta un regard vers Ian : un éclair de panique dansait dans ses yeux. « Est-ce imprudent ?

— Non... Vas-y.

— D'accord. Une double, alors !

— Et vous, monsieur ?

— Je vais attendre le vin, merci.

— Et pour l'eau... je vous apporte une bouteille d'eau minérale ?

— NON ! » cria-t-il, puis, plus calmement : « Je préfère l'eau en carafe... Sauf si tu...

— Une carafe d'eau, commanda-t-elle. Ça m'ira très bien. » Le serveur tourna les talons. Emma sourit à Ian pour le rassurer. « On partagera l'addition, bien sûr. On est en 1993, non ? »

Il frémit, plus amoureux que jamais. Et protesta, uniquement pour la forme. « Je ne peux pas te laisser payer, Em : t'es encore étudiante !

— Plus maintenant. Je viens de décrocher mon diplôme, tu sais ! Et je serai bientôt enseignante... Je suis allée à un entretien d'embauche cet après-midi.

— Ah oui ? Comment ça s'est passé ?

— Très bien !

— Félicitations. C'est génial ! » s'exclama-t-il en se levant pour l'embrasser sur la joue – non, sur les *deux* joues. Quoique… Inutile d'en faire trop, une seule suffirait… Bon, allez : sur les deux joues !

Vint ensuite le moment de choisir les mets qui composeraient leur dîner. Il avait étudié le menu à l'avance pour en tirer les meilleurs calembours possibles. Il les énuméra un à un, en commençant par « C'est jeudi, c'est raviolis », tandis qu'Emma tentait de se concentrer. La présence d'un bar grillé à la carte lui permit de s'exclamer : « Un bar, ça va ; trois bars, bonjour les dégâts ! », puis il s'arrêta sur l'entrecôte « aller et retour » en demandant si le serveur la remporterait en cuisine aussitôt après l'avoir posée sur la table.

Lorsqu'il passa aux « scampi à la poudre d'escampette », Emma ne l'écoutait plus que d'une oreille. Les espoirs qu'elle avait fondés sur la soirée se réduisaient comme peau de chagrin. *Il veut me faire rire, mais il va me faire fuir, si ça continue.* C'était moins flagrant la fois précédente, quand il l'avait emmenée au cinéma : les nachos, les Maltesers et la violence du film l'avaient réduit au silence. Ce soir, leur tête-à-tête l'incitait à déployer ses (piètres) talents d'improvisateur. Emma avait l'habitude, hélas. Les garçons qu'elle avait côtoyés cette année, dans le cadre de sa formation universitaire, se transformaient tous en professionnels du rire dès qu'un petit groupe de filles se massait autour d'eux. Après quelques pintes, le vendredi soir en sortant des cours, c'était franchement insupportable : quand ils ne rivalisaient pas d'adresse avec une boîte d'allumettes, ils se lançaient dans d'interminables sketches sur les programmes télé de leur enfance ou « les superbonbons qu'on avait dans les années 1970 ». C'était maladif, chez eux. À croire qu'ils rêvaient tous de devenir artistes de cabaret ! Le pire, c'est que les filles (dont Emma faisait partie) les écoutaient en souriant, ce qui les encourageait à enchaîner blague sur blague.

Elle avala une grande gorgée de vodka. Plongé dans la carte des vins, Ian parodiait maintenant le ridicule et la prétention de certains termes œnologiques : « Une voluptueuse gorgée de feu de forêt mâtinée d'une touche de pommes caramel... », s'exclama-t-il avec emphase. Piégée. Elle était piégée par un médiocre comique de stand-up capable de se répéter à l'infini. Elle cessa de l'écouter. Et se surprit à imaginer un homme fictif, un être fantastique qui se contenterait de lire la carte et de passer commande sans prétention, mais avec autorité.

« ... parfums de lard fumé relevés d'une discrète note de girafe... »

Il cherche à m'abrutir. À me saouler de paroles. Je pourrais crier. Ou lui jeter un petit pain à la figure, mais il les a tous mangés. Elle promena un regard sur les autres clients du restaurant : chacun d'eux faisait son numéro, comme Ian. *C'est donc ça, l'amour ? Un numéro de cabaret ? Dîne avec moi, viens dans mon lit, tombe amoureuse, et je te promets des décennies de blagues ininterrompues ?*

« ... imagine ce que ça donnerait s'ils décrivaient la bière de cette façon ! » Ian continua avec l'accent de Glasgow : « Spécialement brassée pour vous, notre bière est lourde en bouche, avec une forte pointe de vieux caddies, de barres HLM et de décrépitude urbaine. Elle s'accorde à merveille avec la violence conjugale et... »

Pendant ce temps, Emma s'interrogeait sur l'origine du problème. D'où venait l'idée que les hommes devaient être drôles ? Cathy, l'héroïne d'Emily Brontë, ne se pâme pas d'amour pour Heathcliff parce qu'il la fait hurler de rire ! Le déluge de paroles auquel Ian la soumettait était d'autant plus agaçant qu'elle avait de l'affection pour lui. Elle avait envisagé cette soirée avec plaisir, avec impatience, même. Si seulement il acceptait de s'exprimer normalement ! Mais non, il continuait de pérorer... Il en était aux boissons non alcoolisées, à présent :

« Notre jus d'orange est orange avec une forte note d'oranges... »

Bon. Ça suffit, maintenant.

« Amoureusement tiré des pis de nos vaches, notre millésime 1989 existe en version entière ou demi-écrémée...
— Ian ?
— Oui ?
— Tu peux te taire, s'il te plaît ? »

Un bref silence s'ensuivit. Manifestement blessé, Ian piqua du nez dans son assiette. Un peu gênée, Emma mit son intervention sur le compte de sa double vodka tonic. « Si on prenait du valpolicella, tout simplement ? » suggéra-t-elle d'un ton enjoué pour lui faire oublier ce triste épisode.

Il consulta la carte. « Mûre et vanille, lut-il sans lever les yeux.
— Ils ont peut-être écrit ça parce que le vin a un goût de mûre et de vanille ?
— Tu aimes les mûres et la vanille ?
— J'adore ça. »

Il glissa un regard vers le prix de la bouteille en question. « Parfait. On en prend une, alors ! »

Après cette petite mise au point, Dieu merci, le dîner se passa nettement mieux.

« Salut, Emma. C'est encore moi. Je sais que t'es de sortie avec le rigolo de service, mais je voulais te dire que j'ai décidé de ne pas aller à la première, finalement. Je vais rester à la maison ce soir. Alors, quand tu rentreras – à condition que tu ne sois pas seule –, tu peux venir me rejoindre, si tu veux. Ça me ferait plaisir ! Je paierai ton taxi et tu pourras rester dormir chez moi. Qu'est-ce que t'en penses ? C'est une bonne idée, non ? Appelle-moi dès que tu rentres et commande un taxi. Voilà. À tout à l'heure, j'espère. Je t'embrasse. »

Au cours du dîner, ils évoquèrent les temps déjà anciens de leur première rencontre, trois ans plus tôt. Emma avait opté pour une soupe et un plat de poisson, tandis que Ian avait cédé à son penchant pour les glucides en commandant des pâtes à la viande, qu'il avait ensevelies sous une épaisse couche de parmesan. Rassasié, grisé par le vin rouge, il était moins nerveux. Emma se détendait, elle aussi. Elle avait un peu trop bu – et ne s'en voulait même pas. N'avait-elle pas le droit de s'amuser un peu ? Elle avait tant travaillé au cours des dix derniers mois ! Elle voulait réussir. Et elle aimait ce qu'elle faisait. Certains stages pratiques s'étaient révélés franchement terrifiants, mais elle devait admettre qu'elle s'en était bien sortie. Et qu'elle était douée pour l'enseignement. Le proviseur qui l'avait reçue cet après-midi avait sans doute pensé la même chose, puisqu'il avait souri et hoché la tête pendant toute la durée de leur entretien. Bien qu'elle ne s'autorisât pas encore à le dire, Emma était quasiment certaine d'avoir décroché le poste.

Alors, pourquoi ne pas fêter ça avec Ian ? Elle l'examina avec attention. Pas de doute : il était bien plus séduisant qu'autrefois. La preuve ? Il ne lui évoquait plus aucune machine agricole. Il n'y avait rien de délicat ni de raffiné chez lui, c'est vrai. Dans un film de guerre, il aurait été le valeureux soldat qui écrit de grandes lettres à sa mère, tandis que Dexter aurait été... un nazi déchu et décadent. Bref, Ian n'était pas flamboyant, mais… elle aimait le regard qu'il posait sur elle. Un regard plein d'affection. Oui, c'était le mot. Il était affectueux. Et manifestement ivre. Elle s'en offusqua d'autant moins qu'elle commençait à l'être aussi. Une douce torpeur l'envahissait. Comme lui, elle se sentait ivre, sensuelle et pleine d'affection.

Il vida le fond de la bouteille dans le verre d'Emma. « Et toi, tu vois encore ceux qui bossaient avec nous à l'époque ?

— Pas vraiment. J'ai croisé Scott à l'Ave César. Il était en colère, comme d'habitude. Faut dire que ce resto italien est atroce ! À part ça, il allait plutôt bien. Mais j'ai pas vraiment cherché à le revoir. Pareil pour les autres. Je préfère les éviter. C'est un peu comme si on sortait de prison : j'ai pas très envie de m'associer à mes anciens codétenus… Sauf toi, bien sûr.

— C'était pas si terrible que ça, quand même !

— Oh, si. Ces deux années-là, je ne les revivrais pour rien au monde ! » La remarque lui parut choquante (c'était la première fois qu'elle l'énonçait à voix haute), mais elle la balaya d'un haussement d'épaules. « Disons que… je n'étais pas très heureuse, à l'époque – c'est tout. »

Il sourit tristement. « C'est pour ça que tu n'as jamais répondu à mes coups de fil ?

— Je ne t'ai pas répondu ? Désolée… Oui, c'est peut-être pour ça. » Elle porta son verre à ses lèvres. « Passons à autre chose, tu veux bien ? Comment ça marche, le stand-up, en ce moment ?

— Couci-couça. Je me suis lancé dans l'impro, récemment… C'est pas facile. Faut vraiment y aller à l'intuition. Et c'est tellement imprévisible ! Certains soirs, je ne suis pas drôle du tout. Mais… ça fait partie des joies de l'impro, j'imagine ! » Emma hocha la tête, bien qu'elle n'en fût pas convaincue. « Je passe aussi le mardi soir aux Rois du Rire, à Kennington. Là, c'est un peu plus caustique. Plus centré sur l'actualité. Je fais un sketch à la Bill Hicks, le comique américain... Un truc sur les pubs débiles qui passent à la télé... »

Il se lança dans son numéro. Emma l'écouta patiemment, un sourire figé aux lèvres. Ian ne l'avait fait rire que deux fois depuis qu'elle le connaissait – dont le soir où il était tombé dans l'escalier de la cave. Elle ne le lui dirait jamais, bien sûr : il en serait mortifié. Comment expliquer un tel paradoxe ? Il avait le sens de l'humour, c'était indéniable. Mais il n'était pas drôle. Tout le contraire de Dexter, qui trouvait l'humour, comme la conscience politique, légèrement embarrassant. Presque ringard. Il ne cherchait donc jamais à faire des blagues. Et pourtant... il la faisait rire en permanence. Si fort qu'elle en pissait parfois dans sa culotte. En Grèce, par exemple, une fois réglé leur petit malentendu initial, ils avaient ri pendant dix jours d'affilée. Que faisait Dex ce soir, au fait ? se demanda-t-elle brusquement.

« Et à la télé ? Ça t'arrive de le regarder ? » s'enquit Ian.

Elle tressaillit, comme si elle venait d'être prise la main dans le sac. « Regarder qui ?

— Ton pote Dexter. Son émission débile... Tu la regardes ?

— De temps en temps. Si je tombe dessus.

— Comment va-t-il ?

— Bien. Enfin... Pas tant que ça, en fait. Il déraille un peu, en ce moment. Sa mère est malade et... il ne le prend pas très bien.

— Je suis désolé pour lui. » Bien qu'il se soit exprimé avec la compassion requise, Ian souhaitait déjà changer de sujet. Pourquoi laisser la maladie d'une inconnue assombrir la soirée ? Il opta pour une question d'ordre général : « Vous vous parlez souvent ?

— Dex et moi ? Presque tous les jours. Mais je ne le vois pas beaucoup... Entre son boulot et ses copines, il n'a pas une minute à lui, ce pauvre chéri !

— Il sort avec qui, en ce moment ?

— Aucune idée. Les filles de sa vie me font penser aux poissons rouges qu'on gagne à la fête foraine : inutile de leur donner un nom, elles sont si vite remplacées ! » La comparaison lui avait déjà servi. Elle espérait faire sourire Ian en l'employant ce soir, mais il demeura de marbre.

« Pourquoi fronces-tu les sourcils ? s'enquit-elle.

— Je ne l'ai jamais trouvé très sympathique, avoua-t-il.

— C'est vrai. Je m'en souviens, maintenant.

— J'ai essayé, pourtant.

— Faut pas te vexer, tu sais. Dex ne s'intéresse pas aux hommes. Pour lui, ils n'ont aucun intérêt.

— C'est pas ça... En fait, j'ai toujours pensé...

— Quoi ?

— Qu'il ne te méritait pas. »

« C'est encore moi ! Je vérifie si t'es rentrée... J'suis un peu paf, maintenant. Un peu sentimental. T'es vraiment quelqu'un de bien, tu sais. Ce serait génial de se voir ce soir. Appelle-moi dès que tu es arrivée, OK ? Euh... Quoi d'autre ? Rien, en fait. J'voulais juste te dire ça. Que t'es une fille super, Emma. Alors... quand tu rentres, tu m'appelles, d'accord ? »

Ils étaient déjà saouls quand ils entamèrent leur deuxième cognac. Et ils n'étaient pas les seuls : tout le monde semblait saoul, à présent – même le pianiste aux cheveux gris : pris de frénésie, il massacrait *I Get a Kick Out of You*, de Cole Porter, en appuyant sur la pédale de son instrument comme s'il était au volant d'une voiture brusquement privée de freins. Forcée de hausser la voix pour se faire entendre, Emma avait l'impression de hurler, d'autant qu'elle décrivait son nouveau métier avec passion.

« C'est un gros lycée public du nord de Londres. Si j'ai le poste, j'enseignerai principalement l'anglais... Un peu de théâtre, aussi. Ça me plaît, là-bas. Il y a une vraie mixité sociale, rien à voir avec les collèges des banlieues chics où ils sont tous au garde-à-vous quand tu entres dans la classe ! Les gamins seront sûrement un peu difficiles, mais ça ne m'ennuie pas. Enfin, je dis ça maintenant, mais ils vont me dévorer toute crue, ces petits salauds ! » Elle fit tournoyer le cognac au fond de son verre comme elle l'avait vu faire au cinéma. « Je m'y vois déjà, assise sur mon bureau, en train de leur parler de Shakespeare... Je leur dirai que c'était le premier rappeur de tous les temps, et ils m'écouteront, la bouche ouverte, les yeux ronds comme des billes... Complètement hypnotisés ! Je me dis qu'ils me porteront sur leurs jeunes épaules... Ne ris pas ! C'est vraiment comme ça que j'imagine ma vie de prof : partout où j'irai – dans les couloirs du lycée, sur le parking, à la cantine –, je serai transportée sur les épaules de gamins en adoration devant moi. Je serai une de ces profs *Carpe diem* qui...

— Excuse-moi. Je n'ai pas compris... Tu seras une prof quoi ?

— *Carpe diem.*

— *Carpe...* ?

— *Carpe diem.* C'est une citation latine qui signifie "Cueille le jour". Profite de la vie, quoi !

— C'est *ça* que ça veut dire ? J'ai toujours cru que cette expression faisait référence aux carpettes ! » Emma laissa échapper un petit rire poli, que Ian prit pour un encouragement. « Si seulement je l'avais su plus tôt... Quand je pense à toutes ces années que j'ai passées à essayer de cueillir la moquette... ! »

Ça suffit. « Ian ? Arrête, s'il te plaît.

— Pardon ?

— Arrête ton numéro. » Il se raidit, manifestement blessé. Navrée, elle se pencha pour lui prendre la main. « Écoute... Rien ne t'oblige à être drôle. Je ne t'en voudrais pas si tu cessais de commenter tout ce que tu vois. Et je ne te demande pas non plus de faire dix blagues à la minute... On n'est pas à une soirée d'impro ! C'est juste un dîner entre amis. Un moment où on se parle et on s'écoute – rien de plus.

— Désolé, je...

— T'es pas le seul, tu sais. Tous les mecs font pareil ! Ça me rend dingue. Crois-moi, je donnerais tout l'or du monde pour avoir en face de moi un type qui se contenterait de me parler et de m'écouter ! » Elle savait qu'elle allait trop loin, mais elle poursuivit sur sa lancée. « Je ne comprends pas pourquoi tu t'obstines à faire un tel cirque. C'est un dîner, pas une audition !

— Un peu quand même, non ?

— Pas avec moi. Ça ne devrait pas l'être, en tout cas.

— Désolé.

— Arrête de t'excuser.

— Bon... D'accord. »

Il demeura silencieux un long moment – si long qu'Emma commença à s'en vouloir. Elle n'aurait pas dû s'épancher ainsi. Ça ne donnait rien de bon, en général. Elle était sur le point de lui présenter ses excuses quand il poussa un soupir.

« Imagine ce que c'est d'être un gamin ordinaire, un petit gars ni brillant, ni beau, ni spécialement populaire, murmura-t-il en posant sa joue au creux de sa paume. Personne ne fait attention à toi... Et puis, un beau matin, tu dis un truc et quelqu'un éclate de rire. Alors, tu t'agrippes à ça. Tu cours comme un pied, t'as une grosse tête et de grosses cuisses et les filles te regardent même pas... mais tu fais rire les gens, au moins ! Ça te rassure... Et puis, c'est tellement agréable de faire rire que tu deviens un peu accro. Tu veux faire rire tout le monde, maintenant. Et quand tu n'y arrives pas, t'as l'impression d'être un minable. Un moins que rien. » Les yeux baissés, il forma une petite pyramide en rassemblant les miettes éparpillées sur la nappe. « Je pensais que tu me comprendrais. Parce que t'as déjà ressenti ça, toi aussi. »

Emma porta la main à son cœur. « Moi ?

— Oui, toi. Ça t'arrive de faire ton numéro.

— Pas du tout !

— Cette histoire de poisson rouge, tu me l'as déjà sortie.

— Non, je... Bon, et alors ?

— Eh bien... Parfois, on est un peu pareils, tous les deux. »

« Certainement pas ! » faillit-elle répondre, outrée. Comment pouvait-il dire une chose pareille ? Mais il lui souriait si... Quel était le mot, déjà ? Ah oui : si *affectueusement*, qu'elle retint sa langue. Elle avait été dure avec lui, de toute façon. Mieux valait s'amender. « Je ne te crois pas, répliqua-t-elle en haussant les épaules.

— Tu ne crois pas quoi ?

— Que les filles ne te regardaient pas, quand tu étais au lycée. »

Il prit une voix de fausset pour répliquer : « Les faits sont incontestables, Votre Honneur. Et ça continue, en plus !

— Arrête... Et moi, alors ? Je suis là, non ? » Il garda le silence. J'ai vraiment trop bu, songea-t-elle. Gênée, elle baissa les yeux. Et entreprit, elle aussi, de former un petit tas de miettes près de son assiette. « Je me disais justement que tu t'étais beaucoup arrangé, ces derniers temps. Physiquement, je veux dire. »

Il prit son ventre à deux mains. « Je me suis acheté un vélo d'appartement. »

Elle rit – presque spontanément, cette fois – et releva les yeux vers lui. Il n'était pas si laid que ça, en fait. Il n'avait rien d'un mannequin, c'était sûr. Mais il avait un regard franc, un air honnête et droit. L'air d'un homme bien, quoi. Elle savait qu'il essaierait de l'embrasser en sortant du restaurant. Et qu'elle le laisserait faire.

« On devrait y aller, murmura-t-elle.

— Je vais demander l'addition. » Il fit signe au serveur de leur apporter la note. « C'est marrant, le petit geste qu'on fait dans ces cas-là, commenta-t-il. Un genre de mime, en fait... Comme si on remplissait un chèque. Je me demande bien qui a pu avoir une idée pareille ! Parce que franchement...

— Ian ?

— Quoi ? Oh, pardon. Désolé. »

Ils partagèrent l'addition, comme convenu. Au moment de sortir, Ian fit mine de se prendre la porte dans la figure. « C'est pour te montrer l'étendue de mon talent... »

Ils traversèrent la place, encore animée à cette heure tardive. De gros nuages violets s'amoncelaient dans le ciel sombre. L'air nocturne, délicieusement tiède, semblait ferreux, comme toujours avant un orage. Emma savourait son ivresse avec gourmandise. Ses lèvres avaient un goût de cognac – c'était divin ! Elle avait toujours détesté Covent Garden, sa gaieté forcée, ses joueurs de flûte péruviens, ses jongleurs... mais ce soir, l'atmosphère qui régnait dans le quartier lui semblait plaisante et naturelle. Tout comme il était plaisant et naturel de marcher au bras de cet homme qui avait toujours été si gentil, si attentif envers elle – même s'il tenait sa veste de manière ridicule, un doigt glissé sous l'étiquette pour la retenir sur son épaule. Elle leva les yeux vers lui. Et le vit froncer les sourcils.

« Qu'est-ce qui ne va pas ? demanda-t-elle en serrant son bras contre le sien.

— Oh, rien. C'est juste que... j'ai l'impression d'avoir un peu gâché la soirée. J'étais nerveux, je voulais trop bien faire, j'ai accumulé les remarques stupides... C'est tout le problème des comiques de stand-up, d'ailleurs.

— Comment ça ? Je croyais que le vrai problème, c'était le style vestimentaire !

— Non... Le vrai problème, c'est que les gens s'attendent toujours à ce que je sois en mode comique. Du coup, même quand je bosse pas, je cours après les rires et... »

Elle posa les mains sur ses épaules, se dressa sur la pointe des pieds et l'embrassa. Pour changer de sujet. Et aussi parce qu'elle en avait envie. Ses lèvres étaient humides, mais chaudes. « Mûre et vanille », murmura-t-elle. Ce n'était pas tout à fait vrai, puisque sa bouche avait un goût de vin et de parmesan. Aucune importance. Il rit, et elle recula d'un pas, emprisonna son visage dans ses mains et le regarda avec attention. Il semblait sur le point de pleurer de gratitude. Émue, elle se félicita d'avoir pris l'initiative.

« Emma, je voudrais juste te dire que... » Il la couva d'un regard solennel avant de reprendre : « T'es la crème de la crème. La PP faite femme.

— La *pépée* ?

— La Putain de Perfection.

— Hmm. Toi et tes mots doux... Viens. Allons chez toi avant qu'il se mette à pleuvoir. »

« Devine qui c'est ? Il est 11 heures et demie, maintenant ! Où t'es passée, vilaine ? T'as pas l'intention de découcher, quand même ? Bon... Appelle-moi quand tu rentres, même s'il est très tard. Je bouge pas d'ici. Allez, ciao. Ciao. »

Situé au rez-de-chaussée sur Caledonian Road, à deux pas de King's Cross, le studio de Ian était plongé dans l'obscurité. Seuls les réverbères et les phares des bus à impériale qui empruntaient périodiquement l'avenue éclairaient la petite pièce. Qui vibrait plusieurs fois par minute, à chaque passage de métro sur la *Piccadilly*, la *Victoria* et la *Northern Lines* – sans compter les secousses provoquées par les bus 30, 10, 46, 214 et 390. En termes de transports publics, c'était sans doute l'appart le mieux desservi de Londres. Le reste... était tout simplement infernal. Allongée sur le canapé-lit, les collants retroussés sur les cuisses, Emma sentit tout son corps trembler au passage d'un énième train.

« Et celui-là, c'était quoi ? » demanda-t-elle.

Ian tendit l'oreille. « *Piccadilly Line*, vers l'est.

— Comment tu fais pour supporter un tel boucan ?

— C'est une question d'habitude. Et j'ai des boules Quies, ajouta-t-il en désignant les deux gros asticots de cire grisâtre posés sur le rebord de la fenêtre.

— Oh. C'est bien, ça !

— Oui... Sauf que j'ai oublié de les enlever l'autre jour. J'ai cru que j'avais une tumeur au cerveau. J'avais l'impression de jouer dans Les *Enfants du silence.* »

Elle rit, puis gémit tandis qu'une nouvelle vague de nausée lui soulevait l'estomac. Il lui prit la main.

« Tu te sens mieux ?

— Pas trop mal. Sauf quand je ferme les yeux. » Elle se tourna vers lui et repoussa la couette. Dépourvue de housse, cette dernière était brunâtre – comme une soupe aux champignons, pensa-t-elle en réprimant un haut-le-cœur. Le studio sentait l'homme seul : une odeur de moisi et de poussière semblable à celle qu'on respire dans les brocantes de quartier. « J'aurais pas dû prendre un deuxième cognac. » Il sourit, mais son expression, révélée par le passage d'un bus, lui parut sinistre. « Tu m'en veux ? reprit-elle.

— Bien sûr que non. Mais... mets-toi à ma place ! J'étais en train de t'enlacer quand tu t'es levée en disant que t'avais envie de vomir...

— Je t'ai dit que c'était à cause du cognac ! À part ça, je suis vraiment contente d'être ici avec toi – je t'assure. Je vais attendre que ça passe, c'est tout. Viens là... » Elle s'assit pour l'embrasser, mais les baleines métalliques de son soutien-gorge (pourtant sexy en diable) se coincèrent sous ses aisselles. « Aïe, aïe, aïe ! » Elle le rajusta, puis laissa tomber sa tête entre ses genoux. Ian lui frotta doucement le dos, comme une vieille infirmière. J'ai tout gâché, songea-t-elle avec embarras. « Je crois que je vais rentrer.

— Bon. Si c'est ce que tu veux. »

Un autre bus remonta l'avenue. Pris dans le faisceau des phares, ils écoutèrent le bruit des pneus sur le bitume mouillé.

« Et celui-ci ?

— C'est le 30. »

Elle tira sur ses collants, puis se leva en chancelant et fit pivoter sa jupe sur ses hanches. « J'ai passé une supersoirée !

— Moi aussi.

— Mais j'ai vraiment trop bu et...

— Moi aussi.

— ... je préfère rentrer me coucher.

— Je comprends. Quand même... C'est dommage, non ? »

Elle regarda sa montre. 23 h 52. Un métro passa en trombe, lui rappelant qu'ils étaient au-dessus d'une des plus grosses stations de la capitale. Cinq minutes de marche jusqu'à King's Cross, une dizaine de stations sur la *Piccadilly Line*... Elle serait chez elle à minuit et demi au plus tard. Elle jeta un œil vers la fenêtre mouillée de pluie. L'averse n'avait pas forci. Parfait.

Mais voulait-elle *vraiment* rentrer chez elle ? Toute la question était là. Elle se vit traverser les rues désertes de son quartier pour regagner son appartement. Puis fouiller dans son sac pour trouver ses clés. Ses vêtements mouillés lui colleraient à la peau. Elle pousserait la porte – personne pour l'accueillir, bien sûr. Elle se vit allongée, seule dans son grand lit, encore saoule, ressassant ses regrets. Le Tahiti se cabrerait sous ses reins, le plafond tournoierait au-dessus de sa tête... Ne valait-il pas mieux rester ici ? Bénéficier d'un peu de chaleur et d'affection ? Partager un peu d'intimité ? Ça lui arrivait si rarement... Ou préférait-elle ressembler aux filles qu'elle voyait parfois dans le métro : pâles, les traits tirés, la bouche pâteuse, l'air maussade dans leur robe froissée ? La pluie frappa aux carreaux. Plus fort, cette fois.

« Tu veux que je te raccompagne jusqu'à King's Cross ? suggéra Ian en remettant son tee-shirt dans son pantalon. À moins que...
— Oui ?
— À moins que tu restes ici ? Le temps de te sentir mieux, je veux dire. Je te prendrais juste dans mes bras. Ça te ferait peut-être du bien ?
— Quoi – un câlin ?
— Oui, un câlin. Quoique... On pourrait aussi ne rien faire. Dormir côte à côte, raides comme des piquets et rouges d'embarras, jusqu'à demain matin. »
Elle sourit. Il sourit à son tour, les yeux pleins d'espoir.
« Mon produit à lentilles ! s'exclama-t-elle. Je l'ai pas pris avec moi.
— J'en ai, si tu veux.
— Ah bon ? Je savais pas que tu portais des lentilles.
— Tu le sais, maintenant... Tu vois ? On a plein de points communs, finalement ! » Il sourit. Elle aussi. « Je crois même que j'ai une autre paire de boules Quies.
— Sacré Ian. Tu sais t'y prendre avec les femmes, toi ! »

« Décroche, décroche, décroche. Il est presque minuit, maintenant ! Et à minuit pile, je vais me transformer en... en quoi, au fait ? En imbécile, sûrement. Enfin, si tu as ce...
— Allô ?
— Tu es là !
— Salut, Dexter.
— Je ne t'ai pas réveillée, au moins ?
— Non, je viens de rentrer. Tu vas bien ?
— Pas trop mal.
— T'es sûr ? T'as l'air complètement défoncé.

— Oh... J'organise une petite soirée, en fait. Avec moi-même. C'est très intime.
— Tu peux baisser la musique ? J'entends rien.
— Attends... Voilà. C'est mieux, là ? Bon, je voulais te proposer de venir, en fait. Il y a du champagne, de la musique, un peu de came... Allô ? Allô ? T'es toujours là ?
— On avait décidé de ne plus faire ce genre de trucs. C'est pas une bonne idée.
— Ah bon ? Je trouve que c'est une excellente idée, au contraire.
— Écoute, Dex, tu peux pas m'appeler à minuit et t'attendre à ce que je...
— Naomi... Viens, s'il te plaît ! J'ai besoin de toi.
— Non !
— Tu pourrais être là dans une demi-heure.
— Non ! Il pleut des cordes, en plus.
— Et alors ? Prends un taxi. Je te le paierai.
— Je t'ai dit non !
— J'ai vraiment besoin de voir quelqu'un ce soir.
— Appelle Emma !
— Elle est sortie. De toute façon, c'est pas ce genre de compagnie qu'il me faut. Tu vois ce que je veux dire, non ? Sérieusement, si je ne touche pas quelqu'un cette nuit, je crois que je vais mourir.
— ...
— Je sais que t'es là. Je t'entends respirer.
— Bon. C'est d'accord.
— Tu viens ?
— Oui. Je serai là dans une demi-heure. Arrête de boire. Et attends-moi.
— Naomi ? Est-ce que tu te rends compte ?
— Quoi encore ?
— Tu te rends compte que t'es en train de me sauver la vie ? »

8

Show-business

VENDREDI 15 JUILLET 1994

Leytonstone et l'Isle of Dogs

Emma Morley mange correctement et ne boit qu'avec modération. Elle dort huit heures par nuit et se réveille d'elle-même quelques minutes avant 6 h 30. Elle commence par avaler un grand verre d'eau (les vingt-cinq premiers centilitres de son litre et demi quotidien), tiré de la carafe (toujours accompagnée de son verre assorti) qui se dresse, dans un rayon de lumière matinale, près de son grand lit double.

Le radio-réveil se déclenche à l'heure dite, mais elle s'autorise à rester quelques instants de plus au lit pour écouter les informations. John Smith, le chef du Parti travailliste, est mort d'une crise cardiaque deux mois plus tôt. Le flash d'informations débute par un compte-rendu de la cérémonie funèbre qui s'est tenue la veille à Westminster Abbey. L'ensemble de la classe politique lui a rendu hommage, précise la journaliste, certains allant même jusqu'à dire qu'il « aurait pu être notre meilleur Premier ministre ». En coulisse, les spéculations vont bon train quant à sa succession, le nouveau chef du mouvement n'ayant pas encore été désigné. Et si je m'inscrivais au Parti travailliste ? se dit Emma, pour la énième fois depuis que son adhésion à la campagne pour le désarmement nucléaire est arrivée à expiration, des années auparavant.

Le sujet suivant lui arrache un soupir de lassitude. *Encore la Coupe du monde de foot !* Elle repousse sa couette d'été, chausse ses vieilles lunettes à grosse monture et se faufile entre le lit et le mur pour rejoindre la minuscule salle de bains.

« Attends une minute ! » s'écrie une voix masculine lorsqu'elle ouvre la porte. Elle referme vivement le battant – pas assez vite, cependant, pour échapper à la vision de Ian Whitehead plié en deux sur le siège des toilettes.

« T'aurais pu fermer à clé, Ian !
— Désolé ! »

Emma tourne les talons et se remet au lit. Elle écoute de mauvaise grâce le reste des informations – la journaliste est passée à la météo agricole –, ponctuées par la cacophonie qui s'échappe de la salle de bains : Ian tire une première fois la chasse d'eau, se mouche bruyamment, puis retire la chasse d'eau. Il finit par apparaître sur le seuil, le nez rouge, les yeux brillants – un vrai martyr. Les fesses à l'air, il ne porte qu'un tee-shirt noir. Trop court, évidemment. Aucun homme au monde ne peut, avec un tel look, échapper au ridicule. Ian ne fait pas exception à la règle. Gênée, Emma se force à le regarder dans les yeux tandis qu'il lâche un soupir déchirant.

« Eh bien... Je m'en souviendrai, je t'assure !

— Ça ne va pas mieux ? » Elle ôte ses lunettes. Autant éviter le spectacle, en fait.

« Pas vraiment, gémit-il en se massant le ventre. J'ai la courante, maintenant. » Il s'exprime à voix basse, d'un air douloureux. Emma sait qu'elle devrait compatir – Ian est un mec génial, vraiment. Mais l'expression « J'ai la courante » lui donne envie de lui claquer la porte au nez.

« Je t'ai pourtant dit que ce bacon était périmé, mais...

— Ce n'est pas ça qui...

— ... tu n'as pas voulu me croire. D'après toi, le bacon ne se périme pas, c'est ça ? Il est *fumé*.

— J'ai dû choper un virus...

— Il y en a un qui traîne au lycée en ce moment. Les gamins l'ont tous attrapé. Je te l'ai peut-être refilé sans le savoir. »

Il ne la contredit pas. « J'ai pas dormi de la nuit. Je suis vraiment patraque.

— Je sais bien, mon chéri.

— La diarrhée en plus de la sinusite, c'est vraiment...

— Une combinaison gagnante. Comme la musique et le clair de lune.

— Je déteste avoir la crève en été !

— Tu n'y peux rien, dit-elle en s'asseyant au bord du lit.

— C'est sûrement une gastro-entérite, poursuit-il avec une délectation évidente.

— Ça m'en a tout l'air, en effet.

— Je me sens tellement... » Il serre les poings et cherche le terme qui résumera le mieux l'injustice de la situation. « Tellement engorgé ! Je peux pas aller bosser dans cet état.

— N'y va pas, alors.

— Mais il faut que j'y aille !

— Alors, vas-y.

— Comment veux-tu que j'y aille ? J'ai l'impression d'avoir deux litres de mucus dans les sinus. » Il pose une main en travers de son front. « Deux litres de morve coincée sous les sourcils.

— Merci. Cette image va m'accompagner toute la journée.

— Désolé. C'est comme ça que je me sens, c'est tout. » Il se faufile contre le mur pour accéder à son côté du lit et se glisse sous la couette avec un soupir à fendre l'âme.

Emma se lève aussitôt. Pas question de se disperser. Le jour J est arrivé. La première de la comédie musicale *Oliver !* aura lieu ce soir au lycée de Leytonstone, dans la banlieue de Londres, et si elle ne veille pas au grain, le pire peut arriver.

Pour Dexter Mayhew aussi, le jour J est arrivé. Couché dans ses draps froissés et humides de sueur, les yeux grands ouverts, il imagine les pires catastrophes. Le lancement de sa nouvelle émission aura lieu ce soir. En direct, sur une des grandes chaînes nationales. C'est un véhicule, se répète-t-il. Un véhicule pour son talent – mais quel talent ? Ce matin, il a le sentiment d'en être complètement dépourvu.

La veille, il s'est mis au lit comme un enfant sage. Il était seul, parfaitement sobre, et la nuit n'était pas encore tombée. Il comptait dormir tout son saoul et se réveiller en pleine forme, l'esprit vif et le teint frais. Peine perdue : il n'a quasiment pas fermé l'œil. Et se sent exténué, ivre d'anxiété. La sonnerie du téléphone le fait sursauter. Qui peut appeler à une heure pareille ? Le répondeur s'enclenche, et Dexter s'entend inciter son correspondant à laisser un message. « Allez – dites-moi tout ! » lance-t-il d'un ton mondain et sûr de lui. *Merde. C'est nul. Faut vraiment que je change d'annonce.*

La machine émet un signal sonore, puis la voix de son correspondant s'élève dans la pièce. « Allô ? T'es pas là ? Bon. Salut, c'est moi. » Emma. Ses inflexions familières suffisent à le rassurer, comme toujours. Il s'apprête à se lever pour décrocher – puis se ravise en se rappelant qu'ils se sont disputés récemment. Et qu'il s'est promis de bouder un petit moment. « Désolée de t'appeler si tôt, mais certains d'entre nous ont un *vrai* boulot. Moi, par exemple. Bon... Je voulais juste te souhaiter bonne chance pour ce soir. C'est le grand soir, pas vrai ? Sérieusement, Dex. Je pense à toi. Tout va très bien se passer. Je n'ai aucun doute. Tu seras parfait, plus que parfait, même. Habille-toi correctement, ne prends pas l'accent cockney, et tout ira bien, tu verras ! Je sais que tu m'en veux de ne pas venir assister au tournage, mais je serai devant ma télé à t'applaudir comme une idiote et... »

Il est debout, à présent. Nu, les yeux rivés sur la machine. Décrochera ? Décrochera pas ? Il n'arrive pas à trancher.

« Je sais pas à quelle heure je rentrerai. Tout dépend d'*Oliver !*. Les aléas du show-business, tu connais ça mieux que moi ! Allez... je te laisse. Bonne chance, Dex. Je pense à toi ! Ah oui, encore un truc : faut *vraiment* que tu changes le message d'annonce sur ton répondeur. Ciao ! »

Il tend la main vers l'appareil – trop tard : elle a raccroché. Il pourrait la rappeler... mais, d'un point de vue stratégique, il ferait mieux de s'abstenir. Et de bouder encore un peu. Leur dernière entrevue s'est mal passée : ils se sont encore disputés. Emma est persuadée qu'il n'aime pas son mec. Et malgré ses dénégations enflammées, Dex doit bien admettre qu'elle a raison : il n'aime pas ce type.

Il a essayé, pourtant. Il a *vraiment* essayé. Ils sont allés au cinéma tous les trois ; ils ont dîné ensemble à plusieurs reprises ; ils se sont retrouvés dans des vieux pubs minables, où Dexter souriait stoïquement pendant que Ian butinait le cou d'Emma (deux tourtereaux devant leurs pintes : pathétique) ; ils ont joué au Trivial Pursuit chez elle, sur la petite table de cuisine de son minuscule appartement d'Earls Court (la partie était si acharnée que Dex avait l'impression de boxer à mains nues) ; il a même accepté de se joindre aux employés de Sonicotronics pour aller applaudir Ian au Labo du Rire, à Mortlake (assise près de lui, Emma souriait nerveusement et lui donnait de petits coups de coude chaque fois qu'il était censé s'esclaffer).

Rien n'y fait. Même en se tenant à carreau, Dex ne parvient pas à faire illusion. Entre Ian et lui, l'hostilité est tangible. Et réciproque : Whitehead ne manque jamais une occasion de le dénigrer aux yeux d'Emma, le traitant à mots couverts d'imposteur, sous prétexte qu'il est connu ; de snob et de minet, sous prétexte qu'il préfère les taxis aux bus de nuit, les clubs privés aux salles enfumées des pubs, les bonnes tables aux plats à emporter. Le pire, c'est qu'Emma se joint à ce concert de récriminations : elle pointe ses moindres défaillances, elle aussi. À croire qu'ils ne se rendent pas compte du mal qu'il se donne pour résister aux sirènes du succès ! Ce n'est pas si facile de garder la tête froide quand tout va à cent à l'heure... Ils devraient s'en apercevoir, non ? Mais s'il a le malheur de s'emparer de l'addition à la fin du repas, ou s'il propose de leur payer un taxi pour leur éviter de prendre le bus, ils se raidissent et se renfrognent comme s'il les avait insultés.

Pourquoi ne peuvent-ils pas se réjouir de son succès et le remercier de ses largesses, tout simplement ? Leur dernière rencontre – une soirée vidéo calamiteuse au cours de laquelle ils ont « maté » *Star Trek* sur un canapé défraîchi et bu de la bière en cannette, une assiette de curry sur les genoux (son pantalon Dries van Noten ne s'en est pas remis) – a porté l'exaspération de Dexter à son comble. Trop, c'est trop. À partir de maintenant, s'il continue à voir Emma, il la verra seule.

Force lui est d'admettre qu'il se comporte de manière irrationnelle et déraisonnable. Il est devenu... quoi ? Jaloux ? Non. Pas jaloux. Mais... plein de ressentiment, ça oui. Il a toujours pensé qu'Emma serait là, prête à voler à son secours, chaque fois qu'il aurait besoin d'elle. Elle fait office de service d'urgence, en quelque sorte. Depuis la mort de sa mère, en décembre dernier, et le cataclysme qui s'est ensuivi, ce besoin s'est accru : il s'est mis à compter de plus en plus sur Emma – alors qu'elle est de moins en moins disponible. Autrefois, elle répondait immédiatement à ses messages ; maintenant, plusieurs jours s'écoulent avant qu'elle ne vienne aux nouvelles. « J'étais avec Ian ! » lâche-t-elle en guise d'explication. Mais *où* étaient-ils ? Que font-ils ensemble ? Ils s'achètent des meubles ? Ils « matent » des vidéos ? Ils participent à des soirées quiz dans les pubs d'Earls Court ? Ian a même rencontré Jim et Sue, les parents d'Emma. « Ils l'adorent », assure-t-elle. Pourquoi Dex ne les a-t-il jamais rencontrés, lui ? Ne l'aimeraient-ils pas davantage ?

Ce qui l'agace le plus, c'est qu'Emma semble se réjouir de la situation. La distance qui s'est creusée entre eux ne la trouble pas, au contraire : elle la savoure. Elle chérit son indépendance toute neuve, et lui jette son bonheur à la figure comme si elle voulait lui donner une leçon. « Tu ne peux quand même pas t'attendre à ce que tout tourne autour de toi ! » lui a-t-elle asséné l'autre jour d'un air triomphal. Il venait de comprendre qu'elle n'avait pas l'intention d'assister au tournage de sa nouvelle émission, alors qu'il comptait sur sa présence dans le studio pour le rassurer. D'où leur dispute.

« Qu'est-ce que tu veux que j'y fasse ? C'est pas de ma faute si ta première a lieu le 15 juillet ! Tu veux que j'annule *Oliver !*, c'est ça ?

— Bien sûr que non... T'as qu'à venir après !

— Non ! C'est à l'autre bout de la ville !

— Et alors ? Je t'enverrai une voiture !

— Arrête... Faudra que je parle aux gamins, aux parents...

— Pourquoi ?

— Parce que c'est mon boulot, Dex ! »

Il s'est montré désagréable, c'est sûr, mais il tenait tellement à ce qu'elle soit sur le plateau ce soir ! Ça l'aurait beaucoup aidé. Il se comporte toujours mieux en sa présence. Elle fait de lui quelqu'un de bien. Les amis sont là pour ça, d'ailleurs : ils vous hissent au meilleur de vous-mêmes et vous maintiennent au top. Emma est son talisman, son porte-bonheur. Ce sera terrible de ne pas la voir dans le public. Et sa mère qui ne sera pas là non plus... Il sera complètement perdu !

Il passe un long moment sous la douche et se sent un peu mieux en sortant. Il enfile un pull en cachemire à col en V qu'il aime porter à même la peau. Puis, sans mettre de caleçon, il se glisse dans un pantalon de lin beige, chausse sa paire de Birkenstocks et descend acheter les journaux au kiosque qui se trouve en bas de chez lui. Ravi de servir un client aussi célèbre, le vendeur le gratifie d'un sourire encourageant – il sait que c'est le jour J, lui aussi. Dexter regagne son appartement d'un pas vif, une pile de journaux coincés sous le bras. Il se sent vraiment mieux, à présent. Plein d'appréhension et d'exaltation mêlées. Il allume la machine à espresso et s'apprête à parcourir les programmes télé pour vérifier que l'attaché de presse a fait son boulot, quand le téléphone se met à sonner.

Cette fois, il n'a pas besoin d'attendre que le répondeur se mette en marche pour savoir de qui provient l'appel : il sait que c'est son père. Et il sait qu'il ne décrochera pas. Depuis la mort d'Alison, Stephen lui téléphone plus fréquemment. Ses propos bredouillants, vagues et répétitifs, lui semblent à chaque fois plus insoutenables. Le self-made-man qui faisait son admiration s'effraie maintenant des tâches les plus simples. Le deuil l'a privé de force et de courage. Lors d'une de ses rares visites dans l'Oxfordshire, Dexter l'a vu fixer la bouilloire électrique d'un air hagard, comme s'il s'agissait d'un appareil d'une complexité terrifiante.

« Allez, dites-moi tout ! s'exclame l'imbécile tapi dans le répondeur.

— Bonjour, Dexter. C'est ton père. » Il s'exprime d'une voix laborieuse, comme toujours lorsqu'il est au téléphone. « Je voulais te souhaiter bonne chance pour ce soir. Je serai devant ma télé, bien sûr ! C'est très excitant, tout ça. Alison aurait été fière de toi. » Il marque une courte pause. C'est probablement faux, et ils le savent tous les deux. « Bon. Je crois que c'est tout. Ah si... Ne fais pas attention à ce qu'ils disent dans les journaux. Amuse-toi, c'est l'essentiel ! À plus tard, Dexter. Au re... »

Ne fais pas attention à *quoi* ? Dex se jette sur le téléphone.

« Au revoir ! »

Son père vient de raccrocher. Il a enclenché la minuterie de sa petite bombe et il s'est tiré. Dexter jette un regard inquiet vers les journaux. Ils sont lourds de menaces, à présent. Il resserre la cordelette de son pantalon en lin et ouvre un des quotidiens nationaux à la page des programmes télé.

Quand Emma sort de la salle de bains, Ian est en grande conversation téléphonique avec... sa mère, Sue Morley. Elle le devine à son ton badin et enjôleur. Ian et Sue se sont pris de passion l'un pour l'autre sitôt qu'ils se sont rencontrés à Leeds, en décembre dernier. Entre eux, le coup de foudre fut immédiat. « Vos choux sont délicieux, madame M. », minaudait le compagnon d'Emma dès le premier soir. « Cette dinde est cuite à la perfection, n'est-ce pas ? » s'est-il exclamé pendant le repas de Noël. Électrisée, Sue battait des cils en roucoulant. Depuis, leur attirance mutuelle n'a fait que croître. Au grand dam de Jim et d'Emma, qui assistent à leur parade amoureuse en levant les yeux au ciel.

Elle attend patiemment que Ian se résigne à mettre fin à leur conversation. « Au revoir, madame M... Oui, j'espère aussi. Ce n'est qu'un petit rhume, vous savez ! Je m'en remettrai. Allez... au revoir, madame M. Au revoir ! » Il lui tend le combiné et se remet au lit en gémissant comme s'il était à l'article de la mort.

À l'autre bout de la ligne, Sue glousse comme une collégienne. « Quel charmant garçon ! N'est-ce pas, ma chérie, qu'il est charmant ?

— Oui, maman.

— Tu t'occupes bien de lui, au moins ?

— Il faut que j'y aille. Je vais être en retard au boulot.

— Attends, j'avais quelque chose à te dire... mais c'était quoi, au fait ? Je ne sais plus du tout pourquoi je vous ai appelés ! »

Pour parler à Ian. « Tu voulais peut-être me souhaiter bonne chance ?

— Bonne chance pour quoi ?

— Pour la première du spectacle, ce soir.

— Ah oui, c'est ça ! Bonne chance, ma chérie. Nous sommes désolés de ne pas pouvoir venir, tu sais. Mais tout coûte tellement cher à Londres, maintenant... »

Emma abrège leur discussion en prétendant qu'une fumée noire s'élève du grille-pain, puis elle s'approche du malade. Blotti sous la couette, il transpire à grosses gouttes dans l'espoir de « chasser le mal ». Elle est vaguement consciente de ne pas être à la hauteur : en tant que petite amie, elle a des progrès à faire, c'est sûr. Le rôle est si nouveau pour elle qu'elle se surprend parfois à le surjouer. En tenant constamment la main de Ian dans la rue, par exemple. Ou en se blottissant contre lui pour regarder la télévision. Ian est fou d'elle, il le lui dit sans cesse (peut-être même un peu trop souvent). Elle ne désespère pas de lui rendre son amour avec une ferveur égale à la sienne, mais il lui faudra du temps. Elle y travaille, en tout cas. Et ce matin, puisque les circonstances s'y prêtent, elle cède volontiers à son regard implorant. Et s'allonge près de lui pour lui témoigner sa compassion.

« Si tu n'as pas le force de venir ce soir... »

Il se redresse, alarmé. « Non ! Non, non, non ! Je vais venir, c'est...

— Je comprendrai que...

— ... même si je dois prendre une ambulance.

— Ce n'est qu'un petit spectacle de fin d'année, tu sais. Ce sera sûrement un désastre.

— Emma ! » Elle lève les yeux vers lui. « C'est un grand jour pour toi ! Je ne manquerais ça pour rien au monde. »

Elle sourit. « Bon. C'est gentil. » Elle se penche, l'embrasse en veillant à ne pas ouvrir la bouche pour ne pas attraper ses microbes, puis elle prend son sac et quitte l'appartement, prête pour le jour J.

Le gros titre s'étale en haut de la page :

EST-CE L'HOMME LE PLUS ODIEUX
DE LA TÉLÉ ?

L'espace d'un instant, Dexter pense être victime d'une erreur, parce qu'il y a une photo de *lui* sous ce titre et que cette photo est légendée d'un seul mot : « Satisfait », comme si c'était son nom de famille. Dexter Satisfait.

Une petite tasse à espresso coincée entre le pouce et l'index, il poursuit courageusement sa lecture.

Au programme ce soir

Y a-t-il en ce moment sur nos écrans un homme plus satisfait, suffisant et content de lui que Dexter Mayhew ? Un seul regard à sa petite gueule d'ange nous donne envie de démolir le poste à coups de pied. Au lycée déjà, Mayhew se prenait sans doute pour le roi du monde. Et ses trois ans à la tête de « trop top » (z'en avez pas marre de ces minuscules ? C'est d'un ringard !) n'ont rien arrangé. J'imagine que quelqu'un, dans les hautes sphères de Medialand, l'aime autant qu'il s'aime puisqu'il sera dès ce soir le présentateur-vedette d'une nouvelle émission musicale, « Le Giga Pop Club ». Alors si…

Il devrait s'arrêter là, fermer le journal et oublier ce qu'il vient de lire, mais un mot ou deux ont déjà attiré son attention dans le paragraphe suivant. « Inepte » en fait partie. Il continue vaillamment.

... si vous voulez vraiment voir un petit minet des beaux quartiers jouer les caïds, dire « à donf » et draguer les filles en s'imaginant que les jeunes le trouvent branché, cette émission est faite pour vous. C'est du direct, ce qui vous donnera peut-être l'occasion de vous gausser de sa célèbre technique d'interview (aligner les questions ineptes avec le débit d'une mitraillette) – mais vous pouvez aussi vous rougir les joues avec un fer à vapeur réglé sur programme « lin » : l'effet sera le même. Coprésenté par la « pétillante » Suki Meadows. Invités : Shed Seven, Echobelly et les Lemonheads. On vous aura prévenus.

D'habitude, Dexter découpe et range les articles qui lui sont consacrés dans une boîte à chaussures Patrick Cox, le chausseur des stars. Celui-ci fera exception, décide-t-il. Il se lève et se prépare avec fracas un autre espresso en déplaçant bruyamment tout ce qui peut l'être.

De la jalousie à l'état pur, voilà ce que c'est. C'est une vraie maladie dans ce pays. Un petit succès et ils se jettent sur toi pour te laminer mais je m'en fous j'aime mon boulot et je le fais super bien c'est vachement plus dur que ce qu'on pense des couilles d'acier voilà ce qu'il faut pour bosser à la télé et une intelligence de... de... enfin bref faut être vraiment rapide quoi et de toute façon c'est même pas après toi qu'ils en ont c'est leur boulot à ces mecs de descendre les programmes télé ils sont là pour tout critiquer, non ? au fond ils servent à rien qui veut être critique aujourd'hui ? quel boulot de merde je préfère me jeter dans l'arène plutôt que d'être un de ces... un de ces eunuques une de ces langues de vipère payées douze mille livres par an personne n'a jamais élevé un monument à un critique de toute façon je vais leur montrer ce que je vaux je vais leur montrer à tous.

Ce monologue, augmenté de quelques variantes, accompagne Dexter tout au long du jour J : il se le répète en boucle en se rendant à la boîte de production, puis dans la limousine avec chauffeur qui l'emmène aux studios d'enregistrement situés dans l'East End, sur l'Isle of Dogs ; il le ressasse pendant la répétition organisée en début d'après-midi, puis pendant sa réunion avec l'équipe de production ; il le rumine pendant qu'on le coiffe et qu'on le maquille, et s'en repaît jusqu'au moment où il est enfin, enfin seul dans sa loge. Ce qui lui permet d'ouvrir son sac, d'en sortir la bouteille qu'il a glissée à l'intérieur avant de partir, de se servir un grand verre de vodka mélangé à un peu de jus d'orange tiède, et de l'avaler à grandes gorgées.

« La baston ! La baston ! Vas-y, frappe ! Frappe-le, frappe-le, frappe-le, fra... »

À quarante-cinq minutes du lever de rideau, les incantations résonnent dans tout le bâtiment d'anglais.

« Frappe-le ! Vas-y ! Frappe ! »

En s'engouffrant dans le couloir, Emma voit Mme Grainger sortir des loges comme si elle tentait d'échapper à un incendie. « J'ai essayé de les arrêter, mais ils n'ont rien voulu entendre !

— Merci, madame Grainger. Je m'en charge.

— Voulez-vous que j'aille chercher M. Godalming ?

— Non, ça ira. Allez rejoindre les musiciens. Ils vous attendent pour la répétition.

— J'ai toujours pensé que ce spectacle était une erreur. » Elle s'éloigne, la main plaquée sur son cœur. « Je vous ai dit que ça ne marcherait pas. »

Emma prend une profonde inspiration. Et pénètre dans la pièce où trente adolescents en haut-de-forme, jupes à cerceaux et barbes postiches invectivent en hurlant le Dodger et Oliver Twist qui se battent à leurs pieds – le Dodger, qui a pris le dessus, vient de plaquer Oliver au sol.

« QU'EST-CE QUI SE PASSE ICI ? »

Le gang de jeunes victoriens se retourne. « Dites-lui de me lâcher, madame ! marmonne Oliver, le nez dans le lino.

— Ils se battent, madame », précise Samir Chaudhari, douze ans et des favoris bien fournis collés sur les joues.

— J'ai compris, Samir, merci. » Sonya Richards, l'adolescente noire et menue qui joue le Dodger, a glissé ses doigts dans les boucles blondes d'Oliver pour le maintenir à terre. Emma s'avance, la prend par les épaules et plonge son regard dans le sien. « Lâche-le, Sonya. Lâche-le, maintenant. Allez... Lâche-le ! » Sonya finit par obtempérer. Sa colère reflue lentement. Elle recule d'un pas, les yeux brillants d'orgueil blessé.

Martin Dawson, qui joue Oliver Twist, semble abasourdi. Les épaules carrées sur 1,55 mètre de muscles, l'orphelin bien en chair dépasse d'une bonne tête M. Bumble, le cruel directeur de l'orphelinat. Il paraît pourtant sur le point de fondre en larmes. « C'est elle qui a commencé ! gémit-il d'une voix chevrotante en essuyant son visage poussiéreux du plat de la main.

— Ça suffit, Martin.

— Ouais, la ferme, Dawson !

— Ça vaut pour toi aussi, Sonya ! On se tait, maintenant ! » Emma est au centre du cercle. Elle tient les adversaires par les coudes comme un arbitre de boxe. Pour sauver la représentation de ce soir, elle va devoir entrer en scène, elle aussi. Et se lancer dans un des grands discours enflammés qui font tout le sel de sa vie professionnelle.

« Regardez-vous ! s'exclame-t-elle. Regardez comme vous êtes beaux dans vos costumes ! Regardez notre petit Samir avec ses énormes favoris ! » La petite troupe éclate de rire, et Samir joue le jeu en tirant sur ses poils postiches. « Vos amis et vos parents sont là, reprend-elle. Ils sont venus voir un grand spectacle. Enfin, c'est ce qu'ils pensaient... » Elle croise les bras, pousse un soupir. « ... parce que je crois que nous allons devoir annuler la représentation... »

Elle bluffe, bien sûr, mais l'effet escompté ne se fait pas attendre : un grognement de protestation parcourt la petite assemblée.

« C'est pas juste ! On n'a rien fait, nous ! proteste l'ado qui joue Fagin.

— Ah oui ? Qui criait "Frappe-le" tout à l'heure, Rodney ?

— C'est la faute de Sonya, madame ! Elle a complètement pété les plombs ! ronchonne Martin Dawson.

— Eh, Oliver ! T'en veux encore ? » s'écrie aussitôt Sonya en tentant de se jeter sur lui.

Les rires fusent. Emma profite de l'intermède pour sortir une nouvelle carte de son jeu : celle de la victoire qu'on n'attendait plus. « Ça suffit ! Vous êtes censés être une troupe de comédiens, pas une bande de voyous ! En vous comportant comme vous le faites, vous donnez raison à ceux qui pensent – et ils sont nombreux ici – que vous n'y arriverez pas. À ceux qui disent que c'est trop dur pour vous. Trop compliqué. "C'est du Dickens, Emma ! Ils ne sont pas assez malins, pas assez disciplinés pour travailler ensemble !" Voilà ce que j'entends. Voilà ce qu'on dit de vous.

— Qui dit ça, m'dame ? s'enquiert Samir, manifestement prêt à rayer les voitures des coupables d'un coup de clé bien placé.

— Peu importe – c'est ce qu'ils pensent de vous qui compte. Et ils ont peut-être raison ! On devrait peut-être tout annuler ! » Elle se demande si elle n'en fait pas trop... mais non : leur goût du drame n'a pas de limites. Un grognement de protestation, plus affirmé, s'élève sous les hauts-de-forme et les bonnets de dentelle. Ils savent sans doute qu'elle bluffe, mais ils aiment trop se faire peur pour ne pas entrer dans le jeu. Elle marque une pause afin d'accentuer le pathétique de la situation, puis reprend : « Bon. Je vais avoir une petite discussion avec Sonya et Martin. En attendant, continuez à vous préparer, puis mettez-vous chacun dans un coin et pensez à votre rôle. Nous déciderons de la suite des événements quand je reviendrai. D'accord ? C'est bien compris ?

— Oui, madame ! »

Elle escorte les deux adversaires vers la sortie dans un silence de cathédrale – qui se brise dès qu'elle referme la porte derrière eux. Ils traversent le couloir sans échanger un mot, puis longent le gymnase où Mme Grainger fait répéter *Consider Yourself*, une des chansons phares du premier acte, à un orchestre férocement discordant. Le résultat est si catastrophique qu'Emma se demande une fois de plus dans quelle galère elle s'est embarquée.

Elle fait entrer Sonya dans une salle de classe vide et demande à Martin de l'attendre à l'extérieur.

« Alors, dit-elle à la jeune fille. Qu'est-ce qui s'est passé ? »

La lumière du soir pénètre à l'oblique par les grandes fenêtres à isolation renforcée de la salle 4 D. Sonya fixe le bâtiment des sciences qui se dresse de l'autre côté des vitres en affectant un profond ennui. « On s'est disputés, c'est tout. » Chaussée de baskets noires rehaussées de fausses boucles en papier d'aluminium, elle se juche sur un coin de table et balance ses longues jambes, bien visibles sous un vieux pantalon déchiré pour les besoins du spectacle. D'une main, elle gratte la petite cicatrice laissée sur son bras par le BCG. Son joli visage dur est crispé comme un poing serré. Pas de *Carpe diem* avec moi ! semble-t-elle insinuer. Sonya fait peur à ses camarades de classe. En sa présence, même Emma se surprend parfois à craindre pour son portefeuille. À quoi est-ce dû ? À sa rage, à son regard inflexible, sans doute. « J'vous préviens : je m'excuserai pas !

— Pourquoi ? Et ne me dis pas que c'est lui qui a commencé ! »

Le visage de son élève frémit d'indignation. « Mais si, madame ! C'est lui qu'a commencé !

— Sonya !

— Il m'a dit que…

— Quoi ? Qu'est-ce qu'il t'a dit ? »

Sonya pèse le pour et le contre. Vaut-il mieux cafter (et trahir le code de l'honneur) ou se taire (et laisser l'injustice impunie) ? Elle opte pour la première solution. « Il dit qu'on m'a donné le rôle du Dodger parce que j'ai pas vraiment à jouer, vu que je suis une plouc dans la vraie vie.

— Une plouc ?

— Ouais.

— C'est ce que Martin a dit ?

— Oui. C'est pour ça que je l'ai frappé.

— Bon... » Emma baisse les yeux en soupirant. « Pour commencer, je te rappelle que tu ne dois jamais en venir aux mains. Ce n'est pas comme ça qu'on résout les problèmes. »

Sonya Richards est son « projet ». Elle sait que ce n'est pas raisonnable, qu'elle ne devrait pas s'enticher de cette gamine, mais Sonya est tellement douée – c'est de loin la plus douée de la classe – qu'Emma ne peut s'empêcher de vouloir l'aider. Dommage qu'elle soit si agressive... Tendue comme un arc, elle est l'image même du ressentiment et de l'orgueil blessé.

« Le problème, c'est lui, madame ! C'est un petit con, c'est tout !

— Sonya ! Surveille ton langage ! » proteste aussitôt Emma, mais une partie d'elle-même lui donne secrètement raison. Martin Dawson traite ses camarades, ses professeurs et l'ensemble du système scolaire avec le dédain d'un missionnaire chargé de répandre la bonne parole chez les sauvages. La veille, pendant la répétition en costumes, il a pleuré de vraies larmes sous son maquillage en chantant *Where Is Love* ? au deuxième acte. En l'écoutant extraire les notes les plus hautes de son gosier comme si chacune d'elles le mettait au supplice, Emma s'est imaginé le plaisir qu'elle aurait à monter sur scène, à plaquer une main sur son visage et à le repousser fermement derrière le rideau. Pas étonnant qu'il ait traité Sonya de « plouc ». C'est le genre de remarque qu'il fait à longueur de journée. Mais tout de même...

« Si c'est vraiment ce qu'il a dit...

— J'vous le jure, madame !

— Je vais lui parler pour me faire ma petite idée sur la question, mais si c'est bien ce qu'il a dit, ça prouve qu'il ne comprend rien à rien. Et que tu es stupide d'avoir... mordu à l'hameçon. » Elle a trébuché sur la fin de sa phrase. Et employé une expression vieillotte, pas assez branchée. *Mets-toi à leur niveau. Parle comme eux.* « Mais si on n'arrive pas à résoudre ce... *blème*, poursuit-elle, on ne pourra pas jouer ce soir. »

Le visage de l'adolescente se crispe de nouveau. Elle semble sur le point d'éclater en sanglots, cette fois. « Vous feriez pas ça !

— Je n'aurai peut-être pas le choix.

— Pourquoi ? On est prêts, nous. On peut jouer !

— Ah oui ? Pour te voir baffer Martin pendant *Who Will Buy?*. » L'intéressée sourit malgré elle. « Tu es intelligente, Sonya, mais tu tombes dans tous les pièges que les gens posent sur ta route. » Long soupir de la part de l'adolescente, qui reprend son sérieux et détourne le regard vers le petit rectangle d'herbe jaunie qui s'étend au pied du bâtiment des sciences. « Tu pourrais vraiment réussir, si tu le voulais ! Et pas seulement sur scène : en classe, aussi. Tout ce que tu m'as rendu ce semestre était sérieux, intelligent et sensible. » Peu habituée aux compliments, la gamine hausse les épaules en grommelant. « Tu pourrais faire encore mieux au prochain semestre, mais tu dois apprendre à te maîtriser. Cesser de te battre avec tout le monde. Tu vaux bien mieux que ça, n'est-ce pas ? » Ça y est. Elle s'est lancée dans un nouveau discours. Elle se demande parfois si elle ne met pas trop d'énergie dans ce genre de sermon. Elle aimerait que ça marche, en tout cas... mais son interlocutrice vient de reporter son attention sur la porte. « Sonya, tu m'écoutes ?

— Barbe est là. »

Emma jette un regard derrière elle : un visage masculin vient d'apparaître derrière la vitre. Doté d'une abondante barbe brune, l'homme les observe avec curiosité. Elle lui fait signe d'entrer, puis se retourne vivement vers son élève. « Ne l'appelle pas comme ça, chuchote-t-elle. C'est le proviseur ! » L'homme n'a pas volé son surnom, pourtant. Ses petits yeux bleus brillent dans son visage dévoré de poils sombres comme ceux d'un ours. Bien taillée, coupée de près, la chose est noire, très noire, une barbe de conquistador. Qui monopolise l'attention. Et suscite les moqueries des élèves. D'ailleurs, Sonya fait mine de se gratter le menton en le voyant entrer. Emma fronce les sourcils, et la jeune fille baisse la main à contrecœur.

« Bonsoir tout le monde ! lance M. Godalming sur le ton guilleret qu'il adopte en dehors de ses heures de travail. Comment ça va ? Tout se passe bien, Sonya ?

— C'est *un poil* flippant, m'sieur, répond-elle. Mais je crois qu'on va y arriver. »

Nouveau froncement de sourcils de la part d'Emma. M. Godalming s'adresse à elle. « Tout se passe bien, mademoiselle Morley ?

— Bien sûr. J'étais justement en train d'encourager Sonya avant le lever de rideau... Tu peux retourner dans les loges, Sonya. Finis de te préparer. » Un sourire soulagé aux lèvres, la jeune fille bondit vers la porte. « J'en ai pour une minute. Dis à Martin de patienter. »

Sonya sort, laissant Emma seule avec M. Godalming.

« Bon ! » Il sourit. Apparemment décidé à se montrer cool et informel, il s'empare d'une chaise et s'apprête à la chevaucher pour s'asseoir, comme on le fait dans le show-biz... mais quelque chose le retient. La peur du ridicule, peut-être ? Il hésite, puis comprend qu'il ne peut pas faire machine arrière. Et se juche à califourchon sur la chaise. « Sacré paquet de nerfs, cette Sonya, non ?

— Elle est un peu bravache, c'est tout.

— Il paraît qu'elle a déclenché une bagarre dans les loges.

— Rien de grave. Ils sont très tendus ce soir. » Elle réprime un sourire. Le proviseur a l'air si mal à l'aise sur cette chaise !

« Il semble que votre protégée soit tombée à bras raccourcis sur l'un de nos meilleurs élèves.

— Ils sont très fougueux à cet âge-là, non ? Et je doute que Martin soit complètement innocent dans cette affaire.

— J'ai entendu parler d'une paire de baffes.

— Vous êtes bien informé.

— Je suis le proviseur, non ? » M. Godalming sourit dans son passe-montagne. Si je me plantais devant sa barbe toute la journée, est-ce que je la verrais pousser ? se demande Emma, fascinée. Que cache-t-il là-dessous ? Se pourrait-il qu'il soit... séduisant ? Il incline la tête vers la porte. « J'ai croisé Martin dans le couloir. Il paraissait bouleversé.

— Il travaille son rôle depuis six semaines, vous savez. Très sérieusement. Je crois qu'il suit la méthode de l'Actor's Studio. Il se serait volontiers infligé une crise de rachitisme, s'il l'avait pu !

— Et sur scène, les résultats sont-ils à la hauteur ?

— Oh, ça non ! Il est nul. On ferait mieux de l'envoyer dans un orphelinat, un *vrai*, je veux dire. N'hésitez pas à déchirer le programme en petits morceaux pour vous boucher les oreilles pendant *Where Is Love?* ! » M. Godalming éclate de rire. « Sonya s'en tire très bien, en revanche. » Moue dubitative du proviseur. « Vous verrez », insiste-t-elle.

Il s'agite sur sa chaise, mal à l'aise. « Dites-moi, Emma... À quoi faut-il s'attendre, ce soir ?

— Aucune idée. Ils peuvent donner le pire comme le meilleur.

— Personnellement, j'ai tendance à préférer *Sweet Charity* à *Oliver !*. Pourquoi ne l'a-t-on pas montée, déjà ?

— La comédie musicale de Bob Fosse ? Eh bien... L'héroïne est une prostituée, non ? »

Il rit de nouveau. Ça lui arrive fréquemment avec Emma. Le reste de l'équipe l'a remarqué, d'ailleurs. Les rumeurs vont bon train en salle des professeurs – certains parlent même de favoritisme. C'est vrai qu'il la regarde avec une certaine intensité. Ce soir, en particulier. Un silence passe. Gênée, Emma jette un regard vers la porte, où le petit visage larmoyant de Martin Dawson apparaît au carreau. « Je ferais mieux d'aller discuter avec notre Édith Piaf, avant qu'il ne perde complètement la tête.

« Bien sûr, bien sûr. Allez-y ! » M. Godalming descend de sa chaise avec une satisfaction manifeste. « Bonne chance pour ce soir. Ma femme attend ça depuis le début de la semaine. Moi aussi, d'ailleurs.

— Je ne vous crois pas une seconde.

— C'est pourtant vrai, je vous assure ! Il faut absolument que vous fassiez sa connaissance après le spectacle. Nous pourrons peut-être prendre un verre avec votre... fiancé ?

— Mon petit ami, vous voulez dire ? Ian est...

— Nous nous retrouverons au buffet. Il y...

— Autour d'un gobelet d'orangeade...

— Le cuisinier a fait une virée chez son grossiste et...

— J'ai entendu parler de mini-cordons-bleus de poulet...

— Après ça, qui osera encore dire que l'enseignement...

— ... n'est pas glamour ?

— Au fait, vous êtes ravissante, ce soir. »

Emma laisse tomber ses bras le long de son corps. Elle s'est un peu maquillée, juste une touche de rouge à lèvres pour aller avec sa robe à fleurs. Une robe rose foncé, un peu moulante, peut-être. Déroutée par la remarque du proviseur, elle baisse les yeux sur sa tenue comme si elle la voyait pour la première fois. « Merci beaucoup ! » dit-elle vivement. Trop tard : il a remarqué son hésitation.

« Voulez-vous que je vous envoie Martin ? demande-t-il.

— Volontiers. Merci. »

Il traverse la salle, puis se retourne vers Emma. « Pardonnez-moi, mais... ai-je enfreint un code quelconque ? Ne puis-je pas faire ce genre de déclaration à un membre de l'équipe ? Est-ce interdit de vous complimenter sur votre élégance ?

— Bien sûr que non », assure-t-elle. Sauf qu'il ne l'a pas qualifiée d'élégante. Il a dit qu'elle était « ravissante ». Et ils le savent tous les deux.

« Excuse-moi... L'homme le plus odieux de la télé, c'est bien ici ? » lance Toby Moray de sa petite voix geignarde. Sourire carnassier aux lèvres, il se tient sur le seuil de la porte. Vêtu de son costume de scène (un truc à carreaux écossais), il est maquillé avec soin. Ses cheveux brillants de gel forment une banane délibérément ridicule sur son front, et Dexter n'a qu'une envie : lui jeter une bouteille à la figure.

« Je crois que tu finiras par comprendre que c'est toi-même que tu cherches, pas moi, réplique-t-il, soudain incapable de concision.

— Belle réplique, superstar ! ironise son confrère. T'as lu la presse, alors ?

— Non.

— Je peux te faire des photocopies, si tu veux !

— C'est juste une mauvaise critique, Toby.

— Y en a pas qu'une ! T'as pas lu celle du *Mirror*, de l'*Express*, du *Times*… ? »

Dexter fait mine d'étudier attentivement l'ordre de passage des musiciens. « Personne n'a jamais édifié de statue à un critique.

— Exact. Mais j'ai jamais vu de monument à la gloire des présentateurs télé non plus.

— Va te faire foutre, Toby.

— Ah ! Le *mot juste** !

— Tu veux quoi, au fait ?

— Te souhaiter bonne chance. » Il entre dans la loge et pose ses mains sur les épaules de Dexter. Joufflu et mordant, Toby est le bouffon de l'émission. Le type chargé de dire n'importe quoi avec insolence. Dexter méprise ce chauffeur de salle, ce freluquet qui se donne de grands airs. Et il l'envie férocement. Pendant l'enregistrement du pilote et au cours des répétitions, Toby l'a éclipsé, le noyant sous les moqueries, les piques et les railleries en tout genre. Pris de court, Dex s'est senti pataud, lourd et idiot. Beaucoup trop lent, aussi. Un cerveau de souris derrière sa gueule d'ange. Il repousse les mains de Toby d'un haussement d'épaules. Leur antagonisme est parfait à l'écran, paraît-il. Pourtant, Dex se sent persécuté. Il lui faut une autre vodka pour se remonter le moral. Impossible, hélas. Pas tant que Toby se tient debout derrière lui, les yeux rivés au miroir, son sale petit sourire collé aux lèvres.

« J'aimerais que tu me laisses seul, maintenant. J'ai besoin de me concentrer.

— Vas-y. Rassemble tes esprits, mon gars.

— On se retrouve là-bas ?

— Ouais. À tout de suite, beau brun. Bonne chance. » Il sort, referme la porte – et la rouvre aussitôt. « Sincèrement, Dex. Bonne chance ! »

Dexter attend quelques secondes pour s'assurer qu'on ne le dérangera plus, puis il se sert une deuxième vodka orange, et se tourne de nouveau vers le miroir. Vêtu d'un tee-shirt rouge vif, d'une veste de smoking noire, d'un jean délavé et de chaussures à bouts pointus, les cheveux coupés court, il est censé être l'archétype du trentenaire londonien branché, mais il se sent soudain terriblement vieux, triste et fatigué. Il appuie ses doigts sur ses tempes, et tente de trouver une explication à la mélancolie qui l'accable. En vain. Son esprit refuse de fonctionner. Il nage en plein brouillard, comme si quelqu'un s'était emparé de sa tête et l'avait violemment secouée. Les mots échappent à son emprise, se muent en bouillie inintelligible. Et il ne sait plus, vraiment plus, comment s'en sortir. Ne craque pas, s'ordonne-t-il. Pas ici, pas maintenant. Ressaisis-toi.

L'émission ne dure qu'une heure, certes. Mais elle est diffusée en direct sur une chaîne nationale. Et une heure de direct, c'est long. Extrêmement long. Il y a une petite bouteille d'eau sur la coiffeuse. Il la prend, vide son contenu dans le lavabo, sort la vodka du tiroir où il l'a cachée, verse sept... non : dix centimètres de liquide transparent dans la petite bouteille et revisse le bouchon. Il l'examine à la lumière. Personne ne verra la différence. Il ne boira pas tout, bien sûr – c'est juste pour se rassurer, savoir qu'il a un peu d'alcool à portée de main pour tenir le coup. La supercherie l'aide à reprendre confiance en lui. Il est de nouveau plein d'impatience, exalté, prêt à montrer aux téléspectateurs, à Emma, à son père, ce qu'il est capable de faire. Il ne se contente pas d'animer une émission, lui ! Il la *présente*.

La porte s'ouvre. « OHÉ ! » lance Suki Meadows, qui *présente* l'émission avec lui. Suki est la petite amie idéale. L'entrain est son mode de vie, la pierre angulaire de son système relationnel. Ses lettres de condoléances, si tant est qu'il lui arrive d'en écrire, débutent sans doute par « OHÉ ! ». Cette incessante bonne humeur est un peu usante. Mais Suki est si jolie, si populaire et si amoureuse de lui que Dexter lui pardonne volontiers.

« COMMENT ÇA VA, MON CŒUR ? TU CHIES DANS TON FROC, J'IMAGINE ! » poursuit-elle en sautillant, comme si elle s'adressait à une foule de vacanciers venus assister au concert de l'été sur la plage de Brighton. Elle mène toutes les conversations, même les plus anodines, au même rythme. Sur un plateau de télévision, l'effet est garanti. C'est une des clés de son succès, d'ailleurs.

« Je suis un peu nerveux, en effet.

— OOOOOH ! VIENS LÀ, MON BÉBÉ ! » Elle noue un bras autour de sa tête et la plaque dans son giron comme un ballon de football. Jolie, petite et menue, Suki évoque un radiateur soufflant tombé dans une baignoire : elle pétille, crépite et pétarade en permanence. Leurs relations ont récemment viré au flirt – mais peut-on qualifier de « flirt » la manière dont sa collègue le presse contre sa poitrine comme elle le fait en ce moment ? Leur entourage les pousse à sortir ensemble, ce qui serait parfaitement logique – d'un point de vue professionnel, du moins. Ils sont aussi célèbres l'un que l'autre. Et les voir en couple ferait plaisir à tout le monde. Elle lui coince la tête sous le bras, maintenant – « TU

SERAS GÉNIAL, COMME D'HABITUDE » –, puis le saisit brusquement par les oreilles. « ÉCOUTE-MOI. TU ES SUBLIME ! TU LE SAIS, N'EST-CE PAS ? ON VA FORMER UNE SUPER-ÉQUIPE TOUS LES DEUX ! MA MÈRE EST LÀ, CE SOIR. ELLE VEUT TE RENCONTRER. ENTRE TOI ET MOI, JE CROIS QU'ELLE T'ADORE. TU ME PLAIS TELLEMENT QUE TU LUI PLAIS AUSSI ! ELLE VEUT QUE TU LUI SIGNES UN AUTOGRAPHE. JE TE LA PRÉSENTERAI MAIS TU DOIS ME PROMETTRE QUE TU NE LA DRAGUERAS PAS, OK ? »

— Je ferai de mon mieux, Suki.
— TU AS INVITÉ TA FAMILLE ?
— Non, je…
— TES AMIS ?
— Non.
— COMMENT TU ME TROUVES ? » Elle porte un tee-shirt moulant sur une minijupe. Et serre une petite bouteille d'eau dans sa main droite, comme tout le monde ici. « EST-CE QU'ON VOIT MES TÉTONS ? »

Elle flirte, là ? « Seulement si on les cherche », réplique-t-il d'un ton badin en esquissant un sourire machinal. Elle fronce les sourcils. Quelque chose ne va pas, elle le sent. Prenant ses mains dans les siennes, elle braille sur le ton de la confidence : « QU'EST-CE QUI TE CHIFFONNE, MON CŒUR ? »

Il hausse les épaules. « Toby est venu me charrier tout à l'heure… » À peine a-t-il prononcé ces mots que Suki le saisit par la main pour le forcer à se lever. Puis elle lui enlace la taille et tire doucement sur l'élastique de son caleçon. Pour lui témoigner sa sympathie, sans doute. « NE FAIS PAS ATTENTION À TOBY. IL EST JALOUX PARCE QUE

T'ES MEILLEUR QUE LUI, C'EST TOUT. » Elle lève les yeux vers lui, et son petit menton s'enfonce dans son torse. « T'AS ÇA DANS LE SANG, TU LE SAIS BIEN. T'ES LEUR ENFANT CHÉRI. LA CAMÉRA T'ADORE ! »

Le régisseur plateau apparaît sur le seuil. « Faut y aller, maintenant. »

« ON EST SUPER TOUS LES DEUX, PAS VRAI ? TOI ET MOI. SUKI ET DEX, DEX ET SUKI ? ON VA LEUR EN METTRE PLEIN LES MIRETTES ! » Elle se hisse sur la pointe des pieds et l'embrasse. Une seule fois, en pressant violemment ses lèvres sur les siennes, comme si elle collait un timbre sur un document. « ON REPRENDRA ÇA PLUS TARD, MON BIJOU », lui crie-t-elle à l'oreille, puis elle récupère sa bouteille d'eau et sort en bondissant.

Dexter reste quelques secondes de plus dans sa loge, les yeux rivés sur le miroir. *T'es leur enfant chéri.* Il soupire, appuie ses dix doigts sur son crâne et s'efforce de ne pas penser à sa mère. *Ne craque pas, ressaisis-toi. Sois bon. Fais quelque chose de bien.* Il esquisse le sourire qu'il réserve aux studios de télévision, attrape sa bouteille remplie de vodka et se dirige vers le studio.

Suki l'attend au bord de l'immense plateau. Elle prend sa main et la serre dans la sienne. Les techniciens s'agitent, les membres de l'équipe lui tapent gentiment sur l'épaule lorsqu'ils passent devant eux pour s'approcher du public. Au-dessus de leurs têtes, des danseuses en bikini et bottes de cow-boy s'étirent les mollets dans de grandes cages métalliques – l'époque est à l'ironie, paraît-il. Toby Moray est en train de chauffer la salle. Il fait ça très bien, comme d'habitude… Mais voilà qu'il se tourne vers eux. Et qu'il les présente au public : « Mesdames, mesdemoiselles, messieurs… Vos présentateurs préférés… Suki Meadows et Dexter Mayhew ! »

Non. Dex ne veut pas y aller. Les haut-parleurs déversent un tube des Prodigy sur le plateau, mais il voudrait rester là, ne plus bouger. Suki le tire par la main. Il résiste. Alors, elle bondit sous les projecteurs en hurlant :

« BONSOIRTOUTLEMONNNNNNDE ! »

Dexter la suit d'un pas plus tranquille – normal, puisqu'il constitue la moitié polie, élégante et raffinée de leur duo. Comme toujours, le décor comporte plusieurs échafaudages, qu'ils escaladent de manière à se jucher au-dessus du public, à quelques mètres du sol. Micro en main, Suki harangue la salle sans discontinuer : « REGARDEZ-VOUS, MES CHÉRIS ! VOUS ÊTES SUPERBES ! PRÊTS POUR UNE SUPERSOIRÉE ? TAPEZ DANS VOS MAINS, POUR VOIR ! ALLEZ-Y, FAITES DU BRUIT ! » Debout près d'elle sur le portique, Dexter reste muet comme une carpe. Il n'a même pas allumé son micro. Il est saoul. Voilà ce qu'il vient de comprendre. C'est son premier direct sur une chaîne nationale, et il est saoul comme un âne. Complètement dans les vapes. Le portique lui paraît très haut, beaucoup plus haut qu'aux répétitions. Il aimerait s'allonger, mais ses deux millions de téléspectateurs risquent de trouver l'initiative saugrenue. Alors, il fait ce qu'on attend de lui et s'écrie :

« Saluttoutlemondecommentçavapourvous ? »

Une voix masculine s'élève de la foule. « Connard ! »

Dexter cherche le coupable des yeux. Et le repère sans difficulté : c'est un petit crétin aux cheveux pleins de gel, maigre et sans charme, un sourire fat aux lèvres. Ce qui ne l'empêche pas de susciter les rires du public. De *gros* rires. Même les cameramen s'y mettent. « Mon agent, mesdames et messieurs ! »

réplique Dexter. Amusée, la salle s'ébroue gentiment – rien de plus. À croire qu'ils ont lu les journaux... Dex est-il l'homme le plus odieux de la télé ? Alors, c'est vrai, songe-t-il, glacé d'effroi. Ils me haïssent.

« Antenne dans une minute ! » annonce le régisseur plateau. Dex a le sentiment d'être conduit à l'échafaud. Il parcourt le public en quête d'un visage amical, et n'en trouve aucun. Si seulement Emma était venue ! Pour elle ou pour sa mère, il ferait de son mieux, mais elles ne sont là ni l'une ni l'autre. Il est seul face à cette foule mauvaise et moqueuse de gens bien plus jeunes que lui. Ce qu'il lui faut là, tout de suite, c'est un peu de peps. De l'enthousiasme, du mordant. Avec la logique imparable de ceux qui ont trop bu, il se persuade qu'une gorgée d'alcool lui fera du bien. Pourquoi pas ? Il a déjà tout gâché, non ? Les danseuses à moitié nues prennent la pose dans leurs cages, les caméras sont en place. Il dévisse le bouchon de sa bouteille en plastique, la porte à ses lèvres, avale une lampée de liquide – et grimace. C'est de l'eau ! Sa bouteille d'eau contient de l'eau. Quelqu'un a remplacé la vodka par...

Suki. Elle s'est trompée de bouteille. C'est elle qui a sa vodka.

Plus que trente secondes avant le passage à l'antenne. Suki s'empare machinalement de la bouteille. C'est l'accessoire indispensable, celui que tout le monde arbore sur les pistes de danse.

Vingt secondes avant l'antenne. Elle dévisse le bouchon.

« Tu vas la garder avec toi ? couine-t-il.

— BEN OUI... POURQUOI ? Y A UN PROBLÈME ? » Elle sautille d'un pied sur l'autre sur le portique comme un boxeur avant le premier round.

« T'as pris ma bouteille en partant, tout à l'heure.

— ET ALORS ? ESSUIE LE GOULOT ! »

Dix secondes avant l'antenne. Le public applaudit ; agrippées aux barreaux de leurs cages, les danseuses commencent à tournoyer. Et Suki porte la bouteille à ses lèvres.

Sept, six, cinq...

Il tend la main vers la bouteille, mais elle le repousse en riant.

« ARRÊTE, DEXTER ! T'EN AS UNE, TOI AUSSI ! »

Quatre, trois, deux...

« C'est pas de l'eau », gémit-il.

Elle boit.

Les techniciens lancent le générique.

Et voilà. Suki est prise d'une quinte de toux. Les joues écarlates, elle crache et manque s'étouffer, tandis que les guitares électriques font exploser les enceintes. Les tambours tonnent, les danseuses se tortillent et une caméra accrochée au plafond s'élance vers le public comme un oiseau de proie, avant de zoomer sur les deux présentateurs, donnant ainsi l'impression aux téléspectateurs assis dans leur salon que trois cents jeunes gens applaudissent une jolie fille prise de vomissements sur un échafaudage.

Le silence revient progressivement. Suki tousse toujours. On n'entend bientôt plus qu'elle sur le plateau. Dexter s'est figé. Ivre et micro en main, il assiste impuissant à son propre crash. Son avion pique du nez, le sol se rapproche, la collision est imminente. « Dis quelque chose ! s'exclame une voix dans son oreillette. Allô, Dexter ? Tu m'entends ? Dis quelque chose ! » Impossible. Son cerveau refuse de fonctionner, sa langue refuse de bouger. Il reste hagard, les bras ballants. Et les secondes s'étirent.

Heureusement, Suki est là. Professionnelle en toute occasion. Elle se redresse et s'essuie la bouche d'un revers de main. « LES ALÉAS DU DIRECT, MESDAMES ET MESSIEURS ! » Un vent de soulagement souffle sur le public. On s'esclaffe, on attend la suite. « TOUT SE PASSE BIEN JUSQUE-LÀ, PAS VRAI, DEX ? » Elle enfonce un doigt dans ses côtes, et miracle ! il se remet en marche.

« Veuillez excuser Suki…, lance-t-il. Sa bouteille est pleine de vodka ! » Il fait mine de lever un verre à sa bouche, puis jette un regard furtif derrière lui, comme un type qui boit en secret. La salle rit de plus belle, et il commence à se sentir mieux. Sa partenaire rit, elle aussi. Elle lui donne un coup de coude et lève le poing. « Tu vas me le… » Elle fait mine de lui pincer l'oreille, comme dans les sketches des Trois Stooges, ces comiques américains des années 30 et 40. Elle est joviale et pétillante. Seul Dexter a perçu la pointe de mépris qui affleure sous sa voix. Il s'en remet au téléprompteur pour continuer.

« Bienvenue au "Giga Pop Club" ! Je suis Dexter Mayhew et voici…
— … SUKI MEADOWS ! »

Ça y est. Ils sont de nouveau sur les rails. Sympathiques, drôles et séduisants. Ils présentent sans encombre le festin comique et musical du vendredi soir comme le feraient deux étudiants cool et sans complexes. « Alors, trêve de blabla… Envoyez la musique ! » Dex lève le bras, tel un Monsieur Loyal. « Applaudissez bien fort nos premiers invités ! Shed ! Seven ! »

La caméra se détourne, comme s'ils n'offraient plus aucun intérêt, et les voix qui s'élèvent des coulisses se mettent à hurler dans sa tête, couvrant la prestation du chanteur. « Tout va bien, Suki ? »

s'écrie le producteur. Dexter jette un regard implorant à la jeune femme. Elle plisse les yeux. Elle pourrait leur dire : Ce mec picole. Il est complètement bourré, c'est un amateur, on ne peut pas lui faire confiance.

« Tout va bien, répond-elle. J'ai avalé de travers, c'est tout.

— On t'envoie quelqu'un pour retoucher ton maquillage. Fais vite. On n'a que deux minutes, OK ? Dexter... Reprends-toi, mon vieux ! »

Oui, reprends-toi, s'enjoint-il. Mais les écrans de contrôle lui rappellent qu'il a encore cinquante-six minutes et vingt-deux secondes à tenir. Il n'est vraiment pas sûr d'y parvenir.

Un triomphe : Emma n'a jamais vu un tel triomphe ! Un tonnerre d'applaudissements ébranle les murs du gymnase. Pourtant, l'orchestre manquait de peps et les chanteurs se perdaient dans les aigus ; la représentation a souffert de quelques problèmes techniques (accessoires manquants, décors effondrés), et on pourrait difficilement trouver public plus acquis à leur cause... mais tout de même, quel succès ! La mort de Nancy, l'un des personnages clés de la comédie musicale, a fait pleurer tout le monde – y compris M. Routledge, le professeur de chimie. Quant à la spectaculaire course-poursuite sur les toits de Londres, éclairée de telle manière que les acteurs apparaissaient en ombres chinoises, elle a suscité les « ooooh ! » et les « aaahh ! » qu'on réserve habituellement aux feux d'artifice. Sonya Richards était splendide, comme prévu. Elle a éclipsé Martin Dawson, qui grinçait des dents tandis que le public, debout, acclamait vigoureusement l'adolescente. Il y a eu des ovations et des rappels. Maintenant, les adultes se juchent sur leurs bancs, les gamins grimpent aux barres et aux cordes pour mieux voir Emma monter sur scène, cédant aux instances de Sonya qui la tire par la main, les joues barbouillées de larmes – oui, de larmes – en criant : « Bravo, madame ! C'était génial, vraiment génial ! » Alors, même si ce n'est qu'un spectacle de fin d'année, un truc sans importance dont personne n'aura connaissance, Emma sent son cœur s'emballer dans sa poitrine. Elle sourit jusqu'aux oreilles. Et pendant que l'orchestre entonne une version cacophonique de *Consider Yourself*, elle se glisse parmi sa troupe de petits comédiens, leur prend la main et salue, encore et encore. Le sentiment d'avoir fait quelque chose de bien l'emplit d'exaltation. Et pour la première fois depuis dix longues semaines, elle n'a plus envie d'étriper Lionel Bart, le compositeur d'*Oliver !*.

Au cocktail qui suit la représentation, le faux Coca-Cola coule à flots et le cuisinier ouvre cinq bouteilles de poiré pétillant pour les adultes. Ian s'installe dans un coin du gymnase avec une assiette en plastique pleine de mini-cordons-bleus et un gobelet rempli de Beecham's Powders, le médicament antirhume qu'il a apporté spécialement pour l'occasion. Il se masse les sinus, sourit et patiente gentiment tandis qu'Emma reçoit les compliments des parents et de l'équipe enseignante. « On ne fait pas mieux à Broadway ! » s'exclame naïvement quelqu'un. Emma sourit. Elle ne peut plus s'arrêter de sourire. Elle sourit même quand Rodney Chance, qui joue Fagin, la serre d'un peu près, enivré par une bouteille de soda secrètement alcoolisé, en lui déclarant qu'elle est « vraiment bien roulée pour une prof ». M. Godalming (« Appelez-moi Phil, je vous en prie ») la félicite, sous l'œil morne de Fiona, son épouse – une femme carrée au visage couperosé qui semble s'ennuyer ferme. « En septembre, il faudra qu'on parle de vos projets pour l'année prochaine ! » lance Phil à Emma, puis il se penche et lui dit au revoir en l'embrassant sur les deux joues, ce qui provoque quelques « houuou ! » dans l'assistance.

Contrairement à la plupart des fêtes organisées dans le show-business, tout est fini à 21 h 45. Au lieu de monter dans une limousine, Emma et Ian prennent successivement le 55, le 19 et la *Piccadilly Line* pour rentrer chez eux. « Je suis tellement fier de toi ! s'extasie Ian en posant la tête sur son épaule. Mais... tu sais quoi ? Je crois que c'est descendu dans mes poumons, maintenant. »

Le parfum des fleurs lui chatouille les narines dès qu'elle passe la porte de l'appartement. L'énorme bouquet de roses rouges est couché dans une casserole sur la table de la cuisine.

« Oh, Ian ! Elles sont magnifiques !

— C'est pas moi qui les ai achetées, marmonne-t-il.

— Ah. Qui c'est, alors ?

— Ton chouchou, j'imagine. Elles sont arrivées ce matin. C'est complètement exagéré, si tu veux mon avis. Bon... Je vais prendre un bain. Ça me dégagera peut-être un peu les bronches. »

Elle ôte sa veste et ouvre la petite enveloppe glissée parmi les fleurs. « Désolé d'avoir boudé. J'espère que tout se passera bien ce soir. Mille baisers, Dex. » C'est tout. Elle lit la carte deux fois de suite, puis elle consulte sa montre et allume le téléviseur pour regarder la toute nouvelle émission de Dexter.

Quand le générique de fin défile à l'écran, quarante-cinq minutes plus tard, elle tente vainement de trouver un sens à ce qu'elle vient de voir. Elle ne connaît pas grand-chose aux médias, mais elle est pratiquement certaine que Dexter s'est planté. Il semblait hésitant, peu sûr de lui – presque terrifié, par instants. Confus, incapable de débiter correctement son texte et de regarder la bonne caméra au bon moment, il avait l'air d'un amateur. Les musiciens qu'il a interviewés – le rappeur en tournée, les quatre petits prétentieux de Manchester – lui ont répondu avec dédain, comme s'ils percevaient son malaise. Les jeunes gens qui composaient le public du studio ne semblaient guère plus satisfaits : ils l'ont dévisagé d'un air furieux pendant toute l'émission, bras croisés sur la poitrine, comme des ados forcés d'aller au guignol. Et il y avait de quoi être furax : Dex était si gauche, si emprunté ! Il semblait faire un effort – une première chez lui. Pour tout dire, il avait l'air... saoul. Quand le dernier groupe de la soirée est arrivé sur le plateau, Emma s'est même caché le visage dans ses mains pour ne pas voir la suite. Tétanisée, elle avait le sentiment d'assister à un crash en direct. On peut dire ce qu'on veut, mais ça, ce n'est pas normal. Inutile d'être un spécialiste des médias pour le savoir. L'époque est à l'ironie, certes, mais pas au point de considérer les huées du public comme une preuve de succès.

Elle éteint la télé. De la salle de bains lui parvient un bruit de trompette – Ian se mouche dans un gant de toilette. Elle ferme la porte et s'empare du téléphone en étirant les lèvres pour se préparer à féliciter Dexter. Le répondeur s'enclenche dans l'appartement désert de Belsize Park. « Allez – dites-moi tout ! » suggère la voix de Dex à son oreille, et Emma commence à ânonner son texte : « Coucou ! Je sais que t'es en train de fêter ça, mais je voulais quand même te dire deux choses superimportantes. D'abord, merci pour les fleurs. Elles sont magnifiques ! Tu n'aurais pas dû – vraiment. Et, surtout, bravo pour ce soir ! Tu étais vraiment génial, drôle et détendu. J'ai trouvé ça génial ! Vraiment, vraiment, génial ! » Elle s'interrompt. *Arrête avec tes « vraiment ». Il va finir par trouver ça louche.* Elle reprend. « J'ai encore un peu de mal avec ce truc du tee-shirt-sous-la-veste-de-smoking, et c'est toujours aussi rafraîchissant de voir danser des femmes dans des cages, mais à part ça, j'ai adoré l'émission. Vraiment. Je suis vraiment fière de toi, Dex. Ah oui : au cas où ça t'intéresserait, *Oliver !* s'est bien passé. »

Sa prestation commence à manquer de conviction. Mieux vaut en rester là, décide-t-elle.

« Alors, tu vois... on a tous les deux quelque chose à fêter ! Merci encore pour les roses. Bonne nuit. On s'appelle demain, d'ac ? Et on se voit toujours mardi ? Encore bravo. Sérieusement. C'était génial ! Allez, ciao. »

Dexter est debout près du bar. La fête organisée par les studios bat son plein, mais il est seul, les bras croisés, la tête rentrée dans les épaules. On vient le complimenter de temps à autre, mais personne ne s'attarde, et chaque fois qu'on lui tape sur l'épaule, il a le sentiment qu'on cherche à le consoler. Ou, dans le meilleur des cas, à le féliciter d'avoir manqué le penalty. Il a beaucoup bu, mais le champagne lui semble éventé. Rien ne parvient à le libérer de la déception, de la honte et du sentiment de gâchis qui l'assaillent.

« Ohé », murmure Suki Meadows – visiblement d'humeur contemplative – en s'asseyant à côté de lui. Avant l'émission, elle n'était que son faire-valoir. Maintenant, elle est la présentatrice-vedette. « Qu'est-ce qui t'arrive ? Tu broies du noir ?

— Salut, Suki.

— Alors ! Ça s'est bien passé, non ? »
Il en doute fort, mais ils trinquent tout de même. « Désolé pour... cette histoire de bouteille. Je te dois des excuses.
— C'est sûr.
— C'était juste pour me détendre un peu pendant l'émission, tu sais.
— Quand même... Ce serait bien d'en parler. Dès qu'on sera au calme.
— D'accord.
— Parce que je ne retournerai pas sur ce plateau avec toi si tu me refais le même coup. T'étais complètement à côté de tes pompes, Dex !
— Je sais bien. T'as raison. Je te revaudrai ça. »
Elle presse son épaule contre la sienne. « La semaine prochaine ?
— Quoi, la semaine prochaine ?
— Invite-moi à dîner. Chic et cher, s'il te plaît. Mardi prochain, ça te va ? »
Elle s'est penchée vers lui. Son front frôle le sien, à présent. Et sa main s'est posée sur sa cuisse. Il avait prévu de dîner avec Emma mardi soir, mais il sait qu'il pourra annuler sans difficulté. Elle ne lui en voudra pas. « D'accord, dit-il. Mardi prochain.
— Je meurs d'impatience. » Elle lui pince la cuisse. « Bon. Tu vas te dérider, maintenant ?
— Je te promets d'essayer. »
Suki Meadows l'embrasse sur la joue, puis s'approche de son oreille.
« MAINTENANT, VIENS DIRE BONJOUR À MA MÈRE ! »

9

Alcool et cigarettes

SAMEDI 15 JUILLET 1995

Walthamstow et Soho

```
          Portrait écarlate
               Roman
          Par Emma T. Wilde

             Chapitre I

L'inspecteur en chef Penny Machin-
chose avait vu pas mal de scènes de
crime dans sa vie, mais aucune
n'était aussi      que celle-là.
« Vous avez déplacé le corps ? »
s'enquit-elle d'un ton sec
```

Les mots s'affichaient en vert sur l'écran de son ordinateur – un vert bilieux et écœurant. Ils résultaient d'une matinée entière passée à la petite table du petit bureau situé au fond du petit appartement qu'elle habitait depuis quelques mois. Elle les lut et les relut tandis que, dans son dos, le chauffe-eau électrique gargouillait avec mépris.

Tous les week-ends, et les soirs de semaine quand elle était en forme, Emma écrivait. Elle avait commencé deux romans (le premier se déroulait au goulag, l'autre dans un futur apocalyptique) ; un album pour enfants, illustré de sa main, où il était question d'une girafe affligée d'un petit cou ; un scénario de téléfilm sur le quotidien d'une équipe de travailleurs sociaux (résolument polémique et baptisé « Tant pis pour ta gueule ! ») ; une pièce d'avant-garde sur la vie affective compliquée d'une bande de jeunes gens ; un roman *fantasy* pour adolescents mettant en scène d'horribles professeurs-robots ; une fiction radiophonique basée sur le long monologue intérieur d'une suffragette à l'article de la mort ; une bande dessinée et un sonnet. Aucun de ces travaux n'avait été mené à bien – pas même les quatorze vers du sonnet.

Les quelques lignes qui s'affichaient à l'écran constituaient la première ébauche de son tout nouveau projet : une série de romans policiers à visée commerciale, mais discrètement féministes. À onze ans déjà, Emma avait dévoré tous les Agatha Christie ; par la suite, elle avait avalé quantité de Raymond Chandler et de James M. Cain. Pourquoi ne s'essaierait-elle pas au polar, elle aussi ? Forte de ses lectures, elle avait abordé l'exercice avec confiance. Mais après une matinée d'efforts infructueux, elle devait admettre que lire et écrire sont deux activités distinctes : l'écriture ne se limite pas à régurgiter ce qu'on a absorbé. Elle avait trop souvent tendance à l'oublier, hélas. Et butait sur les questions les plus simples : quel patronyme donner à son héroïne, par exemple ? Elle était incapable de concevoir une intrigue originale et cohérente. Même son pseudonyme était médiocre : pourquoi Emma T. Wilde ? Elle commençait à douter sérieusement de ses capacités. Appartenait-elle à cette triste catégorie de gens qui passent leur vie à *essayer* de faire des trucs ? Elle avait *essayé* de former un groupe de rock, d'écrire du théâtre et de la littérature jeunesse ; elle avait *tenté* de monter sur les planches et de décrocher un job dans l'édition. L'écriture de romans policiers rejoindrait peut-être la longue cohorte de ses projets avortés, comme le trapèze, le bouddhisme et l'apprentissage de l'espagnol. Elle cliqua par curiosité sur l'icône « statistiques » de son logiciel de traitement de texte. Le verdict s'afficha aussitôt à l'écran : quarante-trois mots. Elle avait écrit quarante-trois mots ce matin – en comptant le titre et son pseudo merdique. Elle poussa un grognement, tira sur le levier hydraulique de son fauteuil de bureau et se laissa descendre un peu plus près de la moquette.

On toqua à la porte. Trois petits coups contre la paroi en contreplaqué. « Tout se passe bien dans l'aile Anne Frank ? »

Elle soupira. Combien de fois avait-elle entendu cette expression ? Pour Ian, une blague n'était jamais à usage unique : il s'en servait des dizaines et des dizaines de fois, jusqu'à ce qu'elle se disloque comme un parapluie à trois sous. Quand ils avaient commencé à sortir ensemble, l'écrasante majorité des propos de Ian (soit environ quatre-vingt-dix pour cent) se voulaient « humoristiques » : quel que soit le sujet abordé, ils comportaient un jeu de mots, une mimique, un accent ou une drôle de voix, bref, un effet comique. Au cours des mois suivants, Emma avait espéré ramener cette proportion à quarante pour cent. La concession lui semblait raisonnable... mais après deux ans de relations suivies, le ratio atteignait péniblement les soixante-quinze pour cent. Si bien que leur vie domestique semblait souffrir d'acouphènes : une constante hilarité (ou tentative d'hilarité) parasitait son cours normal. Emma n'en revenait pas. Pourquoi Ian ne mettait-il jamais son humour en jachère ? Il était en position « marche » sans discontinuer depuis deux ans ! Elle avait jeté ses draps noirs et ses sous-bocks à bière ; elle avait secrètement trié ses sous-vêtements et l'avait incité à réduire le nombre de ses fameux « rôtis du dimanche ». Puis tout s'était grippé. Il était clair, à présent, qu'elle atteignait la limite de ce qu'une femme peut changer chez un homme.

« P'tite tasse de thé pour la d'moiselle ? suggéra-t-il en imitant une femme de ménage à l'accent cockney.

— Non, merci, chéri.

— Du pain perdu ? » L'accent écossais, maintenant. « Une p'tite tranche de pain perdu, ça tenterait ma p'tite Perluette ? »

« Perluette » était une découverte récente. Sommé de se justifier, Ian lui avait expliqué qu'il la surnommait ainsi parce qu'elle était tellement, tellement perluette. Il lui avait ensuite suggéré de l'appeler « Pirloute » pour rétablir l'équilibre. Perluette et Pirloute, Pirloute et Perluette – mais ça n'avait pas pris.

« ... un peu de pain perdu ? Histoire d'avaler quelque chose avant ce soir ? »

Ce soir. Et voilà. Quand Ian passait d'un dialecte à l'autre, c'était souvent parce qu'il avait une idée derrière la tête et qu'il ne pouvait pas la formuler normalement.

« Grande soirée en perspective ! reprit-il. Mam'zelle sort avec Mike Teavee[1]. »

---

1. Obsédé par la télévision, Mike Teavee est un des enfants imaginés par Roald Dahl pour son *Charlie et la Chocolaterie*, publié en 1964 et plusieurs fois adapté au cinéma.

Elle décida d'ignorer sa remarque, mais il aggrava son cas en se penchant au-dessus d'elle pour lire les premières lignes de son roman.

« *Portrait écarlate...* »

Elle plaqua sa main sur l'écran. « Je déteste qu'on lise par-dessus mon épaule !
— Emma T. Wilde. Qui est-ce ?
— C'est mon pseudonyme. Ian, je...
— Le " T ", ça veut dire quoi ?
— Terrible.
— Top. Totalement géniale.
— Trop, comme dans "Qui trop embrasse..."
— Si tu veux que je lise...
— Pourquoi voudrais-tu lire ce truc ? C'est nul.
— Tu ne fais jamais rien de nul.
— Si. La preuve. »

Agacée, elle éteignit le moniteur. Ian soupira. Sans avoir à tourner la tête, elle *sut* qu'il arborait son air de chien battu. Son irritation se mua en remords, comme trop souvent depuis qu'elle vivait avec lui. Saisie de culpabilité, elle lui prit gentiment la main. « Désolée ! »

Il posa un baiser au sommet de son crâne. « Si j'étais toi, je changerais le "T" en "P". Comme "Putain de perfection". Emma P. Wilde. Ça sonne mieux, non ? »

Il sortit sans attendre sa réponse. Un grand classique : Lance un compliment et tire-toi. Emma ne céda pas, malgré tout. Pas immédiatement, du moins. Elle poussa la porte, ralluma le moniteur, parcourut son texte des yeux, frémit, ferma le fichier et le jeta à la corbeille. L'ordinateur émit un bruit de papier froissé. Et ce fut tout.

Le ululement de l'alarme incendie lui annonça que Ian s'était mis aux fourneaux. Elle se leva, traversa le couloir et suivit l'odeur de beurre brûlé jusqu'à la kitchenette – un bien grand mot pour désigner le coin le plus graisseux du salon de l'appartement qu'ils avaient acheté ensemble. Emma avait longtemps hésité avant de sauter le pas. « C'est le genre d'endroit où les flics sont appelés au milieu de la nuit ! » s'était-elle exclamée lors de leur première visite, mais Ian avait eu raison de ses résistances. Ses arguments étaient imparables : de « C'est ridicule de continuer à louer » à « On vit déjà pratiquement ensemble » en passant par « C'est près de ton lycée » et « Ça nous mettra le pied à l'étrier », il avait raison sur tous les plans. Ils avaient donc raclé leurs fonds de tiroir pour payer la première mensualité de l'emprunt et s'étaient offert quelques manuels de décoration intérieure (dont un sur l'art de peindre le contreplaqué de manière à lui donner l'apparence du marbre italien). Ils avaient évoqué avec enthousiasme la possibilité de faire ramoner la vieille cheminée, d'installer des étagères et des placards sur mesure, de louer un garde-meubles pour entreposer certaines de leurs affaires. La question des sols les avait occupés pendant plusieurs semaines. Fallait-il enlever la moquette et mettre le parquet au jour ? Ce serait tellement joli ! Enchanté, Ian avait décidé de louer une ponceuse et de se mettre lui-même au travail – en respectant la réglementation en vigueur, bien sûr. Ils s'étaient donc agenouillés dans leur nouvel appartement, par un samedi pluvieux de février. Pince et racloir en main, ils avaient soulevé un coin de moquette, jeté un regard découragé au mélange d'aggloméré noirci, de vieux journaux et de thibaude moisie qui se trouvait dessous… et vivement remis la moquette en place comme s'ils se débarrassaient d'un cadavre. Il y avait quelque chose de fugace et d'hésitant dans leur manière de bâtir leur nid – on aurait dit des enfants construisant une cabane –, et cette hésitation avait imprégné les lieux : malgré la peinture fraîche, les affiches encadrées aux murs, les nouveaux meubles, l'appartement avait gardé son allure miteuse et temporaire.

Penché sur la gazinière, le dos éclairé par un rayon de soleil, Ian se tenait dans la kitchenette enfumée. Emma l'observa depuis le seuil de la pièce : il était vêtu d'un vieux tee-shirt gris plein de trous, d'un caleçon et d'un pantalon de survêtement – son « jog », comme il l'appelait. Son caleçon dépassait si largement de son pantalon qu'elle n'eut aucun mal à lire les mots « Calvin Klein » imprimés sur la bande élastique. Ils comprimaient le duvet de poils bruns qui couvrait le bas du dos de Ian. Elle ignorait tout des intentions de ce M. Klein, mais il n'avait sans doute pas ce genre d'image en tête quand il avait conçu sa gamme de sous-vêtements masculins.

Elle rompit le silence. « C'est un peu brûlé, non ?

— Pas du tout : c'est *croustillant*.

— Pour toi, c'est croustillant. Pour moi, c'est brûlé.

— Laisse tomber, tu veux ? »

Silence.

« Ton caleçon dépasse, dit-elle.

— Je sais. C'est fait exprès. » En zézayant, d'une voix efféminée : « C'est la mode, mon cœur.

— C'est très provocateur, en tout cas. »

Rien. Seul lui répondit le grésillement du pain perdu en train de cramer dans la poêle.

Ian flancha le premier, cette fois. « Et le chouchou national, il t'emmène où, ce soir ? demanda-t-il sans se retourner.

— Dexter ? Je sais pas trop... Dans un resto de Soho, sans doute. » Elle le savait, en fait. Mais le restaurant en question était récemment devenu le symbole de ce qui se faisait de plus chic et de plus cher dans la capitale, et elle jugea inutile d'envenimer une conversation qui tournait déjà au vinaigre. « Ian... Si tu ne veux pas que j'y aille...

— Non, vas-y. Profites-en...
— Ou si tu veux venir avec nous...
— Harry, Sally et moi ? Je ne pense pas, non !
— Tu serais le bienvenu, pourtant.
— Pour vous écouter jacasser toute la soirée par-dessus mon épaule...
— On ne fait jamais ça !
— Vous l'avez fait la dernière fois !
— Pas du tout !
— Tu ne veux vraiment pas de pain perdu ?
— Non !
— De toute façon, j'ai un show ce soir. Je te l'ai dit, non ? Au Cabaret du Rire, à Putney.
— Un show *payé* ?
— Oui, madame ! répliqua-t-il sèchement. Tu vois : tu n'as aucun souci à te faire. J'ai de quoi m'occuper en ton absence ! »

Il entreprit de chercher bruyamment le flacon de sauce barbecue dans les placards.

Emma laissa échapper un soupir agacé. « Si tu ne veux pas que j'y aille, dis-le-moi.

— Em... On n'est pas obligés de tout faire ensemble – je le sais très bien ! Vas-y si tu veux. Et tâche de passer une bonne soirée ! » Il vida une partie du flacon de sauce dans son assiette. « Mais ne fricote pas avec lui, surtout !

— Ça ne risque pas d'arriver !
— C'est toi qui le dis.
— Il sort avec Suki Meadows !
— Et si ce n'était pas le cas ?
— Ça ne changerait strictement rien, parce que c'est toi que j'aime. »

Nouveau silence. Ça ne suffisait toujours pas, visiblement. Emma soupira. Elle traversa la cuisine en sentant ses pieds coller au lino, puis enroula ses bras autour de la taille de Ian, qui rentra aussitôt le ventre pour paraître moins enrobé qu'il ne l'était. Elle appuya sa joue contre son dos, reconnut son odeur familière, embrassa le coton gris de son tee-shirt et murmura : « Gros bêta, va ! » Ils demeurèrent enlacés un moment, puis elle comprit que Ian souhaitait commencer son repas. « Bon... Je ferais mieux d'aller corriger mes copies ! » dit-elle en pivotant sur ses talons. Vingt-huit rédactions soporifiques sur la construction du point de vue dans *Ne tirez pas sur l'oiseau moqueur*, de Harper Lee.

« Em ? fit-il à l'instant où elle quittait la pièce. Qu'est-ce que tu fais cet aprèm ? Vers 17 heures ?

— J'aurai sûrement fini. Pourquoi ? »

Il se jucha sur le plan de travail et posa son assiette en équilibre sur ses genoux. « Je me disais qu'on pourrait peut-être se mettre au lit, toi et moi. Histoire de commencer la soirée en beauté. »

Je l'aime, pensa-t-elle. Je ne suis pas amoureuse de lui, c'est tout. Non. Je ne l'aime pas vraiment, en fait. J'ai essayé, pourtant ! J'ai fait tout mon possible pour l'aimer, mais je n'y arrive pas. Je suis en train de bâtir ma vie avec un homme que je n'aime pas, et je ne sais pas quoi faire pour m'en sortir.

« Peut-être, répondit-elle. Peut-être ! » Elle plissa les lèvres pour lui adresser un baiser, sourit et regagna son bureau.

Il n'y avait plus de matins, ces derniers temps. Seulement des lendemains de cuite.

Ce matin-là, Dexter fut réveillé en sursaut vers midi par des beuglements. Il se redressa, le cœur battant, le dos baigné de sueur. Et reconnut la voix de

Heather Small, la chanteuse des M People. Il s'était encore endormi devant la télé. « Cherche le héros qui sommeille en toi ! » lui ordonnait le fameux groupe de *house music* – pour la énième fois depuis la sortie triomphale de leur single au début de l'été.

Les samedis qui suivaient la diffusion du « Giga Pop Club » se ressemblaient tous. La journée s'égrenait lentement dans l'atmosphère confinée de l'appartement de Belsize Park. Stores baissés, fenêtres fermées, Dex veillait à ne pas trop bouger la tête. Si sa mère avait été encore en vie, elle l'aurait sommé de se lever et de faire quelque chose de son week-end... mais sans elle, il n'y arrivait pas. Vêtu de son caleçon de la veille, il se traînait jusqu'au canapé de cuir noir du salon, où il passait des heures à fumer en jouant à *Ultimate Doom* sur sa PlayStation.

Ce samedi 15 juillet 1995 ne fit pas exception à la règle. L'après-midi était déjà bien entamé quand il décida de s'installer à sa table de mixage dans l'espoir de noyer sa mélancolie sous un flot de décibels. Il jouait les DJ dans des soirées privées depuis quelque temps, et ça lui plaisait. Il s'était équipé, bien sûr : outre son importante collection de CD, il possédait quelques vinyles réputés introuvables (pour lesquels il s'était fait construire des casiers en pin sur mesure), deux platines et un microphone, matériel qu'il avait dûment déduit de ses impôts. Il hantait les petits disquaires de Soho, chez lesquels on pouvait souvent l'apercevoir, arborant un énorme casque sur les oreilles comme deux moitiés de noix de coco. Pour le moment, toujours en caleçon, il produisit nonchalamment quelques séquences *break-beats* sur sa toute nouvelle console de mixage laser. Il attendait des potes la semaine prochaine et leur avait promis un sacré set. Il parvint à aligner plusieurs morceaux, mais ça manquait de… De caractère, peut-être ? Il finit par renoncer. « Rien ne vaut le vinyle ! » lança-t-il à son public, avant de se rappeler qu'il était seul dans l'appartement.

Accablé par une nouvelle vague de mélancolie, il poussa un profond soupir et se dirigea vers la cuisine d'un pas lent et précautionneux, comme s'il se remettait d'une intervention chirurgicale. L'énorme réfrigérateur était plein à craquer : plusieurs dizaines de bouteilles de cidre s'alignaient sur les clayettes. Pas n'importe quel cidre : une nouvelle marque, branchée et haut de gamme. Outre son travail à la télévision (certains parlaient d'« esthétique du crash » pour décrire l'émission, ce qui était bon signe, apparemment), Dex s'était lancé dans une nouvelle activité : l'enregistrement de messages publicitaires. Sa voix offrait l'insigne avantage d'être neutre : impossible, en l'écoutant, de déterminer son origine sociale, affirmaient ses clients avec ravissement. Il symbolisait selon eux une nouvelle race d'*Homo britannicus* : les citadins dotés d'un énorme pouvoir d'achat qui assumaient sans complexe leur masculinité, leurs pulsions sexuelles, leur goût des belles voitures, des montres en titane et des gadgets en acier brossé. Dexter avait donc été recruté par cette marque de cidre destinée aux jeunes cadres dynamiques habillés en Ted Baker, ainsi que par un fabricant de rasoirs jetables, désireux de promouvoir son nouveau modèle (un instrument futuriste composé d'une multitude de lames et d'une bande lubrifiante qui laissait une trace baveuse sur son sillage, comme si quelqu'un s'était mouché dans votre menton). Et ce n'était que le début : d'autres contrats suivraient dans les semaines à venir, Dex n'en doutait pas.

Ce mois-ci, il avait même fait une incursion dans l'univers du mannequinat, une ambition qu'il nourrissait depuis longtemps sans oser la formuler, mais qu'il s'était empressée de justifier en prétendant avoir accepté le contrat « pour rigoler un bon coup ». Il avait donc posé pour la rubrique Mode d'un grand magazine masculin : neuf pages consacrées au style « Gangster chic », illustrées de clichés le montrant cigare au bec ou mortellement blessé, le corps criblé de balles, dans une succession de vestes croisées d'une suprême élégance. Il avait disséminé plusieurs exemplaires de la revue dans l'appartement, de manière à ce que ses hôtes tombent « par hasard » sur la série de photos. Il y en avait même un aux toilettes. Il lui arrivait parfois, lorsqu'il était assis sur la cuvette, d'admirer ce double de lui-même. Mort, certes – mais vêtu comme un prince et couché sur le capot d'une Jaguar. La grande classe, quoi.

Symboliser l'esthétique du crash sur une chaîne nationale lui convenait à merveille, mais il ne pourrait pas se crasher indéfiniment. Dans un avenir plus ou moins proche, il faudrait qu'il passe à autre chose. Qu'il renonce aux émissions « génialement nulles » qui le définissaient aujourd'hui pour faire quelque chose de bien. De *vraiment* bien, cette fois. C'est dans cette optique, et pour acquérir un semblant de crédibilité, qu'il avait monté sa propre boîte de production, Mayhem TV. Pour le moment, la SA se réduisait à un joli logo imprimé sur plusieurs kilos de papier et de cartes de visite, mais les affaires, c'est sûr, n'allaient pas tarder à décoller. Bien obligé, non ? Aaron, son agent, l'avait récemment mis en garde : « En matière d'émissions jeunesse, y a pas meilleur animateur que toi, Dexy. Le problème, c'est que tu n'es plus très jeune. » Alors, Dexter pensait à l'étape suivante. Dans quel autre domaine serait-il susceptible de briller ? Comment tirer profit des occasions qui s'offraient à lui ? Le cinéma, par exemple ? Il connaissait pas mal d'acteurs, professionnellement *et* personnellement. Il jouait au poker avec certains d'entre eux et, franchement, s'ils pouvaient le faire, pourquoi pas lui ?

Oui, sur le plan professionnel et personnel, les deux années écoulées avaient été bien remplies : pris dans un tourbillon de perspectives, de rencontres, de nouveaux amis, de petits-fours et de premières, il avait survolé plusieurs fois la ville en hélicoptère et passé des heures à jacasser sur ses équipes de football favorites. Il y avait eu quelques moments critiques : un sentiment d'anxiété le saisissait parfois au point de le paralyser, et il avait été surpris une ou deux fois en train de vomir en pleine rue après une soirée trop arrosée. Sa présence dans un bar ou une boîte de nuit n'était pas toujours bien perçue : il avait souvent été insulté, voire frappé, par la clientèle masculine. Quelques semaines plus tôt, il avait été expulsé de scène à coups de bouteilles de bière alors qu'il présentait un concert de Kula Shaker – un des pires souvenirs de sa carrière. Un journaliste en vogue l'avait récemment classé dans la colonne « ringards » de sa liste de célébrités, ce qui avait lourdement pesé sur son moral. Vexé, il avait tenté d'y voir une manifestation de dépit, reléguant ledit journaliste parmi les grincheux qui jalousaient son triomphe. L'envie, se répétait-il, est l'impôt du succès.

D'autres sacrifices avaient été nécessaires. Dex avait dû rompre avec certains de ses amis d'université – il le regrettait, bien sûr. Mais on n'était plus en 1988, après tout ! Callum, son ancien colocataire, s'obstinait à lui laisser des messages de plus en plus sarcastiques, mais il finirait par renoncer, lui aussi.

Qu'attendaient-ils de lui, au juste ? Ils n'allaient quand même pas vivre ensemble jusqu'à leur dernier souffle ! « Les amis, disait-il souvent, c'est un peu comme les vêtements : agréables tant qu'ils sont encore neufs, ils s'usent et se démodent avec le temps... ou nous lassent, tout simplement. » Confiant dans cet adage, il avait adopté la stratégie du « trois pour un » : il compensait chaque copain rayé de son carnet d'adresses par trois, voire dix, vingt ou trente nouveaux amis plus en vue et plus sexy. Leur volume ne cessait d'augmenter, si bien qu'il jonglait désormais avec un nombre impressionnant de relations – qu'il fréquentait avec plus ou moins de plaisir, d'ailleurs. Il était célèbre, ou *tristement* célèbre, pour ses cocktails, sa générosité sans bornes, ses talents de DJ et les *after* qu'il organisait chez lui après les soirées organisées par les studios. Des *after* si déjantés qu'il s'apercevait souvent en se réveillant, dans le chaos de son appartement enfumé, que ses invités lui avaient piqué son portefeuille en partant.

Aucune importance. L'époque était faite pour lui. Il était jeune, riche, célèbre et britannique. Que demander de plus ? Arrivé au bon endroit au bon moment, il profitait de l'euphorie générale. Londres était en effervescence, et il avait parfois le sentiment que c'était un peu grâce à lui. Heureux propriétaire d'un modem, d'un lecteur CD portable et d'une grande quantité de boutons de manchettes, il sortait avec une célébrité, possédait un frigo bourré de cidre haut de gamme et une salle de bains remplie de rasoirs multilames et, bien qu'il ne soit pas fan de cidre et que les rasoirs de ce fabricant lui irritent la peau, la vie était plutôt belle aujourd'hui, dans cette pièce aux stores baissés, au beau milieu de la journée, de l'année et de la décennie, au cœur de la ville la plus branchée du monde.

L'après-midi s'étirait paresseusement devant lui. Bientôt, très bientôt, il appellerait son dealer. Ce soir, il était invité à une fête d'enfer, dans une belle baraque de Notting Hill, sur Ladbroke Grove. Il devait dîner avec Emma avant d'y aller, mais il parviendrait sûrement à se débarrasser d'elle vers 23 heures.

Allongée dans un bain parfumé à l'avocat, Emma entendit la porte de l'appartement se refermer derrière Ian, qui partait pour le Cabaret du Rire à Putney. Son trajet serait aussi long que sa performance serait brève : quinze petites minutes, évidemment pathétiques, sur les chiens, les chats, et tout ce qui les différenciait. Elle prit le verre de vin posé au pied de la baignoire et le tint à deux mains en observant le mitigeur avec irritation. La jubilation qui avait présidé à l'achat de leur domicile s'était estompée avec une rapidité déconcertante. Leurs biens communs semblaient déjà fragiles, presque miteux, dans le petit appartement aux murs trop minces, aux sols couverts d'une moquette choisie par le précédent propriétaire. Rien n'était sale – Ian et Emma avaient nettoyé toutes les surfaces à la paille de fer avant d'emménager – mais tout semblait poisseux et les lieux dégageaient une odeur de vieux carton aussi tenace que déconcertante. Le premier soir, quand ils avaient ouvert une bouteille de champagne après le départ des déménageurs, elle avait failli fondre en larmes. « Ça prend toujours un peu de temps pour se sentir chez soi, avait assuré Ian en la prenant dans ses bras, cette nuit-là. Mais on a mis le pied à l'étrier ! » avait-il ajouté avec satisfaction. Elle avait frémi. L'idée de « gravir ensemble les échelons du succès », comme il aimait le répéter, de les gravir un à un, année après année, lui avait complètement sapé le moral. D'autant qu'elle n'avait pas la moindre idée de ce qui les attendait là-haut, tout en haut de l'échelle...

Ça suffit, s'enjoignit-elle. L'heure n'était pas à la déprime : la soirée s'annonçait festive. Exceptionnelle, même. Elle se hissa hors du bain, se brossa vigoureusement les dents et les nettoya au fil dentaire, s'aspergea d'eau florale (elle adorait son parfum boisé, si vivifiant) et entreprit de chercher une tenue appropriée dans sa modeste garde-robe. Ce qu'elle craignait par-dessus tout ? Avoir l'air d'une prof d'anglais un peu nunuche ravie de sortir au bras de son célèbre copain d'enfance. Après mûre réflexion, elle opta pour une paire d'escarpins très inconfortables et une petite robe noire achetée chez Karen Millen un jour où elle avait trop bu.

Jetant un regard à sa montre, elle constata qu'elle avait un bon quart d'heure d'avance – et alluma le téléviseur. Suki Meadows apparut à l'écran. Chargée de dénicher « l'animal domestique le plus doué du pays », elle se trouvait maintenant sur le front de mer de Scarborough, où elle présentait aux téléspectateurs l'attraction de la semaine : un chien capable de jouer du tambour. Baguettes scotchées aux pattes, la pauvre bête se démenait au-dessus d'une petite caisse claire qu'elle frappait de temps en temps, provoquant l'hilarité de Suki. Loin de trouver le spectacle désolant ou dérangeant (ce qu'il était, incontestablement), la compagne de Dexter pétillait d'admiration et d'enthousiasme. Horrifiée, Emma faillit appeler Dex pour annuler leur dîner. À quoi bon se voir, dans ces circonstances ? Qu'auraient-ils à se dire ?

Sa petite amie n'était pas seule en cause. Ça ne marchait pas fort entre Em et lui, ces derniers temps.

Il annulait fréquemment leurs rendez-vous à la dernière minute et, lorsqu'ils réussissaient enfin à se voir, il semblait distrait, mal à l'aise. Ils échangeaient des propos railleurs d'une voix étranglée. Incapables de se faire rire, ils se dénigraient l'un l'autre avec dépit. Leur amitié ressemblait à un bouquet de fleurs flétries. À quoi bon s'obstiner à changer l'eau ? Ne valait-il pas mieux les laisser mourir, tout simplement ? Aucune amitié n'était éternelle, elle avait eu tort de le penser. Elle avait beaucoup d'autres amis : ceux qu'elle avait rencontrés à l'Institut de formation des maîtres, ceux de la fac d'Édimbourg, ceux de Leeds... et Ian, bien sûr. Mais à qui confier ses doutes à propos de Ian ? Pas à Dexter, en tout cas. *Plus* à Dexter. Le chien jouait toujours du tambour, Suki Meadows riait, riait, et... et Emma éteignit brutalement le téléviseur.

Elle s'observa dans le miroir de l'entrée. Loin de paraître discrètement sophistiquée, comme elle l'avait espéré, elle avait l'air de s'être lancée dans un changement de look et de l'avoir abandonné à mi-parcours. Elle engloutissait des assiettes entières de chorizo, ces temps-ci. Résultat : elle avait une petite brioche à la place du ventre. « Tu es superbe ! » lui aurait assuré Ian s'il avait été là, mais elle était seule devant la glace. Et ne voyait rien d'autre que le renflement de son estomac sous le satin noir de sa robe. Elle posa une main dessus, quitta l'appartement et se dirigea vers la gare – première étape du long, du très long trajet qui la conduirait de cet ex-HLM de la banlieue nord jusqu'au centre de la capitale.

« OHÉ ! »
Le soir se couchait sur Frith Street. La nuit s'annonçait douce, presque chaude. Et il était au téléphone avec Suki Meadows.

« TU L'AS VU ?
— Quoi ?
— LE CHIEN ! CELUI QUI JOUAIT DU TAMBOUR ! C'ÉTAIT COMPLÈTEMENT DINGUE ! »

Dexter attendait Emma devant le Bar Italia, chic et mat dans sa chemise et son costume noirs, un *trilby* négligemment juché à l'arrière du crâne. Il tenait son téléphone portable à dix centimètres de son oreille. C'était efficace, mais pas suffisant. De toute façon, Suki parlait si fort qu'il continuerait de l'entendre même s'il raccrochait.

« ... LES PETITES BAGUETTES SUR SES PETITES PATTES !

— C'était tordant », renchérit-il, bien qu'il ait volontairement manqué l'émission. Il n'avait pas l'habitude d'être jaloux (n'était-ce pas terriblement inconfortable ?), mais il était conscient des ragots qui couraient sur leur compte : on disait partout que Suki avait plus de talent que lui, qu'elle portait l'émission sur ses épaules et le tenait à bout de bras. Il se rassurait en se répétant que l'actuelle popularité de sa compagne auprès des studios, son gros salaire et le nombre grandissant de ses fans résultaient d'une sorte de compromis artistique. « L'animal domestique le plus doué du pays » ? Franchement, il n'aurait jamais accepté de faire un truc pareil. Même si on le lui avait demandé.

« NEUF MILLIONS DE TÉLÉSPECTATEURS CETTE SEMAINE ! PEUT-ÊTRE DIX...

— Suki, est-ce que je peux t'expliquer quelque chose ? Tu n'as pas besoin de crier dans le téléphone, tu sais. Il s'en charge pour toi... »

Elle prit la mouche et lui raccrocha au nez. Emma, qui arrivait sur le trottoir opposé, entendit Dexter insulter le petit appareil qu'il tenait en main. Elle s'arrêta pour le contempler. Il portait bien le costume, comme toujours. Dommage qu'il ait jugé utile d'arborer ce chapeau ridicule : ça gâchait tout. Seul avantage : il n'avait pas d'écouteurs sur les oreilles. Elle en était là de ses observations quand il l'aperçut. Son beau visage s'éclaira. Elle traversa la rue, le cœur gonflé de tendresse. D'espoir, aussi, pour la soirée à venir.

« Je l'aurais déjà balancé, si j'étais toi ! » décréta-t-elle en désignant l'appareil d'un signe de tête.

Il le glissa dans sa poche et l'embrassa sur la joue. « Si tu avais le choix entre m'appeler *moi*, personnellement, ou appeler mon bureau, qu'est-ce que tu...

— J'appellerais ton bureau.

— Et si je ratais l'appel ?

— Seigneur ! Ce serait terrible, ironisa-t-elle.

— On n'est plus en 1988, Em...

— Je le sais aussi bien que...

— Six mois. Dans six mois tu auras capitu...

— Jamais...

— On parie ?

— D'accord. Si je m'achète un téléphone portable, je... je t'invite à dîner !

— Ce serait bien la première fois !

— Tu vas t'abîmer le cerveau, en plus !

— Les portables n'abîment *pas* le cerveau, Em. Combien de fois faut-il que...

— Qu'est-ce que t'en sais ? »

Ils se turent, vaguement conscients d'avoir mal entamé la soirée.

« J'arrive pas à croire que tu sois déjà en train de me critiquer ! maugréa-t-il.

— C'est mon boulot, non ? » Elle sourit et l'enlaça, pressant sa joue contre la sienne. « Je ne te critique pas. Pardon. Pardon. »

Il posa une main sur la peau nue de son cou. « Ça fait longtemps.

— Beaucoup trop longtemps. »

Il recula d'un pas. « Tu es ravissante, au fait.

— Merci. Toi aussi.

— Non, pas "ravissant"...

— Disons "beau", alors. Tu es très beau.

— Merci. » Il prit ses mains dans les siennes. « Tu devrais te mettre en robe plus souvent. Tu as l'air presque féminine, comme ça.

— J'aime bien ton chapeau, mais je l'aimerais encore plus si tu l'enlevais.

— Mazette ! T'as même mis des talons ! »

Elle tendit une jambe vers lui. « Ce sont les premiers escarpins orthopédiques du monde. »

Bras dessus, bras dessous, ils se frayèrent un chemin parmi les passants pour atteindre Wardour Street. Emma ralentit bientôt le pas, intriguée par la veste de Dexter. « Qu'est-ce que c'est ? dit-elle en frottant le tissu entre son pouce et son index. Du velours ? Du poil de chameau ?

— De la moleskine.

— Ah oui ? J'avais un survêt comme ça il y a quelques années.

— On forme un beau couple, non ? Dex et Em...

— Em et Dex. Comme Ginger Rogers et Fred Astaire...

— Richard Burton et Elizabeth Taylor...

— Marie et Joseph... »

Dexter rit, lui prit la main et l'entraîna vers le restaurant.

Bâti dans un ancien parking souterrain, le Poséidon ressemblait à un énorme bunker. On y entrait par un escalier magistral, qui déployait ses volutes au-dessus de la grande salle du restaurant. Conçu de manière à paraître suspendu, il constituait l'attraction de la soirée, les convives passant le plus clair de leur temps à évaluer la beauté ou la célébrité des nouveaux arrivants. Convaincue de n'être ni belle ni célèbre, Emma se contenta de le descendre en tenant la rampe d'une main tandis qu'elle posait l'autre sur son ventre – jusqu'à ce que Dexter s'en empare et se fige au beau milieu de l'escalier. Il promena un regard impérial sur les lieux, comme s'il en était l'architecte.

« Alors... Qu'est-ce que tu en penses ? »

Les propriétaires avaient cherché à évoquer l'ambiance d'un paquebot de luxe des années 1920. L'effet n'était qu'à moitié atteint. Les banquettes en velours, les serveurs en livrée portant des cocktails, les hublots factices et l'absence de lumière naturelle contribuaient plutôt à créer l'illusion d'une vie sous-marine, comme si le restaurant venait de heurter un iceberg et commençait à couler à pic. Le bruit, l'ostentation de la décoration, le culte affiché de la jeunesse, du sexe, de l'argent et l'odeur tenace de l'huile de friture allaient à contre-courant de l'élégance et de l'époque visées. Et sapaient cette pathétique tentative de recréation de l'entre-deux-guerres. Toute l'élégance, tout le velours bordeaux et le lin couleur pêche du monde n'auraient pas suffi à étouffer le vacarme qui s'échappait de la cuisine américaine (carrelage blanc et acier brossé) où régnait le chaos le plus total. *Génial ! Les années 1980 sont enfin de retour.*

« Tu es sûr de toi ? s'enquit-elle. C'est certainement hors de prix.

— Je te l'ai déjà dit : c'est moi qui t'invite ! » Il s'aperçut que l'étiquette de sa robe dépassait dans son dos. Il la remit en place après y avoir jeté un œil, puis il lui prit la main et l'entraîna d'un pas plein d'allant, à la Fred Astaire, au cœur de cette débauche d'argent, de sexe et de jeunesse.

Un bel homme engoncé dans une absurde veste à épaulettes leur annonça que leur table serait prête dans dix minutes et les invita à patienter au bar, où un autre officier d'opérette jonglait avec des bouteilles.

« Qu'est-ce que tu prends, Em ?
— Un gin tonic ? »

Il fit la moue. « On n'est pas au Mandela Bar ici ! Je vais te commander un *vrai* cocktail... Deux dry martinis au Bombay Sapphire, ordonna-t-il au barman. Très secs, avec un zeste de citron. » Emma tenta de protester, mais il l'interrompit d'un geste. « Fais-moi confiance. Ce type est le roi du martini. Tout Londres vient boire ici. »

Le barman se mit au travail. Elle s'extasia docilement pendant toute la durée de sa performance, que Dexter lui commenta étape par étape. « Tu vois ? Il faut que tout soit très, très froid avant de commencer. C'est ça, le truc. Tu réfrigères le verre en le remplissant d'eau glacée, et tu sors la bouteille de gin du congélateur au dernier moment.

— Comment tu sais tout ça ?
— Ma mère m'a appris à faire les cocktails quand j'avais... neuf ans, je crois. » Ils trinquèrent en silence à la mémoire d'Alison et se sentirent de nouveau pleins d'espoir – pour la soirée et pour l'avenir de leur amitié.

Emma porta son verre à ses lèvres. « C'est la première fois que je bois un martini gin. » La première gorgée l'enchanta : c'était délicieux, glacé, immédiatement enivrant. Parcourue de frissons, elle veilla à ne pas renverser le précieux liquide. Elle s'apprêtait à remercier Dexter quand il lui confia son verre, déjà bien entamé.

« Je vais aux toilettes. Elles sont géniales, ici. Les plus belles de Londres.

— J'ai hâte de voir ça ! » répliqua-t-elle, mais il était déjà parti. Elle demeura seule face au bar, un cocktail dans chaque main. Et fit de son mieux pour paraître élégante et sûre d'elle – sans quoi on risquait de la prendre pour une serveuse.

Une jeune femme surgit brusquement devant elle. Grande, vêtue d'une guêpière à motifs léopard, d'un porte-jarretelles et d'une paire de bas noirs. Son apparition fut si soudaine et saisissante qu'Emma laissa échapper un petit cri. Et renversa un bon tiers de son martini sur son poignet.

« Cigarettes ? » Demi-nue, splendide et voluptueuse, la fille ressemblait aux créatures de rêve que les pilotes de l'armée américaine faisaient graver sur le fuselage de leurs B52. Son opulente poitrine semblait reposer sur une corbeille remplie de tabac. « Voulez-vous des cigarettes ? répéta-t-elle en souriant sous son fond de teint tandis qu'elle remettait en place son tour de cou en velours noir.

— Oh, non ! Je ne fume pas », répondit Emma, comme s'il s'agissait d'un défaut auquel elle espérait remédier dans les plus brefs délais – mais la créature avait déjà reporté son attention sur quelqu'un d'autre. Tout sourires, elle agita l'épaisse dentelle noire de ses cils.

« Et vous, monsieur ? Voulez-vous des cigarettes ?

Dexter, qui revenait des toilettes, prit son portefeuille dans la poche intérieure de sa veste en examinant les marchandises proposées sous le décolleté. Après mûre réflexion, il désigna un paquet de Marlboro light. La Fille aux Cigarettes opina comme si monsieur avait fait un excellent choix.

Il lui tendit un billet de cinq livres plié dans le sens de la longueur. « Gardez la monnaie », dit-il en souriant plus largement. Y avait-il une phrase plus exaltante, plus libératrice que celle-ci ? Autrefois, il avait des réticences à la prononcer. Elle le gênait. Plus maintenant. La vendeuse lui décocha le sourire le plus aphrodisiaque qui soit, et l'espace d'un instant, il se surprit à penser qu'il aurait préféré dîner avec cette femme-là, ce soir, plutôt qu'avec Emma. C'était cruel, bien sûr – mais qu'y pouvait-il ?

Regarde-le, ton petit chéri ! songea Emma, agacée par la lueur d'autosatisfaction qui brillait dans les yeux de Dexter. Autrefois, quand elle était plus jeune, tous les mecs qu'elle connaissait se prenaient pour Che Guevara. Aujourd'hui, ils se rêvaient en Hugh Hefner, le patron de *Playboy*. Avec une console de jeu, si possible. Quand la Fille aux Cigarettes s'éloigna en roulant des hanches, Dex baissa les yeux, l'air lubrique, comme s'il voulait lui pincer les fesses. Ce qu'il aurait peut-être fait, d'ailleurs, si Emma n'avait pas été là.

« Tu as bavé sur ta moleskine.
— Pardon ?
— Qu'est-ce que c'est que ce cirque ?
— C'est la Fille aux Cigarettes, expliqua-t-il nonchalamment en glissant le paquet de Marlboro dans la poche de sa veste. Le resto est connu pour ça. C'est glamour, un peu théâtral…
— Si c'est glamour, pourquoi elle s'habille comme une pute ?
— Je sais pas, Em. Ses collants en laine étaient peut-être au sale. » Il reprit son verre et le vida d'un trait. « C'est post-féministe, je crois.
— Ah… C'est comme ça que ça s'appelle, maintenant ? » répliqua-t-elle d'un air dubitatif.

Il désigna le postérieur rebondi de la vendeuse. « Tu pourrais lui ressembler, si tu voulais.

— Personne n'est aussi doué que toi pour le hors-sujet, Dex.

— Ce que je veux dire, c'est que… c'est une histoire de choix personnel. C'est sûrement très libérateur de…

— Tu as l'esprit affûté comme une lame de rasoir, ce soir.

— Arrête ! Si elle porte cette tenue, c'est qu'elle l'a voulu !

— Ah oui ? Si elle refusait, elle serait renvoyée, à mon avis.

— Pareil pour les serveurs, s'ils refusaient de mettre des épaulettes ! Et qui te dit qu'elle n'y prend pas plaisir ? Peut-être que ça l'amuse de s'habiller comme ça ! Peut-être qu'elle se sent sexy ! Ça, c'est du féminisme, non ?

— Ce n'est pas exactement la définition qu'en donne le dictionnaire…

— N'essaie pas de me faire passer pour un macho, Emma. Je suis aussi féministe que toi ! » Elle leva les yeux au ciel, lui rappelant à quel point elle pouvait être crispante. Une vraie bêcheuse, quand elle s'y mettait. « Mais si ! insista-t-il. Je suis féministe !

— Et tu défendras jusqu'à ton dernier souffle le droit des femmes à montrer leurs seins pour un billet de cinq livres, c'est ça ? »

Ce fut à lui de lever les yeux au ciel. « On n'est plus en 1988, rétorqua-t-il avec un rire condescendant.

— Tu me serines ça depuis tout à l'heure, mais je ne comprends toujours pas ce que ça veut dire !

— Arrête de mener des combats qui sont déjà perdus, voilà ce que ça veut dire ! Être féministe, c'est se battre pour le respect des droits, pour l'égalité des chances et des salaires... pas pour juger de ce qu'une femme peut ou ne peut pas porter de son plein gré le samedi soir ! »

Emma en demeura bouche bée d'indignation. « Mais... Ce n'est pas du tout ce que je...

— Cesse de me critiquer ! Je t'offre à dîner, non ? »

Et voilà. Comme souvent ces derniers temps, elle fit un effort sur elle-même pour se rappeler qu'elle était amoureuse de lui ou, du moins, qu'elle l'avait été autrefois. La discussion risquait de s'envenimer. Mieux valait y mettre un terme. Pourtant, elle sentait qu'elle pourrait avoir le dessus et convaincre Dex de la validité de ses arguments... mais à quoi bon gâcher la soirée ? Elle plongea le nez dans son cocktail, mordit le verre pour se calmer et compta lentement jusqu'à dix, avant de déclarer : « Changeons de sujet, tu veux bien ? »

Il ne l'écoutait plus : le maître d'hôtel venait de lui faire signe. « Viens, dit-il. Notre table est prête. »

Ils s'installèrent face à face, chacun sur une banquette de velours violet, et scrutèrent le menu en silence. Emma, qui s'attendait à déguster une cuisine française de qualité, fut surprise par la banalité des mets proposés : croquettes de poisson, hachis Parmentier, hamburgers – le tout à des prix exorbitants, bien sûr. Cantine de luxe, le Poséidon était manifestement le genre d'endroit où l'on vous servait du ketchup dans une saucière en argent. « C'est très anglais ici, très moderne », lui expliqua patiemment Dexter, comme si le fait de payer une fortune pour une assiette de saucisses-purée était éminemment anglais et merveilleusement moderne.

« Je vais prendre des huîtres, annonça-t-il. Les marennes, je crois.

— Pas leurs filleules ? s'enquit-elle faiblement.

— Pardon ?
— Tu préfères pas les filleules aux marraines ? »
Seigneur ! Ian n'aurait pas fait pire.

Dexter fronça les sourcils, perplexe. Et reporta son attention sur le menu. « Non, elles sont plus douces, plus nacrées, plus délicates que les huîtres de roche. Je vais en prendre une douzaine.

— Je ne te savais pas si connaisseur !
— J'adore la bouffe. Le vin et la bouffe.
— Oui, je me souviens encore de la poêlée de thon que tu m'as préparée, il y a quelques années. Une saveur incomparable ! C'était quoi, déjà ? De l'ammoniaque ?
— Je ne te parle pas de *faire* la cuisine, mais de la *déguster*. Au restaurant. Je prends quasiment tous mes repas à l'extérieur, maintenant. Du coup, je suis devenu une sorte d'expert, tu comprends ? D'ailleurs, on m'a proposé de bosser comme critique gastronomique dans un des suppléments du dimanche.
— Tu vas tester les nouveaux restos, alors ?
— Non : les bars à cocktails. Pour une nouvelle rubrique hebdomadaire... Un truc qui s'appellera "Le pilier de bar", dans lequel je raconterai mes soirées, mes coups de cœur, mes rencontres... Une colonne chic et mondaine, quoi.
— Tu l'écrirais toi-même ?
— Évidemment ! » s'exclama-t-il, alors qu'on lui avait assuré le contraire. En fait, il n'aurait qu'à signer au bas du texte qu'un nègre aurait rédigé pour lui.

« Les cocktails... Qu'est-ce que tu pourras bien raconter sur un sujet pareil ?
— Il y a beaucoup à dire, figure-toi. C'est très à la mode, en ce moment. C'est rétro, c'est glamour... Les gens adorent ça. Et puis... » Il porta son verre

vide à ses lèvres. « ... je suis un peu mixologiste, moi aussi.

— Microbiologiste ?

— Non. Mixologiste.

— Désolée, j'ai cru que tu disais "microbiologiste".

— La mixologie est la science des cocktails. Vas-y. Demande-moi la recette d'un cocktail – n'importe lequel. »

Elle appuya son index sur son menton. « D'accord. Disons... Un demi bien tassé !

— Je suis sérieux, Em. C'est une vraie discipline, tu sais.

— Quoi ?

— La mixologie. Il y a des écoles spécialisées pour ça.

— Tu aurais dû en faire une, au lieu de t'inscrire à la fac.

— Ça m'aurait été plus utile que mon putain de diplôme, en tout cas ! »

Sa remarque était si amère, si coupante, qu'Emma eut un mouvement de recul. Il se raidit, lui aussi. Étonné par sa propre véhémence, il s'empara de la carte des vins pour dissimuler son embarras. « Qu'est-ce que tu préfères ? Du rouge ou du blanc ? Je vais commander un autre martini, puis nous prendrons un muscadet bien sec pour accompagner les huîtres, avant de passer à... un margaux, peut-être ? Qu'est-ce que t'en penses ? »

Il passa commande, puis repartit aux toilettes. En emportant son deuxième martini, ce qu'Emma trouva inhabituel et vaguement dérangeant. De longues minutes s'écoulèrent. Pour s'occuper, elle lut l'étiquette du muscadet, la relut, puis leva les yeux en se demandant depuis combien de temps Dex était si... si *mixologiste* ? D'où lui venaient cette mauvaise humeur, ce tempérament ombrageux et susceptible ? Ils n'auraient pas dû se disputer. Au fond, elle se fichait pas mal de la Fille aux Cigarettes. De sa guêpière léopard et de ses bas résille. Ce n'était pas si important que ça. Elle aurait mieux fait d'en rire, au lieu de monter sur ses grands chevaux ! Elle décida de se détendre. D'essayer de s'amuser un peu. Elle passait la soirée avec Dexter, oui ou non ? C'était son meilleur ami, tout de même. Elle l'adorait – n'est-ce pas ?

Courbé au-dessus de la citerne des toilettes les plus insensées de Londres, Dexter pensait quasiment la même chose. Il adorait Emma. Oui, il l'adorait, mais il supportait de moins en moins son côté prêchi-prêcha, suffisant, bien-pensant, comme si elle sortait en permanence d'un centre d'aide sociale ou d'un théâtre coopératif. Elle n'avait pas changé d'un iota depuis 1988, bordel ! Elle était si... si... *subventionnée*. Ce n'était pas approprié, surtout dans un resto comme celui-ci, spécialement conçu pour donner aux hommes le sentiment d'être des clones de James Bond. Après avoir subi les pesanteurs idéologiques du système éducatif britannique dans les années 1980 (on se serait cru au goulag, franchement !), l'atmosphère sinistre et culpabilisante qui régnait à l'époque et le matraquage politique permanent des gauchistes, il avait enfin l'occasion de s'amuser un peu. Il y avait droit, non ? En quoi était-ce répréhensible d'aimer boire, fumer et flirter avec de jolies filles ?

Et ce n'était pas tout : en plus de le sermonner, Emma se moquait de lui en permanence ! Quand cesserait-elle de le railler, de le narguer ? À quoi bon lui rappeler ses échecs ? Il s'en souvenait aussi bien qu'elle ! Et cette manière qu'elle avait de dénigrer tout ce qui était chic et cher, ses remarques sur ses prétendues « grosses fesses » et ses « escarpins orthopédiques » ! Ça lui tapait sur le système. Il en avait plus qu'assez de l'entendre se déprécier en permanence. Quelle comédienne ! Que Dieu lui épargne ce genre de filles, leurs sarcasmes et leurs rebuffades, leurs complexes et leurs incertitudes. Pourquoi Emma n'était-elle pas plus féminine ? Qu'y avait-il de mal à faire preuve d'un peu de grâce et d'élégance ? Pourquoi ne pas assumer son charme et ses atouts, au lieu de se conduire comme une petite vendeuse de frites ?

Et cette histoire de classes sociales, pourquoi fallait-il qu'elle ramène sans cesse ses origines populaires sur le tapis ? C'était insupportable, à la fin ! Il lui offrait à dîner dans le resto le plus *in* du moment, et elle se transformait en pasionaria de la cause ouvrière ! Quelle prétention, quel égoïsme de sa part ! Cette comédie sociale le rendait dingue. C'était toujours la même chanson : madame avait fait toute sa scolarité dans le public, ses parents ne l'emmenaient jamais en vacances à l'étranger, elle n'avait pas mangé d'huîtres avant ses vingt-cinq ans... et alors ? Elle en avait presque trente, maintenant. Son enfance était loin, très loin derrière elle. Il était temps qu'elle agisse par elle-même et pour elle-même ! Il donna une livre au Nigérian qui lui avait tendu une serviette propre quand il s'était lavé les mains, et sortit des toilettes. Il aperçut Emma à l'autre bout du restaurant, seule dans sa robe de veuve bon marché, les doigts crispés sur sa fourchette — et fut submergé par une nouvelle vague d'irritation. Il tourna la tête. Accoudée au zinc, la Fille aux Cigarettes était seule. Leurs regards se croisèrent. Elle lui sourit. Il décida de faire un petit crochet par le bar avant de rejoindre sa place.

« Vingt Marlboro light, s'il vous plaît.

— Encore ? » dit-elle en riant. Leurs poignets se frôlèrent au-dessus du plateau.

« Que voulez-vous ? Je suis comme les chiens des douaniers. J'ai tout de suite repéré que vous faisiez de la contrebande. »

Elle rit de nouveau, et il l'imagina assise près de lui sur la banquette en velours, sa cuisse gainée de soie offerte à ses caresses. Il sortit son portefeuille de sa poche. « En fait, je vais à une soirée avec ma vieille copine de fac... » Il désigna Emma d'un signe de tête, avant de poursuivre : « ... et je ne veux pas risquer d'être à court de cigarettes. » Ravi d'avoir qualifié Em de bonne copine, il tendit un billet de cinq livres à la jolie vendeuse à demi nue. Plié en deux dans le sens de la longueur, le billet passa de ses doigts à ceux de la fille. « Gardez la monnaie ! » ajouta-t-il.

Elle sourit plus largement. Il remarqua que son rouge à lèvres écarlate avait filé sur ses belles dents blanches. Il dut se retenir pour ne pas la saisir par le menton et effacer lui-même la trace rouge avec son pouce.

« Vous avez du rouge...
— Où ça ? »

Il pointa l'index vers sa bouche. « Ici.

— Je suis insortable ! » Elle passa plusieurs fois la pointe de sa langue rose sur ses dents. « C'est mieux ? s'enquit-elle.

— Beaucoup mieux. » Il sourit et pivota, prêt à partir, puis se ravisa. « Au fait, lança-t-il en se retournant vers elle, à quelle heure finissez-vous, ce soir ? »

Les huîtres étaient arrivées sur la table : vingt-quatre petits mollusques bizarres et brillants sur un lit de glace à demi fondue. Un sourire figé aux lèvres, Emma avait bu plusieurs verres de vin en attendant le retour de Dexter. Surtout, ne pas avoir l'air d'une pauvre fille abandonnée, se répétait-elle en promenant un regard altier autour d'elle, comme le ferait une femme seule et heureuse de l'être. Enfin, elle le vit traverser la salle d'un pas incertain. Il reprit place en face d'elle sans prononcer un mot.

« J'ai cru que tu étais tombé dans la cuvette ! » s'exclama-t-elle. C'est ce que sa grand-mère lui disait quand elle était petite. Elle retint un soupir. Elle en était réduite à utiliser les blagues de sa mémé, maintenant.

« Désolé », marmonna-t-il. Et ce fut tout. Ils entamèrent le plateau d'huîtres. « Écoute, reprit-il, je vais à une fête ce soir. Chez mon pote Oliver, celui avec lequel je joue au poker. Je t'en ai parlé, non ? » Il fit habilement glisser une huître dans sa bouche. « C'est un baronnet. »

Emma renversa un peu d'eau de mer sur son poignet. « Et alors ? Qu'est-ce que ça change ?

— Quoi ?

— Le fait qu'il soit baronnet.

— Rien. Il est sympa, c'est tout. Tu veux du citron ?

— Non, merci. » Elle porta la coquille à ses lèvres en se demandant où il voulait en venir. Souhaitait-il l'inviter à cette fête ou seulement l'informer qu'elle aurait lieu ? « C'est où, cette soirée ?

— Tout près du métro Holland Park. Dans une énorme baraque.

— Oh. D'accord. »

Ce n'était toujours pas clair. L'invitait-il ou s'excusait-il de devoir partir en avance ? Elle avala une huître de plus.

« Je serais ravi que tu m'accompagnes, dit-il enfin, la main tendue vers la bouteille de Tabasco.
— Vraiment ?
— Bien sûr. » Elle le regarda déboucher le goulot du flacon de sauce piquante de la pointe de sa fourchette. « Le problème, c'est que... tu ne connaîtras personne. »

C'était clair, à présent : elle n'était pas invitée. « Je serai avec toi, non ? murmura-t-elle.
— C'est vrai. Et Suki ! Y aura Suki, aussi.
— Ah bon ? Je croyais qu'elle était à Scarborough pour son émission.
— Les studios lui ont envoyé une voiture. Elle rentre tout à l'heure.
— Ça marche vraiment bien pour elle en ce moment, non ?
— Ça marche fort pour nous deux », répliqua-t-il, un peu trop vivement.

Elle ne releva pas – ça valait mieux. « Oui. C'est ce que je voulais dire. » Elle prit une huître, puis la reposa. « J'aime beaucoup Suki », affirma-t-elle, bien qu'elle ne l'ait rencontrée qu'une fois, lors d'une réception organisée dans un club privé de Hoxton. Un truc intimidant censé célébrer la réouverture du Studio 54, à Manhattan. Suki avait été très gentille avec elle ce soir-là. Peut-être un peu trop gentille, d'ailleurs. Comme si Emma était une bonne fille un peu simple qui avait gagné le droit de participer à la soirée en répondant à un jeu-concours.

Il goba une autre huître. « Elle est géniale, non ? Suki, je veux dire.
— Oui. Ça se passe bien entre vous ?
— Très bien. C'est un peu compliqué de vivre en permanence sous l'œil des photographes, mais...
— Ne m'en parle pas ! ironisa Emma, mais il ne fit aucun commentaire.

— Et j'ai parfois l'impression de sortir avec un crieur public, mais à part ça... c'est génial. Sincèrement. Tu sais ce qu'il y a de mieux dans notre relation ?

— Vas-y.

— Elle sait ce que ça fait. D'être à la télé. Elle me comprend.

— Dexter... C'est le compliment le plus romantique que j'ai entendu de ma vie ! »

C'est reparti, songea-t-il. Combien de petites piques de ce genre avait-elle en réserve ? « C'est comme ça que je le ressens, en tout cas », répliqua-t-il avec un haussement d'épaules. Sa décision était prise : il mettrait fin à leur réunion dès qu'il pourrait demander l'addition. « Au fait, pour cette soirée chez Oliver..., ajouta-t-il comme s'il venait d'y repenser. Ça m'embête un peu de t'embarquer là-dedans. Comment tu vas rentrer, après ?

— J'habite pas sur Mars, Dex. Walthamstow est relié au centre de Londres. On a même l'électricité et l'eau courante...

— Je sais !

— C'est sur la *Victoria Line* !

— C'est en bout de ligne, Emma – ça m'inquiète un peu, c'est tout. Parce que la soirée ne commencera pas avant minuit... On arrivera là-bas et tu devras déjà repartir pour attraper le métro ! Sauf si je te donne de l'argent pour prendre un taxi...

— J'ai de l'argent, moi aussi. Je suis payée pour ce que je fais, comme toi.

— Quand même... De Holland Park à Walthamstow, ça risque de faire cher.

— Si ça t'ennuie que je vienne avec toi...

— Pas du tout. Ça ne m'ennuie pas du tout ! Je veux que tu viennes. On en reparlera tout à l'heure, d'accord ? » Sur ce, il se rendit de nouveau aux toilettes, sans s'excuser cette fois, en emportant son verre de vin comme s'il allait rejoindre d'autres convives, installés près des lavabos. Seule sur sa banquette en velours, Emma vida la bouteille de muscadet en continuant à ruminer sa colère. L'explosion était imminente.

Le peu de plaisir qu'ils avaient à se voir s'effilocha tout au long de cet interminable dîner. Dexter revint au moment où le serveur apportait leurs plats. Emma examina avec curiosité son filet de haddock pané à la bière. Les frites qui l'accompagnaient, manifestement découpées à la machine (elles étaient toutes de même taille), étaient empilées au centre de l'assiette comme un tas de parpaings sur un chantier. Posé en équilibre au sommet de cette pile, le poisson pané oscillait si dangereusement qu'Emma dut l'empêcher de plonger tête la première dans la flaque de purée de petits pois à la menthe. On aurait dit un jeu de mikado. Elle extirpa une frite de l'engrenage et la porta à sa bouche. Dure et froide à l'intérieur.

« Comment va le Roi du Rire ? » Depuis qu'il était revenu des toilettes, Dexter était plus agressif et provocateur que jamais.

Emma faillit opter pour la traîtrise. N'était-ce pas l'occasion rêvée pour se confier, évoquer ses incertitudes et le naufrage de sa relation avec Ian ? Elle aurait aimé en parler, en tout cas. Mais pas à Dexter. Et pas maintenant. Elle avala un rectangle de pomme de terre crue.

« Ian ? Il est en pleine forme ! répondit-elle avec emphase.

— La cohabitation se passe bien ? Vous êtes complètement installés, maintenant ?

— Oui, c'est formidable. Tu n'as pas encore vu l'appart ? Faut que tu viennes ! » Son invitation, formulée sans grand enthousiasme, fut accueillie par un vague hochement de tête, comme si Dex mettait en doute l'existence d'une vie normale au-delà de la zone 2 du métro. Emma garda le silence. Ils replongèrent le nez dans leurs assiettes.

« Tu es content de ton steak ? » demanda-t-elle au bout d'un moment. Dex semblait avoir perdu l'appétit : il disséquait sa viande rouge sans la manger depuis une bonne dizaine de minutes.

« Sensationnel. Et ton poisson ?
— Froid.
— Ah bon ? » Il jeta un regard à son assiette, puis secoua la tête d'un air averti. « Il est opaque, Em. C'est normal : le poisson est toujours comme ça quand il est cuit correctement.
— Écoute…, commença-t-elle d'un ton sec. Ce poisson est opaque parce qu'il est encore congelé. Le chef a oublié de le faire cuire.
— T'es sûre ? » Il souleva brutalement la croûte de chapelure du bout des doigts. « T'as raison. On va le renvoyer en cuisine.
— Non ! C'est pas grave. Je vais manger les frites.
— Pas question ! Ils vont le reprendre et te donner autre chose, bordel ! Je paierai pas pour du poisson congelé ! C'est quoi, ce resto ? On n'est pas venus pour bouffer du Findus ! » Emma le regarda tancer le serveur, répéter plusieurs fois que c'était immangeable, que le menu promettait du poisson frais, qu'il refusait de payer le haddock et souhaitait que le chef leur offre un autre plat. Elle murmura qu'elle n'avait plus faim, mais il ne voulut rien entendre : elle *devait* prendre autre chose, puisque c'était gratuit. Elle fut donc contrainte de se replonger dans le menu tandis que le serveur et Dex l'observaient avec réprobation et que le steak refroidissait, déchiqueté mais à peine entamé. Le supplice s'éternisa jusqu'à

ce qu'elle opte nerveusement pour une salade verte et que le serveur fasse demi-tour, les laissant de nouveau seuls.

Assis l'un en face de l'autre devant deux assiettes de nourriture dont ils ne voulaient pas, ils ne trouvèrent rien à se dire. La soirée est foutue, songea Emma, au bord des larmes.

« Bien. Tout se passe très bien ! » déclara Dex, et il jeta sa serviette sur la table.

Mieux vaut partir, se dit-elle. Quitter ce restaurant avant le dessert, renoncer à la fête chez Oliver (Dex n'avait pas envie qu'elle y aille, de toute façon) et rentrer à Walthamstow. Ian serait peut-être déjà là. Gentil, attentif, amoureux. Ils passeraient un moment à discuter ou à regarder la télévision, blottis l'un contre l'autre.

« Au fait…, énonça-t-il distraitement, les yeux rivés au fond de la salle. Comment ça va, au lycée ?

— Tu veux vraiment le savoir ?

— Quoi ? Qu'est-ce que j'ai fait ? se récria-t-il avec indignation en reportant son attention sur elle.

— Si ça ne t'intéresse pas, pourquoi tu poses la question ? fit-elle remarquer posément.

— Ça m'intéresse ! C'est juste que… » Il se sert un autre verre de vin. « Je pensais que tu voulais te lancer dans l'écriture… C'est pas ce que tu m'avais dit ?

— Si. Je suis en train d'écrire, figure-toi. Mais il faut aussi que je gagne ma vie ! Et surtout, j'aime enseigner, Dex. Je suis une superprof !

— J'en suis persuadé. Mais tu connais l'expression… "Ceux qui peuvent…" »

Emma sentit sa gorge se nouer. *Reste calme. Surtout, reste calme.*

« Non, je ne la connais pas. De quelle expression s'agit-il ?

— Tu sais bien…
— Non, sincèrement. Dis-la-moi, Dex.
— Ça n'a pas d'importance. » Il semblait penaud, à présent.

« Mais si ! Allez, finis la phrase : "Ceux qui peuvent…" »

Son verre à la main, il soupira, puis déclara platement : « "Ceux qui peuvent agissent, ceux qui ne peuvent pas enseignent…"

— Et ceux qui enseignent te suggèrent d'aller te faire foutre ! » éructa-t-elle.

Le verre de Dex lui échappa des mains et se vida sur ses genoux quand Emma repoussa la table et se leva d'un bond. Elle attrapa son sac, fit basculer les bouteilles et trembler les assiettes en s'arrachant à leur alcôve de velours violet pour fuir, fuir au plus vite cet horrible endroit. Tout le monde la regardait, mais elle s'en fichait. Ce qu'elle voulait, c'était partir. Remonter à la surface. Ne pleure pas ! Surtout, ne pleure pas, s'ordonna-t-elle en jetant un regard par-dessus son épaule. Toujours assis, Dex épongeait son pantalon taché de vin en discutant avec le serveur. Pour l'apaiser, sans doute. Puis il se leva et se lança à sa poursuite. Elle se mit à courir. La Fille aux Cigarettes arrivait en sens inverse : elle descendait élégamment l'escalier, perchée sur ses talons aiguilles, un large sourire scotché sur ses lèvres rubis. Quelle humiliation ! Malgré la promesse qu'elle venait de se faire à elle-même, Emma sentit un flot de larmes jaillir sous ses paupières. Elle manqua une marche et trébucha – la faute à ses stupides escarpins orthopédiques –, suscitant l'effroi des convives attablés derrière elle. La Fille aux Cigarettes accourut et la prit par le coude avec une gentillesse d'autant plus exaspérante qu'elle semblait sincère.

« Vous vous êtes fait mal ?

— Non. Ça va aller. Je vous remercie... »

Dexter les rejoignit. La vendeuse s'éloigna tandis qu'il aidait Emma à se relever.

« Ne me touche pas ! s'exclama-t-elle en s'arrachant à son étreinte.

— Ne crie pas. Calme-toi, s'il...

— Je ne me calmerai pas !

— D'accord. Je suis désolé. Vraiment, vraiment désolé. Quelle que soit la raison pour laquelle tu es furieuse, je suis désolé ! »

Elle fit volte-face, blême de colère. « Comment ça ? Tu n'as pas compris ?

— Non ! Reviens t'asseoir. On pourra en discuter ! » Mais elle ne l'écoutait plus : elle avait grimpé l'escalier tant bien que mal et s'élançait vers les portes battantes. Elle les ouvrit d'un coup de coude et les referma si violemment derrière elle que Dexter se cogna le genou contre la plaque de métal clouée sur le grand panneau de bois. Il la rejoignit sur le trottoir en boitillant. « C'est ridicule. Nous sommes tous les deux un peu bourrés et...

— Non : *tu* es bourré ! Tu es bourré ou défoncé, comme d'habitude ! Est-ce que tu te rends compte que je ne t'ai pas vu sobre depuis... trois ans, au moins ? J'ai oublié à quoi tu ressembles quand tu es dans ton état normal ! Et s'il n'y avait que ça... Mais tu ne m'adresses même pas la parole ! Tu es bien trop occupé à me parler de toi et de tes nouveaux amis, ou à courir aux toilettes toutes les dix minutes – je ne sais pas si tu as la dysenterie ou trop de coke dans les poches, mais c'est carrément grossier ! Et quand tu me parles, tu regardes par-dessus mon épaule, au cas où quelqu'un de plus intéressant se présenterait...

— Pas du tout !

— Si. Et tu sais quoi ? T'as aucune raison de te comporter comme ça. T'es qu'un *animateur*, après tout. T'as pas inventé la pénicilline, que je sache ! Tu fais de la télé, et de la mauvaise télé, en plus. Merde, à la fin ! J'en ai ras le bol de tes simagrées. »

La lumière d'été déclinait sur Wardour Street. Ils se dressaient l'un en face de l'autre parmi les passants, encore nombreux malgré l'heure tardive.

« Viens, ordonna Dexter. Allons discuter ailleurs. Il y a trop de monde ici.

— Je n'ai pas envie de discuter. Je veux rentrer chez moi...

— Emma... S'il te plaît ?

— Laisse-moi tranquille !

— Tu es sur les nerfs. Viens là. » Il lui prit de nouveau le bras et tenta bêtement de l'enlacer. Elle le repoussa, mais il la retint par la main – si brutalement que les badauds leur jetèrent des regards intrigués. Quoi de plus désolant qu'un couple qui se dispute en pleine rue un samedi soir ? Gênée, Emma finit par céder. Et se laissa entraîner dans une rue tranquille.

Ils ne trouvèrent d'abord rien à se dire. Dexter, qui avait lâché Emma, s'était éloigné de quelques pas pour mieux l'observer. Il la vit s'essuyer les joues d'un revers de main, et il eut brusquement honte de sa conduite.

Enfin, elle prit la parole. Sans se retourner, d'une voix calme et presque douce.

« Pourquoi es-tu comme ça, Dexter ?

— Comme quoi ?

— Tu le sais bien.

— Je fais rien de spécial ! protesta-t-il. Je suis moi-même, c'est tout. »

Elle fit volte-face. « Non. Tu n'es pas toi-même. Je ne te reconnais plus. T'es vraiment atroce comme ça. Je te trouve odieux ! T'as toujours été un peu odieux, bien sûr... Un peu imbu de toi-même – mais t'étais drôle, aussi ! Capable d'être gentil et de t'intéresser aux autres. Alors que maintenant, tu bois, tu te shootes, tu te laisses complètement aller...

— Je m'amuse, Em ! Rien de plus ! »

Elle prit une profonde inspiration et leva les yeux vers lui. Des yeux rougis et barbouillés de mascara noir.

« C'est vrai que je me laisse un peu emporter, admit-il. C'est de ta faute, aussi ! T'es tellement sentencieuse que...

— Moi ? Je ne crois pas. J'essaie de ne pas l'être, en tout cas. Mais je ne comprends pas que... » Elle s'interrompit et secoua la tête, avant de reprendre : « Je sais que ces dernières années n'ont pas été faciles pour toi, avec ce qui est arrivé à ta mère et tout le reste... J'ai fait de mon mieux pour t'aider et te comprendre, mais franchement...

— Continue.

— Je ne pense pas que tu ressembles encore au Dexter que j'aime et que je connais. Tel que tu es aujourd'hui, tu n'es plus mon ami. »

Il ne trouva rien à répondre. Indécis, ils demeurèrent l'un en face de l'autre, jusqu'à ce qu'elle prenne sa main dans la sienne et presse doucement ses doigts contre sa paume.

« Alors... c'est peut-être fini, déclara-t-elle.

— Fini ? Qu'est-ce qui est fini ?

— Nous. Toi et moi. Notre amitié. J'avais des tas de choses à te raconter ce soir, Dex. J'avais besoin de te parler. De Ian et moi. C'est normal, non ? J'avais besoin de te parler parce que tu es mon ami... mais je n'ai pas pu le faire. Et si je ne peux pas te parler, à quoi on sert, toi et moi ?

— À quoi on sert ? répéta-t-il, outré. Mais...

— Tu le dis toi-même : les gens changent. C'est comme ça... Pas la peine d'en faire un plat ! Il suffit de tirer un trait et de passer à autre chose. C'est ça le principe, non ?

— Ouais, mais je ne pensais pas à *nous*...

— Pourquoi ?

— Parce que nous, c'est... spécial. On est amis pour la vie ! Dex et Em, Em et Dex. Pas vrai ? »

Elle haussa les épaules. « On s'est peut-être lassés l'un de l'autre en vieillissant. »

Il réfléchit. « Tu crois que c'est moi qui me suis lassé de toi ou toi qui t'es lassée de moi ?

— Je crois que tu me trouves... barbante. Je crois que t'as l'impression de me traîner derrière toi comme un boulet. Une empêcheuse de tourner en rond. Et je crois que tu ne t'intéresses plus à moi.

— Arrête ! Je ne te trouve pas barbante.

— Moi non plus, figure-toi ! Je trouve que je suis *géniale*, au contraire ! Tu t'en rendais compte avant, mais plus maintenant. C'est ton problème... Moi, je ne supporte pas d'être traitée comme ça, c'est tout.

— Traitée comment ? »

Elle soupira et laissa passer un long silence avant de répondre : « Comme si tu préférais être ailleurs, avec quelqu'un d'autre. »

À quoi bon démentir ? La Fille aux Cigarettes l'attendait au bar du Poséidon à l'instant même, son numéro de portable glissé sous sa jarretière. En y repensant par la suite, Dex regretterait d'avoir manqué d'à-propos. Il serait sans doute parvenu à arranger la situation s'il avait eu de la repartie, s'il avait trouvé quelque chose à répliquer – une blague, peut-être... Mais rien, strictement rien ne lui vint à l'esprit. Et Emma lâcha sa main.

« Tu peux partir, maintenant. Va rejoindre tes amis. Tu n'as plus à te soucier de moi. Je te libère. »

Dexter tenta un rire bravache, qui s'étrangla dans sa gorge. « On dirait que t'es en train de me larguer ! »

Elle sourit tristement. « C'est un peu vrai, sans doute. Tu n'es plus le même. J'aimais vraiment beaucoup, beaucoup l'ancien Dex, tu sais. Et j'aimerais le retrouver. En attendant, pardonne-moi, mais... je préfère que tu cesses de m'appeler. » Elle tourna les talons et se dirigea d'un pas un peu chancelant vers Leicester Square.

L'espace d'un instant, Dexter se revit le jour de l'enterrement de sa mère, recroquevillé sur le carrelage de la salle de bains, tandis qu'Emma lui caressait les cheveux. Ce souvenir était gravé dans son esprit. Pourtant, il avait fait comme si ça n'avait aucune importance. Et il avait tout jeté au rebut. Il lui emboîta le pas. « T'en va pas, Em ! On est toujours amis, non ? Je sais que j'ai pas été très sympa, ces derniers temps... » Elle se figea, et il comprit qu'elle pleurait. « Emma ? »

Elle se retourna, courut vers lui et, prenant son visage entre ses mains, elle l'attira près du sien. Sa joue baignée de larmes mouilla la sienne tandis qu'elle posait ses lèvres sur son oreille – et, ravi, il se crut pardonné.

« Je t'aime tant, Dexter. Et je t'aimerai sans doute toujours, énonça-t-elle calmement. Mais je n'ai plus de sympathie pour toi. Désolée. »

Elle partit – pour de bon, cette fois –, le laissant seul dans la petite rue déserte. Incapable d'imaginer la suite des événements.

Quand Ian regagna l'appartement, peu avant minuit, il trouva Emma sur le canapé, en train de regarder un vieux film. « T'es déjà là ? C'était bien, avec le Chouchou de ces dames ?

— Pas du tout », murmura-t-elle.

Si la nouvelle réjouit Ian, il n'en laissa rien paraître. « Ah bon ? Qu'est-ce qui s'est passé ?
— J'ai pas envie d'en parler. Pas ce soir.
— Pourquoi ? Emma, voyons ! Raconte-moi ! Vous vous êtes disputés ?
— Je t'en prie... Pas ce soir. Viens t'asseoir avec moi. »

Elle se redressa pour lui faire de la place sur le canapé, et il s'aperçut qu'elle portait une robe. Une très jolie robe, qu'elle ne mettait jamais pour lui. « C'est comme ça que tu étais habillée ? »

Elle lissa le tissu satiné entre son pouce et son index. « Je n'aurais pas dû. C'était une erreur.
— Je te trouve sublime. »

Elle nicha sa tête au creux de son épaule. « Et toi ? C'était comment, à Putney ?
— Pas génial.
— Tu leur as fait le coup des chiens et des chats ?
— Oui.
— Ils t'ont interrompu ?
— Un peu.
— C'est peut-être pas ton meilleur sketch.
— Ils m'ont un peu hué, aussi.
— Ça fait partie du métier, non ? Tout le monde se fait huer, un jour ou l'autre.
— C'est vrai. Quand même... je finis par me demander si...
— Si quoi ?
— Si je suis vraiment drôle, au fond.
— Ian ? dit-elle, la joue pressée contre son torse.
— Oui ?
— Tu es très, très drôle.
— Merci, Em. »

Il inclina la tête vers elle, et pensa à la petite boîte rouge vif doublée de soie froissée qui contenait la bague de fiançailles. Il l'avait cachée deux semaines plus tôt dans une paire de chaussettes de randonnée roulées en boule au fond d'un tiroir. Il attendait le moment propice. Ce soir ? Non, pas ce soir. Dans trois semaines, ils seraient au bord de la mer, à Corfou. Là-bas, il trouverait un joli restaurant avec vue sur la Méditerranée. La lune serait ronde dans le ciel étoilé. Souriante, déjà bronzée, Emma serait ravissante dans sa robe d'été. Il y aurait peut-être un plat de calamars entre eux, et Ian lui tendrait la bague de la manière le plus drôle possible. Ça faisait des semaines qu'il y pensait. Qu'il imaginait différents scénarios, tous plus hilarants les uns que les autres : il pourrait poser discrètement la bague au fond du verre d'Emma pendant qu'elle irait aux toilettes, par exemple ? Ou faire semblant de la trouver dans la gueule de son poisson grillé et appeler le serveur pour se plaindre. Ou, pourquoi pas ? La mélanger aux rondelles de calamar frit. Oui, ça pourrait marcher… Il pourrait aussi se contenter de la lui offrir. Sans mise en scène. Il répéta les mots dans sa tête. *Épouse-moi, Emma. Épouse-moi.*

« Je t'adore.

— Moi aussi, répondit-elle. Je t'adore. »

La Fille aux Cigarettes avait droit à vingt minutes de pause. Assise au bar, une veste jetée sur ses épaules nues, elle buvait un whisky à petites gorgées en écoutant la rengaine du type qui avait dîné là avec son amie – la jolie brune qui était tombée dans l'escalier. Ils s'étaient disputés, apparemment. Et le type ne s'en remettait pas. Il parlait sans discontinuer, un monologue plaintif et répétitif qu'elle n'écoutait qu'à moitié, se contentant de hocher la tête de temps à autre. Elle jeta un regard furtif à sa montre. Minuit moins cinq. Elle ferait mieux de se remettre au boulot. C'était toujours entre minuit et

1 heure du matin qu'elle empochait les meilleurs pourboires de la soirée, quand la clientèle masculine est à son plus haut niveau de bêtise et de concupiscence. Encore cinq minutes, et elle regagnerait son poste. Ce pauvre type ne tenait presque plus debout, de toute façon.

Elle l'avait reconnu sur-le-champ – c'est lui qui animait l'émission musicale débile, à la télé. Il sortait avec Suki Meadows, non ? Comment s'appelait-il, déjà ? Zut. Impossible de se le rappeler. Qui regardait encore ce programme, d'ailleurs ? C'était archinul ! En tout cas, il était moins fringant en vrai que sur le plateau : son costume était taché, les poches de sa veste étaient bourrées de paquets de Marlboro encore neufs, son nez luisait de sueur, et il avait mauvaise haleine. Pire, il ne s'était même pas donné la peine de lui demander son prénom.

La Fille aux Cigarettes s'appelait Cheryl Thomson. Infirmière à plein temps – un boulot épuisant, d'ailleurs –, elle arrondissait parfois ses fins de mois au Poséidon : le directeur était un de ses anciens camarades de classe, et les pourboires étaient vraiment intéressants, du moment qu'on acceptait de flirter un peu avec les clients. Ce soir, comme tous les soirs, son fiancé l'attendait dans leur appartement de Kilburn. Il se prénommait Milo. C'était un ancien footballeur italien. Il mesurait 1,88 mètre, il était infirmier, lui aussi, très bel homme, et ils se marieraient en septembre.

Elle en parlerait volontiers à ce type s'il l'interrogeait un peu, mais il ne lui posait aucune question. Alors, deux minutes avant minuit, elle prit congé – « Je dois retourner bosser... Non, je ne peux pas vous accompagner à la fête, oui, j'ai votre numéro, j'espère que vous allez vous réconcilier avec votre amie ! » – et le laissa seul au bar. Où il commanda un autre verre.

TROISIÈME PARTIE

1996-2001

Trente ans et des poussières

Les grands moments de notre vie ne sont pas toujours immédiatement perceptibles : il peut arriver qu'on en mesure l'importance sur-le-champ ; mais il arrive aussi qu'ils surgissent du passé, bien des années plus tard. Il en va peut-être de même avec les gens.

James SALTER, *Une vie à brûler*

10

Carpe diem

LUNDI 15 JUILLET 1996

Leytonstone et Walthamstow

Étendue sur le dos, à même le sol dans le bureau du proviseur, sa robe froissée relevée sur ses hanches, Emma Morley laisse échapper un profond soupir.

« Au fait... faudrait acheter un lot de *Rosie, ou le goût du cidre*. Les exemplaires que j'ai utilisés cette année pour les quatrièmes partent en lambeaux.

— Je vais voir ce que je peux faire, répond le proviseur en boutonnant sa chemise.

— Avons-nous d'autres questions à aborder ? On devrait en profiter, pendant que je suis allongée sur ta moquette... On n'a que l'embarras du choix ! Le budget, par exemple. Ou la prochaine visite des inspecteurs... Je suis sûre qu'on a laissé des dossiers en suspens !

— C'est toi que je ne voudrais pas laisser en suspens », réplique-t-il en l'embrassant dans le cou.

Voilà le genre d'allusions grivoises, parfaitement ineptes, dont M. Godalming – Phil – adore parsemer ses propos lorsqu'ils sont en tête à tête.

« Qu'est-ce que ça veut dire ? maugrée Emma en le repoussant d'un coup d'épaule. Ça ne veut strictement rien dire ! » Elle est de mauvaise humeur – comme toujours après avoir fait l'amour. C'est étrange, d'ailleurs. Même lorsqu'elle y prend plaisir (et c'était le cas aujourd'hui), elle n'en tire aucune sérénité. Il est 18 h 30. Le semestre est quasiment terminé. Le lycée de Cromwell Road est plongé dans le calme presque sinistre qui succède aux heures de classe. Les élèves et les enseignants sont rentrés chez eux, les femmes de ménage ont balayé les couloirs, la porte du bureau est fermée à clé de l'intérieur... mais rien n'y fait : Emma est inquiète. Mal à l'aise. Ne devrait-elle pas éprouver une sorte de bien-être, un sentiment de communion ? Depuis neuf mois, elle fait régulièrement l'amour sur la moquette, les chaises en plastique et les tables en contreplaqué du lycée. Soucieux du confort de son personnel, Phil a retiré tout à l'heure le coussin en mousse de sa chaise de bureau pour le glisser sous les hanches d'Emma, mais cette délicate attention n'y change rien : elle en a ras le bol de s'allonger sur des trucs empilés les uns sur les autres.

« Tu sais quoi ? murmure le proviseur.
— Quoi ?
— J'te trouve sensationnelle. » Il presse son sein gauche dans la paume de sa main pour ponctuer son propos. « Je ne sais pas comment je vais faire pour me passer de toi pendant six semaines.
— Au moins, tes rougeurs auront le temps de s'apaiser... La moquette n'a pas été tendre avec toi, cette année !

— Six longues semaines sans toi. » Il enfouit sa barbe drue dans son cou. « Je vais devenir fou de désir...

— Tu pourras toujours te rabattre sur Mme Godalming », réplique-t-elle, plus sèchement qu'elle ne l'aurait voulu. Elle s'assied en tirant sa robe sur ses genoux. « De toute façon, je croyais que les vacances étaient un des avantages de l'enseignement. C'est toi qui me l'as dit quand tu m'as recrutée... »

Manifestement blessé, il lève les yeux vers elle. « Ne joue pas à ça, je t'en prie.

— À quoi ?

— La femme bafouée.

— Désolée.

— Cette situation ne me plaît pas plus qu'à toi.

— Je crois que si.

— Tu te trompes. Allons... ne gâchons pas tout, d'accord ? » Il lui frotte le dos comme s'il voulait la consoler. « C'est notre dernier tête-à-tête avant la rentrée de septembre.

— Je sais. Pardonne-moi. Je suis *vraiment* désolée. » Pour changer de sujet, elle se retourne et lui offre un baiser. Qu'il approfondit aussitôt en glissant la main derrière sa nuque.

« Ce que tu vas me manquer, Em !

— Tu sais ce que tu devrais faire ? énonce-t-elle, sa bouche contre la sienne. Attention : c'est assez radical. »

Il fronce les sourcils, intrigué. « Je t'écoute.

— Cet été, dès que le semestre sera terminé...

— Oui ? »

Elle pose un doigt sur son menton hérissé de poils noirs. « Tu devrais te raser la barbe. »

Il se redresse d'un bond. « Pas question !

— Ça fait des mois qu'on sort ensemble et je ne sais toujours pas à quoi tu ressembles !

— Je ne suis pas déguisé, que je sache !

— Je parle de ton visage. Ton *vrai* visage. Tu es peut-être très séduisant, en fait ! » Elle pose la main sur son avant-bras et l'invite à s'allonger de nouveau. « Qui se cache derrière le masque ? minaude-t-elle. Ouvre-moi ton jardin secret… Je veux connaître le vrai Phil. »

Ils rient, de nouveau complices. « Tu serais déçue, assure-t-il en caressant sa barbe comme s'il s'agissait d'un animal domestique. Je ne la couperai pas, de toute façon. Sans elle, ma vie était un enfer : je devais me raser trois fois par jour. Et encore ! Même en me rasant le matin, j'avais l'air d'un cambrioleur à l'heure du déjeuner. Alors, j'ai décidé de la laisser pousser. Je me suis dit que ce serait ma signature.

— Vraiment ? Ta *signature* ?

— Oui. Ça plaît aux gamins, en plus. Ça me donne l'air baba cool, un peu libertaire… »

Elle éclate de rire. « On n'est pas en 1973, Phil ! Porter la barbe n'a plus le même sens, aujourd'hui. »

Il hausse les épaules, sur la défensive. « Fiona trouve ça bien. D'après elle, ça permet de cacher mon menton, qui est un peu fuyant. » Un silence passe, comme chaque fois qu'il mentionne sa femme. Pour relancer la conversation sur une note plus gaie, il s'essaie à l'autodérision : « Tu sais que les élèves me surnomment La Barbe, bien sûr.

— Ah bon ? Je l'ignorais. » Phil rit, Emma sourit. « Ils ne t'appellent pas "La Barbe", en fait – mais "Barbe", tout simplement. Sans article défini, mon petit Nounours ! »

Il se redresse vivement, sourcils froncés. « *Nounours* ?

— Oui. C'est ton deuxième surnom.

— Qui m'appelle comme ça ?

— Les gamins.

— Les élèves m'appellent Nounours ?
— Tu ne le savais pas ?
— Non !
— Oups. Désolée. »

Il se laisse retomber sur le sol, horriblement vexé. « Nounours ? J'arrive pas à le croire !

— Ne le prends pas mal. C'est affectueux de leur part !

— Affectueux ? C'est ridicule, oui ! » Il se gratte le menton d'un air courroucé. « Je produis trop de testostérone, voilà tout. » L'emploi du mot « testostérone » suffit à lui remonter le moral. Il enlace Emma avec fougue. Son haleine sent le mauvais café servi en salle des profs et le vin blanc qu'il cache dans son placard.

« Arrête..., dit-elle en interrompant leur baiser. Je vais être toute rouge.

— Et alors ?

— Alors les gens comprendront ce que je fichais dans ton bureau.

— Quelles gens ? Tout le monde est parti. » Sa main s'aventure sur la cuisse d'Emma quand le téléphone se met à sonner. Phil sursaute, comme s'il venait d'être mordu par un serpent. Et se hisse péniblement sur ses jambes.

« Laisse-le sonner ! marmonne-t-elle, agacée.

— Je peux pas ! » Il enfile maladroitement son pantalon pour ne pas parler à Fiona les fesses à l'air. Parce que ce serait une trahison supplémentaire ? Ou parce qu'il craint de laisser affleurer sa nudité sous sa voix ? Les deux, sans doute.

« Allô ! Bonsoir, chérie ! Oui, je sais ! J'étais en train de partir... » La conversation s'oriente sur des questions d'ordre domestique – pâtes ou sauté de légumes, soirée télé ou DVD – dont Emma préférerait ne pas entendre parler. Elle profite de l'interlude pour récupérer sa culotte, roulée en boule sous le bureau près d'un trombone oublié et de quelques vieux capuchons de stylo. Puis elle se rhabille en s'approchant de la fenêtre. Une lumière rosée filtre sous les lamelles poussiéreuses des stores. Emma observe distraitement le bâtiment des sciences en contrebas et se surprend à vouloir être ailleurs. Dans un parc, par exemple. Ou sur une plage. Ou dans une capitale européenne... Partout, sauf ici, dans ce bureau étouffant avec un homme marié ! Comment en est-elle arrivée là ? Que s'est-il passé dans sa vie pour qu'elle se réveille un matin, à l'aube de ses trente ans, affublée du titre de « maîtresse » de quelqu'un ? Synonyme de servilité, ce mot lui répugne. Elle voudrait l'éradiquer de son vocabulaire, mais elle n'en trouve pas d'autre à la place. Elle est la *maîtresse du chef*. Le seul point positif de la situation, c'est qu'ils n'ont pas d'enfants.

Leur liaison (encore un mot répugnant) a débuté en septembre de l'année précédente, après le désastre de ses vacances à Corfou et son refus d'accepter la bague de fiançailles que Ian avait cachée dans le plat de calamars. « Je crois que nous ne sommes pas sur la même longueur d'onde » était tout ce qu'elle avait trouvé à répondre. Ensuite, il avait bien fallu endurer la suite des « vacances » : quatorze jours de récriminations, de coups de soleil, d'auto-apitoiement et d'angoisse à propos de la bague (le bijoutier accepterait-il de la reprendre ?). Rien n'était plus pathétique que ce bijou refusé. Posé au fond de leur valise, dans leur chambre d'hôtel, il irradiait de tristesse et de mélancolie comme un caillou radioactif.

Emma était rentrée bronzée, mais abattue. Sa mère, que Ian avait mise dans la confidence avant de partir et qui était sur le point de s'acheter une robe pour la cérémonie, avait pesté pendant des semaines, avant de l'inciter sournoisement à revenir sur sa décision. Il était peut-être encore temps d'accepter la proposition de Ian ? insistait-elle. Mais dire oui, ce serait capituler. Se faire forcer la main. Et Emma avait lu assez de romans pour savoir que les mariages forcés sont rarement heureux.

L'irruption de Phil dans sa vie sentimentale avait balayé ses dernières incertitudes. Convoquée dans son bureau pour une réunion de routine, elle avait fondu en larmes, épuisée par ses incessantes disputes avec Ian, qui refusait de mettre un terme à leur relation. Le proviseur s'était levé. Il avait contourné sa table de travail, enroulé un bras autour de ses épaules et posé ses lèvres sur le sommet de sa tête avec un soulagement manifeste. Enfin ! semblait-il jubiler. Après les cours, il l'avait emmenée dans un « gastropub » – on ne parlait que de ça, cette année-là : l'émergence d'un nouveau type de pub, où la cuisine était d'aussi bonne qualité que la bière. Ils avaient dîné d'un steak et d'une salade au fromage de chèvre, et lorsque leurs genoux s'étaient frôlés sous la table, n'y tenant plus, elle lui avait tout raconté. Après la seconde bouteille de vin, l'issue de la soirée n'était plus qu'une formalité. Ils s'étaient enlacés, puis embrassés dans le taxi du retour. Emma avait trouvé une enveloppe en kraft dans son casier, le lendemain matin (« À propos d'hier soir, je n'arrête pas de penser à vous, je vous admire depuis si longtemps, il faut que nous parlions, dites-moi quand ! »).

Tout ce qu'Emma savait de l'adultère était issu des téléfilms des années 1970. Elle l'associait au Cinzano, à la Triumph TR7, au vin rouge et au fromage français. Aux classes moyennes, aussi. N'était-ce pas une spécialité des classes moyennes ? Ces gens-là pratiquaient le golf, la plaisance et l'adultère. Elle s'en croyait à mille lieues, en somme. Et pourtant...

Maintenant qu'elle avait une liaison – avec tout ce que cela impliquait de regards en coulisse, de mains effleurées, d'étreintes dans la réserve à papeterie –, ce décorum lui semblait familier. Elle se glissait dans son nouveau rôle avec un naturel confondant. Et s'extasiait de la puissance que peut acquérir le désir sexuel combiné à la culpabilité et au dégoût de soi.

Un soir, après l'avoir lutinée au beau milieu des décors de *Grease*, le spectacle qu'elle montait avec ses élèves pour les fêtes de Noël, M. Godalming lui avait solennellement tendu une petite boîte enveloppée de papier cadeau.

« Mais... c'est un téléphone portable !

— Oui. Au cas où j'aurais besoin d'entendre le son de ta voix. »

Juchée sur le capot d'un cabriolet rouge en carton-pâte, elle avait observé l'appareil d'un œil perplexe. « Ça devait arriver un jour ou l'autre, j'imagine.

— Qu'est-ce qui devait arriver ? Ça ne te plaît pas ?

— Si. C'est génial ! Merci. » Elle avait souri au souvenir de sa conversation avec Dex, des années plus tôt. « Je viens de perdre un pari, c'est tout. »

Parfois – lorsqu'ils se promenaient tranquillement sous une belle lumière d'automne dans le coin le plus reculé d'un parc de Hackney, par exemple, ou lorsqu'ils avaient été pris de fou rire pendant le concert de Noël parce qu'ils avaient bu trop de vin chaud et que leurs hanches se frôlaient sur les bancs du gymnase –, elle se sentait amoureuse de Phillip Godalming. C'était un excellent professeur, passionné et pétri de bons principes. Un peu pompeux, bien sûr – mais était-ce vraiment un défaut ? Il avait de beaux yeux et savait être drôle. Pour la première fois de son existence, elle était l'objet d'un engouement sexuel quasi obsessionnel. À quarante-quatre ans, Phil était trop vieux pour elle, certes. Un peu empâté, aussi. Mais il lui faisait l'amour avec intensité – un peu trop, parfois. Adepte des grimaces et des gros mots, il était aussi déchaîné en privé qu'il était distingué en public. Si bien qu'elle avait du mal à concilier les deux aspects de sa personnalité. Et devait se retenir pour ne pas interrompre leurs parties de jambes en l'air d'un « Mais, monsieur Godalming... vous jurez comme un charretier ! » énoncé d'une voix offusquée.

Neuf mois se sont écoulés, à présent. L'enthousiasme des premières semaines s'est estompé et elle ne sait plus très bien ce qu'elle fait ici, dans un couloir de lycée, par un beau soir d'été. Elle devrait être avec ses amis ou avec un amant qu'elle serait fière de présenter à son entourage. La honte et la culpabilité décuplent sa mauvaise humeur. C'est avec irritation qu'elle fait les cent pas devant les toilettes des garçons, où Phil se lave aux frais de l'Éducation nationale. Le proviseur et sa maîtresse. Seigneur !

« Et voilà ! » s'exclame-t-il en la rejoignant d'un pas guilleret. Il prend sa main dans la sienne (encore un peu mouillée par ses ablutions), mais la lâche discrètement lorsqu'ils sortent du bâtiment. Il ferme la grande porte à clé, puis enclenche l'alarme. Ils se dirigent ensuite vers sa voiture, garée sur le parking de l'établissement, en veillant à maintenir une distance respectable entre eux. Seule la sacoche de Phil, qui vient régulièrement cogner le mollet d'Emma, témoigne de leur intimité.

« Je te conduirais volontiers au métro, mais...

— ... mieux vaut éviter de prendre des risques. »
Ils font quelques mètres en silence.

« Plus que quatre jours ! s'écrie-t-il avec une gaieté un peu forcée, histoire de relancer la conversation.

— Où pars-tu, déjà ? demande-t-elle, bien qu'elle le sache pertinemment.

— En Corse. On va faire de la randonnée. Fiona adore marcher. Marcher, marcher, marcher, marcher. On dirait Gandhi ! Le soir venu, madame enlève ses godillots, et...

— Phil, je t'en prie... Arrête.

— Pardon. Et toi ? s'enquiert-il pour changer de sujet. Qu'est-ce que tu fais, cet été ?

— J'irai peut-être voir ma famille dans le Yorkshire. Mais je vais surtout rester ici, en fait. Pour travailler.

— Travailler ?

— Tu sais bien... Je voudrais avancer l'écriture de mon roman.

— Ah oui. Ton *roman*. » Comme tous ses proches, il énonce le mot d'un air dubitatif. « Ça ne parle pas de nous, au moins ?

— Non, rassure-toi. » Ils sont arrivés devant la voiture de Phil, à présent. « Je ne suis pas certaine que ce soit un sujet intéressant, ajoute-t-elle sèchement. Toi et moi, je veux dire. »

Elle est pressée de partir. Mais Phil s'est adossé à sa Ford Sierra bleu marine, prêt à lui faire ses grands adieux. Il fronce les sourcils, manifestement vexé. Sa lèvre inférieure semble très rose dans la masse sombre de sa barbe. « Comment ça ? Où veux-tu en venir ?

— Je ne sais pas. C'est juste que...

— Je t'écoute.

— C'est... nous. Ce qui se passe entre nous. Ça ne me rend pas heureuse.

— Tu n'es pas heureuse ? répète-t-il, incrédule.

— Écoute... C'est pas l'idéal, quand même ! Une fois par semaine sur la moquette de ton bureau.

— Tu me paraissais très heureuse, tout à l'heure.

— Je n'ai pas dit "satisfaite", Phil ! Bon sang... Le problème n'est pas là. Physiquement, on s'entend très bien. Ce sont les... circonstances qui me chagrinent !

— Je suis très heureux, moi.

— Vraiment ?

— Oui. Et si ma mémoire est bonne, tu l'étais, toi aussi.

— Disons que ça m'excitait – dans les premiers temps, du moins.

— Emma ! » Il lui jette un regard courroucé, comme s'il venait de la surprendre en train de fumer dans les toilettes des filles. « Est-il vraiment nécessaire d'en parler maintenant ? Il faut que j'y aille !

— Désolée. Je...

— C'est vrai ! Tu fais chier, putain !

— Eh ! Ne me parle pas comme ça !

— Pardon, je... Écoute... Laissons passer l'été, d'accord ? Ensuite, on verra ce qu'on peut faire.

— Que veux-tu qu'on fasse, au juste ? Soit on arrête, soit on continue. C'est simple, non ? Et comme je ne suis pas certaine qu'il soit utile de continuer...

— Moi, je sais ce qu'on pourrait faire », assure-t-il en baissant la voix. Il promène un regard autour de lui pour s'assurer que personne ne les observe, puis il prend la main d'Emma. « Je pourrais le lui dire cet été.

— Je ne veux pas que tu lui dises, Phil.

— Quand on sera en Corse, ou même avant, la semaine prochaine...

— Je ne veux pas que tu lui dises, répète-t-elle. Ça ne servirait à rien.

— À rien ?

— Non !

— Je crois que si, au contraire.

— Très bien ! On en parlera à la rentrée. On peut même prendre rendez-vous maintenant, si tu veux ! »

Rasséréné, il s'humecte les lèvres du bout de la langue, vérifie de nouveau qu'ils n'ont pas de spectateurs, puis déclare : « Je t'aime, Emma.

— Non, soupire-t-elle. Tu sais très bien que c'est faux. Tu ne m'aimes pas. Pas vraiment. »

Il baisse le menton et le regarde par en dessous, comme s'il portait des lunettes imaginaires. « C'est à moi d'en décider, tu ne crois pas ? »

Elle se raidit. Elle ne supporte pas le ton de sa voix, l'expression de son visage. Il est si... *professoral* ! Furieuse, elle doit se retenir pour ne pas lui donner un coup de pied dans les mollets.

« Tu ferais mieux d'y aller, dit-elle.

— Tu vas me manquer, Em...

— Passe de bonnes vacances – si on ne se reparle pas d'ici là...

— Tu ne peux pas savoir comme tu vas me manquer...

— La Corse ! Il paraît que c'est très beau...

— Chaque jour...

— À bientôt, alors...

— Attends... » Il lève sa sacoche à hauteur de leurs visages et se cache derrière ce paravent improvisé pour l'embrasser sur la bouche. Très discret, pense-t-elle en se laissant faire sans un geste. Il ouvre la portière de la voiture et s'installe au volant. Une Ford Sierra bleu marine – quoi de plus approprié pour un proviseur ? La boîte à gants est remplie de cartes d'état-major. Utiles aux randonnées de Fiona, bien sûr. « Quand je pense qu'ils m'appellent Nounours ! marmonne-t-il en secouant la tête. J'arrive toujours pas à le croire... »

Plantée au milieu du parking désert, elle le regarde s'éloigner. Bientôt trente ans, et déjà maîtresse d'un homme marié. Qu'elle n'aime pas vraiment, en plus ! Le seul point positif de la situation, se répète-t-elle, c'est qu'ils n'ont pas d'enfants.

Vingt minutes plus tard, elle se tient sous les fenêtres de son appartement, situé dans un long bâtiment de briques rouges. L'immeuble n'est pas très haut : il lui suffit de lever la tête pour s'apercevoir que la lumière est allumée dans le salon. Ian est de retour.

Elle pourrait aller se cacher au pub ou s'inviter chez des amis pour la soirée, mais elle sait que Ian ne bougera pas de chez elle. Engoncé dans un fauteuil au fond de l'appartement enténébré, il attendra son retour comme un assassin attend sa victime. Elle prend une profonde inspiration et sort les clés de son sac.

L'appartement semble nettement plus grand depuis que Ian est parti, emportant ses coffrets de cassettes vidéo, ses doubles albums vinyle, ses chargeurs, ses adaptateurs et ses mètres de câbles. Les pièces sont si nues qu'elles donnent l'impression d'avoir été récemment dévalisées. Emma s'en étonne souvent. Ne devrait-elle pas avoir plus d'objets, plus de meubles ? Que lui reste-t-il des huit années écoulées ? Quasiment rien, songe-t-elle en posant son sac dans l'entrée. Elle tend l'oreille. Il y a du bruit dans la chambre. Un bruit de papier froissé. Elle s'approche doucement de la porte ouverte.

Le contenu de la commode – lettres, relevés bancaires, pochettes de photos et de négatifs – est répandu au sol. Courbé en deux, Ian tente en grommelant d'atteindre le fond d'un tiroir encore plein. Il est si accaparé par sa tâche qu'il ne s'aperçoit même pas de sa présence Sa chemise fripée ressemble à un vieux chiffon ; son pantalon de survêtement plisse sur ses baskets aux lacets défaits. C'est une tenue conçue pour suggérer le profond désarroi de celui qui la porte. Emma le sait : il cherche à l'atteindre. Il veut qu'elle se sente coupable. Et qu'elle le prenne en pitié.

« Qu'est-ce que tu fabriques, Ian ? »

Il sursaute, mais se ressaisit aussitôt. Et lui jette un regard indigné, tel un cambrioleur sûr de son fait. « Tu rentres bien tard ! lance-t-il d'un ton accusateur.

— Et alors ? Qu'est-ce que ça peut te faire ?

— Je suis juste curieux de savoir où tu étais passée, c'est tout.

— J'étais en répétition. Écoute... Je croyais que tu m'avais promis de ne plus venir à l'improviste.

— Pourquoi ? Tu n'es pas *seule*, peut-être ?

— Je t'en prie... Je ne suis vraiment pas d'humeur à ça. » Elle enlève sa veste. « Si tu cherches un agenda ou un journal, tu perds ton temps. Je n'en tiens plus depuis des années...

— Je viens juste chercher *mes affaires*. Il y a des trucs à moi, ici.

— Lesquels ? Tu as déjà tout emporté.

— Mon passeport. J'ai pas récupéré mon passeport.

— Tu ne risques pas de le trouver dans mon tiroir à lingerie, en tout cas ! » Il bluffe, bien sûr. Elle est certaine qu'il a repris toutes ses affaires. Ce qu'il veut, c'est fouiller dans les siennes et lui montrer à quel point il est malheureux par sa faute. « Pourquoi en as-tu besoin, au fait ? Tu pars en voyage ? Tu vas t'installer à l'étranger ?

— Ça te ferait plaisir, j'imagine !

— Disons que ça ne me dérangerait pas. » Elle enjambe le fatras de papiers éparpillés et s'assied sur le lit.

Il prend sa voix de détective privé : inflexions nasillardes et accent américain. « Manque de bol, mon cœur ! J'bouge pas d'ici pour le moment. » Depuis qu'elle l'a quitté, Ian déploie une agressivité, une force de conviction qui lui ont toujours fait défaut sur scène. La prestation de ce soir restera sûrement dans les annales. « J'ai pas les moyens de partir, de toute façon. »

Elle ne résiste pas au désir de remuer le couteau dans la plaie. « Tu ne fais pas beaucoup de stand-up, si je comprends bien ?

— À ton avis, mon cœur ? » Il se lève en montrant sa barbe de trois jours, ses cheveux graisseux, son teint terne. Son look de victime, quoi. Toujours prêt à s'apitoyer sur son sort, Ian met sa détresse et sa solitude en scène depuis six mois. C'est un vrai one-man-show, maintenant. Mais Emma n'a aucune envie d'y assister.

« Arrête de m'appeler "mon cœur". C'est ridicule. »

Il recommence à inspecter le tiroir en maugréant quelque chose dans sa barbe – « Va te faire foutre », peut-être. Est-il saoul ? Emma aperçoit une cannette de bière premier prix sur la coiffeuse. Se noyer dans l'alcool – *Ça, c'est une bonne idée !* Elle décide de se saouler, elle aussi. Le plus vite possible. C'est une solution comme une autre, non ? Enthousiasmée par son projet, elle se dirige résolument vers la cuisine afin d'entamer les opérations.

Ian lui emboîte le pas. « T'étais où, au fait ?

— Je viens de te le dire. Au lycée, avec mes élèves. On répétait.

— Vous répétiez quoi ?

— *Bugsy Malone*. C'est tordant. Pourquoi ? Tu veux des places ?

— Non, merci.

— C'est comme dans le film. On a même réussi à fabriquer les fusils à crème pâtissière !

— Je suis sûr que t'étais avec quelqu'un.

— Oh, non, c'est reparti ! » Elle ouvre le réfrigérateur, repère une bouteille de vin à demi entamée, mais la laisse à sa place. Vu les circonstances, il lui faut un alcool fort – et rien d'autre. « Pourquoi es-tu si obsédé par l'idée que je sors avec quelqu'un ? Le problème, c'était toi et moi, Ian. On n'était pas faits l'un pour l'autre, un point c'est tout ! » Elle tire violemment sur la poignée du congélateur pour l'ouvrir. Un sérieux dégivrage s'impose : une pluie de glace pilée tombe sur le lino.

« On est faits l'un pour l'autre, au contraire !

— Ah oui ? Qu'est-ce qu'on attend pour se remettre ensemble, alors ? » Elle sourit : une bouteille de vodka pointe son goulot derrière un paquet de vieux friands au bœuf. « Je le savais ! s'écrie-t-elle, triomphante. Tiens... Reprends tes friands. Je t'en accorde la garde. » Elle referme le congélateur d'un coup sec et attrape un verre dans le placard. « Même si j'étais avec quelqu'un, qu'est-ce que ça changerait, au juste ? On a rompu, tu t'en souviens, non ?

— Ça me rappelle vaguement quelque chose... Qui c'est, alors ? »

Elle se sert cinq centimètres de vodka. « De *qui* tu parles ?

— De ton nouveau mec ! Allez, tu peux me le dire. Ça m'est bien égal ! dit-il en ricanant. On est restés *bons amis*, pas vrai ? »

Emma avale une longue gorgée d'alcool, puis elle s'affaisse un peu sur elle-même. Coudes dressés sur le plan de travail, elle appuie les paumes sur ses paupières en sentant le liquide glacé descendre dans sa gorge.

« C'est M. Godalming, avoue-t-elle au bout d'un moment. Le proviseur. J'ai une liaison avec lui depuis neuf mois, mais je crois que c'est purement physique. Rien d'exaltant, en fait. Pour tout dire, ça me fait un peu honte. Ça me rend triste aussi. Heureusement que nous n'avons pas d'enfants – c'est ce que je me répète pour me remonter le moral. Voilà... » Elle plonge le nez dans son verre. « Tu sais tout, maintenant. »

Aucune réaction. Le silence s'étire. « Tu te fous de ma gueule ! s'exclame finalement Ian.

— Pas du tout. Va regarder par la fenêtre. Il m'attend dans sa voiture. Une Ford Sierra bleu marine... »

Il hausse les épaules, l'air incrédule. « C'est vraiment pas drôle, Emma. »

Elle repose son verre vide sur le comptoir. « Non. C'est vraiment pas drôle. » Elle se tourne vers lui. « Je te l'ai déjà dit, Ian : je ne sors avec personne en ce moment. Je ne suis amoureuse de personne et je n'ai aucune envie de l'être. J'ai juste besoin d'être seule, tu comprends ?

— J'ai une théorie ! annonce-t-il fièrement.

— Laquelle ?

— Je sais qui c'est. »

Elle soupire. « Vas-y, Sherlock. Je t'écoute.

— C'est Dexter !

— Bon sang ! Ce que tu peux être...

— Avoue. J'ai raison, non ? »

Elle rit amèrement. « Si seulement...

— Si seulement quoi ?

— Rien. Tu le sais aussi bien que moi : je n'ai pas vu Dexter depuis une éternité.

— Que tu dis !

— Arrête. C'est complètement ridicule. Qu'est-ce que tu t'imagines ? Que Dexter et moi couchons secrètement ensemble depuis des années ?

— Les faits m'inclinent à le penser, en tout cas.

— Les faits ? Quels faits ? »

Il semble penaud, tout à coup. « C'est écrit dans tes carnets. »

Elle se raidit. Et pousse le verre au bout du comptoir, hors d'atteinte, pour ne pas être tentée de le jeter contre un mur. « Tu as lu mes carnets ?

— J'y ai jeté un œil. Une fois ou deux.

— Espèce de...

— Tout y était : les petits poèmes, les dix jours en Grèce, le désir, le manque...

— Comment as-tu *osé* faire une chose pareille ?

— Tu les laissais traîner ! Fallait t'y attendre, non ?

— M'y attendre ? Je m'attendais à ce qu'on se fasse confiance, au contraire ! Et à ce que tu aies un minimum de dignité...

— J'avais même pas besoin de les lire, de toute façon ! C'était tellement évident ce qui se passait entre vous deux...

— ... mais ma compassion a des limites, Ian ! Ça fait des mois que je supporte tes jérémiades, tes reproches et tes airs de chien battu. J'en ai assez ! Je t'avertis : si tu reviens encore une fois en mon absence et que je te trouve en train de fouiller dans mes affaires, j'appelle les flics...

— Vas-y ! Appelle-les ! » Il fait un pas vers elle en écartant les bras – occupant d'un seul coup tout l'espace de la petite pièce. « Je suis chez moi, ici, tu sais !

— Ah bon ? Et de quel droit ? Tu n'as pas remboursé une seule mensualité ! Moi, oui ! Toi, tu n'as jamais rien fait ! À part traîner les pieds en te plaignant de ton sort, tu...

— N'importe quoi !

— Tu as mis tout l'argent que tu gagnais dans tes putains de coffrets vidéo !

— C'est faux ! J'ai participé aux dépenses ! Dès que j'avais un peu de fric...

— Ça n'était pas suffisant ! Oh, si tu savais comme je déteste cet appart ! Et cette banlieue ! Je vais devenir folle si je reste ici, tu m'entends ?

— Mais... C'était notre maison ! proteste-t-il, l'air éploré.

— Je n'ai jamais été heureuse ici. Tu aurais dû t'en rendre compte ! Je... Je me sentais coincée. Toi aussi, j'en suis sûre. Tu ne voulais pas l'admettre, c'est tout. »

Il ne l'a jamais vue ainsi. Elle ne lui a jamais parlé de cette façon. Sous le choc, les yeux écarquillés, il s'avance en chancelant. « Calme-toi, ordonne-t-il en lui prenant le bras. Ne dis pas des choses pareilles...

— Lâche-moi ! Lâche-moi tout de suite ! Et fous-moi la paix, tu entends ? » Ils hurlent, à présent. Ça y est, songe-t-elle, effarée. Ils ont rejoint la cohorte des couples qu'on entend se disputer en pleine nuit. Quelque part dans l'immeuble, un de leurs voisins s'apprête peut-être à appeler la police... Comment en sont-ils arrivés là ? « Casse-toi ! crie-t-elle en repoussant le bras qu'il tente désespérément de nouer autour de sa taille. Donne-moi tes clés et casse-toi. Je ne veux plus te voir ! »

À bout de nerfs, elle fond en larmes. Lui aussi. Et la tension retombe aussi vite qu'elle était montée. Ils se laissent glisser au sol, dans l'étroit couloir de l'appartement qu'ils ont acheté ensemble avec l'espoir d'y bâtir un avenir commun. Secoué de sanglots, Ian se cache le visage dans les mains. « J'en...

J'en peux plus, hoquette-t-il. Ça me rend fou... Qu'est-ce qui m'arrive, bon sang ? Je vis un enfer, Em. Un enfer ! Tu entends ?

— Oui. Je sais. Je suis désolée. » Elle lui enlace les épaules.

« Pourquoi tu m'aimes plus ? Pourquoi ? Tu m'aimais, avant, n'est-ce pas ? Au début.

— Bien sûr.

— Pourquoi tu m'aimes pas comme avant, alors ? Tu recommencerais peut-être à m'aimer si...

— Non, Ian. Je suis désolée... J'ai essayé, mais j'y suis pas arrivée. Je suis désolée. Tellement, tellement désolée. »

Le temps passe. Ils restent allongés au même endroit. Comme des naufragés échoués sur une plage. La tête nichée contre l'épaule de Ian, la main posée sur son torse, elle se laisse envelopper dans son odeur. L'odeur chaude et rassurante qu'elle connaît si bien.

« Je devrais y aller, dit-il au bout d'un moment.

— Oui. Ce serait bien. »

Il s'assoit sans la regarder ni lui montrer son visage rougi par les larmes. « Tu sais ce qui me rend triste ? demande-t-il en désignant les lettres et les photos éparpillées sur la moquette.

— Non. Vas-y.

— Y a aucune photo de nous, là-dedans. Ensemble, je veux dire. T'en as des milliers de Dex et toi, mais aucune de toi et moi. Aucune récente, en tout cas. Comme si on avait arrêté d'en prendre.

— On n'avait pas un bon appareil », réplique-t-elle sans conviction. Ce qu'il ne réfute pas, heureusement.

« Désolé de... d'avoir pété les plombs comme ça. Et d'avoir fouillé dans tes affaires. C'est inacceptable de ma part.

— C'est pas grave. Ne le refais pas, c'est tout.

— Ça m'a permis de te lire, au moins ! Certains textes sont vraiment bons, tu sais.

— Merci. Ils n'étaient pas faits pour être lus, mais...

— Pourquoi ? Il faudra bien que tu les montres à quelqu'un, non ? Que tu essaies d'en faire quelque chose !

— Oui... Je le ferai peut-être. Un de ces jours.

— Pas les poèmes. Ceux-là, tu peux les garder pour toi. Mais les romans, les nouvelles... Ça, c'est vraiment bien ! Tu es un bon écrivain, Em. Fine et intelligente.

— Merci. »

Son visage se chiffonne – il est de nouveau au bord des larmes. « Dis... C'était pas si affreux que ça, quand même ? De vivre avec moi ?

— Non. C'était super, vraiment. J'ai tendance à te mettre tout sur le dos, mais...

— Tu veux m'en parler ?

— Je ne crois pas. Y a pas grand-chose à dire, tu sais.

— Bon.

— Bon. »

Ils se sourient. Ian se tient sur le seuil, une main sur la poignée de la porte. « Une dernière chose..., énonce-t-il, l'air hésitant.

— Oui ?

— Je sais que je suis parano, mais... tu sors pas avec lui, hein ? Dexter, je veux dire. »

Elle soupire. « Ian... Je te *jure* que je ne sors pas avec lui. Je te le jure sur ma vie, d'accord ?

— D'accord. C'est juste parce que... j'ai lu dans les journaux qu'il avait rompu avec sa copine. Comme tu m'as quitté et qu'il est de nouveau célibataire...

— Arrête, tu veux bien ? Je n'ai pas vu Dexter depuis des siècles.

— Et quand on était ensemble ? Il ne s'est rien passé entre vous ? Je ne supporte pas l'idée que...

— Combien de fois faut-il te le dire ? Il ne s'est *jamais* rien passé entre Dexter et moi ! » assure-t-elle en espérant qu'il en restera là.

« Tu le regrettes ? »

Oui, parfois. Souvent, même.

« Non. Pas du tout. C'était mon ami, rien de plus.

— Bon, d'accord. » Il esquisse un sourire forcé. « Tu me manques tellement !

— Je sais bien. »

Il pose une main sur son ventre. « Ça me rend malade.

— Ça passera.

— Tu es sûre ? J'ai peur de devenir fou.

— Je comprends. Mais je ne *peux* pas t'aider, Ian.

— Tu penses que tu pourrais... changer d'avis ?

— Non. Désolée.

— OK. » Petit haussement d'épaules et sourire à la Stan Laurel – sans ouvrir la bouche. « Y a pas de mal à poser la question, si ?

— Bien sûr que non.

— Moi, j'ai pas changé d'avis. T'es toujours la PP. La Putain de Perfection. »

Elle sourit parce qu'il espère un sourire de sa part. « Non. C'est *toi*, la PP !

— Puisque tu le dis... » Il se permet un long soupir. Et se tourne vers la porte. « Allez. J'y vais, maintenant. Embrasse Mme Morley pour moi. À la prochaine.

— À la prochaine.

— Ciao.

— Ciao. »

Il sort en faisant mine de recevoir la porte dans la figure. Elle rit gentiment. Soulagé, il prend une profonde inspiration – et referme le battant derrière lui. Ça y est, il est parti.

Emma ne bouge pas. Assise dans le couloir, elle laisse une longue minute s'écouler. Puis elle se redresse d'un bond, attrape résolument ses clés et sort à son tour.

Le quartier est plongé dans la torpeur d'une soirée d'été ordinaire, dans une banlieue ordinaire : des cris s'échappent périodiquement des appartements aux fenêtres grandes ouvertes ; quelques drapeaux anglais flottent aux balcons. Elle traverse le terre-plein en se demandant ce qu'elle fait là. Pourquoi n'est-elle pas entourée d'un cercle d'amis un peu loufoques et toujours prêts à la consoler en cas de coup dur ? Ne devrait-elle pas passer la soirée à raconter ses malheurs à ses copines – six ou sept jolies filles branchées assises sur des poufs dans une belle maison du centre-ville ? Décidément, la vie urbaine ne tient pas ses promesses ! Les copines d'Emma n'ont rien d'héroïnes de feuilleton : elles compatissent, certes. Mais la plupart d'entre elles vivent à deux heures de Walthamstow. Les autres sont accaparées par leur vie familiale et conjugale. Impossible de compter sur elles, donc. Par chance, Emma peut se rabattre sur Beers'R'Us (le jeu de mots est aussi déprimant que l'établissement qu'il désigne), la boutique ouverte sept jours sur sept à trois cents mètres de son domicile.

Juchés sur leurs bicyclettes, des adolescents aux allures de caïds passent et repassent nonchalamment devant l'entrée. Ils cherchent à intimider les passants, bien sûr. Mais Emma se sent intrépide, ce soir. Elle franchit le cercle avec détermination, les yeux rivés droit devant elle. Dans le magasin, elle choisit la bouteille de vin la moins douteuse du rayon, puis elle se dirige vers la caisse, où plusieurs clients font déjà la queue. Le type qui se trouve devant elle arbore un tatouage en forme de toile d'araignée sur le visage. Quand vient son tour, il met un temps fou à réunir la ferraille nécessaire pour payer ses deux bouteilles de cidre. Emma en profite pour jeter un regard à la vitrine... où se dresse une bouteille de champagne solitaire, soigneusement enfermée à clé. Elle est grise de poussière, comme le dernier vestige d'un passé au luxe révolu.

« Je vais aussi prendre la bouteille de champagne, s'il vous plaît », indique-t-elle en arrivant à la caisse. Le commerçant lui jette un regard soupçonneux, vite estompé par l'argent qu'elle brandit sous son nez.

« Vous avez quelque chose à fêter, c'est ça ?

— Exactement. Un très gros truc à fêter. » Puis, sur un coup de tête : « Donnez-moi un paquet de Marlboro. »

Les bouteilles s'entrechoquent dans le petit sac plastique lorsqu'elle sort de la boutique. Elle fourre aussitôt une cigarette dans sa bouche, comme s'il s'agissait d'un remède universel.

« Madame Morley ? » crie une voix dans son dos.

Elle jette un regard coupable autour d'elle.

« Madame Morley ? répète la voix. C'est moi ! »

Une jeune fille se dirige vers elle. Vive, élégante sur ses longues jambes. Emma la reconnaît aussitôt. C'est Sonya. Sonya Richards. Sa protégée. Son projet. La petite gamine trop maigre et bourrée d'adrénaline qui jouait le Dodger dans *Oliver!* s'est métamorphosée en une grande et belle adolescente aux cheveux courts, à la démarche assurée. Consciente de ne pas être à son avantage, Emma se trouble. Les épaules voûtées, les yeux rouges, la cigarette au bec sur le seuil de Beers'R'Us, elle est loin d'être un modèle pour son ancienne élève. Elle dissimule bêtement sa cigarette dans son dos et plaque un sourire avenant sur ses lèvres.

« Comment ça va, madame ? » Sonya semble un peu mal à l'aise, à présent. Elle évite son regard comme si elle regrettait de l'avoir abordée.

« Très bien ! Et toi ?
— Ça peut aller.
— Et au lycée ? Tout se passe bien ?
— Ouais. Superbien.
— Tu passes le bac l'an prochain, c'est ça ?
— Oui. C'est ça. » Sonya baisse furtivement les yeux vers les bouteilles qui tintent contre les mollets d'Emma et la colonne de fumée qui s'élève de son dos.

« Ensuite, tu t'inscriras à la fac ?
— Oui. J'espère aller à Nottingham. Si j'ai les notes qu'il faut.
— Tu les auras. C'est sûr.
— Grâce à vous », affirme Sonya, sans grande conviction, toutefois.

Silence. En désespoir de cause, Emma brandit le sac d'une main, la cigarette de l'autre, et les agite en souriant. « C'est mon shopping de la semaine ! »

L'adolescente fronce les sourcils, l'air perplexe. « Bon. Faut que j'y aille.
— D'accord. C'était formidable de te revoir... Et... Sonya ? Bonne chance, hein ? Bonne chance pour la suite ! » s'écrie-t-elle, mais la jeune fille s'éloigne sans se retourner. Et Emma, son ancienne prof *Carpe diem*, ne peut rien pour la retenir.

Plus tard dans la soirée, alors qu'Emma somnole sur le canapé devant la télé allumée, une bouteille vide à ses pieds, la voix de Dexter Mayhew la tire brutalement du sommeil. Elle ne comprend pas bien ce qu'il raconte – une histoire de jeu FPS, d'options multijoueurs et d'action non-stop. Troublée, un peu inquiète, elle se force à ouvrir les yeux. Et se retrouve nez à nez avec lui.

Elle se redresse en souriant. Ce n'est pas la première fois qu'elle voit l'émission. Diffusée en fin de soirée, « À vos manettes » est destinée aux fans de jeux vidéo. Filmée dans un donjon de polystyrène sous une lumière rouge, comme si les jeux vidéo entraînaient leurs adeptes dans une sorte de purgatoire de pacotille, elle met en scène deux équipes de joueurs au visage blême. Recroquevillés devant un écran géant, ils actionnent furieusement leurs manettes sous les ordres de Dexter, qui les harangue sans relâche – « *Plus vite, plus vite ! Vas-y, tire, tire !* »

Les jeux, ou plutôt les « tournois », sont entrecoupés de petites séquences critiques, au cours desquelles Dexter et une fille aux cheveux orange (manifestement choisie pour son physique) comparent avec le plus grand sérieux les mérites respectifs des nouveautés de la semaine. Est-ce dû à la petitesse de l'écran d'Emma ? Toujours est-il que Dex lui paraît un peu bouffi, un peu grisâtre. On dirait qu'il lui manque quelque chose... Son arrogance, peut-être ? Oui, c'est ça. Il ne plastronne plus. Les yeux rivés à la caméra, il parle de *Duke Nukem 3* d'un air incertain, presque embarrassé. Ce qui n'empêche pas Emma d'être brusquement submergée d'affection. En huit ans, pas un jour ne s'est écoulé sans qu'elle pense à lui. Elle veut le revoir, maintenant. Le plus vite possible. Il lui manque tellement ! *C'est mon meilleur ami. Je veux le retrouver. Sans lui, rien n'est pareil. Rien ne se passe correctement. Je vais l'appeler.*

Demain. Je l'appellerai demain. Sans faute.

11

Deux rendez-vous

MARDI 15 JUILLET 1997

Soho et South Bank

« La mauvaise nouvelle, c'est que la chaîne a décidé d'arrêter "À vos manettes".
— Ah bon ? Vraiment ?
— Oui. Vraiment.
— Ah. OK. Mais… ils t'ont dit pourquoi ?
— Non, Dexy. Ils pensent seulement qu'ils n'ont pas réussi à trouver le moyen de faire passer tout le charme et le piquant des jeux électroniques auprès des téléspectateurs de deuxième partie de soirée. Ils ont l'impression que les ingrédients ne sont pas réunis… Alors, ils préfèrent en rester là…
— Je vois.
— … et recommencer avec un autre animateur.
— Et un autre titre ?
— Non. Ça s'appellera toujours "À vos manettes".
— Bon. Alors… ce sera la même émission, en fait.

— Ils vont quand même procéder à des changements significatifs.

— Mais ça s'appellera toujours "À vos manettes" ?

— Oui.

— Même décor, même format ?

— Quasiment.

— Avec un autre animateur ?

— Exactement.

— Qui est-ce ?

— Aucune idée. Pas toi, en tout cas.

— Tu ne sais vraiment pas qui ils ont embauché ?

— Non, Dex. Ils m'ont avoué que ce serait quelqu'un de jeune. De plus jeune que toi. C'est tout ce que je sais.

— Je suis viré, quoi !

— Disons que... dans le cas présent, ils ont décidé de prendre une autre direction. Et qu'ils ne t'emmènent pas.

— OK. Je vois. Et... la bonne nouvelle ?

— Pardon ?

— Tu viens de m'annoncer la mauvaise nouvelle. Et la bonne nouvelle, c'est quoi ?

— Rien. C'est tout, Dex. Je n'ai pas d'autre nouvelle. »

Au même moment, à moins de trois kilomètres de là, sur la rive opposée de la Tamise, Emma Morley s'engouffre dans un ascenseur avec son amie Stephanie Shaw.

« L'essentiel, je te le répète, c'est de ne pas te laisser impressionner.

— Pourquoi serais-je impressionnée ?

— Parce que c'est une légende, Em. Elle est connue dans le milieu.

— Connue ? Pour quelle raison ?

— Pour... son tempérament. » Bien qu'elles soient seules dans la cabine, Stephanie baisse la voix avant de poursuivre : « C'est une excellente éditrice. Elle est un peu... excentrique, c'est tout. »

Elles poursuivent leur ascension en silence. Les cheveux coupés au carré, Stephanie se tient très droite, élégante et menue dans son chemisier blanc impeccablement repassé et sa jupe crayon – noire, bien sûr –, à des années-lumière de l'adolescente maussade au look gothique qui balbutiait pendant les TD, à l'université d'Édimbourg. Elle est si directe, si professionnelle qu'Emma se sent presque intimidée en sa présence. Depuis qu'elle travaille ici, Stephanie a sans doute viré des gens. Il lui arrive certainement de dire : « Photocopiez ça pour moi ! » Si Emma faisait pareil au lycée, ses élèves lui riraient au nez. L'ascenseur continue de monter. Elle se redresse, crispe les mains devant elle et réprime un gloussement de collégienne. Ce qu'elles sont sérieuses ! On dirait deux gamines qui font semblant d'aller au bureau.

La cabine se fige. Elles sont arrivées au trentième étage. Les portes s'ouvrent sur un vaste espace paysager éclairé par d'immenses baies vitrées en verre fumé qui offrent une vue plongeante sur Lambeth et la Tamise. Quand Emma s'est installée à Londres, en 1990, elle a envoyé des lettres de candidature, maladroites mais pleines d'espoir, à quelques maisons d'édition, en imaginant que ses enveloppes seraient ouvertes à l'aide d'un coupe-papier en ivoire par des secrétaires vieillissantes, chaussées de lunettes demi-lune, dans les bureaux encombrés et miteux de maisons georgiennes. La réalité est fort différente : ici, tout respire la jeunesse et la modernité ; les lignes sont épurées, la lumière entre à flots. Pour un peu, on se croirait dans les locaux d'une boîte de production... La seule chose qui rassure Emma, ce sont les piles d'ouvrages entassés sur les tables ou à même le sol. Partout, les livres s'amoncellent en équilibre précaire, sans ordre ni hiérarchie apparents. Stephanie s'engouffre dans un couloir. Emma lui emboîte le pas, tout en essayant d'enlever sa veste, sous le regard curieux des employés dont les visages surgissent un à un derrière les murs de livres.

« Je ne peux pas te garantir qu'elle aura tout lu – ni même qu'elle l'aura lu, d'ailleurs. Mais elle a demandé à te voir, ce qui est formidable. Vraiment formidable.

— Comment te remercier ? Sans toi, je...

— C'est un bon bouquin, Em. Tu peux me faire confiance là-dessus. Je n'aurais pas pris le risque de lui transmettre un mauvais manuscrit. C'est pas dans mon intérêt, crois-moi ! »

C'était un roman de jeunesse pour adolescents, inspiré de la série *Malory School*, d'Enid Blyton. L'action se situait dans un lycée public de Leeds pendant les répétitions d'*Oliver !*, le spectacle de fin d'année du club théâtre. Le récit, mordant et réaliste, se doublait d'une histoire d'amour contée à la première personne par Julie Criscoll, la collégienne rebelle et insouciante qui jouait le Dodger dans la comédie musicale. Le manuscrit était illustré de bout en bout : Emma avait inséré dans le corps du texte des gribouillis, des caricatures et des bulles remplies de commentaires sarcastiques, ce qui donnait l'illusion de lire le journal intime d'une adolescente.

Elle avait envoyé les premiers chapitres du roman à plusieurs maisons d'édition, qui lui avaient toutes répondu par la négative. « Ne correspond pas à notre ligne éditoriale, désolés de ne pas pouvoir vous être utiles, bonne chance pour la suite » – les formules se succédaient d'une lettre à l'autre, toutes similaires. Quoique décourageantes, elles étaient si vagues et impersonnelles qu'Emma continuait à espérer, malgré tout. À l'évidence, on n'avait pas vraiment lu son manuscrit : ses correspondants se contentaient de lui envoyer une lettre de refus standard. Or, de tous les textes qu'elle avait écrits et abandonnés au fil des ans, celui-ci était le premier qu'elle n'avait pas voulu jeter à travers la pièce après l'avoir relu. Elle était donc quasi persuadée d'avoir écrit un bon roman. La « voie normale » n'ayant rien donné, il ne lui restait qu'une seule solution pour être publiée : le népotisme.

Bien que plusieurs de ses anciens camarades d'université aient accédé à des responsabilités importantes, elle s'était fait la promesse, des années auparavant, de ne jamais demander de faveurs à quiconque. La démarche lui semblait aussi gênante que s'il lui avait fallu emprunter de l'argent à un ami. Mais les lettres de refus des éditeurs remplissaient un petit classeur, à présent. Et, comme disait sa mère, elle ne rajeunissait pas. À quoi bon attendre davantage ? Un jour, à l'heure du déjeuner, elle s'était isolée dans une salle de classe déserte. Elle avait pris une profonde inspiration... et appelé Stephanie Shaw. Toutes deux ne s'étaient pas parlé depuis trois ans, mais elles s'appréciaient, ce qui avait facilité la démarche d'Emma. Sincèrement ravie de l'entendre, son amie lui avait d'abord donné de ses nouvelles et avait pris des siennes. Puis Emma en était venue au fait : accepterait-elle de lire un manuscrit ? « Un petit truc que j'ai écrit. Les premiers chapitres et le synopsis d'un roman pour ados... Ça se passe dans un lycée pendant les répétitions du spectacle de fin d'année. »

Voilà pourquoi elle est là, dans ce bureau, au trentième étage d'une tour de South Bank. Elle a rendez-vous avec une éditrice – une éditrice en chair et en os. Elle a les mains qui tremblent et le cœur qui bat. Normal : elle a forcé sur le café, ce matin. Elle est d'autant plus anxieuse qu'elle a été obligée de sécher la dernière grande réunion de l'année, celle qui réunit le proviseur et l'ensemble du personnel enseignant avant les vacances d'été. En se réveillant, elle a fait ce que font les mauvais élèves : elle s'est pincé le nez, puis elle a appelé la secrétaire du lycée pour lui annoncer d'une voix éraillée qu'elle souffrait d'une grippe intestinale. L'incrédulité de sa correspondante était perceptible sur la ligne. M. Godalming – Phil – risque d'être furieux.

Ça y est. Elles viennent d'arriver devant le bureau de la directrice éditoriale : un vaste cube de verre d'une valeur commerciale inestimable, vu le prix du mètre carré au bord de la Tamise. Une silhouette féminine, grande et mince comme un roseau, se dresse à l'intérieur. Dos à Emma, elle fait face au panorama le plus saisissant qui soit : Londres s'étend à ses pieds, de la cathédrale Saint Paul au Parlement.

Stephanie désigne le fauteuil bas installé près de la porte.

« Assieds-toi. La secrétaire t'appellera. Après, tu viendras me raconter comment ça s'est passé... Ne te laisse pas impressionner, surtout ! »

« Je suis viré, alors. Ils t'ont donné une explication, au moins ?

— Pas vraiment.

— Allez, Aaron... Dis-le-moi !

— Eh bien… La formule exacte, c'est que… tu… tu es un peu trop 1989.
— Ah. D'accord. Bon. Puisque c'est comme ça… Qu'ils aillent se faire foutre, non ?
— Exactement. C'est ce que je leur ai répondu.
— Tu leur as *vraiment* dit ça ?
— J'ai exprimé mon mécontentement, en tout cas.
— OK. Et maintenant ? On t'a proposé quoi, pour la suite ?
— Rien.
— Rien ?
— Y a ce truc qui met en scène un combat de robots… Si ça t'intéresse, je…
— Des robots ? Pourquoi ils se battent ?
— Aucune idée. C'est dans leur nature, j'imagine.
— Bon… Ça me paraît pas génial. Tu peux décliner. Quoi d'autre ?
— Une émission mensuelle sur *Des voitures et des hommes* ?
— Quoi ? Une chaîne du satellite ?
— Le câble et le satellite sont la télévision de demain, Dex !
— Peut-être, mais en attendant… On ne t'a rien proposé sur les chaînes terrestres ?
— Disons que… c'est assez calme de ce côté-là.
— Pas pour Suki Meadows, que je sache ! Ni pour Toby Moray. Je ne peux pas passer devant un écran de télé sans voir la sale petite gueule de Moray !
— C'est la loi de la télé, Dex. Une mode chasse l'autre… Moray est à la mode en ce moment. Et toi, tu l'étais avant lui !
— J'étais une *mode* ?
— Ne te fâche pas. J'essaie juste de t'expliquer que tout le monde a des hauts et des bas. C'est normal que tu passes par là, toi aussi ! Tu devrais en profiter pour… envisager un changement de cap.

Il faut changer la perception que les gens ont de toi. Ta réputation, je veux dire.

— Attends – moi, j'ai une *réputation* ? »

Assise dans le fauteuil bas près de la porte, Emma attend. Et attend encore. Ce qui lui permet d'observer les employés au travail, et même d'éprouver une petite pointe d'envie à leur égard. Oui, l'espace d'un instant, elle leur envie le monde de l'entreprise. Son efficacité, son élégance décontractée et ses distributeurs d'eau fraîche. Les locaux de cette maison d'édition ne présentent aucun attrait particulier, mais ils offrent un tel contraste avec le lycée de Cromwell Road qu'ils lui semblent carrément futuristes. Comparée à ces cubes de verre, la salle des profs, avec ses tasses à thé mal lavées, son mobilier bancal et ses plannings rébarbatifs, paraît sortie du Moyen Âge. Le pire, songe-t-elle, c'est l'atmosphère générale de mauvaise humeur, de récrimination et d'insatisfaction qui règne entre les murs du lycée. Certes, les gamins sont géniaux – enfin, pas tous, et pas tout le temps –, mais les problèmes de discipline se multiplient ces temps-ci. Un élève lui a récemment lancé un « Cause toujours… » en guise de réponse. Désarçonnée, elle n'a pas su faire face. Elle a le sentiment de perdre la main. De déployer moins d'enthousiasme, moins d'énergie. Ses relations avec le proviseur n'arrangent rien, bien sûr.

Sa vie aurait pu être si différente ! Que se serait-il passé, par exemple, si elle avait réellement tenté de décrocher un poste dans l'édition quand elle avait vingt-deux ans ? Serait-elle, comme Stephanie Shaw aujourd'hui, en train de grignoter un sandwich de chez Prêt-à-Manger, le nouveau traiteur à la mode, en veillant à ne pas tacher sa jolie jupe droite ? Elle est persuadée, depuis quelque temps déjà, que sa vie est sur le point de changer – ne serait-ce que parce qu'elle *doit* changer. Elle doit prendre un nouveau départ. Et c'est peut-être ici que ça va se produire. Dans ce bureau, avec cette éditrice. De l'autre côté du couloir, l'assistante de direction vient de raccrocher son téléphone. Elle se lève. Emma sent son estomac se nouer. « Marsha va vous recevoir », annonce la jeune femme. Emma se lève à son tour, lisse sa jupe du plat de la main comme elle l'a vu faire à la télévision, et pénètre dans le cube de verre.

Grande, imposante, Marsha – ou plutôt, Mlle Francomb – ressemble étrangement, et de manière presque intimidante, à Virginia Woolf. Elle a les mêmes traits aquilins, le même port de tête. Âgée d'une petite quarantaine d'années, les cheveux gris, courts et coiffés en avant, à la soviétique, elle s'exprime d'une voix rauque et autoritaire.

« Ah. Vous êtes mon rendez-vous de 12 h 30, n'est-ce pas ? s'enquiert-elle en lui tendant la main.

— Je... O-oui. C'est ça. 12 h 30 », répond Emma dans un couinement. Elle avait rendez-vous à 12 h 15, en fait. Mais est-ce utile de le mentionner ? Sans doute pas.

« *Setzen Sie sich, bitte hin* », reprend Marsha. Emma frémit. Pourquoi parle-t-elle allemand, tout à coup ? Bon. Autant jouer le jeu. L'explication viendra plus tard. *Si* elle vient.

« *Danke* », couine-t-elle encore. Elle s'assied sur le canapé et jette un regard autour d'elle : sur les étagères, plusieurs trophées voisinent avec des couvertures de livres encadrées comme des tableaux. Environnée, écrasée même par les glorieux souvenirs de son interlocutrice, Emma se sent brusquement illégitime. Elle n'a rien à faire ici. Cette femme redoutable n'aurait pas dû la recevoir. Ce rendez-vous est une perte de temps. Mlle Francomb publie des livres : de *vrais* livres pour de *vrais* lecteurs. A-t-elle compris son erreur ? Toujours est-il que Marsha ne fait rien pour briser la glace : occupée à baisser puis à ajuster les stores vénitiens, elle laisse le silence s'installer. Le cube de verre s'obscurcit ; le monde extérieur disparaît. Assise face à Marsha dans la pénombre, Emma se demande ce qui va suivre. Un interrogatoire, peut-être ?

« Désolée de vous avoir fait attendre. C'est très agité en ce moment ! J'ai eu toutes les peines du monde à maintenir ce rendez-vous... mais je tenais à prendre le temps de vous recevoir, malgré tout. Dans un cas comme celui-ci, c'est essentiel de prendre la bonne décision, n'est-ce pas ?

— Absolument. C'est vital.

— Dites-moi... Depuis combien de temps travaillez-vous avec des enfants ?

— Ça fait... cinq ans, maintenant. J'ai commencé en 1993. »

Marsha se penche vers elle. « Et... vous *aimez* ça, n'est-ce pas ? demande-t-elle avec une soudaine intensité.

— Oui. La plupart du temps, en tout cas. » Emma se trouve un peu raide, un peu formelle. « Quand ils ne me font pas tourner en bourrique ! ajoute-t-elle.

— Ils vous font tourner en bourrique ?

— Oh oui ! Pour être honnête, ce sont de vrais petits saligauds quand ils s'y mettent !

— À ce point-là ?

— Eh bien... Certains sont impertinents. Et perturbateurs. »

Marsha fronce les sourcils, l'air indigné. « Que faites-vous pour ramener l'ordre, dans ce cas ?

— Oh, rien de spécial : je leur lance des chaises à la figure ! Non... Je plaisante, bien sûr ! Je m'en tiens à des mesures très ordinaires : je les mets dehors ou je les isole un moment.

— Je vois. » Marsha n'en dit pas plus, mais la désapprobation se lit sur son visage. Elle reporte son attention sur les documents qu'elle a sous les yeux. Est-ce le signe qu'elles vont enfin parler du manuscrit ? « Bon, reprend-elle. Votre anglais est excellent, permettez-moi de vous le dire. Bien meilleur que je ne l'imaginais !

— Pardon ?

— Vous êtes parfaitement bilingue, mademoiselle. On dirait que vous avez vécu en Angleterre toute votre vie.

— Eh bien... Je vis ici depuis toujours, en effet. »

Marsha lui jette un regard agacé. « Ce n'est pas ce que j'ai lu dans votre CV.

— Pardon ?

— Votre CV stipule que vous êtes allemande ! »

Alors là... Comment Emma peut-elle rattraper la situation ? Doit-elle faire semblant d'être allemande ? Impossible. Elle ne parle pas l'allemand. « Non, réplique-t-elle. Je suis anglaise. Complètement anglaise. » Et de quel CV s'agit-il ? Elle n'a pas envoyé de CV !

Marsha secoue la tête. « Pardonnez-moi. J'ai l'impression qu'il y a un malentendu... Vous êtes sûre d'être mon rendez-vous de 12 h 30 ?

— Oui ! Enfin, je... je crois que oui. Pourquoi ?

— Vous êtes bien la nounou que j'ai contactée pour mes enfants ? »

« J'ai une *réputation* ?

— Un peu. Dans le métier, en tout cas.

— Ah. Et elle consiste en quoi, cette réputation ?

— On prétend que tu n'es pas... complètement fiable.

— Pas fiable ?

— Pas professionnel, disons.

— Dans quel sens ?

— Écoute... Ce n'est pas à moi de t'apprendre qu'un professionnel n'arrive ni saoul ni défoncé sur un plateau.

— Eh ! J'ai jamais...

— ... arrogant, aussi. Les gens te trouvent arrogant.

— Arrogant ? Je suis sûr de moi, pas arrogant !

— Je ne fais que répéter ce que racontent les gens sur ton compte, Dex.

— Les "gens" ! Qui sont ces "gens" ?

— Les gens avec lesquels tu as travaillé...

— Ah bon ? Et tu les crois...

— Je dis seulement que si tu as le sentiment d'avoir un problème avec l'alcool...

— Quel problème ?

— ... le moment est peut-être venu de t'en occuper.

— J'ai pas de problème, Aaron !

— OK. C'est parfait, alors. Bon... Si j'étais toi, je surveillerais quand même mes dépenses. Pendant un mois ou deux, au moins. »

« Je suis navrée, Emma. Vraiment navrée... »

Mortifiée, elle se dirige vers les ascenseurs. Marsha la suit de près et Stephanie trottine derrière elles. Leur petite procession suscite la curiosité des employés, qui lèvent la tête sur leur passage. Pauvre fille, pensent-ils sans doute. Ça lui apprendra à se faire des idées.

« Je suis désolée de vous avoir convoquée inutilement, insiste Marsha d'un ton mielleux. On aurait dû vous appeler et annuler...

— Ne vous inquiétez pas. Ce n'est pas de votre faute, marmonne Emma.

— Mon assistante devra s'expliquer là-dessus, croyez-moi ! Êtes-vous certaine qu'elle ne vous a pas transmis le message ? Je déteste annuler un rendez-vous, mais je n'ai tout simplement pas eu le temps de lire votre manuscrit. Je le ferais volontiers maintenant pour vous donner un premier avis, mais la pauvre Helga m'attend dans la salle de conférences, apparemment...

— Je comprends.

— Stephanie m'a assuré que vous aviez beaucoup de talent. C'est d'ailleurs la raison pour laquelle je souhaitais vous recevoir... mais pas si tôt ! Mon assistante a fait une erreur de planning. Je vous rappellerai dès que j'aurai lu votre travail... »

Emma se fige devant les ascenseurs. « Ce n'est vraiment pas...

— Vous aurez une anecdote à raconter, au moins ! »

Une *anecdote* ? Elle enfonce avec fureur le bouton d'appel. Ce n'est pas une histoire drôle qu'elle veut, c'est un changement ! Un nouveau départ. Des anecdotes, sa vie en est déjà pleine. Elle en a par-dessus la tête de ces petites garces. Ras le bol des histoires foireuses : elle souhaite que ça marche, maintenant. Pourquoi n'aurait-elle pas droit au succès, elle aussi ? Ne peut-elle pas en rêver, au moins ? Un peu d'espoir, est-ce trop demander ?

« Je ne pense pas que ce soit possible la semaine prochaine, poursuit Marsha. Ensuite, je pars en vacances. Mais je vous promets de vous donner mon avis avant la fin de l'été. »

Avant la fin de l'été ? Le délai paraît interminable à Emma. Encore des semaines à attendre sans que rien ne change ! Elle gifle le bouton d'appel, à présent. Son attitude ne fait qu'accroître l'embarras de ses interlocutrices. Et alors ? Qu'elles souffrent, ces deux idiotes !

La directrice éditoriale darde sur elle son regard bleu. « Dites-moi, Emma... Que faites-vous en ce moment ?

— J'enseigne l'anglais dans un collège de Leytonstone.

— C'est très prenant, comme métier... Quand trouvez-vous le temps d'écrire ?

— La nuit. Le week-end. Tôt le matin, parfois. »

Marsha plisse les yeux. « L'écriture est une passion chez vous, manifestement.

— C'est la seule chose que j'ai vraiment envie de faire en ce moment. » L'intensité avec laquelle elle a formulé sa réponse la surprend elle-même. L'acuité du propos aussi. Oui, elle aime écrire. Et elle voudrait pouvoir ne faire que ça. Les portes de l'ascenseur s'ouvrent derrière elle. Dommage. Elle a presque envie de rester, maintenant.

Marsha lui tend la main. « Au revoir, mademoiselle Morley. À bientôt. Ce sera un plaisir de parler plus longuement avec vous la prochaine fois. »

Emma serre brièvement ses longs doigts dans sa paume. « Merci. J'espère que vous trouverez la nounou qu'il vous faut.

— Je l'espère aussi. La précédente était une vraie psychopathe. Dites-moi... Le job ne vous tente pas, par hasard ? Je suis sûre que vous seriez douée ! » conclut-elle en souriant. Derrière elle, Stephanie se mord la lèvre inférieure, l'air dépité, puis elle fait le geste de porter un téléphone à son oreille. « Appelle-moi ! » murmure-t-elle du bout des lèvres.

Emma esquisse un dernier sourire, et les portes de la cabine se referment. Elle s'adosse à la paroi tandis que l'appareil chute de trente étages – et qu'en elle l'excitation cède la place à l'amertume. À 3 heures ce matin, incapable de dormir, elle s'était imaginé que l'éditrice l'inviterait à déjeuner pour fêter la signature du contrat. Elle se voyait, installée dans le restaurant de la tour Oxo, un verre de vin blanc à la main, captiver son interlocutrice en lui racontant les épisodes les plus colorés de sa vie d'enseignante... Mais rien de tout cela ne s'est produit. L'entretien n'a pas eu les effets escomptés. La voilà au pied de la maison d'édition à peine vingt-cinq minutes après y être entrée.

Ce matin, il ne reste rien de l'euphorie qui régnait à South Bank le soir des élections, quand elle est venue célébrer avec ses amis la victoire des travaillistes. Deux mois se sont écoulés depuis. Le quartier semble étrangement morne. Que faire, à présent ? Impossible d'aller à la réunion du lycée puisqu'elle s'est fait porter pâle. Elle risque d'en entendre parler, d'ailleurs. Une dispute est à prévoir. Les récriminations s'amoncellent à l'horizon...

Elle a besoin d'y voir clair. De se changer les idées. Une promenade s'impose, décide-t-elle en se dirigeant vers le fleuve.

Peine perdue. Même la Tamise ne parvient pas à lui remonter le moral. Cette portion de la rive sud est en pleins travaux. Les échafaudages se succèdent, des tas de gravats jalonnent les trottoirs. Un peu plus loin, la masse délabrée de la centrale électrique de Bankside, en voie de rénovation elle aussi, se dresse, noire et oppressante, dans le ciel d'été. Emma est affamée, mais il n'y a pas le moindre café à des kilomètres à la ronde. De toute façon, elle n'a personne avec qui manger. Son téléphone sonne. Pressée de partager sa déception avec quelqu'un, elle plonge la main dans son sac... et comprend trop tard qu'elle n'aurait pas dû prendre l'appel.

« Alors… Il paraît que tu es malade ? s'enquiert le proviseur. Une grippe intestinale, c'est bien ça ? »

Elle soupire. « C'est bien ça.

— Tu es couchée ? C'est bizarre… J'ai l'impression que tu es dehors. En plein soleil, même.

— Phil… Ne me fais pas une scène, s'il te plaît. Pas maintenant.

— Désolé, *mademoiselle Morley*. Tu ne peux pas avoir le beurre et l'argent du beurre ! Mettre fin à notre relation *et* t'attendre à ce que je ferme les yeux sur ton absence à la réunion… » Il s'exprime sur ce ton depuis des mois : impérieux, vindicatif et répétitif. Une litanie de reproches qu'Emma supporte d'autant moins qu'elle se sent prise à son propre piège. Ne s'est-elle pas enferrée elle-même dans cette liaison sans issue ? « Tu veux que ce soit strictement professionnel entre nous, n'est-ce pas ? Eh bien, soit ! Je suis ton supérieur hiérarchique, Emma. Et tu… vous me devez une explication ! Pourquoi n'êtes-vous pas venue à cette réunion ce matin ?

— Ne fais pas ça, Phil. S'il te plaît ! Ce n'est vraiment pas le moment.

— Je ne voudrais pas devoir prendre des mesures *disciplinaires* à votre égard… »

Elle éloigne l'appareil de son oreille pendant que son interlocuteur continue à déverser sa colère sur la ligne. C'est le modèle lourd, trapu, déjà démodé, qu'il lui a offert l'an passé pour pouvoir « entendre sa voix chaque fois qu'il en aurait le désir ». Un cadeau d'amant à sa maîtresse. Qui leur a permis – elle en rougit aujourd'hui – de faire l'amour par téléphone. Phil l'a fait, en tout cas. Emma, elle…

« Vous étiez parfaitement au courant du caractère *obligatoire* de cette réunion. Le semestre n'est pas terminé, je vous le rappelle ! »

Quel plaisir ce serait de jeter cette saloperie de portable dans la Tamise ! Il coulerait comme une brique, c'est sûr. Mais il faudrait qu'elle retire la carte SIM *avant* de le lancer dans l'eau, ce qui nuirait à la beauté de son geste. Et puis, ce genre d'attitude, ça se pratique au cinéma – pas dans la vraie vie. De toute façon, elle n'a pas de quoi s'acheter un autre téléphone.

Et sa situation financière ne risque pas de s'arranger. Vu qu'elle vient de décider de mettre fin à son contrat de travail.

« Phil ?

— Revenons à "M. Godalming", si vous voulez bien.

— D'accord. Monsieur Godalming ?

— Oui, mademoiselle Morley ?

— Je démissionne. »

Il éclate de rire. Un rire forcé, exaspérant, qu'Emma a trop entendu. Elle n'a aucune peine à l'imaginer, l'appareil plaqué contre son oreille, les lèvres étirées en un rictus sentencieux.

« Emma, vous ne pouvez pas démissionner.

— Bien sûr que si, puisque je viens de le faire ! Et… monsieur Godalming ?

— Oui, Emma ? »

Une expression obscène lui monte aux lèvres, mais elle ne peut se résoudre à l'énoncer à voix haute. Qu'importe ! Elle l'articule sans bruit, avec jubilation, puis raccroche et laisse tomber le téléphone au fond de son sac. L'euphorie lui fait tourner la tête. L'angoisse lui noue l'estomac. Elle reprend son souffle et poursuit sa promenade le long des berges de la Tamise.

« Désolé de ne pas pouvoir t'inviter à déjeuner, Dexy. J'ai rendez-vous avec un autre client…

— OK. Merci, Aaron.
— On se rattrapera la prochaine fois. Qu'est-ce qu'il y a ? Ça n'a pas l'air d'aller, mon vieux.
— Rien. Je suis un peu inquiet, c'est tout.
— À quel sujet ?
— Tu sais bien... Mon avenir. Ma carrière. Ce n'est pas ce que j'avais imaginé.
— Et alors ? L'avenir, c'est toujours imprévisible. C'est pour ça que c'est EXCITANT ! Eh, fais pas cette tête ! Viens là. J'ai une théorie sur toi, mon vieux. Tu veux la connaître ?
— Je t'écoute.
— Les gens t'adorent, Dex. Vraiment. Le problème, c'est qu'ils t'adorent de manière ironique, à la "Je t'aime moi non plus". Ils adorent te haïr, quoi ! Ce qu'on doit faire, toi et moi, c'est trouver quelqu'un qui t'aime réellement... »

12

Dire « Je t'aime »

MERCREDI 15 JUILLET 1998

Chichester, Sussex

Soudain, sans qu'il parvienne à s'expliquer comment il en est arrivé là, Dexter s'aperçoit qu'il est tombé amoureux. Et sa vie se met à ressembler à une longue escapade.

Sylvie Cope. Elle s'appelle Sylvie Cope. Un nom ravissant, n'est-ce pas ? Quand on lui demande à quoi elle ressemble, il secoue la tête, soupire rêveusement et répond qu'elle est « géniale, vraiment géniale ; extraordinaire, même ! ». Elle est belle, bien sûr, mais d'une beauté classique, très différente de celles qui l'ont précédée. Elle n'a ni la frivolité ni l'exubérance de Suki Meadows, ni le physique à la mode de Naomi, d'Ingrid ou de Yolande. Elle est gracieuse, calme et sereine. Dans une vie antérieure, quand il était le roi des studios télé, il aurait décrété qu'elle avait « de la classe », ou même « une classe folle ». Avec ses longs cheveux blonds séparés en deux par une raie au milieu, ses traits fins, bien dessinés, parfaitement disposés dans un visage au teint pâle, en forme de cœur, elle lui rappelle un tableau dont il a oublié le nom – un portrait médiéval montrant une jeune fille à la chevelure ornée de fleurs. Sylvie Cope est le genre de femme qui aurait l'air parfaitement à l'aise sur une licorne. Elle est grande, mince, un peu austère, parfois sévère. Son visage n'est pas très mobile. Elle se contente de froncer les sourcils ou de faire les gros yeux à Dexter quand il lui arrive de dire ou de faire une bêtise. En somme, Sylvie est parfaite et exige la perfection.

Ses oreilles dépassent légèrement et prennent à contre-jour l'éclat du corail. Son front et ses joues sont couverts d'un fin duvet blond que fait ressortir la lumière. À d'autres époques de sa vie, plus superficielles sans doute, Dexter aurait trouvé ses oreilles luisantes et son front velu peu attirants. Mais en cette belle soirée d'été, dans ce jardin anglais, il la contemple avec ravissement. Elle est assise en face de lui, son petit menton posé sur une main aux doigts effilés. Quelques bougies éclairent la scène ; un groupe d'hirondelles traverse le ciel nocturne. L'ensemble évoque les tableaux du peintre dont il a décidément oublié le nom – le type à la chandelle –, et il ne parvient plus à détourner les yeux. Il est envoûté, complètement hypnotisé par Sylvie. Elle lui adresse un sourire. Ému, il décide que le moment est venu de lui déclarer son amour. Il le lui déclarera ce soir, dès qu'ils seront seuls. Il n'a encore jamais dit « je t'aime » à une femme. Pas sérieusement, en tout cas. Il l'a sans doute marmonné une ou deux fois lorsqu'il était saoul, sans savoir ce qu'il faisait. Et il lui est déjà arrivé de crier : « Putain… qu'est-ce que je t'aime ! », mais c'était une sorte de boutade. À présent, il éprouve le désir d'utiliser ces mots de la manière la plus simple, la plus pure, la plus sincère qui soit. Il est tellement absorbé par son projet qu'il en oublie momentanément de se concentrer sur la conversation en cours.

« Alors, Dexter, que faites-vous exactement dans la vie ? » vient de s'enquérir la mère de Sylvie, assise à l'autre bout de la table. Vêtue de cachemire beige, Helen Cope est une femme distante, au profil d'oiseau.

Dexter n'a rien entendu. Il continue d'admirer Sylvie, qui lève les sourcils pour l'alerter. « Dexter ?
— Oui ?
— Maman t'a posé une question, non ?
— Désolé. J'étais ailleurs.
— Il est *animateur* à la télé », répond Sam, l'un des frères de Sylvie.

Sam a dix-neuf ans et des épaules de champion d'aviron. Tout comme Murray, son frère jumeau, c'est une sorte de nazillon arrogant et baraqué.

« Vous l'êtes, ou vous ne l'êtes plus ? Vous animez encore une émission en ce moment ? » renchérit Murray d'un air goguenard. Les deux frères échangent un regard complice en secouant leurs mèches blondes. Sportifs, la peau claire, les yeux bleus, on les croirait sortis d'un laboratoire.

« Murray ! Ce n'est pas à toi que maman a posé la question ! intervient Sylvie d'un ton sec.
— Disons que je suis toujours animateur », répond Dexter. Je finirai bien par vous avoir, espèces de petits cons ! songe-t-il en plaquant un sourire poli sur ses lèvres. L'animosité des jumeaux à son égard ne date pas d'aujourd'hui : lorsqu'ils se sont rencontrés, à Londres, les deux garçons lui ont vite fait comprendre qu'ils ne l'appréciaient guère. Moqueries et clins d'œil sarcastiques ont émaillé l'entrevue. Ils sont manifestement persuadés que leur frangine pourrait trouver mieux. Les Cope sont des

Gagnants et ne tolèrent que les Gagnants. À leurs yeux, Dexter est un séducteur, un *has been*, un piètre frimeur qui a fait son temps. Un silence pesant s'est abattu sur la table. Les regards sont dardés sur lui. Il s'éclaircit la gorge, perplexe. Est-il censé poursuivre la conversation ?

« Pardon, quelle était votre question ? » lance-t-il à tout hasard. Conscient d'avoir perdu la main, mais bien décidé à reprendre le dessus.

« Je vous demandais ce que vous faites en ce moment, d'un point de vue professionnel », répète patiemment Mme Cope. Aucun doute possible : il s'agit bien, dans son esprit, d'un entretien d'embauche destiné à pourvoir le poste de petit ami officiel de sa fille.

« Je travaille sur le pilote d'une ou deux émissions de télé, mais je ne sais pas encore laquelle sera programmée.

— De quel genre d'émissions s'agit-il ?

— L'une concerne la vie nocturne à Londres. Ce qu'on peut faire le soir dans la capitale : où sortir, où dîner, où aller danser, etc. L'autre est une émission de sports. De sports extrêmes, pour être précis.

— De sports extrêmes ? Qu'est-ce que c'est ?

— Eh bien... L'expression désigne le VTT, le snowboard, le skate...

— Et vous ? Vous pratiquez les sports extrêmes ? l'interrompt Murray d'un ton narquois.

— Il m'arrive de faire un peu de skate », réplique Dexter, sur la défensive. À l'autre bout de la table, Sam étouffe un fou rire dans sa serviette de table.

« Se pourrait-il que nous vous ayons vu à la BBC ? demande Lionel, le père de Sylvie – un bel homme un peu enrobé, imbu de lui-même et encore étonnamment blond pour ses soixante ans.

— C'est peu probable. Je crains que mes émissions ne passent à une heure trop tardive. » Il se raidit, conscient du caractère ampoulé de sa formulation. *« Je crains que ça ne passe à une heure trop tardive. Il m'arrive de faire un peu de skate... »* Qu'est-ce qui lui prend, bon sang ? C'est toujours pareil. En présence des Cope, il se sent obligé de s'exprimer comme s'il jouait dans un film d'époque. S'il n'y prend pas garde, il donnera bientôt du « messire » à Lionel ! Enfin, le jeu en vaut la chandelle...

Il en est là de ses réflexions quand Murray (à moins que ce ne soit Sam ?) ajoute, la bouche pleine de salade : « Nous, on la regardait, l'émission de fin de soirée que vous présentiez. Le "Giga Pop Club" ! C'était plein de mots grossiers et de filles qui dansaient dans des cages. Tu te rappelles, maman ? Tu n'aimais pas qu'on la regarde !

— Mon Dieu ! C'est de ce truc-là qu'il s'agit ? » Mme Cope fronce les sourcils. « Je m'en souviens, maintenant. Très vaguement.

— Tu avais cette émission en horreur ! insiste Murray (ou est-ce Sam ?).

— "Éteignez ça !" tu criais, précise son jumeau avec jubilation. "Éteignez ça, vous allez vous abîmer le cerveau !"

— C'est drôle. Ma mère disait exactement la même chose », déclare Dexter. Comme personne ne réagit, il tend la main vers la bouteille de vin.

« C'est donc *vous* qui présentiez cette émission ? » intervient Lionel d'un air ébahi, comme s'il venait de découvrir que le gentilhomme assis à sa table n'est qu'une canaille.

— Oui, admet Dexter. Le programme était délibérément provocant, c'est vrai. Mais mon rôle consistait surtout à interviewer les musiciens, les chanteurs et les stars de cinéma. » N'est-ce pas prétentieux d'évoquer ses relations avec la jet-set ? En fait, non, car les jumeaux ricanent déjà, prêts à avoir sa peau.

« Vous en fréquentez encore beaucoup, des *stars de cinéma* ? » lui demande l'un des frères de Sylvie en feignant l'admiration.

Espèce de petit Aryen vaniteux ! pense Dex, avant de répondre : « Pas vraiment. Plus maintenant. » Il décide d'opter pour la franchise. Sans remords ni regrets. « Tout ça, c'est du passé.

— Dexter fait le modeste ! s'insurge Sylvie. Il reçoit sans cesse des propositions de boulot. Il ne veut pas faire n'importe quoi, c'est tout ! Il choisit avec soin le cadre de ses apparitions à l'écran. En fait, ce qui l'intéresse vraiment, c'est la production. N'est-ce pas, Dex ? Il a sa propre société de production ! » ajoute-t-elle fièrement. Ses parents hochent la tête en signe d'approbation. Un homme d'affaires, un entrepreneur... Voilà qui est beaucoup mieux.

Dexter sourit, lui aussi. Mais les faits sont là, inexorables : sa vie professionnelle est au point mort, ces temps-ci. Mayhem TV, sa boîte de production, n'a ni commandes ni *perspectives* de commandes. Trois ans après sa création, son existence se résume toujours à son nom et son logo, embossés sur papier de luxe. Son agent, Aaron, vient de le laisser tomber. On ne lui propose plus de doublages, d'inaugurations ou de soirées de lancement ; on l'invite à moins de premières. Ce n'est plus lui qu'on entend faire la promotion du cidre ; on l'a doucement évincé de l'école de poker, et même le type qui joue des congas pour Jamiroquai ne l'appelle plus. Pourtant, malgré ce net revirement de fortune, il se sent bien. Parce qu'il est amoureux de la belle Sylvie. Et qu'elle l'entraîne dans ses escapades.

Leurs week-ends commencent et se terminent fréquemment à l'aéroport de Stansted. De là, ils s'envolent pour Gênes, Bucarest, Rome ou Reykjavik, où Sylvie a planifié leur séjour avec une précision militaire. Ils descendent dans de petits hôtels à leur image – modernes, chics et irrésistibles –, se promènent et font du shopping, font encore du shopping et se promènent, boivent du café très noir dans des tasses minuscules, puis s'enferment dans leur chambre élégante et minimaliste aux murs couleur taupe, avec sa jolie salle de bains et son grand soliflore garni d'une tige de bambou.

Quand ils n'explorent pas les petites boutiques des grandes villes européennes, ils passent leurs week-ends dans les quartiers ouest de Londres, en compagnie des amies de Sylvie : de jolies filles menues aux traits durs, accompagnées de fiancés bien râblés aux joues roses qui, comme Sylvie et ses copines, travaillent dans le marketing, la communication ou la finance. À vrai dire, Dex n'a guère d'atomes crochus avec ce genre de types – des Supermecs hypersûrs d'eux. Ils lui rappellent les grands gars baraqués, un peu fayots, qui étaient choisis comme chefs de classe au pensionnat : pas vraiment désagréables, mais pas très cool non plus. Qu'importe ! On ne peut pas toujours s'amuser dans la vie. Et cette existence plus ordonnée, moins chaotique, présente assurément de nombreux avantages.

La sérénité étant incompatible avec l'abus de boisson, Sylvie ne consomme jamais d'alcool, hormis le verre de vin ou de champagne qu'elle s'accorde parfois au dîner. Elle ne fume pas, ne se came pas, ne mange ni viande rouge, ni pain, ni sucre blanc, ni pommes de terre. Naturellement, elle ne tolère pas que Dexter soit ivre. Sa capacité légendaire à ingurgiter toutes sortes d'alcools en un temps record la laisse de marbre. Elle trouve l'ébriété gênante, peu virile, et l'a souvent laissé finir la soirée seul parce qu'il avait été incapable de résister à un troisième martini. Bien que l'ultimatum n'ait jamais été énoncé clairement, Dex est placé face à une alternative : Tiens-toi correctement, mets de l'ordre dans ta vie, ou tu me perdras. Par conséquent, il a rarement la gueule de bois et le nez qui saigne, ces temps-ci. Il passe moins de temps, au réveil, à se vautrer dans la culpabilité et le dégoût de lui-même. Et il ne se couche plus avec une bouteille de rouge au cas où il aurait soif au milieu de la nuit. Pour toutes ces raisons, il se sent éperdu de reconnaissance. Sylvie a fait de lui un homme neuf.

Le plus étonnant dans leur relation, c'est qu'il tient nettement plus à elle qu'elle ne tient à lui. Il apprécie sa franchise, son assurance, son aplomb. Il aime son ambition féroce et éhontée, son goût pour ce qui est cher et impeccable. Il est sensible à son apparence physique, ainsi qu'à l'effet qu'ils produisent en couple, et il se réjouit qu'elle ne soit pas sentimentale. Sylvie a la dureté, l'éclat et la beauté du diamant. Lui qui a l'habitude d'être courtisé s'est vu contraint de mener une cour assidue pour parvenir à ses fins – car Sylvie ne s'est pas laissé conquérir aisément. Lors de leur premier rendez-vous, à Chelsea, dans un restaurant français absolument ruineux, il s'était demandé tout haut si elle passait une bonne soirée. Excellente, lui avait-elle répondu, avant d'ajouter que si elle ne riait pas en public, c'était pour ne pas déformer son visage. Bien qu'un peu glacé par sa remarque, il n'avait pu s'empêcher d'admirer sa détermination.

Cette visite, la première qu'ils rendent aux parents de Sylvie, n'est que le début d'un long week-end. Ils ont décidé de faire étape à Chichester avant de reprendre l'autoroute M3 et de descendre jusqu'en Cornouailles, où Sylvie a loué un cottage avec la ferme intention de lui apprendre à surfer. Il sait bien qu'il ne devrait pas prendre autant de congés. Il ferait mieux de travailler ou de chercher du travail. Mais la perspective de voir Sylvie en combinaison de plongée, l'air sérieux, les joues roses et les cheveux tirés, lui procure un plaisir presque insoutenable. Il jette un regard vers elle, guettant son approbation. Elle lui sourit à la lueur de la bougie. Parfait. Il s'en sort bien, pour l'instant. Rasséréné, il se sert un dernier verre de vin. Il s'est promis de ne pas trop boire ce soir. Avec ces gens-là, il faut garder les idées claires.

Après le dessert, un sorbet préparé avec les fraises du jardin (sorbet sur lequel il s'est extasié), Dexter aide Sylvie à débarrasser la table, puis à remporter les assiettes à l'intérieur, dans la vaste demeure en briques rouges de ses parents. On dirait une maison de poupée de luxe, songe-t-il en entrant dans la cuisine rustique de style victorien.

« Je n'arrête pas de confondre tes frères.

— Je vais te donner un truc, réplique Sylvie en ouvrant le lave-vaisselle. Sam est odieux et Murray exécrable.

— Je crois qu'ils ne m'aiment pas beaucoup.

— Ils n'aiment personne en dehors d'eux-mêmes.

— J'ai l'impression qu'ils me trouvent un peu vulgaire. »

Elle lui prend la main au-dessus du panier à couverts.

« C'est important pour toi, l'opinion de ma famille ?

— Ça dépend. Est-ce que c'est important pour toi ?

— Un peu, forcément.

— Alors, ça compte pour moi aussi », répond-il sincèrement.

Elle cesse de remplir le lave-vaisselle et le dévisage avec ardeur. Outre le fait qu'elle déteste rire en public, Sylvie n'aime guère les manifestations d'affection, les câlins, les étreintes. Faire l'amour avec elle ressemble à une éprouvante partie de squash dont il ressort moulu, avec le sentiment d'avoir perdu. Elle se laisse rarement aller, mais quand elle le fait, c'est toujours inattendu, brusque et violent. Comme maintenant : elle le saisit par la nuque et l'embrasse avec fougue, tout en s'emparant d'une de ses mains, qu'elle plaque entre ses jambes. Dexter plonge son regard dans les yeux écarquillés, étrangement fixes de Sylvie, en s'efforçant d'exprimer du désir – et de taire l'inconfort que lui procure la porte du lave-vaisselle, douloureusement calée contre ses tibias. Il entend les Cope arriver au pas de charge dans la maison, et les voix criardes des jumeaux résonner dans le hall. Il tente de se dégager, mais sa lèvre inférieure reste coincée entre les dents de Sylvie. Et s'étire de façon si comique que Dex ressemble à un personnage des dessins animés de la Warner Brothers. Il pousse un cri plaintif. Sa compagne se met à rire, puis relâche sa lèvre, qui claque comme un store en reprenant sa forme initiale.

« J'ai hâte d'aller me coucher, lui souffle-t-elle alors que, du plat de la main, il cherche une éventuelle trace de sang sur son visage.

— Et si ta famille nous entend ?

— Ça m'est égal. Je suis une grande fille, à présent. » Il se demande si le moment est venu de lui déclarer sa flamme. De lui dire qu'il l'aime.

« Bon Dieu, Dexter ! s'écrie-t-elle, interrompant ses rêveries. Tu ne peux pas mettre les casseroles dans le lave-vaisselle comme ça : il faut d'abord les rincer ! »

Il acquiesce en silence, pensant qu'elle va l'aider. Mais elle tourne les talons et se dirige vers le salon, l'abandonnant à ses casseroles sales.

Dexter ne se laisse pas facilement intimider, mais cette famille a le don de le mettre sur la défensive. Ce n'est pourtant pas un problème de classe sociale. Le milieu dont il vient est tout aussi privilégié, bien que beaucoup plus progressiste et bohème que celui des Cope, qui affichent un conservatisme de bon aloi. Ce qui l'angoisse, c'est le mélange de suffisance et d'autosatisfaction qui les caractérise. Et l'obligation tacite de montrer qu'il est un gagnant, lui aussi. Les Cope se lèvent tôt, marchent en montagne, se baignent dans des lacs glacés ; ils sont toujours en pleine forme, au-dessus de la mêlée. Et alors ? Quoi qu'il arrive, ils ne me gâcheront pas la vie ! se promet-il solennellement.

Quand il rejoint le salon, les Puissances de l'Axe pivotent vers lui et se taisent brusquement, signe qu'il vient d'interrompre une conversation le concernant. Qu'importe. Il affiche un sourire confiant et s'affale sur un canapé bas aux motifs fleuris. Tout dans cette pièce, jusqu'aux magazines disposés sur la table du salon (*Country Life*, *Private Eye* et *The Economist*), a été prévu pour qu'on ait l'impression de se trouver dans un hôtel de charme. Le silence se prolonge. On entend le tic-tac d'une pendule. Dex se décide à tendre la main vers un numéro de *The Lady* quand Murray prend la parole :

« J'ai une idée ! Si on jouait à "Es-tu là, Moriarty ?" » s'exclame-t-il. Toute la famille approuve, y compris Sylvie.

« De quoi s'agit-il ? » s'enquiert poliment Dexter. Les Cope secouent la tête à l'unisson pour signifier à l'intrus son ignorance.

« C'est un jeu de société merveilleux ! Vraiment merveilleux ! » s'écrie Helen, plus enthousiaste qu'elle ne l'a été de toute la soirée. On y joue depuis des années ! » Pendant ce temps, Sam s'est déjà emparé d'un exemplaire du *Daily Telegraph* qu'il enroule sur lui-même de manière à obtenir une sorte de long bâton de papier. « En gros, on bande les yeux de quelqu'un, on lui donne un journal roulé bien serré, et on le fait asseoir en face de son adversaire…

— … qui a, lui aussi, les yeux bandés. » Murray continue l'explication tout en fouillant les tiroirs d'un vieux secrétaire pour y trouver un rouleau de scotch. « Celui qui a le journal demande à l'autre : "Es-tu là, Moriarty ?" » Il lance le ruban adhésif à Sam.

« Et l'autre doit se mettre hors d'atteinte en se tortillant comme il peut, avant de répondre "Oui !" ou "Ici !". » Sam se met à scotcher le journal pour en faire un bâton bien compact. « En se fiant à l'endroit d'où vient la voix, celui qui a le journal doit essayer de frapper l'autre.

— Il a droit à trois essais. S'il échoue, il doit rester et se faire taper dessus par le joueur suivant, enchaîne Sylvie, ravie à l'idée de pratiquer un jeu de société victorien. Si on réussit à frapper l'autre, on peut choisir son adversaire suivant. En tout cas, c'est comme ça que *nous*, on joue.

— Alors, reprend Murray en tapotant sa matraque de papier dans la paume de sa main, qui est tenté par les sports extrêmes ? »

La petite assemblée décide que Sam affrontera Dexter – le vilain intrus – et que, ô surprise, c'est lui qui aura le bâton. Le champ de bataille est délimité par un grand tapis aux couleurs fanées étendu au milieu de la pièce. Sylvie y conduit Dexter, puis, debout derrière lui, elle entreprend de lui bander les yeux à l'aide d'une grande serviette de table blanche, telle une princesse faisant porter ses couleurs à son preux chevalier. Dexter jette un dernier coup d'œil à Sam, agenouillé face à lui. Cet imbécile ricane derrière son bandeau, les doigts crispés sur son bâton. Il s'imagine sans doute qu'il va le terrasser... mais ça ne se passera pas comme ça ! Dex veut gagner, à présent. Il veut prouver à toute la famille qu'il est un adversaire à leur mesure. « Montre-leur de quoi tu es capable », murmure Sylvie à son oreille. Il se souvient de leur brève étreinte dans la cuisine, de la main qu'elle a glissée entre ses cuisses. Elle le saisit par le coude et l'aide à s'agenouiller. Les adversaires se font face sur le tapis persan tels deux gladiateurs dans l'arène.

« Que les jeux commencent ! décrète Lionel, impérial.

— Es-tu là, Moriarty ? lance Sam avec dédain.

— Ici ! » répond Dexter, qui s'incline aussitôt en arrière avec la souplesse d'un danseur de limbo.

Le premier coup l'atteint juste en dessous de l'œil, assorti d'un vigoureux claquement sonore. « Oh ! » et « Aïe ! » s'écrient les Cope, enchantés de le voir souffrir. « Ça doit faire mal », commente Murray d'un ton exaspérant. Quoique profondément humilié, Dexter rit de bon cœur. « Tu m'as eu ! » admet-il en se frottant la joue, mais Sam, sanguinaire, en redemande déjà : « Es-tu là, Moriarty ?

— Oou... »

Il n'a pas le temps de faire le moindre mouvement, cette fois : le deuxième coup, une grande gifle sur la fesse, le fait tressaillir de douleur. Toute la famille rit de plus belle, et Sam pousse un long cri de victoire : « Ouuuuuiiiiiii !

— Bien joué, Sammy », se rengorge Helen, fière de son rejeton. Dexter se met à détester cette connerie de jeu, cette espèce de rite familial conçu pour l'humilier.

« Deux sur deux ! glousse Murray. Bravo, frangin. »

Arrête de l'appeler frangin, petit con ! pense Dexter. Il fulmine, à présent. Car s'il y a une chose qu'il ne supporte pas, c'est d'avoir l'air ridicule, surtout devant ces gens-là, qui le considèrent comme un loser, un ringard indigne d'occuper le poste de petit ami de leur précieuse Sylvie. « Je crois que j'ai pigé le truc », assure-t-il en se forçant à rire. Il tente de garder le sens de l'humour, alors qu'en fait il ne rêve que d'une chose : éclater la figure de Sammy à coups de poing...

« Prêts pour la bagarre ? » s'exclame Murray, toujours sur le même ton.

... ou à coups de poêle à frire – en fonte, bien sûr.
... ou à coups de marteau. Ou de massue.

« Es-tu là, Moriarty ? demande Sam.

— Ici ! » répond Dexter qui, tel un ninja, se plie en deux au niveau de la taille avant de plonger vers la droite.

Le troisième coup, insolemment porté à l'épaule avec la pointe du bâton, l'envoie s'affaler de tout son long sur la table basse. La frappe était si précise, si impertinente, que Dex est convaincu que Sam a triché. Aussi arrache-t-il son bandeau pour lui faire face... mais c'est Sylvie qu'il découvre au-dessus de lui, en train de rire, de rire franchement, sans crainte de déformer son visage.

« Quel coup ! Quel beau coup ! » hurle ce petit merdeux de Murray. Dexter se redresse péniblement, une grimace de plaisir plaquée sur ses lèvres. Il a droit à une série d'applaudissements condescendants.

« OUUUUUUUUUUUIIIIIIIII !!!! » Sam, le visage rouge et grimaçant, pousse un cri de coq, toutes dents dehors, en portant lentement ses deux poings à sa poitrine en signe de victoire.

« Vous aurez plus de chance la prochaine fois ! concède l'impératrice Helen d'une voix traînante.

— Oui. Vous finirez par piger le truc », affirme Lionel, son cruel époux.

Fou de rage, Dexter remarque que les jumeaux portent index et pouce à leur front pour former un L. « L » comme *Loser*.

« Je suis quand même fière de toi », minaude Sylvie, lui ébouriffant les cheveux tandis qu'il se laisse tomber près d'elle sur le canapé.

Ne devrait-elle pas être de son côté ? En matière de loyauté, comprend-il avec amertume, elle ne reconnaît que les siens.

Le tournoi continue. Murray bat Sam, puis Lionel bat Murray, puis Lionel se fait battre par Helen. Entre eux, le jeu prend un tour convivial et joyeux : *pan ! pan !* Un petit coup de journal ! Rien à voir avec les beignes que Sam a infligées à Dexter. Bien calé dans le canapé, il contemple rageusement la scène. Et entreprend de vider une bouteille du très bon bordeaux de Lionel en guise de vengeance. Autrefois, il était capable d'endurer ce genre de situation. S'il avait encore vingt-trois ans, il se sentirait confiant, séduisant, sûr de lui – mais ce n'est plus le cas. Et son humeur s'assombrit à mesure que la bouteille se vide.

Helen bat Murray, puis Sam bat Helen, et Sylvie entre enfin en scène. Ce qui donne à Dexter le loisir d'admirer le talent avec lequel la jeune femme, son trésor, se prête au jeu. Souple et sportive, elle esquive sans peine les attaques acharnées de son petit frère, en se tortillant sur elle-même et en fléchissant sa taille fine.

Dex observe tout cela en souriant, persuadé qu'ils ont oublié sa présence. Il se trompe, bien sûr.

« Allez, s'écrie Sylvie en lui tendant le bâton. À toi, maintenant !

— Pourquoi moi ? Tu viens de gagner !

— Je sais. Mais tu n'as pas encore eu l'occasion de frapper, mon pauvre chéri, susurre-t-elle. Viens. Je serai ton cobaye ! »

Les Cope trouvent l'idée géniale – ils émettent un grondement de plaisir, païen et vaguement sexuel. Dex n'a pas le choix. C'est son honneur, celui des Mayhew, qui est en jeu. Il pose solennellement son verre, se lève et prend le bâton.

« Tu es sûre que c'est ce que tu veux ? demande-t-il à sa compagne en s'agenouillant sur le tapis. Je suis plutôt bon au tennis, tu sais.

— Je n'en doute pas, répond-elle avec un sourire provocateur, tout en secouant ses mains devant elle comme une gymnaste.

— Méfie-toi, insiste-t-il. J'ai un sacré coup droit ! »

Derrière lui, Sam noue le bandeau sur ses yeux comme s'il s'agissait d'un garrot. « On verra bien, n'est-ce pas ? »

Silence dans l'arène.

« Tu es prête ? demande Dexter.

— Oui. »

Il saisit le bâton des deux mains, les bras à hauteur des épaules.

« Tu es sûre ?

— Je suis prête quand tu... »

L'image d'un joueur de base-ball en position lui traverse l'esprit – et sa batte fend l'air en diagonale, portant un terrible uppercut dont le sifflement résonne à travers toute la pièce. La puissance de l'impact est telle qu'il frémit des pieds à la tête.

L'espace d'un court instant, Dexter est convaincu qu'il a très bien, vraiment très bien joué. Puis un énorme fracas se fait entendre, suivi d'un cri de terreur poussé à l'unisson par la famille entière.

« SYLVIE !

— Mon Dieu !

— Mon cœur ! Ma chérie, ça va ? »

Dexter arrache son bandeau. Sylvie, qu'on a déjà transportée à l'autre bout de la pièce, est affalée devant la cheminée comme une marionnette dont on aurait coupé les fils. Ses yeux écarquillés clignotent, sa main à demi fermée masque son visage et un filet de sang noir dégouline de son nez. Elle gémit doucement.

« Mon Dieu ! Je suis désolé ! » s'exclame-t-il, horrifié. Il veut traverser la pièce pour la rejoindre, mais la famille Cope forme un cercle autour d'elle pour l'en empêcher.

« Enfin, Dexter, qu'est-ce qui vous a pris ? aboie Lionel, écarlate.

— VOUS N'AVEZ MÊME PAS DEMANDÉ SI ELLE ÉTAIT LÀ, MORIARTY ! hurle Helen.

— C'est vrai ? Désolé…

— Vous avez frappé comme un sauvage !

— Comme un dingue…

— J'suis désolé. Désolé. J'ai oublié. J'étais…

— *Ivre* », achève Sam. L'accusation résonne dans le silence. « Vous êtes saoul, mon vieux. Complètement pété. »

Les autres se tournent vers Dex en ouvrant de grands yeux.

« C'était un accident, je vous assure ! J'ai mal visé et… »

Sylvie tire Helen par la manche. « À quoi ça ressemble ? » murmure-t-elle d'une voix éplorée en ôtant discrètement de son nez la main qui le recouvrait : sa paume semble pleine de sorbet à la fraise.

« Ça va… Ce n'est pas trop grave », assure Helen d'une voix étranglée. Effarée, Sylvie fond en larmes.

« Je veux voir, je veux voir ! Emmenez-moi dans la salle de bains ! » supplie-t-elle. Toute la famille l'aide à se relever.

« C'est un accident complètement idiot, je vous assure ! » répète Dexter, mais personne ne l'écoute.

Appuyée au bras de sa mère, Sylvie traverse le salon à la hâte, sans lui jeter un regard. « Tu veux que je vienne avec toi ? Sylvie ? Sylv ? » Pas de réponse. Désespéré, il la suit des yeux tandis qu'elle gravit lentement l'escalier avec Helen pour monter à la salle de bains.

Le bruit de leurs pas s'évanouit peu à peu.

Il est seul, à présent. Seul face aux mâles du clan Cope. On dirait une scène primitive. Ils le fixent des yeux sans ciller. Dex crispe les doigts sur son arme, le *Daily Telegraph* du jour roulé bien serré, et énonce la seule chose qui lui passe par la tête :

« Aïe ! »

« Alors… Tu penses que j'ai fait bonne impression ? »

Dexter et Sylvie sont allongés dans le grand lit douillet de la chambre d'amis. Elle se tourne vers lui en veillant à ne pas remuer les traits de son visage. Seul son joli petit nez frémit en signe d'accusation. Elle renifle, mais ne dit rien.

« Tu veux que je te redise à quel point je suis désolé ?

— Dexter… *Tout va bien*.

— Tu me pardonnes ?

— Oui, je te pardonne, affirme-t-elle d'un ton sec.

— Et tu crois qu'ils me trouvent normal ? Ils ne me prennent pas pour une brute épaisse ?

— Je suis sûre qu'ils te trouvent très *normal*. Oublions ça, tu veux bien ? » Elle s'écarte, se tourne vers le mur et éteint la lumière.

Un moment passe. Mais il sait qu'il ne pourra pas s'endormir : il a besoin d'être rassuré, comme un petit garçon honteux.

« Pardon d'avoir... merdé, déclare-t-il d'un ton penaud. Une fois de plus ! » Elle se redresse et pose une main affectueuse sur sa joue.

« Ne sois pas ridicule. Tu t'en sortais très bien jusqu'au moment où tu m'as frappée. Tu leur as plu. Vraiment.

— Et à toi ? insiste-t-il, désireux d'en savoir plus. Je te plais, à toi ? »

Elle soupire, puis sourit. « Oui, tu me plais.

— Je peux avoir un baiser, alors ?

— Impossible. Je vais me remettre à saigner. Je me rattraperai demain. » Elle se retourne contre le mur. Satisfait, il croise les doigts derrière sa tête. Et se détend. Le lit, doux, immense, sent bon le linge fraîchement lavé. La fenêtre est ouverte sur une belle nuit d'été. Ils dorment sans couette ni couvertures, sous un simple drap de coton blanc, ce qui lui permet de deviner le dessin des longues jambes de Sylvie, la ligne de ses hanches étroites, la courbe de son dos lisse et élancé. Bien que le potentiel sexuel de la soirée se soit évanoui lors de l'impact, il glisse timidement une main vers sa cuisse. Sa peau est fraîche et satinée.

« Beaucoup de route demain, marmonne-t-elle. Il faut dormir. »

Dexter continue de la contempler. Il promène son regard sur ses épaules, puis s'attarde sur sa nuque où se lovent, sous la belle et longue chevelure, des boucles plus foncées. *Ça mériterait une photo. C'est tellement beau ! Ça s'appellerait « Texture ».* Il a toujours très envie de lui dire qu'il l'aime ou, plus prudemment, qu'il « pense être amoureux d'elle », ce qui est à la fois plus touchant et plus pratique s'il doit faire machine arrière. Mais le moment ne s'y prête pas. Non, ce n'est vraiment pas le moment, avec ce mouchoir en papier sanguinolent roulé en boule sur la table de chevet, de lui déclarer sa flamme.

Pourtant, il a le sentiment qu'il devrait ajouter quelque chose. Brusquement inspiré, il lui embrasse l'épaule en murmurant : « Tu sais ce qu'on dit... » Il fait une pause pour ménager son effet. « Qui aime bien châtie bien ! »

Comme elle ne répond pas, il attend, sourcils levés, qu'elle saisisse l'allusion – mais...

« On dort, maintenant ? » murmure-t-elle.

S'avouant vaincu, il écoute le léger bourdonnement de l'autoroute A259. Quelque part dans la maison, en cet instant même, les parents de Sylvie doivent être en train de le honnir. De le vilipender. De le tailler en pièces. Il devrait s'en inquiéter, mais bizarrement, cette idée (et tout le reste) le fait sourire. Plus que sourire, même... Incapable de se maîtriser, il se met à pouffer, puis à rire pour de bon, bouche fermée pour éviter de déranger sa compagne – mais son corps, qui tremble sous les draps, ne tarde pas à le trahir.

« Dex... Tu *ris* ? s'étonne Sylvie d'une voix ensommeillée.

— Non ! » prétend-il en grimaçant pour tenter de réfréner son hilarité. En vain. Son fou rire le reprend. Avec le recul, il arrive toujours un moment où même les épisodes les plus désastreux finissent par se transformer en anecdotes. Si penaud et embarrassé qu'il soit, Dex le sait : ce qui s'est passé ce soir fera une bonne histoire. Le genre d'histoire qu'il aimerait partager avec Emma Morley. Mais il ne sait ni où elle est, ni ce qu'elle devient : ça fait près de trois ans qu'il ne l'a pas vue.

Il faudra qu'il se souvienne de cette soirée. Pour la lui raconter un jour ou l'autre, se promet-il.

Et il se remet à rire.

13

La troisième vague

JEUDI 15 JUILLET 1999

Somerset

Elles arrivaient en masse, à présent. Une cascade ininterrompue de luxueuses enveloppes doublées qui s'abattaient bruyamment sur le paillasson : les faire-part de mariage.

Ce n'était pas la première vague d'épousailles. Certains de leurs amis s'étaient mariés à l'université – de manière parodique et gentiment loufoque. Un peu comme ces « dîners » d'étudiants où une assemblée de jeunes gens en costume et robe du soir se réunissaient pour déguster un gratin de pâtes. Les noces avaient lieu dans le parc le plus proche ; en costumes fripés et robes de bal sortis d'un grenier ou d'une brocante, les invités acclamaient une mariée trop maquillée, puis l'emmenaient au pub, où elle se faisait photographier avec son époux, une pinte à la main et une cigarette allumée au coin des lèvres.

Les cadeaux restaient modestes : une compilation enregistrée sur cassette audio ; un assemblage de photos mises sous verre ; un paquet de bougies. Entre canular et révolte passagère, les mariages d'étudiants ressemblaient à ces minuscules tatouages que personne ne voit. On se mariait comme on se rasait la tête au profit d'une association humanitaire : pour s'amuser. Et pour faire un petit coup d'éclat.

La deuxième vague, celle des mariages contractés entre vingt-cinq et trente ans, se distinguait encore par une légère ironie, une certaine fraîcheur dans l'organisation. À cet âge-là, on se mariait au fond du jardin familial ou dans des salles municipales ; les mariés échangeaient des vœux rigoureusement laïques ou des promesses de leur cru ; et il y avait toujours quelqu'un dans l'assistance pour lire le fameux poème d'E. E. Cummings sur la pluie qui a de si petites mains. Mais un professionnalisme de bon aloi, froid et rationnel, commençait à se faire sentir. L'idée de « liste de mariage » gagnait du terrain.

Une quatrième vague est à prévoir dans quelques années – celle des remariages. Succession de réceptions douces-amères organisées par des mariés à l'air penaud, elles s'achèveront invariablement à 21 h 30 à cause des enfants. « C'est pas si important que ça, assureront les mariés. Juste une occasion de faire la fête ! » Mais pour l'heure, la troisième vague bat son plein. C'est la plus impressionnante, la plus spectaculaire de toutes. Une vraie déferlante. Ce sont les jeunes trentenaires qui se marient, à présent. Et l'ironie n'est plus de mise.

La troisième vague est incoercible. Depuis le début de l'année, les enveloppes arrivent au rythme d'une par semaine. D'un bel ivoire crémeux, aussi épaisses qu'un colis piégé, elles renferment une invitation complexe – véritable triomphe de l'ingénierie papetière – et un dossier pratique détaillé, regroupant les numéros de téléphone utiles, les adresses e-mail, les sites internet à consulter, les indications routières, les consignes vestimentaires et, bien sûr, les modalités de participation à la liste de mariage. Des hôtels entiers sont réservés plusieurs mois à l'avance ; on poche les saumons par centaines et, dans la campagne anglaise, de grandes tentes blanches surgissent du jour au lendemain comme un campement de Bédouins dans le désert. On loue des queues-de-pie en soie grise avec hauts-de-forme assortis qu'on porte le plus sérieusement du monde. Les fleuristes, les traiteurs, les quatuors à cordes et les orchestres de danses irlandaises traditionnelles, les sculpteurs sur glace et les fabricants d'appareils photo jetables n'ont jamais été aussi prospères. Les groupes de musiciens qui se spécialisent dans la reprise des tubes de la Motown sont exténués. Le mariage à l'église redevient à la mode, et il est de bon ton, ces derniers temps, de se rendre du lieu de culte jusqu'à celui des festivités en bus londonien à impériale spécialement loué pour l'occasion. À moins que les jeunes mariés ne décident de rejoindre leurs invités en montgolfière, en planeur, ou à cheval côte à côte sur deux étalons blancs. Un tel mariage requiert d'immenses réserves d'amour, de temps libre et d'énergie – de la part des mariés, bien sûr. Mais aussi de leurs amis. Une boîte de confettis coûte huit livres. Et il serait extrêmement malvenu de se contenter d'un paquet de riz acheté à l'épicerie du coin.

M. et Mme Anthony Killick ont le plaisir d'inviter Mlle Emma Morley et son compagnon au mariage de leur fille Tilly Killick et de M. Malcolm Tidewell.

Assise au volant de sa voiture – sa toute première voiture, une Fiat Panda de quatrième main – sur le parking d'une station-service, Emma relut l'invitation d'un œil averti. Elle savait déjà qu'il y aurait des fumeurs de cigare et au moins un Anglais en kilt.

« *Emma Morley et son compagnon.* »

Son atlas routier, vieux d'une bonne dizaine d'années, ne lui servait à rien : l'autoroute qu'elle avait empruntée était dessinée en pointillés et des conurbations importantes n'y apparaissaient pas. Elle le tourna à cent quatre-vingts degrés, d'un côté, puis de l'autre – en vain. Autant essayer de s'orienter sur un cadastre datant de Guillaume le Conquérant ! Elle le referma d'un coup sec et le jeta sur le siège passager – vide, bien sûr, puisqu'elle n'avait pas de « compagnon ».

Emma était une conductrice exécrable, terrifiée et pourtant imprécise, presque désinvolte. En partant de chez elle tout à l'heure, elle avait distraitement posé ses lunettes sur son nez, alors qu'elle portait déjà ses lentilles de contact. Elle avait parcouru les quatre-vingts premiers kilomètres du trajet sans s'apercevoir de sa méprise, persuadée que les autres véhicules fondaient sur elle comme des vaisseaux extraterrestres. Elle s'octroyait régulièrement des pauses pour apaiser les battements de son cœur et tamponner sa lèvre supérieure moite de sueur. Ce qu'elle fit une fois de plus, avant de vérifier furtivement son maquillage dans le miroir de son poudrier. Son rouge à lèvres lui parut trop rouge, trop sensuel ; son teint, unifié par une fine couche de poudre, lui sembla trop blanc, comme si elle s'apprêtait à jouer dans un film d'époque. L'effet général était absurde, tapageur. Pourquoi avait-elle toujours l'air d'une gamine qui a chipé le maquillage de sa grande sœur ? Elle avait aussi commis l'erreur d'aller se faire coiffer la veille. Résultat : elle arborait un *brushing* (encore une expression de sa mère !) impeccable. Et parfaitement ridicule.

Furieuse contre elle-même, elle tira vivement sur l'ourlet de sa robe, une chinoiserie en soie bleue, ou en similisoie bleue, qui la faisait ressembler à la serveuse boudinée et maussade du Dragon rouge, le traiteur asiatique de son quartier. Dès qu'elle s'asseyait, le vêtement plissait et gondolait sur ses cuisses. Conduire sur l'autoroute lui flanquait la frousse, comme toujours. Combinée aux fibres « naturelles » de son vêtement, l'émotion la faisait transpirer. Or, sa voiture n'offrait que deux modes de ventilation possibles : sauna ou manche à air. Lorsqu'elle avait traversé Maidenhead, à quarante kilomètres de Londres, son élégance n'était déjà plus qu'un lointain souvenir. Et deux auréoles sombres avaient fait leur apparition sous ses bras.

Elle leva les coudes à hauteur de son visage et examina l'ampleur du désastre en se demandant si elle ne ferait pas mieux de rentrer se changer. Ou de rentrer – point final. Et de travailler sur son manuscrit. Tilly Killick n'était pas sa meilleure amie, après tout. Leurs années de vie commune, quand Tilly lui sous-louait le cagibi de son petit appartement de Clapton, avaient assombri leur relation, et elles n'avaient jamais vraiment réglé l'histoire de la caution restituable, mais non restituée... Difficile de souhaiter tout le bonheur du monde à de jeunes époux quand la mariée vous doit cinq cents livres !

Devait-elle pour autant renoncer à la noce ? Tous leurs copains de fac étaient invités... Sarah C., Carol, Sita, les jumeaux Watson, Bob, Mari aux Grands Cheveux, Stephanie Shaw, qui bossait pour son éditrice, Callum O'Neill, qui faisait fortune en vendant des sandwiches... et Dexter, bien sûr. Dexter serait là. Avec sa copine.

Au moment précis où elle pointait ses aisselles vers le conduit d'aération de sa Fiat Panda en se demandant que faire, Dexter passa à vive allure devant la station-service au volant de sa Mazda.

« Il y aura qui à ce mariage ? » demanda Sylvie. Elle baissa le son de la stéréo. Pour une fois, c'était elle qui avait choisi le CD. Un album de Travis, le groupe de Glasgow. La musique ne l'intéressait guère, mais elle faisait exception pour Travis.

« Pas mal d'anciens copains de fac. Paul et Sam, Steve O'D, Peter et Sarah, les Watson... Callum.

— Ah, Callum. Je l'aime bien, celui-là.

— Mari aux Grands Cheveux, Bob... Un tas de gens que j'ai pas vus depuis des années, en fait ! Et ma vieille copine Emma, bien sûr.

— C'est une de tes ex ?

— Non, pas une ex...

— Une passade, alors.

— Non plus. C'est juste une très vieille copine.

— La prof d'anglais ?

— Oui, c'est ça. Sauf qu'elle n'est plus prof, maintenant. Elle écrit des bouquins. Tu as discuté avec elle au mariage de Bob et Mari... Dans le Cheshire. Tu t'en souviens ?

— Vaguement. C'est une jolie fille, non ?

— Si on veut. » Il haussa les épaules avec ostentation. « On s'est fâchés il y a quelques années. Je t'en ai parlé. Tu te rappelles ?

— Je les confonds toutes. » Elle se tourna vers la fenêtre. « Tu as eu une histoire avec elle ?

— Non. J'ai *pas* eu d'histoire avec elle.

— Et avec la mariée ?

— Tilly ?

— Oui. Tu as couché avec elle ? »

Décembre 1992. L'appart de Clapton sentait l'oignon frit, comme d'habitude. Et le massage des pieds avait mal tourné pendant qu'Emma était au Woolworth.

« Bien sûr que non ! Tu me prends pour qui ?

— J'ai l'impression d'aller chaque semaine à un mariage avec un bus entier de filles que tu as mises dans ton lit...

— C'est faux !

— Une tente entière. Remplie comme une salle de conférences.

— C'est faux ! C'est archifaux.

— C'est *vrai*. Tu le sais très bien.

— Il n'y a plus que toi dans ma vie, maintenant. » Il tendit la main vers elle, effleura son ventre, très légèrement arrondi sous le satin pêche de sa mini-robe, puis la posa sur sa cuisse nue.

« Ne me laisse pas seule avec des gens que je ne connais pas, d'accord ? » ordonna-t-elle avant de monter le volume de la stéréo.

L'après-midi était déjà bien entamé quand Emma arriva enfin devant les grilles du Morton Manor Park. Elle était épuisée. Et tellement en retard qu'elle se demandait si on la laisserait entrer. Cette vaste propriété du Somerset avait été transformée en une sorte de tout-en-un du mariage par des investisseurs avisés : on y trouvait une chapelle, une salle de banquet, un labyrinthe, un centre de fitness, une suite nuptiale et une grande variété de chambres destinées aux invités (avec salles de bains dernier cri), le tout entouré d'un mur d'enceinte hérissé de barbelés – un « camp de mariage », en somme. Avec ses grottes, ses kiosques et ses belvédères, son château *et* son château gonflable, l'endroit ressemblait à une sorte de Disneyland miniature et haut de gamme, où l'on venait se marier avec sa famille et ses amis – en échange d'une somme faramineuse, bien sûr. Que Tilly, une ancienne militante d'extrême gauche, ait décidé de se marier dans un lieu pareil était plutôt cocasse. Que s'est-il passé ? A-t-elle changé à ce point ? pensa Emma en s'engageant avec perplexité sur la belle allée de gravier qui traversait la propriété.

Une chapelle apparut au détour d'un virage. Un homme déguisé en valet de pied du XVIIe siècle (perruque poudrée et redingote à basques) se précipita vers sa voiture, et lui fit signe de ralentir d'un geste impérieux de ses manchettes en dentelle.

« Il y a un problème ? » demanda-t-elle en baissant la vitre. On aurait dit un agent de police revenant d'un bal costumé.

« Donnez-moi vos clés, m'dame.
— Mes clés ?
— Oui. Pour garer la voiture.
— Oh… Vraiment ? Vous êtes sûr ? bredouilla-t-elle, embarrassée par le lichen qui envahissait les joints en caoutchouc de la portière et par le paillis (constitué de plans de Londres en voie de décomposition et de bouteilles en plastique vides) qui recouvrait le sol. Bon… D'accord. Mais je vous préviens : la serrure est cassée. Il faut utiliser ce tournevis pour la bloquer. Et il n'y a plus de frein à main. Alors, garez-vous sur du plat ou contre un arbre. Ou laissez la première enclenchée, d'accord ? » Elle lui remit son trousseau, qu'il attrapa entre le pouce et l'index comme s'il s'agissait d'une souris morte.

Elle passa ensuite un petit moment à remettre ses chaussures, qu'elle avait enlevées pour conduire. Gonflés par la chaleur, ses pieds refusaient de s'immiscer dans ses escarpins, comme ceux des vilaines demi-sœurs de Cendrillon.

La cérémonie avait déjà commencé. Dans la chapelle, quatre mains gantées de blanc (peut-être cinq ?) venaient d'entamer l'air de *L'Arrivée de la reine de Saba*, de Haendel. Emma traversa la cour en boitillant sur le gravier, bras tendus, tel un enfant imitant un avion, pour tenter de faire sécher ses aisselles moites de sueur. Arrivée devant la lourde porte en chêne, elle tira une dernière fois sur l'ourlet de sa robe puis se glissa discrètement à l'intérieur. Toutes les places étant occupées, elle demeura debout, tandis qu'un groupe de chanteurs a cappella se lançait dans une version quasi hystérique, claquements de doigts à l'appui, de *I'm Into Something Good*, un vieux tube des années 60. Devant l'autel, les futurs mariés se souriaient, toutes dents dehors et la larme à l'œil. C'était la première fois qu'Emma voyait le marié : massif, les épaules carrées, les joues rasées de très près, il était plutôt beau dans son queue-de-pie gris pâle. Il contemplait Tilly en cherchant manifestement à arborer l'expression adéquate – celle de l'homme qui vit le moment le plus heureux de son existence. La mariée avait opté pour une tenue originale, à la Marie-Antoinette (soie rose, dentelles, jupe à cerceaux, cascade de cheveux empilés au sommet du crâne et mouche au coin des lèvres), ce qui amena Emma à se demander si Tilly avait bien fait d'étudier le français et l'histoire à l'université. Mais qu'importe ! Elle était radieuse. Comme son fiancé, et tous ceux qui étaient assis derrière eux.

Les chansons succédaient aux sketches qui succédaient à d'autres chansons, si bien que la cérémonie commençait à ressembler au Gala annuel de la reine. Un peu las, Dexter observait distraitement la nièce de Tilly, qui lisait, en s'empourprant à vue d'œil, un sonnet de Shakespeare sur le mariage de deux esprits *sincères* – qu'entendait-il par là ? Mystère. Il tenta vainement de se concentrer sur les arguments du poète afin de les appliquer à ce qu'il éprouvait pour Sylvie, puis il reporta son attention sur les femmes présentes dans l'assistance et se mit à dresser la liste de celles avec lesquelles il avait couché. Pas de manière jubilatoire (enfin, pas tout à fait), mais avec une certaine nostalgie. « L'amour ne s'altère pas dans une heure ou semaine... », récita la nièce de Tilly à l'instant où il achevait son calcul. Cinq. Il en avait compté cinq. Cinq ex-maîtresses dans une seule petite chapelle. Était-ce une sorte de record ? Pouvait-il prétendre à des points supplémentaires, puisqu'il avait couché avec la mariée ? Emma Morley n'était pas encore arrivée. Avec elle, ça ferait cinq et demi.

Depuis son poste d'observation au fond de l'église, Emma vit Dexter compter sur ses doigts et se demanda à quoi il pensait. Il s'était fait un look de gangster – costume noir, cravate noire –, comme tous les gars de son âge. Vus de profil, son menton et la ligne de sa mâchoire commençaient à s'affaisser, mais il était toujours bel homme. Terriblement bel homme, même. Beaucoup moins blême et bouffi qu'avant de rencontrer Sylvie. Depuis leur dispute, Emma l'avait vu trois fois, toujours à des mariages. Et trois fois il s'était précipité vers elle pour l'embrasser comme si rien n'avait changé. « Il faut qu'on parle, il faut qu'on parle ! » répétait-il, mais ils ne s'étaient pas parlé. Pas *vraiment*. Sylvie l'accompagnait. Ils étaient beaux et cherchaient à l'être – rien d'autre ne les intéressait. Elle était là aujourd'hui, sa petite main fine posée sur le genou de Dexter avec un sourire de propriétaire. La tête droite, la nuque étirée comme une fleur à longue tige, elle tendait le cou pour ne rien rater du spectacle.

Les mariés se levèrent, prêts à échanger leurs vœux. Emma vit Sylvie prendre la main de Dexter et la serrer dans la sienne en lui murmurant quelques mots à l'oreille. Il baissa les yeux vers elle, un sourire *niais* en travers du visage – c'est ainsi qu'Emma le jugea, du moins. Bien qu'elle ne soit pas très douée pour lire sur les lèvres, elle devina qu'il chuchotait un « Je t'aime, moi aussi » à sa compagne. Puis il jeta un regard derrière lui, croisa le regard d'Emma et sourit d'un air penaud, comme s'il venait d'être surpris en train de faire une bêtise.

Le spectacle de cabaret s'acheva sur une version mal assurée de *All You Need Is Love*, que l'assemblée tenta tant bien que mal de chanter comme les Beatles. Les invités rejoignirent ensuite les mariés sur le parvis de la chapelle et la cérémonie des retrouvailles débuta pour de bon. Dexter et Emma se mirent en quête l'un de l'autre, fouillant du regard les petits groupes d'amis qui s'embrassaient, se congratulaient ou se serraient la main. Indifférents à leurs manifestations de joie, ils les contournèrent jusqu'à ce que, enfin, ils se trouvent l'un en face de l'autre.

« Et voilà, dit-il.

— Et voilà.

— On se connaît, non ?

— Ton visage me dit quelque chose.

— Le tien aussi. Tu es... différente, pourtant.

— Évidemment. De toutes les femmes présentes, je suis la seule qui ruisselle de sueur, répliqua-t-elle en tirant sur le tissu moite qui couvrait ses aisselles.

— Tu veux parler d'une "légère transpiration", j'imagine ?

— Pas du tout. C'est bien de la sueur. J'ai l'impression de m'être jetée dans un lac. La vendeuse m'a pourtant juré que c'était de la soie naturelle !

— J'ignorais que tu avais un tel goût pour l'Orient...

— C'est mon look "Chute de Saigon". Ça te plaît, j'espère ? Le problème avec ce genre de robes, c'est qu'on aimerait les rendre aussitôt après les avoir achetées ! » s'exclama-t-elle avec le sentiment croissant qu'elle aurait mieux fait de se taire. La preuve : il haussa les sourcils, visiblement agacé. « Désolée, ajouta-t-elle.

— C'est pas grave. Ta robe me plaît. Moi beaucoup aimer style chinois. »

Ce fut à elle de hausser les sourcils. « Bravo. Nous sommes quittes, maintenant.

— Ce que je voulais dire, c'est que tu es superbe comme ça. » Il reporta son attention sur le sommet de son crâne. « Est-ce une... ?

— Quoi ?

— S'agit-il d'une coupe à la Rachel ?

— Méfie-toi, Dex. Ne joue pas avec le feu », rétorqua-t-elle en portant la main à ses cheveux. Elle jeta un regard vers les mariés, qui posaient un peu plus loin pour le photographe de la réception. Tilly agitait langoureusement un éventail devant son visage. « J'ignorais que les noces seraient placées sous le signe de la Révolution française, commenta-t-elle.

— Ce truc à la Marie-Antoinette ? On est sûr d'avoir du gâteau, au moins ! S'ils restent dans la thématique française jusqu'à la fin...

— Il paraît qu'elle va se faire transporter en tombereau...

— En quoi ? »

Ils se regardèrent. « Tu n'as pas changé », affirma-t-elle.

Dexter enfonça son pied dans le gravier. « Si. Un peu.

— Vraiment ? Ça m'intrigue.

— Je t'en dirai plus tout à l'heure. Regarde... »

Tilly se tenait sur le marchepied de la Rolls Royce qui les conduirait à la réception, deux cents mètres plus loin. Les mains serrées autour de son bouquet, elle s'apprêtait à l'envoyer derrière elle. Comme un athlète écossais se prépare au lancer de troncs des Highland Games.

« Tu veux aller tenter ta chance ? s'enquit Dexter.

— Je suis nulle à ce jeu », répondit-elle en nouant les mains dans son dos à l'instant où une vieille tante un peu frêle rattrapait le bouquet. Un vent de déception parcourut l'assistance, comme si le geste de la vieille dame avait compromis la dernière chance de bonheur d'une jeune célibataire. La tante s'éloigna, l'air embarrassé, en cachant tristement le bouquet dans les plis de sa robe. « C'est moi dans quarante ans, commenta Emma en la désignant d'un signe de tête.

— Dans quarante ans ? Vraiment ? Dans moins que ça, à mon avis ! » ironisa Dexter. Elle le punit d'un petit coup de talon dans les tibias. Il aperçut Sylvie dans la foule : elle le cherchait des yeux. « Je ferais mieux d'y aller. Sylvie ne connaît pratiquement personne ici. J'ai ordre de ne pas la laisser seule. Viens avec moi. On pourra discuter un moment tous les trois.

— Plus tard. Il faut que j'aille féliciter la mariée.

— Profites-en pour lui demander de te rembourser ta caution.

— Aujourd'hui ? Tu crois que c'est une bonne idée ? »

Il rit. « À tout à l'heure. On sera peut-être à la même table pendant le dîner ! » Il croisa les doigts. Elle fit de même en souriant.

Le ciel s'était dégagé. Les invités suivirent la Rolls sous un grand ciel bleu traversé de petits nuages pommelés. L'immense pelouse du manoir brillait au soleil lorsqu'ils burent leur première flûte de champagne accompagnée de quelques canapés offerts par des serveurs en livrée. Tilly poussa un cri de joie en apercevant Emma. Elles durent faire des contorsions pour s'embrasser sans risquer d'écraser son immense jupe à cerceaux.

« Em ! Tu es venue ! Ça me fait tellement plaisir !

— Moi aussi, Tilly. Tu es magnifique. »

L'intéressée agita son éventail devant son visage. « Tu ne trouves pas ça exagéré ?

— Pas du tout. Tu es splendide », affirma-t-elle en jetant un regard à la mouche dessinée au coin de ses lèvres. On aurait dit une vraie. « La messe était très réussie.

— Ooooooooh, c'est vrai ? » C'était un tic, chez Tilly : elle faisait précéder chacune de ses phrases d'un « oooooh » plein de compassion, comme si Emma était un chaton qui venait de se coincer la patte dans une porte. « Tu as pleuré ?

— Comme une Madeleine…

— Oooooh ! Je suis tellement, tellement contente que tu sois venue ! » répéta-t-elle, puis elle tapa l'épaule d'Emma du bout de son éventail. « Tu n'es pas seule, j'imagine ? Présente-moi ton petit ami. Je suis impatiente de le rencontrer !

— Moi aussi, figure-toi.

— Comment ça ?
— J'ai pas de mec en ce moment.
— Vraiment ? Tu es sûre ?
— Il me semble que je m'en serais aperçue, tu ne crois pas ?
— Oooooooh ! Je suis désolée. Qu'est-ce que t'attends pour en trouver un ? ET VITE ! Non, sérieusement... C'est génial d'avoir un mec ! Et c'est encore mieux d'avoir un mari ! Il faut qu'on t'en trouve un ! décréta Tilly d'un ton souverain. Ce soir ! On va t'arranger ça ! » Sa condescendance se doublait de commisération, à présent. Comme si elle lui tapotait gentiment la joue. « Oooooooh ! Bon ! T'as vu Dexter ?
— Brièvement.
— Et sa copine ? T'as rencontré sa copine ? Celle qui a le front velu ? Elle est ravissante, non ? Une beauté à la Audrey Hepburn... Zut ! Audrey ou Katharine ? Je les confonds toujours. À laquelle tu penses pour Sylvie ?
— À Audrey. Sylvie est Audrey jusqu'au bout des ongles. »

Le champagne coulait à flots. Une certaine mélancolie s'abattait sur la grande pelouse du manoir, à mesure que les amitiés se renouaient et que les conversations s'orientaient vers l'argent (ce qu'ils gagnaient désormais) et les kilos (ceux qu'ils avaient gagnés au fil des ans).

« Le sandwich. L'avenir est dans le sandwich ! décréta Callum O'Neill, qui gagnait *et* pesait nettement plus, ces derniers temps. L'heure est au fast-food responsable, aux plats cuisinés de qualité ! La restauration est le nouveau rock and roll !
— Je croyais que le stand-up était le nouveau rock and roll.

— Ça l'a été, mais plus maintenant. Les choses changent, Dex. Faut te tenir au courant ! » L'ancien colocataire de Dexter était méconnaissable. Imposant, prospère et dynamique, il avait délaissé la « rénovation informatique » pour la « restauration éthique » : les bénéfices considérables qu'il avait tirés de la vente de sa première boîte lui avaient permis de fonder Nature et Compagnie, une chaîne de fast-foods haut de gamme. Aujourd'hui, avec son petit bouc bien taillé et ses cheveux coupés court, il incarnait la nouvelle génération d'entrepreneurs : jeunes, pleins d'assurance et tirés à quatre épingles. En le regardant lisser distraitement la veste de son costume sur mesure du plat de la main, Dexter se demanda si cet homme était bien l'Irlandais maigre et sans le sou avec qui il avait partagé son appartement à Édimbourg. Le Callum d'aujourd'hui se rappelait-il qu'il avait porté le même pantalon tous les jours de la semaine pendant trois ans ?

« On n'emploie que des ingrédients bio. Les sandwiches sont ultrafrais, les jus de fruits et les *smoothies* sont préparés à la commande, et on sert du café équitable. J'ai ouvert quatre restos. Ils sont pleins du matin au soir – littéralement. On doit fermer à 15 heures parce qu'il n'y a plus rien à cuisiner ! Crois-moi, Dex, les habitudes alimentaires sont en train de changer dans ce pays. Les gens n'en peuvent plus de la malbouffe ! Plus question d'acheter une cannette de soda et un paquet de chips pour déjeuner. Ils veulent des roulés à l'houmous, du jus de papaye, des écrevisses...

— Des *écrevisses* ?

— Dans du pain pita, avec de la roquette. L'écrevisse, c'est l'œuf-mayonnaise de demain ! Quant à la roquette... Qui peut s'en passer de nos jours ? Je me suis découvert une passion pour les écrevisses. Ça coûte que dalle, ça se reproduit comme des lapins et c'est délicieux ! C'est le homard du pauvre, Dex ! Passe me voir un de ces quatre. On pourra discuter tranquillement...

— D'écrevisses ?

— D'affaires. Qui sait ? Ça pourrait t'ouvrir de nouveaux horizons ! »

Dexter enfonça son talon dans la pelouse. « T'es pas en train de me proposer du boulot, quand même ?

— Mais non ! Je te propose juste de passer...

— Je peux pas croire qu'un de mes amis me propose du *boulot* !

— Viens déjeuner avec moi ! On fera l'impasse sur les sandwiches à l'écrevisse. Je t'emmènerai dans un vrai resto, promis ! Je t'invite, OK ? » Il posa son bras sur l'épaule de Dexter, et ajouta en baissant la voix : « Tu te fais rare à la télé, ces temps-ci, non ?

— Pas du tout. Je bosse beaucoup pour le câble et le satellite.

— Ah oui ? Et tu fais quoi, exactement ?

— Je présente "Sports Xtrêmes" – "Xtrêmes" avec un X. C'est une émission pour les amateurs de surf et de snowboard. On diffuse des vidéos tournées aux quatre coins du monde, j'interviewe des surfeurs...

— Tu voyages beaucoup, alors ?

— Non. Je lance les vidéos, c'est tout. Les studios sont à Morden, tout au bout de la *Northern Line*. Du coup, je voyage beaucoup, mais seulement jusqu'à Morden.

— Je vois... Fais comme tu le sens, mon vieux. Je me disais juste que tu pourrais avoir envie de changer de secteur. Tu t'intéresses à la bouffe et aux vins, tu as le contact facile et tu t'entends bien avec les gens quand t'y mets du tien... Or les affaires, c'est de l'humain avant tout ! Je pensais que ça pourrait être un bon plan pour toi. Rien de plus. »

Dexter soupira. Puis dévisagea son vieil ami en s'efforçant de le prendre en grippe. « Je ne te reconnais pas, Cal. Tu te rappelles que tu as porté le même futal pendant trois ans d'affilée ?

— Oui. Il y a très, très longtemps.

— Et que tu as mangé de la viande en boîte pendant un semestre entier ?

— Que veux-tu que je te dise ? Les gens changent ! Alors... ça te tente, oui ou non ?

— OK. Invite-moi à déjeuner. Mais je te préviens : j'y connais rien aux affaires.

— C'est pas grave. On a plein de choses à se raconter, de toute façon. » Il lui donna un coup de coude, l'air réprobateur. « T'es resté longtemps sans me donner de nouvelles.

— Ah bon. Désolé. J'étais débordé.

— Pas si débordé que ça.

— T'avais qu'à m'appeler, toi aussi !

— C'est ce que j'ai fait. Des dizaines de fois. Tu ne m'as jamais rappelé.

— Vraiment ? Pardonne-moi. J'avais la tête ailleurs.

— J'ai appris, pour ta mère. » Callum baissa le nez dans son verre. « Toutes mes condoléances. C'était une femme extraordinaire.

— Merci. Ça fait plusieurs années, maintenant. J'ai fini par m'en remettre. »

Ils laissèrent passer un silence confortable, presque complice. Baignés dans la chaude lumière de cette fin d'après-midi de juillet, ils reportèrent leur attention sur la pelouse, où bavardaient leurs vieux amis, heureux de se retrouver. La compagne de Callum, une minuscule danseuse espagnole d'une beauté saisissante, qui gagnait sa vie en tournant des clips de hip-hop, discutait avec Sylvie. Elle était si petite que cette dernière devait se pencher pour l'entendre.

« Ça fait plaisir de revoir Luiza », affirma poliment Dexter.

Son interlocuteur haussa les épaules.

« Je ne devrais pas trop m'attacher. J'ai l'impression que notre relation ne fera pas long feu.

— Sur ce point-là, au moins, les choses n'ont pas changé ! » répliqua Dexter avec ironie. Une jolie serveuse, regard timide sous son bonnet en dentelle, vint remplir leurs verres. Ils lui sourirent, se surprirent en train de lui sourire, et trinquèrent en échangeant un clin d'œil.

« Ça fait onze ans qu'on a quitté la fac », reprit Dexter. Il secoua la tête, l'air incrédule. « Onze ans ! Tu te rends compte ? Comment c'est arrivé, putain ?

— Regarde ! Il y a même Emma Morley ! lança Callum sans se donner la peine de répondre à sa question.

— Je sais. » Elle bavardait un peu plus loin avec Miffy Buchanan, son ennemie de toujours. Malgré la distance qui les séparait, Dex devina qu'elle se mordait les lèvres pour ne pas hurler.

« Il paraît que vous vous êtes fâchés, Em et toi.
— C'est vrai.
— Et maintenant ? Réconciliés ?
— Pas sûr. On verra.
— C'est une fille géniale, non ?
— Oui.
— Plutôt jolie, ces temps-ci.
— Oui. Tout à fait.
— Est-ce que vous avez...
— Elle et moi ? Non. Enfin, presque. Une fois ou deux.

— "Presque" ? s'esclaffa Callum. Qu'est-ce que ça veut dire ? »

Dexter changea de sujet. « Tout va bien pour toi, si je comprends bien ? »

Callum but une gorgée de champagne. « Écoute... J'ai trente-quatre ans. J'ai fondé ma boîte, acheté une maison et séduit une fille ravissante. Je travaille dur, mais j'aime ce que je fais et je gagne vraiment bien ma vie. » Il posa sa main sur l'épaule de Dexter. « Et toi, t'animes une superémission télé en deuxième partie de soirée ! On est plutôt gâtés par le destin, tu trouves pas ? »

Dex se raidit. Parce qu'il était blessé dans son orgueil et que le seul fait de revoir Callum ravivait son esprit de compétition, il décida de lui faire une confidence.

« Au fait... Tu veux que je te raconte un truc marrant ? »

À l'autre bout de la pelouse, Callum O'Neill poussa un cri de surprise. Emma jeta un regard derrière son épaule – juste à temps pour le voir prendre Dexter par le cou en riant aux éclats. Elle sourit, puis reporta son attention sur son interlocutrice. Et la haine féroce qu'elle lui vouait.

« Alors, il paraît que tu es au chômage ? s'enquit Miffy, plus perfide que jamais.

— Je préfère penser que je travaille à mon compte.

— Comme écrivain ?

— Pour un an ou deux. J'ai pris un congé sabbatique.

— Mais tu n'as encore rien publié ?

— Pas encore. Mon éditeur m'a versé une petite avance pour...

— Hmm, interrompit Miffy d'un air sceptique. Harriet Bowen a déjà publié trois romans, elle !
— Je sais. On me l'a déjà dit. À plusieurs reprises.
— Elle a trois enfants, en plus.
— Formidable.
— Tu as vu les miens ? » À quelques mètres de là, deux modèles réduits en costume trois-pièces se barbouillaient le visage de canapés. « IVAN ! cria Miffy. NE MORDS PAS TON FRÈRE.
— Ils sont splendides !
— Tu trouves aussi ? Et toi, tu as des enfants, j'imagine ? demanda-t-elle, comme si la maternité excluait l'écriture, et réciproquement.
— Non.
— Tu sors avec quelqu'un, quand même ?
— Pas à ma connaissance.
— Il n'y a *personne* dans ta vie ?
— Non.
— Rien à l'horizon ?
— Rien.
— C'est incroyable... Tu es tellement mieux qu'avant, pourtant ! » Miffy l'examina des pieds à la tête d'un air appréciateur, comme si elle envisageait de l'acheter aux enchères. « Tu es une des rares personnes présentes à avoir perdu du poids ! Enfin... Tu n'as jamais été *grosse*, bien sûr. Juste un peu potelée... mais tes rondeurs de jeunesse se sont envolées. C'est fabuleux ! »
Les doigts d'Emma se crispèrent sur sa flûte à champagne. « Me voilà rassurée. Je n'ai donc pas complètement perdu mon temps ces onze dernières années.
— Tu t'es aussi débarrassée de ton accent... Tu t'exprimes normalement, maintenant !
— Ah bon ? répliqua Emma, stupéfaite. Ça, c'est dommage ! Je n'ai rien fait pour, en tout cas.

— J'ai toujours pensé que tu en rajoutais un peu. Tu vois ce que je veux dire ? C'était une sorte d'affectation chez toi...

— Quoi ?

— Ton accent du Nord. Et tout ce qui allait avec : les mineurs par-ci, les mineurs par-là, le Guatemala... Tu prenais un malin plaisir à nous rappeler que tu venais de Leeds, que tes parents étaient des gens simples... Là, tu t'es remise à parler comme tout le monde – et c'est beaucoup mieux, non ? »

Emma avait toujours envié les gens comme Miffy. Capables de dire ce qu'ils pensaient sans aucun souci des convenances. À ses yeux, une telle franchise relevait de l'exploit. Elle dut néanmoins retenir le juron qui se formait sur ses lèvres. Un peu plus, et elle allait exploser.

« ... et tu étais toujours en colère ! poursuivit sa vieille ennemie avec candeur. Tu te rappelles ? Tu passais ta vie à te mettre en colère !

— Ça m'arrive encore de temps en temps, tu sais...

— Oh ! Regarde qui est là ! » s'exclama Miffy en désignant Dexter. Elle se pencha à l'oreille d'Emma. « Tu sais que j'ai eu une histoire avec lui, quand on était à la fac ?

— Oui. Tu me l'as déjà dit. Et redit.

— Il est toujours beau, non ? N'est-ce pas qu'il est encore beau ? murmura-t-elle avec un sourire extasié. Et toi ? Tu n'es jamais sortie avec lui ? Comment ça se fait ?

— Je ne sais pas, Miffy... Il n'aimait pas mon accent, peut-être ? Ou il me trouvait trop *potelée* ?

— T'étais pas si affreuse que ça, quand même ! Eh, tu as vu sa copine ? Ce qu'elle est belle ! Elle est d'une grâce, d'une élégance... Tu ne trouves pas ? »

ajouta-t-elle en reportant son attention du côté d'Emma – mais celle-ci avait disparu.

La pelouse s'était progressivement vidée de ses occupants : les invités se rassemblaient maintenant devant la grande tente, où le dîner serait bientôt servi. Massés les uns contre les autres, ils prenaient connaissance des plans de table, comme des étudiants agglutinés devant la liste des résultats de fin d'année. Dexter et Emma se cherchèrent dans la foule.

« Table 5, indiqua Dexter.

— Et moi, 24 ! répliqua Emma. La 5 n'est pas loin de la table des mariés. La 24 est tout au fond, près des toilettes chimiques.

— Ne le prends pas mal. Tilly ne l'a sûrement pas fait exprès !

— Tu as vu le menu ? Qu'y a-t-il comme plat principal ?

— La rumeur publique annonce du saumon.

— Du saumon. Du saumon, du saumon et encore du saumon ! J'en mange tellement à tous ces mariages que je vais finir par remonter le courant, moi aussi !

— Viens à la table 5. On échangera les étiquettes – personne ne s'apercevra de rien !

— Tu veux trafiquer le plan de table ? Méfie-toi. On exécute pour moins que ça. J'ai cru voir une guillotine en arrivant, tout à l'heure. »

Dexter éclata de rire. « On se retrouve après, d'accord ?

— T'as qu'à venir me chercher.

— Toi aussi. Tu viendras me chercher ?

— C'est mieux si c'est toi qui viens.

— Ou toi. »

Quoi qu'en dise Dexter, la table 24 ressemblait à une punition : Emma avait été placée entre l'oncle et la tante du marié, tous deux d'un âge canonique et originaires de Nouvelle-Zélande. La conversation s'orienta rapidement sur les « paysages splendides » et la « merveilleuse qualité de vie » de leur pays natal, expressions qu'ils employèrent en boucle pendant toute la durée du repas. De grands éclats de rire s'élevaient de la table numéro 5. Dexter et Sylvie, Callum et Luiza – les convives les plus glamour de la noce – semblaient s'amuser comme des fous. Emma se servit un autre verre de vin, avant d'interroger à nouveau ses compagnons sur la beauté des paysages et la qualité de vie en Nouvelle-Zélande. Et les baleines ? Avaient-ils déjà vu des baleines longer les côtes ? s'enquit-elle avec curiosité – en lançant un regard envieux vers la table 5.

De la table 5, Dex lança un regard envieux vers la 24. Sylvie avait mis au point un nouveau jeu : elle posait sa main sur le verre à vin de Dexter chaque fois qu'il s'apprêtait à se resservir, transformant leur repas en une longue série de tests sur la qualité de ses réflexes. « Vas-y doucement, d'accord ? » murmurait-elle quand il parvenait à marquer un point. Il acquiesçait volontiers, mais commençait à s'ennuyer. Et à jalouser l'aplomb de Callum. Un aplomb à vous rendre fou. En jetant un regard derrière son épaule, il constata qu'Emma discutait poliment avec un couple de personnes âgées au bronzage éclatant. Elle les écoutait attentivement, posant parfois sa main sur l'épaule de la dame ou le bras du monsieur, riant à leurs plaisanteries, les prenant en photo avec leur appareil jetable, et se penchant pour être prise en photo avec eux. Il remarqua que sa robe bleue (le genre de vêtement qu'elle n'aurait jamais porté dix ans plus tôt) s'était un peu dégrafée dans son dos, révélant quelques centimètres de peau crémeuse. Il remarqua aussi que cette robe se plissait, remontant haut sur ses cuisses lorsqu'elle était assise. Il repensa alors à la nuit qu'ils avaient passée ensemble dans sa chambre d'étudiante, à Édimbourg. Les images se succédèrent, brèves mais encore vivaces. Les premières lueurs de l'aube qui filtraient à travers les rideaux. Emma allongée sur le petit lit bas, trop étroit pour deux. Sa jupe retroussée, ses bras levés au-dessus de sa tête... Avait-elle changé depuis ? Pas tellement. Les petites parenthèses se creusaient toujours aux coins de sa bouche lorsqu'elle souriait – elles étaient un peu plus prononcées aujourd'hui, bien sûr. Elle avait toujours les mêmes yeux, clairs et malicieux, et elle riait encore la bouche close, comme si elle retenait un secret. Mais elle était bien plus séduisante à trente-trois ans qu'à vingt-deux. Primo, parce qu'elle ne se coupait plus les cheveux toute seule. Secundo, parce qu'elle avait perdu sa pâleur de rat de bibliothèque. Et tertio, parce qu'elle s'était défaite de son air maussade et perpétuellement en colère. Qu'éprouverait-il s'il voyait ce visage pour la première fois ? S'il avait été placé à la table 24, par exemple ? Il se serait assis, se serait présenté... et il aurait béni sa bonne fortune. Car de toutes les personnes présentes, Emma était la seule avec laquelle il aurait vraiment voulu discuter. Pourquoi retarder plus longtemps leurs retrouvailles ? Il prit son verre et repoussa sa chaise.

On réclamait le silence. Les discours allaient commencer. Comme le voulait la tradition, le père de la mariée se montra grossier ; le garçon d'honneur, déjà saoul, ne fit rire personne et faillit oublier de mentionner la mariée. Emma s'ennuyait ferme. Chaque verre de vin la dépossédait du peu d'énergie qui lui restait. Son esprit se tournait de plus en plus fréquemment vers la chambre qui l'attendait quelque part dans le manoir. Elle savait, sans l'avoir vue, que la pièce serait meublée d'un lit à baldaquin de fabrication récente ; qu'il y aurait un peignoir blanc sur la commode, une douche dernier cri et bien trop de serviettes de toilette pour une personne seule. Comme pour l'aider à se décider, le groupe de musiciens installés sur l'estrade commença à accorder ses instruments. Les premiers accords d'*Another One Bites the Dust*, de Queen, s'élevèrent dans l'air nocturne – et elle décida d'en rester là. Le moment était venu de se lever, de glisser sa part de gâteau dans le petit sac spécialement prévu à cet effet, de monter dans sa chambre et de s'offrir une bonne nuit de sommeil pour se remettre de cet interminable mariage.

« Pardonnez-moi... On s'est déjà vus quelque part, non ? »

Une main sur son bras, une voix dans son dos. Elle se retourna. Dexter s'accroupit près d'elle, un sourire un peu éméché aux lèvres, une bouteille de champagne à la main.

Elle lui tendit son verre.

« C'est possible. »

Après un ultime larsen, les musiciens lancèrent officiellement le bal. Tous les regards se braquèrent vers la piste de danse où Malcolm et Tilly, les pouces en l'air, twistaient maladroitement sur *Brown-Eyed Girl*, leur chanson fétiche.

« Seigneur. On dirait qu'ils sortent d'une maison de retraite ! Depuis quand dansons-nous comme des vieux ?

— Parle pour toi, répliqua Dexter en se juchant sur une chaise.

— Tu sais danser, toi ?

— Tu ne t'en souviens pas ? »

Emma secoua la tête. « Je pensais aux danses de salon, pas à ce que tu es capable de faire sur un podium, torse nu, un sifflet entre les dents ! Est-ce que tu sais *vraiment* danser ?

— Bien sûr. » Il lui prit la main. « Tu veux que je te montre ?

— Pas tout de suite. »

Ils devaient crier, à présent. Dexter se leva et la tira par le bras. « Viens. Allons discuter ailleurs.

— Où ?

— Où tu veux... Il paraît qu'il y a un labyrinthe dans le parc.

— Un labyrinthe ? » Elle se leva à son tour. « Pourquoi tu ne l'as pas dit plus tôt ? »

Ils prirent leurs verres et sortirent discrètement de la tente. Il faisait encore chaud. Le ciel d'été, d'un bleu d'encre, bruissait de chauves-souris. Bras dessus, bras dessous, ils traversèrent la roseraie pour se rendre au labyrinthe.

« Alors, comment tu te sens ? demanda-t-elle avec ironie. Pas trop triste d'avoir assisté aux noces de ton amour de jeunesse ?

— Tilly n'est pas mon amour de jeunesse !

— Oh, Dexter... » Elle secoua lentement la tête. « Tu ne changeras donc jamais ?

— Je ne vois pas de quoi tu parles.

— Vraiment ? Ça devait être en... décembre 1992. Dans l'appart de Clapton. Celui qui sentait l'oignon. »

Dex se raidit. « Comment tu le sais ?

— Eh bien... Quand je suis partie faire des courses, vous étiez en train de vous masser les pieds avec ma meilleure huile d'olive. Quand je suis revenue, Tilly pleurait, et il y avait des taches d'huile d'olive dans tout l'appartement : sur mon tapis préféré, sur le canapé, sur la table de la cuisine et même sur les murs – je me rappelle très bien. J'ai donc procédé à une expertise criminalistique et tiré les conclusions qui s'imposaient. C'était d'autant plus facile que tu avais laissé ton contraceptif usagé dans la poubelle de la cuisine. Je suis tombée dessus en l'ouvrant. Très classe.

— J'avais oublié ce détail. Désolé. Et... tu as interrogé Tilly ?

— Ce n'était pas nécessaire. Elle m'a tout avoué après ton départ.

— Ah bon ? » Il secoua la tête, outré. « Elle m'avait promis de garder le secret !

— Les femmes se racontent tout, tu sais. Inutile de leur faire jurer le silence : elles finissent toujours par tout révéler.

— Merci. Je tâcherai de m'en souvenir. »

Ils étaient arrivés devant le labyrinthe. Constitué de haies de troènes taillées avec soin, il mesurait trois bons mètres de haut. On y accédait par une lourde porte en chêne, qu'Emma désigna d'un mouvement de tête.

« Tu es sûr que c'est une bonne idée ?

— Pourquoi ? Qu'est-ce qu'on risque ? »

Elle posa la main sur la poignée. « On pourrait se perdre.

— On se servira des étoiles pour se repérer. » La porte s'ouvrit dans un grincement. « À gauche ou à droite ?

— À droite », répondit Emma, et ils pénétrèrent dans le labyrinthe. Des spots de couleur vive, installés à intervalles réguliers sur le sol de terre battue, éclairaient les haies par en dessous. L'air du soir, encore chaud, était chargé de parfums d'été, lourds, capiteux, presque huileux. « Et Sylvie ? Tu ne crois pas que...

— T'en fais pas. Elle est en pleine callumisation. Il joue les boute-en-train, l'Irlandais de service, le millionnaire de charme... Il a réponse à tout. Je me suis dit que je pouvais les abandonner un peu. Impossible de rivaliser avec lui, de toute façon. C'est trop fatigant.

— Ses affaires marchent vraiment bien, tu sais.

— C'est ce qu'on m'a dit.

— Une histoire d'écrevisses, apparemment.

— Oui, c'est ça. Il m'a proposé un boulot, tout à l'heure.

— Comme dompteur d'écrevisses ?

— Il n'est pas entré dans les détails. Il prétend que ça pourrait m'ouvrir de nouveaux horizons. Que "les affaires, c'est de l'humain avant tout" – c'est assez flou, quoi.

— Et "Sports Xtrêmes" ? Tu vas continuer ?

— Ah. » Il rit et se passa une main dans les cheveux. « Tu as vu l'émission, alors ?

— Je l'ai pas ratée une seule fois. Tu me connais : rien ne me plaît plus que d'entendre parler de VTT au milieu de la nuit. Ce que je préfère, c'est quand tu présentes les vidéos "trop géantes" du moment. J'adore cette expression dans ta bouche !

— Arrête ! J'ai des consignes, Em. Je dois parler comme ça.

— Il y a aussi "frais" et *"old skool"*. "Matez-moi ces cascades *old skool*. Top frais, non ?" s'exclamat-elle en imitant le ton de sa voix.

— Te moque pas ! Je crois que je ne m'en sors pas trop mal.

— Pas toujours, mon vieux. Pas toujours. Gauche ou droite ?

— À gauche, cette fois. » Ils cheminèrent quelques instants en silence. Les échos étouffés de *Superstition*, de Stevie Wonder, flottaient dans l'air nocturne. « Et ton livre, ça avance ?

— Pas trop mal. Quand j'arrive à m'y mettre ! Le reste du temps, je me contente de grignoter des biscuits sur le canapé du salon.

— Stephanie Shaw dit que tu as reçu une avance.

— Oui. De quoi tenir jusqu'à Noël... Ensuite, il faudra sans doute que je reprenne l'enseignement à plein temps.

— Il raconte quoi, ce bouquin ?

— C'est pas encore très clair.

— Je suis dedans, non ?

— Évidemment. C'est un très gros livre qui ne parle que de toi. Ça s'appelle "Dexter Dexter Dexter Dexter Dexter". Droite ou gauche ?

— Encore à gauche.

— J'écris un roman pour ados, en fait. Basé sur les souvenirs que j'ai gardés des répétitions d'*Oliver !*, le spectacle que j'ai monté avec mes élèves il y a quelques années. J'essaie d'en tirer une comédie. Un truc assez classique sur l'amitié, le lycée, les relations entre garçons et filles...

— Ça te réussit, en tout cas.

— Tu crois ?

— Absolument. Tu fais partie des rares personnes qui ont embelli avec le temps.

— Miffy Buchanan est venue me féliciter pendant le cocktail. Pour avoir enfin perdu mes "rondeurs de jeunesse", comme elle dit.

— Ne l'écoute pas. Elle est jalouse, c'est tout. Tu es superbe.

— Merci. Tu veux que je dise la même chose de toi ?

— Si tu le penses, oui.

— C'est le cas. Tu es superbe, toi aussi. À gauche ?

— À gauche.

— Tu as bien meilleure mine qu'avant... pendant ta période rock and roll. Quand tu vivais tout à fond la caisse – si on peut appeler ça comme ça. » Elle laissa passer un silence. « Je me faisais du souci pour toi.

— C'est vrai ?

— Oui. On s'en faisait tous, d'ailleurs.

— Fallait pas, Em. C'était juste une phase. J'ai joué avec le feu, c'est vrai, mais... on passe tous par là un jour ou l'autre, non ?

— Ah bon ? Pas moi. Tu as renoncé à tes horribles casquettes en tweed, alors ?

— Oui. Ça fait des années que je ne porte plus de chapeaux.

— Ravie de l'apprendre. Je dois t'avouer que nous étions sur le point d'intervenir.

— C'était ridicule à ce point-là ? Je m'en rendais pas compte. Tu sais comment ça se passe... On commence par un chapeau mou, histoire de rigoler, et six mois plus tard on se retrouve avec un placard rempli de casquettes, de *trilbies*, de chapeaux melon... »

Ils s'arrêtèrent à un croisement. « Gauche ou droite ? s'enquit-elle.

— Aucune idée. »

Ils se penchèrent vers l'allée de gauche, puis vers celle de droite. Elles étaient rigoureusement identiques. « C'est dingue, avec quelle rapidité cette petite balade a cessé d'être drôle, constata Emma.

— Asseyons-nous un peu, tu veux bien ? »

Un petit banc de marbre nimbé de lumière fluorescente se dressait le long de la haie. Ils s'installèrent côte à côte sur la pierre encore fraîche, remplirent leurs verres de champagne et trinquèrent en souriant, épaule contre épaule.

« Oh, j'allais oublier... » Dexter sortit de sa poche une serviette pliée en quatre, la tint sur sa paume ouverte comme un prestidigitateur et l'ouvrit lentement, un coin après l'autre. Deux cigarettes un peu fripées reposaient sur le coton blanc.

« C'est Cal qui me les a données, chuchota-t-il, l'air ébloui. T'en veux une ?

— Non, merci. Je ne fume plus depuis des années.

— Félicitations. J'ai arrêté, moi aussi. Officiellement. Mais officieusement... » Il jeta un regard inquiet autour de lui puis alluma l'objet du délit d'une main qu'il s'amusa à faire trembler. « C'est bon. Ici, je ne risque rien. Elle ne viendra pas me chercher... » Emma éclata de rire. Le champagne et leur petite échappée leur avaient remonté le moral. Ils étaient d'humeur sentimentale, presque nostalgique, à présent. Exactement comme le voulaient les circonstances. Ils se sourirent à travers la fumée. « Callum prétend que nous sommes la "génération Marlboro light".

— C'est gai. » Elle haussa les épaules. « Une génération entière définie par une marque de clopes ! J'ose espérer que nous ne sommes pas tombés si bas. » Elle sourit de nouveau. « Alors... Comment tu vas, ces temps-ci?

— Plutôt bien. Je fais moins de conneries, en tout cas.

— Ah bon ? Tu ne goûtes plus au plaisir doux-amer des gâteries offertes dans les toilettes des boîtes de nuit ? »

Il rit de bon cœur. « J'avais besoin de régler un truc avec moi-même, c'est tout.

— Et tu l'as réglé ?

— Je crois que oui. En grande partie.

— C'est l'amour qui t'a aidé ?

— Bien sûr. Et puis... j'ai trente-quatre ans. Je commence à être à court d'excuses, maintenant.

— Quelles excuses ?

— Si t'as vingt-deux ans et que tu fous ta vie en l'air, tu peux dire : "C'est pas grave, j'ai que vingt-deux ans." Ça marche aussi à vingt-cinq et à vingt-huit. Mais à trente-quatre ans ? Ça devient pathétique, non ? » Il but une gorgée de champagne et se renversa un peu en arrière, contre la haie de troènes. « On est tous devant un dilemme. Une grande question qui nous hante. Mon dilemme à moi était à la fois très naïf et très compliqué : peut-on vivre une vraie relation amoureuse, basée sur la confiance et l'engagement réciproques, tout en continuant à être invité à des parties fines ?

— Alors ? Quelle est la réponse ? demanda-t-elle d'un ton solennel.

— La réponse est non. On ne peut pas concilier les deux. Une fois que t'as compris ça, les choses deviennent nettement plus simples.

— C'est vrai. Une orgie ne te réchauffera pas pendant les longues nuits d'hiver.

— Une orgie ne s'occupera pas de toi pendant tes vieux jours. » Il avala une autre gorgée de champagne. « Enfin... J'étais même pas vraiment invité à des parties fines, en plus ! Je faisais le con, je gâchais tout sans m'en apercevoir... Du coup, j'ai foiré ma carrière. J'ai pas assuré avec maman...

— Tu exagères...

— ... et j'ai perdu mes amis. » Il frôla le bras d'Emma pour ponctuer son propos. Elle fit de même, heureuse de leur complicité retrouvée. « Alors, j'ai essayé de me rattraper. De faire correctement les choses, pour une fois. Depuis que j'ai rencontré Sylvie, c'est beaucoup plus facile. Elle est géniale, vraiment géniale ! Elle m'aide à rester dans le droit chemin.

— Elle est charmante.
— Oui. Charmante.
— Très belle, aussi. Très sereine.
— Un peu effrayante, parfois.
— Il y a quelque chose de Leni Riefenstahl chez elle...
— Lenny qui ?
— Aucune importance.
— Elle n'a aucun sens de l'humour, évidemment.
— Encore un point en sa faveur ! commenta Emma. Faut pas surestimer le sens de l'humour. Les gens qui passent leur temps à débiter des blagues m'ennuient profondément. Ian en faisait partie, tu sais. Et il n'était même pas drôle ! Crois-moi : tu es bien mieux loti avec quelqu'un qui te plaît vraiment et qui te réchauffe les pieds sous la couette. »

Il essaya d'imaginer Sylvie en train de lui frotter les pieds. En vain. « Un jour, elle m'a avoué qu'elle ne riait jamais parce qu'elle n'aime pas ce que ça fait à son visage. »

Emma pouffa. « Waouh ! » fut tout ce qu'elle trouva à dire. « Waouh, répéta-t-elle. Mais... tu l'aimes vraiment, n'est-ce pas ?

— Je l'adore.
— Tu l'adores. C'est encore mieux, j'imagine.
— Elle est formidable.
— Absolument.
— Elle m'a changé la vie. C'est grâce à elle que j'ai laissé tomber l'alcool, la came et le tabac. » Emma jeta un regard éloquent à la bouteille qu'il tenait en main et à la cigarette qui brûlait au coin de ses lèvres. Il sourit. « Petite entorse à mon régime.

— Tu as fini par trouver le grand amour, alors.

— Si on veut. » Il remplit le verre d'Emma. « Et toi ?

— Oh, je vais bien. Très bien, même. » Elle se leva, éludant la question. « Alors, on va où ? À gauche ou à droite ?

— À droite. » Il se remit sur ses jambes en soupirant. « Tu as des nouvelles de Ian ?

— Non. Je ne l'ai pas vu depuis des années.
— Personne d'autre à l'horizon ?
— Arrête tout de suite, Dex.
— Quoi ?
— Ton numéro de sympathie. C'est pas parce que je suis célibataire qu'il faut me plaindre ! Je suis parfaitement heureuse, merci. Et je refuse d'être définie par l'homme de ma vie. Ou par l'absence d'homme *dans* ma vie. » Elle s'était animée et martelait ses propos avec ferveur. « Si tu cesses de te prendre la tête pour ce genre de trucs – les rencontres, les relations de couple, l'amour et tutti quanti –, tu te libères d'un seul coup. Et tu peux enfin commencer à vivre ta vie. À la vivre vraiment. Et puis, j'ai mon travail, tu sais ! Je m'investis beaucoup là-dedans. Je me donne encore un an pour terminer le bouquin et le faire publier. J'ai pas beaucoup de fric, mais je suis libre. Je vais au cinéma en plein milieu de l'après-midi, tu te rends compte ? » Elle marqua une pause. « Et je nage. Je passe mon temps à la piscine. J'aligne les longueurs, un bassin après l'autre. Ce que ça peut être chiant, bon sang ! Là, je crois qu'il faut tourner à gauche.

— Je comprends très bien ce que tu dis. Pas à propos de la natation mais des rencontres. C'est génial de ne plus avoir à *rencontrer* personne ! Depuis que je suis avec Sylvie, j'ai nettement plus de temps libre, d'énergie et d'espace mental.

— Et tu en fais quoi, de tout cet espace mental ?

— J'en profite pour jouer à *Tomb Raider*. »

Emma éclata de rire. Ils poursuivirent leur chemin en silence. Un peu inquiète, elle se demanda si elle lui donnait une bonne image d'elle-même. Elle tenait tant à lui montrer qu'elle était autonome, libre et sûre de ses choix ! Y parvenait-elle ? « Je ne m'interdis pas de m'amuser un peu, rassure-toi. Ma vie n'est pas complètement dépourvue d'amour... J'ai eu une histoire avec un certain Chris, récemment. Il se faisait passer pour un dentiste, mais il était assistant dentaire, en fait.

— Et alors ? Ça n'a pas marché entre vous ?

— Non. Les choses ont tourné court. C'est mieux comme ça. J'étais persuadée qu'il passait son temps à regarder mes dents. Il s'offusquait de l'absence de fil dentaire dans ma salle de bains et j'avais l'impression d'aller à un check-up chaque fois qu'il m'invitait au cinéma. J'étais constamment sous pression ! Alors, j'ai préféré laisser tomber. Avant lui, il y a eu M. Godalming... » Un long frémissement la parcourut. « M. Godalming. Quel désastre !

— Qui est M. Godalming ?

— Une autre fois. Gauche, droite ?

— Gauche.

— De toute façon, si je ne trouve vraiment personne, je pourrai toujours me rabattre sur ta proposition. »

Il se figea. « Quelle proposition ?

— Tu m'as dit un jour que si à quarante ans j'étais toujours célibataire, tu me demanderais en mariage.

— J'ai dit ça ? » Il fit la grimace. « C'est un peu condescendant.

— C'est ce que j'ai pensé sur le moment. Mais rassure-toi : j'ai pas l'intention de t'obliger à honorer ta promesse ! On a encore sept ans devant nous, de toute façon. Rien ne presse... »

Elle se remit en marche, mais Dex resta planté derrière elle. L'air penaud, il se grattait la tête comme un petit garçon sur le point d'avouer à ses parents qu'il a cassé leur plus beau vase.

« Em ? Je crois que… je vais devoir retirer mon offre, en fait. »

Elle s'arrêta, puis se tourna vers lui.

« Ah bon ? Pourquoi ? demanda-t-elle, bien qu'elle soit déjà en mesure de deviner la réponse.

— Je me suis engagé… »

Elle ferma lentement les paupières.

« Engagé à quoi ?

— À épouser Sylvie. »

L'espace d'un court instant (guère plus d'une demi-seconde), ce qu'ils ressentaient *réellement* se lut dans leurs yeux, puis Emma se mit à sourire et se jeta au cou de Dexter en riant. « Oh, Dex ! C'est génial ! Félicitations ! » Elle voulut l'embrasser sur la joue, mais il tourna la tête au même instant. Leurs lèvres se frôlèrent. Des lèvres douces, où pétillait encore un peu de champagne.

« Ça te fait plaisir ? demanda Dexter.

— Je suis anéantie, tu veux dire ! Non, sérieusement, c'est une excellente nouvelle.

— Tu crois ?

— Plus qu'excellente, même ! C'est… trop géant ! Top cool. Ultra *old skool* ! »

Il rompit leur étreinte pour chercher quelque chose dans la poche de sa veste. « En fait, c'est la raison pour laquelle je t'ai amenée ici. Je voulais te donner ça en personne… »

Il lui tendit une grosse enveloppe couleur lilas. Emma la prit avec circonspection et jeta un œil à l'intérieur. L'enveloppe était doublé de papier de soie. Quant à l'invitation proprement dite, elle semblait imprimée sur une sorte de parchemin, dont les

coins avaient été cornés à la main. « *Ça*, déclarat-elle en la posant délicatement sur ses doigts retournés, c'est ce qui s'appelle une invitation de mariage !
— Pas mal, non ?
— Très, très classe. En termes de papeterie, j'ai rarement vu mieux.
— Elles coûtent huit livres chacune.
— C'est plus que ma voiture !
— Et ce n'est pas tout... Respire-la, maintenant.
— Pourquoi ? » Elle porta prudemment l'enveloppe à son nez. « Oh ! Dex... Tu as fait *parfumer* tes invitations de mariage ?
— Eh oui. Ça sent la lavande, non ?
— Pas du tout, mon cher : ça sent l'*argent*. » Elle sortit avec précaution la carte de l'enveloppe et se mit en devoir de la lire à voix haute. Il l'observa en repensant à la manière dont elle écartait sa frange du bout des doigts lorsqu'elle en avait une, des années auparavant. « "M. et Mme Lionel Cope ont le plaisir de vous inviter au mariage de leur fille Sylvie avec M. Dexter Mayhew..." Je n'arrive pas à le croire ! Et la cérémonie aura lieu le... le samedi 14 septembre ? Mais... c'est dans...
— Sept semaines », acheva-t-il sans la quitter des yeux. Quelle expression se peindrait sur son visage – ce visage extraordinaire – quand il lui annoncerait la nouvelle ?

« Sept semaines ? Je croyais que ces trucs-là se préparaient des années à l'avance !
— C'est vrai. Mais notre mariage à nous est un peu spécial. Il est "dicté par les circonstances", comme on dit... »

Emma fronça les sourcils. Elle n'avait pas encore compris.

« Rassure-toi, ajouta-t-il. Il y aura quand même trois cent cinquante invités. Et un orchestre irlandais.

— Je ne vois pas ce que tu...
— Sylvie est enceinte, apparemment. Je veux dire... Elle est *complètement* enceinte. Vraiment enceinte. Elle attend un bébé, quoi !
— Oh, Dexter ! » Elle pressa de nouveau sa joue contre la sienne. « Tu connais le père ? Je blague ! Félicitations ! C'est incroyable ! Bon sang... Tu pourrais me ménager, quand même ! Espacer un peu les nouvelles, au lieu de me les balancer d'un seul coup ! » Elle lui emprisonna le visage entre les mains et plongea son regard dans le sien. « Tu vas te marier ?
— Oui !
— Et tu vas être père ?
— Oui ! Ça paraît dingue, non ?
— Tu es sûr que c'est permis ? Je veux dire... On va te laisser faire ?
— Je crois bien que oui.
— Tu as toujours cette cigarette ? Celle que tu m'as proposée tout à l'heure ? » Il la sortit de sa poche. « Et Sylvie ? Qu'est-ce qu'elle en pense ?
— Elle est ravie ! Enfin... elle s'inquiète pour sa ligne. Elle ne veut pas grossir.
— Je crains que ce ne soit inévitable... »
Il alluma la cigarette et la lui tendit. « Mais ça ne la retient pas, au contraire ! Elle veut se marier, fonder une famille, aller de l'avant... Elle a tellement peur de se retrouver célibataire à trente-cinq ans...
— Comme MOI !!!
— Exactement. Elle ne veut surtout pas finir comme toi ! » Il lui prit la main. « Eh ! C'est pas ce que je voulais dire, bien sûr.
— Je sais. Toutes mes félicitations, Dex. C'est formidable.
— Merci. Merci. » Il laissa passer un silence. « Tu me fais envie, avec ta clope. Je peux ? » Il prit la

cigarette coincée entre les lèvres d'Emma et en tira une bouffée. « Attends. Je vais te montrer quelque chose... » Il sortit un carré de papier froissé de son portefeuille et le tendit vers la lampe au sodium qui éclairait le banc. « C'est la première échographie. Incroyable, non ? »

Elle s'empara du tirage et le contempla avec l'attention requise. Le charme d'une échographie est rarement perceptible : hormis les futurs parents, rares sont ceux qui en perçoivent la beauté. Par chance, Emma avait déjà vu des images de ce genre. Elle savait ce qu'on attendait d'elle. « C'est merveilleux ! s'extasia-t-elle – tout en pensant que si Dexter avait pris l'intérieur de sa poche en photo, le résultat aurait été le même.

— Regarde : ça, c'est sa colonne vertébrale.
— Splendide.
— On voit même ses petits doigts !
— Comme c'est mignon ! C'est un garçon ou une fille ?
— Une fille, j'espère. Ou un garçon. Ça m'est égal, en fait. Dis... C'est une bonne chose, non ?
— Évidemment. C'est fantastique ! Putain, Dex... Tu pouvais pas t'en empêcher, hein ? Dès que j'ai le dos tourné... ! » Elle noua un bras autour de son cou. Elle se sentait un peu ivre, pleine d'affection et de tristesse, comme si une page de sa vie était en train de se tourner. Elle aurait aimé énoncer cette sensation à voix haute, mais préféra s'en tenir à une boutade. « Tu viens de réduire à zéro mes chances de bonheur, mais je ne t'en veux pas, va ! Je suis très contente pour toi. Vraiment. »

Il tourna la tête vers elle. À cet instant, quelque chose se mit à bouger entre eux. Quelque chose de vivant. Qui vibrait dans la poitrine de Dexter.

Emma posa la main dessus. « C'est ton cœur qui bat comme ça ?

— Non. C'est mon portable. »

Elle interrompit vivement leur étreinte. Il prit l'appareil dans la poche intérieure de sa veste et jeta un regard à l'écran, puis il secoua la tête – pour se remettre les idées en place, sans doute – et tendit sa cigarette à Emma comme s'il s'agissait d'une arme encore fumante. « Surtout, ne pas avoir l'air saoul ! » commenta-t-il à voix basse en prenant l'appel, un sourire de représentant de commerce aux lèvres.

« Coucou, ma chérie ! » s'exclama-t-il.

Emma entendit la voix de Sylvie résonner sur la ligne. « Où es-tu ?

— Je me suis perdu.

— Perdu ? Comment as-tu pu te perdre ?

— Vu que je suis dans un labyrinthe, c'est un peu...

— Un *labyrinthe* ? Qu'est-ce que tu fous dans un labyrinthe ?

— Ben... Je me balade. On s'est dit que ce serait marrant.

— Je suis ravie d'apprendre que tu te *marres*, Dex. Parce que moi, je suis coincée entre deux vieux qui me rebattent les oreilles avec la Nouvelle-Zélande...

— Je sais ! Ça fait des heures que j'essaie de sortir d'ici pour te rejoindre ! Le problème, c'est que... c'est un vrai labyrinthe, ce truc ! » Il pouffa bêtement, espérant la faire rire – en vain. Seul le silence lui répondit. « Allô ? T'es toujours là ? Tu m'entends ?

— Avec *qui* es-tu dans ce labyrinthe, Dexter ? » reprit Sylvie à voix basse.

Il jeta un regard à Emma, qui faisait mine d'être captivée par l'échographie du bébé. Devait-il opter pour la franchise ? Il réfléchit un instant, puis lui tourna le dos et mentit à sa fiancée. « En fait, on est toute une bande, ici. On se donne encore un quart d'heure, puis on va creuser un tunnel. Et si ça ne marche pas, on mangera le plus rondouillard d'entre nous.

— Ah ! Voilà Callum. Dieu merci ! Je vais discuter avec lui. Dépêche-toi un peu, d'accord ?

— D'accord. J'arrive. À tout de suite, chérie ! À tout de suite ! » Il raccrocha. « J'avais pas l'air trop bourré ?

— Pas le moins du monde.

— Écoute... Il faut qu'on sorte d'ici, maintenant.

— Excellente idée. » Elle tourna la tête à gauche, puis à droite. Les deux allées étaient identiques. « On aurait dû laisser des miettes de pain derrière nous. » À peine avait-elle terminé sa phrase qu'un bourdonnement se fit entendre, suivi d'un déclic. Puis toutes les lumières qui éclairaient le labyrinthe s'éteignirent une à une, les plongeant dans la pénombre.

« C'est pratique », bougonna Dexter. Ils demeurèrent immobiles, le temps de s'accoutumer à l'obscurité. Sous la tente, les musiciens venaient d'entamer *It's Raining Men*, dont ils écoutèrent le premier couplet avec intensité, comme s'il pouvait les aider à retrouver leur chemin.

« On ferait mieux d'y aller, déclara Emma. Avant qu'il se mette à pleuvoir des hommes.

— Bonne idée.

— Y a un truc, non ? Si je m'en souviens bien, il faut poser sa main gauche sur la paroi et avancer sans jamais la lâcher. Normalement, c'est comme ça qu'on retrouve la sortie.

— Parfait ! » Il versa ce qui restait de champagne dans leurs verres et posa la bouteille dans l'herbe, tandis qu'Emma ôtait ses escarpins. Puis elle tendit la main vers la haie, et ils se mirent en route. Prudemment d'abord, puis avec plus d'assurance.

« Tu viendras, alors ? s'enquit Dexter. À mon mariage.

— Bien sûr que je viendrai. Je ne peux pas te promettre de rester tranquille pendant l'échange des vœux, mais...

— Tu crieras : "C'est moi qu'il aurait dû épouser ! Pour mes quarante ans !" » Ils sourirent tous les deux dans le noir et firent quelques pas en silence. « À propos de mariage..., reprit-il. J'ai un service à te demander.

— Je t'en prie, Dex ! Ne me demande pas d'être ton garçon d'honneur !

— Non, ce n'est pas ça... Ça fait des semaines que j'essaie d'écrire un discours... Je me demandais si tu accepterais de me donner un coup de main ?

— Pas question ! répondit-elle en riant.

— Pourquoi pas ?

— Parce que ce sera moins émouvant si c'est moi qui l'écris, expliqua-t-elle doctement. N'en fais pas une montagne. Contente-toi de dire ce que tu ressens !

— Je ne suis pas sûr que ce soit une bonne idée, justement. Ça risque de donner un truc du genre : "Chers amis, je suis pété de trouille et j'aimerais remercier le traiteur pour ce merveilleux buffet !" » Il plissa les yeux. « Tu es sûre que nous allons dans la bonne direction ? J'ai l'impression qu'on s'enfonce dans le labyrinthe au lieu d'en sortir.

— Fais-moi confiance.

— OK. Pour en revenir au discours, je ne te demande pas de l'écrire à ma place, juste de l'améliorer !

— Désolée. Sur ce coup-là, je ne peux rien pour toi. » Ils s'arrêtèrent à un croisement d'où partaient trois allées similaires.

« On est déjà passés par ici. J'en suis certain.

— Fais-moi confiance, répéta-t-elle. On n'est plus très loin. »

Ils continuèrent leur route sans déroger au principe d'Emma, qui frôlait la haie du bout des doigts. L'orchestre avait enchaîné sur *1999*, de Prince, à la grande joie des invités, dont les cris leur parvinrent aux oreilles. « Quand j'ai entendu cette chanson pour la première fois, confia-t-elle, j'avais l'impression que cette date n'arriverait jamais. 1999... Ça me semblait si loin ! J'imaginais des voitures sur coussins d'air, du hachis Parmentier en gélules et des vacances sur la Lune. Maintenant, nous y sommes et je conduis toujours ma putain de Fiat Panda. Rien n'a changé, en fait.

— Sauf que je vais être père de famille.

— Père de famille. Seigneur ! Tu n'as pas peur ?

— Parfois. Mais quand je pense à tous les imbéciles qui réussissent à élever des enfants, je ne me fais pas trop de souci... Si Miffy Buchanan peut le faire, ça doit être pas si difficile que ça !

— Tu ne pourras pas emmener le bébé dans les bars à cocktails, tu sais. Ils n'aiment pas trop ce genre de trucs.

— C'est pas grave. Je sens que je vais adorer rester chez moi.

— Mais... tu es heureux, n'est-ce pas ?

— Oui. Je crois. Et toi ?

— Plus heureuse qu'avant, en tout cas. Disons, semi-heureuse.

— "Semi-heureuse". C'est déjà pas mal.

— On ne peut guère espérer mieux. » Soudain, ses doigts frôlèrent la surface lisse et froide d'une statue.

Elle ralentit le pas. Maintenant, elle savait exactement où ils se trouvaient. Un virage à droite puis un autre à gauche les ramèneraient à la roseraie, à la tente où dansaient plusieurs centaines d'invités, à la fiancée de Dexter, à leurs amis communs… et ils devraient se séparer. Cette perspective lui parut insoutenable. Submergée de tristesse, elle s'arrêta net, se retourna et prit les mains de Dexter dans les siennes.

« Est-ce que je peux te dire une dernière chose avant de retourner là-bas ?

— Bien sûr.

— Méfie-toi. J'ai un peu trop bu.

— Moi aussi. C'est pas grave.

— Alors voilà… Tu m'as manqué, tu sais.

— Toi aussi, tu m'as manqué.

— Tu m'as tellement, tellement manqué ! J'avais tant de trucs à te raconter, et tu n'étais pas là…

— C'est pareil pour moi.

— Et puis… je m'en veux un peu de t'avoir laissé tomber comme ça.

— Ah bon ? Je ne t'en ai pas voulu, moi. Je sais que je n'étais pas très… agréable, à l'époque.

— T'étais carrément détestable, tu veux dire !

— Oui, je…

— T'avais tous les défauts ! Égoïste, snob, prétentieux…

— Je crois que j'avais compris le message…

— Quand même… C'était pas une raison pour te laisser tomber. J'aurais dû être plus patiente avec toi. Vu ce qui était arrivé à ta mère et…

— C'était pas une excuse.

— Certes. Mais tu ne pouvais pas t'en sortir indemne.

— J'ai toujours la lettre que tu m'as envoyée après l'enterrement. C'est une très belle lettre. Elle m'a beaucoup touché.

— J'aurais quand même dû être plus patiente, répéta-t-elle. Rester en contact avec toi, essayer de t'aider à y voir clair... C'est à ça que servent les amis, non ?

— Je t'assure que je ne t'en veux pas, Em.

— Je sais bien. Il n'empêche que... » Elle s'interrompit, des larmes plein les yeux.

« Eh ! Qu'est-ce qui ne va pas ? »

Elle baissa les yeux, gênée. « Désolée. J'ai trop bu et...

— Viens là. » Il l'enlaça. La peau de son cou sentait le shampooing et la soie mouillée. Il demeura immobile tandis qu'elle enfouissait son visage dans sa nuque, humant l'odeur d'après-rasage, de sueur et d'alcool qui imprégnait son costume.

« Tu veux savoir ce qui ne va pas ? reprit-elle au bout d'un moment. Il faut que tu saches que... j'ai jamais arrêté de penser à toi. Même quand nous étions fâchés, je pensais à toi tous les jours, d'une manière ou d'une autre...

— Moi aussi...

— Même si c'était juste pour me dire : "J'aimerais que Dexter voie ça", ou : "Qu'est-ce qu'il fait en ce moment ?", ou : "Bon sang, quel imbécile, ce Dexter !"... Tu vois ? Et quand nous nous sommes retrouvés, tout à l'heure, j'ai pensé que tout allait redevenir comme avant. Que tu serais de nouveau mon *meilleur ami*. Alors tout ce que tu m'annonces – le mariage, le bébé –, c'est... c'est formidable, bien sûr ! Je suis très heureuse pour toi, Dex. Mais j'ai l'impression que je viens de te perdre une deuxième fois.

— De me perdre ? Comment ça ?

— Tu sais comment ça se passe... Tu fondes une famille, tu as de nouvelles responsabilités, tu perds contact avec...

— Pas forcément !

— Si, je t'assure. Ça arrive tout le temps. Tu auras d'autres priorités et des tas de nouveaux amis – des jeunes couples que tu vas rencontrer aux cours de préparation à l'accouchement, par exemple. Ils seront parents en même temps que toi ! Tu pourras partager plein de trucs avec eux. Ou bien tu seras trop fatigué, parce que tu n'auras pas dormi de la nuit et...

— Nous allons avoir un bébé différent des autres, apparemment. Il suffira de le laisser dans sa chambre. Avec un ouvre-boîtes et un camping-gaz. » Il sentit un petit rire se former dans la poitrine d'Emma. Ému, il se rappela à quel point il aimait la faire rire. Il n'y avait pas de meilleur sentiment au monde. « Alors, tu vois... Ça ne se passera pas comme tu le dis.

— C'est vrai ?

— Absolument. »

Elle recula d'un pas pour mieux le regarder. « Tu me le jures ? Tu ne disparaîtras plus ?

— Juré. Et toi ?

— Moi non plus. »

Elle se pencha. Leurs lèvres se frôlèrent. Bouche fermée, yeux grands ouverts, ils se figèrent. Le temps aussi, prolongeant malicieusement ce bel instant de confusion.

« Quelle heure est-il ? » marmonna Emma en se raidissant, paniquée.

Dexter tira sur la manche de sa veste pour consulter sa montre. « Bientôt minuit.

— Bon ! On devrait y aller. »

Ils marchèrent l'un près de l'autre en silence, sans parvenir à définir ce qui s'était passé, ni ce qui allait se passer ensuite. Deux embranchements successifs les ramenèrent à leur point de départ. Emma était sur le point d'ouvrir la lourde porte en chêne pour rejoindre la noce, quand il l'arrêta d'un geste.

« Em ?

— Dex ? »

Il aurait voulu la prendre par la main et rebrousser chemin. Retourner dans le labyrinthe, éteindre son téléphone, se perdre en attendant que la fête soit terminée, et passer le reste de la nuit à discuter avec elle.

« On est réconciliés ? demanda-t-il enfin.

— Oui. À cent pour cent. » Elle tourna la poignée. « Viens, maintenant. Allons rejoindre ta fiancée. Je tiens à la féliciter ! »

14

Être père

SAMEDI 15 JUILLET 2000

Richmond, Surrey

Jasmine Alison Viola Mayhew.
Elle est née en fin de soirée, au troisième jour du nouveau millénaire. Elle aura donc toujours l'âge du siècle. Elle pesait tout juste quatre kilos à la naissance. Elle se portait bien, et Dexter la trouva d'une beauté indescriptible. Il se sentit prêt à sacrifier sa vie pour elle, tout en sachant qu'il ne serait sans doute jamais amené à le faire – fort heureusement, d'ailleurs.

Cette nuit-là, tandis qu'il serrait dans ses bras ce petit paquet d'où dépassait un visage cramoisi, il prit une grande résolution : le moment était venu d'adopter une conduite irréprochable. Désormais, il ne dirait rien, et il ne ferait rien, que sa fille ne puisse voir ou entendre – hormis la satisfaction de quelques besoins biologiques et sexuels, bien sûr. Il se comporterait comme si Jasmine était constamment en train de l'observer : il ne ferait donc rien qui risque de la blesser, de l'inquiéter ou de l'embarrasser, et il n'y aurait plus rien dans sa vie dont il ait à rougir.

Il fut incapable de tenir cette promesse plus de quatre-vingt-quinze minutes – laps de temps au terme duquel il fut pris d'une irrésistible envie de fumer. Retranché dans les toilettes de la chambre de Sylvie, il s'efforça de souffler la fumée de sa cigarette dans une bouteille d'Évian vide... et dut en laisser échapper un peu, puisque le détecteur d'incendie se déclencha, arrachant sa femme et sa fille épuisées à leur sommeil réparateur. Lorsqu'une infirmière l'escorta dans le couloir, un moment plus tard, sa bouteille pleine de fumée d'un gris jaunâtre à la main, il lut dans les petits yeux fatigués de Sylvie ce verdict impitoyable : *Tu n'es vraiment pas à la hauteur.*

Larvée pendant la grossesse, leur mésentente s'exacerba après la naissance de Jasmine – d'autant qu'en ce début de siècle Dexter se trouvait sans emploi. Pire même : sans perspective d'emploi. L'heure de diffusion de « Sports Xtrêmes » avait été repoussée si tard dans la nuit que personne, même les amateurs de BMX, ne pouvait se permettre de rester éveillé (surtout en milieu de semaine) pour la regarder. Quel que soit le style (radical, doux ou *old skool*), rien n'y faisait : l'audience ne décollait pas. La chaîne finit par prendre la décision qui s'imposait : l'émission fut supprimée. Et Dexter, qui était en congé de paternité, se retrouva au chômage, ce qui était nettement moins glorieux.

Le déménagement leur offrit un peu de répit. Dex s'était enfin résigné à mettre son appartement de Belsize Park en location. Il en tira un revenu très élevé, qui leur permit de s'offrir une jolie petite maison à Richmond, dans le Surrey. La propriété avait, leur dit-on, un potentiel énorme. Dexter commença par refuser, prétextant qu'il s'estimait trop jeune pour s'installer dans le Surrey, mais il ne put lutter contre la qualité de vie, des écoles, des moyens de transport, et encore moins contre les chevreuils qui couraient en liberté dans le parc – autant d'arguments que Sylvie déploya pour le convaincre, ajoutant que ses parents et les jumeaux habitaient à deux pas. Dexter ne trouva rien à redire. Et le Surrey l'emporta. Dès le mois de mai, ils se lancèrent dans des travaux aussi ruineux qu'interminables : sablage de toutes les boiseries et démolition de tous les murs non porteurs. Dexter dut sacrifier sa Mazda et se rabattre sur un monospace d'occasion, imprégné d'une tenace odeur de vomi généreusement laissée par la marmaille des précédents propriétaires.

Ce fut une année cruciale pour les Mayhew. Dexter prit cependant moins de plaisir qu'il ne l'aurait cru à aménager le cocon familial. Il s'était toujours représenté les prémices de la vie conjugale comme une version longue de la publicité pour le Crédit immobilier : un jeune couple séduisant, en bleu de travail, rouleaux de peinture à portée de main, sortait des assiettes d'un meuble ancien, puis s'affalait en riant dans un bon vieux canapé. Il se voyait déjà promenant des chiens à poil long dans le parc de Richmond ou donnant le biberon à sa fille en pleine nuit, épuisé mais content. Puis viendrait le temps des baignades dans les rochers, des feux de camp sur la plage, des maquereaux que l'on fait cuire sous la braise. Il inventerait des jeux astucieux et installerait des étagères. Sylvie porterait ses vieilles chemises sur ses jambes nues. Les tempes grisonnantes, il s'envelopperait dans des lainages et veillerait à assurer le bien-être matériel des siens.

La réalité se révéla fort différente. À peine achetée, la maison devint un champ de bataille. La vie conjugale se résumait à une succession de querelles, de reproches et de regards maussades échangés sous un fin rideau de poussière blanche. Exaspérée par les travaux, Sylvie se retrancha de plus en plus souvent chez ses parents, « pour éviter les ouvriers », affirmait-elle. Et, surtout, pour échapper à son incapable de mari (puisque c'était ainsi qu'elle le jugeait, désormais).

Elle l'appelait de temps à autre pour lui suggérer d'accepter l'offre d'emploi que lui avait faite leur ami Callum, le roi du sandwich à l'écrevisse. Mais Dexter tenait bon. Il espérait relancer sa carrière de présentateur, s'initier à la production ou se reconvertir comme cameraman, voire comme monteur. En attendant, répétait-il à Sylvie, il donnait un coup de main aux artisans qui bossaient sur le chantier, afin de réaliser quelques économies de main-d'œuvre. L'idée était bonne – mais il se contentait de leur préparer du thé, d'aller acheter des biscuits et d'apprendre quelques rudiments de polonais. Le reste du temps, il jouait à la PlayStation dans le vacarme assourdissant de la ponceuse.

Il s'était souvent demandé où le petit monde de la télévision envoyait ses quadragénaires. Il avait la réponse, à présent : on s'en débarrassait, tout simplement. Les monteurs et les cameramen stagiaires n'avaient pas plus de vingt-quatre ou vingt-cinq ans. Quant aux producteurs, ils frisaient la trentaine ou ils étaient dotés d'une solide expérience... qui lui manquait cruellement. Dénuée d'existence réelle, Mayhem TV ne faisait que servir d'alibi à son désœuvrement. À la fin de l'année fiscale, Dex fut contraint de la liquider pour éviter les frais de comptabilité. Il remisa piteusement au grenier ses vingt rames de luxueux papier à en-tête et tira un trait sur sa carrière de producteur. Au printemps, quand les travaux s'intensifièrent, il n'avait toujours pas une idée très claire de son avenir. Son seul plaisir consistait à aller rejoindre Emma : faussant compagnie à Jerzy et Lech, il laissait son pot de mastic sur un rebord de fenêtre et lui donnait rendez-vous dans un cinéma, en plein milieu de l'après-midi. Ils passaient un bon moment, certes... mais la mélancolie qu'il éprouvait en sortant de la salle obscure en compagnie d'autres cinéphiles désœuvrés lui devint bientôt insupportable.

Dire qu'il s'était juré d'être un père parfait ! Il avait des responsabilités, à présent. Il ne pouvait les fuir indéfiniment. Accablé de remords, il craqua au début du mois de juin. Et rendit visite à Callum O'Neill, qui accepta de l'initier aux arcanes de Nature et Compagnie.

Voilà pourquoi en ce 15 juillet 2000, jour de la Saint-Swithin, Dexter Mayhew, vêtu d'une chemisette d'un beige crémeux (la couleur des flocons d'avoine) et d'une cravate marron (évoquant celle des champignons), supervise la livraison des cageots de roquette destinés à la toute nouvelle succursale de Nature et Compagnie, située près de la gare Victoria. Efficace et impassible, il compte un à un les cageots de verdure en présence du chauffeur-livreur. Qui le dévisage avec intensité depuis un petit moment.

Dex soupire. Il sait déjà ce qui l'attend. Et en effet...

« Vous n'étiez pas à la télé ? »

Ça y est.

« Eh oui ! répond-il d'un ton enjoué. Il y a longtemps !

— Ça s'appelait comment, déjà ? "trop top", non ? »

Ne lève pas la tête.

« C'est bien ça. Alors, je le signe, ce bon de livraison ?

— Et vous sortiez avec Suki Meadows. »

Garde le sourire, mec. Garde le sourire.

« Je vous le répète, c'est vieux, tout ça. Un cageot, deux, trois…

— On la voit partout en ce moment, pas vrai ?

— … six , sept, huit…

— Elle est canon, hein ?

— Elle est très jolie. Neuf, dix…

— Ça faisait quoi, de sortir avec elle ?

— Beaucoup de bruit.

— Et vous, qu'est-ce qui vous est arrivé ?

— Rien de spécial… C'est la vie ! » Il lui prend le bloc-notes des mains. « C'est là que je signe ?

— Oui. Vous signez là. »

Dexter appose son autographe sur la facture, saisit une poignée de roquette dans le cageot du dessus et la goûte pour s'assurer qu'elle est fraîche. « La roquette, c'est la laitue d'aujourd'hui », se plaît à répéter Callum. Dexter, lui, trouve ça amer.

Le siège social de Nature et Compagnie est à Clerkenwell. Tout y est frais, propre et moderne. Les locaux sont équipés de centrifugeuses, de poufs multicolores et d'ordinateurs dernier cri reliés à l'internet haut débit. Il y a même des flippers dans la salle du personnel ! D'immenses tableaux, inspirés d'Andy Warhol et représentant des vaches, des poulets ou des écrevisses, ornent les murs. Le lieu tient à la fois de l'espace de travail et de la chambre d'adolescent : les architectes, qui se refusent à le qualifier de bureau, l'ont d'ailleurs baptisé « dreamspace » (toujours écrit en Helvetica et en minuscules, pour faire plus chic). Avant d'être admis dans cet univers de rêve, Dexter doit apprendre les ficelles du métier : Callum tient absolument à ce que ses cadres mettent les mains dans le cambouis. Il a donc demandé à son vieux copain de suivre un stage de formation d'un mois auprès du manager chargé du tout dernier bastion de son empire. Au cours des trois semaines qui viennent de s'écouler, Dex a lavé des centrifugeuses, mis un filet à cheveux pour préparer des sandwiches, moulu des kilos de café et servi des centaines de clients. À son grand étonnement, tout s'est plutôt bien passé. Au fond, comme dirait Cal, ce qui compte dans les affaires, ce sont les relations humaines !

Ce qu'il déteste, en revanche, c'est qu'on le reconnaisse. Il ne supporte pas le petit air apitoyé que prennent les clients lorsqu'ils s'aperçoivent qu'un ancien présentateur vedette leur sert la soupe. Les plus pénibles sont ses contemporains, ceux qui ont la trentaine. Quand on a été célèbre, même modérément, et qu'on ne l'est plus, qu'on a pris de l'âge et parfois un peu d'embonpoint, ces types-là vous considèrent comme un mort vivant. Ils observent Dexter derrière sa caisse avec la même curiosité malsaine que s'il était un bagnard attaché au bout d'une chaîne. « Vous paraissez plus petit, dans la vraie vie », disent-ils parfois. C'est exact, il se sent vraiment plus petit, à présent. « Tout va bien », a-t-il envie de répondre en leur tendant un bol de *dhal* façon Goa. « Je suis content. Ça me plaît ici. Ce n'est que provisoire, de toute façon ! J'apprends un nouveau métier et je gagne de quoi subvenir aux besoins de ma famille. Vous voulez du pain avec ça ? Complet ou multicéréales ? »

Quand il fait partie de l'équipe du matin, comme c'est le cas aujourd'hui, il commence son travail chez Nature et Compagnie à 6 h 30 et l'achève à 16 h 30. Après avoir compté et recompté la recette de la journée, il prend le train de Richmond en compagnie des banlieusards qui sont allés faire leurs courses du samedi à Londres. Il doit ensuite marcher pendant une vingtaine de minutes le long d'avenues sans intérêt avant d'obliquer dans une rue bordée de maisons victoriennes toutes semblables. C'est là qu'il habite. Naturellement, selon l'expression consacrée, ces maisons sont bien plus spacieuses à l'intérieur qu'elles le paraissent de l'extérieur. La sienne l'est, en tout cas – Sylvie en est convaincue. Encore quelques mètres à parcourir, et il se fige devant le portail : il est arrivé chez lui. À la Maison de la Colique. En remontant l'allée (car il possède une allée, maintenant), il tombe sur Jerzy et Lech, qui viennent de terminer leur journée de travail. Il adopte le ton sympa, mâtiné d'une pointe d'accent cockney, de rigueur lorsqu'on s'adresse à des ouvriers, polonais ou non.

« *Czesc ! Jaksie masz.*

— Bonsoir Dexter, répond Lech avec indulgence.

— Mme Mayhew, elle est à la maison ? » L'usage voulant aussi qu'il bouleverse l'ordre des mots pour être mieux compris de ses interlocuteurs, il s'y plie sans réfléchir.

« Oui, elle est à la maison. »

Il baisse la voix. « Aujourd'hui, elles sont comment ?

— Un peu... fatiguées, je crois. »

Dexter fronce les sourcils et avale sa respiration pour plaisanter. « Alors... Est-ce qu'il faut que je m'inquiète ?

— Un petit peu, peut-être.

— Tiens. » Dexter lui tend deux barres miel-datte-avoine de chez Nature et Compagnie. « Objet volé, précise-t-il. Ne le dis à personne, hein ?

— OK, Dexter.

— *Do widzenia.* » Il se dirige vers la porte, prêt à être accueilli par des pleurs. Il lui semble parfois que sa femme et sa fille s'arrangent pour sangloter à tour de rôle.

Jasmine Alison Viola Mayhew l'attend dans le hall, assise sur les housses en plastique qui protègent les planchers fraîchement décapés. Avec ses traits fins et réguliers parfaitement disposés dans l'ovale de son visage, elle est le portrait de sa mère en miniature. Elle lui inspire, une fois encore, un curieux mélange d'amour et de terreur.

« Bonjour, Jazz. Désolé d'être en retard. » Il la soulève en la tenant par le ventre. « As-tu passé une bonne journée, Jazz ? »

Une voix s'élève du salon : « Je préférerais que tu ne l'appelles pas comme ça. Elle s'appelle Jasmine, pas Jazz. » Allongée sur le canapé recouvert d'une housse, Sylvie lit un magazine. « Jazz Mayhew, c'est *affreux*. On dirait la joueuse de saxophone d'un groupe *funk* de lesbiennes. *Jazz.* »

Il juche sa fille sur son épaule. « Tu as voulu qu'elle s'appelle Jasmine, non ? Ne t'étonne pas qu'on l'appelle Jazz !

— Ce n'est pas moi qui l'ai baptisée ainsi : nous étions *deux,* je te le rappelle. Et je sais bien que ce surnom est inévitable. Je dis seulement qu'il ne me plaît pas.

— Très bien. À partir de maintenant, je vais changer la manière dont je m'adresse à ma fille.

— Formidable. »

Il s'approche du canapé et consulte ostensiblement sa montre. *Nouveau record du monde ! Je suis rentré depuis quarante-cinq secondes et j'ai déjà fait quelque chose de mal !* Sa remarque, mi-plaintive mi-réprobatrice, lui plaît tellement qu'il s'apprête à la répéter à voix haute, quand Sylvie se redresse brusquement, les yeux emplis de larmes.

« Je suis désolée, chéri. J'ai passé une journée épouvantable.

— Qu'est-ce qui ne va pas ?

— Impossible de la coucher. Elle est restée debout toute la journée ! Je n'ai pas eu une minute de répit depuis 5 heures ce matin. »

Dexter secoue la tête, l'air faussement sentencieux. « Si tu lui avais donné du déca, comme je te l'ai suggéré... » Mais sa plaisanterie (assez mauvaise, il faut l'avouer) n'arrache pas l'ombre d'un sourire à son épouse épuisée.

« Elle a pleurniché toute la journée ! Dehors, il fait trop chaud ; dedans, c'est intenable, avec Jerzy et Lech qui tapent sur tout ce qu'ils trouvent... J'en peux plus, Dex ! » Il s'assied, passe son bras autour de ses épaules et l'embrasse sur le front. « Si je dois faire encore une fois le tour de ce fichu parc, je crois que je vais exploser !

— Ce sera bientôt fini.

— Je fais le tour du lac, une fois, deux fois, puis je marche jusqu'aux balançoires et je refais le tour du lac. Tu veux connaître le meilleur moment de ma journée ? J'ai cru que j'allais être obligée d'aller chez Waitrose pour acheter des couches, puis j'en ai découvert un petit paquet sous le lavabo. Et j'ai crié de joie ! Tu te rends compte ? J'ai retrouvé quatre couches et ça m'a rendue *heureuse* !

— Plus qu'un mois, et tu reprendras le boulot.

— Dieu merci ! » Elle se laisse aller contre lui, nichant sa tête au creux de son épaule. « Je ne devrais peut-être pas y aller ce soir, reprend-elle.

— Mais si... Tu attends ça depuis des semaines !

— Je n'en ai plus très envie. Un enterrement de vie de jeune fille... Je suis trop vieille pour ça !

— Pas du tout.

— Et je m'inquiète...

— À cause de moi ?

— Oui, admet-elle. Ça m'inquiète de te laisser tout seul.

— J'ai trente-cinq ans, Sylvie. C'est pas la première fois que je me retrouve seul dans une maison ! Et puis, je ne serai pas vraiment seul, puisque Jazz sera là pour s'occuper de moi... On va s'en sortir, pas vrai, Jazz ? – Jasmine, je veux dire.

— Tu en es sûr ?

— Absolument. » *Elle ne me fait pas confiance. Elle pense que je vais boire. Mais je ne boirai pas. Pas une goutte.*

C'est Rachel, la plus mince et la plus mesquine des copines de Sylvie, qui enterre sa vie de jeune fille. Elle a réservé une suite dans un hôtel pour y passer la nuit avec ses amies. Tout est prévu, jusqu'au beau barman mis à leur disposition pour préparer les cocktails et se prêter à leurs moindres caprices. La limousine, le dîner au restaurant, le salon VIP dans une boîte de nuit, le brunch le lendemain matin – l'emploi du temps de la soirée est planifié de bout en bout, stipulé dans une série de courriels autoritaires adressés par avance aux participantes de manière à éviter toute spontanéité. Sylvie ne rentrera pas avant le lendemain après-midi. Dexter va donc passer une nuit seul avec sa fille pour la première fois depuis sa naissance. Penchée sur le miroir de la salle de bains, Sylvie achève de se maquiller tout en surveillant la manière dont il donne son bain à Jasmine.

« Tu la couches vers 20 heures, d'accord ? C'est-à-dire dans... quarante minutes.

— D'accord.

— Il y a plein de lait en poudre sur le comptoir de la cuisine, et j'ai préparé une purée de légumes. » *Puréééee. Ce qu'elle est énervante, avec sa manière de dire « puréééee »!* « Elle est au réfrigérateur, dans un petit saladier.

— La purée se met dans le frigidaire, ça, je le savais déjà.

— Si ça ne lui plaît pas, tu trouveras aussi des petits pots dans le placard, mais attention ! Ne les utilise qu'en cas d'urgence. Je ne veux pas qu'elle s'y habitue.

— Et des chips ? Je peux lui donner des chips ? Si j'enlève le sel... »

Son épouse secoue la tête, puis s'empare d'un bâton de rouge à lèvres.

« Tiens-lui bien la nuque, s'il te plaît.

— Et des cacahuètes ? Elle est assez grande, non ? Un petit bol de cacahuètes bien grillées ? »

Dex se tourne pour guetter la réaction de Sylvie, espérant la voir sourire. Et demeure bouche bée, une fois de plus, devant tant de beauté. Alliant élégance et simplicité, sa femme porte une petite robe noire, assez courte, et des escarpins à talons. Ses longs cheveux blonds sont encore humides : elle n'a pas pris le temps de les sécher après sa douche. Il encercle son mollet bronzé d'une main caressante. « Tu es splendide.

— Arrête. Tu as les mains mouillées. » Elle recule d'un pas pour lui échapper. Ils n'ont pas fait l'amour depuis six semaines. Dex s'attendait à la trouver un peu distante et irritable après l'accouchement, mais *six semaines*... C'est un peu long, non ? D'autant qu'elle lui lance parfois un drôle de regard. Plein de... de mépris ? Non, pas vraiment. Il s'agit d'autre chose...

« Je préférerais que tu rentres ce soir », assure-t-il. Du dépit. C'est ça. Elle le regarde avec dépit.

« Fais bien attention à Jasmine. Soutiens-lui la tête !

— Je sais ce que j'ai à faire, bon sang ! » réplique-t-il d'un ton sec.

Encore ce regard ! Si on lui avait donné un reçu le jour de son mariage, Sylvie aurait déjà ramené son époux défectueux au magasin. *Reprenez-le, s'il vous plaît. Il ne marche pas. Ce n'est pas le bon modèle.*

La sonnette retentit dans le hall.

« C'est mon taxi. S'il y a une urgence, appelle mon portable, pas l'hôtel, d'accord ? » Elle se baisse, effleure le haut de son crâne du bout des lèvres, puis se penche vers sa fille et lui offre un baiser plus convaincant. « Bonne nuit, mon ange. Prends soin de papa à ma place... »

Jasmine fronce les sourcils, regarde sa mère s'éloigner et écarquille les yeux, l'air désemparé. Dexter se met à rire. « Où vas-tu, maman ? chuchote-t-il. Ne me laisse pas avec cet *abruti* ! » Ça y est. La porte d'entrée vient de claquer. Sylvie est partie. Le voilà seul. Enfin libre de faire tout ce qui lui passe par la tête.

Ça commence par la télévision, dans la cuisine – le fameux poste portatif dont Sylvie ne veut pas entendre parler. Profitant de son absence, il le hisse sur le comptoir, bien décidé à l'allumer dès qu'il en aura envie. Puis il soulève Jasmine et tente de l'installer dans sa chaise haute, mais elle s'y oppose fermement (alors qu'elle y consent avec Sylvie). Elle se met à crier. Elle gigote, elle hurle, elle se tord sur elle-même avec une rage insensée, et sans raison apparente. *Tu ne peux pas apprendre à parler ? Parle comme tout le monde et dis-moi ce que j'ai fait de mal !* Combien de temps doit-il attendre avant qu'elle se mette à parler ? Un an ? Dix-huit mois ? C'est absurde, tout de même ! Quelle terrible erreur de conception... Pourquoi l'être humain est-il incapable de maîtriser le langage au moment où il en aurait le plus besoin ? Pourquoi ne naît-il pas avec la parole ? Si tel était le cas, Jasmine pourrait lui communiquer quelques informations élémentaires : *Père, j'ai de l'aérophagie. Ce jeu d'activités m'ennuie. J'ai la colique.* Ce serait bien, non ?

Il parvient enfin à l'installer dans sa chaise, mais comme elle passe des cris aux larmes, il peine à lui faire avaler la purée de légumes préparée par sa mère. Il doit donc fréquemment s'interrompre pour ôter, avec le bord de la cuiller, la purée dont elle s'est barbouillé le visage, comme il le ferait, lui, avec de la mousse à raser. C'est alors qu'il allume la télévision. Pas pour la regarder, non ! Dans l'espoir de calmer sa fille. On est samedi soir, il est 20 heures. C'est donc Suki Meadows qui apparaît à l'écran. L'inévitable Suki, avec son sourire éclatant et son enthousiasme à toute épreuve. La voici qui annonce en direct les résultats du loto attendus avec impatience par la nation tout entière... Dex sent une pointe de jalousie lui nouer l'estomac. Il s'apprête à changer de chaîne quand il s'aperçoit que Jasmine s'est tue. Les yeux rivés à l'écran, elle semble fascinée par les « Ohé !!! » sonores que lance son ex-petite amie.

« Tu sais qui c'est, Jasmine ? C'est l'ancienne copine de papa... Elle en fait du bruit, non ? N'est-ce pas une fille qui fait beaucoup, beaucoup de bruit ? »

Suki est riche, à présent. Très riche. Elle est aussi plus célèbre, plus pétillante, plus adulée que jamais. Bien qu'ils n'aient aucune affinité et que leur relation ne leur ait procuré qu'un plaisir relatif, Dexter éprouve une certaine nostalgie en repensant à elle et aux années délirantes qu'il a vécues entre vingt-cinq et trente ans, lorsqu'il faisait régulièrement la une de la presse people. *Je me demande ce qu'elle fait ce soir, après l'émission...* « Papa n'aurait peut-être pas dû la quitter ? » s'interroge-t-il à voix haute. Il laisse avec traîtrise remonter à sa mémoire le souvenir de ses longues virées nocturnes en taxi, des cocktails chics où il était invité, des bars qu'il hantait, et des heures qu'il passait à danser sous le viaduc des voies ferrées. C'était il y a longtemps, bien avant qu'il ne passe ses samedis à garnir des sandwiches, un filet à cheveux sur la tête.

Jasmine, qui a réussi à se mettre de la patate douce dans l'œil, se remet à pleurer. En lui nettoyant la joue avec un morceau d'essuie-tout, il est brusquement saisi d'une envie dévorante. Une envie de fumer. Or le tabac est totalement proscrit par Sylvie, évidemment. Et alors ? Pourquoi n'aurait-il pas droit à une petite clope après la journée qu'il vient de passer ? Il a mal au dos, son pouce est coiffé d'un sparadrap bleu très peu adhésif, et ses doigts sentent l'écrevisse. Il rêve d'un peu de réconfort. Il a besoin de tout ce que la nicotine peut lui apporter.

Sa décision prise, il revêt le porte-bébé. Il éprouve une satisfaction de macho à enfiler la petite coque de tissu, aussi fier de réussir à maîtriser boucles et lanières que s'il se sanglait dans un réacteur dorsal, comme les personnages des films de science-fiction. Il suspend Jasmine, toujours en pleurs, sur son torse, puis il quitte la maison et longe d'un pas décidé l'interminable rue bordée d'arbres qui est la sienne, avant d'atteindre le petit centre commercial d'une affligeante banalité où ils font leurs courses. Par quel étrange mystère se retrouve-t-il dans un endroit pareil un samedi soir ? Il n'est même pas vraiment à Richmond – tout juste à la périphérie de Richmond. Il habite la banlieue d'une banlieue. L'horreur. Ses pensées se tournent de nouveau vers Suki, qui doit être quelque part en ville avec ses amies. Il pourra peut-être lui passer un coup de fil quand Jasmine sera endormie ? Oui, c'est une bonne idée. Simplement pour lui dire bonjour. Boire un verre, fumer une cigarette, appeler une ancienne petite amie... Il n'y a pas de mal à ça, quand même ?

Il se dirige vers le magasin de spiritueux, pousse la porte et se trouve face à un mur d'alcools de toutes sortes et de toutes provenances. Comment résister ? Dès les premières semaines de sa grossesse, Sylvie lui a interdit d'acheter de l'alcool et d'en stocker chez eux. « J'en ai marre de passer mes mardis soir sur le canapé pendant que tu te saoules dans la cuisine ! » a-t-elle avoué pour justifier sa décision. Dex a relevé le défi, et plus ou moins cessé de boire. Mais ici, dans ce petit magasin de la banlieue de Richmond, tout a l'air si bon et si beau qu'il serait bête de ne pas en profiter. Bières et spiritueux, vins blancs et rouges, il passe tout en revue, avant d'arrêter son choix sur deux bouteilles de bon bordeaux, agrémentées d'un paquet de cigarettes. Puis, continuant sur sa lancée, il s'offre un plat à emporter au restaurant thaï.

Le soleil embrase l'horizon quand il prend le chemin du retour – d'un pas si régulier que Jasmine s'endort sur sa poitrine. Il parcourt les jolies rues qui conduisent à sa jolie maison, qui sera encore plus ravissante une fois achevée. Sitôt arrivé, il se rend dans la cuisine, ouvre la bouteille et se sert un verre de bordeaux, tout en arrondissant le bras autour de sa fille endormie comme le ferait un danseur de ballet. Il contemple religieusement le précieux liquide avant de le porter à ses lèvres. Une gorgée, puis deux... Dieu que c'est bon ! Il serait plus facile de ne pas boire si ce n'était pas aussi bon... Il ferme les yeux, s'appuie au comptoir et sent ses épaules se détendre. Il fut un temps où il se servait de l'alcool comme d'un stimulant, pour se remonter le moral ou se donner du courage. À présent, il boit comme tous les parents qui ont besoin d'un sédatif en fin de journée. Il forme un petit nid sur le canapé, y dépose Jasmine (qui dort toujours), puis sort dans son jardinet de banlieue, où un séchoir parapluie s'éploie tristement entre des sacs de ciment. Son verre à la main, il ne retire pas le porte-bébé, qui pend à son épaule comme un étui à revolver. De loin, on pourrait le prendre pour un flic au repos, un membre de la brigade criminelle, un romantique blasé, taciturne et dangereux qui agrémente ses fins de mois en gardant une gamine dans le Surrey. Il ne lui manque qu'une cigarette pour coller au personnage... Il se l'offre, évidemment. C'est la première en quinze jours. Il l'allume avec un soin infini, savoure la première bouffée, tire si fort dessus qu'il fait craquer le tabac. Des feuilles brûlées et de l'essence – ça lui rappelle l'année 1995.

Il s'abstrait peu à peu du quotidien, oublie les falafels, les *wraps* et les barres de céréales, et commence à envisager la soirée avec plus d'optimisme. Peut-être réussira-t-il à se ménager un moment de tranquillité, un pur instant de désœuvrement – le nirvana des parents exténués. Il dissimule son mégot dans un tas de sable, reprend Jasmine dans ses bras, gravit l'escalier sur la pointe des pieds, entre dans sa chambre et tire les stores. Il va réussir à changer sa couche sans la réveiller, avec le doigté d'un voleur de coffres-forts.

Peine perdue. Sitôt posée sur la table à langer, elle se réveille et se remet à pleurer. À hurler, même. Il la change aussi rapidement et aussi efficacement que possible, en respirant par la bouche pour ne pas être pris de nausées.

Certains prétendent que l'urine et le caca de bébé n'ont rien de répugnant. D'autres vont même jusqu'à affirmer, comme sa sœur Cassie par exemple, qu'on « pourrait en faire des tartines » tellement c'est sain et odorant. Dexter n'est pas tout à fait de cet avis. Si dévoué soit-il, il préfère éviter que le caca de sa fille s'incruste sous ses ongles. D'autant que ses selles ressemblent presque à celles d'un adulte, maintenant qu'elle se nourrit de lait en poudre et de purées de légumes. Elle a réussi à évacuer l'équivalent de deux cents grammes de beurre de cacahuètes, dont elle s'est enduit le dos. Dex serre les dents. Le vin commence à lui monter à la tête, et il n'a rien mangé depuis plusieurs heures. Sa main tremble un peu tandis qu'il s'empare d'un petit paquet de lingettes pour nettoyer Jasmine. La totalité y passe. À court de munitions, il se sert de son ticket de train pour achever le travail. Il fourre le paquet encore chaud dans un sac à couches qui sent le désinfectant, puis il jette le tout dans une poubelle à pédale, en remarquant avec un haut-le-cœur qu'une buée s'est formée sous le couvercle. Jasmine est enfin propre, mais elle crie toujours. Il la soulève, la pose contre son épaule et la berce en se balançant d'avant en arrière sur la pointe des pieds. Ses mollets en souffrent... mais, par miracle, sa fille s'apaise.

Il fait trois pas, se penche pour la mettre dans son lit... et voit son petit visage se chiffonner de nouveau. Il la couche, elle pleure. Il la reprend dans ses bras, elle se tait. Il comprend bien ce qu'elle veut, mais sa logique lui semble si absurde, si injuste, qu'il refuse d'y céder. De quel droit exige-t-elle autant de lui, alors que ses rouleaux de printemps sont en train de refroidir, que le vin est ouvert et que la petite pièce empeste le caca chaud ? Il a beaucoup entendu parler d'« amour inconditionnel », mais il a plutôt envie, en ce moment précis, d'imposer ses conditions. « Allons, Jazz, murmure-t-il. N'exagère pas. Sois sympa avec moi ! Je suis debout depuis 5 heures, tu sais. » Elle se calme à nouveau, et il sent sa respiration chaude et régulière sur son cou. Il tente une nouvelle fois de la mettre au lit, en passant très lentement de la verticale à l'horizontale, comme s'il était une espèce de danseur de limbo obligé de se plier en quatre sous une barre enflammée. Il porte toujours son harnais à l'épaule, et s'imagine à présent en démineur sur le point de désamorcer une bombe. Doucement, doucement, doucement.

Raté. Elle s'est remise à pleurer.

Il ferme la porte et dévale l'escalier. Il faut savoir être dur. Se montrer intransigeant – c'est écrit dans les bouquins de puériculture, non ? Si Jasmine pouvait le comprendre, il lui expliquerait la situation : *Nous avons besoin, tous les deux, d'un peu d'intimité, ma chérie.* Convaincu d'agir pour son bien, il s'installe devant la télévision, son plateau sur les genoux... et s'aperçoit, une fois de plus, qu'il est quasiment impossible de résister aux cris d'un bébé. Les pédiatres recommandent aux jeunes parents de contrôler leurs pleurs, mais c'est lui qui perd pied, à présent. Il est au bord des larmes. Pris d'une indignation rétrograde, il se met à vitupérer sa femme : quelle traînée ! Comment peut-elle abandonner son enfant une nuit entière ? Il monte le son du téléviseur, s'empare de la bouteille, et découvre avec surprise qu'elle est vide.

Bon. Jazz a assez pleuré, maintenant. Un biberon de lait chaud, voilà la solution universelle aux problèmes des jeunes parents.

Il prépare du lait, puis remonte l'escalier, l'esprit un peu confus, les oreilles bourdonnantes. Le petit visage obstiné de Jasmine se radoucit lorsqu'il place le biberon entre ses mains... puis elle se remet à hurler. Et pour cause : il a mal vissé la tétine. Le lait chaud s'est répandu sur son menton, dans son nez et dans ses yeux. Il a aussi trempé les draps et le matelas. Furieuse, elle s'égosille, en toute légitimité cette fois, puisque son père s'est introduit dans sa chambre pour lui jeter un quart de litre de lait chaud à la figure. Pris de panique, Dexter tente d'attraper un carré de mousseline, mais c'est un gilet en cachemire qui vient à la place – le plus beau gilet de Jasmine, plié avec soin en haut d'une pile de linge propre. Tant pis. Il s'en sert pour ôter les résidus de lait étalés dans ses cheveux, tout en la couvrant de baisers et en maudissant sa propre maladresse. « Quel idiot ! Quel idiot, ce papa… Pardon, ma chérie. Pardon, pardon… » Il se sert de sa main libre pour changer la literie trempée, puis les vêtements de sa fille et sa couche, jetant au fur et à mesure les linges mouillés sur le plancher. Il est plutôt content qu'elle ne sache pas encore parler, en fait. « Regarde-toi, espèce d'imbécile ! dirait-elle. T'es même pas capable de t'occuper d'un bébé. » Il redescend l'escalier et prépare un autre biberon, qu'il lui fait boire dans la pénombre de sa chambre. Repue, sans doute épuisée, elle pose ensuite la tête sur son épaule et s'endort.

Il ferme doucement la porte puis redescend l'escalier à pas feutrés, comme s'il était en train de cambrioler sa propre maison. Dans la cuisine, la seconde bouteille de vin l'attend. Il l'entame avec délectation.

Il est près de 22 heures. Dex essaie de regarder « Big Brother », l'émission de téléréalité qui bat des records d'audience, mais le programme l'agace aussitôt. Il se sent comme un vieux grincheux qui se plaint de l'état du service public. « J'y comprends rien ! » décrète-t-il à voix haute. Il allume la chaîne hi-fi et lance une compilation censée évoquer l'ambiance des halls d'hôtel européens, puis il s'allonge sur le canapé et s'efforce de se plonger dans le magazine abandonné par Sylvie sur la table basse – en vain : ses yeux se ferment, son esprit se brouille. Il s'empare de la console de jeux, mais ni *Metal Gear Solid*, ni *Quake*, ni *Doom*, ni *Tomb Raider* à son plus haut niveau de difficulté ne parviennent à l'apaiser. Il a désespérément besoin de parler à quelqu'un. Quelqu'un d'assez grand pour être capable de lui répondre. Il prend son téléphone. Il est complètement saoul, à présent. Et l'ivresse fait ressurgir son vieux démon : l'envie de débiter des sornettes à une jolie femme.

Stephanie Shaw a une nouvelle machine à tirer le lait maternel. C'est un modèle finlandais haut de gamme, un truc qui ronfle et vrombit sous son tee-shirt, tandis qu'ils tentent de regarder « Big Brother » à la télé.

Emma avait pourtant la certitude d'avoir été invitée à *dîner*… Mais en arrivant à Whitechapel, elle a vite compris que ses hôtes, Adam et Stephanie, sont trop épuisés pour faire la cuisine. Ils s'en sont excusés, d'ailleurs. Avant de l'inviter à s'asseoir sur le canapé, de lui tendre un bol de chips et d'allumer le téléviseur. La voici donc condamnée à regarder cette émission débile avec, en bruit de fond, le ronronnement d'une trayeuse électrique. Encore une soirée mémorable dans sa nouvelle vie de marraine !

Elle a récemment constaté qu'un certain nombre de discussions l'agacent au dernier degré. Toutes concernent les bébés. Dans les premiers temps, elle s'est laissé séduire – l'attrait de la nouveauté, sans doute. Elle éprouvait aussi une certaine émotion à reconnaître les traits de ses amis, mêlés et miniaturisés sur le visage d'un nourrisson. Sans compter qu'il est toujours agréable de partager le bonheur des autres…

Mais pas à ce point-là. Cette année, Emma a l'impression de tomber sur un bébé chaque fois qu'elle quitte son domicile. Tout ce qui touche aux petites créatures humaines l'emplit désormais d'une lassitude indicible – comme quand il vous faut regarder une énorme pile de photos de vacances : vos amis se sont bien amusés, certes, mais en quoi cela vous concerne-t-il ? Un sourire figé aux lèvres, elle feint d'être fascinée par les récits de ses copines, les écoutant d'une oreille distraite pérorer sur les douleurs de l'enfantement, les médicaments qu'il faut absorber, la péridurale, la souffrance, la joie.

Le miracle de la naissance et le fait d'être parent sont impossibles à partager. Emma en a assez d'entendre ses amis se plaindre d'être réveillés la nuit : n'étaient-ils pas prévenus des difficultés à venir ? Elle n'en peut plus de devoir s'extasier sur le sourire d'un nourrisson, ou commenter le fait qu'il a d'abord ressemblé à sa mère, puis à son père – à moins que ce soit l'inverse. Quelle importance ? Elle ne comprend pas non plus l'intérêt que les parents portent aux mains de leur bébé – *Regarde, Em ! T'as vu ses petites menottes avec ses tout petits ongles ? C'est dingue, non ?* Ce qui serait vraiment dingue, ce serait que les nourrissons aient de grandes mains. *Vous avez vu ses battoirs ?* Là, on aurait enfin quelque chose à dire.

« Je tombe de sommeil », déclare Adam, le mari de Stephanie. Il est assis dans un fauteuil, le coude dressé pour soutenir sa tête.

« Je ferais mieux de vous laisser, suggère Emma.

— Non, reste ! » proteste Stephanie sans grand enthousiasme. Emma reprend des chips. Qu'est-il arrivé à ses amis, bon sang ? Encore récemment, ils étaient drôles, sociables et intéressants. Ils sont désormais hagards, irritables, les yeux cernés et cloîtrés dans des pièces malodorantes. Les conversations qu'elle entretient avec eux se résument à des propos extatiques sur la croissance de leur enfant. Oui, Bébé grandit, et alors ? Il ne va quand même pas rétrécir ! Elle ne veut plus avoir à pousser des cris de joie en regardant ramper leur progéniture comme si c'était un événement inattendu. Que croyaient-ils ? Que leur enfant allait se mettre à voler ? Elle n'éprouve aucune émotion particulière à humer l'odeur que dégage la tête d'un nourrisson : elle l'a fait une fois et n'éprouve pas le besoin de le refaire. Ça sentait le cuir de bracelet-montre – rien de plus.

Son téléphone portable se met à sonner. Elle jette un regard à l'écran : l'appel provient de Dexter. Elle décide de ne pas répondre. Elle ne se sent pas le courage de faire le trajet de Whitechapel à Richmond pour le voir faire l'idiot avec Jasmine. Le spectacle n'a rien d'original : depuis quelque temps, ses amis masculins jouent les Nouveaux Pères : épuisés mais de bonne humeur, exténués mais modernes – des papas en jean et veste de surplus militaire. Lorsqu'ils juchent leur rejeton sur leurs mâles épaules en lui lançant un regard fier et satisfait, elle aperçoit une petite bedaine sous leurs pulls moulants. Ces types se prennent pour de vrais pionniers. Ne sont-ils pas les premiers hommes de l'Histoire à arborer un peu de pipi sur leur pantalon de velours, un peu de vomi dans leurs cheveux ?

Il est évident qu'Emma ne peut pas énoncer ce genre de pensées à voix haute. Les femmes ne sont pas censées se désintéresser des bébés : elles doivent, au contraire, témoigner le plus vif intérêt à leur égard. Si Emma avouait la vérité à ses amies, elle passerait pour une célibataire amère et envieuse. Ce qu'elle n'est pas, bien sûr. D'autant que, comme ses copines le lui répètent à longueur d'année, elle a la *chance* de pouvoir dormir tout son saoul, d'avoir encore du temps libre, de pouvoir sortir ou aller à Paris quand bon lui semble. Est-ce une telle chance, d'abord ? Primo, Emma n'est pas allée à Paris depuis des années. Qu'ils cessent donc de lui rebattre les oreilles avec les prétendues escapades « au pied levé » que les jeunes citadines célibataires peuvent s'offrir ! Secundo, elle a parfois l'impression que ses amis s'efforcent de la consoler. De lui faire oublier qu'elle est seule et sans enfant. Elle ne supporte plus les allusions à la fameuse « horloge biologique » qui avance inexorablement en elle – n'est-ce pas l'une des expressions les plus idiotes qui soient ? Et « célibattante » Quel mot atroce ! Elle n'a aucune envie d'être traitée comme un fait sociologique, et encore moins de faire l'objet d'une colonne dans un des suppléments du dimanche. Elle sait qu'elle devrait se soucier de son avenir, s'interroger sur son désir d'enfant, mais la situation échappe à son contrôle. Qu'est-elle supposée faire, au juste ? Trouver un homme à tout prix avant de franchir le cap des trente-cinq ans ? Elle essaie parfois de s'imaginer vêtue d'une robe d'hôpital bleu pâle, le visage en sueur, en proie à des douleurs atroces. Elle y parvient plus ou moins, mais le visage de l'homme qui lui tient la main demeure si désespérément flou qu'elle se refuse à cultiver ce fantasme.

Quand elle sera mère (*si* cela doit se produire, ce qui n'est pas certain), elle adorera son bébé. Elle sera fascinée par ses adorables menottes et même par l'odeur de son crâne chauve. Elle discutera péridurales, manque de sommeil, coliques et montées de lait. Il lui arrivera peut-être de se pâmer devant une paire de chaussons miniatures. En attendant, elle tient à garder ses distances. À rester calme et sereine. Que ce soit bien clair : le premier qui l'appelle Tante Emma se prendra son poing dans la figure.

Stephanie vient d'arrêter sa machine à traire. Elle tend le biberon de lait à Adam, qui le fait miroiter sous l'abat-jour comme s'il s'agissait d'un bon vin. « Quelle merveilleuse machine, n'est-ce pas ? » commente-t-il. Les deux femmes hochent la tête avec la gravité requise.

« À mon tour ! » s'exclame Emma, mais personne ne rit. Et le bébé se réveille au premier étage.

« Ce qu'il faudrait inventer, soupire Adam, ce sont des lingettes au chloroforme. »

Stephanie quitte la pièce en traînant les pieds. Emma en profite pour se lever, elle aussi. Il est encore tôt, ce qui lui permettra de se remettre au travail en rentrant chez elle : son manuscrit est loin d'être terminé. Son téléphone portable retentit à nouveau. Dexter vient de lui laisser un message l'invitant à passer la soirée avec lui dans le Surrey. Il est seul avec Jasmine, apparemment. Excédée, elle enfouit l'appareil dans son sac.

« ... Je sais que c'est loin, mais je crois que je suis en train de sombrer dans une dépression postnatale. Prends un taxi, je te rembourserai. Sylvie n'est pas là ! Ça ne change rien, bien sûr, mais... ce serait sympa de passer une soirée ensemble, non ? Tu pourras rester dormir, si tu veux ! Bon... Appelle-moi si tu as ce message. Ciao ! » Il hésite, répète « Ciao », puis raccroche. Encore un message inutile. Il secoue la tête et se ressert du vin. Puis, reprenant son téléphone, il fait défiler la liste de ses contacts jusqu'à la lettre S. S comme Suki.

Elle ne décroche pas tout de suite. Vaguement soulagé, il écoute l'appareil sonner. Une fois, deux fois, trois fois... C'est mieux ainsi, non ? À quoi bon rappeler une ex, de toute façon ? Il s'apprête à raccrocher quand la voix de Suki (ou plutôt son braillement) lui parvient aux oreilles.

« ALLÔ !
— Bonjour, toi ! Comment va ? réplique-t-il en exhumant sa faconde de présentateur-vedette.
— QUI EST-CE ? » Elle crie pour tenter de couvrir le vacarme qui l'environne. Est-elle au restaurant ?

« Quel boucan !
— QUOI ? QUI EST-CE ?
— Devine !
— QUOI ? JE NE VOUS ENTENDS PAS.
— J'ai dit : Devine qui c'est...
— J'ENTENDS RIEN ! QUI EST-CE ?
— Devine !
— QUI ?
— JE TE DEMANDE DE... » Le jeu commençant à devenir épuisant, il s'exclame : « C'est Dexter ! »

Long silence, puis :

« Dexter ? Dexter Mayhew ?
— T'en connais beaucoup de Dexter, Suki ?
— Non... J'ai compris que c'était toi, mais... DEXTER ! C'est dingue ! Attends une seconde ! » Il entend une chaise racler le sol et s'imagine qu'on lui jette des regards intrigués tandis qu'elle quitte la table pour gagner le couloir. « Dex ? T'es toujours là ? Qu'est-ce que... Tu vas bien ?
— Oh ! Très bien. Je t'appelle seulement pour te dire que je t'ai vue à la télé tout à l'heure. Ça m'a rappelé le bon vieux temps et... j'ai décidé de te passer un petit coup de fil. Je t'ai trouvée superbe, au

fait ! À la télé. L'émission m'a beaucoup plu. Le format est génial. » *Le format ? Imbécile, va !* « Alors, dis-moi... Comment vas-tu en ce moment ?

— Bien. Je vais bien.

— On te voit partout, dis donc ! Ça marche vraiment bien pour toi cette année !

— Oui, ça se passe plutôt bien... Merci. »

Nouveau silence. Dexter frôle la touche qui sert à éteindre le téléphone. *Raccroche. Elle croira que la communication a été coupée. Raccroche, raccroche, raccroche...*

« Ça fait combien de temps qu'on ne s'est pas parlé ? reprend-elle subitement. Au moins cinq ans, non ?

— Oui... Je te l'ai dit, j'ai pensé à toi parce que je t'ai vue à la télé ce soir. Je t'ai trouvée superbe, d'ailleurs. Alors, comment vas-tu ? » *Arrête. Tu lui as déjà posé la question. Concentre-toi.* « T'es où, là ? Il y a beaucoup de bruit...

— Au resto. Je dîne avec des potes.

— Je les connais ?

— Je ne crois pas. Ce sont de nouveaux amis. »

De *nouveaux amis*. Est-ce de l'hostilité ? « Ah. D'accord.

— Et toi, où es-tu ?

— Chez moi.

— Chez toi ? Un samedi soir ? Ça ne te ressemble pas !

— Oh, tu sais... » Doit-il lui raconter qu'il s'est marié, qu'il est papa depuis peu et qu'il vit en banlieue ? Peut-être pas. Son coup de fil risquerait de paraître encore plus déplacé à Suki... Il s'interrompt, désemparé. Le silence s'installe de nouveau sur la ligne. Il remarque alors qu'un filet de lait caillé orne le col de son polo – celui qu'il mettait autrefois pour aller au Pacha Club. Il s'aperçoit également que le bout de ses doigts est imprégné d'une odeur épouvantable, mélange de couches usagées, de lingettes et de chips aux crevettes.

« Bon… Mon plat vient d'être servi, annonce Suki à l'autre bout de la ligne.

— OK… Faut que t'y retournes, alors ! Écoute, je voulais juste prendre de tes nouvelles et te dire que… ce serait sympa de te revoir. Pour déjeuner ou prendre un verre… »

La musique se fait brusquement moins forte dans l'appareil, comme si Suki s'était isolée dans un coin tranquille. Elle durcit le ton : « Tu veux savoir ce que j'en pense, Dexter ? Je ne pense pas que ce soit une bonne idée.

— Ah ? D'accord.

— C'est pas pour rien qu'on ne s'est pas donné de nouvelles depuis cinq ans, tu ne crois pas ? Il doit bien y avoir une raison !

— Je me disais juste que…

— T'étais même pas vraiment *gentil* avec moi, à l'époque ! Tu te fichais pas mal de ce qui pouvait m'arriver ! T'étais défoncé la plupart du temps…

— C'est pas vrai !

— Tu prenais même pas la peine d'être *fidèle*, en plus ! T'étais toujours je ne sais où, en train de baiser une stagiaire ou une serveuse ! Je ne sais pas ce qui te prend de m'appeler comme si on était de vrais potes qui ont la *nostalgie* du bon vieux temps, mais franchement, en ce qui me concerne, les quelques mois qu'on a passés ensemble étaient plutôt merdiques !

— Oh. Je vois. Bon…

— De toute façon, poursuit-elle vivement, je suis avec quelqu'un d'autre maintenant. Un mec vraiment, vraiment sympa, qui me rend très heureuse. Il est avec moi ce soir, d'ailleurs !

— Génial. Va le rejoindre, alors. VAS-Y ! » À l'étage, Jasmine se met à pleurer – de honte, peut-être ?

« Si tu crois qu'il suffit de siffler une bouteille de vin et de me téléphoner comme si de rien n'était, en pensant que je vais...

— Mais non ! C'est pas ça du tout. J'appelais juste pour... Oh, laisse tomber. » Les hurlements de Jasmine résonnent dans toute la maison, à présent.

« Qu'est-ce que c'est que ce bruit ?

— C'est un bébé.

— Il est à qui, ce bébé ?

— À moi. J'ai une fille. Une petite fille. Elle a sept mois. »

Suki garde le silence – assez longtemps pour que Dexter se sente minable – puis reprend :

« Je ne comprends pas... Si tu es jeune papa, pourquoi tu me proposes de sortir avec toi ?

— Je... Je voulais seulement prendre un verre entre amis, marmonne-t-il, conscient de s'enferrer.

— J'en ai, des amis, rétorque Suki. Tu ferais mieux d'aller t'occuper de ta fille, tu crois pas ? »

Elle a raccroché. Il reste assis, l'oreille collée au téléphone. Puis il le regarde fixement, et secoue la tête comme si on venait de le gifler. Oui, c'est exactement ça : il a l'impression de s'être pris une raclée.

« Formidable, murmure-t-il. C'était formidable. »

Carnet d'adresses. Sélectionner Contact. Effacer. « Êtes-vous sûr de vouloir effacer : portable de Suki ? » lui demande son téléphone. *Putain, oui ! Oui ! Efface-le !* Il tape sur les touches. « Contact supprimé », annonce le téléphone – mais cela ne lui suffit pas. Contact évaporé, contact éradiqué, voilà ce qu'il veut. Les pleurs de Jasmine atteignent leur paroxysme. Excédé, il lance le téléphone contre le mur. L'appareil s'écrase en laissant une longue rayure noire sur la peinture neuve. Il le lance à nouveau pour en faire une deuxième.

Maudissant Suki et se maudissant lui-même d'avoir été aussi bête, il prépare un petit biberon de lait, dont il visse bien le couvercle, le met dans sa poche, attrape la bouteille de vin, puis grimpe l'escalier pour aller chercher Jasmine, dont les cris rauques et déchirants lui vrillent les tympans. Il pousse la porte à la volée.

« Putain, Jasmine ! Ferme-la un peu ! » crie-t-il. Il plaque aussitôt sa main sur sa bouche, effaré par le son de sa propre voix. Assise dans son petit lit, sa fille ouvre de grands yeux effrayés. Il la prend dans ses bras, s'adosse contre le mur, et tente de la consoler en la nichant au creux de son cou pour absorber ses pleurs. Puis il la pose sur ses genoux et lui caresse doucement le front... Sans grand effet, hélas. Il entreprend alors de lui masser la nuque. N'a-t-il pas lu quelque part que les bébés aiment ça ? Que ça les calme ? Il prend sa petite main dans la sienne, frotte ses jointures, lui murmure des mots doux... Rien n'y fait. Elle continue de hurler. Elle est peut-être malade ? En tout cas, ce n'est pas lui qu'elle veut, c'est Sylvie. Un nœud se forme dans sa gorge. Il ne vaut rien, au fond. Comme père, comme mari, comme amant, comme fils, il se sent nul. Complètement nul.

Et si elle était *vraiment* malade ? songe-t-il. Elle a peut-être la colique ? À moins que... les dents ! Elle est peut-être en train de faire une dent ? L'angoisse lui noue le ventre. Faut-il l'emmener à l'hôpital ? Peut-être, mais comment ? Il a trop bu pour prendre le volant. Il se sent encore plus nul. Nul et archinul. « Concentre-toi ! » s'exhorte-t-il à voix haute. Son regard tombe sur un petit flacon de sirop, posé sur l'étagère. « Risque de provoquer le sommeil », avertit l'étiquette. Un sourire effleure ses lèvres. Ces mots ne sont-ils pas les plus doux qu'il connaisse ? Ils surpassent de loin son ancienne expression favorite : « Est-ce que je peux t'emprunter un tee-shirt ? », qu'il énonçait toujours avec un profond ravissement.

Il fait sauter Jasmine sur ses genoux pour la distraire un instant, puis il porte la cuillère de sirop à ses lèvres et s'assure qu'elle avale la dose prescrite sur la bouteille – pas plus de 5 ml. Les vingt minutes suivantes sont consacrées à une série de mimiques et de gesticulations délirantes : Dex fait défiler devant elle une parade d'animaux en peluche auxquels il prête sa voix. Il déploie tout son répertoire, l'implorant d'un ton tantôt grave, tantôt aigu, avec l'accent du Nord ou celui du Sud, de se taire et de faire dodo. « Chuuuut ! Là... Dodo... Fais dodo... » Le résultat se faisant attendre, il lui montre des livres d'images, lève des rabats, tire des languettes, s'écrie « Canard ! Vache ! *Tchou-tchou* fait le train ! Regarde le drôle de tigre, regarde ! » Il se lance aussi dans un spectacle de marionnettes complètement loufoque : un chimpanzé en plastique entonne sans arrêt le premier couplet de *Bateau sur l'eau*, Tinky Winky chante *Une poule sur un mur*, un cochon en peluche lui répond en entonnant *Into the Groove* sans raison apparente. Le spectacle est suivi d'une petite séance de gymnastique sous le portique prévu à cet effet. Jasmine pleure un peu moins, à présent. Attendri, Dex lui confie son portable, la laisse appuyer sur les touches, tripoter le clavier et faire ululer le réveil jusqu'à ce qu'enfin elle finisse par se calmer, ne s'autorisant plus que quelques sanglots éplorés de temps à autre.

Dex se redresse sur un coude. Comment la faire dormir, maintenant ? Il avise le lecteur de CD pour enfants – un Fisher Price costaud en forme de train à vapeur. Il se fraie un chemin à travers le capharnaüm de la pièce (draps et vêtements tachés de lait, jouets et albums épars) et le met en marche. Le CD s'enclenche. *Classiques pour la détente des tout-petits*, assure le boîtier posé sur l'étagère... Ce truc fait sans doute partie du programme de « contrôle total de l'esprit de bébé » instauré par Sylvie. Le son grêle d'une comptine enfantine s'échappe des enceintes de mauvaise qualité. « Plus fooooort ! s'exclame Dex. Faut que ça bouge ! » Il monte le volume en tournant le gros bouton incrusté dans la cheminée du train, puis il prend Jasmine dans ses bras et l'entraîne dans une valse endiablée. Elle s'étire, ses petites mains s'ouvrent et se ferment, son visage encore humide de larmes se détend... et l'expression maussade qu'elle arborait depuis le départ de Sylvie s'évanouit. Elle lève les yeux vers son père et – oui ! Elle *sourit*. Elle rit, même. « Ma petite fille ! s'écrie-t-il, ravi. Ma beauté ! » Son moral remonte en flèche. Et une idée commence à se former dans son esprit. Une très bonne idée.

Il juche Jasmine sur son épaule et se rue vers la cuisine (en se cognant aux chambranles des portes) pour ouvrir les trois grands cartons qui contiennent ses CD, rangés là en attendant que Jerzy ou Lech ait monté les étagères. Combien y en a-t-il ? Des milliers, sans doute. Il n'en a payé qu'un petit nombre : la plupart lui ont été offerts par les maisons de disques à l'époque où il exerçait une vague influence sur les goûts du public. La vision des boîtiers serrés les uns contre les autres lui rappelle l'époque où il était DJ et où il se baladait à Soho avec des écouteurs en forme de noix de coco sur les oreilles. Il s'accroupit, assied Jasmine sur ses genoux et fouille dans un des cartons. Il n'a plus envie de la faire dormir, à présent : il veut la tenir en éveil. Car ils vont organiser une petite soirée, tous les deux. Une soirée privée, bien plus drôle que celles des meilleures boîtes de Hoxton. Au diable Suki Meadow ! Il a mieux à faire que de discuter avec cette idiote : ce soir, il va jouer les DJ pour sa fille.

Enchanté par son projet, il sort ses CD, exhumant des strates musicales de plus en plus anciennes dont il prélève certains échantillons, qu'il empile sur le carrelage avec une jubilation croissante.

L'*acid jazz* et le *breakbeat*, le funk des années 1970 et l'*acid house* cèdent le terrain à la *deep house* et à la *progressive house*, puis aux musiques électroniques, au *big beat* et aux compils des clubs d'Ibiza (reconnaissables au mot « *chill* » invariablement inscrit sur la pochette). Il possède aussi une petite sélection, peu convaincante à vrai dire, de *drum and bass*. Il devrait être content de retrouver ses disques... mais, bizarrement, cette incursion dans son passé le rend plutôt nerveux. Ses CD lui rappellent les innombrables nuits blanches qu'il a passées en compagnie d'inconnus, les conversations stupides qu'il a eues avec des amis perdus de vue, la paranoïa qui l'accablait en permanence, la nausée et les sueurs qui l'inondaient au réveil. La *dance* l'angoisse, à présent. Ça y est, songe-t-il. Je deviens vieux.

Il s'empare du CD suivant, un truc intitulé *Onze ans* – et reconnaît l'écriture d'Emma au dos de la pochette. Il s'agit de la compilation qu'elle lui a offerte pour ses trente-cinq ans, en août dernier, juste avant son mariage avec Sylvie. Tirant profit de son nouvel ordinateur, elle a même confectionné une jaquette et un livret, orné d'une photo de mauvaise qualité tirée sur son imprimante bon marché. Dex se penche vers le boîtier de plastique. Le cliché les montre au sommet d'Arthur's Seat, l'ancien volcan qui surplombe Édimbourg. Ça remonte à quand, déjà ? C'était... le lendemain de leur remise de diplômes, il y a... une douzaine d'années. Vêtu d'une chemise blanche, Dex est adossé à un rocher, une cigarette aux lèvres. Assise au premier plan, le menton posé sur ses genoux repliés contre sa poitrine, Emma porte un 501 serré à la taille. Elle est plus ronde qu'aujourd'hui. Plus gauche, aussi. Ses yeux disparaissent sous une frange irrégulière, teintée au henné. Elle arbore son expression habituelle, celle qu'elle prend sur toutes les photos : un sourire en coin, bouche fermée. Dexter fixe son visage avec attention et se met à rire.

« Regarde ! dit-il en montrant la photo à Jasmine. C'est ta marraine ! C'est Emma ! Regarde comme papa était mince, à l'époque ! J'avais des pommettes, tu vois ? J'avais des pommettes saillantes ! » Jasmine rit à son tour.

Il remonte avec elle dans sa chambre, la pose sur le tapis, et sort le CD de sa pochette. Em a glissé une carte à l'intérieur. Couverte d'une écriture serrée, pour lui souhaiter son anniversaire.

1er août 1999. Et voilà : un cadeau fait de mes blanches mains ! C'est l'intention qui compte, comme on dit. Cette compilation est la copie conforme (faite avec amour) de celle que je t'avais enregistrée sur cassette il y a longtemps. De vraies bonnes chansons, rien à voir avec ta musique de sauvage. J'espère que ça te plaira. Bon anniversaire, Dexter ! Et félicitations pour tout. Le mariage, la paternité. Je suis sûre que tu seras à la hauteur.

C'est bon de te retrouver. Je tiens vraiment à toi, n'oublie jamais ça.

Ta vieille amie,

Emma

Il sourit, met le disque dans le lecteur en forme de train et appuie sur le gros bouton.

Les premières notes de *Unfinished Sympathy*, de Massive Attack, grésillent dans les haut-parleurs. Dex prend Jasmine dans ses bras et commence à se dandiner, les pieds plantés dans le sol, en lui murmurant le refrain au creux de l'oreille. De la bonne vieille musique pop, deux bouteilles de vin et plusieurs nuits trop courtes le rendent insouciant, presque sentimental. Il monte le volume du train Fisher Price au maximum.

La compilation se poursuit avec *There's a Light That Never Goes Out* des Smith. Bien qu'il n'ait jamais vraiment aimé ce groupe, il continue de se trémousser, tête baissée, comme s'il était dans une soirée disco pour étudiants. Comme s'il avait toujours vingt ans et qu'il avait un peu trop bu. Il chante à tue-tête, maintenant. Il a sûrement l'air ridicule, mais il s'en fiche. Dans la petite chambre de sa petite maison de banlieue, il danse avec sa fille sur une musique qui s'échappe d'un petit train, et ça le réjouit. Il est enchanté. Comblé, même.

Il tourne sur lui-même, marche sur un chien de bois, titube comme un ivrogne et se rattrape au mur. « Holà ! Doucement, mon gars », chuchote-t-il, conscient d'avoir frôlé la catastrophe. Il jette un coup d'œil à Jasmine... Ouf ! Tout va bien. Sa jolie, jolie petite fille est hilare. « *There is a light that never goes out* », entonnent les Smith. *C'est vrai. Il existe une lumière qui ne s'éteint jamais.*

Le morceau suivant vient de commencer. C'est *Walk on by*, une chanson que sa mère écoutait quand il était enfant. Il revoit Alison danser dans le salon, une cigarette dans une main, un verre dans l'autre. Il serre plus étroitement Jasmine contre lui, et sent son souffle balayer son cou. Il prend sa main dans la sienne et entame un slow à l'ancienne, joue contre joue, en veillant à éviter les jouets qui jonchent le sol. Il a soudain très envie de parler à Emma, de lui raconter qu'il est en train d'écouter la compilation qu'elle lui a offerte... et, comme par enchantement, son téléphone se met à sonner. Il plonge la main sous l'amas de livres et d'objets épars. C'est peut-être Emma ? Non. C'est Sylvie, constate-t-il en se penchant vers l'écran. *Et merde. Dessaoule, dessaoule, dessaoule !* Il s'adosse contre les montants du lit à barreaux, juche Jasmine sur ses genoux, et répond.

« Allô ? Sylvie ! »

Au même moment, Public Enemy se met à hurler *Fight the Power* dans le Fisher Price. Il s'élance vers l'appareil, appuie frénétiquement sur les boutons et parvient à arrêter le flot sonore.

« Qu'est-ce que c'était ? s'enquiert son épouse.

— Juste un peu de musique. Jasmine et moi, on se fait une petite fête – pas vrai, Jazz ? Jasmine, je veux dire !

— Elle ne dort toujours pas ?

— Ben non. »

Sylvie soupire. « Tu t'en sors, quand même ? Tu as fait quoi, depuis tout à l'heure ? »

J'ai fumé des cigarettes, je me suis saoulé, j'ai drogué notre bébé, appelé une ex, mis la maison sens dessus dessous, dansé en parlant tout seul. J'ai failli me casser la figure comme un vieil ivrogne.

« Oh, rien de spécial... J'ai regardé la télé. Et toi ? Tu t'amuses bien ?

— Ça va. Tout le monde a beaucoup bu, bien sûr.

— Sauf toi.

— Je suis trop épuisée pour m'enivrer.

— C'est bien calme... Où es-tu ?

— Dans ma chambre d'hôtel. Je me repose un peu avant d'y retourner. » Tout en l'écoutant, Dexter prend conscience de l'état pitoyable dans lequel se trouve la chambre de Jasmine. Les draps trempés de lait, les jouets, les livres qui jonchent le sol, la bouteille de vin vide, le verre sale... De quoi mettre son épouse très, très en colère.

« Comment va Jasmine ? reprend-elle.

— Bien. Elle sourit. Pas vrai, chérie ? C'est maman au téléphone ! » Il presse l'appareil contre l'oreille de sa fille, mais celle-ci ne dit rien. Au bout de quelques instants, le jeu n'amusant personne, il poursuit sa conversation avec Sylvie. « C'est encore moi.

— Tu t'en sors, alors ?

— Évidemment. Tu ne m'en croyais pas capable ? » Pas de réponse. « Tu devrais retourner t'amuser, ajoute-t-il.

— Tu as peut-être raison. Bon... À demain. Je rentrerai à peu près vers... l'heure du déjeuner.

— D'accord. Passe une bonne nuit.

— Toi aussi. Bonne nuit, Dexter.

— Je t'aime.

— Moi aussi », répond-elle mécaniquement.

Il devrait raccrocher, maintenant. Mais il a encore quelque chose à lui dire. « Sylvie ? Sylvie, tu es là ?

— Oui ? »

Il déglutit et passe la langue sur ses lèvres. « Écoute... Je sais que je ne m'en sors pas très bien en ce moment, comme père et comme mari. Mais j'y travaille. Et je ferai tout mon possible pour m'améliorer, Sylvie. Je te le promets. »

Elle observe quelques secondes de silence avant de répondre. « Tu te débrouilles bien, assure-t-elle d'un ton un peu pincé. C'est juste que... nous sommes encore en phase d'adaptation, j'imagine. »

Il soupire. Il espérait mieux, en fait.

« Tu devrais rejoindre tes copines, maintenant. Tu vas rater la fête, si ça continue.

— Oui. À demain.

— Je t'aime.

— Moi aussi. »

Elle est partie.

La maison semble très calme, tout à coup. Il reste assis un bon moment, sa fille endormie sur ses genoux. Le sang et le vin lui montent à la tête. Rattrapé par l'angoisse qu'il éprouve souvent lorsqu'il est seul, il se lève et approche Jasmine de son visage. Ses membres raidis par la colère une heure plus tôt sont à présent aussi souples et déliés que ceux d'un chaton. Il hume son odeur : laiteuse, presque sucrée – la chair de sa chair. *La chair de ma chair.* C'est une phrase toute faite. Et pourtant... Il lui arrive parfois de se reconnaître dans le visage de sa fille. Il a encore du mal à y croire, mais les faits sont là. Elle lui ressemble. Elle fait partie de lui, pour le meilleur et pour le pire. Il la pose doucement dans son lit. Elle ne se réveille pas, cette fois.

Il recule d'un pas et marche sur un cochon en plastique. Dur comme du silex, le jouet s'enfonce méchamment dans son talon. Dex étouffe un juron, éteint la lumière et quitte la chambre sur la pointe des pieds.

Dans une chambre d'hôtel de Westminster, à une vingtaine de kilomètres de Richmond, sa femme est assise, nue, le téléphone encore en main. Elle pleure doucement. De la salle de bains parvient un bruit d'eau : quelqu'un prend une douche. Sylvie n'aime pas que les larmes déforment son visage. Elle s'essuie les yeux du plat de la main dès que l'eau cesse de couler dans la douche, puis elle laisse tomber son téléphone sur la pile de vêtements qui jonchent le sol.

« Tout va bien ?

— Pas vraiment. J'ai l'impression qu'il était complètement saoul.

— Mais non ! Je suis sûr que ça se passe bien.

— Il avait une drôle de voix, je t'assure. Je devrais peut-être rentrer. »

Callum enfile un peignoir, pénètre dans la chambre et se penche pour embrasser l'épaule nue de Sylvie.

« Tu te fais du souci pour rien. Je suis certain qu'il va bien. » Elle ne répond pas. Il s'assied et l'embrasse à nouveau. « Détends-toi... Tu veux un autre verre ?

— Non.

— Tu veux t'allonger ?

— Non, Callum ! » Elle repousse son bras. « Pour l'amour du ciel ! »

Il résiste à l'envie de dire ce qu'il pense et regagne la salle de bains pour se brosser les dents. Quelle déception ! La nuit s'annonce mal. Il pressent qu'elle va vouloir parler de la « situation » – *« C'est pas bien, nous ne pouvons pas continuer ainsi, je devrais tout lui dire »* – et il en frémit d'avance. Il a déjà donné du boulot à ce pauvre type, bon sang ! Ça ne suffit pas ? Il crache le dentifrice, se rince la bouche, retourne dans la chambre et s'affale sur le lit. Puis il attrape la télécommande et se met à faire défiler les chaînes du câble pendant que Mme Sylvie Mayhew regarde les lumières scintiller sur la Tamise en se demandant ce qu'elle va bien pouvoir faire de son mari.

15

Jean Seberg

SAMEDI 15 JUILLET 2001

Belleville, Paris

Il devait arriver le 15 juillet par le train de 15 h 55 en provenance de la gare de Waterloo.

Emma Morley se rendit à la gare du Nord avec un peu d'avance. Une petite foule attendait l'arrivée du train : amoureux transis crispant nerveusement les mains sur leur bouquet de fleurs, chauffeurs maussades, transpirant sous leur costume sombre, prêts à brandir la pancarte où était griffonné le nom de leur client. Et si elle préparait une pancarte pour Dexter, elle aussi ? Ce serait drôle, non ? En faisant délibérément une faute à son nom, par exemple. Il rirait peut-être, mais la blague en valait-elle la peine ? Pas sûr. De toute façon, le train entrait en gare. La petite foule se rapprocha des portes de verre qui barraient l'accès au quai. Encore quelques minutes d'attente… et les portes s'ouvrirent dans un sifflement. Le train s'immobilisa en contrebas. Les voyageurs commencèrent à descendre, et Emma se mêla aux amis, aux parents, aux amoureux et aux chauffeurs qui tendaient le cou pour les voir arriver.

Elle plaqua un sourire de circonstance sur son visage. La dernière fois qu'ils s'étaient vus, des mots avaient été prononcés. Et quelque chose s'était produit.

Assis dans le dernier wagon du train, Dexter décida de laisser sortir les autres passagers avant de descendre. Il n'avait qu'un petit sac de voyage, posé sur le siège à côté de lui. Le roman qu'il venait de lire trônait encore sur la tablette. C'était une édition de poche. Sur la couverture, le visage d'une adolescente, dessiné à gros traits sur un fond brillamment coloré, s'étalait sous le titre suivant : *Julie Criscoll contre le monde entier.*

Il avait achevé sa lecture une vingtaine de minutes plus tôt, comme le train traversait la banlieue parisienne. C'était la première fois depuis des mois qu'il dévorait un livre de bout en bout sans s'interrompre une seule fois. Il en était assez fier, d'ailleurs, quoique le bouquin fût destiné aux 11-14 ans et abondamment illustré. En attendant que le wagon se vide, il l'ouvrit une fois de plus pour regarder la photo en noir et blanc qui figurait sur le rabat de la jaquette. Il l'observa avec intensité, comme s'il voulait graver le visage de l'auteur dans sa mémoire. Vêtue d'un chemisier blanc, chic et élégant, elle était maladroitement juchée sur une chaise de bistrot en bois courbé. Le photographe l'avait saisie à l'instant où elle portait la main à sa bouche pour éclater de rire. Il reconnut là une de ses expressions familières, sourit et glissa le livre dans son sac. Puis il se leva, jeta le petit bagage sur son épaule et descendit du train.

La dernière fois qu'ils s'étaient vus, des mots avaient été prononcés. Et quelque chose s'était produit. Que devait-il lui dire, à présent ? Et elle, que dirait-elle ? Oui ou non ?

De l'autre côté de la porte vitrée, elle passait et repassait la main dans ses cheveux. Trop courts. Ils étaient beaucoup trop courts. Quelques jours après son arrivée à Paris, elle avait pris son courage à deux mains et s'était rendue, dictionnaire en poche, chez un *coiffeur** pour se faire couper les cheveux. Bien qu'elle n'ait pu se résoudre à l'avouer, ce qu'elle désirait, c'était ressembler à Jean Seberg dans *À bout de souffle*. Tant qu'à jouer les romancières exilées à Paris, autant endosser le look qui allait avec, non ? Trois semaines s'étaient écoulées depuis cette date fatidique. Si elle ne fondait plus en larmes chaque fois qu'elle s'apercevait dans un miroir, elle continuait de toucher ses cheveux comme si elle portait une perruque et devait la remettre d'aplomb. Hélas, si fréquent soit-il, ce geste ne faisait pas repousser ses mèches brunes. Elle se força à baisser les yeux sur son corsage – un chemisier gris perle acheté le matin même dans une boutique de la rue de Grenelle. Devait-elle défaire deux ou trois boutons ? Avoir l'air coincée ou délurée ? Elle libéra rapidement le troisième bouton, fit claquer sa langue contre son palais et reporta son attention sur les voyageurs qui longeaient le quai. Ils étaient moins nombreux, à présent. Elle commençait à se demander s'il avait manqué le train, quand elle l'aperçut.

Il semblait brisé. Émacié, les traits tirés, il arborait (sans grande élégance, d'ailleurs) une barbe de plusieurs jours – Une barbe de prisonnier, songea-t-elle en se rappelant à quel point cette visite pouvait tourner au désastre. Mais lorsqu'il la repéra derrière les portes vitrées, un beau sourire étira ses lèvres et il accéléra le pas. Elle sourit à son tour, rassurée... Puis s'inquiéta de la distance qui les séparait. Que faire de ses mains, de ses yeux en attendant qu'il la rejoigne ? Sourire et le fixer du regard ? Il avait encore cinquante mètres à parcourir. Elle risquait d'avoir l'air bête, non ? Quarante-cinq mètres. Elle baissa les yeux vers le sol, fit ensuite mine de contempler la verrière. Quarante mètres. Un coup d'œil à Dexter, un regard au sol. Trente-cinq mètres...

Tout en franchissant cette vaste distance, Dexter prenait la mesure des changements qui s'étaient opérés en elle depuis la dernière fois qu'ils s'étaient vus, huit semaines auparavant. Elle s'était fait couper les cheveux, très court, à la garçonne. Une frange légère, effilée, balayait son front. Elle avait pris des couleurs, aussi. Comme en Grèce, des années auparavant. Elle était mieux habillée : chaussures à talons, jupe de couleur sombre, chemisier gris perle. Un peu trop déboutonné, il laissait entrevoir un triangle de peau bronzée mouchetée de taches de rousseur. Elle ne savait toujours pas quoi faire de ses mains, et son regard bondissait d'un endroit à l'autre, comme si elle hésitait à le poser sur lui. Était-elle intimidée ? Sans doute. Il commençait à l'être, lui aussi. Plus que dix mètres. Que lui dirait-il, et comment le lui dirait-il ? Serait-ce un oui ou un non ?

Il accéléra le pas. Se figea enfin devant elle. Et l'enlaça.

« Tu n'étais pas obligée de venir me chercher !
— Bien sûr que si ! *Touriste*, va !
— J'aime bien ta nouvelle coiffure. » Il passa le pouce sur sa petite frange. « Ça porte un nom, il me semble...

— Une coupe en brosse ?

— Non. À la garçonne. Tu as l'air d'une gamine.

— Pas d'une vieille lesbienne ?

— Absolument pas.

— Tu aurais dû me voir il y a deux semaines. Je ressemblais à une collabo ! » Il demeura impassible. « C'était la première fois de ma vie que j'allais chez un coiffeur français. J'étais littéralement terrifiée ! Je regardais le type me couper les cheveux et je pensais : *Arrêtez-vous* ! Arrêtez-vous* !* Ce qui est marrant, c'est que même à Paris les coiffeurs te posent des questions sur tes prochaines vacances. Tu crois qu'ils vont te bassiner sur la danse contemporaine ou te demander si l'homme-peut-vraiment-être-libre... mais non ! Tu as droit à *"Que faites-vous de beau pour les vacances* ? Vous sortez ce soir* ?"* exactement comme en Angleterre ! » Toujours rien. Son visage n'avait pas bougé. Elle en faisait trop. *Calme-toi. C'est pas du stand-up. Arrêtez-vous*.*

Il effleura les cheveux courts qui ombraient sa nuque. « Je trouve que ça te va bien.

— Je ne suis pas sûre d'avoir les traits assez fins pour...

— Mais si. Tu as les traits qu'il faut. » Il prit ses doigts dans les siens et recula d'un pas pour mieux la regarder. « C'est comme si on était invités à un bal costumé et que tu venais déguisée en Jolie Parisienne.

— Ou en call-girl.

— Une call-girl de luxe, alors.

— OK. C'est encore mieux. » Levant la main vers lui, elle frotta son menton mal rasé. « Et toi ? Tu es déguisé en quoi ?

— En Divorcé suicidaire et complètement paumé. » Sa remarque était désinvolte et il la regretta sur-le-champ. À peine arrivé, il commençait déjà à tout gâcher.

« Tu as laissé ton amertume à Londres, au moins, c'est déjà ça ! ironisa-t-elle en se raccrochant au premier cliché venu.

— Je peux remonter dans le train, si tu veux.

— Non. Pas tout de suite, répliqua-t-elle en le prenant par la main. Viens ! Allons-y. »

Ils troquèrent l'atmosphère ventilée de la gare du Nord contre l'air étouffant et pollué de la capitale. Il faisait lourd et humide, comme souvent à Paris l'été. De gros nuages gris, annonciateurs de pluie, s'amoncelaient dans le ciel clair.

« Je te propose d'aller boire un café d'abord, près du canal. À pied, c'est à un quart d'heure d'ici, précisa-t-elle. Ça te va ? Puis nous aurons encore un bon quart d'heure de marche jusqu'à mon appartement. Au fait, j'espère que tu ne t'attends pas à un truc somptueux, avec de grandes fenêtres et des voilages qui flottent au vent... C'est juste un petit deux pièces sur cour !

— Une mansarde, quoi.

— Exactement. Une mansarde.

— Une mansarde d'écrivain. »

Pour ne pas être prise au dépourvu, Emma avait mémorisé l'itinéraire avant d'aller chercher Dexter à la gare. Elle souhaitait emprunter les plus jolies rues, ou du moins les rues les plus pittoresques du nord-est de la ville, un quartier encombré, populaire et poussiéreux qu'elle adorait. *Je vais m'installer à Paris cet été. Pour écrire.* Au mois d'avril, lorsqu'elle avait formulé cette idée à voix haute, elle l'avait trouvée presque embarrassante. Snob et farfelue à la fois. Mais elle en avait tellement assez d'entendre ses amis (tous mariés, évidemment) lui seriner qu'elle pouvait partir à Paris quand ça lui chantait (alors qu'eux étaient coincés en Angleterre avec leur bébé) qu'elle avait décidé de les prendre au mot. Londres s'étant mué en une gigantesque crèche, pourquoi ne pas prendre l'air ? Humer le vent de l'aventure, échapper aux enfants des autres... Elle en mourait d'envie, au fond. Et Paris... La ville de Sartre et Beauvoir, de Beckett et de Proust pourrait être la sienne le temps d'un été ! Il ne s'agissait que d'écrire de la fiction pour adolescents, certes. Mais le succès considérable du premier volume lui permettait d'écrire le suivant dans de bonnes conditions. Alors, pourquoi pas ? Elle s'était décidée à mettre son plan à exécution – en veillant toutefois à ne pas élire domicile dans les zones les plus touristiques de la capitale. Pour insuffler un peu de réalisme social à son projet de midinette, elle avait donc emménagé dans le XIXe arrondissement, près de Belleville et de Ménilmontant. Pas d'attractions touristiques, peu d'endroits à visiter...

« Mais c'est très animé, très populaire ! affirma-t-elle. La vie n'est pas chère, la population est très mélangée. C'est vraiment multiculturel, tu vois ? C'est un quartier très... *authentique*. Désolée pour le cliché, mais...

— Tu veux dire... violent ?

— Non, pas violent, mais... très vrai. Oui, c'est ça. C'est le vrai Paris ! Bon sang ! J'ai l'air d'une étudiante, non ? J'ai trente-cinq ans et je m'enthousiasme comme une gamine venue perfectionner son français !

— J'ai l'impression que cette ville te fait du bien.

— C'est exact.

— Tu es superbe.

— Vraiment ?

— Oui. Tu es transformée.

— Non. Pas tant que ça.

— Si, je t'assure. Tu es radieuse. »

Emma fronça les sourcils, mais garda les yeux rivés droit devant elle. Ils s'engagèrent dans une rue étroite, descendirent quelques marches et débouchèrent sur le canal Saint-Martin. Un petit café faisait l'angle, tout près de l'eau.

« On se croirait à Amsterdam, commenta-t-il poliment en posant son sac sur une chaise.

— Le canal était très emprunté autrefois. Il reliait Paris aux usines installées à la périphérie. » *Seigneur. Je parle comme un guide touristique.* « Il passe sous la place de la République et sous la Bastille, puis il va se jeter dans la Seine. » *Du calme. C'est qu'un vieux copain, non ? Rien de plus.* Ils prirent place sur la terrasse et contemplèrent le canal en silence. Emma regretta aussitôt le caractère trop pittoresque de l'endroit. Elle avait cru bien faire, pourtant ! *C'est affreux. On se croirait à un rendez-vous galant.* Elle bafouilla la première phrase qui lui venait à l'esprit :

« Alors, on prend du vin ou...

— Vaut mieux pas. J'ai décidé d'arrêter.

— Ah bon ? Pour toujours ?

— Non ! Pendant un mois ou deux. Rassure-toi : je ne suis pas aux Alcooliques anonymes... J'essaie d'éviter de boire, c'est tout. » Il haussa les épaules. « Au fond, l'alcool ne m'a jamais fait du bien. Mais c'est pas bien grave, tu sais.

— Ah. OK. Bon... Tu veux un café, alors ?

— Oui. Juste un café. »

La serveuse arriva, calepin en main. Jolie, très brune, des jambes interminables – auxquelles Dexter n'accorda pas un regard. *Il y a vraiment quelque chose qui ne va pas,* songea Emma. *Il ne mate même plus les serveuses !* Elle passa commande dans un français délibérément familier, que Dex salua d'un

haussement de sourcils ironique. « J'ai pris des leçons, expliqua-t-elle avec un sourire embarrassé.
— Ça s'entend.
— Cette fille n'a certainement pas compris un mot de ce que j'ai dit. Elle va nous apporter du poulet rôti, tu vas voir ! »

Rien. Pas même un sourire. Les yeux baissés, il écrasait des grains de sucre sur la table. Quand se déciderait-il enfin à parler ? Elle fit une autre tentative :

« À quand remonte ton dernier séjour à Paris ?
— Je suis venu il y a trois ans. Avec ma *femme*. Une des petites escapades dont elle avait le secret. On a passé quatre nuits au George V. » Il lança un morceau de sucre dans le canal. « Autant jeter l'argent par les fenêtres ! »

Emma ouvrit la bouche, puis la referma. Il n'y avait rien à ajouter. Elle lui avait déjà fait le coup de « l'amertume laissée à Londres ». Inutile d'insister. La soirée s'annonçait longue.

Mais Dexter cligna des yeux, puis secoua vivement la tête et lui toucha la main. « Voilà ce que je te propose pour les deux jours à venir : tu m'emmènes voir les monuments. Moi, je ressasse mes malheurs et j'aligne les remarques stupides. OK ? »

Elle sourit. « Pas étonnant que tu sois dans cet état, avec ce que tu viens de traverser – et que tu traverses encore, d'ailleurs ! » Elle posa sa main sur la sienne. Un instant plus tard, il la retira… et la reposa sur la sienne. Elle l'imita, Dex aussi, de plus en plus vite, comme font les enfants. Mais le jeu manquait de spontanéité. Leurs gestes étaient trop appuyés, leurs rires, forcés. Gênée, elle préféra filer aux toilettes.

Sitôt enfermée dans la petite pièce nauséabonde, elle jeta un regard courroucé au miroir et tira nerveusement sur sa frange. *Calme-toi. Ce qui s'est passé ce soir-là ne se reproduira pas. Ça n'avait aucune importance, de toute façon. C'est juste un vieux copain. Un très, très vieux copain.* Elle tira la chasse d'eau pour donner un semblant de crédibilité à son séjour aux toilettes, ouvrit la porte et rejoignit Dexter sur la terrasse. L'air était toujours aussi moite. Il avait mis un exemplaire de son roman sur la table. Elle s'assit avec circonspection et pointa le doigt vers la couverture du livre.

« D'où tu sors ça ?

— Je l'ai acheté à la gare avant de partir. Il y en avait des piles entières. On le trouve partout.

— Tu l'as lu ?

— J'arrive pas à dépasser la page trois.

— C'est pas drôle, Dex.

— Écoute... J'ai trouvé ça formidable. Vraiment.

— N'exagère pas. C'est qu'un roman pour ados !

— Et alors ? Ça change rien. J'ai ri, tu peux pas savoir ! Pourtant, je ne suis pas une ado de treize ans, moi ! Je l'ai lu d'une traite, je t'assure. Et ça, de la part de quelqu'un qui essaie de terminer *Howards Way* depuis quinze ans...

— Tu veux parler de *Howards End*, j'imagine ?

— Euh... Oui, c'est ça. Quoi qu'il en soit, je n'avais jamais lu un seul bouquin d'une traite avant le tien.

— Il faut dire qu'il est imprimé en gros caractères.

— Exactement. C'est ce qui m'a plu, d'ailleurs. Les gros caractères. Et les images. Tes dessins sont hilarants, Em ! Je ne m'attendais pas du tout à ça.

— Merci. C'est très...

— Et l'intrigue ! C'est drôle et plein de rebondissements. Oh, Em ! Je suis tellement fier de toi !

D'ailleurs, puisque tu es là... » Il sortit un stylo de sa poche. « ... j'aimerais que tu me le dédicaces.

— Ne sois pas ridicule.

— Si. Tu n'y couperas pas ! Tu es... » Il se reporta au texte de présentation imprimé sur la quatrième de couverture. « ..."l'auteur jeunesse le plus excitant depuis Roald Dahl".

— D'après la nièce de l'éditrice. Une gamine de neuf ans, dois-je le préciser ? » Il lui donna un coup de stylo dans les côtes. « Arrête. Je ne le signerai pas.

— Allez... ! J'insiste. » Il se leva. « Je vais le laisser là, sur la table. Et toi, tu vas écrire quelque chose sur la page de garde. Un petit mot, avec la date d'aujourd'hui et ta signature, au cas où tu deviendrais vraiment célèbre et que j'aie besoin d'argent, d'accord ? » conclut-il avant de filer aux toilettes.

En s'enfermant dans la pièce nauséabonde, Dex se demanda combien de temps ce petit jeu allait encore durer. Ils ne pourraient pas tourner indéfiniment autour du pot. C'était absurde ! Il tira la chasse d'eau pour donner un semblant de crédibilité à son séjour aux toilettes, se lava les mains, les sécha en les passant dans ses cheveux, puis il rejoignit Emma sur la terrasse. Elle venait de refermer le livre. Il voulut lire la dédicace, mais elle posa sa main sur la couverture.

« Pas en ma présence, s'il te plaît. »

Il s'assit et rangea le livre dans son sac. Elle se pencha vers lui, l'air grave, comme si la conversation pouvait enfin reprendre son cours normal. « Alors... Comment ça se passe avec Sylvie ?

— Oh, à merveille. Le divorce sera prononcé en septembre. Juste avant notre deuxième anniversaire de mariage. Tu te rends compte ? Nous aurons tenu deux ans ! Deux ans de bonheur conjugal.

— Vous vous êtes parlé, ces derniers temps ?

— Non. Franchement, je la vois le moins possible. On a cessé de s'insulter et de se jeter des assiettes à la figure, c'est déjà ça. Nos relations se limitent au strict minimum : oui, non, bonjour, au revoir. Ça ne change pas grand-chose, remarque : on s'en tenait déjà là quand on était mariés ! Tu sais qu'elles se sont installées chez Callum ? Dans sa baraque de Muswell Hill... où nous sommes allés *dîner* je ne sais combien de fois avant la naissance de la petite...

— Oui, je sais. »

Il lui jeta un regard acéré. « Comment tu le sais ? C'est Callum qui te l'a dit ?

— Bien sûr que non ! J'en ai entendu parler par je ne sais qui...

— Des amis communs, c'est ça ? Des gens qui ont pitié de moi ?

— Ils n'ont pas *pitié*, Dex. Ils se font juste du souci pour toi. » Il plissa le nez d'un air dégoûté. « Il n'y a rien de mal à ça, tu sais ! Et Callum ? Tu l'as revu ?

— Non. Il en meurt d'envie, pourtant. Il n'arrête pas de me laisser des messages... Des trucs du style : "Salut, mon vieux ! Comment ça va ? Rappelle-moi, OK ?" Comme si rien ne s'était passé ! Il pense qu'on devrait aller boire une bière et "discuter de tout ça". Je devrais peut-être le prendre au mot, d'ailleurs. Techniquement, il me doit toujours trois semaines de salaire !

— Tu t'es remis à bosser, au fait ?

— Pas vraiment. On a mis la maison de Richmond en location. Pour le moment, je vis de ça, et des loyers que je perçois de l'appart de Belsize Park. » Il termina son café, les yeux rivés sur le canal. « C'est dingue, quand même... Il y a huit mois, j'avais une famille, une carrière – en perte de vitesse, OK, mais on me faisait toujours des propositions –, je conduisais un monospace, je vivais dans une jolie petite bicoque du Surrey…

— Que tu détestais.

— Je ne la *détestais* pas.

— Tu détestais le monospace, en tout cas.

— C'est vrai. Je détestais cette bagnole, mais elle m'appartenait, au moins ! Alors que maintenant, je vis dans un studio de Kilburn avec la moitié des cadeaux de mariage. J'ai tout perdu, Em. Je suis seul dans vingt mètres carrés avec une tonne de cocottes Le Creuset. Ma vie est foutue.

— Tu sais ce que je ferais si j'étais toi ?

— Vas-y. »

Elle prit une profonde inspiration. « Je supplierais Callum de me rendre mon boulot. » Il la foudroya du regard et retira vivement sa main, qu'elle avait prise dans la sienne. « Eh ! Je blague ! C'est une blague ! assura-t-elle en éclatant de rire.

— Eh bien… Je suis ravi que l'échec de mon mariage te fasse rire, répliqua-t-il d'un ton sec. J'ignorais que c'était drôle à ce point-là !

— Je ne trouve pas ça drôle, Dex. J'essaie seulement de te faire comprendre que tu ne résoudras rien en t'apitoyant sur toi-même.

— Je ne m'apitoie pas : j'énonce des faits.

— "Ma vie est foutue", c'est un fait, d'après toi ?

— Bon, d'accord. J'exagère un peu, mais… » Il tourna de nouveau les yeux vers le canal en soupirant longuement, comme un acteur dramatique. « Quand j'étais plus jeune, j'avais l'impression que tout était possible. Maintenant, tout me paraît limité. »

Emma, pour qui l'inverse était enfin vrai, se contenta de rétorquer : « Ce n'est pas aussi grave que tu le prétends.

— Il faut que je voie le "bon côté des choses", c'est ça ? Ma femme s'est tirée avec mon meilleur ami et...

— C'était pas ton meilleur ami : tu ne lui avais pas parlé depuis des années ! C'est pareil pour le reste... Ton nouvel appart, par exemple. C'est pas un "studio à Kilburn", comme tu dis : c'est un beau deux pièces à West Hampstead. Je me serais damnée pour habiter un endroit pareil ! Tu n'y es pas pour des années, en plus : tu le quitteras dès que tu pourras récupérer celui de Belsize Park.

— J'aurai trente-sept ans dans deux semaines !

— Et alors ? Tu as encore la vie devant toi ! Tu n'as pas de boulot en ce moment, c'est vrai... mais tu ne pointes pas au chômage, que je sache ! Tu peux vivre de tes loyers en attendant de retrouver du travail – c'est une grande chance, si tu veux mon avis. Quant à ta carrière... il n'y a rien de honteux à changer d'orientation professionnelle. Ça arrive à plein de gens ! Je comprends que tu sois déprimé en ce moment... C'est parfaitement normal, mais n'oublie pas que tu n'étais pas si heureux que ça quand tu étais marié ! Tu te plaignais à longueur de journée. Tu te rappelles ? "On ne se parle pas, on ne s'amuse pas, on ne sort pas..." Je sais que c'est dur pour toi, mais avec le recul tu t'apercevras peut-être que votre séparation t'a permis de prendre un nouveau départ. Tu n'es pas démuni, je t'assure ! Tu peux faire un tas de trucs, Dex. Il suffit que tu te décides...

— Quoi, par exemple ?

— Je sais pas, moi... Recommencer à travailler dans les médias ? Ça ne te tenterait pas de présenter une nouvelle émission ? » Il grommela. « Bon. Et si tu passais derrière la caméra ? Tu pourrais te lancer dans la production ? Ou la réalisation ? » Il grimaça. « Ou... reprendre la photo ? Tu n'avais que ce mot-là à la bouche avant de bosser à la télé. Il y a la restauration, aussi. Les bons vins, la gastronomie... Tu es bon, là-dedans ! Tu devrais peut-être y réfléchir. Et si rien de tout ça ne marche, tu pourras toujours te rabattre sur ton fameux diplôme d'anthropologie ! » Elle lui tapota la main pour accentuer son propos. « Qui peut se passer d'anthropologues, de nos jours ? » Il sourit, puis se souvint qu'il n'était pas censé sourire. « Tu es un papa d'une petite trentaine d'années, compétent, en bonne santé, modérément séduisant et financièrement stable, résuma-t-elle. Tu vois... rien de dramatique ! Il faut que tu reprennes confiance en toi, c'est tout. »

Il soupira. « C'était ton discours d'encouragement, j'imagine ?

— Oui. Qu'est-ce que tu en penses ?

— Pas très efficace. J'ai toujours envie de me jeter dans le canal.

— On ferait mieux de s'éloigner, alors. » Elle posa un peu d'argent sur la table. « J'habite à vingt minutes d'ici. Si tu ne veux pas marcher, on peut prendre un taxi... » Elle se leva, prête à partir. Dexter, lui, ne bougea pas.

« Le pire, dans cette histoire, c'est que je suis privé de Jasmine. Elle me manque terriblement, tu sais. » Emma se laissa retomber sur sa chaise. « Je deviens fou quand je ne la vois pas pendant plusieurs jours d'affilée... Pourtant, j'étais pas exactement ce qu'on peut appeler un "bon père".

— Dex ! Comment tu...

— C'est vrai ! J'étais bon à rien avec elle. J'avais du mal à accepter la situation. J'essayais de me couler dans le moule de la famille idéale, mais au fond je me disais que je n'avais rien à faire là. Que j'étais pas la bonne personne. Je rêvais de pouvoir *dormir* – dormir, dormir ! Partir en week-end, sortir le soir... Rentrer tard, m'amuser un peu. Être libre, quoi ! Ne plus avoir de responsabilités. Et maintenant que j'ai retrouvé cette liberté dont je rêvais, je n'en fais rien : je passe mes journées à regretter ma fille, assis dans un appart plein de cartons !

— Tu la vois de temps en temps, quand même ? »

Il haussa les épaules. « On passe une soirée merdique ensemble une fois tous les quinze jours.

— Tu pourrais demander à Sylvie de te l'amener plus souvent...

— Bien sûr ! Mais c'est Jasmine qui ne serait pas contente... Si tu savais la tête qu'elle fait quand sa mère s'en va ! L'effroi se peint sur son petit visage. On dirait qu'elle va crier : "Je t'en prie ! Ne me laisse pas avec ce pauvre type !" Pour la rassurer, je la couvre de cadeaux ; ça devient pathétique, je t'assure. Avec papa, c'est Noël tous les jours ! Et tu sais pourquoi ? Parce que je ne sais pas quoi faire d'autre avec elle, tout simplement. Si on n'a pas de cadeaux à ouvrir, elle se met à pleurer et à réclamer sa mère – autrement dit, sa mère et ce connard de Callum –, et le pire, c'est que je ne sais même pas quoi lui acheter, parce qu'elle est différente chaque fois que je la vois ! Si je laisse passer plus d'une semaine, je ne la reconnais plus. Elle *marche,* maintenant, tu te rends compte ? Comment ai-je pu manquer un truc pareil ? J'aurais dû être là ! Ça fait partie de mon *boulot*, non ? Je n'ai rien fait de mal, pourtant... Rien ! Et tout à coup... » Sa voix se mit à trembler. Conscient d'être au bord des larmes, il changea brusquement de ton : « Quand je pense que ce salaud de Callum la retrouve tous les soirs, dans sa putain de baraque de Muswell Hill... »

La rage qu'il avait insufflée à sa voix ne suffit pas à endiguer son désespoir. Sa voix craqua de nouveau. Il se tut, cette fois. Les yeux écarquillés, il porta les mains à son nez comme s'il essayait de réprimer un éternuement.

« Ça va ? » s'enquit-elle en effleurant son genou.

Il hocha la tête. « Rassure-toi : je n'ai pas l'intention de passer tout le week-end dans cet état.

— Ça ne m'ennuie pas.

— Moi, si. C'est... dégradant. » Il se leva et prit son sac. « Je t'en prie, Em... parlons d'autre chose. Raconte-moi où tu en es. »

Ils longèrent le canal Saint-Martin et s'engouffrèrent dans la rue du Faubourg-du-Temple, au nord de la place de la République. Emma, qui s'était pliée à la requête de Dexter, avait orienté la conversation sur son nouveau roman. « Le deuxième est la suite du premier. C'est dire si j'ai de l'imagination ! J'en ai déjà écrit les trois quarts. Julie Criscoll vient à Paris avec sa classe, tombe amoureuse d'un lycéen français et vit toutes sortes d'aventures – surprise, surprise ! C'est le prétexte que j'ai trouvé pour passer l'été ici. Je dois faire un tas de "recherches", tu comprends !

— Le premier marche bien ?

— Assez bien pour qu'ils m'en commandent deux autres, en tout cas.

— Ah bon ? Deux autres après celui-ci ?

— J'en ai peur. Julie Criscoll est devenue une "franchise", comme ils disent. C'est le seul moyen de gagner un peu d'argent, apparemment. Sans franchise, tu ne vaux rien ! On est en pourparlers avec plusieurs chaînes de télévision. Ils veulent en tirer un dessin animé, basé sur mes illustrations.

— C'est pas vrai !

— Si. Tu te rends compte ? C'est ridicule ! Je travaille dans les médias, maintenant ! Je suis productrice associée !

— En quoi ça consiste ?

— Aucune idée. Ça m'amuse, c'est l'essentiel. J'adore ça, en fait ! Mais je ne renonce pas à la fiction pour adultes, tu sais. J'ai toujours rêvé d'écrire un gros pavé sur l'état du monde, un truc audacieux et hors du temps qui révélerait les mystères de l'âme humaine... En attendant, je me contente de pondre des niaiseries sur les mésaventures d'une jeune Anglaise à Paris !

— C'est pas si niais que ça, quand même ?

— Peut-être pas. Et peut-être que c'est dans l'ordre naturel des choses : tu commences ta carrière en rêvant de changer le monde par la littérature, et tu la finis en te persuadant que c'est déjà bien de raconter quelques bonnes blagues... Joli résumé, non ? Ma vie d'artiste ! »

Il lui donna un coup de coude.

« Quoi ? dit-elle.

— Je suis content pour toi, c'est tout. » Il la prit par les épaules. « Écrivain. Tu es un vrai écrivain, maintenant. Tu as réalisé ce dont tu rêvais depuis toujours. » Ils marchèrent ainsi sur quelques mètres, un peu embarrassés par cette soudaine proximité, puis, l'inconfort augmentant à chaque pas, Dexter retira son bras et s'écarta d'un pas.

Leur petite promenade leur redonna le sourire. Le ciel s'était dégagé. Vivant, bruyant, bigarré, le faubourg du Temple, qui évoquait par endroits les souks d'Afrique du Nord, s'animait sous leurs yeux, comme chaque jour en fin d'après-midi. Tout en jouant les guides touristiques, Emma jetait des regards anxieux à Dexter. Apprécierait-il la visite ? Il souriait poliment, en tout cas. Ils traversèrent le boulevard de Belleville – large, bouillonnant d'activité – et poursuivirent leur marche vers l'est, le long des XIXe et XXe arrondissements. Ils gravirent lentement la colline, Emma s'arrêtant fréquemment pour lui montrer les bars qu'elle aimait, lui raconter des pans d'histoire locale, évoquer Édith Piaf et la Commune de Paris, les immigrés d'Afrique du Nord et l'arrivée de la communauté chinoise dans le quartier. Préoccupé par la suite des événements, Dexter ne l'écoutait que d'une oreille. Que se passerait-il lorsqu'ils arriveraient enfin chez elle ? *Emma, il faut que je te dise quelque chose...*

« C'est un peu le Hackney de Paris, en fait ! » conclut-elle après avoir comparé les quartiers populaires de Londres à ceux de la capitale française.

Dex lui décocha son fameux sourire. Celui qui l'exaspérait et la ravissait en même temps.

Elle enfonça son coude dans ses côtes. « Quoi ? Je ne vois pas ce qu'il y a de drôle !

— Il n'y a que toi pour venir à Paris et t'installer dans un quartier qui ressemble à Hackney !

— Et alors ? C'est un quartier intéressant, tu sais. »

Ils s'engagèrent dans une petite rue latérale et s'arrêtèrent devant ce qui ressemblait à une entrée de garage. Emma tapa un code sur le petit clavier encastré dans la façade, puis elle poussa la porte métallique d'un coup d'épaule. Ils pénétrèrent dans une cour intérieure, encombrée, un peu miteuse, sur laquelle donnaient tous les appartements de l'immeuble. Il y avait du linge aux fenêtres et des plantes fanées aux balcons. Plusieurs postes de télévision, allumés dans les étages, se livraient une féroce compétition sonore, tandis qu'au fond de la cour un groupe d'enfants jouait bruyamment au football avec une balle de tennis. Dexter refoula une pointe d'irritation. Lorsqu'il s'était imaginé leurs retrouvailles, il les avait situées dans un tout autre décor : une place ombragée, des fenêtres à persiennes, et pourquoi pas ? une vue sur Notre-Dame. La réalité n'était pas désagréable, certes – dans le genre urbain et industriel, on ne faisait pas plus chic –, mais une touche de romantisme lui aurait facilité la tâche.

« Tu vois : ça n'a rien d'extraordinaire, commenta-t-elle en se tournant vers lui. L'appart est au cinquième étage. Sans ascenseur. Désolée. »

Elle appuya sur le bouton de la minuterie et le précéda dans l'étroit escalier en colimaçon, si branlant qu'il semblait se détacher du mur par endroits. Consciente de la vue imprenable qu'il avait sur sa chute de reins, Emma lissa nerveusement sa jupe sur ses hanches (alors qu'elle ne faisait aucun faux pli). Lorsqu'ils atteignirent le palier du troisième étage, la minuterie s'arrêta, les plongeant dans l'obscurité. Sans un mot, elle tendit la main vers lui, noua ses doigts aux siens et le guida jusqu'au cinquième étage où la lumière du jour pénétrait faiblement par la lucarne vitrée qui surmontait la porte de son appartement. Ils se sourirent dans la pénombre.

« On y est, déclara-t-elle. *Chez moi* !* »

Elle sortit un énorme trousseau de clés de son sac et déverrouilla une, puis deux, puis trois énormes serrures avant de pouvoir enfin pousser la porte, révélant un appartement modeste, mais agréable. Un grand canapé trônait au fond du salon, sur le plancher éraflé peint en gris. Alignées contre les murs, plusieurs bibliothèques remplies de livres français, à la couverture jaune pâle, donnaient un charme austère à la pièce. Un joli bureau bien rangé se dressait près de la fenêtre ouverte. La cuisine, attenante à la pièce principale, était assez grande pour accueillir une table, égayée par un bouquet de roses et une corbeille de fruits. Sur la droite, une autre porte donnait sur la chambre. Dexter se raidit malgré lui. Où dormirait-il ? Ils n'avaient pas encore abordé cette question, mais il était clair qu'il n'y avait qu'un lit dans l'appartement : un grand meuble en fer forgé, encombrant et désuet, qui aurait été plus à sa place dans une auberge de campagne. Une seule chambre, un seul lit. Le soleil nimbait la pièce d'une lueur dorée, comme pour attirer leur attention sur ce détail crucial. Il jeta un regard au canapé du salon – il se dépliait peut-être ? Non. Un seul lit, donc. Il sentit le sang affluer à ses tempes. Normal. L'ascension avait été rude.

Elle referma la porte derrière eux.

« Et voilà ! s'exclama-t-elle après un silence. Qu'en penses-tu ?

— C'est super !

— C'est pas mal, en effet. Viens. Je vais te montrer la cuisine. » L'ascension et l'anxiété lui avaient donné soif. Elle ouvrit le réfrigérateur, en sortit une bouteille d'eau gazeuse et la porta à sa bouche.

Ce fut cet instant que Dexter choisit pour l'embrasser dans le cou. Elle eut un mouvement de recul et posa précipitamment la bouteille sur la table. Écarquillant les yeux, elle désigna ses joues encore pleines d'eau, gonflées comme celles d'un poisson-globe, puis tapa dans ses mains et tenta de marmonner « Attends un peu » sans lui cracher à la figure.

Il recula galamment pour lui permettre de reprendre son souffle. « Désolé.

— C'est pas grave. Je ne m'y attendais pas, c'est tout. » Elle s'essuya la bouche d'un revers de main.

« Ça va, maintenant ?

— Oui. Mais, Dexter, faut que je te dise… »

Il la réduisit au silence en plaquant sa bouche sur la sienne – si fermement qu'elle fit un pas en arrière et se cogna contre la table de la cuisine. Qui, à son tour, dérapa sur le carrelage, obligeant Emma à se retourner pour empêcher le vase de rouler au sol.

« Oups.
— Écoute, Dex…
— Pardonne-moi. Je suis un peu…
— Je dois te dire…
— Un peu intimidé…
— J'ai rencontré quelqu'un. »
Il tressaillit.
« Pardon ?
— J'ai rencontré quelqu'un, répéta-t-elle. Un mec. Je sors avec lui.
— Un *mec*. Bon. OK. Je… C'est qui, ce mec ?
— Il s'appelle Jean-Pierre. Jean-Pierre Dusollier.
— C'est un *Français* ?
— Avec un nom pareil ? Bien sûr que non ! Il est gallois, railla-t-elle.
— Oh, ça va ! Je suis surpris, c'est tout.
— Surpris qu'il soit français, ou surpris que j'aie un mec ?
— Ni l'un ni l'autre. Mais je trouve ça un peu rapide, quand même… Pas toi ? Tu viens à peine d'arriver ! Tu as pris le temps de défaire tes valises avant de…
— Ça fait *deux* mois que je suis là, Dex ! Deux mois ! Et j'ai rencontré Jean-Pierre à la mi-juin.
— Où ?
— Dans un petit bistro près d'ici.
— Un petit *bistro*. Je vois. Comment ?
— Comment quoi ?
— Comment ça s'est passé ? On te l'a présenté ?
— Non. J'étais seule. Je dînais en lisant un bouquin quand il est arrivé avec un groupe d'amis. Au bout d'un moment, il s'est penché vers moi et il m'a demandé ce que j'étais en train de lire… » Dexter secoua la tête en maugréant, comme un artisan qui cherche à dénigrer le travail d'un confrère – mais Emma ne se laissa pas distraire. « Bref, on a com-

mencé à discuter, poursuivit-elle en regagnant le salon, et... »

Dexter lui emboîta le pas. « En français ?

— Oui. En français. Le courant est passé et... et on sort ensemble, voilà ! » Elle se laissa choir sur le canapé. « Tu le sais, maintenant !

— Oui. Bon. » Il tenta de bouder et de sourire en même temps, mais renonça, conscient de grimacer. « C'est génial, Em. Je suis ravi pour toi !

— Ne me parle pas sur ce ton, Dex.

— Quel ton ?

— Condescendant. Comme si j'étais une éternelle vieille fille qui a enfin réussi à...

— Arrête ! interrompit-il. Je ne suis pas condescendant. » Il se tourna un instant vers la fenêtre. « Alors, reprit-il d'un ton faussement nonchalant, à quoi il ressemble, ce Jean... ?

— Jean-Pierre. Il est charmant. Très beau, très séduisant. Il cuisine merveilleusement bien, il est amateur de vin, d'art, il s'y connaît en architecture... Il est très, très... français, quoi !

— Arrogant, tu veux dire ?

— Non !

— Sale ?

— Dex !

— Il porte un collier d'oignons autour du cou, il roule à vélo...

— Ce que tu peux être insupportable, quand tu t'y mets !

— Explique-moi, alors ! Ça veut dire quoi, "très français" ?

— Je sais pas, moi ! Très décontracté, très...

— *Sexy ?*

— Je n'ai pas dit ça.

— Non, mais tu es devenue très sexy, avec tes petites mèches sur le front, ton chemisier déboutonné...

— Sexy ! Quel mot débile, franchement !

— Tu te livres à une pratique *sexuelle* avec lui, non ?

— Qu'est-ce qui te prend, Dex ? Pourquoi es-tu si...

— Regarde-toi ! Tu es radieuse ! L'archétype de la femme comblée...

— Tu n'as aucune raison de l'être, en plus !

— D'être quoi ?

— Si... méchant avec moi. Comme si j'avais fait quelque chose de mal !

— Désolé. Je n'avais pas l'intention d'être méchant. Mais je croyais que... » Il s'interrompit et se tourna de nouveau vers la fenêtre. « J'aurais préféré que tu me le dises avant mon départ, reprit-il en appuyant son front contre la vitre. J'aurais réservé une chambre d'hôtel.

— Pourquoi ? Tu peux dormir ici. Ça ne change rien ! Moi, je coucherai avec Jean-Pierre. » Elle le vit tressaillir. « *Chez* Jean-Pierre, je veux dire. » Elle se pencha et enfouit son visage dans ses mains. « Oh, Dex... Tu t'attendais à quoi en venant ici ?

— Je ne sais pas bien..., marmonna-t-il sans décoller le front de la vitre. Pas à ça, en tout cas.

— Désolée.

— Pourquoi suis-je venu, à ton avis ?

— Pour te reposer. Te changer les idées. Visiter Paris !

— Je suis venu pour discuter avec toi. De nous. De ce qui s'est passé. Je voulais savoir ce que tu en pensais. » Il gratta le mastic du bout des ongles. « Je croyais que c'était important pour toi. C'est tout.

— On n'a couché qu'une fois ensemble !

— Trois fois, tu veux dire.

— Je ne te parle pas du nombre de *rapports sexuels* ! Je parle de l'événement lui-même. Nous n'avons passé qu'une nuit ensemble !

— Et alors ? Ça vaut la peine d'en discuter, non ? T'étais pas obligée de filer comme ça ! Ni de te jeter sous le premier Français venu !

— Je n'ai pas "filé" : ce voyage était prévu depuis des semaines ! Quand cesseras-tu de penser que le monde tourne autour de toi ?

— Tu aurais pu m'appeler, non ? Avant de…

— Tu voulais peut-être que je te demande la permission ?

— J'aurais aimé que tu te donnes la peine de me consulter, c'est tout.

— Attends un peu… Tu m'en veux de ne pas avoir pris tes sentiments en compte ? Tu es vexé parce que tu estimes que j'aurais dû *t'attendre* ?

— J'sais pas, marmonna-t-il. Peut-être !

— Seigneur. Se pourrait-il que tu sois… *jaloux* ?

— Bien sûr que non !

— Pourquoi tu boudes, alors ?

— Je ne boude pas.

— Regarde-moi ! »

Il lui fit face. Bras croisés, lèvres pincées, il avait l'air si dépité qu'elle ne put s'empêcher de rire.

« Quoi ? Qu'est-ce qu'il y a ? s'écria-t-il, outré.

— C'est assez ironique, tu ne trouves pas ?

— Non. Qu'y a-t-il d'ironique ?

— Cette manière que tu as d'être si conventionnel, si… monogame, tout à coup. »

Il garda le silence, puis se tourna de nouveau vers la fenêtre.

« Écoute…, reprit-elle d'un ton plus conciliant. Ce soir-là… Nous avions tous les deux un peu trop bu, non ?

— Pas moi. Pas tant que ça.

— Ah bon ? Si je me souviens bien, tu as essayé de passer ton pantalon *par-dessus* tes chaussures... » Elle espérait le faire rire. En vain. « Ne reste pas près de la fenêtre ! Viens t'asseoir ici, tu veux bien ? » Elle replia ses jambes sous elle pour lui faire de la place. Il se cogna le front contre la vitre une fois, deux fois... puis il traversa la pièce en veillant à ne pas croiser son regard, et se laissa tomber sur le canapé comme un gamin envoyé au piquet. Elle appuya ses pieds nus contre ses cuisses.

« Bon... Tu veux qu'on parle de cette fameuse nuit ? Parlons-en. »

Aucune réponse. Elle lui donna un petit coup de pied. Cette fois, il tourna les yeux vers elle. « Prêt ? s'enquit-elle. Je commence. » Elle prit une profonde inspiration. « Je crois que tu étais bouleversé et déjà un peu saoul quand tu es venu me voir, ce soir-là. Tu étais encore sous le choc de ta rupture avec Sylvie, tu ne supportais pas ton nouvel appart ni ta nouvelle vie, Jasmine te manquait terriblement et... tu avais besoin d'une épaule pour pleurer. Ou pour coucher avec. Je t'ai écouté, je t'ai consolé et... j'ai fini par t'offrir mon épaule. Pour coucher avec.

— C'est comme ça que tu vois les choses ?

— Oui.

— Tu as couché avec moi pour me remonter le moral ?

— Réponds franchement : est-ce que tu t'es senti mieux après ?

— Beaucoup mieux.

— Moi aussi. Donc, tu vois : ça a marché !

— Là n'est pas la question.

— De toutes les raisons qu'on peut invoquer pour faire l'amour, celle-ci n'est pas la pire, tu devrais le savoir !

— Faire l'amour par *pitié*, tu ne trouves pas ça déshonorant ?

— Pas par pitié : par *compassion*.

— Ne joue pas sur les mots, s'il te plaît.

— Je ne joue pas, je... Écoute, ça n'avait rien à voir avec de la pitié ! Tu le sais très bien. Mais c'est... compliqué. Nous sommes compliqués. Viens là. » Elle lui redonna un petit coup de pied. Il hésita, puis s'inclina lentement vers elle comme un arbre qu'on abat. Et vint se nicher contre son épaule.

Elle soupira. « On se connaît depuis si longtemps, Dex.

— Justement. Je croyais que ce serait une bonne idée... Dex et Em, Em et Dex – toi et moi, quoi ! Je pensais qu'on pouvait essayer pendant un petit moment, pour voir ce que ça donnerait. Et je m'imaginais que tu en avais envie, toi aussi.

— C'est vrai. Enfin, ça l'était. À la fin des années 1980.

— Pourquoi pas maintenant, alors ?

— Parce que. Ça arrive trop tard. Je suis lasse.

— Lasse ? T'as que trente-cinq ans !

— Je sais, mais... c'est une question de créneau. Nous avons laissé passer le nôtre, c'est tout.

— On ne peut pas le savoir tant qu'on n'a pas essayé !

— Dex... J'ai rencontré quelqu'un d'autre ! »

Ils demeurèrent silencieux, écoutant distraitement les cris des enfants qui jouaient dans la cour, le bourdonnement des postes de télévision encore allumés.

« Il te plaît, alors ? s'enquit finalement Dexter en se redressant.

— Qui ?

— Ce *mec*.

— Oui. Il me plaît beaucoup. »

Il posa une main sur le pied gauche d'Emma. « J'ai pas choisi le meilleur moment pour entrer en scène, si je comprends bien ?

— Non. Pas vraiment. »

Il baissa les yeux. Poussiéreux et couverts de vernis écaillé, les orteils d'Emma étaient tout sauf sexy. « Tes pieds sont dégoûtants.

— Je sais.

— Regarde-moi ça, insista-t-il en tirant sur son petit orteil. On dirait un vilain grain de maïs !

— Arrête de le tripoter, alors !

— Pour en revenir à cette fameuse nuit... » Il enfonça son pouce dans la peau durcie de sa voûte plantaire. « ... c'était si terrible que ça ? »

De son pied libre, elle lui asséna un violent coup dans les côtes. « N'essaie pas de m'extorquer des compliments !

— Non, sincèrement... J'aimerais avoir ton avis.

— Bon... C'était pas si terrible que ça, bien sûr. Si tu veux tout savoir, c'était même une des nuits les plus mémorables de ma vie ! Mais je continue de penser que nous devrions en rester là. » Elle se redressa et s'assit près de lui, puis elle prit sa main dans la sienne et posa la joue contre son épaule. Ils demeurèrent immobiles un long moment, les yeux rivés sur les étagères remplies de livres, jusqu'à ce qu'Emma pousse un long soupir. « Pourquoi ne m'as-tu pas dit ça il y a... huit ans, par exemple ?

— J'étais trop occupé à m'éclater, j'imagine. »

Elle releva la tête pour lui jeter un regard en coin. « Et maintenant que la fête est finie, tu te rappelles mon existence ?

— C'est pas ce que je voulais dire...

— Je ne suis pas un lot de consolation, Dex ! Ni une pauvre vieille fille qu'on drague en dernier recours... Je vaux mieux que ça, franchement !

— Je le pense aussi. C'est pour ça que je suis venu. Tu es une femme merveilleuse. »

Elle laissa le silence retomber entre eux. Puis elle se leva d'un bond et s'empara d'un coussin, qu'elle lui lança à la figure avant de pivoter sur ses talons. « La ferme, maintenant ! cria-t-elle en se dirigeant vers la chambre.

— Où tu vas ? » Il tenta d'attraper sa main quand elle passa devant lui, mais elle fit un pas de côté.

« Prendre une douche. Me changer. On va quand même pas passer la nuit ici ! » Debout devant l'armoire de la chambre, elle sortit quelques vêtements qu'elle jeta sur le lit. « Il sera là dans vingt minutes, figure-toi ! ajouta-t-elle d'un ton rageur.

— Qui ?

— Mon nouveau MEC, pardi !

— Jean-Pierre vient ici ?

— Oui. À 8 heures. » Elle entreprit de défaire un à un les petits boutons de son chemisier – puis renonça et le passa au-dessus de sa tête en grommelant. « On va dîner au resto ! Tous les trois ! »

Accablé, il se prit la tête entre les mains. « Oh, non ! On est obligés ?

— Évidemment ! On a tout organisé. » Elle était nue, à présent. Et très, très en colère. Contre elle-même, contre la *situation*. « On a prévu de t'emmener dans le resto où on s'est rencontrés, lui et moi ! Le fameux *bistro* dont je t'ai parlé ! On va s'asseoir à la même table et tout te raconter en se tenant par la main ! Tu verras : ce sera extrêmement romantique... » Elle entra dans la salle de bains et referma violemment la porte derrière elle. « ... et *personne* ne sera mal à l'aise ! » ajouta-t-elle en guise de conclusion.

Un instant plus tard, Dexter entendit l'eau couler dans la douche. Il s'allongea de nouveau sur le canapé, les yeux levés au plafond. Quel désastre ! Il s'était imaginé qu'il avait trouvé la solution à tous leurs problèmes. Qu'Emma et lui pourraient s'aider et se secourir mutuellement – alors qu'en fait elle allait bien depuis des années. Si quelqu'un avait besoin d'aide, c'était lui.

Et si Emma avait raison ? Il était peut-être un peu trop seul, en ce moment. Le vieux chauffe-eau émit un ultime gargouillement, puis se tut – elle venait de sortir de la douche. Seul. Tu es seul, songea-t-il, effaré. Quelle phrase terrible ! Il avait presque honte de la formuler. Mais le pire, c'est qu'il savait que c'était la réalité. Dire que pour ses trente ans il avait loué une boîte de nuit de Regent Street ! Les gens avaient fait la queue pour fêter son anniversaire. La carte SIM de son téléphone portable regroupait encore les centaines de « contacts » qu'il avait accumulés au cours des dix dernières années, alors qu'en fait… la seule personne à laquelle il avait toujours eu envie de parler, de parler *vraiment*, se tenait en cet instant précis dans la pièce voisine.

Il se figea, presque étonné. Était-ce vraiment le cas ? Il se força à examiner une fois de plus ses sentiments pour elle, et parvint à la même conclusion. Emma était bien l'unique être qui comptait réellement pour lui. Il se leva et se dirigea vers la chambre, bien décidé à partager cette découverte avec elle – mais il s'arrêta derrière la porte entrouverte.

Vêtue d'une robe de soie noire, elle était assise devant une petite coiffeuse des années 1950. Ses cheveux courts, encore mouillés, dévoilaient la ligne gracile de son cou. Sa robe, un peu désuète mais chic, s'arrêtait au genou et s'attachait dans le dos, mais la fermeture Éclair n'était tirée qu'à mi-hauteur, révélant l'ombre qui se creusait entre ses omoplates. Emma se tenait immobile et très droite sur le petit tabouret, dans une posture assez élégante, comme si elle attendait que quelqu'un vienne l'aider à fermer sa robe – un geste tout simple, mais si attrayant, si intime, si familier et inédit à la fois que Dexter faillit entrer dans la chambre. Il se vit remonter la fermeture Éclair, poser un baiser entre son cou et son épaule, puis se redresser et lui faire sa déclaration.

Mais il n'en fit rien. Il resta derrière la porte et l'observa en retenant son souffle tandis qu'elle attrapait son gros dictionnaire d'anglais-français. Elle le posa devant elle et le feuilleta avant de s'arrêter abruptement, cherchant un mot des yeux. Ce faisant, elle se gratta les sourcils et repoussa sa frange en grommelant. Elle semblait si exaspérée qu'il ne put retenir un petit rire. Vite étouffé, il alerta tout de même Emma, qui jeta un regard vers la porte. Dex recula d'un pas, craignant d'être découvert. Hélas, le plancher craqua sous ses pas... et il dut battre en retraite vers la cuisine, où il fit précipitamment couler l'eau dans l'évier, aspergeant un peu de vaisselle sale en guise d'alibi. Il s'apprêtait à retourner dans le salon quand il entendit tinter le vieux téléphone qui se trouvait dans la chambre. Elle venait de soulever le combiné... pour appeler Jean-Pierre, sans doute. Dex referma les robinets et tendit l'oreille. De la pièce voisine lui parvint un murmure – un chuchotement d'amoureux, pensa-t-il. Il s'efforça de discerner quelques mots connus dans les propos d'Emma, mais renonça vite.

Un autre tintement se fit entendre quand elle raccrocha. Elle apparut sur le seuil de la cuisine quelques instants plus tard. « Tu étais au téléphone ? remarqua-t-il sans se retourner.

— Oui. Avec Jean-Pierre.

— Oh. Et comment va Jean-Pierre ?

— Il va bien.

— Parfait. Bon… Je devrais me changer, non ? À quelle heure vient-il nous chercher, déjà ?

— Il ne viendra pas. »

Dexter fit volte-face.

« Comment ça ?

— Je lui ai demandé de ne pas venir.

— Vraiment ? Tu as fait ça ? »

Il fut saisi d'une folle envie de rire. De rire à gorge déployée, mais…

« Je lui ai dit que j'avais une amygdalite. »

… il ne devait pas rire. Pas encore. Il s'essuya les mains sur un torchon. « Et ça donnait quoi, en français ? » s'enquit-il d'un ton résolument neutre.

Elle porta les doigts à sa gorge. « *Je suis très désolée, mais mes glandes sont gonflées*, croassa-t-elle. *Je pense que je peux avoir l'amygdalite**.

— L'amy… ?

— *L'amygdalite**.

— Quel vocabulaire ! »

Elle haussa modestement les épaules. « Oh… J'ai dû chercher le mot dans le dictionnaire, tu sais. »

Ils échangèrent un sourire. Puis, comme si elle venait d'avoir une idée, elle traversa la cuisine en trois enjambées, prit le visage de Dexter entre ses mains et posa sa bouche sur la sienne. Il l'enlaça, laissant glisser ses doigts sur la peau nue, fraîche et encore humide de son dos, là où les pans de sa robe, toujours ouverte, révélaient ses omoplates. Ils s'embrassèrent ainsi pendant un long moment. Puis, sans laisser retomber ses mains, elle recula d'un pas et le dévisagea avec intensité. « Je te préviens, Dex. Si tu te fous de ma gueule…

— Je ne ferai jamais…

— Si tu me fais marcher, si tu me laisses tomber ou que tu joues un double jeu avec moi, je te tuerai, tu entends ? Je te jure que je t'arracherai le cœur à mains nues !

— Je ne ferai rien de tout ça, Em.

— Vraiment ?

— Je te le promets. »

Elle fronça les sourcils, puis l'étreignit de nouveau et enfonça le visage dans son épaule en lâchant un cri presque rageur.

« Qu'est-ce qu'il y a ? s'enquit-il, alarmé.

— Rien. Rien du tout. Je croyais que... » Elle leva les yeux vers lui. « Je croyais que j'avais enfin réussi à me débarrasser de toi.

— Te débarrasser de moi ? Je ne pense pas que ce soit possible », répondit-il.

QUATRIÈME PARTIE

2002-2004

Bientôt quarante ans

Ils parlaient peu de leurs sentiments réciproques : ce n'était pas nécessaire entre amis depuis longtemps éprouvés.

Thomas HARDY, *Loin de la foule déchaînée*[1].

---

1. Traduit par Mathilde Zeys, Mercure de France, Paris, 1980.

16

Lundi matin

LUNDI 15 JUILLET 2002

Belsize Park

Le radio-réveil se déclenche à 7 h 05, comme d'habitude. Il fait déjà grand jour, mais aucun d'eux n'est prêt à se lever. Pas encore, du moins. Ils restent lovés l'un contre l'autre (son bras à lui sur sa hanche à elle, leurs chevilles entremêlées) dans le grand lit de Dexter, qui trône toujours au beau milieu de la chambre à coucher de son appartement de Belsize Park – celui qui fut autrefois, il y a très longtemps, une garçonnière.

Réveillé depuis un petit moment, Dex tourne une phrase dans sa tête en cherchant à trouver le ton juste (décontracté, mais empreint d'une certaine gravité). Quand Emma s'éveille à son tour, il se jette à l'eau. « Je peux te dire quelque chose ? murmure-t-il sans bouger, les yeux encore fermés, la bouche pâteuse de sommeil.

— Vas-y, répond-elle, vaguement inquiète.

— Je trouve ça absurde que tu gardes ton appartement. »

Elle sourit, le visage caché dans l'oreiller. « Absurde ?

— Oui. Tu passes déjà presque toutes tes nuits ici ! »

Elle ouvre les yeux. « Tu n'es pas obligé de m'accueillir.

— Non, mais j'en ai envie. »

Elle se tourne vers lui, et constate qu'il a encore les yeux fermés. « Es-tu en train de...

— De quoi ?

— De me proposer d'habiter avec toi ? »

Il sourit, attrape sa main sous les draps et la serre dans la sienne. « Emma... Acceptes-tu d'être ma colocataire ?

— Enfin ! réplique-t-elle. J'ai attendu ce moment toute ma vie !

— C'est oui, alors ?

— Laisse-moi réfléchir.

— N'attends pas trop, quand même ! Si tu n'es pas intéressée, je demanderai peut-être à quelqu'un d'autre de s'installer avec moi...

— Laisse-moi juste un peu de temps, Dex. »

Il ouvre les yeux. Il attendait une réponse positive de sa part. « Du temps pour quoi ?

— Je viens de te le dire : pour réfléchir.

— À quoi ?

— À... je ne sais pas, moi ! Au fait de vivre ensemble.

— On a vécu ensemble à Paris.

— Je sais, mais c'était Paris.

— On vit déjà plus ou moins ensemble ici, non ?

— C'est vrai, mais...

— Tu jettes l'argent par les fenêtres en payant ce loyer ! Vu l'état actuel du marché immobilier, c'est complètement absurde !

— J'ai l'impression d'entendre mon conseiller financier. Très romantique ! » Elle pose un petit baiser sur ses lèvres – le premier de la journée. « Rassure-moi : ce n'est pas seulement une histoire de gestion de patrimoine ?

— Si, principalement. Mais je pense aussi que ce serait... sympa.

— Sympa.

— Que tu viennes vivre ici.

— Et Jasmine ?

— Elle s'y fera. De toute façon, elle n'a que deux ans et demi. Ce n'est pas à elle de décider, si ? Ni à sa mère, d'ailleurs.

— Et on ne risque pas d'être un peu...

— Un peu quoi ?

— À l'étroit. Le week-end, quand on sera tous les trois.

— On se débrouillera.

— Et mon travail ? Où je travaillerai si je lâche mon appart ?

— Ici. Tu auras la maison pour toi toute seule pendant la journée.

— Où emmèneras-tu tes maîtresses, alors ? »

Il soupire. Après un an de fidélité quasi obsessionnelle, les plaisanteries d'Emma commencent à l'ennuyer. « Je trouverai un hôtel qui loue des chambres à la journée. »

Un silence s'installe entre eux, tandis que, sur la table de chevet, la radio continue de jacasser. Emma referme les yeux et tente de s'imaginer en train de déballer des cartons, de chercher de la place pour ses affaires... mais cette perspective la laisse un peu froide. Pour être honnête, elle préfère son appartement, un grand studio mansardé, agréable et vaguement bohème, situé à deux pas de Hornsey Road, à celui de Dexter, trop bien rangé, presque prétentieux à son goût. Elle a beau y mettre du sien et coloniser peu à peu l'espace en apportant ses livres et ses vêtements, elle a toujours l'impression de faire irruption dans une garçonnière. Tout y est : les consoles de jeux vidéo, l'immense poste de télévision, l'énorme lit double dans la chambre à coucher. « Je m'attends toujours à recevoir une cascade de petites culottes sur la tête quand j'ouvre un placard ! » avouait-elle encore récemment à une amie. Mais elle ne peut pas laisser la proposition de Dexter sans réponse. Elle doit – elle *souhaite* – lui offrir quelque chose en retour.

« On ferait peut-être mieux d'acheter un appart ensemble... On pourrait s'agrandir, comme ça », ajoute-t-elle, consciente d'effleurer le sujet qu'ils ont tacitement décidé de laisser dans l'ombre.

Un long silence s'ensuit. Si long qu'Emma en vient à se demander si Dexter s'est rendormi, quand sa voix s'élève dans la pièce : « D'accord. On en parlera ce soir. »

Ainsi commence la semaine d'Em et Dex. Comme ils l'ont fait la semaine précédente et comme ils le feront la semaine suivante, ils se lèvent et se rendent dans la salle de bains. Dexter prend la première douche ; Emma, la seconde. Puis, tandis qu'elle s'habille en tirant sur les maigres réserves de vêtements pliés dans la petite commode qu'il lui a allouée, Dex descend acheter le journal (et une brique de lait, si nécessaire) au coin de la rue. Ils déjeunent dans un silence confortable, chacun d'eux se plongeant dans une partie du journal (les pages sportives pour lui, l'actualité politique et internationale pour elle), ensuite elle récupère son vélo dans l'entrée et accompagne Dexter jusqu'au métro. Ils se quittent vers 8 h 25 en échangeant un baiser et quelques informations pratiques.

« Sylvie viendra déposer Jasmine à 16 heures, annonce-t-il. Je pense rentrer vers 18 heures... Tu es sûre que ça ne te dérange pas de t'occuper d'elle ?

— Bien sûr que non. On fera un truc ensemble... Je l'emmènerai au zoo, par exemple. »

Ils s'embrassent de nouveau, puis elle va travailler, lui aussi, et le temps file, plus vite que jamais.

Travailler ? Oui, Dexter va travailler. Il a monté une nouvelle boîte, quoique ce terme lui semble encore trop grandiloquent pour décrire le petit *delicatessen* qu'il a ouvert dans une rue tranquille, au nord de Hampstead.

C'est Emma qui a eu l'idée. Ébauché à Paris, pendant l'étrange été au cours duquel ils ont démonté la vie de Dexter pièce par pièce avant de la remonter patiemment, le projet a pris forme après leur retour en Angleterre. Il revoit encore Emma, assise à une terrasse de café près du parc des Buttes-Chaumont, évoquer cette perspective pour la première fois. « Tu es plutôt gourmet, non ? Et tu t'y connais en vins. Tu pourrais vendre du très bon café au détail, des fromages français et italiens, des pâtisseries maison, bref, tout ce qui plaît aux bobos en ce moment. Rien de prétentieux ni de chichiteux : ce serait juste un joli petit commerce, avec quelques tables et un coin de trottoir que tu pourrais transformer en terrasse quand il fait beau. » Le mot « commerce » l'avait d'abord hérissé – il ne se voyait pas en « petit commerçant », et encore moins en épicier. Emma avait rectifié le tir. Et il s'était laissé tenter. « Détaillant en produits alimentaires d'importation », ça sonnait quand même mieux. Ce ne serait pas un « magasin », mais un café doublé d'une épicerie fine... Oui, le concept avait de l'allure. Et ferait de lui un entrepreneur.

Fin septembre, quand Paris avait enfin commencé à perdre un peu de son charme, ils avaient pris ensemble le train du retour. En arrivant à Waterloo, ils avaient longé le quai bras dessus, bras dessous, radieux sous leur léger hâle et leurs vêtements neufs, avec l'impression de débarquer à Londres pour la première fois, le cœur gonflé d'espoir, de projets, d'ambitions et de bonnes résolutions.

En les voyant ensemble, leurs amis avaient sagement hoché la tête, sourire ému aux lèvres, comme s'ils avaient toujours su qu'ils étaient faits l'un pour l'autre. Emma fut présentée au père de Dexter pour la seconde fois – « Bien sûr que je m'en souviens ! Vous m'aviez traité de fasciste ! » Ils profitèrent de l'occasion pour lui soumettre leur projet en espérant que Stephen Mayhew accepterait d'y contribuer financièrement. À la mort d'Alison, le père et le fils s'étaient tacitement entendus sur le fait que Dexter hériterait en temps voulu d'un petit capital. Cette heure semblait venue, à présent. Stephen l'avait admis sans difficulté. Il demeurait secrètement convaincu que Dexter ferait faillite à plus ou moins long terme, mais c'était peu de chose, comparé à l'infini soulagement qu'il éprouvait en pensant que son fils ne passerait plus *jamais* à la télévision. Il avait cédé d'autant plus aisément que la présence d'Emma le rassurait. Il l'appréciait beaucoup. Et grâce à elle, pour la première fois depuis de longues années, il recommençait à apprécier son fils.

Épaulé par Emma, Dexter s'était mis en quête d'un local. Après quelques semaines de recherches, ils étaient tombés sur le gérant d'un vidéoclub manifestement dépassé par le progrès technologique : sa boutique remplie de VHS poussiéreuses avait fini par rendre l'âme à l'issue d'une longue agonie. Bien qu'hésitant, Dexter avait cédé aux encouragements d'Emma, et signé un bail d'un an avec le propriétaire des lieux. Ils avaient consacré le mois de janvier, long et pluvieux, à rénover et à aménager le local : après avoir décroché les étagères métalliques et distribué ce qu'il leur restait des cassettes de Steven Seagal aux associations caritatives du quartier, ils avaient arraché la tapisserie et repeint les murs en blanc crémeux, posé des lambris en bois foncé et écumé les restaurants en faillite de Hampstead pour dénicher une bonne machine à café, un congélateur et des armoires réfrigérées – chacun de ces établissements en cours de liquidation rappelant à Dexter l'ampleur des risques qu'il s'apprêtait à prendre, et le peu de chances qu'il avait de réussir.

Mais Emma était là, à son côté. Toujours prête à l'encourager, à lui démontrer qu'il était sur la bonne voie. Les agents immobiliers ne leur avaient-ils pas affirmé que le quartier était en pleine expansion ? Qu'il attirait les jeunes cadres dynamiques – ceux-là mêmes qui connaissaient la valeur du mot « artisan » et se pâmaient devant une boîte de confit de canard ? Ce genre de clients, assurait Emma avec enthousiasme, ne rechignaient pas à payer deux livres pour un morceau de pain biscornu ou un crottin de chèvre de la taille d'une balle de squash ! Elle n'en doutait pas : le café deviendrait vite un lieu branché, où les écrivains viendraient s'installer avec leur ordinateur portable pour être vus en train de rédiger leur nouveau roman.

Le premier jour du printemps, ils s'étaient tous deux assis au soleil, devant la boutique encore en travaux, afin de lui trouver un nom. Papier et crayon en main, ils avaient noté tout ce qui leur passait par la tête, combinant sans grand succès les mots « magasin », « vin », « pain » et « Paris », avant d'opter pour le « Belleville Café », histoire de transposer un peu de l'esprit du XIXe arrondissement au sud de l'autoroute A1. Dex avait aussitôt déposé les statuts de sa nouvelle entreprise, la seconde après Mayhem TV, en octroyant à Emma la fonction de secrétaire général. Elle était aussi, de manière modeste quoique significative, son partenaire financier. Les royalties des deux premiers volumes de la série *Julie Criscoll* commençaient à tomber, le dessin animé tiré de ses bouquins était en route pour une deuxième saison, et les producteurs planchaient sur une ligne de produits dérivés : ils prévoyaient de lancer des trousses et des cahiers, des cartes de vœux, et même un magazine mensuel à l'effigie de Julie. Emma appartenait maintenant à la catégorie des « gens aisés », comme disait sa mère. Si étrange et perturbant que cela paraisse, elle était donc en mesure d'aider Dexter à monter sa société. Après s'être dûment raclé la gorge, elle lui avait proposé son soutien financier. Que Dex avait accepté, après s'être dûment balancé d'un pied sur l'autre.

Ils avaient ouvert en avril. Dex avait passé les six premières semaines à sourire poliment aux passants qui entraient, examinaient les lieux, reniflaient et ressortaient sans un mot. Puis la nouvelle s'était répandue dans le quartier, les clients s'étaient fait plus nombreux – certains étaient même devenus des habitués –, et il avait pu embaucher du personnel. Il s'était alors aperçu qu'il se plaisait dans ses nouvelles fonctions. Qu'il s'amusait, même.

Le succès ne s'est pas démenti avec l'arrivée de l'été : le café est devenu un lieu à la mode et Dexter a retrouvé une petite célébrité – quoique moins flamboyante qu'aux grandes heures de sa carrière médiatique : il est connu, certes, mais pas au-delà des frontières du quartier, et seulement pour son excellente sélection de tisanes. Son charme opère désormais sur les jeunes mamans qui viennent s'offrir une pâtisserie, encore essoufflées par leur cours de gym-poussette. Et alors ? Si modeste soit-elle, sa réussite est indéniable. En ce matin du 15 juillet, il déverrouille vers 9 heures le lourd cadenas qui bloque l'ouverture du rideau métallique, déjà réchauffé par le soleil généreux de cette belle matinée d'été. Puis il le remonte d'un coup d'épaule, tourne la clé dans la serrure et pousse la porte de sa boutique avec... enthousiasme. Oui, enthousiasme. Secrètement, et pour la première fois depuis des années, il se sent non pas satisfait, ni même content, mais heureux. Réellement heureux. Et fier de lui.

Il y a des jours moins exaltants que d'autres, bien sûr. Certains mardis après-midi, par exemple, quand il pleut sans discontinuer et que les clients sont rares, il est pris d'une soudaine envie de fermer boutique. Et de boire méthodiquement son stock de vin rouge, à l'abri de ses rideaux baissés – mais pas aujourd'hui. On est lundi matin, le temps est splendide, et ce soir il verra sa fille. Il va même passer la majeure partie de la semaine avec elle, puisque Sylvie et ce connard de Callum partent encore en vacances. Jasmine a maintenant deux ans et demi. C'est fou, non ? Elle est assez grande pour jouer à la marchande quand il l'emmène à la boutique. Aussi belle et posée que sa mère, elle suscite l'admiration des clients et des employés de Dexter. Et elle s'entend bien avec Emma. Pour toutes ces raisons, et pour bien d'autres encore, Dexter a enfin le sentiment d'être plus ou moins là où il a envie d'être. Il vit avec une femme qu'il aime et qu'il désire, une femme qui est à la fois son amante et sa meilleure amie. Il est père d'une adorable petite fille. Et il s'en sort plutôt bien sur le plan professionnel. Si rien ne change, l'avenir promet d'être radieux.

À trois kilomètres de là, au coin de Hornsey Road, Emma grimpe un escalier, ouvre une porte et pénètre dans l'atmosphère tiède et confinée d'un appartement inoccupé depuis quatre jours. Elle se prépare une tasse de thé, puis elle s'assied à son bureau, allume l'ordinateur... et fixe distraitement l'écran pendant la majeure partie de l'heure suivante. Ce n'est pourtant pas le travail qui manque : elle doit lire les scripts des nouveaux épisodes du dessin animé, avancer dans la rédaction du troisième volume de la série, améliorer quelques illustrations, et répondre au courrier postal et électronique de ses jeunes lecteurs – certaines lettres sont si touchantes, si personnelles, qu'elle en reste déconcertée, ne sachant quels conseils donner à ces adolescentes en butte à la solitude, à l'agressivité de leurs camarades ou à l'indifférence d'un garçon qu'elles aiment « vraiment beaucoup, beaucoup ».

Elle devrait bosser d'arrache-pied, donc, mais ses pensées la ramènent constamment à la proposition de Dexter. L'an dernier, pendant l'étrange été qu'ils ont passé ensemble à Paris, ils ont pris certaines résolutions quant à leur avenir commun – s'ils en avaient un, ce qui restait encore à déterminer. Motivés par le désir de *ne pas* vivre ensemble, ils ont ébauché une stratégie novatrice : ils auraient chacun leur vie, chacun leur appartement, chacun leurs amis. Ils feraient tout leur possible pour être heureux et rester fidèles l'un à l'autre, mais leur couple échapperait aux conventions : ils ne traîneraient pas le dimanche après-midi devant les vitrines des agences immobilières, n'inviteraient pas d'amis à dîner le vendredi soir et ne s'offriraient rien pour la Saint-Valentin. Aucune des traditions qui accompagnent la vie domestique ne les tentait. Ils avaient déjà essayé, chacun de leur côté, de les observer – et ils avaient lamentablement échoué.

Emma s'est d'abord félicitée de cet arrangement : leur couple lui semblait sophistiqué, en avance sur son temps. En rentrant à Londres, elle avait l'impression d'inventer un nouveau mode de relation entre hommes et femmes. Mais sa satisfaction s'est émoussée au fil des mois : ce dispositif leur coûte une telle énergie, ils doivent déployer tant d'efforts pour feindre de ne pas avoir envie d'être ensemble qu'Emma a senti le vent tourner. L'un d'eux finirait par craquer, elle le savait – mais elle ne pensait pas que ce serait Dexter. Sa proposition va dans le bon sens, c'est certain. Mais après ? La grande question, celle qu'ils n'ont pas encore abordée, se posera avec plus d'acuité. Il faudra qu'Emma se jette à l'eau et qu'elle prononce la phrase fatidique : « *Je veux des enfants.* » Non, pas « des » enfants. Inutile de l'effrayer en employant le pluriel ! Mieux vaudra s'en tenir au singulier. Un enfant. Elle veut un enfant.

Ils en ont déjà parlé, mais de manière facétieuse et détournée. Dexter a reconnu, à demi-mot et sans regarder Emma, qu'il n'écartait pas la possibilité d'avoir un enfant avec elle, plus tard, quand ils seraient « un peu plus installés ». Mais installés dans quoi ? Ne sont-ils pas déjà parfaitement « installés » l'un avec l'autre ? À quoi bon attendre davantage ? Cette question la tourmente, ces temps-ci. Elle surgit dans son couple comme un serpent de mer. S'immisce dans les conversations téléphoniques avec ses parents. S'insinue entre elle et Dex chaque fois qu'ils font l'amour (moins fréquemment qu'à Paris, mais toujours très régulièrement). Elle l'empêche de dormir. Il lui semble parfois qu'au soir de sa vie elle pourra la retracer en dressant la liste de ce qui l'a tenue éveillée à 3 heures du matin. Autrefois, c'était les garçons. Puis, pendant trop longtemps, ce fut l'argent. Ensuite vinrent les soucis professionnels, sa relation avec Ian, sa liaison avec M. Godalming... Maintenant, c'est son désir d'enfant. Elle a trente-six ans, elle veut un enfant et si Dex n'en veut pas, elle devrait peut-être...

Quoi ? Mettre fin à leur histoire ? Non, elle n'en est pas là. Ce genre d'ultimatum lui semble mélodramatique et dégradant, et la simple idée de mettre cette menace à exécution la fait frémir. Elle ne peut tout simplement pas concevoir de quitter Dexter. Que faire, alors ? Il faut qu'ils en parlent, tout simplement. Elle abordera le sujet dès ce soir. Non, pas ce soir, puisque Jasmine sera là, mais bientôt. Très bientôt.

Après avoir copieusement perdu son temps, elle se rend à la piscine et passe l'heure du déjeuner à faire des longueurs, sans pour autant parvenir à se changer les idées. Puis, les cheveux encore mouillés, elle reprend son vélo et retourne à Belsize Park où Sylvie et Callum, claquemurés dans leur énorme quatre-quatre noir, l'attendent déjà au pied de l'immeuble de Dexter. Emma aperçoit d'abord leurs silhouettes derrière le pare-brise : Callum, petit et massif, trône au volant de sa voiture de gangster ; Sylvie, grande et mince, est assise près de lui. Tous deux gesticulent et vocifèrent, avec force cris et mouvements de bras, comme d'habitude. Leurs éclats de voix s'entendent depuis l'autre bout de la rue. Emma descend de vélo et le pousse jusqu'à leur voiture. Elle distingue maintenant le rictus hargneux de Callum et le petit visage de Jasmine. Installée dans son siège auto sur la banquette arrière, les yeux rivés sur un livre d'images, l'enfant essaie manifestement de s'abstraire du vacarme ambiant. Emma toque contre la vitre pour attirer son attention. Jasmine lève la tête et sourit – petites dents bien blanches alignées dans une grande bouche – en tirant sur sa ceinture pour essayer de se libérer.

Sylvie et Callum l'ont vue, eux aussi. Ils la saluent poliment, comme le veut l'étiquette vaguement puérile qui régit les rapports entre hommes et femmes à l'issue d'un divorce, d'une liaison ou d'une séparation : après la phase de guerre ouverte, il convient de prêter des serments d'allégeance, de relancer certaines hostilités, de signer des armistices. Ainsi, bien qu'Emma connaisse Callum depuis près de vingt ans, elle doit désormais s'abstenir de lui adresser la parole. Quant à ses relations avec Sylvie, elles doivent être aimables et dénuées de ressentiment. Toutes deux y parviennent plus ou moins, mais l'animosité continue de se lire sous leurs sourires de façade.

« Désolée ! s'exclame Sylvie en dépliant ses longues jambes pour sortir de la voiture. Nous ne sommes pas d'accord sur la quantité de bagages qu'il faut emporter !

— Les départs en vacances peuvent être stressants », réplique Emma sans réfléchir.

Sylvie détache la ceinture de Jasmine, qui se jette aussitôt dans les bras d'Emma, en enroulant ses petites jambes autour de ses hanches. Un peu gênée, Em sourit, comme si ces débordements d'affection étaient indépendants de sa volonté. Sylvie sourit, elle aussi. Un sourire si rigide et artificiel qu'il ressemble à une grimace.

« Il est où, papa ? demande Jasmine, sans décoller son menton du cou d'Emma.

— Il est au travail. Il sera là très bientôt.

— Comment ça se passe, au fait ? s'enquiert l'ex-femme de Dexter, au prix d'un effort manifeste. Les affaires marchent bien ?

— Très bien. Vraiment très bien.

— Je suis désolée de ne pas le voir... Embrasse-le pour moi. »

Elle sourit toujours. Emma aussi. Un bref silence s'installe, vite rompu par Callum, qui démarre la voiture dans un grand bruit de moteur. Il s'impatiente, manifestement.

« Tu veux monter avec nous ? propose Emma en sachant que Sylvie lui répondra par la négative.

— Non. On risque d'être en retard à l'aéroport.

— Vous partez où, déjà ?

— Au Mexique. Faire de la plongée.

— Formidable.

— Tu y es allée ?

— Non, mais j'ai travaillé dans un resto mexicain il y a longtemps. »

Sylvie lâche un « Vraiment ? » lourd de réprobation, vite balayé par les rugissements de Callum : « Dépêche-toi ! On va se retrouver dans les embouteillages, si tu continues ! »

Jasmine passe des bras d'Emma à ceux de sa mère pour la cérémonie des adieux. Les injonctions « Sois sage » et « Ne regarde pas trop la télé » sont répétées à plusieurs reprises tandis qu'Emma s'empare discrètement des bagages de l'enfant (une valise à roulettes rose bonbon et un sac à dos en forme de panda), qu'elle dépose dans le hall de l'immeuble. Lorsqu'elle revient vers la voiture une minute plus tard, Jasmine l'attend gentiment sur le trottoir en serrant quelques livres sur sa poitrine. Elle est jolie, chic et impeccable. Un peu mélancolique, aussi. Le portrait craché de sa mère, en somme. Et tout le contraire d'Emma.

« Il faut qu'on y aille, annonce Sylvie. L'enregistrement est un tel cauchemar, en ce moment ! » Elle replie ses longues jambes et les remet dans la voiture comme un voyageur range la lame de son canif après un pique-nique. Les yeux rivés droit devant lui, Callum ne fait pas un geste.

« Amusez-vous bien ! lance Emma. N'oublie pas ton tuba !

— Ce sont les enfants qui plongent avec un tuba, rétorque Sylvie, plus durement qu'elle l'aurait souhaité. Moi, je fais de la plongée sous-marine avec des bouteilles à oxygène. »

Emma prend la mouche. « Ah. Je l'ignorais. Bonne plongée sous-marine, alors ! Tâche de ne pas te noyer ! »

Sylvie hausse les sourcils, ses lèvres se plissent en un petit « oh » de surprise, et Emma comprend qu'elle a commis une bévue. Impossible de se rattraper, à présent – s'écrier : « Je t'en prie, Sylvie, ne te noie pas, je ne veux pas que tu te noies ! » serait du dernier ridicule. Le mal est fait ; leur pseudo-fraternité vole en éclats. Sylvie plaque un dernier baiser sur le front de sa fille, claque la portière et disparaît.

Emma et Jasmine agitent la main jusqu'à ce que la voiture noire ait tourné au coin de la rue.

« Alors, ma douce... Ton papa ne rentre pas avant 6 heures. Qu'est-ce que tu veux faire en attendant ?

— Je sais pas, gazouille l'enfant.

— On a encore le temps d'aller au zoo avant la fermeture. Ça te dit ? »

Jasmine hoche vigoureusement la tête. Emma a récemment acheté un abonnement familial pour le zoo. C'est très pratique, ces trucs-là. Elle sourit, prête à passer un après-midi de plus avec l'enfant d'une autre.

Assise dans l'énorme voiture noire, ses pieds nus repliés sous elle, l'ex-Mme Mayhew croise les bras sur sa poitrine et appuie sa joue contre la vitre fumée. Près d'elle, Callum peste contre les sempiternels bouchons qui encombrent Euston Road. Attend-il une réponse de sa part ? Sans doute pas. Ils ne se parlent pratiquement plus, ces temps-ci. Le moindre échange tourne au vinaigre, et ces vacances, comme les précédentes, sont censées leur permettre de recoller les morceaux – s'il en reste.

L'année écoulée n'a pas été une réussite. Au fil des mois, Callum s'est révélé méchant et grossier. Ce qu'elle prenait pour de l'ambition et du dynamisme n'est rien d'autre qu'une réticence à rentrer chez lui après sa journée de travail. Elle le soupçonne d'avoir une liaison. Il semble avoir du mal à supporter la présence de Sylvie à *son* domicile : celle de Jasmine aussi, d'ailleurs : il l'évite, ou lui reproche de se conduire comme une enfant. Et alors ? Elle n'a que deux ans et demi, bon sang ! Il lui lance des maximes absurdes à la figure : « *Quid pro quo*, Jasmine. *Quid pro quo !* » Dexter était inepte et irresponsable avec sa fille, certes. Mais il était également enthousiaste et affectueux – trop, parfois. Callum, lui, traite Jasmine comme un employé qui ne parviendrait pas à faire ses preuves. Les parents de Sylvie ne s'y trompent pas : méfiants avec Dexter, ils sont franchement méprisants à l'égard de Callum.

Et s'il n'y avait que ça... mais elle doit endurer le *bonheur* de Dexter, à présent. Son ex a constamment le sourire aux lèvres, comme les adeptes de certaines sectes messianiques. Il lance Jasmine en l'air, la porte sur son dos ou la juche sur ses épaules, bref, il tire parti de la moindre occasion pour s'exhiber en compagnie de sa fille et montrer à quel point il est devenu un père merveilleux. Quant à Emma... Jasmine n'a que ce prénom à la bouche. C'est Emma par-ci, Emma par-là, à longueur de journée. À croire que cette femme est sa meilleure amie ! La petite revient de ses week-ends à Belsize Park avec des nouilles collées sur des morceaux de carton colorié. Quand Sylvie lui demande de quoi il s'agit, elle répond invariablement qu'elle l'a fait avec Emma, avant de lui raconter dix fois de suite qu'elles sont allées au zoo ensemble. Em et Dex ont acheté un *abonnement*, apparemment. Ah ! Ce qu'ils peuvent avoir l'air content d'eux, ces deux-là ! Lui et sa petite boutique bien pimpante – Callum possède quarante-huit succursales de Nature et Compagnie, au fait ; elle et sa bicyclette, sa taille moins fine mais toujours svelte, son look d'étudiante et son regard perpétuellement désabusé sur le monde... Insupportables. Ils sont insupportables. Sylvie se demande parfois s'il n'y a pas aussi une part de calcul dans la démarche d'Emma : le fait qu'elle soit passée du statut de marraine de sa fille à celui de belle-mère lui paraît vaguement sinistre, comme si elle s'était toujours tenue dans l'ombre, attendant le moment propice pour faire son apparition. « *Tâche de ne pas te noyer !* » Sale garce, va.

Près d'elle, Callum continue de pester contre les bouchons (ils sont sur Marylebone Road, à présent). Murée dans le silence, Sylvie se laisse submerger par un profond ressentiment : elle en veut à tous ceux qui sont heureux – plus heureux qu'elle, en tout cas. Pourquoi n'est-elle plus dans l'équipe qui gagne ? Elle le sait, bien sûr. Et cette conviction ne fait qu'ajouter à son malaise. Ses pensées sont méchantes, malveillantes et désobligeantes. Après tout, c'est elle qui a quitté Dexter, pas l'inverse !

Son compagnon s'en prend maintenant aux ralentissements sur Westway. Sylvie aimerait avoir un autre enfant, mais comment en parler à Callum ? À peine partis, ils se disputent déjà. Elle retient un soupir. La semaine qui s'annonce, si luxueuse et ensoleillée soit-elle, ne suffira certainement pas à recoller les morceaux.

17

Discoursgrandjour.doc

LUNDI 15 JUILLET 2003

Nord du Yorkshire

Ça ne ressemblait pas du tout aux photos qu'ils avaient vues sur internet. Sombre et exigu, le gîte était imprégné de cette odeur spécifique aux locations de vacances, mélange de désodorisant, de moisi et de renfermé qui résiste à tous les courants d'air. Et il y régnait un froid de canard : même en plein soleil, au cœur du mois de juillet, on frissonnait dans le salon comme si la maison avait retenu l'hiver entre ses épais murs de pierre.

Mais quelle importance ? Le logis était fonctionnel, isolé, et la vue qu'il offrait sur la lande, même par les toutes petites fenêtres de la chambre, était superbe. Depuis leur arrivée, ils avaient passé le plus clair de leur temps à marcher dans la campagne ou à sillonner la route côtière, s'arrêtant dans les stations balnéaires au charme suranné qu'Emma avait visitées autrefois en compagnie de ses parents. Collection de petites bourgades poussiéreuses, elles se ressemblaient toutes, et semblaient toutes arrêtées en 1976. Ce 15 juillet, quatrième jour de leurs vacances, les trouva à Filey, sur la digue qui longe l'immense plage de sable. Les vacances scolaires n'ayant pas encore commencé, les lieux étaient quasiment déserts.

« Tu vois ce petit renfoncement, derrière la digue ? s'enquit Emma. C'est là que ma sœur s'est fait mordre par un chien.

— Passionnant. Quel genre de chien ?
— Je t'ennuie avec mes histoires ?
— Un tout petit peu.
— Pas de bol. Il te reste encore quatre jours à tirer. »

Ils avaient prévu de consacrer l'après-midi à une longue randonnée, planifiée la veille par Emma, mais ils renoncèrent au bout d'une heure de marche : perdus sur la lande, ils scrutèrent vainement la carte d'état-major pour retrouver le sentier qui devait les conduire à la « majestueuse chute d'eau » promise par les dépliants touristiques. « Tant pis ! » s'exclama Emma. Ils s'allongèrent sur la bruyère jaunie pour profiter du soleil. Elle avait apporté un guide d'observation des oiseaux et une énorme paire de jumelles dénichées dans un surplus militaire. Aussi lourdes et imposantes qu'un moteur Diesel, elles envahissaient son sac à dos.

« Oh ! s'écria-t-elle après les avoir péniblement levées jusqu'à ses yeux. Je crois que je viens de voir un busard Saint-Martin.

— Hmm.
— Tiens, prends les jumelles. Il est là-bas !
— Ça ne m'intéresse pas. Je dors.

— Tu es sûr que tu ne veux pas regarder ? Il est splendide !

— Je suis trop jeune pour observer les oiseaux. »

Emma éclata de rire. « Ne sois pas ridicule !

— Écoute, on fait déjà de la randonnée... Si je ne veille pas au grain, on passera à la musique classique, puis à...

— L'ornithologie n'est pas assez cool pour toi, si je comprends bien ?

— ... puis au jardinage, poursuivit-il. Tu te mettras à acheter tes jeans chez Marks & Spencer, tu voudras aller vivre à la campagne et on s'appellera "mon cœur" à longueur de journée ! Je suis sérieux, Em. On est sur la mauvaise pente ! »

Elle se dressa sur un coude et se pencha vers lui pour l'embrasser. « Pourquoi ai-je accepté de t'épouser, déjà ? Je ne m'en souviens plus.

— On peut encore annuler, tu sais.

— Tu crois que le traiteur nous rendrait les arrhes qu'on lui a versés ?

— Ça m'étonnerait.

— Bon. » Elle l'embrassa de nouveau. « Je vais y réfléchir. »

Ils avaient décidé de se marier. La cérémonie, modeste et discrète, aurait lieu en novembre, à la mairie de leur quartier. Ils iraient ensuite célébrer l'événement avec leur famille et leurs proches amis dans un de leurs restaurants favoris. Ce ne serait « pas vraiment un mariage, insistaient-ils. Juste un prétexte pour faire la fête ». Leurs vœux, résolument laïques et pudiques, restaient à écrire : aucun d'eux n'avait encore trouvé le courage de s'asseoir en face de l'autre pour les rédiger. N'était-ce pas atrocement gênant ?

« Et si on se contentait de reprendre ceux que tu as écrits pour ton ex-femme ?
— Tu promettras quand même de m'obéir jusqu'à ton dernier souffle ?
— Seulement si tu me promets de ne jamais, jamais te mettre au golf.
— Est-ce que tu prendras mon nom ?
— "Emma Mayhew" ? Ça pourrait être pire, j'imagine.
— Tu pourrais l'accoler au tien, non ?
— Morley-Mayhew. On dirait le nom d'un village en Cornouailles. "Nous venons juste d'acheter une petite baraque à la sortie de Morley-Mayhew !" »

C'est ainsi qu'ils envisageaient le grand jour : avec un mélange de désinvolture, d'ironie et, quoique secrètement, d'exaltation.

Les vacances qu'ils passaient dans le Yorkshire seraient les dernières avant leur mariage : Emma devait impérativement rendre un manuscrit à son éditrice avant l'automne, et Dexter se refusait à confier le Belleville Café à ses employés pendant plus d'une semaine. Ils avaient quand même profité de leur passage dans la région pour s'arrêter chez les parents d'Emma. Mme Morley s'était comportée avec son futur gendre comme s'il s'agissait d'un membre de la famille royale en visite dans sa modeste masure : elle avait dressé la table avec des serviettes (au lieu du rouleau d'essuie-tout habituel), préparé des fruits en gelée pour le dessert et mis une bouteille de Perrier au réfrigérateur. Quand Emma avait rompu avec Ian, elle s'était imaginé que sa mère se méfierait de son ou de ses futurs petits amis. Elle se trompait : Sue semblait encore plus obnubilée par Dexter qu'elle ne l'avait été par Ian. Elle adoptait pour lui parler des inflexions étranges, articulant les mots avec un tel soin qu'elle finissait par ressembler à une horloge parlante prise de coquetterie. Dexter lui rendait obligeamment sourire pour sourire, compliment pour compliment, tandis que le reste de la famille Morley fixait le carrelage en retenant un fou rire. Sue s'en fichait : elle avait le sentiment qu'un vieux rêve devenait réalité. Sa fille aînée allait enfin épouser le prince Andrew !

Emma avait été fière de la prestation de Dexter : il avait fait du charme à sa mère ; joué et plaisanté avec ses neveux ; et paru sincèrement intéressé par les carpes koï de son père et les chances qu'avait l'équipe de Manchester United de remporter le championnat cette année. Seule Marianne, sa sœur cadette, était demeurée sceptique. Divorcée, avec deux garçons à charge, amère et constamment exténuée, elle n'était manifestement pas d'humeur à assister à un mariage. Toutes deux avaient échangé leurs impressions en faisant la vaisselle après le dîner.

« Tu as entendu maman ? avait maugréé Marianne en s'emparant d'un torchon. Qu'est-ce qui lui prend de parler comme ça ? C'est ridicule !

— Elle l'aime bien. » Emma avait donné un coup de coude à sa sœur. « Toi aussi, non ?

— Oui... Il est sympa. Je croyais que c'était un chaud lapin, c'est tout.

— Il l'était, il y a longtemps. Mais plus maintenant. »

Marianne avait haussé les épaules. Et s'était manifestement retenue d'évoquer le naturel qui revient *toujours* au galop.

Ils avaient donc renoncé à trouver la fameuse cascade. Après une petite sieste au soleil, ils avaient récupéré leur voiture et décidé de terminer l'après-midi au pub du village, où ils avaient mangé des chips et disputé âprement plusieurs parties de billard.

« Je crois que ta sœur ne m'aime pas beaucoup, déclara Dexter en disposant les boules sur le tapis vert pour la partie finale.

— Bien sûr que si.

— Elle ne m'a pratiquement pas adressé la parole.

— Elle est un peu timide. Un peu ronchon... L'est comme ça, la frangine ! »

Il sourit. « Ton accent !

— Quoi, mon accent ?

— Tu es redevenue une parfaite petite Nordiste.

— Ah bon ?

— Je l'ai entendu dès qu'on a pris l'autoroute du Nord.

— Ça ne t'ennuie pas ?

— Pas du tout. C'est à qui de commencer ? Toi ou moi ? »

Emma remporta la partie. Ils regagnèrent le cottage à pied, baignés dans la lueur rougissante du couchant. Avalées l'estomac vide, les deux bières qu'ils avaient bues les rendaient plus affectueux que d'habitude. Emma était censée travailler à son manuscrit dès la nuit tombée, mais leur départ pour le Yorkshire avait coïncidé avec les jours les plus fertiles de son cycle, bouleversant quelque peu l'ordre des priorités.

« Encore ? marmonna Dexter quand elle l'embrassa aussitôt après avoir refermé la porte du cottage.

— Seulement si tu en as envie.

— Bien sûr. J'ai un peu l'impression d'être un... un étalon, c'est tout !

— Un étalon ? C'est le cas, figure-toi. C'est le cas. »

Il était à peine 21 heures quand Emma s'endormit dans le grand lit inconfortable de leur chambre.

Allongé près d'elle, Dex n'avait pas sommeil. Il l'écouta respirer tout en regardant le petit bout de lande mauve s'assombrir derrière les carreaux de la fenêtre. Quand la chambre fut plongée dans l'obscurité, il se glissa hors du lit, enfila quelques vêtements et descendit doucement l'escalier pour se rendre à la cuisine, où il s'offrit un verre de vin en se demandant ce qu'il allait faire de sa soirée. Le silence qui régnait sur le cottage et ses environs lui semblait vaguement oppressant. Au fin fond de son Oxfordshire natal, on ne jouissait pas d'un tel isolement. Il savait à quoi s'attendre en venant ici, bien sûr : pas de connexion internet (« Ne rêvons pas », avait bougonné Emma quand il lui avait posé la question) ni de poste de télévision (les propriétaires du gîte s'en vantaient, d'ailleurs), mais le résultat était là : une légère, très légère anxiété lui nouait la gorge. Il sélectionna un album de Thelonious Monk dans son iPod – il s'était mis au jazz, depuis quelque temps –, appuya sur la touche « lecture » de l'appareil, se laissa choir sur le canapé, qui se vengea en libérant un nuage de poussière, et s'empara du roman posé sur la table basse. Emma lui avait acheté un exemplaire des *Hauts de Hurlevent* avant de partir, en affirmant d'un air mi-figue, mi-raisin que ce séjour lui offrirait l'« occasion idéale » de lire enfin ce grand classique de la littérature anglaise. Dex l'avait commencé pour lui faire plaisir, mais le bouquin lui était tombé des mains. Il décida de lui donner une seconde chance – et renonça de nouveau. Il avait mieux à faire, de toute façon. Il attrapa son ordinateur portable, l'ouvrit et cliqua sur le dossier intitulé « Documents personnels ». Il sélectionna un autre dossier, nommé « Divers », dans la liste qui apparut à l'écran, puis le petit fichier d'à peine 40 KB, baptisé « discoursgrandjour.doc », qui contenait l'ébauche de son discours de mariage. Il gardait un souvenir cuisant de la tirade stupide et incohérente qu'il avait à moitié improvisée lors de ses premières noces, et s'était promis de faire bien mieux cette fois-ci. En s'y prenant longtemps à l'avance.

Pour le moment, le texte se présentait de la manière suivante :

Discours de mariage

Après un fabuleux coup de foudre ! etc.

Notre rencontre. On était à la fac ensemble, mais on se connaissait pas vraiment. Je la voyais de temps en temps dans les couloirs. L'air fâché, très mal coiffée. Montrer quelques photos ? Elle me prenait pour un sale bourge. Je m'imaginais qu'elle portait des salopettes. On a enfin fait connaissance. Elle a traité papa de fasciste.

Meilleurs amis du monde. Les hauts et les bas. Me suis comporté comme un idiot. Pas vu ce qui était sous mes yeux (trop niais ? méfiance !)

Comment décrire Em ? Ses nombreuses qualités. Drôle. Intelligente. Bonne danseuse quand elle s'y met, très mauvaise cuisinière. Ses goûts musicaux. On se dispute mais on peut toujours rigoler et se parler. Très séduisante, mais ne le sait pas toujours, etc. etc. Géniale avec Jazz, et même capable de s'entendre avec mon ex-femme ! Ha, ha, ha. Tout le monde l'adore.

Perdus de vue pendant plusieurs années, puis retrouvés. Raconter un peu Paris.

Enfin ensemble après coup de foudre vieux de quinze ans. Dernière pièce du puzzle : tout fait sens. Nos amis : on vous l'avait bien dit ! Jamais été si heureux.

Pause (le temps que le public dégueule les petits-fours).

> Conscient qu'il s'agit d'un second mariage. Volonté de faire mieux cette fois-ci. Remercier le traiteur.
> Remercier Sue et Jim de m'avoir accueilli parmi eux. Impression d'être un Nordiste honoraire ! (Ajouter quelques gags ici.) Mentionner les absents. Regretter que maman ne soit pas là. Elle aurait approuvé. Elle attendait ça depuis longtemps !
>
> Porter un toast à ma merveilleuse épouse, blabla, blabla, blabla, blabla.

Ce n'était qu'un premier jet, mais la structure était là. Il se mit au travail avec ferveur. Il commença par modifier plusieurs fois la police de caractères, passant de Courrier à Arial, puis à Times New Roman avant de revenir à Arial. Il mit le texte en italiques, compta les mots, aligna les paragraphes et modifia les marges afin de le rendre plus imposant.

Satisfait du résultat, il décida de le lire à voix haute en développant les points laissés dans l'ombre.

« J'aimerais d'abord vous remercier d'être venus aujourd'hui... », déclara-t-il en tentant de retrouver l'aisance qui avait fait les belles heures de sa carrière télévisuelle.

Le plancher craqua au-dessus de sa tête. Il referma précipitamment l'ordinateur, le glissa sous le canapé et attrapa *Les Hauts de Hurlevent*.

Emma apparut dans l'escalier cinq secondes plus tard. Nue, l'air ensommeillé, elle descendit quelques marches et s'assit en enroulant les bras autour de ses genoux.

Elle bâilla. « Quelle heure est-il ?
— 10 heures moins le quart. Quelle folle soirée ! »

Elle bâilla de nouveau. « Tu m'as épuisée. » Elle rit. « Espèce d'étalon, va !

— Habille-toi. Tu vas attraper froid.

— Qu'est-ce que tu fabriques tout seul en bas ? » Il exhiba le roman d'Emily Brontë. Elle sourit. « "Je ne peux pas vivre sans ma vie ! Je ne peux pas vivre sans mon âme !" s'écria-t-elle en parodiant l'un des monologues du héros. À moins que ce soit "aimer sans ma vie" ? Ou "vivre sans mon amour" ? Zut. Je ne m'en souviens plus.

— J'en suis pas encore là. Pour le moment, je suis coincé avec une certaine Nelly qui raconte ses souvenirs à un type venu louer leur baraque.

— Accroche-toi encore un peu. Le bouquin se bonifie par la suite, je t'assure.

— Peux-tu me rappeler pourquoi il n'y a pas de télé dans cette bicoque ?

— Parce que nous sommes censés nous distraire par nos propres moyens. Reviens te coucher. On pourra discuter, par exemple. »

Il se leva et se pencha par-dessus la rampe pour l'embrasser. « Jure-moi que tu ne me forceras pas à te refaire l'amour.

— Juré. De quoi as-tu envie, alors ?

— Je sais que ça va te paraître bizarre, déclara-t-il d'un air penaud, mais je crois qu'une partie de Scrabble me ferait plaisir. »

18

La moitié

JEUDI 15 JUILLET 2004

Belsize Park

Le visage de Dexter était en train de subir une étrange transformation.

De longs poils noirs avaient fait leur apparition sur ses tempes, se mêlant parfois à ceux, d'un gris soutenu, qui surgissaient de ses sourcils. Pour ne rien arranger, le lobe et l'intérieur de ses oreilles se couvraient d'un fin duvet de couleur pâle. Tout cela poussait sur lui du jour au lendemain, comme du cresson. Et tout cela ne servait à rien – hormis à attirer son attention et celle d'autrui sur le fait qu'il vieillissait. Et qu'il avait déjà la moitié de sa vie derrière lui.

Le temps faisait également son œuvre au sommet de sa tête : récemment partis de son front, deux sillons parallèles se dirigeaient vers l'arrière de son crâne. Lorsqu'ils se rejoindraient, Dex serait officiellement *chauve*. La gorge nouée, il frotta ses cheveux mouillés avec sa serviette, puis il les balaya du bout des doigts, d'un côté et de l'autre, jusqu'à ce que les sillons ne soient plus visibles.

Il se passait aussi quelque chose d'étrange dans le cou de Dexter.

Suite à un léger affaissement, une petite poche de chair avait fait son apparition sous son menton. Dex la transportait partout avec lui comme un sac de honte, un col roulé de couleur chair impossible à ôter. Il se pencha vers le miroir de la salle de bains et porta la main à son cou. Si seulement il pouvait tout remettre en place, tel un sculpteur façonnant un bloc d'argile ! Mais il ne pouvait que constater les dégâts : chaque matin après sa douche, nu devant la glace, il faisait le tour du propriétaire, inspectait les fissures anciennes et découvrait celles qui étaient apparues pendant la nuit. Sa peau avait une fâcheuse tendance à se détacher de ses os pour onduler de manière disgracieuse sur ses membres, et il avait pris un peu de ventre. Bref, il avait cessé de fréquenter le club de fitness du quartier, et cela se voyait.

Ses mamelons étaient en train de subir une transformation plus grotesque encore : ils *poussaient* sur son torse comme des berniques. Le désastre était tel que Dex avait dû se résoudre à supprimer certains vêtements de sa garde-robe. Les chemises cintrées et les pulls à côtes qu'il affectionnait autrefois soulignaient désormais leur présence, attirant l'attention sur ces petites ventouses efféminées et repoussantes. Il avait récemment admis qu'il avait l'air ridicule en blouson à capuche. Et la semaine dernière, il s'était surpris en train d'écouter avec béatitude une émission de jardinage à la radio. Inutile de le nier : il aurait quarante ans dans deux semaines.

Il secoua la tête. Ce n'était pas si catastrophique que ça, en fait. Vu de trois quarts, quand il étirait le cou et retenait sa respiration, il pouvait passer pour un homme de... trente-sept ans. Il était encore assez imbu de lui-même pour savoir qu'il restait joli garçon, mais plus personne, aujourd'hui, ne l'aurait qualifié de « beau ». Or il avait toujours pensé qu'il vieillirait bien – mieux que ça, en tout cas. Il s'imaginait en star de cinéma à la retraite : toujours vigoureux, les traits aquilins, les tempes grisonnantes, élégant et sophistiqué. Au lieu de quoi, il vieillissait comme un présentateur télé. Un *ex-présentateur*, rectifia-t-il. Un ringard marié deux fois qui mangeait trop de fromage.

Emma le rejoignit dans la salle de bains, nue elle aussi. Il entreprit de se brosser les dents. C'était une de ses nouvelles obsessions : il avait l'impression qu'elles ne seraient plus jamais vraiment propres.

« J'ai grossi, marmonna-t-il, la bouche pleine de dentifrice.

— Pas du tout, répliqua-t-elle sans grande conviction.

— Si : regarde.

— Mange moins de fromage !

— Faudrait savoir ! Tu viens de me dire que je n'ai pas grossi.

— Si tu te sens gros, c'est que tu as grossi.

— Je ne mange pas trop de fromage : mon métabolisme se ralentit, c'est tout.

— T'as qu'à faire un peu de sport. Réinscris-toi au club de fitness. Ou viens nager avec moi.

— J'ai pas le temps. » Elle l'embrassa gentiment au coin des lèvres. « Regarde, insista-t-il. Je ne ressemble plus à rien !

— Je te l'ai déjà dit, mon chéri : tu as de très beaux seins ! » Elle rit, lui donna une petite claque sur les fesses et entra dans la cabine de douche.

Il se rinça la bouche, puis s'assit et regarda Em régler la température de l'eau. « On devrait aller visiter la maison dont je t'ai parlé.

— Oh non ! Pas aujourd'hui !

— Si tu veux qu'on trouve rapidement...

— OK ! OK ! Je viendrai la voir avec toi. »

Elle se savonna en lui tournant le dos. Il se leva et regagna la chambre pour s'habiller. Ils étaient de mauvaise humeur, ce matin. Comme souvent ces temps-ci, d'ailleurs. Dexter mit cette irritation sur le compte de leur difficulté à trouver un nouveau logement. Ils avaient mis l'appartement en vente et entreposé une grande partie de leurs affaires dans un garde-meubles. S'ils n'achetaient pas vite autre chose, ils seraient obligés de louer, ce qui ne les réjouissait ni l'un ni l'autre.

Mais il y avait autre chose... Il en eut la confirmation lorsqu'il rejoignit Emma dans la cuisine. Debout devant le comptoir, elle faisait bouillir de l'eau pour le café. Sans lever les yeux du journal qu'elle était en train de lire, elle déclara subitement :

« Je viens d'avoir mes règles.

— Quand ça ?

— Là, maintenant, répondit-elle avec un calme étudié. Je les sentais venir, de toute façon.

— Bon... », marmonna-t-il, un peu désemparé. Elle remplit leurs tasses d'eau bouillante sans se retourner.

Il noua ses bras autour de sa taille et posa un baiser au creux de sa nuque. « C'est pas grave. On réessaiera le mois prochain ! » assura-t-il, le menton calé sur son épaule. Censée être plaisante, la posture lui sembla vite inconfortable. Il profita d'un mouvement d'Emma, qui continuait à lire sans lui prêter attention, pour aller s'asseoir, leurs tasses de café à la main.

Elle le rejoignit à table un instant plus tard, et ils déjeunèrent en silence, tous deux penchés sur le journal (les pages sportives pour lui, l'actualité internationale et la politique intérieure pour elle). Leur irritation, loin de s'apaiser, ne fit que croître. Sourcils froncés, Emma bougonnait et secouait la tête d'un air sentencieux à mesure qu'elle progressait dans sa lecture. Héritage de ses années de militantisme, cette attitude avait le don d'agacer Dexter. Rendues publiques la veille, les conclusions de la commission Butler sur les origines de la guerre en Irak dominaient l'actualité. À voir l'air outré d'Emma, il était clair qu'elle avait son avis sur la question. Et qu'elle allait l'exprimer d'un moment à l'autre. Désireux d'y échapper, Dex fit mine de se concentrer sur les résultats de Wimbledon, mais...

« C'est bizarre, non ? s'exclama-t-elle brusquement. Le gouvernement s'est lancé dans cette guerre sans que personne ne proteste ! Les gens auraient quand même pu descendre dans la rue, tu ne crois pas ? »

Il se raidit. Elle avait retrouvé les inflexions de sa jeunesse, cette voix d'étudiante vertueuse et sûre de son fait qui l'irritait par-dessus tout. Il émit un « hmm » résolument neutre, ni approbateur ni provocateur, dans l'espoir d'en rester là. Emma haussa les épaules et reprit sa lecture. Plusieurs minutes s'écoulèrent, quelques pages du journal furent tournées, puis...

« C'est pourtant pas rien, cette guerre ! s'insurgea-t-elle. On pouvait s'attendre à des manifs monstres, comme pendant la guerre du Vietnam ! Mais non : tout le monde s'en fout. À part la grande manif organisée juste après l'invasion de l'Irak, il ne s'est rien passé. Même les étudiants n'ont pas bronché !

— Qu'est-ce que les étudiants viennent faire là-dedans ? remarqua-t-il d'un ton qui se voulait conciliant.

— Ils sont plus politisés que le reste du pays. C'est la tradition, non ? Si on était encore étudiants, on aurait manifesté ! » Elle baissa de nouveau les yeux vers le journal. « *Moi*, j'aurais manifesté, en tout cas. »

Elle cherchait la provocation ? Très bien. « Pourquoi tu ne le fais pas, alors ? »

Elle lui décocha un regard perçant. « Pardon ?

— Pourquoi tu ne vas pas manifester ? Tu devrais le faire, puisque tu t'opposes si fermement à cette guerre !

— Exactement. Je devrais le faire ! S'il y avait un mouvement cohérent et bien organisé... »

Résolu à garder son calme, il tenta de se replonger dans la lecture des pages sportives – en vain. Son irritation prenait le dessus. « Peut-être que les gens s'en fichent.

— Comment ? » Elle le dévisagea en plissant les yeux.

« Si les gens étaient vraiment furax contre cette guerre, il y aurait des tas de manifs, argua-t-il. Le fait qu'il n'y en ait pas prouve que beaucoup d'entre nous sont satisfaits du résultat. Je ne sais pas si tu as remarqué, mais ce type n'était pas très sympathique...

— On peut se réjouir de la destitution de Saddam sans pour autant approuver la guerre !

— Tout à fait. C'est là que je voulais en venir. Il y a du pour et du contre, non ?

— Du *pour* ? répéta-t-elle avec indignation. Tu ne penses quand même pas que cette guerre est justifiée ?

— Je ne parle pas de moi, Em. Je te rappelle juste qu'une partie de l'opinion publique approuve l'invasion américaine.

— Et toi ? » Elle referma le journal avec une telle détermination qu'il sentit sa gorge se nouer. « Qu'est-ce que tu en penses ?

— Qu'est-ce que j'en pense ?

— Oui, qu'est-ce que tu en penses ? »

Il soupira. Impossible de faire machine arrière, à présent. « Je pense que les gens de gauche qui sont contre la guerre aujourd'hui devraient se souvenir que les opposants assassinés par Saddam Hussein quand il était au pouvoir appartenaient précisément aux catégories de population que la gauche aurait dû soutenir.

— C'est-à-dire ?

— Saddam s'en prenait aux syndicalistes. Aux féministes. Aux homosexuels. » Pouvait-il ajouter les Kurdes à la liste ? Était-ce correct ? Il décida de prendre le risque. « Et les Kurdes ! »

Emma haussa les épaules. « Tu crois vraiment que nos soldats sont partis pour aller protéger les syndicalistes irakiens ? Tu penses que Bush a envahi Bagdad parce qu'il se faisait du mouron pour les Irakiennes ? Ou pour les gays ?

— Tout ce que je dis, c'est que la grande manif contre la guerre aurait été plus crédible si ceux qui y ont participé avaient aussi manifesté contre le régime de Saddam quand il était en place ! Ils avaient bien manifesté contre l'apartheid, non ? Pourquoi pas contre la dictature en Irak ?

— Et contre l'Iran ? Contre la Chine, et la Russie et la Corée du Nord et l'Arabie saoudite, pendant que tu y es ! On ne peut pas manifester contre le monde entier, Dex.

— Pourquoi pas ? Tu le faisais, à l'époque !

— Ce n'est pas le problème !
— Ah bon ? Quand je t'ai connue, tu boycottais la Terre entière ! Tu ne pouvais pas bouffer un Mars sans te lancer dans un discours sur la responsabilité civile. C'est pas de ma faute si tu es devenue complaisante... »

Un sourire satisfait aux lèvres, il fit mine de se replonger dans son stupide article sur Wimbledon. Emma sentit ses joues s'enflammer. « Je ne suis pas devenue... Ne change pas de sujet ! Tu sais très bien que cette guerre n'a pas été déclenchée pour défendre les droits de l'homme ni pour empêcher un dictateur de fabriquer des armes de destruction massive. On a envahi l'Irak pour une raison, et une seule... »

Il soupira. C'était inévitable, maintenant : elle allait prononcer le mot « pétrole ». *Je t'en supplie, ne parle pas de pétrole...*

« ... qui n'a rien à voir avec les droits de l'homme. Et cette raison, c'est le pétrole !

— Et alors ? N'est-ce pas une raison suffisante ? s'exclama-t-il en se levant brutalement. Tu n'utilises pas de pétrole, peut-être ? »

Il aurait aimé rester sur cette réplique flamboyante et plutôt efficace, mais l'appartement, trop petit, trop encombré, ne lui offrait pas l'espace nécessaire pour réussir une *vraie* sortie. Il dut se contenter de gagner le hall d'entrée, où Emma le suivit à grandes enjambées, manifestement décidée à reprendre le dessus. Furieux, il se tourna vers elle avec une brusquerie qui les troubla autant l'un que l'autre.

« Je vais te dire, moi, où est le problème ! La vérité, c'est que tu as tes règles et que ça te met en rogne ! Alors, tu t'en prends à moi ! Mais ça ne se passera pas comme ça, figure-toi ! J'ai le droit de prendre mon petit-déjeuner sans me faire haranguer sur l'état du monde !

— Je ne te harangue pas...
— Si. Tu me sermonnes et tu m'engueules...
— Je ne t'engueule pas, je discute...
— Ah bon ? J'avais l'impression qu'on se disputait, au contraire !
— Calme-toi, Dex.
— C'est pas moi qui ai déclenché la guerre en Irak, bon sang ! Je n'ai pas lancé les troupes contre Bagdad ! Et, quoi que tu en dises, je n'arrive pas à m'y opposer réellement. Pas autant que toi, en tout cas. Je devrais peut-être m'y opposer, et je le ferai peut-être, mais pas pour le moment. Je ne sais pas pourquoi. Je ne suis peut-être pas assez intelligent pour...
— Qu'est-ce que tu racontes ? coupa Emma, stupéfaite. Je n'ai jamais dit que tu étais...
— Tu ne l'as pas *dit*, mais tu me traites comme un parfait idiot ou un réac de dernière zone, sous prétexte que je ne débite pas des platitudes sur la guerre en Irak ! Si on assiste encore une fois à un dîner où quelqu'un s'exclame : "C'est uniquement pour le pétrole", je te jure que je partirai en courant ! Ras le bol, à la fin ! Oui, c'est à cause du pétrole que Bush a fait cette guerre, et alors ? Soit tu n'es pas d'accord et tu vas manifester contre ça, soit tu arrêtes d'utiliser du pétrole, soit tu acceptes la situation et tu la fermes !
— Ne me parle pas comme ça !
— C'est pas à toi que je... Oh, laisse tomber. »

Il se fraya un passage entre le mur et le vélo d'Emma, qui encombrait le couloir de *son* appartement, puis il se dirigea vers la chambre où flottait encore l'odeur de leurs corps entrelacés. Les stores étaient toujours baissés, le lit défait, et une serviette mouillée traînait par terre. Il entreprit de chercher ses clés dans la pénombre. Debout sur le seuil,

Emma l'observait d'un air soucieux. Exaspéré, il évita son regard.

« Qu'est-ce qui ne va pas entre toi et la politique ? s'enquit-elle posément, comme si elle s'adressait à un gamin de trois ans en train de faire un caprice. On dirait que ça t'embarrasse.

— Non, ça m'ennuie », rectifia-t-il. Toujours en quête de ses clés, il sortit rageusement plusieurs pantalons du panier à linge sale pour vérifier qu'elles n'étaient pas restées dans les poches. « Tu entends ? La politique m'ennuie ! Là, c'est dit, maintenant !

— C'est vrai ?

— Oui.

— Et à la fac, ça t'ennuyait déjà ?

— Évidemment ! Je faisais semblant de m'y intéresser parce que ça passionnait tout le monde, mais j'aurais donné n'importe quoi pour discuter d'autre chose, je t'assure ! Si tu savais le nombre de soirées que j'ai passées dans des chambres d'étudiants à écouter des disques de Joni Mitchell pendant qu'un abruti pestait contre l'apartheid, la course aux armements ou le machisme ambiant ! Ce que c'était chiant, putain ! J'espérais toujours que quelqu'un allait changer de sujet et qu'on se mettrait enfin à parler de nous, de nos familles, de musique, de sexe, d'amour, de... des *gens*, quoi !

— Justement, la politique, c'est les gens !

— Qu'est-ce que ça veut dire, Em ? C'est complètement creux ! Encore une de tes formules...

— Pas du tout ! J'essaie de te rappeler que nous parlions d'un tas de sujets différents... Pas seulement de l'apartheid et des femmes-objets !

— Ah bon ? Tout ce dont je me souviens, moi, c'est qu'il y avait un max de frimeurs à l'époque... Des gens qui se la jouaient – surtout les mecs, d'ailleurs ! Des types qui glosaient sur le féminisme pour séduire les filles. Tu ne te rappelles pas ? Et ces intellos qui enfonçaient des portes ouvertes ! Comme si on les avait attendus pour savoir que Mandela était extra, que la bombe atomique menaçait l'humanité et que des tas d'enfants n'avaient pas assez à manger...

— Personne ne parlait comme ça !

— Mais si ! Et le pire, c'est que rien n'a changé : on continue d'aligner des banalités en société. La seule différence, c'est que maintenant il faut parler du réchauffement climatique et de ce vendu de Blair pour avoir l'air cool !

— Tu ne penses pas que Blair a trahi son électorat, peut-être ?

— Si ! Bien sûr que si ! Mais ça me ferait plaisir d'entendre un autre refrain, pour une fois ! D'aller à un dîner où quelqu'un nous raconterait qu'il adore sa nouvelle voiture, puis prendrait la défense de Bush en disant qu'il est peut-être pas si débile que ça, vu qu'il a renversé ce salaud de Saddam... Et tu sais pourquoi ça me ferait plaisir ? Parce qu'on pourrait discuter, au moins ! On pourrait lui démontrer qu'il a tort... Ça nous changerait de toutes les soirées qu'on passe à s'autocongratuler, à ergoter sur les armes de destruction massive et la hausse des prix de l'immobilier !

— Eh ! Toi aussi, tu parles de l'immobilier !

— C'est vrai ! Et je me fatigue moi-même ! hurla-t-il en lançant les vêtements de la veille contre le mur.

— Et moi ? Je te fatigue aussi ? demanda calmement Emma en s'avançant dans la pièce.

— Je t'en prie... Ne sois pas ridicule. » Brusquement épuisé, il se laissa choir sur le lit défait.

« Réponds-moi sérieusement, insista-t-elle. Est-ce que je t'ennuie ?

— Non, tu ne m'ennuies pas. Changeons de sujet, tu veux bien ?

— De quoi veux-tu parler, alors ? »

Il enfouit son visage dans ses mains. « On essaie depuis combien de temps ? Dix-huit mois ?

— Deux ans.

— C'est pas si long que ça... Écoute, je sais que c'est dur, mais... je ne supporte pas le regard que tu me jettes dans ces moments-là.

— Quels moments ?

— Chaque fois que tu as tes règles. Tu me regardes comme si c'était de ma faute.

— Mais non !

— C'est l'impression que ça me donne.

— Pardonne-moi. Je ne voulais pas te blesser. J'étais tellement déçue, tout à l'heure... J'ai très envie de ce bébé, tu sais.

— Moi aussi !

— Vraiment ? »

Il se rembrunit. « Bien sûr que oui !

— Tu n'étais pas convaincu, au début.

— Je le suis, maintenant. Crois-moi, Em... Je t'aime. Tu le sais, n'est-ce pas ? »

Elle traversa la chambre pour le rejoindre, puis elle s'assit près de lui, au bout du lit, en lui prenant la main.

« Viens », dit-elle en s'allongeant sur le lit. Il s'étendit près d'elle, sous le pinceau de lumière grisâtre que laissaient filtrer les stores.

« Je suis désolée d'avoir passé mes nerfs sur toi, admit-elle.

— Et moi, je suis désolé d'avoir... Je ne sais pas, en fait. Mais je suis désolé quand même. »

Elle porta la main de Dex à ses lèvres et y posa un baiser. « Je crois qu'on devrait faire des analyses médicales, toi et moi. Pour établir un bilan de fertilité.

— Des analyses ? On n'a aucun problème !

— J'aimerais en avoir la confirmation. Il suffit d'aller dans un service spécialisé.

— Deux ans, c'est pas bien long... Tu ne veux pas attendre six mois de plus ?

— Je ne suis pas sûre de pouvoir me le permettre. Chaque mois compte, à mon âge.

— Qu'est-ce que tu racontes ?

— J'aurai trente-neuf ans au printemps prochain, Dex.

— Et alors ? J'aurai quarante ans dans deux semaines !

— Exactement. »

Il ferma les yeux. La perspective de ces « analyses » ne l'enchantait guère. Sous ses paupières closes, il vit apparaître une succession d'éprouvettes. Des infirmières enfilant des gants en latex. Un cagibi déprimant, meublé d'une chaise et d'une pile de magazines. Il laissa échapper un profond soupir. « OK. Allons faire un bilan. » Il tourna les yeux vers elle. « Il y a sûrement une liste d'attente interminable, dans ce genre d'endroits !

— Eh bien... J'imagine que nous devrons... nous adresser à une clinique privée. »

Il laissa passer un silence, avant de murmurer : « Seigneur. Si on m'avait dit, il y a cinq ans à peine, que tu prononcerais une phrase pareille, je ne l'aurais pas cru.

— Moi non plus, renchérit-elle. Moi non plus. »

La paix étant revenue, Dexter se prépara à partir. Leur dispute inepte l'avait retardé, mais il ne s'en inquiétait pas outre mesure : le Belleville Café marchait bien, à présent. Il avait recruté un nouveau manager – une jeune femme intelligente, efficace et sérieuse, prénommée Maddy, avec laquelle il entretenait d'excellentes relations professionnelles, pimentées d'un léger (très léger) flirt. Maddy se chargeant désormais d'ouvrir la boutique, Dex n'avait plus à se lever aux aurores pour aller accueillir les clients. Ce qui lui permit, ce matin-là, de finir tranquillement son petit-déjeuner inachevé. Puis Emma l'accompagna en bas de l'escalier. Ils poussèrent la porte de l'immeuble et émergèrent sur le trottoir. Un ciel blanc et terne planait sur la ville.

« Où se trouve cette maison, au fait ? demanda-t-elle. Pour la visite.

— Ah oui... C'est à Kilburn. Je t'enverrai l'adresse. Elle m'a paru jolie. Sur les photos, du moins.

— Elles paraissent toutes jolies sur les photos », répliqua-t-elle. Elle grimaça au son de sa propre voix, sourde et maussade. Dex se garda de répondre, et elle laissa passer un silence, le temps de chasser (ou de s'efforcer de chasser) sa mélancolie. « On n'est pas très doués aujourd'hui, n'est-ce pas ? commenta-t-elle en l'enlaçant par la taille. En tout cas, moi, je ne le suis pas. Désolée.

— C'est pas grave. On restera tranquillement à la maison ce soir. Juste toi et moi. Je te préparerai un bon dîner, ou on ira manger quelque part, si tu préfères. On se fera un ciné, ou un truc comme ça. » Il posa son menton sur le haut de son crâne. « Ne t'inquiète pas. Je t'aime tant ! On trouvera une solution, quoi qu'il arrive. »

Emma demeura silencieuse. Elle aurait dû répondre. Lui affirmer qu'elle l'aimait, elle aussi. Mais elle se sentait d'humeur boudeuse. L'optimisme qu'il lui réclamait n'était pas encore de mise. Elle décida de faire la tête jusqu'à l'heure du déjeuner, puis de lui passer un gentil coup de fil et de se racheter dans la soirée. Si le ciel se dégageait, elle lui proposerait d'aller se balader sur Primrose Hill, comme ils le faisaient autrefois. *Ce qui compte, c'est qu'il sera là, et que tout ira bien.*

« Tu devrais y aller, murmura-t-elle contre son épaule. Tu vas faire attendre Miss Maddy.

— Ne commence pas. »

Elle sourit et leva les yeux vers lui. « Je serai de meilleure humeur ce soir.

— On fera un truc chouette.

— D'accord. Un truc chouette.

— On s'amuse toujours autant ensemble, n'est-ce pas ?

— Bien sûr », dit-elle, puis elle l'embrassa et partit travailler.

C'était vrai : ils s'amusaient toujours autant. Ils riaient ensemble, comme autrefois – mais pas des mêmes choses. La vivacité de leurs sentiments, la passion, le désir qui les animaient s'étaient mués en un flot paisible et continu de plaisir, de contentement réciproque, que venait parfois troubler une pointe d'irritation. Emma jugeait ce changement bénéfique. Elle avait connu des périodes plus enivrantes, mais jamais elle n'avait joui d'un bonheur si constant.

Aucun regret, alors ? Non, aucun, mais une réelle nostalgie la submergeait parfois, lorsqu'elle se remémorait les premières années de son amitié avec Dex. Elle regrettait leur *intensité*, surtout. Elle se souvenait encore des lettres interminables qu'elle lui écrivait, y passant parfois la moitié de la nuit – des missives complètement démentes, longues de dix pages et bourrées de sous-entendus maladroits, de sentiments niaiseux, de points d'exclamation et de mots soulignés trois fois. Pendant un moment, elle lui avait aussi écrit une carte postale par jour, en plus de l'heure qu'ils passaient ensemble au téléphone avant de se coucher. Elle se souvenait de la nuit blanche qu'ils avaient consacrée à bavarder et à écouter des disques (ce devait être à Dalston), de leur baignade dans une rivière glacée alors qu'elle séjournait chez les parents de Dexter pour les vacances de Noël, et de la virée qu'ils avaient effectuée à Chinatown pour boire de l'absinthe dans un tripot clandestin – autant d'événements qu'elle avait dûment consignés dans ses carnets, évoqués dans des lettres, fixés sur des centaines de photos. Au début des années 1990, quand ils ne considéraient pas encore leur couple comme un fait acquis, ils ne pouvaient pas passer devant un photomaton sans se jucher sur le tabouret pour se faire tirer le portrait.

C'étaient tous ces instants qu'elle regrettait parfois. Difficile d'imaginer de telles nuits blanches aujourd'hui – et pourtant, elles avaient bien eu lieu. Des heures entières à regarder Dex, à discuter avec lui et à le contempler sans voir le temps passer... Ça semblait incroyable. Qui a encore le temps, le désir ou l'énergie de faire un truc pareil ? se demandat-elle soudain. Et s'ils le faisaient, de quoi parleraient-ils ? Des prix de l'immobilier ? Lorsqu'elle était plus jeune, elle rêvait d'être appelée en pleine nuit par un amant insatiable. Maintenant, si le téléphone sonnait après minuit, elle se raidissait, craignant un accident. Quant aux photos, ils en prenaient plus rarement. Normal, puisqu'ils se connaissaient par cœur, qu'ils avaient quantité de clichés d'eux-mêmes archivés dans des boîtes à chaussures depuis près de vingt ans. Et les lettres... Pourquoi s'écrire à l'époque actuelle ? Qu'auraient-ils de si important à se dire ?

Elle se demandait parfois ce que l'Emma Morley de vingt-deux ans penserait de l'Emma Mayhew d'aujourd'hui. Se trouverait-elle égocentrique ? Bourgeoise ? Traître à ses anciens idéaux ? Trop attachée à ses rêves d'immobilier et de voyages à l'étranger, à ses stylistes parisiens et à son coiffeur hors de prix ? Se jugerait-elle conventionnelle, avec son nouveau patronyme et son désir de fonder une famille ? Peut-être. Mais l'Emma de vingt-deux ans n'avait rien d'un modèle, elle non plus : prétentieuse, acariâtre, paresseuse, sentencieuse, perpétuellement critique. Toujours en train de s'apitoyer sur son sort, de donner des leçons à autrui et de se repaître de sa propre importance, bien que manquant dramatiquement d'assurance – la confiance en soi était la qualité qui lui avait le plus fait défaut au cours de sa jeunesse.

L'existence qu'Emma menait aujourd'hui lui convenait parfaitement. Parce que, se répétait-elle, c'était la *vraie* vie. Elle était moins curieuse, moins véhémente qu'autrefois, certes – mais n'était-ce pas normal ? Ne serait-ce pas inconvenant d'entretenir, à trente-huit ans, des relations amicales ou amoureuses avec l'ardeur et l'intensité d'une jeune fille de vingt-deux ans ? D'écrire des poèmes, de pleurer en écoutant des chansons à la radio ? De s'entasser à deux ou trois dans des photomatons, de passer une journée entière à enregistrer une compilation sur une cassette audio, de partager le lit de quelqu'un uniquement pour lui tenir compagnie ? Ceux qui se risquaient aujourd'hui à citer Bob Dylan, T. S. Eliot ou, pire, Bertolt Brecht n'obtenaient pour toute réponse qu'un sourire poli et vaguement inquiet. Fallait-il le déplorer, d'ailleurs ? Sans doute pas. Il y avait belle lurette qu'Emma ne s'attendait plus à ce qu'un livre, un film ou une chanson modifie le cours de sa vie : ç'aurait été parfaitement ridicule. En fait, tout s'était nivelé, aplani. Elle menait une existence confortable, satisfaisante et rassurante. Finies les crises de nerfs et les crises de larmes d'autrefois. Les amis qu'ils avaient aujourd'hui seraient les mêmes dans cinq, dix ou vingt ans ; Dex et elle ne s'enrichiraient sans doute pas de manière spectaculaire au cours des décennies à venir – mais ils ne s'appauvriraient pas non plus ; et ils espéraient jouir d'une bonne santé jusqu'à ce que la vieillesse les rattrape. Ils étaient sur la médiane, en somme : parvenus à la moitié de leur existence, confortablement installés dans la classe moyenne, ils étaient heureux de ne pas être trop heureux.

Emma vivait enfin avec un homme qu'elle aimait et dont elle se savait aimée. Quand on lui demandait comment elle avait rencontré son mari, elle répondait souvent :

« Nous avons grandi ensemble. »

Ils étaient donc partis travailler, comme d'habitude. Emma remonta l'escalier et s'installa à son ordinateur, près de la fenêtre ouverte, pour avancer dans la rédaction du cinquième et dernier volume de la série des *Julie Criscoll*. Son héroïne de papier avait grandi – peut-être trop, d'ailleurs, puisqu'elle tombait enceinte au début du roman et devait choisir entre la maternité et l'université. Sensible à l'ironie de la situation, Emma laissa son regard dériver vers les arbres qui bordaient la rue. Cette intrigue lui pesait. L'écriture se révélait plus difficile qu'elle ne l'aurait cru. L'ambiance générale était trop sombre, le ton trop introspectif, et les plaisanteries tombaient à plat. Elle avait hâte de le terminer – mais que ferait-elle ensuite ? Elle n'avait encore rien décidé. De quoi était-elle capable, au juste ? Elle rêvait de se lancer dans la fiction pour adultes. Écrire un roman sérieux et bien documenté sur la guerre civile espagnole, par exemple. Ou une intrigue située dans un futur proche, à la Margaret Atwood. Il faudrait aussi que ce soit une œuvre que la jeune Emma aurait respectée et admirée. Tel était l'objectif, en tout cas.

Elle écrivit quelques lignes, puis se leva, rangea l'appartement, se prépara une tasse de thé, régla des factures, mit une lessive en route, replaça quelques CD, se refit du thé et s'installa de nouveau devant l'écran de son ordinateur, prête à travailler pour de bon, cette fois.

En arrivant au café, Dexter flirta un peu avec Maddy, puis il s'assit dans la réserve où il tenta, dans une oppressante odeur de fromage, de remplir sa déclaration trimestrielle de TVA. En vain : la tristesse dans laquelle l'avait plongé leur dispute matinale l'empêchait de se concentrer. Une sourde culpabilité le rongeait. N'y tenant plus, il tendit la main vers son téléphone portable. Emma avait longtemps été la plus conciliante de leur duo : c'était elle qui, des années durant, avait pris la peine de le rappeler lorsqu'il faisait la tête ou qu'ils se fâchaient pour des broutilles. La situation semblait s'être inversée depuis leur mariage, huit mois plus tôt : Dexter se découvrait étrangement incapable de faire quoi que ce soit s'il la savait malheureuse. Il composa le numéro et l'imagina assise à son bureau, réduisant l'appareil au silence en voyant son nom s'afficher à l'écran. Ça vaut mieux, songea-t-il en entendant la messagerie se déclencher. Lorsqu'il était d'humeur sentimentale, il préférait le monologue au dialogue. C'était plus facile, non ?

« Coucou, énonça-t-il dans l'appareil. Je suis en train de faire ma déclaration de TVA, mais je n'arrête pas de penser à toi. Je voulais juste te dire qu'il ne faut pas t'inquiéter. J'ai pris rendez-vous à 17 heures pour la maison dont je t'ai parlé. Je t'enverrai un texto avec l'adresse. Sincèrement, ça m'a l'air pas mal : début de siècle, plusieurs grandes pièces... Il y a un comptoir dans la cuisine, apparemment. Je sais que tu as toujours rêvé d'en avoir un chez toi. Voilà... J'appelais juste pour ça. Et pour te dire que je t'aime et que tu ne dois t'inquiéter de rien. Tout ira bien, tu verras. Allez... On se retrouve à 17 heures. À tout à l'heure ! Je t'embrasse. »

Comme d'habitude, Emma travailla jusqu'à 14 heures, puis elle déjeuna et partit nager. Au mois de juillet, elle aimait se baigner dans l'un des étangs de Hampstead Heath, réservé aux femmes et très joliment aménagé, mais, le ciel s'étant assombri, elle jugea préférable de s'en tenir à la piscine couverte du quartier. Naturellement, l'établissement était pris d'assaut par des adolescents que la perspective des grandes vacances rendait ivres d'excitation. Elle dut louvoyer entre ceux qui sautaient dans l'eau en hurlant et ceux qui s'embrassaient goulûment au pied des plongeoirs. Après vingt minutes de gesticulations éprouvantes, elle regagna les vestiaires et découvrit que Dexter lui avait envoyé un texto et un message. Elle lut le premier, écouta le second, sourit, et le rappela aussitôt.

« C'est moi, annonça-t-elle quand le serveur vocal l'incita à laisser un message. J'ai bien reçu ton texto. Je pars maintenant, donc j'aurai peut-être cinq minutes de retard. Mais j'ai hâte de voir le fameux comptoir de la cuisine ! Merci pour ton message, au fait. Je suis désolée pour ce matin. J'étais vraiment de mauvais poil et je me suis lancée dans cette dispute débile... Rien à voir avec toi, je t'assure. Je suis un peu à cran en ce moment. L'important, c'est que je t'aime plus que tout au monde et... Voilà. T'en as de la chance, hein ! Bon. Je crois que c'est tout. Je me mets en route. À tout à l'heure, mon amour. À tout à l'heure. »

En sortant du bâtiment, elle fut accueillie par une pluie battante : les nuages qui s'amoncelaient depuis le début de la matinée avaient finalement éclaté, libérant de grosses gouttes tièdes et grisâtres. Elle jura contre le mauvais temps, pesta en se juchant sur sa selle mouillée, et entreprit de traverser le nord de la capitale pour se rendre à Kilburn, en improvisant un itinéraire plus ou moins efficace à travers le dédale de petites rues résidentielles qui menaient vers Lexington Road.

L'averse s'intensifia. Emma conduisait tête baissée, debout sur les pédales pour aller plus vite. Elle entraperçut un mouvement sur sa gauche, en arrivant à un carrefour. Mais si flou, si rapide, qu'elle n'a pas le temps de dévier sa trajectoire. Elle n'a pas non plus l'impression de voler – plutôt d'être cueillie au sol et lancée en l'air, et lorsqu'elle atterrit sur la chaussée mouillée, son premier geste est pour son vélo. Il était là, sous elle, un instant plus tôt. Puis il a disparu. Elle essaie de tourner la tête, et s'aperçoit qu'elle en est incapable. Elle voudrait ôter son casque, parce qu'on la regarde, à présent : des visages inconnus se penchent vers elle. Or elle sait qu'elle a l'air ridicule sous son casque. Mais les passants semblent inquiets, effrayés, même. « Est-ce que ça va ? crient-ils. Répondez ! Est-ce que ça va ? » Une femme se met à pleurer, et Emma comprend brusquement qu'elle ne va pas bien. Pas bien du tout. Elle cligne des yeux pour refouler la pluie qui ruisselle sur son visage. Elle aura plus de cinq minutes de retard. Dexter va devoir l'attendre.

Elle pense très clairement à deux choses.

La première est une photographie prise l'été de ses neuf ans. Vêtue d'un costume de bain rouge, elle court sur une plage, à Filey ou à Scarborough, sans doute. Elle est avec ses parents. Hilares, les joues rougies par le soleil, ils la tirent par le bras pour la ramener vers l'objectif.

Sa seconde pensée est pour Dexter. Elle l'imagine sur le perron de la maison qu'ils doivent visiter ensemble. Il cherche à s'abriter de la pluie et jette un regard impatient à sa montre. *Il se demande où je suis. Il s'inquiète.*

Puis Emma Mayhew meurt. Et tout ce qu'elle a pu penser ou ressentir s'évanouit et disparaît avec elle.

CINQUIÈME PARTIE

Trois anniversaires

Elle remarquait philosophiquement les dates que l'année ramenait : (...) son propre anniversaire ; et les autres jours individualisés par des incidents auxquels elle avait pris part. Tout à coup, un après-midi, regardant sa beauté dans la glace, elle se mit à penser qu'il existait encore une date bien plus importante pour elle : la date de sa propre mort, quand ses charmes auraient disparu ; jour caché, invisible et sournois parmi tous ceux de l'année, qui passait devant elle sans donner de signe et n'en était pas moins sûrement là. Quel était-il ? Pourquoi, quand il venait, chaque année, ne sentait-elle pas le frisson de cette froide et familière rencontre ?

Thomas HARDY, *Tess d'Uberville*[1]

---

1. Traduit par Madeleine Rolland, Omnibus, Paris, 1997 ; 1re édition : 1901.

19

Le lendemain matin

VENDREDI 15 JUILLET 1988

Rankeillor Street, Édimbourg

Quand elle ouvrit les yeux, le garçon était toujours là. Maladroitement assis sur sa vieille chaise en bois, il lui tournait le dos – un dos mince et bronzé – et tentait d'enfiler son pantalon le plus discrètement possible. Elle jeta un regard au radio-réveil : 9 h 20. Ils avaient dormi quelques heures. Éveillé avant elle, il essayait de partir en douce. Elle le regarda glisser une main dans la poche de son pantalon pour empêcher les quelques pièces qui s'y trouvaient de tinter bruyamment, se lever et mettre sa chemise de la veille. Son dos hâlé disparut sous le coton blanc. Beau. Ce mec était stupidement beau. Elle avait très envie qu'il reste ; il avait très envie de partir. Que faire ? Lui parler, décida-t-elle. Maintenant.

« Tu n'as quand même pas l'intention de partir sans me dire au revoir ? »

Il tressaillit, pris sur le vif. « Je ne voulais pas te réveiller, prétexta-t-il en se tournant vers elle.

— Pourquoi ?

— Parce que… tu dormais si bien ! »

Piètre excuse, ils le savaient tous deux. « Bon. Je vois. » Elle entendit l'agacement et la déception pointer sous sa voix. *Ne lui montre pas que ça te fait de la peine, Em. Sois cool. Sois… blasée.*

« Je m'apprêtais à te laisser un mot, mais… » Il fit mine de chercher vainement un crayon, alors qu'un pot de stylos trônait sur le bureau.

Elle se redressa sur un coude. « Tu peux partir si tu veux. Ça m'est égal. Ce genre de rencontres, c'est bien aussi, non ? On se sera croisés comme des bateaux dans la nuit… C'est très… comment dit-on, déjà ? Doux-amer. »

Il s'assit sur la chaise pour boutonner sa chemise. « Emma ?

— Oui, Dexter ?

— J'ai passé une excellente soirée.

— Ça se voit à la manière dont tu cherches tes chaussures.

— Non, sérieusement. » Il se pencha vers elle. « Je suis très content d'avoir enfin eu l'occasion de te parler. Et de… faire ta connaissance. C'était superbien. Depuis le temps que je te voyais de loin ! » Il plissa les yeux, cherchant le mot juste. « T'es vraiment, *vraiment* géniale, tu sais.

— Ouais, ouais, ouais…

— Si, je t'assure.

— Toi aussi, t'es génial – et maintenant, tu peux partir ! » Elle lui accorda un petit sourire pincé. Auquel il répondit en traversant brusquement la pièce. Espérant un baiser, elle leva les yeux vers lui, mais il se pencha pour attraper une chaussette sous le lit.

« Je me demandais où elle était passée…, marmonna-t-il, gêné.

— Évidemment. »

Il se percha au bout du lit pour enfiler la chaussette en question. « La journée sera longue ! s'exclama-t-il d'un ton vif, étrangement enjoué. Je repars tout à l'heure ! Y a beaucoup de route à faire !

— Tu rentres à Londres ?

— Non. Près d'Oxford. Chez mes parents. Ils habitent là-bas. La plupart du temps, en tout cas.

— Dans l'Oxfordshire, donc. C'est très joli, comme région. » Elle se tut, mortifiée par la rapidité avec laquelle leur intimité s'était évaporée, cédant place aux banalités d'usage. Ils avaient passé la nuit à se caresser, à se confier… et ils se comportaient au réveil comme des étrangers attendant le bus ! Tout ça parce qu'elle avait commis l'erreur de s'endormir. Le charme s'était rompu. Si elle avait lutté contre le sommeil, ils seraient peut-être encore en train de s'embrasser à l'heure actuelle… Dépitée, elle s'entendit poser la question la plus superflue qui soit : « Et ça prend combien de temps en voiture ? D'ici à chez tes parents ?

— Sept, huit heures. Mon père conduit très bien.

— Ah.

— Et toi, tu ne rentres pas à… ?

— Leeds. Non, je vais passer l'été ici. Je t'en ai parlé, cette nuit.

— Désolé… Je m'en souviens pas. J'étais vraiment bourré, hier soir.

— Veuillez excuser mon client, Votre Honneur…, ironisa-t-elle.

— C'est pas une bonne excuse, je sais. Mais… » Il tourna les yeux vers elle. « T'es fâchée contre moi, Em ?

— Em ? Qui c'est, ça ?

— Em*ma*, si tu préfères.
— Je ne suis pas fâchée, je... J'aurais préféré que tu me réveilles, au lieu d'essayer de filer...
— J'allais te laisser un mot !
— Et tu m'aurais dit quoi, dans ce fameux mot ?
— La vérité : "J'ai pris ton portefeuille." »

Elle rit – un rire matinal, bas et rauque, qui monta de sa gorge. Il y avait quelque chose de si *gratifiant* à provoquer ce rire, à voir apparaître ces petites parenthèses aux coins de sa bouche, à regarder ces lèvres résolument fermées, comme si elles retenaient un secret, qu'il regretta presque de lui avoir menti. Il n'avait pas l'intention de quitter Édimbourg à l'heure du déjeuner. Ses parents prévoyaient de passer la nuit à l'hôtel afin de l'emmener dîner ce soir dans un grand restaurant. Ils partiraient donc tous les trois demain matin – pas avant. Il avait menti à Emma sans réfléchir, de manière instinctive, pour faciliter leurs adieux. Dommage... En se penchant vers elle pour l'embrasser, il se demanda s'il pouvait encore faire machine arrière. Effacer ce petit mensonge et rester un peu plus longtemps avec elle. Ses lèvres étaient douces. Elle se laissa aller contre l'oreiller pour approfondir leur baiser. Les draps sentaient le vin, l'assouplissant, la chaleur de son corps – et il résolut d'être plus honnête à l'avenir. D'essayer de l'être, au moins.

Elle rompit leur baiser et roula vers le bord du matelas. « Je vais aux toilettes », annonça-t-elle en soulevant le bras de Dexter pour passer. Elle se leva et tira sur l'élastique de sa culotte pour la remettre en place.

« Est-ce que je peux utiliser le téléphone ? demanda-t-il en la regardant traverser la pièce.
— Vas-y. Il est dans l'entrée. Je te préviens : c'est plus un gadget qu'un téléphone. Tilly le trouve *hila-*

rant. Tu verras... C'est très loufoque, comme truc. N'oublie pas de laisser dix pence sur la commode ! » ajouta-t-elle avant de s'éclipser.

Elle se dirigea vers la salle de bains. Où l'eau bouillante coulait à flots dans la baignoire, en prévision d'une des fameuses séances de sauna estival de sa colocataire. Debout contre le lavabo, Tilly l'attendait. Bras croisés sur sa robe de chambre, yeux écarquillés derrière les montures rouge vif de ses lunettes embuées, lèvres arrondies en un « ô » scandalisé.

« Ah, te voilà ! Petite chipie, va !
— Quoi ?
— Y a-t-il quelqu'un dans ta chambre ?
— Peut-être !
— Ne me dis pas que c'est...
— Oh ! C'est seulement Dexter Mayhew ! » acheva nonchalamment Emma, et toutes deux se mirent à rire, à rire, à rire.

Dexter trouva le téléphone dans l'entrée. L'appareil, en forme de hamburger, était aussi « hilarant » qu'Emma le lui avait promis. Debout dans le couloir, une moitié de pain au sésame dans chaque main, il écouta les murmures qui s'échappaient de la salle de bains avec la satisfaction qu'il éprouvait toujours lorsqu'il se savait l'objet d'une conversation. Il ne percevait qu'un mot sur trois, mais la discussion était facile à reconstituer : *Alors, vous avez... ? Non ! Ah bon ? Qu'est-ce qui s'est passé ? Rien. On a discuté, c'est tout. Comment ça, discuté ? Discuté de quoi ? Oh, de trucs et d'autres. Est-ce qu'il va rester pour le petit-déj ? J'sais pas trop. Demande-lui de rester, Em. Faut qu'il reste pour le petit-déj !*

Les yeux rivés sur la porte, Dexter attendit patiemment qu'Emma sorte de la salle de bains. Puis il composa le numéro de l'horloge parlante, pressa le petit pain rond contre son oreille et se prépara à parler dans le steak haché.

« ... *les montres Accurist vous donnent l'heure exacte. Il est très exactement neuf heures trente-deux minutes et vingt secondes. Au quatrième top, il sera...* »

Il attendit le troisième top, puis il se lança dans son petit laïus. « Allô, maman ? C'est moi... Oui, encore un peu pompette ! » Il passa une main dans ses cheveux, convaincu qu'Emma trouverait le geste adorable. « Non, reprit-il, j'ai dormi chez des amis... » Il risqua un regard vers l'« ami » en question : toujours en tee-shirt, elle traînait dans le couloir en faisant mine de lire son courrier.

« ... *très exactement neuf heures trente-trois minutes...* »

« En fait, j'ai un truc prévu, et je me demandais si on pouvait reporter notre départ à demain matin... Oui, au lieu de partir aujourd'hui ! Je me suis dit que ce serait plus facile pour papa... surtout si on part très tôt ! Est-ce qu'il est avec toi ? D'accord. Va lui demander. »

L'oreille rivée à l'horloge parlante, il s'octroya trente secondes d'attente. Ce qui lui permit de décocher à Emma son sourire le plus aimable.

Elle le lui rendit, un peu étonnée. Elle ne s'attendait pas à ce qu'il modifie ses projets pour elle. Il est gentil, quand même, songea-t-elle. Je l'ai peut-être mal jugé. Il est bête quand il s'y met, mais pas toujours.

« Désolé ! articula-t-il.
— Ne change rien pour moi ! murmura-t-elle. C'est pas la peine !

— Je voulais juste...
— Si tu dois rentrer...
— C'est mieux comme ça, je t'assure ! »

« *Au quatrième top, les montres Accurist afficheront très exactement neuf heures trente-quatre minutes.* »

« Ça m'est égal, insista Emma. Je ne serai pas fâchée ni rien... »

Il leva la main pour l'inciter au silence. « Allô ? Oui, maman. Alors ? » Il marqua une pause. *Fais monter le suspense – pas trop, quand même.* « C'est vrai ? reprit-il. Génial ! Merci, maman ! D'accord. On se retrouve chez moi un peu plus tard ! Embrasse papa. Oui... À tout à l'heure ! » Il fit claquer le pain rond sur l'autre moitié de l'appareil comme une paire de castagnettes et sourit à Emma. Qui lui sourit aussi.

« Super, ce téléphone, commenta-t-il.
— Superdéprimant, tu veux dire ! J'ai envie de pleurer chaque fois que je m'en sers.
— Tu veux toujours tes dix pence ?
— Nan. Ça ira. Je te les offre.
— Merci. Alors...
— Alors, répéta Emma. Qu'est-ce qu'on va faire aujourd'hui ? »

20

Le premier anniversaire
Une commémoration

VENDREDI 15 JUILLET 2005

Londres et Oxfordshire

S'éclater, s'éclater, s'éclater – s'éclater à tout prix. C'est la seule chose à faire. *Bouge, remue-toi, ne t'arrête pas une seconde. Et surtout, ne pense à rien, vide-toi la tête. Le truc, c'est de ne pas être morbide. De t'amuser. D'envisager cette soirée, ce premier anniversaire, comme... comme une commémoration ! Un hommage à sa vie, à tous les bons moments qu'on a partagés, à tous les souvenirs. À toutes les fois où on a ri ensemble. Tellement ri.*

Convaincu du bien-fondé de son projet, il a balayé d'un revers de main les protestations de Maddy, qui supervise le Belleville Café, puis il a pris deux cents livres dans la caisse, et invité trois membres de l'équipe – Maddy, Jack et Pete, qui bosse le samedi – à venir fêter dignement avec lui ce premier anniversaire. C'est ce qu'elle aurait voulu, non ?

Aux premières minutes de ce 15 juillet, jour de la Saint-Swithin, il se trouve donc au sous-sol d'un bar de Camden, son cinquième martini en main, une cigarette au coin des lèvres. Et pourquoi pas ? Pourquoi ne pas s'éclater et commémorer sa *vie* ? Voilà ce qu'il dit à ses amis, ce qu'il leur répète inlassablement d'une voix pâteuse tandis qu'ils lui sourient gentiment, en buvant leurs cocktails à si petites gorgées qu'il commence à regretter de les avoir invités. C'est vrai, quoi ! Ils le ménagent et l'accompagnent de bar en bar avec des mines si compassées, des airs si coincés qu'il a l'impression d'être escorté par une équipe d'aides-soignants ! Sourcils froncés, ils vérifient qu'il ne bouscule personne et ne trébuche pas en sortant du taxi. Il en a marre, maintenant. Ras le bol de ces raseurs ! Il veut se laisser aller, se défouler – n'est-ce pas légitime après l'année qu'il vient d'endurer ? Sûr de son fait, il suggère au petit groupe de se rendre dans un club qu'il a découvert quelques années plus tôt, à l'occasion d'une soirée entre mecs. Un club de strip-tease, près de Farringdon Road.

« Ça ne me tente pas, Dex, réplique calmement Maddy, l'air horrifié.

— Allez ! insiste-t-il en la prenant par les épaules. C'est ce qu'elle aurait voulu ! » Cette idée le fait rire. Il glousse et lève son verre pour la énième fois en son honneur, mais lorsqu'il veut le porter à ses lèvres, il manque sa cible, et l'alcool se répand sur ses chaussures. « Viens avec nous ! On va bien se marrer ! »

Sourde à ses arguments, Maddy attrape sa veste sur le dossier de sa chaise.

« Espèce de poule mouillée ! crie-t-il.

— Dex... Tu ferais mieux de rentrer chez toi, avance Pete.

— Déjà ? s'insurge-t-il. Il n'est que minuit !

— J'y vais, annonce Maddy. Bonne nuit, Dex. À bientôt. »

Il l'accompagne jusqu'à la porte. Il voudrait qu'elle s'amuse, elle aussi, mais elle semble peinée, au bord des larmes. « Reste ! Bois encore un verre avec nous ! supplie-t-il en la tirant par la manche.

— Non... Tu as déjà trop bu. Arrête-toi, maintenant. Promets-moi d'arrêter !

— T'en va pas comme ça ! Nous laisse pas entre hommes !

— Il faut que j'y aille. C'est moi qui ouvre le café demain matin, tu te rappelles ? » Elle prend ses mains dans les siennes avec une tendresse, une compassion exaspérantes. « Jure-moi que tu feras attention à toi. »

Mais ce n'est pas de la sympathie qu'il veut, c'est un autre verre. Il se dégage abruptement des mains de Maddy et retourne au bar. Il n'a pas à faire la queue. Rares sont ceux qui se sont risqués à sortir ce soir : plusieurs bombes ont explosé dans les transports publics londoniens une semaine plus tôt. Les terroristes ont frappé au hasard, faisant des centaines de victimes. Malgré le courage et la bravoure dont les habitants ont fait preuve, la capitale semble en état de siège. Aussi Dexter n'a-t-il aucun mal à trouver un taxi en sortant du bar, escorté de ses deux acolytes. Il donne l'adresse du club au chauffeur, puis il appuie sa joue contre la vitre tandis que Jack et Pete, manifestement effarés, tentent de se dédire. « Il est tard, mon vieux, marmonne Jack. Je bosse demain ! » Et Pete d'ajouter avec un sourire forcé : « J'ai une femme et des enfants, tu sais ! » Dex soupire. On dirait des otages implorant leur ravisseur.

La fête ne sera pas la même sans eux, c'est sûr. Mais il n'a pas l'énergie de les retenir. Et il demande au chauffeur de s'arrêter devant la gare de King's Cross pour les libérer.

« Descends, mon vieux ! supplie Jack en se penchant vers lui. Rentre avec nous ! On va te ramener chez toi. »

Il a l'air soucieux. Stupidement inquiet, même.

« Nan, grogne Dexter. Ça va aller.

— Et si tu venais chez moi ? suggère Pete. Je t'offre mon canapé ! » Dex secoue la tête. C'est gentil, mais Pete ne serait sans doute pas ravi qu'il le prenne au mot. Comme il vient de le lui rappeler, il a une femme et des enfants. Pourquoi voudrait-il accueillir un monstre chez lui – fût-il son patron ? Un type puant et aviné, que ses enfants trouveraient vautré sur le canapé du salon en se levant pour aller à l'école ? Non, Pete n'en a certainement aucune envie. Dexter est abruti, ce soir. Abruti de solitude et de chagrin. Le désespoir l'a rendu idiot, une fois de plus. Pourquoi imposer une telle épreuve à ses amis ? Ce soir, mieux vaut s'acoquiner avec des inconnus : il n'aura pas à affronter leur regard demain matin. Il agite la main pour dire au revoir à Jack et Pete, puis il ordonne au taxi de le conduire près de Farringdon Road, dans la petite rue déserte et lugubre qui abrite le Néron.

Deux colonnes de marbre noir se dressent de chaque côté de l'entrée, comme chez les croque-morts. En sortant, ou plutôt en *tombant* du taxi, Dex craint que les videurs ne lui interdisent l'accès de la boîte, mais il n'a rien à craindre, en fait : il est le client idéal. Bien habillé et déjà hébété par l'alcool. Il offre un sourire mielleux à l'un des gars (un grand chauve à barbiche), achète un billet et pénètre dans la salle enténébrée du Néron.

Il fut un temps, pas si lointain, où il était bien vu d'aller s'encanailler entre amis dans une boîte de strip-tease. N'était-ce pas délicieusement dissolu ? Ironique et excitant à la fois – l'attitude postmoderne par excellence. Mais pas ce soir. Ce soir, le Néron ressemble au salon classe affaires d'une compagnie aérienne au début des années 1980 : du métal chromé aux canapés de cuir noir, en passant par les plantes vertes en plastique, la déco déploie tout l'éventail de la débauche style petit-bourgeois. Maladroitement copiée dans un manuel d'histoire pour enfants, une peinture représentant des esclaves court vêtus, portant des plateaux de raisin, occupe le mur du fond. Plusieurs fausses colonnes en polystyrène sont disséminées à travers la pièce. Juchées sur des tables basses sous des cônes de lumière orange et peu flatteuse, les strip-teaseuses (faut-il dire les danseuses ? Les artistes ?) se déhanchent sur du R&B diffusé à plein volume. Elles ont chacune leur style : langoureux, ensommeillé, gestuel, athlétique – voire « aérobic » pour l'une d'elles. Et toutes sont nues, ou quasi nues. Assis, ou plutôt avachis à quelques centimètres de leurs talons aiguilles : les hommes. Presque tous sont en costume, cravate dénouée. Ils les observent en renversant la tête en arrière, comme si on venait de leur trancher la gorge. On se ressemble, songe Dexter en s'appuyant contre le mur pour ne pas chanceler. Sa vision se brouille. Il s'engage d'un pas incertain dans l'escalier, submergé par une vague de honte et de désir qui plaque un sourire béat sur ses lèvres. Il trébuche, se rattrape à la rampe graisseuse, puis il tire sur les manches de sa chemise pour remettre un peu d'ordre dans sa tenue et se fraye un passage vers le bar, où une femme au visage dur lui annonce que l'établissement ne dispense que des *bouteilles* d'alcool, vodka ou champagne, au prix de cent livres l'unité. Dexter rit de ce banditisme éhonté et lui tend gracieusement sa carte de crédit comme s'il la mettait au défi d'en faire le pire usage possible.

Il saisit sa bouteille de champagne – une marque polonaise qui flotte dans un seau d'eau tiède – et deux flûtes en plastique, puis il titube jusqu'à une banquette de velours noir. Sitôt assis, il allume une cigarette et commence à boire pour de bon. Sirupeux et trop sucré, le prétendu champagne a un goût de pomme et pas assez de bulles. Quelle importance ? Maintenant que ses amis sont partis, Dex peut se resservir tranquillement, sans que personne cherche à détourner son attention ou à lui ôter son verre des mains. Le temps s'assouplit peu à peu, devient élastique, bondissant en avant ou ralentissant brusquement sa course. Sa vision continue de lui jouer des tours, faisant le noir, en lui et autour de lui, pendant de longues secondes. Il est sur le point de s'endormir ou de sombrer dans l'inconscience quand une main se pose sur son bras. Il se retourne. Une fille assez maigre, affublée d'une robe rouge aussi courte que transparente, se tient devant lui. Dotée de longs cheveux blonds aux racines sombres, elle penche son visage lourdement maquillé vers lui. « Je peux avoir un verre de champagne ? » demande-t-elle. Sans attendre la réponse, elle se glisse sur la banquette. Il la complimente sur son accent sud-africain. « Vous avez une très belle voix ! » crie-t-il pour couvrir la musique. Elle hausse les épaules. « Je m'appelle Barbara », répond-elle sans grande conviction, comme si c'était le premier prénom qui lui venait à l'esprit. Son fond de teint masque mal sa peau tachetée, mais elle est menue avec de jolis petits seins que Dex reluque effrontément, ce dont elle ne semble pas s'offusquer. Elle a un physique de danseuse classique. « Vous êtes danseuse de ballet ? » s'enquiert-il. Elle ne répond pas. Qu'importe. Il décide qu'il la trouve vraiment très sympathique.

« Qu'est-ce qui vous amène ici ? lance-t-elle d'un ton mécanique.

— C'est mon anniversaire !

— Félicitations, dit-elle d'un ton absent en se servant un peu de champagne.

— Vous ne voulez pas savoir de quel anniversaire il s'agit ? » insiste-t-il, mais il est déjà tellement saoul qu'il doit s'y reprendre à trois fois pour se faire comprendre. Mieux vaut être plus direct, apparemment. « Ma femme a été tuée dans un accident… Ça fait un an, jour pour jour. »

Barbara lui offre un sourire crispé tout en jetant un regard nerveux autour d'elle, comme si elle regrettait de s'être assise à son côté. Supporter les divagations des clients bourrés, ça fait partie du job, certes. Mais celui-là est franchement bizarre avec son histoire d'anniversaire et d'accident – le voilà qui se lance dans un grand monologue incohérent à propos d'un chauffard et d'un procès auquel Barbara ne comprend rien, et ne veut rien comprendre.

« Vous voulez que je danse pour vous ? suggère-t-elle, pressée de changer de sujet.

— Quoi ? » Il s'incline vers elle. « Qu'est-ce que vous dites ? » Il empeste le mauvais champagne et lui postillonne à la figure.

« Je demande si vous voulez que je danse pour vous. Ça vous remonterait le moral… Vous avez l'air d'en avoir besoin ! Alors, ça vous tente ?

— Non, pas maintenant. Plus tard, peut-être ! » marmonne-t-il en abattant une main sur son genou, qu'il trouve dur et froid comme une rampe d'escalier. Il se remet à parler, par bribes, sans la moindre logique, enchaînant les remarques mièvres et pleines d'amertume qu'il a déjà prononcées des dizaines de fois : seulement trente-huit ans on essayait d'avoir un bébé le chauffeur s'en est tiré sans une égratignure il n'a même pas eu d'amende vous vous rendez compte je me demande ce que ce connard fait ce soir il m'a pris ma meilleure amie j'espère qu'il souffre qu'il en perd le sommeil seulement trente-huit ans que fait la justice et moi qu'est-ce que je suis censé faire maintenant Barbara dites-moi ce que je suis censé faire ? À bout de souffle, il s'interrompt brutalement.

Barbara a baissé la tête en l'écoutant. Elle fixe ses mains, qui sont croisées dévotement sur ses genoux. Comme si elle priait. Oui, songe Dexter, elle est émue, émue par mon histoire, et elle prie pour moi. Il a touché une corde sensible, éveillé sa compassion. Elle l'a pris en pitié – elle en pleure peut-être ? Bon sang. Il a fait pleurer cette pauvre fille, cette gentille Barbara. Ivre de gratitude, il pose une main sur la sienne. Et s'aperçoit qu'elle est en train d'envoyer un texto. Elle a posé son téléphone sur ses genoux et elle rédigeait un SMS pendant qu'il lui parlait d'Emma ! La colère lui bloque la respiration.

« Qu'est-ce que tu fous ?

— Quoi ? réplique-t-elle avec insolence.

— Qu'est-ce que tu fous, bordel ? » éructe-t-il, blême de rage et de dégoût. Il lui arrache le portable des mains et l'envoie valser à travers le club. « J'étais en train de te parler ! » hurle-t-il, mais la fille se met à hurler, elle aussi. Elle le traite de taré, de dingo, et fait signe au videur. C'est l'immense type à la barbiche qui s'est montré si sympa avec lui tout à l'heure. Sauf qu'il ne rigole plus, maintenant. Il agrippe Dexter par les épaules, noue un énorme bras autour de sa taille et le soulève avec une aisance confondante pour l'emmener vers la sortie. Des visages hilares se tournent sur leur passage. « T'as rien pigé, pétasse ! » s'époumone Dex en jetant un dernier regard à Barbara. Qui fait un geste obscène en éclatant de rire. Le videur pousse la porte d'un coup de pied. Et balance Dexter sans ménagement sur le trottoir.

« Ma carte de crédit ! Vous avez gardé ma putain de carte ! » crie-t-il, mais le gars lui rit au nez, comme les autres. Puis regagne le club et claque la porte derrière lui.

Fou de rage, Dexter se dirige en titubant vers Farringdon Road, où il tente de héler un des nombreux taxis qui font route vers l'ouest de la capitale, mais aucun d'eux ne daigne s'arrêter : qui voudrait d'un client complètement pinté, qui court au milieu de la chaussée en agitant les bras ? Il prend une profonde inspiration et regagne le trottoir. Là, il s'adosse à un immeuble pour inspecter le contenu de ses poches. Son portefeuille a disparu, ainsi que ses clés de voiture et d'appart. Celui qui a pris son portefeuille et ses clés a aussi son adresse, puisqu'elle figure sur son permis de conduire. Il faudra qu'il fasse changer les serrures et... Sylvie doit venir à l'heure du déjeuner ! se souvient-il brusquement. Elle amène Jasmine pour le week-end. Il tape du pied contre le mur, appuie son front contre les briques, enfonce de nouveau ses mains dans ses poches et y trouve un billet de vingt livres, roulé en boule et mouillé de sa propre urine. Vingt livres... C'est assez pour rentrer chez lui en taxi. Les voisins ont un jeu de clés. Il n'aura qu'à les réveiller pour se faire ouvrir la porte. Il pourra dormir et cuver son vin jusqu'à demain matin.

Mais vingt livres, c'est aussi assez pour retourner au centre-ville et s'offrir encore un verre ou deux. Alors, la maison ou le coma ? Il se redresse péniblement, se force à marcher droit, hèle un taxi et se fait conduire à Soho.

Arrivé sur Berwick Street, il s'engouffre dans une impasse et s'arrête devant une porte peinte en rouge. L'endroit n'a pas changé depuis qu'il venait finir ses nuits, il y a dix ou quinze ans de cela, dans le bar clandestin dissimulé au fond du bâtiment. Sombre et sans fenêtre, le rade est aussi sordide que dans son souvenir. Plusieurs dizaines de personnes, cigarettes au bec et cannettes en main, s'entassent près d'une table en formica qui fait office de comptoir. Dex se fraie un chemin vers le serveur en s'appuyant sur les clients pour ne pas tomber. Il glisse une main dans sa poche, prêt à s'offrir une bière jamaïcaine, et s'aperçoit qu'il n'a plus rien. Vraiment rien, cette fois. Il a payé le taxi avec son billet de vingt livres et perdu la monnaie en route. Tant pis. Il va devoir faire ce qu'il faisait autrefois quand il n'avait plus un rond : attraper le premier verre qui lui tombe sous la main et le vider vite fait. Il revient sur ses pas, joue des coudes sans prêter attention aux insultes de ceux qu'il bouscule, et repère une cannette oubliée sur une console. Parfait. Il s'en empare, avale le reste de bière qu'elle contient, puis en trouve une autre et va s'affaler contre un mur. Il est en nage, à présent. Un haut-parleur hurle derrière lui, tout près de ses oreilles. Les yeux clos, il porte la bière à ses lèvres. Le liquide ambré coule dans sa gorge, dégouline sur son menton, macule sa chemise et... – soudain une main le plaque contre le mur. Quelqu'un veut savoir à quoi il joue, *bordel*. Qu'est-ce qui lui prend de piquer la bière des autres ? Dex ouvre les yeux : un homme se tient devant lui. Plus très jeune, les yeux rouges, un cou de crapaud vissé sur ses larges épaules.

« Désolé, c'est la mienne ! » réplique Dexter en désignant la cannette vide. Mensonge si peu convaincant qu'il en ricane. Le type grogne, dévoile une rangée de dents jaunes et lève le poing. Dex ne recule pas. C'est ce qu'il cherche, en fait : il veut que cet homme le frappe. « Lâche-moi, enculé ! » beugle-t-il. Le brouhaha s'amplifie, puis les sons se brouillent, les images aussi. Et il se retrouve face contre terre, les mains plaquées sur le visage pour se protéger des coups de pied du type, qui le frappe à l'estomac et enfonce ses talons dans son dos. Bouche ouverte, Dexter avale la poussière qui jonche la moquette tandis que les coups pleuvent sur son corps recroquevillé. Puis, tout aussi brusquement, le voilà qui flotte à quelques mètres au-dessus du sol, soulevé par six hommes, comme le jour de ses seize ans, quand ses copains l'ont jeté dans la piscine. Ravi, il se contorsionne en poussant des cris de joie, il explose de rire tandis que les types le maintiennent fermement par les bras et les jambes, traversent la pièce enfumée, longent le couloir et la cuisine d'un resto, puis, d'un geste ample, le jettent dans l'impasse, sur un tas de poubelles en plastique. Dex se laisse rouler à terre en riant de plus belle. Il est couvert de détritus et reconnaît, sur sa langue, le goût métallique de son propre sang. *Génial. C'est ce qu'elle aurait voulu.*

15 juillet 2005
Salut, Dexter !

J'espère que tu ne m'en voudras pas de t'écrire. Ça me semble un peu bizarre à moi aussi (qui écrit encore des lettres à notre époque ?) mais j'ai pensé que ce serait plus approprié qu'un mail ou un coup de fil. Je ne voulais pas laisser passer cette journée sans faire quelque chose de spécial. En y réfléchissant, je me suis dit que cette lettre était ce que je pouvais faire de mieux.

Alors, comment vas-tu ? Nous avons échangé quelques mots à l'enterrement, mais je n'ai pas voulu m'attarder. Tu étais en état de choc. Ce fut terriblement brutal, n'est-ce pas ? Je pense à Emma depuis ce matin – toi aussi, j'imagine. Je pense très souvent à elle, mais aujourd'hui, c'est plus dur que d'habitude. Je sais que c'est dur pour toi aussi. Alors j'ai eu envie de te faire partager mes pensées. Elles valent ce qu'elles valent (c'est-à-dire pas grand-chose !!!!), mais les voici.

Quand Emma m'a quitté, il y a presque dix ans, j'ai cru que ma vie allait s'effondrer. C'est ce qui s'est passé d'ailleurs, pendant un an ou deux. Pour être franc, je crois que je suis devenu un peu fou. Puis j'ai rencontré une fille au magasin où je bossais, et je lui ai proposé de venir me voir faire un numéro de stand-up. Après le spectacle, elle m'a gentiment expliqué que j'étais un très, très mauvais comique, et que la meilleure chose à faire, c'était d'abandonner et d'essayer d'être moi-même. Je suis tombé amoureux d'elle sur-le-champ. Nous sommes mariés depuis quatre ans et nous avons trois gamins merveilleux (un de chaque, ha ! ha ! ha !). Nous vivons à Taunton, dans le Somerset. Outre le fait qu'il s'agit, comme tu peux l'imaginer, d'une mégapole grouillante de monde, et que mes parents habitent à deux pas de chez nous (baby-sitting gratuit !!), j'ai trouvé du boulot dans une compagnie d'assurances locale – au service des relations clients. Ça te semble sûrement ennuyeux à mourir, mais c'est plutôt sympa, au fond. Je me suis découvert un certain talent pour ce type de job et on se marre bien entre collègues. Tout ça fait de moi un homme heureux.

Vraiment heureux. Nous avons un garçon et deux filles. Je sais que tu es papa, toi aussi. C'est usant, pas vrai ?!!!!

Bon. Pourquoi je te raconte tout ça ? Nous n'avons jamais été bons amis, toi et moi, et tu ne t'intéresses sans doute pas à ce que je suis devenu. J'en suis conscient !! Alors ? Si je t'écris, c'est pour la raison suivante :

Quand Emma m'a quitté, j'ai vraiment pensé que ma vie était finie – mais je me trompais, puisque j'ai rencontré Jacqui, ma femme. Toi aussi, tu as perdu Emma. Et tu sais – nous savons tous que nous ne pourrons jamais la retrouver. C'est très, très dur, mais c'est pas une raison pour tout laisser tomber, voilà ce que je voulais te dire. Emma t'aimait plus que tout. Cet amour m'a fait souffrir pendant de longues années. J'étais terriblement jaloux de toi et de votre amitié. Chaque fois qu'elle te parlait au téléphone ou qu'elle discutait avec toi dans un pub ou une soirée, son visage s'illuminait, ses yeux pétillaient... Jamais elle n'était comme ça avec moi, je t'assure. Il m'est arrivé (j'en ai honte aujourd'hui) de lire ses carnets en son absence : elle consacrait des pages entières à votre relation. Ça me rendait dingue ! Pour être honnête, mon vieux, j'étais convaincu que tu ne la méritais pas. Mais qui la méritait, en fait ? Aucun de nous, en tout cas. C'était la personne la plus intelligente, la plus attentionnée, la plus drôle et la plus loyale que nous pouvions rencontrer. Je n'arrive pas à admettre qu'elle ne soit plus là. C'est injuste et anormal. Profondément anormal.

Pour en revenir à votre relation, je pensais que tu ne la méritais pas, mais en revoyant Emma après votre retour de Paris, j'ai compris que tout avait changé entre vous. Et que tu avais changé, toi aussi.

Tu n'étais plus un connard fini, apparemment. Je sais que tu l'as rendue très, très heureuse par la suite. Elle était resplendissante, n'est-ce pas ? Elle irradiait de bonheur ! Je voulais te remercier pour ça, et te dire que je ne t'en veux pas. Je te souhaite bonne chance pour la suite, mon vieux. Sincèrement.

Je suis désolé de sombrer dans le pathos – on en est tous là aujourd'hui, j'imagine (surtout toi et sa famille) –, mais je sais que je détesterai cette date jusqu'à la fin de mes jours. Chaque année, quand le 15 juillet reviendra, ce sera la même chose. Je ne m'y habituerai jamais ! Voilà ce que je voulais te dire. Je pense à toi. Je sais que tu as une ravissante petite fille et j'espère qu'elle t'aide à retrouver goût à la vie.

Bon, il est temps de conclure ! Remets-toi, Dex. Tâche d'être quelqu'un de bien et de renouer avec le bonheur. *Carpe diem* et toutes ces conneries. Je crois que c'est ce qu'Emma aurait voulu.

Bien à toi (amicalement, même),
Ian Whitehead

« Dexter, tu m'entends ? Oh, mon Dieu… Que s'est-il passé ? Tu m'entends, Dex ? Ouvre les yeux, je t'en prie ! »

Lorsqu'il se réveille, Sylvie est là. Chez lui, dans son appartement. Il est allongé sur le plancher du salon, entre le canapé et la table. Pliée en deux au-dessus de lui, elle tente maladroitement de le soulever pour le mettre en position assise. C'est d'autant plus difficile que ses vêtements sont humides et gluants : il a vomi dans son sommeil. Cette découverte le mortifie. Mais il ne parvient pas à aider la pauvre Sylvie, qui le tire vers le tapis en ahanant, les mains glissées sous ses aisselles.

« Sylvie… J'suis désolé. J'ai encore merdé.

— Fais un effort, s'il te plaît. Essaie de t'asseoir.

— J'suis foutu. J'suis complètement foutu...

— Mais non ! Tu as juste besoin de dormir. Tout ira mieux après, tu verras... Oh, Dexter ! Ne pleure pas, je t'en prie ! Là... Écoute-moi, tu veux bien ? » Elle s'agenouille devant lui et prend son visage entre ses mains. Ses yeux brillent de tendresse, sentiment qu'il a rarement vu chez elle quand ils étaient mariés. « Je vais t'aider à te laver et à te mettre au lit. Il faut que tu dormes, tu comprends ? »

Il parvient enfin à se redresser. Et aperçoit une petite silhouette sur le pas de la porte : sa fille. Elle se balance d'un pied sur l'autre, l'air anxieux. La honte qu'il éprouve à lui offrir un tel spectacle est si vive qu'il est repris de nausée.

Sylvie suit son regard. « Jasmine, ma chérie ? Attends-nous à côté, d'accord ? suggère-t-elle en veillant à ne pas hausser la voix. Papa ne se sent pas très bien. » Jasmine ne bouge pas. « Tu m'entends ? Je t'ai demandé d'aller à côté ! » s'écrie-t-elle, prise de panique.

Il voudrait parler à sa fille. La rassurer. Mais ses lèvres sont gonflées, tuméfiées. Il n'arrive pas à former les mots qui lui viennent à l'esprit. Découragé, il se laisse de nouveau glisser sur le parquet. « Ne bouge pas, ordonne Sylvie. Reste là, d'accord ? Je reviens tout de suite. » Elle prend leur fille par la main et passe dans la pièce voisine. Un instant plus tard, il l'entend chuchoter au téléphone dans l'entrée. Il ferme les yeux, en priant pour que ça passe. Pour que *tout* passe.

Quand il reprend vraiment ses esprits, il est à demi allongé à l'arrière d'une voiture, sous une couverture écossaise. Il la serre étroitement contre lui – il frissonne, malgré la chaleur – et s'aperçoit qu'il connaît cette couverture. Tout comme l'odeur qui s'échappe du cuir bordeaux éraflé de la banquette, elle lui rappelle les pique-niques et les sorties en famille de son enfance. Il parvient à se soulever pour jeter un œil à la fenêtre avant, et distingue la glissière d'une autoroute. La radio diffuse un concerto de Mozart. Et son père est au volant : Dex reconnaît l'arrière de son crâne couronné de cheveux gris, et les touffes de poils qui sortent de ses oreilles.

« Où on va ?

— À la maison. Rendors-toi. »

Il m'a enlevé. Que faire, à présent ? Crier « Je vais très bien ! Ramène-moi à Londres. Je ne suis plus un gamin » ? Ce serait justifié. Mais le cuir éraflé de la banquette lui réchauffe doucement la joue. Il n'a pas l'énergie de bouger – encore moins celle de se disputer avec son père. Il frissonne, tire la couverture sur son menton et se rendort.

Il s'éveille au son des pneus sur le gravier : Stephen vient de s'engager sur l'allée qui mène à la grande maison familiale. Solide et immuable.

« Nous y sommes ! annonce Stephen en lui ouvrant la portière comme un chauffeur. Si tu veux bien te donner la peine d'entrer... Il y aura de la soupe au dîner ! » Il se dirige vers la maison d'un pas guilleret en jouant avec ses clés, qu'il lance et rattrape à plusieurs reprises. Il semble résolu à faire comme si de rien n'était – et Dexter lui en est reconnaissant. Il se redresse péniblement et sort de la voiture en titubant, puis il ôte la couverture de ses épaules, la repose sur la banquette arrière, et rejoint son père à l'intérieur.

Il s'enferme dans la petite salle de bains du rez-de-chaussée pour inspecter son visage dans la glace. Sa lèvre inférieure est entaillée et gonflée ; sa joue est tuméfiée, ornée d'un gros hématome jaunâtre ;

les muscles de son dos et de ses épaules, manifestement froissés, le font grimacer de douleur à chaque mouvement. Il gémit, puis examine sa langue – mordue sur les côtés, couverte d'une substance grisâtre – et ses dents, jaunies et nauséabondes. Il a beau les laver, ces temps-ci, elles ne semblent jamais vraiment propres. Le miroir lui renvoie son haleine, fétide, presque fécale, comme si quelque chose était en train de pourrir au plus profond de lui. Des petits vaisseaux ont éclaté sous la peau de son nez et de ses pommettes : la couperose le gagne. Il s'est remis à boire. Il se saoule de jour comme de nuit avec un acharnement renouvelé. Et ça se voit : il a pris du poids ; ses joues, son menton et son cou sont flasques et empâtés ; ses yeux sont constamment rouges et chassieux.

Il appuie son front contre le miroir en poussant un long soupir. Quand il vivait avec Emma, il se demandait parfois, un peu négligemment, à quoi ressemblerait sa vie si elle n'était plus là. C'était une question purement rhétorique, pas morbide pour un sou – le genre de questions que se posent tous les amants. Que serais-je sans toi ? se demandait-il, lui aussi. Il a la réponse, maintenant. Il lui suffit de se regarder dans la glace. Voilà ce qu'il est sans elle ! Le deuil ne l'a paré d'aucune grandeur. Il n'est ni digne ni tragique dans sa douleur, mais banal et stupide. En la perdant, il a perdu tout mérite. Il n'a plus ni qualités ni ambitions : il n'est qu'un misérable alcoolique solitaire, dévoré par la culpabilité et les regrets. Un souvenir indésirable lui revient brusquement à l'esprit : il se revoit, ce matin même, dans la salle de bains de Belsize Park. Sale, déjà à moitié nu, encore ivre. Sylvie et Stephen achèvent de le dévêtir, puis ils l'aident à s'allonger dans la baignoire et le lavent comme un enfant. Il aura quarante et un ans dans deux semaines, mais aujourd'hui son père lui a donné un bain. Pourquoi ne l'ont-ils pas emmené à l'hôpital, tout simplement ? Des mains anonymes lui auraient fait un lavage d'estomac. Il aurait conservé un semblant d'amour-propre, au moins. Alors que maintenant...

Son père est dans le hall, en grande conversation téléphonique avec Cassie. Dex s'assied sur le bord de la baignoire. Il n'a même pas à tendre l'oreille : Stephen parle si fort dans le combiné qu'il ne peut pas ne pas l'entendre.

« Il a réveillé les voisins en essayant d'entrer chez lui. Il tapait dans la porte en hurlant... Ils lui ont donné sa clé de rechange... Sylvie l'a trouvé en arrivant. Sur le plancher du salon... Comment ? Non, il a trop bu, c'est tout. Quelques coupures, des bleus au visage... Une bonne nuit de sommeil et il n'y paraîtra plus ! Tu veux passer le voir ? »

Derrière la porte close de la salle de bains, Dexter prie pour que sa sœur décline l'invitation. Ce qu'elle fait, évidemment. Quel plaisir aurait-elle à le voir dans cet état ? « Comme tu voudras, Cassie. Passe-lui quand même un petit coup de fil demain pour prendre de ses nouvelles, d'accord ? »

Stephen raccroche. Dex attend qu'il se soit éloigné, puis il traverse le couloir et pénètre dans la cuisine. Il remplit d'eau tiède un verre à bière mal lavé, en avale la moitié et se penche vers la fenêtre. Le jardin semble abandonné. La piscine vide est couverte d'une vieille bâche bleue, sur laquelle jouent les derniers rayons du couchant. Les herbes folles ont envahi le court de tennis. Même la cuisine sent le renfermé... Depuis la mort d'Alison, Stephen a condamné les pièces une à une : il n'occupe plus à présent que sa chambre, la cuisine et le salon. Et encore ! D'après Cassie, il lui arrive souvent de dormir sur le canapé pour éviter d'avoir à monter l'escalier. La maison est-elle devenue trop grande pour lui ? Inquiets, Dex et sa sœur lui ont suggéré de la vendre pour s'acheter un appartement à Londres ou à Oxford – un endroit plus petit, qu'il n'aurait pas de mal à entretenir. « Pas question ! a-t-il rétorqué. J'ai l'intention de mourir dans *ma* maison. Vous n'allez tout de même pas m'en empêcher ? » Pris de court, Dex et Cassie n'ont rien trouvé à répondre. Et le sujet, trop sensible pour eux trois, n'a plus jamais été abordé.

« Tu te sens mieux ? lance son père en arrivant derrière lui.

— Un peu.

— C'est quoi ? demande Stephen en désignant le verre de Dex d'un signe de tête. Du gin ?

— Non. De l'eau.

— Ravi de l'entendre. Bon... J'ai prévu de la soupe pour ce soir. Aux grands maux, les grands remèdes ! Tu seras capable d'en boire un bol ?

— Je crois que oui. »

Son père agite une boîte dans chaque main. « Curry ou crème de poulet ? »

Les préparatifs commencent. Les deux hommes s'affairent pesamment dans la cuisine, brassant plus d'air qu'il n'en faut pour réchauffer deux boîtes de conserve. Deux veufs devant une casserole de soupe, songe Dexter avec ironie. Depuis que son père vit seul, son régime alimentaire ressemble à celui d'un boy-scout ambitieux : haricots à la sauce tomate, saucisses, croquettes de poisson – voire, lors des grandes occasions, de la gelée en sachet pour le dessert.

Le téléphone se met à sonner dans le hall. « Tu peux y aller ? » Armé d'un petit couteau, son père écrase du beurre sur des tranches de pain de mie. Dex fait la moue. « Il ne mord pas, tu sais, insiste Stephen.

— J'y vais », annonce-t-il en tournant les talons.

Il décroche l'appareil à contrecœur. C'est Sylvie. Il s'assied sur les marches de l'escalier, le combiné plaqué contre l'oreille. Son ex-femme vit seule, à présent : sa relation déjà moribonde avec Callum s'est brisée quelques jours avant Noël. Depuis cette date, leur désarroi mutuel et le désir d'en protéger Jasmine les ont étrangement rapprochés, Sylvie et lui. Ils sont devenus amis – *presque* amis, du moins.

« Comment te sens-tu ?

— Oh... Plutôt gêné. Désolé de t'avoir imposé ça.

— Ne t'en fais pas pour moi.

— Je crois me rappeler que papa et toi m'avez donné un bain. »

Elle éclate de rire. « Ça ne le dérangeait pas, lui ! Tu sais ce qu'il m'a dit ? "Ne vous inquiétez pas, Sylvie. Je ne verrai rien que je n'aie déjà vu !" »

Dexter sourit et grimace en même temps. « Jasmine va bien ?

— Je crois que oui. Elle s'en remettra. Je lui ai raconté que tu avais une indigestion.

— Je lui revaudrai ça. Je suis vraiment navré, tu sais.

— C'est le genre de choses qui arrivent... Ne le refais pas, c'est tout !

— Je... On verra », marmonne-t-il, conscient de ne rien pouvoir promettre. Un court silence s'installe sur la ligne. « Il faut que j'y aille, Sylvie. La soupe est en train de brûler.

— On se voit toujours samedi soir ?

— Oui. Embrasse Jasmine pour moi. Dis-lui que je suis désolé. »

Il l'entend soupirer. « Dex ? On tient tous à toi, tu sais.

— Je ne vois pas pourquoi, réplique-t-il, embarrassé.

— C'est vrai… On a toutes les raisons de t'en vouloir. Mais on t'aime quand même. »

Ils échangent encore quelques mots, puis raccrochent. En regagnant le salon un instant plus tard, Dexter trouve son père installé devant la télévision. Il s'empare de la boisson que Stephen a préparée pour lui (du sirop d'orge au citron dilué dans un très grand verre d'eau) et s'installe à son côté. Ils mangent leur soupe en silence, un plateau matelassé bien calé sur les genoux. C'est une acquisition récente, que Dex juge vaguement déprimante – peut-être parce que sa mère se serait insurgée à l'idée d'acheter un truc pareil. La soupe est bouillante : on dirait une coulée de lave sur ses lèvres et sa langue tuméfiées. Quant au pain de mie, beurré de manière inégale, il ressemble à un champ de bataille. Pourtant, c'est délicieux. Les gros morceaux de beurre fondent dans la soupe tandis que Dex porte la cuillère à sa bouche en regardant un épisode d'*EastEnders*, dont son père s'est récemment entiché. Lorsque le générique de la série défile à l'écran, il pose son plateau au pied du canapé, pointe la télécommande vers l'appareil pour couper le son et se tourne vers son fils.

« Dis-moi… Penses-tu que ce genre de… commémoration se reproduira chaque année ?

— Je ne sais pas encore. » Silence. Stephen patiente un moment, puis se retourne vers l'écran de la télévision.

« Je suis désolé, ajoute Dexter.

— De quoi ?

— De toute cette histoire. Tu as dû me donner un bain et…

— Effectivement. J'aimerais m'abstenir de ce genre de *soins* à l'avenir, si ce n'est pas trop demander. » Il passe plusieurs chaînes en revue sans remettre le son. « Bientôt, c'est toi qui devras me laver, de toute façon.

— J'espère bien que non ! rétorque Dexter. Cassie pourra s'en charger, tu ne crois pas ? »

Son père sourit. « Écoute... Je n'ai pas spécialement envie d'avoir une grande conversation avec toi. Ça t'ennuie si on se contente de passer la soirée devant la télé ?

— Pas du tout. J'ai pas très envie de parler, moi non plus.

— Nous sommes d'accord, alors. Laisse-moi juste te dire une chose... Le mieux que tu puisses faire, à mon avis, c'est d'essayer de vivre comme si Emma était toujours là. Tu ne penses pas que ce serait mieux ?

— Je ne suis pas sûr d'en être capable.

— Tu peux *essayer*, au moins. » Télécommande en main, il continue de zapper d'une chaîne à l'autre. « Tu crois que je fais comment, moi, depuis dix ans ? » Un sourire éclaire son visage : il a enfin trouvé le programme qu'il cherchait. « *The Bill* vient de commencer, annonce-t-il en se carrant dans le canapé. Tu veux le regarder avec moi ? »

Dex hoche la tête et tente de se concentrer sur le feuilleton policier tandis que le soleil couchant embrase la pièce, nimbant les photos de famille d'une lueur mordorée. À son grand embarras, il s'aperçoit que ses yeux sont pleins de larmes. L'eau salée ruisselle sur sa joue bleue. Il l'essuie discrètement du plat de la main, mais son soupir n'échappe pas à son père, qui lui jette un regard soucieux.

« Ça ne va pas mieux ?

— Désolé, murmure-t-il.

— Ce n'est pas ma soupe qui te met dans cet état, quand même ? »

Dex sourit, puis renifle bruyamment. « Je crois que je suis encore un peu saoul, en fait.

— Ça va passer, assure Stephen en reportant son attention sur la télévision. Il y a *Silent Witness* à 21 heures. »

21

Arthur's Seat

VENDREDI 15 JUILLET 1988

Rankeillor Street, Édimbourg

Dexter se doucha dans la petite salle de bains miteuse, aux parois couvertes de moisissures, puis il enfila sa chemise de la veille. Elle sentait la sueur et la fumée de cigarettes. Il décida de remettre aussi la veste de son costume (en espérant étouffer les mauvaises odeurs sous la doublure), puis il étala un peu de dentifrice sur son index et en frotta ses dents.

Il rejoignit ensuite Emma Morley et Tilly Killick à la table de la cuisine, sous un immense poster graisseux de *Jules et Jim*. Elles lui servirent un petit-déjeuner maladroit et abject, qu'il avala sous le regard d'une Jeanne Moreau hilare : quelques tranches de pain brun tartinées de soja, un bol de muesli rassis et une tasse d'espresso tiré d'une machine à café qu'Emma sortit du placard pour l'occasion – le genre de machine qui semble toujours moisie à l'intérieur, quel que soit le nombre de fois où vous la lavez. Il porta le liquide noir à ses lèvres avec précaution, en but plusieurs gorgées et commença à se sentir mieux. Les deux filles se chargeaient de la conversation, babillant, cherchant à le faire rire, leurs grosses lunettes juchées sur le nez comme des décorations honorifiques. Dex les écoutait en silence, avec la vague impression d'avoir été enlevé par une troupe de théâtre d'avant-garde. Il n'aurait peut-être pas dû rester, en fait. Ou plutôt si – mais il n'aurait pas dû quitter la chambre. Comment faire pour embrasser Emma, maintenant que Tilly Killick s'était lancée dans l'un de ses interminables monologues ?

Emma regrettait d'avoir quitté la chambre, elle aussi. La présence de Tilly l'exaspérait. Pourquoi sa colocataire n'avait-elle pas la discrétion de se retirer ? Fallait-il vraiment qu'elle reste assise là, à sucer sa petite cuillère en battant des cils ? Et cette manière de jouer avec ses cheveux, de laisser bâiller sa robe de chambre sur son joli body à carreaux de chez Knickerbox... c'était indécent, vraiment ! Et tellement *évident*... Pas question de la laisser seule avec Dexter, en tout cas. Dommage. Car Emma mourait d'envie de retourner dans la salle de bains pour se rincer : elle avait commis l'erreur de se savonner avec un nouveau gel douche, un truc à la fraise de chez Body Shop, qui avait laissé sur sa peau une persistante odeur de yaourt aux fruits.

Aller se doucher... et se recoucher avec Dexter, voilà ce qu'Emma voulait vraiment. Mais ils étaient trop sobres, à présent, pour se glisser de nouveau à demi nus entre les draps. Pressée d'échapper à Tilly, elle s'interrogea à voix haute sur le programme de la journée, la première de leur vie de jeunes diplômés.

« On pourrait aller au pub ? » suggéra Dexter sans grande conviction. Emma grogna, prise de nausée à l'idée d'ingurgiter de l'alcool.

« Si on déjeunait au resto ? proposa Tilly.

— Pas de fric.

— Un ciné, alors ? reprit Dexter. Je vous invite…

— Pas aujourd'hui. Il fait trop beau pour s'enfermer entre quatre murs !

— C'est vrai. Allons nous baigner, alors. À North Berwick. »

Emma se raidit. Accepter l'obligerait à se montrer en maillot de bain devant lui – perspective qui la mettait à l'agonie. « Je ne vaux rien sur une plage, décréta-t-elle.

— Bon… Vous avez une autre idée ?

— Et grimper au sommet d'Arthur's Seat ? lança Tilly. Ça vous tente ?

— Je l'ai jamais fait », répondit négligemment Dexter. Les filles écarquillèrent les yeux.

« T'es jamais monté en haut d'Arthur's Seat ?

— Non.

— Ça fait quatre ans que tu vis à Édimbourg, et t'as jamais…

— J'avais des trucs à faire !

— Quel genre de trucs ? demanda Tilly.

— Des tas de bouquins d'anthropologie à lire ! » ironisa Emma. Elles gloussèrent bruyamment.

« On doit t'emmener, alors ! » affirma Tilly. « *On* » ? Furieuse, Emma lui lança un regard lourd d'avertissement.

« J'ai pas les bonnes chaussures, protesta Dexter.

— Et alors ? C'est pas le K2, quand même !

— Je peux pas y aller en mocassins !

— Mais si… C'est juste une petite colline. Archifacile à monter, tu verras.

— Même en costume ?

— Bien sûr ! On pourra pique-niquer là-haut, si tu veux ! » s'écria Emma avec entrain. Un silence embarrassé accueillit sa proposition. Elle s'apprêtait à y renoncer quand Tilly reprit la parole :

« Vous feriez mieux d'y aller sans moi. J'ai... des trucs à faire. »

Elle ponctua son propos d'un clin d'œil furtif à l'adresse d'Emma. Qui dut se retenir pour ne pas l'embrasser.

« Bon... Alors allons-y ! » s'exclama Dexter avec un regain d'enthousiasme.

Ils expédièrent leur petit-déjeuner, firent leurs adieux à Tilly et débouchèrent un quart d'heure plus tard sur le trottoir ensoleillé. Dex jeta un regard méfiant aux rochers de Salisbury, qui se dressaient au bout de Rankeillor Street.

« On va vraiment grimper là-haut ?
— C'est à la portée d'un enfant, crois-moi ! »

Ils s'approvisionnèrent au supermarché de Nicolson Street. Un peu gênés de partager un caddie (n'était-ce pas le rituel domestique par excellence ?), ils choisirent les composantes du pique-nique avec un soin extrême : des olives, oui... Mais n'est-ce pas un peu snob ? s'interrogea Emma, tandis que Dexter hésitait entre un soda écossais au nom imprononçable (donc comique) et une bouteille de champagne (trop ostentatoire ?). Elle se voulait caustique, il cherchait à afficher sa sophistication. Arrivés à la caisse, ils remplirent de ce repas improvisé le sac à dos d'Emma, acheté dans un surplus militaire, et revinrent sur leurs pas pour se rendre à Holyrood Park, d'où partait le sentier qui montait au sommet d'Arthur's Seat.

L'ascension commença. Emma devant, Dexter à la traîne, une cigarette coincée entre les lèvres, en nage sous son costume, le pied mal assuré dans ses mocassins. Le café noir qu'il avait avalé au petit-déjeuner faisait battre ses tempes sans parvenir à le libérer du vin de la veille, qui ralentissait ses mouvements. Conscient de la beauté du paysage, il savait qu'il aurait dû l'apprécier, mais il ne pouvait détacher ses yeux des fesses d'Emma, joliment moulées dans un 501 délavé qui sanglait sa taille fine et dissimulait ses longues jambes chaussées d'une paire de Converse noires.

« Tu es très agile, déclara-t-il.

— J'suis un vrai bouquetin ! J'ai fait beaucoup de randonnée dans le Yorkshire quand j'étais dans ma phase Emily Brontë. Des heures à arpenter la lande en plein vent. J'étais mélancolique à mort, à l'époque. "Je ne peux pas vivre sans ma vie ! Je ne peux pas vivre sans mon âme !" »

Dexter, qui ne l'écoutait qu'à moitié, comprit qu'il s'agissait d'une citation, mais laquelle ? Aucune importance. Il observait maintenant les gouttes de sueur qui se formaient entre ses omoplates, et la bretelle de son soutien-gorge qui pointait sous l'encolure de son tee-shirt. Une image lui revint brusquement à l'esprit – Emma étendue sur le petit lit la nuit dernière, les bras levés au-dessus de sa tête –, mais elle lui jeta un regard par-dessus son épaule comme pour lui déconseiller d'y penser.

« Comment ça se passe, sherpa Tenzing ?

— Pas trop mal. J'aurais préféré avoir des mocassins à crampons, mais à part ça... Quoi ? Qu'est-ce qui te fait rire ?

— C'est la première fois que je vois quelqu'un faire de la rando avec une clope au bec.

— Que veux-tu que je fasse d'autre ?

— Tu pourrais admirer la vue !

— Une vue est une vue est une vue.

— C'est du Shelley ou du Wordsworth ? »

Il poussa un soupir et s'arrêta en posant les mains sur ses genoux. « Bon, d'accord. Je vais admirer la vue. » Il se retourna et vit les HLM, les flèches et les remparts de la vieille ville nichée sous l'énorme masse grise du château, et plus loin à l'horizon, sous la lumière scintillante de cette belle journée d'été, l'estuaire du Forth. Il refusait généralement de paraître impressionné par quoi que ce soit, mais cette fois, c'était différent. La vue était *vraiment* magnifique. Pas étonnant qu'on en ait fait des cartes postales ! songea-t-il en regrettant presque de n'être pas venu plus tôt.

Il s'autorisa un « Très joli » énoncé d'une voix neutre, puis ils se remirent en route. Et Dexter se demanda ce qui se passerait quand ils arriveraient au sommet.

22

Le deuxième anniversaire
Le déballage

SAMEDI 15 JUILLET 2006

Nord de Londres et Édimbourg

Il est 18 h 15, ce soir-là, quand il baisse le rideau de fer du Belleville Café et verrouille le gros cadenas qui bloque l'ouverture. Maddy l'attend un peu plus bas. Il se redresse, la prend par la main et se dirige avec elle vers la station de métro.

Il a enfin, *enfin !* déménagé, troquant l'appartement de Belsize Park contre un duplex banal, mais agréable, à Gospel Oak, au nord de la capitale. Trois chambres, une cuisine et un grand salon encore envahis de cartons. Maddy vit à Stockwell, à l'autre extrémité de la *Northern Line*, ce qui lui donne parfois de bonnes raisons de rester dormir chez lui. Mais pas ce soir. Ce soir, il préfère rester seul. Il a pris sa décision sans émotion excessive ; elle l'a accepté sans faire de drame. Ils savent tous deux qu'il s'est fixé une mission pour la soirée. Et qu'il doit être seul pour la mener à bien.

Ils se séparent à l'entrée de la station Tufnell Park. Maddy, qui a de longs cheveux noirs, est un peu plus grande que lui. Elle doit se pencher pour l'embrasser. « Appelle-moi un peu plus tard, si tu veux.

— D'accord.
— Si tu changes d'avis, n'hésite pas à le dire. Je te rejoindrai aussi vite que...
— Tout ira bien, ne t'inquiète pas.
— Entendu. On se voit demain ?
— Je t'appelle. »

Ils s'embrassent de nouveau, brièvement mais tendrement, puis Dexter poursuit sa route vers sa nouvelle maison, située au pied de la colline de Hampstead.

Il sort avec Maddy, sa collaboratrice, depuis deux mois. Bien qu'ils n'en aient pas encore informé les autres membres de l'équipe, ils les soupçonnent d'être déjà au courant. Ni passionnée ni tumultueuse, leur relation amoureuse résulte de l'acceptation lente et progressive d'un état de fait. D'une certaine façon, cette liaison semblait inévitable. Dexter la juge presque trop pratique, trop pragmatique, même. Il éprouve un certain malaise à penser que Maddy est passée du statut de confidente à celui d'amante. Et déplore secrètement que leur amour soit issu des heures les plus sombres de sa vie.

Mais ils s'entendent à merveille, c'est indéniable. Et tout le monde le dit. Maddy est douce et raisonnable ; séduisante aussi, avec ses longues jambes et sa taille fine ; elle est un peu gauche, parfois, ce qui ajoute à son charme. Elle peint depuis plusieurs années, et aimerait en faire son métier. Convaincu de son talent, Dexter la pousse à accrocher ses toiles au Belleville Café afin de se faire connaître. Plusieurs d'entre elles ont déjà été vendues, d'ailleurs. Maddy a dix ans de moins que lui – il n'a aucune peine à imaginer le commentaire sarcastique qu'Emma lui ferait sur le sujet –, mais son intelligence, son sens des responsabilités et les difficultés qu'elle a traversées quelques années plus tôt (un divorce et plusieurs relations sentimentales douloureuses) font d'elle une trentenaire mûre et avisée. Généreuse et attentionnée, elle est compatissante et d'une loyauté à toute épreuve : c'est elle qui a sauvé le café de la faillite quand Dexter engloutissait son chiffre d'affaires dans l'alcool et n'avait pas le courage de se lever le matin – et il lui en est reconnaissant. Enfin, et c'est essentiel, Jasmine l'apprécie. Elles s'entendent bien, toutes les deux. Pour le moment, du moins.

Il fait encore chaud ; la soirée s'annonce agréable. Dexter prend plaisir à longer les petites rues résidentielles qui mènent chez lui, dans le duplex qu'il occupe désormais, au rez-de-chaussée et à l'entresol d'une maison de briques rouges, non loin de Hampstead Heath. Les lieux ont conservé l'odeur et le papier peint des anciens propriétaires, un couple de gens âgés aux goûts incertains. Installé depuis quelques semaines, Dex n'a déballé que le strict nécessaire : le téléviseur, le lecteur de DVD et la chaîne stéréo. Pour l'heure, l'appartement est assez minable, avec ses cimaises et ses lambris, son atroce salle de bains et sa succession de petites pièces, mais il a « du potentiel », comme le répète Sylvie. Lorsqu'il aura poncé les planchers et abattu les cloisons, ce sera superbe, affirme-t-elle – et il la croit. Mais ce qui l'a vraiment décidé à acheter, c'est la grande chambre qu'il destine à Jasmine. Et le jardin. Un jardin ! Il en plaisantait au début, annonçant qu'il le couvrirait d'une dalle de béton pour éviter les tracas… puis il s'est laissé séduire. Au point de vouloir apprendre à jardiner. Il s'est même acheté un bouquin sur le sujet. La notion de « cabane de jardin » fait son chemin dans son subconscient. Bientôt, très bientôt, il se mettra au golf et portera un pyjama pour dormir.

Il ouvre la porte, enjambe les cartons qui encombrent le hall d'entrée et se dirige vers la salle de bains. Il se douche rapidement, puis il se rend dans la cuisine et commande un assortiment de plats thaïlandais à un restaurant qui livre à domicile. En attendant, il s'installe sur le canapé et entreprend de dresser mentalement la liste de ce qu'il doit faire avant de pouvoir mener sa mission à bien.

Pour un petit groupe de personnes d'origines diverses, ce qui n'était qu'une date comme une autre dans le calendrier a pris une signification nouvelle, chargée de mélancolie. Dexter, qui en est conscient, sait qu'il doit passer certains coups de fil. Il commence par Jim et Sue, les parents d'Emma, toujours installés à Leeds. Il discute un moment avec eux, de manière simple et plaisante, répondant aux questions de Jim, puis à celles de Sue, sur le café, les progrès de Jasmine et son entrée à l'école. « Eh bien, je crois que c'est tout, conclut-il. Je voulais juste vous dire que je pense à vous aujourd'hui… J'espère que tout va bien.

— Nous aussi, on pense à vous, Dexter, répond Sue d'une voix un peu tremblante. Faites attention à vous, surtout ! »

Il compose le numéro de sa sœur aussitôt après avoir raccroché, puis il appelle son père, son ex-femme, sa fille. À chaque fois, les conversations sont brèves, volontairement enjouées. Ni Dex ni ses correspondants ne mentionnent la signification particulière que revêt cette journée à leurs yeux, mais le message implicite est toujours le même : « Je vais bien. » Il téléphone ensuite à Tilly Killick, qui se montre d'une sensiblerie écœurante : « Comment vas-tu, mon chéri ? Je veux dire, comment vas-tu *vraiment* ? Tu passes la soirée tout seul ? Tu es sûr que c'est une *bonne* idée ? On peut venir te tenir compagnie, si tu veux… Ce serait peut-être mieux, non ? » Agacé, il s'empresse de la rassurer et met fin à l'appel aussi vite et aussi poliment que possible. Il est presque arrivé au bout de sa liste, à présent : il ne reste plus que Ian Whitehead. Dex attrape son carnet d'adresses et tape le numéro. Ian répond, mais ne peut lui parler : il est en train de mettre les enfants au lit, et les trois garnements lui résistent, apparemment. Il promet à Dexter de le rappeler dans la semaine, et lui propose même de lui rendre visite la prochaine fois qu'il sera à Londres. « Bien sûr ! Viens quand tu veux ! » réplique Dex, certain qu'il ne mettra jamais son projet à exécution. Comme Stephen, Sylvie, Cassie et les autres, Ian sait que l'orage est passé. Dex aussi. Le pire est derrière eux, à présent. Il n'aura probablement plus l'occasion, ni le désir, de parler à Ian Whitehead dans les années à venir. Et c'est très bien ainsi, pour lui comme pour Ian.

Il dîne devant la télévision, télécommande à portée de main pour passer d'une chaîne à l'autre, en se limitant à la cannette de bière qui lui a été offerte avec son repas. Mais il y a quelque chose de pathétique à manger seul devant le petit écran, un plateau sur les genoux, dans cette maison peu familière et, pour la première fois de la journée, il est assailli par une vague de solitude et de désespoir. Depuis quelque temps, son chagrin lui fait l'effet d'une rivière gelée : il s'avance avec précaution, conscient de pouvoir sombrer à tout moment. Or ce soir, il sent qu'il peut basculer. Il *entend* la glace craquer sous ses pas. La sensation est si intense, si terrifiante, qu'il en a le souffle coupé. Il se lève, porte les mains à son visage, se force à respirer lentement entre ses doigts, puis se rue à la cuisine et jette bruyamment la vaisselle sale dans l'évier. Il est pris d'une folle envie de boire. De boire sans s'arrêter. Il cherche son téléphone.

« Qu'est-ce qui se passe ? s'écrie Maddy avec inquiétude.

— Rien. Un petit accès de panique, c'est tout.

— Tu ne veux vraiment pas que je vienne ?

— Ne t'en fais pas. Ça va déjà mieux.

— Je peux prendre un taxi. Je serai là dans…

— Non, je t'assure. Je préfère rester seul. » Le son de sa voix suffit à le calmer. Il apaise ses craintes en affirmant une fois de plus que la crise est passée, puis ils se souhaitent bonne nuit. Un regard à sa montre lui confirme que la soirée est déjà bien entamée. Personne ne l'appellera plus à cette heure-ci. Il éteint l'appareil, baisse les rideaux et s'engage dans l'escalier. Il est prêt, maintenant.

La chambre d'amis ne contient qu'un matelas, une valise ouverte et sept ou huit cartons encore fermés, dont deux portent la mention « Emma », inscrite au marqueur noir par Emma elle-même, quelques semaines avant l'accident. Numérotés « 1 » et « 2 », ils renferment ses carnets, son courrier, ses albums photos, qu'elle avait emballés en prévision de leur déménagement. Dex les soulève et les transporte dans le salon, afin de pouvoir trier leur contenu. C'est la mission qu'il s'est assignée pour la soirée : ouvrir les cartons, se plonger dans cette masse de documents, jeter ce qui n'a aucune importance (les vieux relevés bancaires, les reçus de carte bleue, les dépliants de restaurants qui livrent à domicile – tout ça ira dans un grand sac-poubelle), et conserver le reste, qu'il triera encore, entre ce qu'il veut garder et ce qu'il souhaite envoyer aux parents d'Emma.

Il parvient à s'acquitter de sa tâche sans flancher, les yeux secs, de manière efficace et pragmatique, s'octroyant quelques pauses pour reprendre son souffle quand l'émotion devient difficile à endiguer. Il s'interdit de lire les journaux intimes et les vieux carnets, remplis de poèmes de jeunesse et de pièces de théâtre à demi ébauchées. Emma n'aimerait pas qu'il profite ainsi de la situation – il l'imagine penchée sur son épaule, une grimace sarcastique aux lèvres, ou se jetant sur lui pour lui arracher les carnets des mains. Il les empile sagement près du canapé, et reporte son attention sur le courrier et les photographies.

Emma avait classé ses affaires par ordre chronologique, rangeant les documents relatifs à leurs années de vie commune et à la fin des années 1990 dans le carton numéro 1, puis remontant le temps jusqu'à l'époque la plus ancienne, entreposée dans le carton numéro 2. Dexter, qui les ouvre dans le même ordre, commence donc par la période la plus récente : maquettes de couverture pour les romans de la série *Julie Criscoll* ; correspondance entre Emma et Marsha, son éditrice ; coupures de presse. La strate suivante renferme des cartes postales et des photos de Paris (dont un cliché du fameux Jean-Pierre Dusollier, le séduisant petit ami français d'Emma qui fit les frais de leur relation). Dans une grande enveloppe pleine de tickets de métro et de menus de restaurants pliés en deux, Dex trouve son contrat de location saisonnière pour l'appartement de Belleville... et une photo si saisissante qu'il manque de la laisser tomber.

C'est un Polaroïd, pris à Paris cet été-là. On y voit Emma, allongée nue sur un lit, les jambes croisées aux chevilles, les bras langoureusement levés au-dessus de sa tête. Elle avait pris la pose à l'issue d'une soirée en amoureux, érotique et arrosée, durant laquelle ils avaient regardé *Titanic* en français sur une petite télé en noir et blanc. Dex avait trouvé la photo superbe, mais Emma la lui avait arrachée des mains en promettant d'en faire des confettis. Le fait qu'elle l'ait gardée, bien cachée dans ses affaires, devrait lui faire plaisir : n'est-ce pas la preuve qu'elle aimait la photo plus qu'elle ne voulait l'avouer ? Il en éprouve une certaine fierté, bien sûr. Mais l'image agit aussi comme un uppercut sur ses plaies encore béantes, le ramenant encore et toujours à l'absence d'Emma. Il range le Polaroïd dans l'enveloppe et s'accorde un moment de répit. La glace craque de nouveau sous ses pas.

Il continue vaillamment, exhumant une série d'invitations et de faire-part de mariages ou de naissances datés de la fin des années 1990, une gigantesque carte d'adieu signée par le personnel et les élèves du collège de Cromwell Road et, glissée dans la même pochette, une série de lettres adressées à Emma par un certain Phil. Dex les ouvre avec curiosité, mais elles sont si implorantes, si obsessionnelles, si *sexuelles*, qu'il les remet aussitôt à leur place, vaguement effaré. Viennent ensuite, tout au fond du carton numéro 1, quelques affichettes annonçant les soirées d'improvisation et de stand-up de Ian, et un petit paquet de documents fastidieux concernant l'achat puis la vente de l'appartement de Walthamstow. Le carton numéro 2 débute par une sélection de cartes postales stupides, datées du début des années 1990 – celles que Dex a envoyées à Emma au fil de ses pérégrinations de jeune fêtard : « Semaine de FOLIE à Amsterdam », « Ça PULSE à Dublin »... Il soupire, rougissant au souvenir du gamin qu'il était à vingt-quatre ans, immature et imbu de lui-même. Un gamin qui se contentait d'écrire « VENISE EST SOUS LES EAUX !!! » en réponse aux lettres merveilleuses qu'il recevait d'Emma, ces petits paquets de papier bleu pâle, léger comme de la soie, qu'il relit de temps en temps. Il trouve ensuite une photocopie du programme de *Cruelle cargaison – une pièce de théâtre éducative conçue et mise en scène par Emma Morley et Gary Cheadle*, une petite pile de dissertations et d'exposés sur des sujets variés (« Les femmes chez John Donne », « T. S. Eliot et le fascisme »), ainsi qu'une dizaine de reproductions, au format carte postale, de tableaux célèbres, tous percés d'un petit trou indiquant qu'ils étaient punaisés sur un tableau de liège dans la chambre d'étudiante d'Emma. Il y a aussi le tube de carton qui contient son diplôme universitaire. Roulé bien serré, il n'a sans doute pas bougé de son étui depuis... près de vingt ans, estime Dex. Il vérifie l'exactitude de son calcul en jetant un œil à la date d'émission du document : le 14 juillet 1988. Il y a dix-huit ans et un jour.

Il met le tube de côté et ouvre une vieille pochette cornée, jaunie par le temps, qui regroupe les photos prises le jour de la remise de leurs diplômes à Édimbourg. Il les passe en revue sans nostalgie excessive : Emma n'y figure pratiquement pas (puisque c'était elle qui avait l'appareil), et Dexter ne reconnaît qu'un petit nombre d'étudiants sur les clichés – ils n'avaient pas les mêmes amis, à l'époque. Il sourit, ému par la jeunesse des visages, des regards. Et se surprend à éprouver une pointe d'irritation face à un gros plan de Tilly Killick. Cette fille l'a toujours agacé, au fond. Quant à Callum O'Neill... le cliché de lui qui figure dans la pochette, montrant un jeune homme maigre et suffisant, finit déchiré en petits morceaux au fond de la poubelle.

Après cette longue série de portraits ou de photos de groupe, le reportage d'Emma se fait moins sérieux. Confiant l'appareil à Tilly ou à une autre de ses copines, elle apparaît enfin sur les images, vêtue de sa toque et de sa toge de cérémonie, ses lunettes perchées sur le bout de son nez dans une pose faussement studieuse. Dexter sourit et passe au cliché suivant. Qui les montre ensemble pour la première fois.

Il fronce les sourcils, hésitant entre la honte et l'hilarité, à la vue du jeune Dexter : très occupé à prendre la pose (ou cherchant à imiter les mannequins masculins de l'époque ?), il rentre les joues et fait la moue tandis qu'une Emma de vingt-trois ans enroule un bras autour de son cou en écarquillant les yeux, une main pressée sur sa joue comme si elle n'en revenait pas de sa bonne fortune. Après avoir pris cette photo, ils s'étaient rendus au cocktail organisé par l'université pour les jeunes diplômés, puis au pub, puis à une gigantesque fête qui avait lieu dans une maison prise d'assaut par des étudiants ivres et euphoriques. Fuyant le chaos ambiant, ils s'étaient réfugiés au fond du salon, sur un vieux canapé qu'ils n'avaient plus quitté de la soirée. C'est là que Dex l'avait embrassée pour la première fois… Il reprend la photo prise après la remise des diplômes et l'examine plus attentivement. Plaqué contre le sien, le visage d'Emma disparaît presque sous ses épaisses lunettes à monture noire ; ses cheveux teints en roux sont affreusement mal coupés, et elle est un peu plus potelée qu'elle ne l'était ces dernières années, mais son sourire… son grand sourire n'a pas changé. Il met la photo de côté et passe à la suivante.

Elle date du lendemain matin. Ils sont assis à flanc de montagne. Photographiée au premier plan, Emma porte un 501 serré à la taille et une paire de Converse noires ; Dexter se tient un peu en retrait, vêtu de la chemise blanche et du costume noir qu'il portait la veille.

Lorsqu'ils arrivèrent au sommet d'Arthur's Seat, ils furent déçus d'y trouver une foule de touristes et d'étudiants. Fraîchement diplômés, comme eux, et tout aussi pâles, ces derniers semblaient à peine remis des célébrations de la nuit précédente. Em et Dex connaissaient certains d'entre eux. Ils les saluèrent de loin, vaguement embarrassés et soucieux d'éviter les ragots – bien qu'il soit manifestement trop tard pour démentir ceux qui ne manqueraient pas de courir sur leur compte.

Ils arpentèrent négligemment le plateau inégal et couleur rouille qui dominait la ville, en s'arrêtant de temps à autre pour admirer la vue. Sous la colonne de granit qui marque le sommet, ils échangèrent les remarques d'usage sur la distance qu'ils avaient parcourue pour venir, et la possibilité (ou non) qu'ils avaient d'apercevoir le toit de leurs maisons. La colonne était couverte des graffitis habituels : plusieurs « *Scotland Forever* » et autres « À bas Thatcher » voisinaient avec dates et initiales, jurons, blagues et déclarations d'amour en tout genre.

« On devrait graver nos initiales, suggéra Dex sans grande conviction.

— Quoi ? "Dex & Em" ? ironisa-t-elle.

— "Pour la vie" », acheva-t-il sur le même ton.

Emma haussa les épaules : elle n'y croyait guère plus que lui. Puis elle se pencha vers le graffiti le plus saisissant – un gros pénis de couleur verte, dessiné à l'encre indélébile au beau milieu de la colonne. « Imagine le mec qui a fait tout ce chemin pour graver ça... C'est débile, non ? Tu crois qu'il avait apporté le marqueur avec lui ? Il s'est planté là, et il s'est dit : C'est vraiment chouette, ici ! Il manque qu'une chose à tant de beauté, c'est une grosse bite bien couillue ! »

Dexter rit mécaniquement, mais une sorte d'embarras s'immisçait entre eux. Ils étaient de nouveau timides, presque gênés l'un envers l'autre. N'avaient-ils pas commis une erreur en venant ici ? Ne feraient-ils pas mieux de renoncer au pique-nique et de rentrer chez eux ? Voilà ce qu'ils pensaient, chacun de leur côté, mais aucun d'eux n'eut l'audace de le suggérer à voix haute. Ils mirent donc leur projet initial à exécution : en regagnant le sentier, ils aperçurent un amas de rochers en contrebas, à l'abri de la foule et du vent. Ils s'installèrent dans ce renfoncement, bien calés sur les pierres les plus plates, et déballèrent leurs provisions.

Dexter fit sauter le bouchon du champagne. Il était tiède, à présent. La mousse se répandit tristement sur sa main, couvrant de bulles la bruyère en fleur. Ils en burent chacun une gorgée, mais leur petite fête manquait d'enthousiasme. Très vite, le silence s'installa. Dépitée, Emma se raccrocha de nouveau au sujet le plus évident : la splendeur du paysage.

« C'est vraiment beau, non ?
— Hmm.
— Pas de pluie à l'horizon !
— Hmm ?
— Tu parlais de la Saint-Swithin, tout à l'heure. "Pluie à la Saint-Swithin..." »
— Ah oui ! Tu as raison. Aucun risque de pluie. »

La météo. Elle en était réduite à parler de la météo. Gênée par la banalité de son propos, Emma se réfugia brièvement dans le silence, avant de reprendre ses travaux d'approche. De manière plus directe, cette fois : « Alors, comment tu te sens, Dex ?

— Un peu vaseux.

— Non... Je voulais parler de la nuit dernière. Tu te sens comment à propos de ce qui s'est passé ? »

Il lui jeta un regard prudent. Qu'attendait-elle de lui, au juste ? Il hésitait d'autant plus à confronter ses impressions aux siennes qu'il n'avait aucun moyen de s'échapper – hormis se jeter dans le vide. « Très bien ! Je me sens très bien ! Et toi ?

— Moi aussi. Enfin... J'suis un peu gênée de t'avoir bassiné avec mes grandes idées sur l'avenir. Mes envies de changer le monde, et tutti quanti... Ça me semble franchement niais, maintenant qu'il fait jour ! T'as sûrement trouvé ça niais, toi aussi. Pour quelqu'un comme toi, dénué de principes et d'idéaux...

— Eh ! J'ai des idéaux, moi aussi !

— Coucher avec deux femmes en même temps n'est pas ce que j'appelle un idéal.

— Ça, c'est toi qui le dis !

— Ce que tu peux être minable, quand tu t'y mets !

— Désolé. J'peux pas m'en empêcher.

— Tu devrais essayer, au moins. » Elle arracha une poignée de bruyère qu'elle lui jeta mollement à la figure. « Tu pourrais être tellement plus agréable si tu t'en donnais la peine. Enfin... Ce que je voulais dire, c'est que je suis désolée d'avoir rabâché ça toute la nuit. T'as dû me prendre pour une nouille et...

— Pas du tout. C'était intéressant. J'ai passé une très bonne soirée, je t'assure ! Dommage qu'on ne se soit pas rencontrés avant, c'est tout. »

Il lui offrit un petit sourire si compatissant qu'elle en frémit d'irritation. « Autrement, on serait sortis ensemble, c'est ça ?

— J'en sais rien. Peut-être, en tout cas. »

Il tendit la main vers elle, paume vers le haut. Elle l'observa d'un air dégoûté, puis elle soupira et la prit dans la sienne avec résignation. Ils demeurèrent ainsi quelques instants, les mains entrelacées, avec l'impression croissante d'avoir l'air idiot. Puis, la position devenant fatigante, ils laissèrent retomber leurs bras. Le mieux, résolut-il, était de faire semblant de dormir. Il éviterait ainsi toute conversation gênante jusqu'à leur retour en ville. Sa décision prise, il ôta sa veste, la plia pour en faire un oreiller et s'allongea au soleil. Courbaturé, terrassé de fatigue et encore ivre, il commençait à s'endormir quand elle reprit la parole :

« Est-ce que je peux t'expliquer un truc ? Juste pour te rassurer ? »

Il ouvrit péniblement les yeux. Elle était assise près de lui, les jambes repliées, les mains croisées sur ses mollets, le menton posé sur ses genoux. « Vas-y, dit-il. Je t'écoute. »

Elle prit une profonde inspiration, comme pour rassembler ses pensées, puis elle se lança.

« D'abord, je ne veux pas que tu penses que j'accorde de l'importance à ce qui s'est produit cette nuit. Je sais que tu es venu chez moi uniquement parce que t'étais bourré...

— Emma...

— Laisse-moi finir, tu veux bien ? L'important, c'est qu'on a passé un très bon moment ensemble. Je ne suis pas une pro de... ce genre de situation. J'en ai pas fait un sujet d'étude, moi ! Mais je sais que c'était bien. Et je te trouve vraiment sympa, Dex – quand tu y mets du tien. Alors, c'est sûr que notre rencontre tombe au mauvais moment, mais franchement, y a rien à regretter. Et rien à changer non plus. Tu devrais partir à l'autre bout du monde, en Chine ou en Inde, pour te mettre en quête de ton moi profond, comme tu dis. Moi, je vais rester tranquillement ici… et ce sera très bien comme ça ! J'ai pas envie de venir avec toi, je te demande pas de m'envoyer des cartes postales et je ne veux même pas ton numéro de téléphone. Je ne rêve pas de t'épouser ni de te faire des enfants, ni même de repasser une nuit avec toi. On a passé une très, très bonne soirée ensemble, c'est tout. Je m'en souviendrai longtemps. Si on se recroise par hasard dans quelques années, on n'en fera pas tout un plat. On discutera tranquillement, sans rougir de ce qui s'est passé cette nuit, d'accord ? On ne sera pas raides d'embarras sous prétexte que tu as mis ta main dans mon tee-shirt. On se comportera normalement, comme… comme des amis. OK ?

— OK.

— Bon. C'est réglé, alors. Maintenant… » Elle attrapa son sac à dos, fouilla à l'intérieur et en sortit un vieil appareil Pentax.

« Qu'est-ce que tu fais ?

— À ton avis ? Je vais prendre une photo. Pour avoir un souvenir de toi.

— T'es sûre ? J'ai vraiment une sale gueule, protesta-t-il en passant la main dans ses cheveux.

— Arrête. Je sais que t'adores ça… »

Il alluma une cigarette pour se donner de l'allure. « Pourquoi tu veux absolument me tirer le portrait ?

— Je m'en servirai quand tu seras célèbre. » Elle avait posé l'appareil sur un rocher plat et se penchait pour regarder dans le viseur. « Je veux pouvoir dire à mes gamins : "Vous voyez le monsieur, là ? Un jour, il a mis sa main sous la jupe de maman dans une pièce noire de monde !"

— C'est toi qui as commencé !

— Pas du tout. C'est toi qui as fait le premier pas, mon vieux ! » Elle appuya sur le bouton du retardateur, ébouriffa ensuite ses cheveux du bout des doigts tandis que Dex coinçait sa cigarette entre ses lèvres – d'un côté, puis de l'autre. « Voilà, annonça-t-elle. Tu es prêt ? »

Dexter prit la pose. « Qu'est-ce qu'on dit ? Ouistiti ?

— Non, pas ouistiti. Disons "aventure sans lendemain" ! Ou "soirée drague". » Elle appuya sur le déclencheur et l'appareil se mit à clignoter. « Plus que trente secondes, prévint-elle en grimpant sur le rocher pour le rejoindre.

— Ou "voleurs qui se croisent dans la nuit", suggéra-t-il.

— Révise tes dictons. Ce ne sont pas les voleurs, ce sont les bateaux qui se croisent dans la nuit !

— Et les voleurs, ils font quoi, alors ?

— Ils volent des bœufs. Et des œufs.

— Si on se contentait de dire "ouistiti", tout simplement ?

— On n'a qu'à rien dire du tout. Fais comme moi : souris, sois naturel... Tâche d'avoir l'air jeune, plein d'espoir et de grands idéaux... T'es prêt ?

— J'suis prêt.

— Parfait. Alors, souris et... »

23

Le troisième anniversaire
L'été dernier

DIMANCHE 15 JUILLET 2007

Édimbourg

« Dring, dring ! Dring, dring ! »
Dex s'éveille en sursaut. Sa fille lui écrase le nez comme si elle appuyait sur une sonnette.
« Dring, dring ! Dring, dring ! Qui sonne à la porte ? C'est Jasmine !!
— Qu'est-ce que tu fais, Jazz ?
— Je te réveille. Dring, dring. » Elle met son pouce dans son œil, maintenant. Et tire sur la paupière. « Debout, gros paresseux !
— Quelle heure est-il ?
— L'heure de se lever ! »
Allongée près de lui dans le lit de leur chambre d'hôtel, Maddy tend la main vers sa montre. « six heures et demie », marmonne-t-elle dans l'oreiller. Jasmine accueille la nouvelle d'un rire triomphant.

En ouvrant les yeux, Dex découvre son petit visage collé près du sien sur le matelas. « T'as pas des bouquins à lire ou des poupées à habiller ?

— Non.

— Va faire un coloriage, alors.

— J'ai faim. On peut commander à déjeuner ? Et la piscine, elle ouvre à quelle heure ? »

L'Edinburgh Hotel est luxueux, traditionnel, légèrement pompeux, avec ses lambris en chêne et ses baignoires en porcelaine. Les parents de Dexter y ont séjourné autrefois, le soir de sa remise de diplômes. C'est un peu vieux jeu à son goût. Un peu cher, aussi. Mais puisqu'il a décidé d'entreprendre ce voyage, autant le faire bien, non ? Il a retenu deux nuits à Édimbourg pour eux trois, puis ils loueront une voiture et se rendront près du loch Lomond, où ils passeront quelques jours dans une location de vacances. Faire étape à Glasgow aurait été plus pratique, mais Dex n'a pas vu Édimbourg depuis quinze ans – son dernier séjour remonte à ses années télé (autant dire à des années-lumière), quand il était venu présenter une émission en direct du festival de théâtre, ce qui lui avait permis de faire la tournée des bars pendant deux jours d'affilée – et la nostalgie l'a emporté. Ce matin, il a très envie de faire visiter la ville à sa fille. Sachant qu'il s'agit aussi de l'anniversaire de la mort d'Emma, Maddy a décidé de les laisser en tête à tête.

« Ça ne t'ennuie pas ? lui demande-t-il en sortant de la douche, pendant que Jasmine déjeune dans la pièce voisine.

— Bien sûr que non. J'irai voir l'expo dont je t'ai parlé.

— Je veux juste montrer quelques endroits à la petite... Jouer les vieux papas mélancoliques. Inutile de t'infliger un truc pareil !

— Exactement ! Je serai très bien toute seule, je t'assure. »

Il la dévisage avec attention. « Tu ne me prends pas pour un dingue ? »

Elle esquisse un sourire. « Absolument pas.

— Tu ne trouves pas que c'est morbide ou farfelu ?

— Pas du tout. » Elle semble sincère. Rassuré, il l'embrasse dans le cou. « Fais ce que tu as envie de faire, affirme-t-elle. C'est tout ce qui compte. »

Si l'idée qu'il puisse pleuvoir pendant quarante jours d'affilée à partir de la Saint-Swithin lui semblait excessive vingt ans plus tôt, ce n'est pas le cas aujourd'hui. La Grande-Bretagne est sous les eaux depuis des semaines. L'été est si peu estival qu'il s'apparente à une cinquième saison. Comme si la mousson avait décidé de s'abattre sur ce petit coin d'Europe occidentale. Par chance, le temps est encore sec lorsqu'ils sortent tous trois de l'hôtel : quelques nuages gris se massent à l'horizon, mais ils sont assez hauts pour augurer une belle matinée. Dex et Maddy conviennent de l'heure à laquelle ils se retrouveront pour déjeuner. Ils s'embrassent, puis Dex prend Jasmine par la main et se dirige avec elle vers le château.

L'hôtel est situé en plein centre historique, à deux rues du Royal Mile, qu'ils empruntent brièvement avant de s'engouffrer dans la série de passages et d'escaliers qui font le charme de la ville aux yeux des touristes. Lorsqu'ils débouchent sur Nicolson Street, un moment plus tard, Dex s'étonne d'abord de ne pas la trouver aussi bruyante et animée que dans son souvenir, puis il se souvient qu'on est dimanche. Dimanche matin, qui plus est. La rue est calme, un peu triste. Et Jasmine s'impatiente : sa main se fait plus lourde dans la sienne, son pas moins enthousiaste. Elle regrette l'agitation qui régnait dans les zones plus touristiques. Conscient de sa lassitude, Dex l'entraîne résolument un peu plus loin. Il a retrouvé l'ancienne adresse d'Emma au dos d'une de ses lettres. La voici. Rankeillor Street. Une rue tranquille, bordée de petits immeubles.

« Viens, Jazz, dit-il en s'engageant sur le trottoir des numéros impairs.

— Où on va ?

— Je cherche un truc. Le numéro 17. » Ils sont au pied du bâtiment, à présent. Dexter lève les yeux vers la fenêtre du troisième étage. Une fenêtre banale, aux rideaux tirés.

« Tu vois l'appartement, là-haut ? C'est là qu'Emma habitait quand on était à l'université. Je suis venu chez elle une fois et... c'est là qu'on s'est rencontrés, en fait. » Jasmine tend docilement le cou, mais rien ne distingue cette maison mitoyenne de celles qui se trouvent de l'autre côté de la rue, et Dexter commence à douter de la pertinence de cette petite expédition. N'est-ce pas complaisant, mièvre et morbide de revenir ici ? Que s'attendait-il à trouver, au juste ? Cette rue ne lui évoque rien de particulier. Le plaisir qu'il tire de sa nostalgie est si fugace qu'il paraît futile. Que faire, à présent ? Renoncer à leur petite balade, et rejoindre Maddy plus tôt que prévu ? Il s'apprête à le suggérer à Jasmine, mais celle-ci pointe le doigt vers l'escarpement de granit qui se dresse au bout de la rue, dominant de sa hauteur incongrue les bâtiments en contrebas.

« C'est quoi, ça ?

— Les rochers de Salisbury.

— Il y a des gens là-haut !

— Oui. C'est le sommet d'Arthur's Seat. On peut monter, si tu veux. C'est pas très difficile... Qu'est-ce que t'en penses ? On essaie ? Tu crois que tu y arriveras ? »

Ils se dirigent vers Holyrood Park. En s'engageant sur le sentier qui mène au plateau, Dex constate avec une pointe de dépit que sa fille de sept ans et demi est bien plus agile et énergique que lui : elle caracole gaiement à quelques mètres de distance, ne s'arrêtant que pour lui jeter des regards apitoyés et rire de son visage rougeaud, essoufflé par l'effort.

« C'est parce que j'ai pas de crampons à mes chaussures ! » proteste-t-il faiblement.

Ils poursuivent l'ascension, quittant le sentier principal pour escalader quelques rochers avant de déboucher sur le plateau inégal et couleur de rouille qui domine la ville. Là, ils n'ont aucun mal à trouver la colonne de granit qui marque le point culminant d'Arthur's Seat. Dex examine les inscriptions qui ornent le pourtour – « À bas le fascisme ! », « Alex M 5/5/07 », « Fiona pour la vie » et autres gracieusetés – en espérant presque y trouver ses initiales.

Pour détourner l'attention de Jasmine, intriguée par les graffitis les plus obscènes, il l'assied en haut de la colonne. Les jambes dans le vide, accrochée au bras que Dex a noué autour de sa taille, elle l'écoute sagement tandis qu'il désigne les monuments et les sites les plus remarquables. « Là-bas, c'est le château, tout près de l'hôtel. Tu le vois ? Et là... c'est la gare. Ça, c'est l'estuaire du Forth, qui donne sur la mer du Nord. Loin, loin là-bas, c'est la Norvège. Et de ce côté-là... on voit Leith, et New Town, où j'habitais quand j'étais étudiant. Il y a vingt ans de ça, Jazz ! Au siècle dernier. Ah ! On aperçoit aussi la tour de Carlton Hill. On pourra grimper là-haut cet après-midi, si tu veux.

— T'es pas trop fatigué ? raille-t-elle.

— Moi ? Tu veux rire ! Je suis un vrai athlète. » Moqueuse, Jasmine rejette les épaules en arrière et se frappe la poitrine avec le poing pour l'imiter. « Sale clown, va ! » s'écrie-t-il. Glissant les mains sous ses aisselles, il la soulève brusquement et fait mine de la jeter dans le vide, avant de la faire tournoyer dans ses bras. Elle s'agrippe à ses épaules en criant, hilare, les joues rouges d'excitation.

En regagnant le sentier, ils trouvent un renfoncement à flanc de colline, face à la ville. Dexter s'allonge dans la bruyère, les mains croisées sous sa tête. Assise près de lui, Jasmine ouvre un paquet de chips au vinaigre et une brique de jus d'orange, qu'elle boit avec une grande concentration. Il ferme les yeux. Un rayon de soleil lui réchauffe la joue. Le réveil très matinal que lui a infligé sa fille l'a privé d'une bonne heure de sommeil. Il se sent exténué, tout à coup. Il s'apprête à s'endormir quand la voix flûtée de Jasmine résonne à son oreille :

« Est-ce qu'Emma est venue ici ? »

Il rouvre les yeux et se redresse sur un coude.

« Oui. On est même venus ensemble, elle et moi. J'ai une photo à la maison. Je te la montrerai. Tu verras : j'étais maigre, à l'époque ! »

Jasmine gonfle les joues pour se donner l'air d'un bibendum, puis elle entreprend de lécher ses doigts couverts de sel et de vinaigre. « Elle te manque, des fois ?

— Qui ? Emma ? Bien sûr. Elle me manque tout le temps. C'était ma meilleure amie. Et toi ? Elle te manque ? »

Sa fille fronce les sourcils, soudain sérieuse. « Je crois que oui. J'avais que quatre ans, alors je m'en souviens pas très bien. C'est plus facile quand je regarde les photos... Je me souviens du mariage, par contre ! Elle était gentille, non ?

— Très gentille.

— C'est qui, ta meilleure amie, maintenant ? »

Il pose une main sur la nuque de sa fille. « Toi. C'est toi, ma meilleure amie. Pourquoi ? C'est qui, la tienne ? »

Elle réfléchit un moment avant de répondre. « Je pense que c'est Phoebe. » Puis elle souffle dans la paille encore fichée dans sa briquette de jus d'orange vide, de manière à produire un gargouillis déplaisant.

« On peut se lasser des gens, tu sais, affirme-t-il avec gravité – un peu trop, car elle pouffe de rire, la paille coincée entre ses lèvres. Viens là », bougonne-t-il en l'attrapant par la taille. Elle se laisse tomber en arrière et pose la tête contre son épaule. Confortablement allongés l'un près de l'autre, ils ne bougent plus. Dexter referme les yeux, savourant la chaleur du soleil sur ses paupières.

« Il fait très beau, aujourd'hui, murmure-t-il. Il ne pleuvra pas. Peut-être pas, en tout cas. » Il sombre de nouveau dans le sommeil. Fraîchement lavés, les cheveux de Jasmine sentent bon, son souffle doux et régulier lui chatouille la nuque – Sel et vinaigre, songe-t-il. Sel et vinaigre. Il s'endort.

Il est assoupi depuis deux minutes, peut-être trois, quand elle enfonce son petit coude pointu dans son torse.

« Papa ? Je m'ennuie. On peut y aller, s'il te plaît ? »

Emma et Dexter passèrent l'après-midi sur la colline, à rire, à discuter, à échanger des souvenirs, des anecdotes et des informations sur eux-mêmes, leurs parents et leurs proches. Ils piquèrent un petit somme vers 15 heures, chastement étendus l'un près de l'autre sur la bruyère. Dex se réveilla en sursaut peu avant 17 heures. Un peu sonnés, ils rassemblèrent les bouteilles vides et les restes du pique-nique, qu'ils fourrèrent dans le sac à dos avant d'entamer la descente qui les ramènerait en ville.

Lorsqu'ils n'eurent plus qu'une centaine de mètres à parcourir avant de sortir du parc, Emma prit brusquement conscience de la situation : dans quelques minutes, ils se feraient leurs adieux et se quitteraient... pour toujours, sans doute. Ils seraient peut-être amenés à se croiser dans des soirées d'anciens étudiants – et encore ! C'était peu probable, puisqu'ils n'appartenaient pas aux mêmes groupes d'amis. Dex allait partir en voyage, de toute façon. Si par hasard ils se revoyaient à son retour, ce ne serait qu'une rencontre passagère, formelle, sans grand intérêt. Happé par d'autres horizons, Dex oublierait vite ce qui s'était produit dans la petite chambre de Rankeillor Street. Saisie de regrets, elle comprit qu'elle ne voulait pas le laisser partir. Pas encore. Une seconde nuit... Elle voulait au moins une autre nuit, pour terminer ce qu'ils avaient commencé. Mais comment le lui dire ? Elle ne pourrait jamais se résoudre à lui avouer un truc pareil ! Elle avait trop attendu. Et s'était montrée trop timorée, comme toujours. Je serai plus courageuse à l'avenir, se promit-elle. Je dirai toujours ce que je pense, passionnément et avec éloquence. Ils étaient arrivés devant les grilles du parc, à présent. L'endroit idéal pour se faire leurs adieux.

Elle donna un coup de pied dans le gravier de l'allée. « Bon... Je crois que je ferais mieux de... »

Dexter lui prit la main. « Écoute. J'ai une idée. Pourquoi tu viendrais pas boire un verre à la maison ? »

Elle faillit crier de joie, mais veilla à n'en rien laisser paraître. « Maintenant ?

— Oui. Sinon, fais au moins un bout de chemin avec moi...

— Je croyais que tes parents venaient te chercher ?

— Pas avant ce soir. Il n'est que 17 h 30. »

Il pressa sa main dans la sienne, frottant doucement les jointures du bout de son pouce. Elle fit mine de réfléchir. « D'accord, concéda-t-elle avec un haussement d'épaules, feignant l'indifférence. Allons-y. » Il lâcha sa main et ils se remirent en route.

Tout en entraînant Emma vers le quartier georgien de New Town, situé de l'autre côté de la voie ferrée, Dexter esquissait un plan. Sitôt arrivé chez lui, il appellerait ses parents à leur hôtel et leur proposerait de les retrouver au restaurant vers 20 heures, au lieu de les faire venir à son domicile à 18 h 30, comme prévu. Il gagnerait ainsi près de deux heures sur l'emploi du temps initial. Et comme Callum était chez sa copine, Em et lui auraient l'appartement pour eux seuls – pendant près de deux heures, donc. Il pourrait se remettre à l'embrasser... Les grandes pièces peintes en blanc, hautes de plafond, ne contenaient plus que ses valises et quelques meubles, un matelas dans la chambre, une vieille méridienne – pour un peu, on se serait cru dans le décor d'une pièce de Tchekhov. Emma serait ravie. C'était le genre d'ambiance dont elle raffolait, Dex en était persuadé. Il n'aurait qu'à laisser le charme agir... Même sobre, il parviendrait à l'embrasser. Il en avait tellement envie ! Oui, quelles que soient les disputes, les complications que leur réservait l'avenir, il voulait terminer ce qu'ils avaient commencé la nuit précédente. Encore quinze minutes de marche, calculat-il. Son cœur s'accéléra. Ils auraient dû prendre un taxi.

Les pensées d'Emma suivaient peut-être un cours similaire, car ils dévalaient presque Dundas Street, à présent. Leurs coudes se frôlaient de temps à autre et, chaque fois qu'elle levait les yeux, Emma apercevait l'estuaire du Forth à l'horizon. Les quelques années qu'elle venait de passer à Édimbourg n'avaient pas entamé le ravissement qu'elle éprouvait à contempler le fleuve couleur d'acier qui serpentait en contrebas des jolies maisons georgiennes du quartier. « J'aurais pu me douter que tu habitais par ici ! » déclara-t-elle d'un ton réprobateur, mais envieux. Un peu nerveux, aussi. Il l'emmenait chez lui, dans son bel appartement bourgeois. Ils allaient coucher ensemble, c'est sûr. Son cœur s'accéléra. Gênée, elle se sentit rougir. Elle se passa la langue sur les incisives. Fallait-il qu'elle se brosse les dents ? Le champagne lui donnait toujours mauvaise haleine. Que faire ? Acheter un paquet de chewing-gums ? Et des préservatifs – Dexter aurait-il des préservatifs ? Bien sûr que oui, songea-t-elle. Un type comme ça a toujours des capotes sur lui. Bon. Restait la question des dents. Devrait-elle aller se brosser les dents avant de l'embrasser, ou se jeter dans ses bras dès qu'ils auraient fermé la porte ? Elle baissa les yeux sur ses vêtements. Que portait-elle en dessous, déjà ? Ah oui… La culotte et le vieux soutien-gorge confortables qu'elle enfilait toujours pour faire de la randonnée. Tant pis. Impossible de rentrer se changer, à présent : ils venaient d'obliquer dans Fettes Row.

« On n'est plus très loin », assura-t-il en souriant.

Elle sourit aussi. Puis elle se mit à rire et lui prit la main, admettant par avance ce qui allait se passer. Ils accélérèrent encore le pas. Dex lui avait dit qu'il habitait au 35 de la rue, et elle se surprit à compter les numéros des maisons à mesure qu'ils les dépassaient. 75, 73, 71... Ils y étaient presque. Sa gorge se noua ; une légère nausée lui souleva l'estomac. 47, 45, 43. Elle avait un point de côté, des picotements au bout des doigts... Dex resserra sa main sur la sienne. Ils s'élancèrent en riant vers son immeuble. Un coup de klaxon retentit. Aucune importance, pensa-t-elle. Ne t'arrête pas. Surtout, ne t'arrête pas.

Mais une voix de femme s'éleva dans la rue. « Dexter ! Dexter ! » cria-t-elle – et Emma sentit tout espoir l'abandonner. Le choc fut tel qu'elle eut l'impression d'être projetée contre un mur.

Dexter ralentit le pas, interloqué. La Jaguar de son père était garée de l'autre côté de la rue, en face du numéro 35. Debout devant la portière ouverte, sa mère lui faisait de grands signes. Jamais il n'avait été aussi peu content de les voir.

« Te voilà enfin ! s'écria Alison. On t'attendait ! »

Emma remarqua avec quelle brusquerie Dexter avait lâché sa main avant de traverser la rue pour embrasser sa mère. Elle nota aussi, avec une irritation plus grande encore, que cette dernière était extrêmement belle et bien habillée. Le père l'était un peu moins : grand, l'air sombre, presque débraillé, il était manifestement furieux d'avoir dû poireauter au pied de l'immeuble. Croisant le regard d'Emma, Mme Mayhew la gratifia d'un sourire indulgent, atrocement réconfortant, comme si elle comprenait ce qui était en train de se jouer. Une duchesse n'aurait pas souri autrement en trouvant son fils chéri dans les bras de la bonne.

Ensuite, tout se passa plus vite que Dexter ne l'aurait voulu. Puisqu'il avait menti à Emma en prétendant téléphoner à ses parents ce matin, il risquait maintenant d'être démasqué d'un moment à l'autre.

Une parole malencontreuse de son père ou de sa mère, et ce serait fichu. Le mieux, décida-t-il, était d'abréger cette pénible rencontre en leur suggérant de l'attendre chez lui pendant qu'il faisait ses adieux à Emma... mais comment s'y prendre sans éveiller leurs soupçons ? Son père paraissait obnubilé par la question du parking, sa mère voulait savoir où il était passé depuis ce matin et pourquoi il ne les avait pas appelés, et Emma... Emma se tenait un peu en retrait, comme une femme de chambre déférente et superflue.

« Je croyais t'avoir dit que nous viendrions te chercher à 18 heures ! insista Alison.

— Tu m'avais dit 18 h 30, en fait.

— Oui, mais j'ai laissé un message ce matin sur ton répondeur pour...

— Papa, maman, je vous présente mon amie Emma !

— Tu es certain que je peux me garer ici ? demanda Stephen pour la troisième fois.

— Enchantée de faire votre connaissance, Emma. Je suis Alison Mayhew. Vous avez pris un coup de soleil. Où êtes-vous allés, tous les deux ?

— ... parce que si j'ai une contravention... »

Dex se tourna vers Emma, implorant silencieusement son pardon. « Tu veux venir boire un verre avec nous ?

— Venez dîner, plutôt ! suggéra Alison. Nous emmenons Dexter au restaurant. Voulez-vous vous joindre à nous ? »

Em glissa un regard vers Dexter : il écarquillait les yeux, manifestement choqué par la proposition de sa mère. À moins qu'il ne cherche à l'encourager, au contraire ? Voulait-il qu'Emma passe la soirée en leur compagnie ou qu'elle rentre chez elle ? Difficile à dire. Quoi qu'il en soit, mieux valait décliner l'invitation. Ces gens semblaient sympathiques, mais elle n'avait aucune envie de troubler leur petite fête de famille. Ils iraient certainement dîner dans un resto chic – bien trop chic pour elle, en tout cas. Elle aurait l'air d'un bûcheron avec son jean et ses baskets, et... Et à quoi bon s'infliger une telle épreuve, au juste ? Assise près de Dexter, elle devrait répondre à leurs questions (« Que font vos parents, Emma ? » et « Où avez-vous grandi, ma chère ? ») sans se couvrir de ridicule. Or elle s'avouait déjà vaincue. Déroutée par tant d'assurance, d'affection réciproque, d'argent, de style et d'élégance. Une fois à table avec eux, elle se montrerait timide ou, pire, gentiment ivre. Dans un cas comme dans l'autre, cette soirée n'augmenterait pas ses chances avec Dexter. Alors, autant s'abstenir, non ? Elle força un sourire. « Je crois que je ferais mieux de rentrer, en fait.

— Tu es sûre ? répliqua Dexter en fronçant les sourcils.

— Ouais... J'ai des trucs à faire. Passe une bonne soirée. On se reverra peut-être un de ces quatre !

— Bon... D'accord », acquiesça-t-il, déçu. Si elle avait voulu se joindre à eux, elle l'aurait dit, non ? *« On se reverra peut-être un de ces quatre »*... C'était un peu désinvolte, quand même. Je lui plais peut-être pas tant que ça, au fond, songea-t-il, muré dans un silence perplexe. Stephen s'éloigna pour jeter de nouveau un œil au parcmètre.

Emma leva la main en signe d'adieu. « Au revoir, alors.

— À la prochaine. »

Elle sourit à Alison. « Ravie de vous avoir rencontrée.

— Tout le plaisir était pour moi, Emily.

— Emma, rectifia-t-elle.

— Bien sûr. Emma. Au revoir, Emma.

— Et... » Elle fit un pas vers Dexter, sous le regard attentif de sa mère. « Bonne chance pour la suite, j'imagine.

— Toi aussi. Bonne chance pour la suite. »

Elle pivota sur ses talons et commença à remonter la rue. Les Mayhew la regardèrent s'éloigner.

« Pardonne-moi, Dex, mais... avons-nous interrompu quelque chose ?

— Non. Pas du tout. C'est juste une copine. »

Un sourire mystérieux aux lèvres, Alison Mayhew dévisagea son grand et beau garçon avec intensité. Puis elle tira doucement sur les revers de sa veste pour la remettre d'aplomb sur ses jeunes épaules.

« Dexter... n'est-ce pas le costume que tu portais hier soir ? »

Emma Morley repartit donc, dans la lumière déclinante du soir, en traînant sa déception derrière elle comme un boulet. Il faisait presque froid, à présent. Elle frissonna sous ses vêtements légers, gagnée par une anxiété soudaine. Une anxiété si vive qu'elle dut s'arrêter un instant, le souffle court. *L'avenir, c'est ça qui te fait peur.* Elle se trouvait devant un des carrefours les plus animés du centre-ville, au croisement de George Street et de Hanover Street. Près d'elle, les passants hâtaient le pas, pressés de rentrer chez eux ou d'aller rejoindre leurs amis, leurs amants, leurs enfants. Ils allaient tous quelque part – tous, sauf elle. Une fille de vingt-deux ans qui ne connaissait rien à la vie, voilà ce qu'elle était. Condamnée à regagner son appart minable après avoir lamentablement échoué, une fois de plus.

« Qu'est-ce que tu vas faire de ta vie ? » Combien de fois avait-elle entendu cette question ? Des dizaines et des dizaines de fois, sans doute. Ses professeurs la lui posaient. Ses parents la lui posaient. Même ses amis s'y mettaient, à 3 heures du matin après une soirée au pub. Pourtant, jamais la question ne lui avait semblé aussi pressante. Et la réponse plus hors de portée. L'avenir se dressait devant elle comme un monstre intimidant et mystérieux. Une longue succession de journées vides et angoissantes. Comment parviendrait-elle à toutes les remplir ?

Elle se remit en marche, obliquant vers le Mound et le sud de la ville. « Vis chaque jour comme si c'était le dernier », voilà ce que recommandait la sagesse populaire. Le conseil avait du bon, certes... mais qui avait l'énergie de le suivre ? Comment s'y tenir les jours de pluie ou quand on avait un rhume ? Ce n'était pas si simple. Mieux valait essayer d'être quelqu'un de bien. Quelqu'un de courageux, d'audacieux, capable de faire bouger les choses. *Il s'agit pas de changer le monde entier, bien sûr, mais celui qui t'entoure... Faut que tu te jettes dedans avec ton enthousiasme et ta machine à écrire électrique, et que tu bosses comme une dingue pour... changer la vie des gens, peut-être. C'est pour ça que tu veux écrire, non ? Voilà ce qui compte ! Changer la vie des gens. Chérir tes amis, rester fidèle à tes principes, vivre passionnément, totalement et sans trop de difficultés. Essayer plein de nouveaux trucs. Aimer et être aimée – si possible.*

Telle était sa ligne directrice. Celle qu'elle s'était choisie pour les années à venir. Car elle allait entamer sa vie d'adulte, non ? Elle l'avait plutôt mal abordée, c'est sûr. En quittant d'un haussement d'épaules le seul mec qui lui ait jamais vraiment plu, elle ne s'était montrée ni courageuse ni audacieuse. Et maintenant... Maintenant, elle devait accepter le fait qu'elle ne le reverrait probablement jamais ! Elle ne connaissait ni son adresse chez ses parents ni son numéro de téléphone – et même si elle avait ses coordonnées, pourquoi essaierait-elle de le contacter ?

Il ne lui avait pas demandé son numéro, lui non plus. Elle était trop fière pour chercher à l'obtenir par des moyens détournés et lui laisser des messages éplorés comme tant de filles un peu pathétiques, vainement éprises du beau Dex Mayhew. « *Bonne chance pour la suite !* » avait-elle lancé avant de partir. Pas génial, comme dernière réplique. N'aurait-elle pas pu trouver mieux ?

Elle poursuivit son chemin. Le château venait d'apparaître au détour d'une rue quand elle entendit le martèlement de ses mocassins sur le bitume. Il arrivait en courant derrière elle. Avant même de se retourner, elle souriait déjà.

« J'ai cru que je t'avais perdue ! s'écria-t-il, le souffle court, en ralentissant le pas pour tenter de recouvrer une certaine nonchalance.

— Mais non... Je suis là.

— Désolé pour tout à l'heure.

— T'en fais pas. C'est pas grave. »

Il posa les mains sur ses genoux afin de reprendre sa respiration. « Je pensais pas que mes parents arriveraient si tôt ! J'ai pas su quoi faire en voyant leur voiture garée devant chez moi et... du coup, j'ai... Pardonne-moi, je suis un peu essoufflé... Bref, j'ai oublié que j'avais aucun moyen de te joindre.

— Oh. OK.

— Alors, j'ai couru pour te rattraper et... me voilà ! J'ai pas de stylo, mais tu dois sûrement en avoir un, toi. »

Elle posa son sac par terre et s'accroupit pour fouiller à l'intérieur, bousculant les restes de leur pique-nique. *Un stylo, je t'en prie, trouve un stylo...*

« Hourra ! J'en ai un ! »

Hourra ? Tu as crié « hourra » ? Idiote. Reste calme. Ne fous pas tout en l'air maintenant.

Elle ouvrit son portefeuille, chercha un morceau de papier et trouva un ticket de supermarché, qu'elle lui tendit. Puis elle lui dicta son numéro de téléphone, celui de ses parents à Leeds, ainsi que leur adresse et la sienne à Édimbourg, en insistant pour qu'il note correctement le code postal. Lorsqu'elle eut terminé, il inscrivit ses propres coordonnées au verso du ticket et le déchira en deux parties.

« Tiens. Celui-là, c'est pour toi, dit-il en lui tendant le précieux bout de papier. Soit tu m'appelles, soit je t'appelle – mais l'un de nous deux le fait, hein ? C'est pas une compétition ! Celui qui téléphonera en premier ne perdra rien, OK ?

— OK.

— Je serai en France jusqu'au mois d'août, puis je reviendrai et... je me suis dit que tu pourrais peut-être venir chez moi ?

— Chez toi ?

— Juste pour un week-end ! Chez mes parents, dans l'Oxfordshire. Seulement si t'en as envie, bien sûr !

— Oh. D'accord. Oui. D'accord. Oui, oui. D'accord.

— Bon... Je ferais mieux de rentrer, maintenant. T'es sûre que tu ne veux pas prendre un verre ou dîner avec nous ?

— C'est gentil, mais... je ne pense pas que ce soit une très bonne idée.

— C'est vrai. » Il paraissait soulagé. Vexée, elle prit la mouche, une fois de plus. Pourquoi ne tenait-il pas à ce qu'elle dîne avec ses parents ? N'était-elle pas assez bien pour eux ?

« Oh, murmura-t-elle. Et pourquoi ce serait pas une bonne idée ?

— Parce que si tu venais, ça me rendrait un peu dingue. De frustration, je veux dire ! Tu serais assise là et... je pourrais pas faire ce que j'aurais envie de faire.

— Qu'est-ce que tu voudrais faire ? » reprit-elle, bien qu'elle connût la réponse. Il posa doucement une main sur sa nuque ; elle posa doucement une main sur sa hanche. Ils s'embrassèrent au beau milieu du trottoir, parmi les passants qui se hâtaient de rentrer chez eux dans la lumière du soir – et ce fut le baiser le plus doux qu'il leur serait jamais donné de connaître.

C'est ici que tout commença. Tout commence ici, aujourd'hui.

Et que tout s'acheva. « Bon... À bientôt, alors ? dit-il en s'éloignant lentement.

— J'espère que oui.

— Je l'espère aussi. Ciao, Em !

— Ciao, Dex !

— Au revoir.

— Au revoir. Au revoir. »

Remerciements

Un grand merci, une fois de plus, à Jonny Geller et à Nick Sayers pour leur enthousiasme, leur soutien et leurs conseils pertinents. Merci aussi, comme toujours, à tous ceux qui, chez Hodder & Stoughton et chez Curtis Brown, ont participé à l'élaboration de ce livre.

Je tiens également à remercier ceux qui ont lu les premières ébauches du roman : Hannah MacDonald, Camilla Campbell, Matthew Warchus, Elizabeth Kilgarriff, Michael McCoy, Roanna Benn et Robert Bookman. Ayse Tashkiran, Katie Goodwin, Eve Claxton, Anne Clarke et Christian Spurrier m'ont permis d'élucider certains détails. Je dois beaucoup à Mari Evans, comme toujours. Ainsi qu'à Hannah Weaver, qui m'inspire, me soutient (et me supporte) avec une remarquable constance.

Je suis redevable à Thomas Hardy de m'avoir involontairement suggéré le principe du roman, ainsi que quelques lignes du dernier chapitre, maladroite paraphrase des siennes. Ma reconnaissance va aussi à Billy Bragg, pour sa belle chanson, *Saint Swithin's Day*.

Enfin, il était inévitable que la rédaction de ce roman m'amène à chiper à mes amis et à mes connaissances certaines de leurs répliques ou de leurs observations émises au fil des ans. J'espère qu'un grand merci collectif – assorti de mes plus plates excuses, si nécessaire – suffira à leur exprimer ma gratitude.

10/18, une marque d'Univers Poche,
est un éditeur qui s'engage pour
la préservation de son environnement
et qui utilise du papier fabriqué à partir
de bois provenant de forêts gérées
de manière responsable.

Impression réalisée par

La Flèche (Sarthe), 70311
Dépôt légal : février 2012
Suite du premier tirage : août 2012
X05575/08

Imprimé en France